LARISSA BROWN

Feuer & Wind

Roman

*Ins Deutsche übertragen
von Susanne Gerold*

LYX

LYX in der Bastei Lübbe AG
Dieser Titel ist auch als E-Book erschienen.

Die Originalausabe erschien 2014 unter dem Titel
»Beautiful Wreck« bei Cooperative Press.

Für die deutschsprachige Ausgabe:
Copyright © 2016 by Bastei Lübbe AG, Köln
Copyright © 2014 by Larissa Brown

Redaktion: Uta Dahnke
Umschlaggestaltung: www.buerosued.de
Satz: Greiner & Reichel, Köln
Gesetzt aus der Adobe Caslon Pro
Druck und Verarbeitung: CPI books GmbH, Leck
Printed in Germany
978-3-7363-0231-0

1 3 5 7 6 4 2

Sie finden uns im Internet unter www.lyx-verlag.de
Bitte beachten Sie auch: www.luebbe.de und www.lesejury.de

Ein verlagsneues Buch kostet in Deutschland und Österreich jeweils überall dasselbe. Damit die kulturelle Vielfalt erhalten und für die Leser bezahlbar bleibt, gibt es die gesetzliche Buchpreisbindung. Ob im Internet, in der Großbuchhandlung, beim lokalen Buchhändler, im Dorf oder in der Großstadt – überall bekommen Sie Ihre verlagsneuen Bücher zum selben Preis

LARISSA BROWN

Feuer  Wind

Roman

Ins Deutsche übertragen
von Susanne Gerold

LYX

LYX in der Bastei Lübbe AG
Dieser Titel ist auch als E-Book erschienen.

Die Originalausabe erschien 2014 unter dem Titel
»Beautiful Wreck« bei Cooperative Press.

Für die deutschsprachige Ausgabe:
Copyright © 2016 by Bastei Lübbe AG, Köln
Copyright © 2014 by Larissa Brown

Redaktion: Uta Dahnke
Umschlaggestaltung: www.buerosued.de
Satz: Greiner & Reichel, Köln
Gesetzt aus der Adobe Caslon Pro
Druck und Verarbeitung: CPI books GmbH, Leck
Printed in Germany
978-3-7363-0231-0

1 3 5 7 6 4 2

Sie finden uns im Internet unter www.lyx-verlag.de
Bitte beachten Sie auch: www.luebbe.de und www.lesejury.de

INHALT

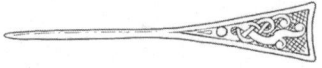

VORBEMERKUNGEN ZUR SPRACHE

Bei der in diesem Roman verwendeten alten Sprache handelt es sich um eine künstliche Mischung aus erdichteten und realen Bestandteilen – sie ist absichtlich fiktional und entspricht damit weder exakt der historischen Wirklichkeit noch ist sie ganz korrekt. Ihre Grundlage bilden Worte aus dem Altisländischen, dem modernen Isländischen, dem Altnordischen und ein paar zusammengesetzten Worten, die dadurch entstanden sind, dass ich die Sprachen gemischt und darüber spekuliert habe, wie die Menschen damals über ihre Welt gedacht und welche Worte sie dafür benutzt haben könnten. An vielen Stellen habe ich auch isländische Buchstaben verwendet.

»HOFNOTIZEN«

Island um 900

Alle haben sich zur Ruhe begeben.

Gute Nacht den Schafen und Kühen und Pferden. Dem Gras auf den Wiesen, den groben Mauern.

Den Sternen und dem Herdfeuer und dem starken Haus. Den Wäldern und den Walen und dem Meer.

Gute Nacht dem Kreis junger Mädchen, deren lange Zöpfe im Feuerschein leuchten.

EINTAUCHEN

In der Zukunft
Im Innern des Tanks

Der schale Geruch von simuliertem Bier wehte durch die Menge.

Normalerweise sehnte ich mich nach echten, intensiven Gerüchen, aber heute Abend war ich froh, dass das Programmierungsteam nicht in der Lage war, sie richtig hinzukriegen. Mit wirklichkeitsgetreuen Schweiß- und Bierausdünstungen und dem metallischen Geschmack von Blut wäre die Ultimate-Fighting-Simulation nur schwer zu ertragen gewesen.

Eine Wiese wäre schön gewesen. Hätte ich saftiges Gras zwischen meinen Zehen spüren oder wahrnehmen können, wie eine Brise an meinem Kleid zupft, wäre ich jeden Tag in den Tank gekommen. Noch verfügten die Programmierer allerdings nicht über die Fähigkeit, derart gewaltige und kraftvolle Szenerien zu erschaffen, wie es solche im Freien gewesen wären.

Abgesehen davon – wer würde nicht gern einen altmodischen Cage Fight der Jahrhundertwende besuchen, bei dem Männer in mehr als knielangen Hosen, wie sie für die ersten beiden Jahrzehnte des neuen Jahrhunderts so typisch waren, gegeneinander kämpften? Für Jeff war es unvorstellbar, dass jemand sich nicht für diese Simulation begeisterte. Das gesamte Programmierungsteam liebte sie so sehr, dass es das Extraktionssignal aus dieser Art von Wrestling übernommen hatte. Wollte man den Tank verlassen, musste man einfach nur klopfen.

Unsere reale Welt, Island City, befand sich außerhalb dieses Labors. Hier drinnen indes tauchten wir in Kampfarenen, Burgen und grasbedeckte Langhäuser ein. Meine Aufgabe war es, altnordische Stimmen, Gesten und Redewendungen für die High-Tech-Company zu erfinden, die das alles erschuf.

Dabei war es nicht so, dass ich mit Jeffs Kampfsimulation gar nichts anfangen konnte. Einen Aspekt derselben genoss ich sogar sehr, und das waren die Stimmen. Die akustische Färbung dieser Simulation war komplex und nuanciert. Bei dem Schauplatz handelte es sich um Atlantic City in den alten Vereinigten Staaten, und die Sprache war mit einem starken Akzent konzipiert – Wochenendbesucher aus dem Norden. Ich ließ die aggressiven Stimmen, die von heftigen Gesten und dramatisch hochgezogenen Brauen unterstrichen wurden, auf mich wirken.

Der Klang von Unterhaltungen zog mich grundsätzlich an, in welcher Sprache auch immer. Ich genoss die Bewegungen und Rhythmen von Gesprächen, die Spitzen wie auch die Pausen in Auseinandersetzungen, das ruhige Gemurmel von Flirtenden. Ich sehnte mich nach den Geräuschen von verstohlenen, sehnsüchtigen Liebespaaren, den Stimmen und Bewegungen von Menschen, die wütend waren. Als Sprachkünstlerin war es mir fast unmöglich, einfach nur zuzuhören, ohne zu analysieren, aber wann immer ich konnte, stellte ich mir Menschen als Tiere vor. Große Schwärme und Herden, manchmal majestätisch, manchmal beängstigend oder auch abstoßend. Diese Arena klang wie eine Gänseschar.

Oder zumindest stellte ich mir vor, dass Gänse so klangen. Ich hatte sie in den elektronischen Archiven gesehen. Ich kannte Gänse und Falken und Raben, Hunde und Füchse dank jahrelanger persönlicher Nachforschungen. Tausend Nachmittage hatte ich mir die Nase an einem Archiv-Monitor platt gedrückt und versucht herauszufinden, wie sich die seidige Mähne eines Pferdes anfühlt.

Ich hatte gehört, dass es draußen, jenseits der Gletscher, Höfe geben sollte, auf denen fanatische Realisten lebten. Aber das waren nur Gerüchte. Ich hatte mich davon während eines Flugs selbst überzeugen können.

Morgan beugte sich zu mir und schrie mir regelrecht ins Ohr: »Sie haben immer noch Shorts dazu gesagt. Obwohl sie ihnen in den frühen 2000er Jahren fast bis zu den Knöcheln gingen.« Sie bezog sich auf die Hosen der Wrestler. Die glänzenden Stoffe in knalligem Rot, Grün und Gelb waren so krass, dass sie in ihrer einfältigen Pracht geradezu faszinierend wirkten.

Die Kleidung der Zuschauer war eine etwas komplexere Mischung aus Hoffnungen, Bedürfnissen und sexuellen Einladungen. Es gab Unmengen stolz zur Schau gestellter Tattoos oberhalb der Frauenhintern und gestylte Frisuren zu sehen. Die meisten trugen Westernstiefel und enge Jeans, und die Haut der Frauen schillerte, als hätten sie alle ihr Gesicht in einen sanften Puderregen gehalten – eine Garantie für ein langes Leben und einen kraftstrotzenden Lover.

Morgan – eine Schmiedin, die sämtliche Waffen, Schnallen und Spangen der Wikinger entwarf – konnte sich eigentlich nicht sehr für New Jersey um 2010 interessieren. Allerdings wies sie auf einige erstaunliche Ähnlichkeiten hin, die zwischen den langhaarigen, bärtigen Männern mit den schweren Stiefeln und den Wikingern bestanden. So trugen sie Tätowierungen an den Oberarmen, die an die kostbaren Metallringe der Häuptlinge erinnerten. Um den Hals hatten sie Schmuck, der wie ein Echo der Reife und silbernen Thor-Hämmer der Nordmänner des zehnten Jahrhunderts wirkte. Es war der Schmuck eines Volks von Bauern und Plünderern, die von den Rus-Staaten bis Nordamerika gesiedelt hatten.

»Ist das nicht beeindruckend, Jen?«, schmetterte Jeff mir ins Ohr. »An diesen Stimmen habe ich zusammen mit Shank gearbeitet.«

Im Grunde hatte auch Jeff mit seinen hellen Haaren, der Silberkette und seiner Größe etwas Nordisches an sich. Er trug die Kleidung der zweiten technischen Revolution und um den Hals Kopfhörer – und keine stilisierten Drachen –, aber in seinen Adern floss echtes Wikingerblut. Heute Abend saß er wieder dicht bei mir und berührte mich gelegentlich, als läge das an der engen Bestuhlung der Arena. Natürlich hatten wir die besten Plätze überhaupt, schließlich waren wir die einzigen richtigen Menschen hier. Daher hatten wir auch einen perfekten Blick auf den achtseitigen Käfig.

Ich ließ die Symbole und Statistiken vor meinen Augen auftauchen. Mateus Vida war sogar in gelben Shorts beeindruckend; sie leuchteten regelrecht auf seiner dunklen Haut. Informationen wehten jetzt neben ihm her, verrieten mir, dass er einsachtzig groß war. Neben seinem kahlen Kopf stand in Weiß: *Gewicht: 83 kg, Reichweite: 188 cm.* Und er hatte eine ganze Reihe von Schwarzen Gürteln: *Brasilianisches Jiu Jitsu, Judo, Taekwondo.* Er hatte sich auf Muay Thai spezialisiert.

»Das ist Kickboxen«, erklärte Jeff und deutete auf den Käfig.

Alle Kämpfer trugen Beinamen im Wikingerstil, so wie Aud der Tiefsinnige oder Eirik Blutaxt. Im Augenblick kämpften Vida die Heuschrecke und sein Gegner Yusef »Superior« Cruz, dessen Name ich aufgeblasen fand. Mit seiner Größe von einsachtzig, den 93 Kilo und ähnlich vielen Schwarzen Gürteln war er meiner nichtfachmännischen Einschätzung nach ein angemessener Gegner für Vida.

Es gab auch Augenblicke, die ich nicht scheußlich fand. Die Zeit schien sich zu dehnen, und ich konnte sehen, wie der eine wie ein Tänzer von dem anderen hochgehoben wurde, wie er sich mitten in der Luft im Kampf überschlug. Oder das mürrische Gesicht eines Schiedsrichters, der mich zwischen den Beinen eines Kämpfers hindurch ansah. Solche klaren Momentaufnahmen waren allerdings selten. Meistens lagen sie auf dem Boden, grunzten und schlugen bösartig aufeinander ein. Manchmal schleuderten sie einander auch gegen die Seite des Käfigs direkt vor uns, und eine Adrenalinwoge ließ meine Hände und Füße prickeln. Ein Sprühnebel aus Blut und Spucke verfehlte uns nur knapp. Ich tat, als wäre er echt. Ich ließ die Statistiken in sich zusammenfallen und beobachtete die Männer.

Es war ein kurzer Kampf. Nur drei Minuten umkreisten sie einander, schlugen aufeinander ein und forderten einander mit gebleckten Zähnen heraus. Es gab ein paar schreckliche Hiebe, die so hart und derb waren, dass ich mir nicht vorstellen konnte, wie ich nach auch nur einem einzigen solchen Treffer in der Lage hätte sein sollen, wieder aufzustehen, ganz davon zu schweigen, so etwas mehrmals zu schaffen. Cruz umkreiste seinen Gegner, wartete, wollte zuschlagen, ihn niederringen. Und dann trat Vida ihn.

Es war nicht einfach nur ein Tritt gegen das Schienbein oder die Brust. Aus dem Stand trat er ihm heftig ins Gesicht. Die Wiederholung lief jetzt in Zeitlupe. Ein eleganter Kick. Vidas Tritt war ein Gedicht, präzise gezielt, sodass sein Fußballen von unten gegen Cruz' Kinn traf. Dessen Gesicht verzog sich wie Gummi.

Dann lief die Zeit wieder normal weiter, und Cruz knallte auf die Matte, verlor das Bewusstsein. Jetzt sprangen alle auf, regelrecht wahnsinnig vor Erschrecken, Wut und Schadenfreude. Große, jubelnde Menschen bedrängten mich von allen Seiten. Nur noch mit Mühe konnte ich den Käfig sehen. Vida wirbelte im Kreis herum, ekstatisch und die Hände triumphierend zu Fäusten geballt. Er sah aus wie ein riesiger Eiskunstläufer, der sich in einer Pirouette herabsinken ließ. Auf die Matte. Auf die Knie.

Da spaltete ein metallisches Kreischen meinen Kopf – als würde etwas in meinem Hirn brutal reißen. Ich presste die Hände auf die Ohren, aber das zermürbende Geräusch war in meinem Innern. Ich konnte es nicht beeinflussen. Etwas unbeschreiblich Zartes riss. Ich schloss die Augen.

Als ich sie wieder öffnete, sah ich den Ozean.

Die grünen Wellen waren fast schwarz, gekrönt von weißer, vom Mondlicht beschienener Gischt. Ich kniete nieder, grub meine Hände in den kalten, feuchten Sand. Jedes einzelne Korn fühlte sich scharf umrissen an. Die letzten Kräuselungen einer Welle kamen dicht an mich heran, schienen sich wie Finger nach meinen Knien auszustrecken. Ein Glühen tauchte den Strand in ein bläuliches Weiß. Ich drehte mich zu der Quelle des Lichts um und war wie geblendet. Gigantische Buchstaben leuchteten am Himmel, jeder einzelne mindestens drei Stockwerke hoch. Sie hoben sich strahlend vom schwarzen Weltraum ab. STEEPLECHASE. In kleineren Buchstaben kämpfte THE FUN FACTORY darum, zahllose weiße Lichtgirlanden zu überstrahlen, die an der Fassade eines Märchenschlosses emporrankten.

Mein Kopf tat weh und sackte zur Seite, sodass ich jetzt alles aus einer schrägen Perspektive sah. Vielleicht hundert Leute schienen von einem jetzt gekippten Holzpier zu rutschen, in Farben angeleuchtet, die sie wie Tote wirken ließen, die Gesichter blau unter einer Million leuchtender Birnchen, von den Krempen breiter Hüte beschattet. Dann kam vom Wasser her ein scharfer Wind auf und wirbelte die vielen knöchellangen Röcke gleichzeitig auf. Er blies mir die Haare ins Gesicht und raubte mir die Sicht. Ein starker Geruch wie nach Salz und Fisch brannte mir in der Nase.

Und dann vernahm ich einen rauschenden, sich rasant steigernden tosenden Applaus und Jubelgesang. »Vida!, Vida!« Die Zuschauer zerdrückten mich. Ich taumelte gegen Jeff, der sich schwer auf seinen Stuhl sinken ließ. Seine Wangen und seine Augen glühten vor Begeisterung. Die reißende Empfindung und die Szenerie draußen am Ozean schien er nicht miterlebt zu haben. Und ich hatte ihn am Strand auch gar nicht gesehen. Ich hatte Sand und Wind und Wasser gespürt. War das ein Outdoor-Szenario gewesen? Aber wenn, dann ohne Jeff und Morgan. Ich war allein dort gewesen.

Vida sprach auf Portugiesisch mit einem Reporter. Die englischen Untertitel erschienen in der Luft, kurz bevor der menschliche Übersetzer, der exakt nach dem historischen Vorbild programmiert worden war, seinen Einsatz hatte. Vida dankte den Menschen, seiner Familie, seinem Trainer. »Wie fühlt es sich an, Mittelgewichtsweltmeister zu sein?« Er grinste. Lächelte in die blitzenden Kameras.

Man reichte ihm einen riesigen silbernen Gürtel, der so gewaltig war, dass er seine beachtlichen Bauchmuskeln verbarg. Vida hielt ihn vor seinen Körper, damit alle ihn sehen konnten, aber er zog ihn nicht an. Stattdessen ging er zu Cruz und legte ihm den Gürtel zu Füßen. Er kniete sich hin, beugte sich tief darüber und berührte mit der Stirn die Matte. Es wirkte, als würde er jenem Mann die Treue schwören, den er gerade mit einem Tritt ins Gesicht ausgeknockt hatte. Dies war etwas, was ich zwar vom Kopf her verstand, was ich aber niemals mit dem Herzen begreifen würde. Dass man einander so heftig schlagen und sich dann voreinander verneigen konnte wie ehrenvolle Brüder. Für diese Art von Ehre kannte ich viele Worte im Altnordischen. Ich wusste, dass es sie gab. Ich sah sie. Aber mir war sie fremd.

In der Zukunft
Island City

»Was war da eben los?«, versuchte ich Jeff zwischen zwei Küssen zu fragen. Wir standen vor dem Gebäude, in dem ich wohnte, und er drückte mich mit dem Gewicht seines wohlriechenden Körpers an die Mauer. Seine Hitze brachte mich zum Schmelzen, und ich musste mir alle Mühe geben, mich auf meine Frage zu konzentrieren. »Am Strand.«

»Was?« Er war abgelenkt, gab mir weiter Küsse auf den Mund. »Als am Ende alle gejubelt haben.« Ich bekam einen Arm frei und schob seinen Oberkörper von mir weg. »Eine Sekunde lang war ich draußen am Meer.«

»Oh.« Er hielt kurz inne, während sein auf Störungssuche geeichter Geist arbeitete. Dann übernahm jedoch sein Körper wieder, und er schob mein Haar zurück und küsste meinen Hals. »Du bist wahrscheinlich kurz in einen vermasselten Test gerutscht.« Er schmiegte sich wieder an mich. »Ich kümmere mich morgen darum.« Und damit vergaßen wir die Sache, überwältigt von einem ungelenken Drängen unserer Körper und einem tieferen Kuss.

Es war nicht so, dass ich ihn nicht wollte. Manchmal schon. Manchmal verfiel ich in einen Rausch aus Haut und Zungen und durcheinandergeratenen langen blonden Haaren – seinen und meinen –, und es gab Momente reiner Schönheit. Dann sah ich auf ihn hinunter, sah ich auf *uns* hinunter, und ich bemerkte, wie blond und gut aussehend wir waren – und emp-fand gar nichts. Oder vielmehr, ich spürte durchaus etwas, aber es war so schal wie die Gerüche im Tank.

Als er an diesem Abend vor meinem Wohnhaus seinen Un-terleib gegen meinen schob, kam es nicht zu mehr. Mein Kör-per, ein besserer Richter als der Verstand, schien irgendeine emotionale Fehlanpassung zwischen uns wahrzunehmen. Jeff gab auf und zog sich enttäuscht zurück, aber er war nicht wirk-lich verärgert. Er fragte mich nicht, warum ich allein sein wollte. Er machte sich auch keine Sorgen, ob ich ihn liebte oder auch nur wollte. Ich würde ihn im Labor sehen. Er würde mir Kaffee einschenken, wir würden lächeln, und er würde mir zuzwinkern.

Niemals würde er erfahren, was ich an den Abenden tat, an denen ich allein in meine Wohnung ging.

Ich zog den Reißverschluss meines Schneeanzugs hoch und schlüpfte in warme, mit Spikes versehene Stiefel. Dann verließ ich das Gebäude durch die Hintertür, die für seltsame Leute wie mich gedacht war, die sich auf die andere Seite des Tores begaben. Ich trat in die Nacht und begann, die erstarrten Wel-len eines reglosen Meeres zu ersteigen.

Mein Wohngebäude grenzte an der einen Seite an den Glet-scher – den einzigen, der noch übrig war, stabilisiert und aus-geweidet von dem Unternehmen, dem auch der Tank gehör-te. Jenseits des Tores erstreckte sich die schier unendlich weite weiße Fläche, über die ich mich jetzt bewegte. Ein Ozean, der mitten im Wogen und Krachen zu Eis erstarrt war. Marmorier-tes tiefstes Grün und Weiß, uralt und reglos. Ich hatte gelesen, dass es einst dreizehn Gletscher gegeben hatte, von denen eini-ge unermesslich groß gewesen waren – mindestens fünfzehn Mal so groß wie der hier und so weit weg von hier, dass ich ihn mit den Augen nicht hätte sehen können.

Als ich hoch genug gestiegen war, drehte ich mich um und blickte zum Atlantik, der zwanzig Meilen entfernt war. Die gesamte Fläche bis zu dem fernen Wasser war bis auf das letzte Fleckchen mit Türmen aus Glas und Metall zugebaut. Unzählige Lichter leuchteten gleichmäßig hinter den Fensterscheiben, bewegten sich nie in einer Brise oder einem Windhauch. Zwanzig Millionen Menschen lebten hier, und es scherte sie nicht, dass diese Lichter niemals flackern konnten. Die Gebäude türmten sich wie Felsklötze. Das Ganze ein einziges Hügelgrab, eine Gruft für wandelnde Tote.

Ich flüsterte ein uraltes Schlaflied für sie.

Alle begaben sich zur Ruhe.

Ich sprach die Worte aus den *Hofnotizen*, einem Tagebuch aus der Wikingerzeit, das ich übersetzt hatte.

Gute Nacht den Smali *und* Kyr *und* Hross. *Den Schafen und Kühen und Pferden.*

Dem Gras auf den Wiesen, den groben Mauern.

Den Sternen und dem Herdfeuer und dem starken Haus. Den Wäldern und den Walen und dem Meer.

Ich flüsterte schläfrig von jungen Mädchen, deren Zöpfe im Feuerschein leuchteten.

Die Enden meiner eigenen langen Zöpfe leuchteten fahl in der Nacht. Warmer, synthetischer Pelz kratzte an meiner Stirn und meinen Wangen, aber meine Nase und meine Lippen spürten gar nichts. Steif drückte ich einen Kuss auf meine behandschuhte Handfläche, hob die Hand und ließ den Kuss frei, damit er irgendjemanden erreichen konnte.

Danach kehrte ich ins Haus zurück, um zu lesen.

Auf den Monitoren an den Wänden leuchteten grüne Wiesen mit unzähligen Blumen und Pferden darauf – es waren die einzigen Farben in meiner ansonsten sachlich gehaltenen Wohnung. Meine nackten Zehen bohrten sich in die Rillen der Küchenfliesen, nachdem ich Stiefel und Anzug ausgezogen und im Wohnzimmer auf dem Boden liegen gelassen hatte. Während ich darauf wartete, dass die Kaffeemaschine stotternd und lärmend zum Leben erwachte, teilte ich meinen Kontaktlinsen mit, dass ich das Tagebuch sehen wollte.

Jeff behauptete, dass es unmöglich sei, den Moment zu spüren, in dem sich die undurchsichtige farbige Iris der Kontaktlinsen wie eine Blende schloss, sodass die Augen zum Lesen bedeckt wurden. Ich hatte allerdings das Gefühl, dass ich es sehr wohl spüren konnte. Fast hörte ich ein Klicken, als würde ein Schlüssel im Schloss umgedreht.

Die Buchstaben erwachten zum Leben. Der Scan des uralten Buches zeigte sie so, wie sie niedergeschrieben worden waren, im allgemein gültigen Alphabet und nicht in den heiligen Runen. Winzige Buchstaben erstreckten sich über die Seiten aus Birkenrinde, die zu grobem Papier verarbeitet worden war. Die Wörter an den Rändern und ganz oben – auf dem Kopf stehend – waren so klein, dass viele Dutzend Bemerkungen auf jedes einzelne dieser kostbaren Blätter passten. Die Tinte war allerdings so zerflossen, dass die Worte fast nicht mehr leserlich waren; es sah vielmehr so aus, als hätte jemand sie mit einem Borstenpinsel geschrieben.

Ich hatte sie selbst übersetzt und konnte mich an jede einzelne Entscheidung für oder gegen ein bestimmtes Wort erinnern, an jede Zeile und jede Redewendung. Dennoch wollte ich alles noch einmal lesen.

Ich hatte das Tagebuch in einem aufgegebenen Museum gefunden, einer Wikingerruine, die sich drei Ebenen tief unter der Stadt befand. In dessen Magazin gab es elektronische Dateien, die irgendwann von jemandem zusammengetragen worden waren, dem das alles einmal etwas bedeutet hatte, und die später nie gelöscht worden waren. Es gab Dateien zur Datierung von Steinen, umfangreiche Listen von Artefakten, Bilder von Spindeln und Kämmen und Miniaturkellen zum Säubern der Ohren. Auch das Bild einer Holzpuppe war dabei, zerbrochen und in einem elektronischen Grab ruhend.

Zwischen all diesen Datenmassen fanden sich auch Schnipsel und Zitate aus späteren Sagen und Geschichten, die der einst hier lebenden Familie zugeschrieben wurden. Sie berichteten von einem beeindruckenden Häuptling mit Augen aus kostbarem Metall und einem Gesicht, das aussah wie der Tod selbst. Einem Mann, der mit den eigenen Händen neue Götter formen konnte. Seine Frau war eine Gestaltwandlerin. Das Ganze war fantasievoll und elektrisierend und typisch Wikinger.

Aber selbst in einem derart dramatischen Haushalt musste jemand die Wolle gesponnen haben. Jemand musste die Kinder gefüttert, das Feuer geschürt, den Fisch an Trockengestelle gehängt haben.

Ich suchte in der Datenbank herum und fand sie – die Bauersfrau dieses Hofes. Zwischen einem Haufen uralter wissenschaftlicher Abhandlungen über die Zerstörung der isländischen Wälder und langen Listen ausgestorbener Tiere sowie Bildern von tapsigen Alken und springenden Lachsen befand sich ihr Tagebuch.

Ihre Worte ruhten in einem hölzernen Kästchen mit Eisenscharnieren. Dem Scan zufolge war es nicht größer als meine zwei Handflächen. Die Vorderseite schwang auf wie zwei Türen, die den Eingang zu einer Märchenwelt bildeten. Bewacht von einer metallenen Schnalle in Form eines Drachenkopfs.

Das Bild des Kästchens schwebte neben den groben Blättern, die allesamt eingerissen und fleckig waren. Die ersten paar enthielten nichts als auf den Handel, unter anderem mit Vieh, bezogene Angaben. Erst nach dem letzten Eintrag tauchten Worte auf, bei denen mir der Atem stockte, als hätte mich der Blitzschlag getroffen: ein Wiegenlied! Nach all den alltäglichen Auflistungen, die diese Frau verfasst hatte, war dies der erste richtige Eintrag.

Ihre Worte zogen sich über ein weiteres Dutzend Seiten, füllten sie von Rand zu Rand, nutzten jeden Quadratzentimeter. Hier, auf dem letzten Rest Birkenrindenpapier, stand ein Liebesgedicht. Jene Art von Gedicht, von der man annahm, dass sie erst ein Jahrhundert später entstanden war. Die gefährlich war und einem Wikinger den Tod bringen konnte.

… von gelben Birkenblättern getüpfeltes Licht
auf einem Gitterwerk aus strahlend weißen Knochen
wo Küsse nicht von Fragen begleitet werden und keine Folgen
haben
wo meine Hand auf deinem Bauch ruht
um sich nur mit deinem Atem zu bewegen.

Die Worte waren von einer Person geschrieben worden, die es nicht gewohnt war zu schreiben, denn die Buchstaben waren zittrig und ungleichmäßig. Sie wanderten an den Rand des Blattes, wo sie aufhörten, als wäre das Gedicht irgendwo anders weitergegangen.

Es musste mühsam gewesen sein, die zerbrechlichen Seiten zu scannen, und einige fehlten ganz. Nur wenige waren übrig geblieben, in unterschiedlichem Ausmaß zerfallen. Drei für die Tiere und die Wochen und das Silber – und dann das Tagebuch, das den ganzen Rest einnahm.

Die Frau, die es geschrieben hatte, hatte sich mit Kabeljau und Vliesen und Butter beschäftigt und nicht mit Geistern. Ich sah sie als Nichte des furchterregenden Häuptlings vor mir. Eine junge Frau, die verstohlen im Dunkeln schrieb und ihre Worte in Leder band, das ein normaler Ehemann liebevoll hergestellt hatte. Ein Bauer, der mit Gras und Tieren und Äxten zu tun hatte und nicht nach Furcht einflößender Macht über Siedler und Geister strebte.

Das gut bewahrte Geheimnis dieses Buches stellte für mich etwas sehr Kostbares dar. Es musste sich um eine der frühesten umgangssprachlichen Schriften handeln, die noch erhalten waren. Die Sprache war seltsam und wunderbar – eine poetische, unerwartete Mischung aus Nordisch und Isländisch und etwas Unbekanntem, etwas Zwischenweltlichem. Die Worte stammten aus einem vollkommen unbekannten Land – einer zerklüfteten Wildnis, die kurz davor stand, zu einem regierten Land zu werden. Das Buch war in einer Sprache geschrieben, die sich allmählich von dem entfernte, was in Norwegen zurückgelassen worden war, und sich einem neuen Kanon von Lauten zuwandte, sodass eine neue Sprache entstand.

Ich liebte vor allem die Beschreibungen ihres Alltags. In einer Zeit, da lebhafte Einbildungskraft die Menschen sonst überlebensgroß aufblähte, stellte dieses Tagebuch etwas Vertrauliches dar, das dem wirklichen Leben viel mehr entsprach.

Ich konnte es so flüssig lesen, wie ich Wasser trank. Die Wortwahl, die Reihenfolge, der Rhythmus offenbarten sich mir bereitwillig. Ein Aufblitzen von rabenschwarzem Haar auf kühlem Leinen; der Geruch von Birkenpech und der Wurzel einer Pflanze namens Schneeblüte; der Blick über eine winterlich glitzernde Landschaft von der Schwelle des Hofes dieser Frau auf die blaue Morgendämmerung.

Andere Übersetzer hätten vielleicht von »dunklen Haaren auf einem Hemd« gesprochen oder von einem »schneereichen Morgen«. Ich jedoch sah sie in allen Einzelheiten vor mir, als

24

würden die Erinnerungen und Worte auf meiner Zunge und unter meinen Händen lebendig werden. Wimpern auf Wangen, die geliebte Form eines Ohres. *Zerdrückter Wacholder auf meinen Händen und meinem Hals, der Wärme wegen,* schrieb sie. *Des Duftes wegen.*

Manchmal ließ ich ihre Worte riesengroß auf einem Wandmonitor erscheinen. *Schlittschuhlaufen auf dem Fluss. Der Himmel heute war herrlich, ganz Eis und violett.* Ich konnte mich tiefer und tiefer in die Tintenstriche eingraben. Jedes Jahr, jede Nacht, jedes vergangene Wort. Ich sah genauer hin, noch genauer, als könnte ich hineinklettern.

In einsamen Nächten versuchte ich, nicht zu viel darin zu lesen. Es fühlte sich erbärmlich an, wenn ich in meine Decken eingehüllt dasaß, umgeben von ihren Bäumen und summenden Fliegen, ihrem Gras und den Pferden und dem riesigen Himmel. Ihrer Familie und ihrem Ehemann.

Irgendwo musste es für mich jemanden geben, der *wirklich* war. Jemanden, den ich wirklich kennen würde, wirklich lieben konnte. Ein Teil von mir gestand sich ein, dass ich ihn niemals hier in meinem Zimmer finden würde, solange ich die Augen verschloss und mit dem Herzen in der Vergangenheit weilte.

Die Grenzen wurden diffuser. Der Kaffee, die Kissen und Decken, meine Vorstellung davon, wie echter Pelz riechen musste, das grüne nasse Gras und die abgeschälte bittere Rinde. Die Menschen schienen wirklich da zu sein. Auch der Bauer, ihr Ehemann, war so deutlich, dass ich ihn fast berühren konnte. Er war ihre Knochen, ihr Blut und ihr Heim – ihr Haus selbst –, und zwar auf eine Weise, wie ich es noch nie erlebt hatte. Die Worte berauschten mich. *Abenddämmerung, orangefarbenes Licht auf vierzehn guten Vliesen. Er wäscht sich die Hände, und in meinen Augen wird er immer schön sein.*

Der leere Becher in meinen Händen wurde kalt und die Heizung für die Nacht heruntergefahren. Ich ließ mich in die Kissen sinken, meine Augen müde unter den Kontaktlinsen. Ich stellte den Becher sanft auf den Boden, verkroch mich tiefer unter den Decken und schlief allmählich ein. Hinter meinen geschlossenen Augenlidern schwebten immer noch Worte. *Erschöpft und hungrig vom Heuen. Alle haben alles gegeben, um im Winter zu essen zu haben. Er schläft sorglos wie ein Kind.*

Mit einem Ruck öffneten sich meine Lider und zeigten mir mein Zimmer im grellen Tageslicht, während die *Hofnotizen* aufgeschlagen wurden. Ich beschattete meine Augen und drehte mich vom Fenster weg, blinzelte heftig.

Ich dachte, ich hätte an den Wänden eine Bauernhofszene zurückgelassen, aber jetzt sah ich dort ein unheimliches, dunkles Grünblau. Ich befand mich im Meer, und durch die Wasseroberfläche schickte die kristallklare, eisfarbene Sonne ihr Licht hier herab. Meine Zimmerdecke glühte in einem frostigen, sonnig glitzernden Blau.

Etwas Dunkles bewegte sich, ein Schatten nur, in einem noch tieferen Blau vor dem Hintergrund des Wassers. Ein mir vertrautes Tier, das ich in Archiv-Videos gesehen und gehört hatte.

»In der Dunkelheit zur Straße der Wale aufgebrochen«, flüsterte ich, und dann erinnerte ich mich an die übrigen Worte, die ich mir eingeprägt hatte. *Ich sehe vor mir, wie sie im Lager sind, lauter Speere und Feuer. Vier Nächte jetzt, die ich allein in unserem Bett verbringe. Meine Hand schließt sich um dieses weiße Fell, seine um schwarzen Sand.* Die eindringliche Stimme des Wals, ganz wie die in den Archiv-Videos, schwoll an und erfüllte mein Zimmer.

Wieder erwachte ich, und diesmal plärrte meine Wohnung lauthals die Zeit heraus. Ich würde zu spät kommen.

Benommen zog ich mich an, träufelte mir Tropfen in die Augen und befahl meiner Wohnung murmelnd, den Wecker abzustellen. Dann legte ich die Kleider an – ein Unterhemd aus Leinen, ein Überkleid, eine Schürze. Meine charakteristische Kette mit dem Perlen- und Nadelkästchen wickelte ich mir doppelt um den Hals. Der geflochtene Ledergürtel rutschte mir immer wieder durch die Finger, verhedderte sich. Heute sollten Tests im Tank durchgeführt werden. Wir wussten, dass wir uns nicht verspäten durften, hatten eine Vorstellung davon, wie es war, wenn die Minuten verrannen, während der Tank online und niemand darin war.

Ich rief meiner Wohnung »wie immer« zu. Sie würde sich hinter mir verschließen, um neunzehn Uhr die Temperatur hochfahren, für gedämpftes Licht sorgen. Ich griff nach meinem kleinen Messer auf der Ablage im Flur und schob es in die Kunstlederscheide an meiner Taille. Im letzten Augenblick nahm ich noch die Perlenkette, die ich für Morgan gemacht hatte. Zehn Minuten insgesamt, und ich war draußen.

Kaffee spritzte auf mein Kleid. Reglos und benommen stand ich in der Tür zum Café und starrte auf den Fleck, der sich auf dem seltenen, handgesponnenen Flachs ausbreitete.

»Götter, das tut mir so leid.«

Ein großer Wikinger berührte mich am Ellbogen. Mein Blick fiel auf sein kräftiges Handgelenk; ein ramponierter Armschutz wie aus Leder mit Schnallen aus Eisen schützte es. Die Hand war von Narben und die Armschiene von tiefen Schrammen gezeichnet, die von Dutzenden von Waffen zu stammen schienen. Mein Herz raste. Waren sie womöglich echt? Stammte das Leder etwa wirklich von einer Kuh? War er vielleicht ein fanatischer Realist?

Kettenglieder klirrten, als er mich zur Seite zog, in Richtung

Türrahmen. Ich sah ihm in die Augen und bemerkte, dass sie freundlich waren und himmelblau. Ich sah, wie sie aufleuchteten, als er meine Haare und die Kleidung bemerkte – die langen Zöpfe, das schlichte Stirnband. Das Kästchen mit den Glasperlen und den Nadeln über meiner Brust.

Er sprach jetzt Altnordisch. »Kann ich dir helfen, Maid?« Die Art, wie er redete, klang fast perfekt, als wäre er mit der Sprache vertraut. Seine Stimme war tief, und eine Sekunde lang stellte ich mir vor, dass er irgendwie traumhaft war. Aber ich musste gehen.

»Nei«, antwortete ich fast seufzend in der alten Sprache. »Es ist nichts passiert. Und ich bin ganz in der Nähe meines Arbeitsplatzes.«

Ein ungeduldiger Ninja drückte sich an uns vorbei, und die eisgekühlte Latte in seinem Becher schwappte hin und her.

Der Wikinger und ich sahen uns noch einen Moment lang an, dann wurden seine Augen weicher und verloren ihren Fokus. Er las etwas. Vielleicht meine Größe oder eine Wetterwarnung. Geistesabwesend, wie er war, verschwand das Lächeln von seinem bärtigen Gesicht.

»Leb wohl, Wikinger«, sagte ich zu ihm und zog davon.

Er sagte nichts. Ich ließ ihn in den Text vor seinen Augen versunken zurück. Er war also doch kein fanatischer Realist. Dabei hatte er auf so ungewöhnliche Weise lebendig gewirkt. Aber er schien mir auch zu gutmütig zu sein, um ernsthaft echte Tiere zu opfern oder eine junge Frau wie mich zu schänden oder mir Schmerzen zuzufügen. Abgesehen davon, hatte er einen winzigen Espresso in der Hand gehalten.

Es war klar und sonnig, und wir hatten achtzehn Komma vier Grad Celsius, wie mir meine Kontaktlinsen verrieten. Für einen Morgen im August war das kühl, aber immerhin waren die

Sonnenstrahlen warm genug, dass der Kaffeefleck vorn auf dem Kleid zu trocknen begann – und auch bitter zu riechen. Na schön. Dann würde ich eben im Tank den ganzen Tag etwas Echtes zu riechen haben.

Eine Gruppe von lachenden Männern kam mir entgegen; sie trugen die grauen Jacken der Konföderation. Der eine trug beiläufig die Attrappe einer Muskete auf der Schulter. Worte tauchten vor meinen Augen auf, schwebten neben den Soldaten her.

Die Wurzeln der Civs liegen in den Reenactments zur Hundert-jahrfeier des Amerikanischen Bürgerkriegs in den 1960er Jahren, als lebendige Geschichte noch ein Hobby war, das nur von wenigen ge-pflegt wurde.

Jetzt, im zweiundzwanzigsten Jahrhundert, bewegten sich in einem gewissen Maße alle in Zeiten und Welten, die vor unserer existiert hatten. Wir studierten und diskutierten und reanimierten die Worte und die Moden von einhundert Vergangenheiten und adaptierten sie, als gäbe es nichts grundlegend Neues, Eigenständiges mehr. In den Nullerjahren und dem anschließenden Jahrzehnt war es noch ungewöhnlich gewesen, Teil einer anachronistischen Kultur zu sein. Jetzt war es die Norm. Jeder hatte ein Land und eine Zeit, die er besonders schätzte, und lebte sooft wie möglich darin.

Ich bahnte mir meinen Weg durch eine Menge, die sich zu einem Picknick im Park versammelt hatte. Diejenigen, die standen, erzeugten ein Dach aus Sonnenschirmen über mir. Dieser kleine grüne Flecken umgab eines der wenigen noch intakten alten Bauwerke der Stadt, eine bezaubernde steinerne Brücke, die von denen erhalten wurde, die sich die Illusion von Picknicks am Flussufer verschaffen wollten. Aber es floss längst kein Wasser mehr unter der Brücke hindurch. Krähen – die einzigen Vögel, die wir kannten – hockten links und rechts auf der geschwungenen Brüstung, warteten auf Brot und Fleisch.

Die vielen Picknickkörbe und Decken sorgten dafür, dass nur ein paar Quadratmeter Gras zu sehen waren, und das wenige war auch noch schmutzig und schwach. Ich sank auf die Knie und kämmte die Grashalme mit den Fingern, half ihnen, sich aufzurichten. Ich tätschelte das Gras, so wie Menschen es früher mit Hunden getan hatten.

Ein scharfer Absatz trat auf meine Hand, und eine Frau stolperte und fiel über meinen Rücken.

»Verdammt, was soll das?«, bellte sie mich an. Ihr Kleid hatte kleine weiße Puffärmel wie Jane Austens Kleider während ihrer Zeit im sommerlichen Bath. Ein Mann in einem Gehrock mit einer Art Schwalbenschwanz half ihr auf und richtete ihren winzigen Sonnenschirm. Die beiden verschwanden verstimmt.

Während ich dastand, schwammen Worte vor meine Augen. *Diese Steinbrücke wurde 1928 erbaut.* Ich schüttelte den Kopf. Irgendwie war ich im Touristenmodus stecken geblieben. Ich klimperte ungeduldig mit den Augenlidern, und die Kontaktlinsen stellten sich ab.

Ich wischte mir Schmutz von der Nase.

In einer Welt, in der wir primär durch immaterielle Fäden miteinander verbunden waren, hätten wir eigentlich in der Lage sein sollen, einander im physischen Wirrwarr der Vergangenheit zu finden. Schmerzhaft, fröhlich, widerlich, romantisch. Die Leute verbrachten Tage und Nächte mit unterschiedlichem Fanatismus in authentisch wirkenden Settings. Sie lechzten nach ihren Welten. Sie tauchten inbrünstig in sie ein.

Aber da war doch stets eine tröstliche Wahrheit: dass es nur ein Spiel war. Sie wollten die Festgelage, Speere und Walküren, aber nicht die chaotische Schönheit eines echten Hofes, nicht den Gestank von Tieren und Arbeit, die auf viele Hände angewiesen war. Sie wollten ein Fass Met opfern, kein Pferd, und sie wollten, dass jemand hinterher für sie aufräumte.

In dieser gegenwärtigen realen Welt wollte das Unternehmen, für das ich arbeitete, den »Tank« platzieren. Eine Umgebung, die sich absolut real anfühlen und die Menschen miteinbeziehen würde.

Die Leute würden verrückt danach sein. Die Chance, in eine vollkommen reale Welt abzutauchen, mit Menschen zu interagieren, die nicht wussten, dass sie keine echten Wikinger waren – oder Ninjas, Grafen, Kurtisanen oder Ritter –, würde wie eine Art Erleuchtung sein. Alles, was die Leute tun mussten, war, eine Menge Geld zu bezahlen und die Empfindung auszuhalten, die mit dem Betreten des Tanks verbunden war. Und am Ende der Feste und Kämpfe würde sich praktischerweise alles hinter ihnen auflösen, und sie konnten rechtzeitig zum Abendessen zu Hause sein.

Das Unternehmen hatte ein Team zusammengestellt, das dieses Projekt entwickelte und testete. Unser Fachwissen spiegelte die vermeintlichen Wünsche und Begierden der Bewohner unserer heutigen Welt und ganz besonders all jener Menschen, die bereit sein würden, viel Geld auszugeben, sobald der Tank erst allgemein zugänglich wäre. Wir waren Kostümbildner und Sprachkünstler, altertümliche Silber- und Eisenschmiede, Textilhandwerker und Kürschner. Wir spezialisierten uns auf die Rüstungen und die galanten Worte der mittelalterlichen Ritter; auf die typischen wollenen Umhänge von Männern, die romantisch durch die schottischen Hochlande streiften; auf den Faltenwurf der Togen und die geschnörkelte Sprache römischer Aristokraten, die Lumpen und Waffen der Gladiatoren. Auf elegante Gatsby-Anzüge und die Düsternis der Punkszene im London der 1980er Jahre.

Ich hatte die Sprache, den Dialekt für das Wikinger-Herz-stein-Szenario erschaffen, einen Schauplatz in einem authentischen Langhaus des zehnten Jahrhunderts. Ich liebte die Geräusche, die Worte und die Stimmen, aber heute wollte ich nicht in diese Umgebung eintauchen. Ich würde diesen Tag in der Wirklichkeit verpassen, wenn ich an diesen Schauplatz ging, das Haus betrat, das nur von Flammen erhellt wurde und von dem Licht, das durch eine quadratische Aussparung im Dach hereinfiel, durch die man den Himmel erahnen konnte. Meine Schritte wurden langsamer, während ich mich dem Unternehmen näherte.

Die unscheinbare Tür verriet wenig über das Gebäude, das nur zwei Stockwerke hoch zu sein schien. Der größte Teil der riesigen Korridore des Unternehmens, die glänzenden, sauberen Büros, die Labore und die Wellnesseinrichtungen waren in den stabilisierten Gletscher hineingebaut worden. Sie erstreckten sich weiter ins Eis, als irgendjemand wusste – endlose Stockwerke tief. Wenn ich hineinging, würde ich anschließend durch eine weitere Glastür gehen – die dreimal so hoch war wie ich – und in einen Raum gelangen, der wie das glitzernde blaue Innere einer Kathedrale wirkte.

Ein ausgesprochenes Zögern ergriff mich.

Ich verabschiedete mich von der chaotischen Gebäudelandschaft um mich herum. Verabschiedete mich von den bauschigen Wolken, die sich endlos in Glasscheiben spiegelten. In den Fenstern war ein Flugzeug zu sehen, dessen verschiedene Abbilder sich in hundert Richtungen gleichzeitig zu bewegen schienen. Es brummte, und ich wurde von einer starken Trägheit ergriffen. Jahrelang hatte ich nicht gewusst, dass es sich um einzelne Maschinen handelte. Erst, als ich den unterirdischen Zug zum Flughafen genommen hatte und zum Studieren nach Norwegen geflogen war, hatte ich es begriffen.

Ich hatte nach unten geschaut, weil ich unbedingt die fanatischen Realisten sehen wollte, die im Innern Islands in ihren Häusern lebten, dort feiern und wüten und jenen Festlichkeiten und Kämpfen Leben einhauchen konnten, die wirkliche Wikinger erlebt hatten. Dort draußen, jenseits des Gletschers, wo die Realisten lebten, musste mein Flugzeug den Eindruck erwecken, als würde es ganz von allein vorbeifliegen. Ich stellte mir vor, dass es ein Geräusch machte wie eine Biene.

Ich sah allerdings keine Höfe, sondern nur die Stadt, die sich von der Küste bis zum Gletscher erstreckte. Ich hatte das Gebäude gesehen, in dem ich wohnte, das allerletzte vor der natürlichen Grenze – einem gefrorenen, gegen seine Mauern klatschenden Ozean.

Ich fürchtete die ersten Momente im Tank. Jeff sagte, dass das Gefühl von Wasser zu den ersten komplexen virtuellen Triumphen gehörte, welche die Pioniere dieser Art von Programmierung vor langer Zeit zustande gebracht hatten. Selbst jetzt war die Empfindung von sich bewegendem Wasser das beste Tool, das sie besaßen, um die Sinne aufzuschrecken und den Geist zu klären. Nach diesem »Eindruck einer kräftigen Dusche«, wie er es nannte, war der Geist bereit, überall einzutreten, in jede erdenkliche Zeit. Und so musste ich darin ertrinken, um in der Zeit der Wikinger wiederaufzutauchen zu können.

Die schlicht aussehende Tür des Unternehmens glitt mit einem weichen Zischen auf.

Morgans rotbraunes Haar loderte wie Feuer vor einem Meer aus Grau. Ihre Werkstatt war voller Metall in allen möglichen Versionen und Zuständen, angefangen vom hellen, silbrigen Glanz ihrer Werkbank bis hin zum eisengrauen Rauch, der kurz in der Luft schwebte, bevor er vom Filtersystem eingesaugt wurde. Die einzige Farbe, die genauso intensiv leuchtete wie ihr Haar, war die der Flammen eines echten Holzfeuers in der Ecke. Eine riesige Abzugshaube befand sich darüber und nahm den Rauch auf. Dennoch blieben ein paar Reste zurück und vermischten sich mit dem metallischen Geruch von Werkzeugen, Metallstaub, Zinn und Kupfer. Alles zusammen machte den Geruch von Morgan aus.

Die kleine Halskette, die ich für sie hergestellt hatte, war nichts Besonderes und bestand nur aus ein paar hübschen Perlen, die ich gefunden hatte. Ich war nicht sehr geschickt mit den Händen und hatte bei dem kleinen Metallverschluss etwas gemogelt. Trotzdem dachte ich, dass sie ihr gefallen könnte.

Noch hatte sie mich nicht gesehen. Sie formte leise ploppende Geräusche mit den Lippen, die zu der Musik aus ihren Kopfhörern passen musste, während sie ein paar Hundert winzige Dellen in einen mächtigen Armreifen hämmerte.

Die gereinigte Luft kehrte abgekühlt in den Raum zurück. So ähnlich, dachte ich, musste sich ein Bach im Wald anfühlen. Ich hob die Hand und hielt die Finger vor die Lüftung; die Luft bewegte sich wie sich kräuselndes Wasser. Ich stellte mir vor, dass meine Hand eintauchte, schimmernd und verzerrt zu sehen war. *Erschaff' für mich einen Bach, Jeff.*

Ich schickte ihm sanft meine Bitte, als könnte er sie wirklich hören. Auf der Stelle hätte ich mich in einen Mann verlieben können, der mir einen Bach und ein Pferd gab.

Aber Jeff konnte so etwas nicht tun, und das wusste ich auch. Weitreichende Outdoor-Szenen waren im Tank nicht möglich. Noch nicht.

Morgan hörte auf, zur Musik Geräusche zu machen, und als ich mich zu ihr umdrehte, stellte ich fest, dass sie mich musterte. Sie hielt den Kopf leicht zur Seite geneigt. Ich zog meine Hand aus dem Strom der sauberen Luft und begrüßte sie. Sie stellte mit einem Blinzeln die Musik ab und sagte: »Du siehst fantastisch aus, Jen.«

Ich hob die Röcke meines neuen, herrlichen Kleides und machte einen Knicks. »Auf dem anderen sind Kaffeeflecken.«

»Nein!« Sie war entsetzt, und dann prustete sie vor Lachen. »Götter, ich wünschte, ich hätte Veras Gesicht sehen können.« Morgan blies die Backen auf, wie die Kostümhistorikerin es immer tat.

»Es lag nicht an mir«, erzählte ich. »Es war ein Mann. Im Eingang zum Café.«

»Zum Linux Club?«, fragte Morgan. So nannten wir den Coffee-Shop, in dem Jeff derzeit gern abhing. Jeffs bevorzugte Zeit war die der technischen Revolution um die Wende zum 21. Jahrhundert. Er und seine Freunde liebten es, so zu tun, als würden sie zum Programmieren nichts anderes als die alten Tools verwenden. Außerdem verbrachten sie eine Menge Zeit mit den Baristas.

»Ja. Ein Rabenfütterer.« Ich seufzte. »Und er trug eine Kettenrüstung.« Der Mann war ein Krieger gewesen, mindestens ein Plünderer. »Er hat mich mit seiner Axt angerempelt.«

Noch immer war ich wie benebelt, wenn ich an meinen tiefen Blick in die zwei großen Wikingeraugen dachte, kurz bevor diese glasig geworden waren. »Hm. Und dann war es auch noch im Park ein bisschen schmutzig geworden«, erklärte ich.

Ich hob den Arm und musterte die hübschen, sanft geschwungenen Konturen der glockigen Ärmel. In der kirschroten Farbe der handgefärbten Wolle leuchtete ein Hauch von Bernstein. Ich hatte nur dieses Kleid als Ersatz. Der große Wikinger und mein Verhalten im Park hatten dafür gesorgt, dass ich jetzt kein Bauernmädchen mehr war, sondern eine nordländische Prinzessin. Eine überaus reiche junge Frau im Island des zehnten Jahrhunderts. Nicht gerade authentisch für das »Herzfeuer«-Szenario, das ich testen sollte, aber es würde genügen müssen. Und immerhin fühlte ich mich auf diese Weise hübsch.

»Ich bin spät dran und noch nicht fertig«, fuhr ich fort. »Und wahrscheinlich werden mich alle umbringen, aber ich wollte noch kurz mit dir reden.«

»Ja, ich möchte, dass du ein paar neue Sachen trägst.« Sie trat zu mir und kniete sich vor mich hin, nahm mir das Messer ab und ersetzte die bisherige Scheide durch eine neue. Ich hob die Hände, damit sie nicht im Weg waren. Im künstlichen Licht wirkten die Knochen meiner Finger starr und steif. Ich krümmte sie, träumte immer noch von einem kühlen Bach. Ein Stückchen ungebleichtes Leinen kam an beiden Handgelenken zum Vorschein, blitzte unter der roten Wolle hervor.

»Nein, ich wollte mit dir reden«, sagte ich zu ihr. »Ich möchte dir etwas geben.« Ich holte die Halskette aus meiner Tasche.

Morgan unterbrach ihre Arbeit an meinem Gürtel und sah kurz auf die Perlen.

»Verstehe«, sagte sie. »Der Verschluss ist hier und hier falsch.« Sie deutete auf die Metallteile, dann legte sie die Kette zur Seite. »Ich kann später für dich daran arbeiten.«

Oh.

Ich spürte plötzlich einen Stich und kniff die Augen zusammen.

Sie bat mich, mich hinzusetzen, damit sie mir die Haare machen konnte. Der Kamm, den sie benutzte, hatte frische Ätzverzierungen. Während sie meinen Kopf drehte und beim Kämmen an meiner Kopfhaut zerrte, schloss ich vorsichtshalber die Augen, falls mir die Tränen kommen sollten. Einmal öffnete ich sie kurz, um mit einem Blinzeln in den Lesemodus zu schalten. Die Iriden meiner Kontaktlinsen schlossen sich, und ich murmelte: »Steeplechase, Atlantic City.«

Worte erschienen. *New Jersey, Vereinigte Staaten, Wende zum*

20. Jahrhundert. Steeplechase hatte einen von vielen Holzpiers, die sich in den Atlantischen Ozean erstreckten und Unterhaltungsattraktionen und Fahrgeschäfte beherbergten. Eröffnung im August 1899. Dreimal zerstört ...

Ich blinzelte mit den Augen, damit der historische Teil schneller ablief und ich endlich zu den ersten Jahren des 21. Jahrhunderts kam. Aber die Daten endeten vorher. *Im Jahr 1932 entstand durch die 26 000 Glühbirnen einer Leuchtreklame ein Feuer, und ...*

»Es ist nicht möglich, weißt du.« Morgans kalter Finger ließ mich zusammenzucken, und die Worte verschwanden. »Es hier zu machen.«

Sie berührte meinen Nacken.

»Ja, ich weiß«, sagte ich. »Der Rabe.«

Ich wollte unbedingt ein Tattoo haben – einen stilisierten Vogel aus Schnörkeln und Linien im dunkelsten Blauschwarz. Ich wollte es schon eine ganze Weile und hatte Morgan gebeten, so etwas zu entwickeln, aber in den Archiv-Videos fand sich kein Hinweis darauf, dass es diese Art von Körperschmuck im besiedelten Island gegeben hatte. Aus keinem Wikingerland waren flächige Tätowierungen bekannt, schon gar nicht bei einer Frau. Ich stellte mir vor, dass ein Tattoo mir etwas Grimmiges und zugleich Gleichgültiges verleihen würde – das, wonach ich mich sehnte. Ich wollte, dass der Schnabel des Vogels nach oben hin geöffnet war, als würde er an meiner Wirbelsäule aufschreien und nach meinen Haaren schnappen wollen, und die einzige Farbe in dem Bild sollte sein rundes bernsteinfarbenes Auge sein. Aber letztlich würde ich mich entscheiden müssen. Authentizität oder Rabe?

»Skyndi, Kona!« Plötzlich war Jeff da. Er stand in der Tür, hielt einen angeschlagenen Kaffeebecher in der Hand und gab mit seinem amateurhaften Altnordisch an. Dabei konnte er genau drei Dinge sagen: *Beeil dich, Frau* sowie *Wie mache ich das ungeschehen?* und *Das war nicht meine Schuld.*

Ich nahm ihm den Kaffee ab, hielt ihn in sicherer Entfernung zu meinem Kleid und nippte vorsichtig daran. »So spät heute Morgen«, sagte er, »und dabei hast du mich letzte Nacht nicht mal mit zu dir genommen.«

Er zwinkerte, wie ich es geahnt hatte, und sofort wurde es hell im Zimmer. Jeff war großartig, sein rotblonder Pferdeschwanz fiel in unordentlichen Strähnen auf die zwei übereinander getragenen T-Shirts. Die Art, wie die Kopfhörer an seinen Hals stießen, erinnerte an den Reif eines Wikingers. Ich schüttelte den Kopf, erstaunt über mich selbst, weil ich es vorgezogen hatte, die Nacht mit dem Tagebuch zu verbringen.

Aber es wäre einfach nicht richtig gewesen. *Er schläft.* Ich rief mir die Worte der Bauersfrau in Erinnerung. Ich wusste, dass Jeff nicht zu mir gehörte und auch niemals gehören würde.

»Gehen wir«, sagte er. »Ich brauche dich jetzt auf den Knien.«

Er zog mich damit auf. Das Gefühl beim Betreten des Tanks herabrauschendem Wasser ausgesetzt zu sein – sein »rascher Eindruck einer kräftigen Dusche« –, war so mächtig, dass es mich mehr als einmal buchstäblich umgehauen hatte. Inzwischen hatte ich es mir zur Angewohnheit gemacht, mich beim Herzstein hinzuknien, wenn ich eintauchte.

Ich winkte Morgan noch schnell zu, während Jeff mich aus der Werkstatt und weiter hinter sich herzog.

»Ich werde heute Abend nicht da sein«, sagte sie noch und deutete auf das Halsband, das ich ihr gemacht hatte. »Es ist die Nacht der Jahrhundertwende.«

Bei dem Wort erinnerte ich mich wieder. Oh. Richtig. Atlantic City.

Ich hatte vorgehabt, den beiden von den flatternden Röcken auf dem Holzpier zu erzählen, von den vielen Hüten. Alles hatte so falsch, so deplatziert gewirkt, denn die Kostüme stammten aus einer früheren Epoche als aus der Ära der Ultimate Fighting Championships. Aber Jeff nahm meine Hand, und wir gingen einen eiskalten Korridor entlang, wurden von einer Dampfwolke verschluckt, die aus den Lüftungsschächten kam.

GESTRANDET

Ich erwachte mit dem Gesicht auf schwarzem Sand.

An meiner Wange spürte ich die feuchten, beißenden Sandkörner, und ich nahm die Eindrücke dieses Schauplatzes aus einer schrägen Perspektive wahr. Nach und nach fügten sich die einzelnen Elemente zusammen. Kieselsteine und Felsbrocken in allen Größen erstreckten sich, so weit ich sehen konnte, schimmerten in tausend Schattierungen von Schwarz und Grau.

Über mir erblickte ich einen Felsüberhang, bedeckt mit struppigem, grauem und rostfarbenem Seetang. Ein Stück weiter weg zwei Felsformationen, größer als jedes Gebäude, als knieten gigantische Trolle vor dem schäumenden Meer. Grelles Licht stach mir in die Augen, und dann informierte mich eine leuchtende Nachricht über die Umgebungstemperatur. *12,4 Grad Celsius.* Meine Kontaktlinsen. Ich hatte vergessen, sie rauszunehmen, bevor ich in den Tank eingetaucht war. *Keine Koordinaten gefunden,* berichteten sie, und die Energie war fast verbraucht.

Die Feuchtigkeit des Sandes musste schon einige Zeit in mein Leinenhemd gesickert sein, denn es klebte überall unangenehm an mir. Ein übler Wind kam auf, zerrte jaulend an meinen Haaren und dem Wollumhang.

Dunkelheit eroberte mein Gesichtsfeld wie eine sich über

meinen Augen schließende Blume. Als ich erneut erwachte, war alles wie vorher.

Ich zählte die Kiesel, begann wieder von vorn, wenn ich einen Fehler machte. Sie waren eher bläulich als schwarz, einige von ihnen fast violett. Ein wässeriges Licht spielte auf ihnen, das von hoch oben aus dem Himmel kam, aber es war mir schier unmöglich, mich umzudrehen, um nach der Sonne zu sehen. Sehr vage spürte ich ihre Wärme in meinem Nacken, aber bei Weitem nicht stark genug, um die Kälte zu vertreiben.

Das hier war nicht richtig. Es war nicht das Herzstein-Szenario. Und ich wusste nicht, wo ich stattdessen war.

Ich versuchte, den Kopf zu heben, sank jedoch wieder auf den Sand zurück. Meine Arme konnte ich nicht fühlen, aber immerhin ließen sich die Finger bewegen. Bei den Füßen war es genauso. Sie waren in den schweren Stiefeln vor Kälte steif geworden. Ich versuchte, mir die Symptome einer Unterkühlung, die ich aus einem alten Dokumentarfilm kannte, in Erinnerung zu rufen. Mühsame Bewegungen, Verwirrung – das war alles, was ich noch wusste. Ich zog meinen Arm so weit hoch, dass ich meine Finger betrachten konnte. Sie waren bläulich und runzelig wie die Klauen einer Krähe. Ich verglich ihre Farbe mit der des Strandes. Finger wie entrahmte Milch vor dem Schwarz-blau des Feuersteins.

Eine Welle schlug sanft gegen mein Bein und weckte mich abrupt wieder. Ich versuchte, mich aufzurappeln, aber meine Gliedmaßen waren völlig taub. Meine Hände und Füße bewegten sich, als wären sie aus Stein. Überall um mich herum hockten geduldig Felsbrocken, vom feuchten Seetang pelzig geworden. Zerklüftet und nass. Oh. Das bedeutete, dass das Wasser bis hierher kommen würde. Diese Stelle würde überspült werden, und ich würde in kürzester Zeit sterben. Ich würde ertrinken.

Ich kämpfte mich weiter vor, fort von den drängenden Wellen. Ich versuchte, mich auf den Rücken zu rollen und aufzustehen, aber mehr als kriechen konnte ich nicht. Es gelang mir immerhin, erst das eine Knie ein Stück nach vorn zu bringen, dann das andere und auf diese Weise durch den vulkanischen Schlamm zu robben. Ich hatte das Gefühl, als würde ich einhundert Pfund Kleidung und Umhang hinter mir herschleppen. Das herrliche rote Kleid war mit Dreck nur so vollgesogen.

Ich zog mich weit genug an Land, dass ich sicher sein konnte, vom Wasser nicht wieder zurückgezerrt zu werden, und dann schloss ich dankbar die Augen. Über dem Rauschen der Brandung war eine schwermütige, nichtmenschliche Stimme zu hören. Der Gesang der Wale. Es klang schön, und lächelnd glitt ich in den Schlaf.

Zwei Gesichter sahen auf mich herab.

Zwei Männer, aber es waren weder Techniker vom Labor noch Wissenschaftler mit ihrer hellen Haut und den ordentlichen Haaren, die darauf hinwiesen, dass sie in einer sauberen Umgebung arbeiteten. Diese Gesichter hier waren von der Sonne gebräunt und vom beißenden Wind und von der Kälte gerötet. Beide hatten aschblonde, wellige Haare mit Zöpfen an den Schläfen, die auf mich herabfielen.

Sie stammten aus der Simulation. Wikinger. Ich befand mich also immer noch im Tank.

»Häuptling«, rief einer von ihnen in donnerndem Altnordisch. »Sie ist wach.« Sein Atem verriet, dass er vor Kurzem Fisch gegessen hatte. Es war ein eindringlicher und komplexer Geruch, einerseits abstoßend, aber auch frisch, ganz und gar nicht wie irgendein übel riechender Mundgeruch. Jeff musste einen Durchbruch geschafft haben. Ich wunderte mich allerdings über den Störimpuls, der dem Mann einen seltsamen

Akzent verlieh. Er hatte nur ein paar Worte gesprochen, aber ich kannte die Sprache in- und auswendig und wusste, wie sie hätte klingen sollen. Schließlich hatte ich sie entwickelt, und das hier war sie nicht. Noch nie zuvor hatte ich gehört, dass jemand diese lyrische Sprache so rau hervorbrachte.

Er half mir, mich aufzusetzen, und stützte mich. Mir drehte sich alles vor Augen, und meine Kontaktlinsen bemühten sich stotternd, Informationen zu finden. *LX89.9scssXXZ998877zp.* Sie versuchten sich an der Temperatur, an der Größe von irgendetwas, aber es war nichts als ein letztes Aufflackern. Die Daten verblassten, und jetzt waren vier Männer da. Vier Pferde. Einer der Reiter schwang elegant und mit Leichtigkeit ein Bein über den Pferderücken und stieg ab. Ich dachte über dieses Detail nach, fragte mich, wer von den Genies im Labor sich die Mühe gemacht hatte, eine solche Anmut zu programmieren. Die beiden Männer, die über mir kauerten, hatten ihn Herra genannt. Dann war er also ihr Häuptling. Ihr Anführer, der Beschützer und Befehlshaber ihres Clans. Vielleicht hatte sich die Bedeutung dieses Wortes aber auch ein bisschen verschoben, und es hieß einfach nur noch Boss, oder – ich lächelte schläfrig – vielleicht war es die Art gewesen, wie man einen kleinen Jungen anredete: »Hey, Chef!«

Wie auch immer, ich hatte nicht damit gerechnet, im Rahmen des heutigen Tests einem Häuptling zu begegnen.

Meine zwei Retter machten ihm rasch Platz. Er ließ sich vor mir im feuchten Sand auf ein Knie nieder. Er war kein kleiner Junge. Seine Stirn, die lange, gerade Nase und die hohen Wangenknochen schimmerten golden im Licht der untergehenden Sonne. Die markanten Gesichtszüge wurden von Haaren in tiefstem Schwarz umrahmt, durchzogen vom Blauschwarz einer Krähe. Sie waren nach hinten gekämmt, fielen in unordentlichen Wellen über seine Schultern. Sein Bart war kurz geschnitten. Die rabenschwarzen Haare und Augenbrauen bildeten einen Kontrast zu seinen verblüffenden Augen, die wie sonnenbeschienenes Stroh wirkten. Sie schätzten mich ab. Aber hinter dem wissenschaftlichen, wölfischen Blick war eine Spur von etwas Weicherem.

Im nächsten Moment verblassten Haare und Augen gegenüber dem Mal. Ich sog scharf die Luft ein. Es war ein Geburtsmal. Ein gewaltiges sogar, in den Farbtönen von Matsch und Blut und Beeren. Es verdunkelte den größten Teil der linken Gesichtshälfte. Die Ränder waren unscharf wie eine zerklüftete Küstenlinie, gegen die eine wütende Brandung klatschte. Ich folgte dem Mal den Hals hinab, bis es in seinem Leinenhemd verschwand. Der Mann wirkte so real, dass es mir fast leidtat, wie ich ihn mit meinem Blick beleidigte.

Er erhob sich abrupt, und mit äußerst sparsamen Bewegungen drehte er sich um und stieg auf sein Pferd.

»Nehmt sie mit«, sagte er, ohne sich umzudrehen. Er ging einfach davon aus, dass die anderen gehorchen würden. Tatsächlich war seine Stimme auf ruhige Weise gebieterisch, und ich dachte träge, dass ich ihr überallhin folgen würde. Zugleich weckte sie erneut einen Gedanken in mir. Der Akzent, die nicht ganz richtigen Worte. Ich wusste, auf welche Aussprachekonventionen sich die historischen Linguisten geeinigt hatten; ich kannte auch die Möglichkeiten in den Fällen, in denen die Experten nicht einer Meinung waren; und ganz sicher wusste ich, was ich für diese Simulation ausgesucht hatte. Seit ich in dem Schlamm wach geworden war, hatte ich nur ein paar Worte gehört, aber die genügten mir, um zu erkennen, dass sie anders waren, eine abweichende Variante jener Sprache, die ich in- und auswendig kannte.

Ich wurde auf ein Pferd gehoben und lehnte mich, ohne nachzudenken, mit dem Rücken an den Körper des starken

Mannes, der hinter mir saß. Ich hatte keine Ahnung, wie er programmiert war, aber er fühlte sich warm an.

Das Tier wendete in einem engen Kreis, orientierte sich an dem dunklen Pferd des Anführers, und der warme, sich bewegende Körper unter mir versetzte mir einen regelrechten Schock. Ich fühlte mich benommen, und mir war übel, und so klammerte ich mich an das Erstbeste, was ich fand: die Mähne vor mir, die sich überraschend drahtig anfühlte. Ich konzentrierte mich auf den Anführer, der direkt vor mir ritt. Sein Haar war üppig. Von einem ledernen Stirnband gehalten, wehte es im Takt der unaufhörlichen Bewegungen seines Reittiers. Er saß in völliger Harmonie und ganz entspannt auf dem Pferd; sein Körper bewegte sich im Einklang mit dem des Tieres. Ich fragte mich, wer die Frau war, die ihn programmiert hatte. Er war mit Faszination und Liebe erschaffen worden. Hatte sie vorgehabt, selbst in den Tank einzutauchen und ihn zu treffen? Ich ging in Gedanken die Angehörigen des Programmierungs-teams durch, und mir fielen ein paar unscharfe Gesichter ein, zwei Frauen und vielleicht ein Mann, die sowohl die erforder-lichen Kenntnisse als auch die nötige Leidenschaft besitzen mochten. Dann konnte ich mich nicht länger darauf konzen-trieren. Ich war so müde, und ich fror so sehr. Ich musste mich hinlegen.

Der Häuptling drehte sich zu mir um und sah mich an. Er lächelte schief und so kurz, dass ich nicht sicher war, ob ich es wirklich gesehen hatte.

»Name?«, fragte er.

Ich verlor das Bewusstsein.

Als ich wach wurde, saß ich auf einem sich bewegenden Pferd, und ich spannte mich augenblicklich an und fasste nach der staubigen Mähne. Ein riesiger Arm schloss sich fester um mich.

Mit einem Anflug von Ironie dachte ich, dass ich schon immer auf einem Pferd hatte reiten wollen. Aber der Körper des Tieres und die Art und Weise, wie er sich – unentwegt die Unebenheiten des Geländes ausgleichend – bewegte, waren mir fremd. Und es war falsch, dass ich überhaupt spüren konnte, wie sich die Knochen unter meinen Oberschenkeln bewegten, wie lebendig dieses Tier war. Der Bart des Mannes berührte meine Schläfe, und während am Strand noch die untergehende Sonne am Horizont geleuchtet hatte, ging der Himmel jetzt in ein purpurnes Glühen über.

Der Strand. Ja, ich erinnerte mich daran, dass ich für den Test in den Tank gegangen war. Und dann waren da der Ozean und der schwarze Sand gewesen.

Im Sommer währte die Nacht nicht lange. Vielleicht zwanzig Minuten, wenn der Himmel sich so wie dieser verfärbte. Allerdings hatte ich noch nie einen solchen Himmel gesehen – eine über mir wogende epische Wildnis aus Farben und Wolken.

Der Tank erschuf eine klar umrissene Örtlichkeit. Um so etwas wie das hier zu bewerkstelligen und mich durch eine komplexe und weite Landschaft zu befördern, war die Technik noch bei Weitem nicht gut genug.

Ich spürte, wie Säure in meiner Kehle aufstieg. Ich konnte mich an nichts erinnern, was ich für den Fall gelernt hatte, dass bei einer Simulation etwas schiefging. Ich hatte mir so viele gute Ideen gemerkt und sie auch wiederholt. Mein Kopf war jedoch wie vollgesogen mit Wasser. Die Kontaktlinsen erwachten stotternd zum Leben und teilten mir wieder die Umgebungstemperatur mit. Sie hätten hier eigentlich gar nicht funktionieren dürfen. Sie funktionierten im Tank nicht.

Ich war schon viel zu lange hier. Ich musste hier raus, musste mich rausklopfen. Daran hatte ich noch nicht einmal gedacht!

Ich schob meine rechte Hand unter den linken Ärmel meines Kleides und begann, oberhalb des Handgelenks die kurze Sequenz zu klopfen. Nichts geschah.

Kälte breitete sich jetzt in meinen Eingeweiden aus, trotz der Hitze dieses namenlosen Wikingers, der mich festhielt. Ich klopfte noch einmal, rechnete damit, das unangenehme Kribbeln der Extraktion zu spüren. Keine Reaktion. Ich versuchte es noch einmal. Wieder nichts. Der Wind fuhr mir durch Mark und Bein, und ich weinte, auch wenn ich nicht hätte sagen können, ob vor Kälte oder vor Angst. Es war egal. Bei den lauten Geräuschen, die er und die Pferdehufe verursachten, hörte mich ohnehin niemand.

Ich flüsterte englische Worte in den Wind: »Was hat das zu bedeuten?«

Eine Fehlfunktion des Tanks? Wenn dem so war, war es der spektakulärste Fehler in der Geschichte. Ich konnte das Fell des Pferdes riechen und das Leder der Zügel. Ich spürte die raue Oberfläche der Mähne und wie sich der große Mann hinter mir zurechtrückte. Ich wandte den Kopf zur Seite und sah einen Wald vorbeigleiten, die knorrigen Stämme vieler herrlicher Bäume, deren Rinde kupferfarben im letzten Licht aufleuchtete, bevor es Nacht werden würde. Ein einzelner, letzter Streifen in einem fantastischen Orange wurde plötzlich von einem dunklen Rostton abgelöst, ehe alles violett wurde und dann stahlblau.

Es konnte sich nur um einen zufälligen Quantensprung in der Technologie und höchste Kunstfertigkeit handeln. Denn das hier war Kunst, atemberaubend in ihren glühenden Details.

Jetzt war der Himmel stahlblau in diesem Moment zwischen Tag und Nacht, und wir ritten schneller. Der Häuptling war wunderschön, wie er sich vor dem dunkler werdenden Himmel als Silhouette abzeichnete. Er trug jetzt eine Fackel. Die sanfte Flamme brachte das Blau in seinen Haaren zum Leuchten, während sie sich im Rhythmus seines Pferdes hoben und senkten.

Es war dunkel, als wir irgendwo ankamen. Verängstigt und vom Ritt auf dem Pferd ganz benommen, konnte ich weder gehen noch etwas sagen. Der große Mann trug mich. Ich hörte Gemurmel, knappe Worte von Männern und Frauenstimmen, die wie ein Schwarm Vögel klangen. »Gefunden« sagte jemand in einem seltsamen Altnordisch, »fast ertrunken« und »macht Platz«. Ich spürte eine Holzbank in meinem Rücken, eine Wolldecke, die über mich gebreitet wurde und meine feuchten Kleider und meinen Körper bedeckte. Ich wurde nach meinem Namen gefragt.

»Jen«, versuchte ich zu sagen. Ich war so unendlich müde, und meine Stimme klang schwach und heiser.

Eine Frau hielt meine Hand. Ihr Gesicht war streng, aber neugierig. Sie tätschelte mir die Hand mit ihrer glatten Handfläche. »Ginn«, sagte sie.

Der Schimmer eines Feuers umrahmte sie, und ich sah an ihr vorbei und bemerkte ein Dutzend Gesichter, Menschen, die sich auf Bänken entlang eines langen Raumes drängten – er war so lang, dass ich das Ende nicht sehen konnte. Dies war der Schauplatz der Herzstein-Simulation, aber er war so viel größer als das, was wir entwickelt hatten.

Auch die Figuren waren anders. Rauch brannte in meinen Augen, und als ich hustete, verschwammen ihre Gesichter, weil sich Tränen bildeten. Trotzdem konnte ich Einzelheiten sehen. Angst und Neugier leuchtete in den Mienen dieser Menschen auf unterschiedlichste Weise, als sie mich betrachteten. Und ihrer aller Augen zeugten von einer reichen inneren Geschichte, die sie zu diesem Moment geführt hatte. Das hier war keine übliche Simulation, und sie spielten auch nicht bloß eine Szene in diesem Haus.

Es fühlte sich real an. Als wäre ich wirklich hier, im Island der Wikingerzeit. Aber das war unmöglich.

Nichts von alldem war möglich. Weder der heftige Gestank nach Fisch, Pferden und Rauch noch der Märchenwald unter dem epischen Himmel, der sich im Laufe der Zeit veränderte, noch die ausschweifende Landschaft, die mit Einbruch der Nacht dunkler wurde. Nichts von alldem konnte im Tank geschehen. Und so war ich auch nicht darin, oder? Selbst, als mein Verstand sich noch weigerte, diese Möglichkeit ernsthaft in Betracht zu ziehen, wusste ein kleiner Teil meines Herzens bereits, dass es genau so war.

Island, um 920

Hustend kam ich wieder zu Bewusstsein. Meine Lungen brannten. Eine Woge von Gerüchen überschwemmte mich und drang in mich ein, der Gestank von Feuer und Holz und Schweiß. In dem Alkoven war es dunkel, und die Bank unter mir fühlte sich hart an. Meine Zehen erreichten fast die gegenüberliegende Wand. Dünne Vorhänge verbargen mich; ich war allein. Dann kehrten Erinnerungen zurück, wie jemand mit einem knochigen Körper neben mir gelegen, wie jemand an meinem Wollumhang gezerrt hatte. Da war der leise Klang weiblicher Stimmen gewesen. »Schhh, schlaf jetzt.«

Jetzt war niemand mehr hier. Ordentlich gefaltete Decken und ein Stapel Schaffelle befanden sich an der rückwärtigen Holzwand. Ich setzte mich aufrecht hin und lehnte mich in die

Ecke. Meine Augen tränten von den intensiven Gerüchen. Ich drückte meine Wange an das Holz; die Gerüche mussten vom Saft des Holzes und der Rinde kommen, vermischt mit dem vertrauten Metallgeruch aus Morgans Werkstatt. Schon wenige Atemzüge genügten, und mein Kopf pochte.

Ich klopfte auf meinen Unterarm, aber nichts geschah.

Der Ärmel war anders. Ich trug ein weiches, flauschiges Unterkleid, das nicht mir gehörte.

Jeff hatte einmal gesagt, dass der Geruchssinn der grundlegendste unserer Sinne ist, was ursprüngliche Reaktionen, ursprüngliches Verhalten und ursprüngliche Erinnerungen betrifft. Einfache Gerüche ließen sich im Tank erzeugen, aber die feineren und komplexeren Gerüche herzustellen war mit den derzeitigen Programmierungsmethoden nicht möglich. Dieses Kleid roch nach Seife und klarem Gletscherwasser. Der von dieser Wand ausgehende Geruch durchdrang meinen Körper so intensiv und einzigartig, dass sich in seiner Tiefe etwas Dunkles und Sinnliches öffnete. Es roch nach Erde, und mir fielen wieder Momente vom Morgen ein. Wie ich im Park das kraftlose Gras zwischen den Fingern gehalten und zwischen den Sonnenschirmen hindurch einen kurzen Blick auf die Sonne erhascht hatte, und schon jetzt fühlte es sich so an, als würde es Millionen Jahre zurückliegen.

Der Geruch hier stammte nicht aus einem Molekulargenerator. Es war echtes Holz, das so roch. Ich war tatsächlich in dieser Welt.

Ich sah mich um, aber ich fand nichts, worein ich mich hätte erbrechen können.

Die Zeit verstrich immer noch, was unmöglich war. Das Gefühl, dass dies alles grundfalsch war, blieb bestehen: die lebhaften Gerüche von Birken und Wolle und Schweiß, die fremden

Gestalten und Stimmen, der Klang der Worte, die ich nicht erschaffen hatte.

Irgendein verschwindender Teil meines Herzens glaubte nach wie vor, dass ich mich aus dieser Situation rausklopfen könnte, trotz der Tatsache, dass diese Welt im Tank überhaupt nicht existieren konnte. Ich versuchte es also noch einmal, zitterte und weinte. Ich weinte stumm und mit offenem Mund, die Handflächen fest gegen die Stirn gepresst. Ich sehnte mich nach meinem Zuhause, nach Morgan und Jeff, nach meiner Sicherheit. Nach Fakteninformationen vor meinen Augen, nach Kontaktlinsen, die mir zeigen würden, wie ich Worte finden und definieren konnte.

Ich blinzelte die Tränen weg und versuchte dann, mit erneutem Blinzeln die Linsen anzuknipsen. Sie reagierten nicht. Es gab kein Glühen, kein Aufflackern, keinen einzigen Buchstaben, überhaupt keine Information. Meine Furcht nahm jetzt archaische Züge an.

Dann hörte ich die Stimme des Häuptlings. Er war da, auf der anderen Seite des Vorhangs.

Er saß auf der Bank gleich außerhalb dieses Alkovens und sprach über ein Werkzeug – es war ein Wort für *Erdschneider*. Ein anderer Mann wollte wissen, wie viele und wie scharf. Der Häuptling sprach darüber, wie viele Wände und wie lang. Gedanken und Berechnungen von Männern. Ich spürte das Gewicht seines Körpers, die Bewegung der Bank, als er sein Gewicht verlagerte. Ich hätte ihn berühren können, wenn ich den Arm ausgestreckt hätte.

Altnordische Worte hatten oft gerundete Vokale, und sie wurden mit der Kadenz eines Schlaflieds gesprochen. Stimmen erklangen, legten sich in Schichten übereinander. Sätze erhoben sich als Fragen. Dann wurde die Weichheit von Freudenrufen gestört. Knappe, verärgerte Laute folgten. Keine andere Sprache besaß eine solche Bandbreite, war so harsch und eignete sich dennoch so gut für Gesang und vertrauliches Gemurmel.

Ich dachte, ich wäre in diese Sprache eingetaucht. Aber ich hatte es nicht wirklich geschafft. Mein Gott, hier hörte ich die echte Sprache. Ich schloss die Augen und sog die Stimme des Häuptlings in mich auf. Sie war manchmal rau wie Kiesel und sehr ernst, aber irgendetwas daran war gut.

Während ich das Gewicht seines Körpers auf der Bank spürte, kam ein Wunsch in mir auf. Ich wollte die Gesten sehen, die mit den Worten einhergingen. Ich wollte sehen, wie die Leute aussahen, wenn sie sprachen. Ich wollte ins Bad gehen, mir die Haare waschen, essen. Und ich wollte den Häuptling noch einmal ansehen. Ich hatte noch jede Linie, jedes Detail seines Gesichts von unserer Begegnung am Meer her in Erinnerung. Die hohe Stirn, das schwarze, wellige Haar und die dunklen Augenbrauen, die markanten Wangenknochen, die wölfischen Augen. Ich hob die Hand, um den Vorhang, der uns trennte, leicht zu berühren. Ich fragte mich, wie er hieß.

Die Männer verließen das Haus, und selbst durch den Vorhang hindurch spürte ich, wie ein leises Aufatmen durch die Schar der Frauen ging.

Ich setzte mich auf und streckte mich, so gut es in der Enge des Alkovens möglich war. Mir tat alles weh, mein ganzer Körper, wie von tausend Nadelstichen. Ich lehnte mich an die Holzwand und stöhnte. Meine Finger klopften aus Gewohnheit auf meinen Arm, aber es überraschte mich nicht, dass nichts passierte.

Ich ließ den Kopf gegen das Holz sinken und spürte, wie sich meine Haare an der rauen Oberfläche leicht verfingen.

Ich hatte keine Ahnung, was ich sonst noch tun konnte. Ich war einfach hier.

»Sie muss an die Luft.« Eine Frau sagte das. Sie sagte auch »ein Bad nehmen« und so etwas wie »wird ihr guttun«. Die Stimme war sanft, aber ein bisschen heiser, erinnerte mich an die kratzige Mähne, an die ich mich letzte Nacht geklammert hatte. Da war ein winziges Lispeln in ihrer Aussprache, nicht viel mehr als ein kleiner Stups der Zunge bei den S-Lauten, so gering, dass vermutlich niemand außer mir es bemerkte.

Jemand zog den Vorhang zur Seite, und der kleine Raum wurde vom Licht einer nahen Fackel und erstickendem Rauch erfüllt. Die Sonne fiel durch ein Loch im Dach, das groß genug war, dass ich sie deutlich sehen konnte. Die Frau legte ihre schlanke, knochige Hand neben meinen Füßen auf die Bank und sah mich mit hellen Augen an. Ruhig, aber nicht verzagt.

Sie war jünger als ich, vielleicht ein paar Jahre. Bei dem Licht war es schwer zu sagen, und zudem verliehen die Haare ihr etwas zugleich Kindliches und Strenges. Sie hatte sie zu zwei Zöpfen geflochten, die ihren Kopf wie Klauen umfassten und ihre kantigen Gesichtszüge betonten, die vom Licht der Fackel noch zusätzlich hervorgehoben wurden. Die Nase war gerade, die Wangenknochen hoch und vorstehend, das Kinn spitz. Aber ihre Lippen waren voll und rund, ein ungewöhnlich sanfter Mund in einem so scharf geschnittenen Gesicht.

Nach einem Moment schob sie ihre Hand weiter in den Alkoven hinein, als würde sie ein in einem Käfig gefangenes Tier streicheln wollen. Es fiel mir nicht schwer, sie ganz hereinkommen zu lassen. Sie kauerte sich wie ein Vogel zusammen, sodass sie fast nur aus Armen und Beinen zu bestehen schien. Es fiel mir auch leicht, sie mit angezogenen Beinen so dicht bei mir sitzen zu lassen.

»Ich bin Betta«, sagte sie. Die volle, rauchige Stimme, die ich zuvor schon vernommen hatte, gehörte also zu diesen Lippen – welch eine sinnliche Überraschung! Sie lächelte, und Zähne kamen zum Vorschein, die ein ganz klein bisschen zu groß für ihren Mund waren. Aber irgendwie verlieh ihr das auch etwas Weiches, Unbeholfenes, das einfach bezaubernd war.

Ich erwiderte das Lächeln und atmete einen Schwall Rauch ein. Die Luft brannte in meiner Lunge. Ich brachte krächzend eine Begrüßung heraus. In der Linguistik bezeichnet man es als gegenseitige Verständlichkeit, wenn Menschen, die verschiedene Versionen einer Sprache sprechen, einander ohne besondere Vorkenntnisse verstehen können.

Sie starrte mit einem eindringlichen und neugierigen Blick auf meinen Mund. Ich fragte mich, ob sie noch nie jemanden mit einer kleinen Zahnlücke gesehen hatte. Die Hand in ihrem Schoß zuckte, als wollte sie sie ausstrecken und mich berühren. Als könnten Finger das Versagen der Sprache ausgleichen und herausfinden, was ich war. Sie hatte keine Scheu, mich offen zu mustern.

»Du hast Angst«, sagte sie. Es klang nüchtern. War eine reine Feststellung.

Sie konnte unmöglich wissen, wie tief meine Angst reichte, wie sie sich in meinem Innern spiralförmig nach unten wand, eine Art Trichter aus dunklen Vögeln. Spielarten der Angst. Ich war verrückt, ganz sicher. Und gestrandet, entführt von Realisten? Für immer in irgendeiner Zwischenzone des Tanks gefangen? Oder auch nicht. Ich fürchtete, es zuzugeben, aber mein Bauch wusste bereits, dass es wahr war. Ich war zwölfhundert Jahre entfernt von dort, wo mein Leben begonnen hatte.

Das Zittern setzte wieder ein, und ich zog fünf Pfund Wolle und Felle enger um mich.

»Du brauchst keine Angst zu haben«, sagte sie. »Es ist jetzt überall grün. Es ist Sommer, já?« Sie sah meine Zudecken an, dann griff sie nach einer und zog sie langsam weg. »Du musst mit nach draußen kommen und atmen.«

Atmen! Die Vorstellung von frischer Luft erreichte mich wie aus einer uralten Geschichte. Ich hatte ganz vergessen, dass es vor dem Langhaus frische Luft geben würde. Luft und Sonne und Licht. Plötzlich konnte ich es kaum noch erwarten. Genau das brauchte ich. Tränen traten mir in die Augen, und ich nickte, atmete tief ein und versengte mir die Lunge.

Betta glitt an den Rand des Alkovens und öffnete den Vorhang ganz. »Mal sehen, ob du gehen kannst.« Ihre starken Finger schlossen sich um meine, um mir aus dem Bett und in den Wohnbereich des Langhauses zu helfen.

Ich fand mich in einem geradezu mustergültigen Wikinger-langhaus wieder. Bänke reihten sich rechts von mir aneinander, mit grauen und weißen Fellen bedeckt, erstreckten sich so weit, dass sie in der Dunkelheit des endlosen Langhauses verschwanden. Im Schein des Feuers nahmen die Bänke und Wände die Farben von Butter und Kupfer an, außerhalb desselben zeigten sie sich in Schattierungen von Rost, Pflaume und dunkelstem Braun.

Sonnenstrahlen fielen schräg durch das Rauchabzugsloch im Dach, und die Gegenstände, die sie berührten, glitzerten. Werkzeuge blitzten auf, vorsichtig beiseitegelegte Äxte, Messer, wie sie Frauen benutzten, und Nadeln. Zwei Frauen saßen wie Geister in dem wabernden Rauch und dem ekelhaften Gestank von Körpergeruch und Fisch. Ich schluckte schwer.

Ich sah den Hjartastein. Den *Herzstein*. Ein Wort, das – wie es bei den Wikingern üblich war – ein winziges Gedicht aus etwas sehr Gewöhnlichem machte. Er war der Mittelpunkt des Wohnhauses, das Hauptfeuer, eingegrenzt von einem in die

Länge gezogenen Oval aus Steinen. Das durch das Loch im Dach fallende Sonnenlicht beleuchtete eine Säule aus Asche und Rauch, die langsam zum Himmel aufstieg.

Ich blinzelte die übliche Sequenz, um ein Bild zu speichern, und vor Enttäuschung brannte eine kleine Träne in meinem Auge. Meine Kontaktlinsen waren hinüber, sie würden nicht mehr funktionieren.

Ich musterte den Raum, verzweifelt bemüht, auch das kleinste Detail in mich aufzunehmen, für die Zeit, da ich wieder in der Zukunft festsitzen würde. Allerdings hatte ich nicht die geringste Ahnung, wann das sein würde. Ich musste das hier festhalten, und ich musste es allein mit meinen Augen und meinem Geist tun. Mein Hirn lief auf Hochtouren, da ich versuchte zu sehen und zu lauschen und mir alles einzuprägen. Als ich aus dem Alkoven trat, stolperte ich und kam mit den Knien auf dem Boden auf.

Ich schaute mich erstaunt um. An der Wand auf der anderen Seite des Raumes verliefen zwei übereinanderliegende Reihen von Schlafplätzen. Große Pfosten – ganze Baumstämme – stützten das Langhaus und teilten die Schlafplätze in kleine Quartiere, die wie Tierhöhlen wirkten. Die meisten waren hinter dünnen Leinenvorhängen verborgen, die in einem rostigen Orange gefärbt waren und dort, wo das Licht auf sie fiel, beinahe rosafarben leuchteten.

Ein paar der unteren Alkoven waren offen zugänglich. In einem lag ein Mann auf der Seite und schlief; sein geöffneter Mund berührte die Holzbank, und sein Bauch drückte gegen einen Metallbecher und einige Messer, die an seinem Gürtel hingen. Den einen Arm hatte er gebeugt, die Hand hatte er auf der Axtklinge liegen, als wäre sie die Wange einer Geliebten. Außer ihm waren sonst keine Männer anwesend. Nur die beiden Frauen beim Herzstein waren hier und musterten mich.

Ich griff blind nach Bettas Hand, und sie nahm sie. Ihre kühle Handfläche hatte etwas Beruhigendes. Sie half mir auf, und als wir beide aufrecht dastanden, bemerkte ich, dass sie zwei bis fünf Zentimeter größer war als ich. Für eine Frau ihrer Zeit und an diesem Ort war sie ziemlich groß, fast einssiebzig, schätzte ich.

Sie führte mich längs durch den Raum und dann durch eine Art Torbogen hindurch in einen anderen. Dieser zweite Raum war kleiner und in hellem Holz gehalten, sodass er sehr viel lichter wirkte. Davon hatte ich gelesen! Es war der Raum, in dem die Frauen arbeiteten. In der Mitte befand sich eine kleine Feuerstelle, um die ein paar Frauen saßen, die mir irgendwie bedrohlich vorkamen. Zwei weitere saßen auf den hellen Bänken und spannen. Eine dritte ging mit einem Baby an der Brust auf und ab, dem sie etwas zuflüsterte und dessen weißblonden Schopf sie küsste. Die weichen Haare des Kindes wehten leicht in ihrem Atem. Betta verzichtete darauf, mich ihnen vorzustellen, worüber ich froh war. Die Frauen nickten, ein paar lächelten, und wir gingen weiter.

Am Ende dieses Raumes befand sich eine Tür. Sie hatte Eisenscharniere und bestand ganz aus goldfarbenem Holz. Über ihr befand sich ein kleiner Giebel mit sich kreuzenden Drachenköpfen. Die Tür wirkte wie aus einem Kindertraum und erweckte den Eindruck, als würde sich etwas ganz Besonderes und Atemberaubendes auf der anderen Seite befinden, so wie eine Welt aus Süßigkeiten. Und so war es auch.

Es handelte sich um einen Schmutzraum, in dem sich die Reichtümer des Hauses befanden. Er wurde von kleinen Lampen mit gewundenen Griffen erhellt, die hier und da in den Wänden steckten, und zeugte von einer ungeheuren Lebensfülle. Dutzende von Wollumhängen hingen an Haken, Lederstiefel standen auf dem Boden entlang der Wände, ein großes Regal war mit großen Schüsseln, etlichen Körben, Werkzeugen und Besen gefüllt. Pfeile und Bogen hingen an der einen Wand neben zwei langen, gebogenen Klingen und einer Reihe von stumpfen Axtköpfen. Überall lagen Messer und Äxte und andere Metallteile herum, mit denen man schneiden konnte. In einer Ecke befanden sich Holzgriffe in jeder Länge, von der Größe wie für ein Handbeil bis hin zu solchen, die länger als Jeff waren. In einer anderen Ecke fanden sich plumpe Schneeschuhe und lange, flache Schienen – die Skiðs, von denen ich gelesen hatte, *Schneegleiter*, eine Art dünne Skier aus Holz. Niedrige Bänke säumten die hintere Wand, und auf der einen stapelten sich gefaltete Decken und Schaffelle. Unter der Bank lagen ein kleines Holzschwert und ein winziger Schild, die anscheinend dort vergessen worden waren. Das wahre Herz des Hauses war nicht die Feuerstelle, sondern das hier.

Dieser Raum war auf chaotische Weise voller Leben und gleichzeitig so ordentlich wie eine Sattelkammer. Ein Haus, das von einer strengen Hand geführt wurde, aber Liebe ausstrahlte und anscheinend von einer guten Ehefrau in Ordnung gehalten wurde. Vielleicht war es die mit dem Baby. Hatte sie Schlüssel an ihrer Taille getragen? Plötzlich kam eine so heftige Wut in mir auf, dass ich taumelnd auf die nächste Bank sank. Für wen hielt sie sich, diese Frau, die dieses Haus in einem so wunderschönen Zustand hielt? Ich war verwirrt. Entsetzt über mich. Frustriert und wütend darüber, dass ich allein und schwach war. Dieses Haus war herrlich, und es war größer, extravaganter und bequemer als jedes Langhaus, das ich mir vorgestellt hatte. Ich konnte mich glücklich schätzen, so glücklich.

Ich stützte den Kopf in die Hände, spürte, wie schwer er sich anfühlte.

Ein kleines Mädchen mit langen, braunen Haaren kniete sich vor mich hin. »Geht es dir gut?«

Ich sah sie aus wunden Augen an. Sie erklärte mir, dass sie Ranka hieß und schon sechs Jahre alt war. Betta kniete sich jetzt neben das Mädchen, und ihr Blick wanderte nachdenklich zwischen meinen Füßen und einem kleinen Paar knöchelhoher Lederstiefel hin und her. Ich sah meine eigenen Stiefel bei der Tür stehen, verkommen zu zwei vom Salzwasser beschädigten Klumpen. Sie schürzte die Lippen, legte eine Sohle an meinen Fuß an. Ranka erteilte in ihrem Singsang gute Ratschläge bezüglich Mädchen, deren Füße noch wuchsen.

Außer der Tür, durch die wir diesen Raum betreten hatten, gab es noch zwei andere. Die eine führte nach draußen, vermutete ich. An der zweiten war ein aufwändiges Schloss aus Eisen angebracht. Da war auch noch ein Gang – eine schlichte Öffnung im Boden, von der aus Stufen hinunter in die Erde führten, hinein in das dunkle, nicht zu erkennende Erdinnere.

Ich stand auf und schwankte, streckte die Hand nach der Tür mit dem Schloss aus. Betta und Ranka stießen einander fast um, so eilig hatten sie es, mich daran zu hindern. »Nei!« Ranka riss die Augen auf. »Da geht niemand hinein.« Ich ließ mich von ihnen wegführen, hinunter in die Erde.

Der Tunnel machte mir keine Angst. Er war hoch und breit genug, dass Betta und ich bequem hindurchgehen konnten, und außerdem wirkte er wie von freundlichen Elfen angelegt. Ranka trug eine kleine Fackel, die Betta ihr gegeben hatte, und ich zuckte zusammen, als sie damit ein bisschen zu nah an mein Gesicht herankam. Wir hätten sie kaum gebraucht. Nach weniger als einer halben Minute konnten wir vor uns einen rechteckigen Lichtfleck erkennen, wo der Tunnel endete. Es handelte sich um eine bezaubernde kleine Tür, in deren oberer Hälfte ein Fensterloch prangte. Wir befanden uns offenbar in einem Hügel, und ein Stück vor uns sah ich ins Freie.

Ich trat nach draußen, und die Sonne, die auf einer Million Grashalmen leuchtete, blendete mich. Ich schrie auf, riss die Hände hoch, um meine Augen zu schützen. Dann spähte ich zwischen den Fingern hindurch, und als ich wieder in der Lage war zu sehen, fand ich mich in einer verblüffenden Welt wieder. Wir waren in einem kleinen Talkessel. Überall um uns herum erhoben sich smaragdgrüne Berge, und das Gras, das auf ihnen wuchs, schien geradewegs nach unten zu strömen, bis auf das Dach des Tunnels. Dort, wo Steine waren, wich das Gras weichem Moos. Ein runder Teich mit grünlichem Wasser lag ruhig und glitzernd in der Sonne. Und wir waren wirklich im Grünen, mitten in der Landschaft. Das hier sah ich nicht auf einem Monitor oder weißen Fliesen oder einer Metalltischplatte. Es existierte überall um uns herum.

Betta führte mich an dem Teich vorbei zu einem Platz, an dem ich zur Toilette gehen konnte. Allerdings kam mir dieses Wort aus der Zukunft ziemlich lächerlich vor, als ich die Toilette sah – einen »Raum« ohne Wände unter freiem Himmel, nichts anderes als eine abgeschiedene Stelle in den Büschen an einem Bach. Hier, wo ich ungestört und allein war, nahm ich meine trockenen Kontaktlinsen heraus, rollte sie zusammen und verstaute sie in meinem Nadelkästchen.

Dann wurde ich unsicher, als ich versuchte herauszufinden, was ich mit meinen Röcken tun sollte. Das Gras kratzte und kitzelte. Es war so vollkommen anders als in meiner Wohnung, dass ich kaum richtig verstand, was ich hier eigentlich tat. Wo ich gelandet war.

Als wir wieder beim Teich waren, begann Betta, mir Anweisungen zu geben. Ihre übertriebene Sanftheit verwandelte sich in ungezwungene Kameradschaftlichkeit. »Afkloeði, Kona«, verlangte sie. *Runter mit den Kleidern, Frau.* Ich musste laut lachen, weil sie so sehr nach Jeff klang. Diesen Spruch würde ich ihm beibringen müssen.

Das Lachen blieb mir in der Kehle stecken. Jeff. Ich fragte mich, wann ich ihn wiedersehen würde. Würde ich irgendwann aus dieser Szenerie einfach wieder heraus- und ins Labor zurückgerissen werden? Würde ich von dem reißenden Metall in meinem Hirn wieder genauso überrascht werden wie beim letzten Mal?

Bettas offenherziges Lächeln zog mich in ihre Welt zurück. Sie war ungezwungen und liebenswert, und wenn sie lächelte, war sie wunderschön. Nicht hübsch, das gar nicht. Sie barg vielmehr das Versprechen einer späteren Anmut. Mit zunehmendem Alter würde sie hinreißend werden, in ihre großen Augen hineinwachsen und lernen, die Haare offen zu tragen.

Sie half mir beim Ausziehen des Kleides, zog mir das Unterkleid über den Kopf. Gürtel, Nadeln und Halskette landeten auf einem Haufen auf den Steinen. Ich hielt mich an ihrem Arm fest und betrat den Teich, der vermutlich warm sein würde. Das Wasser war jedoch sogar fast heiß, und es fehlte nicht viel, und es wäre unangenehm gewesen. So aber war es köstlich, und dankbar sank ich ins Wasser und ließ mich von ihm wiegen.

Beim Labor gab es ein Wellnessbad, geschmolzenes Eis im Herzen des Gletschers, aber es war nichts, verglichen mit dem hier. Noch nie hatte ich einen Teich gesehen, der sich wie ein kleines Becken unter einem Himmel befand, der die Farben von Birnen und Moos hatte. Ich legte den Kopf in den Nacken, und die grenzenlose Weite, ein nicht durch Stahl und Glas unterbrochener Himmel, legte sich wie ein schweres Gewicht auf mich. Er war so riesig. Ich atmete langsamer, um mich zu beruhigen. Ich strich über meinen Oberschenkel, und das Wasser fühlte sich wie Seide auf meiner Haut an. Dann steckte ich die Zehen in den schlammigen Boden und wischte mit der Hand über die Wasseroberfläche, genoss den Widerstand. Ich war wie verzaubert.

»Hast du vorher noch nie ein Bad genommen?«

Ranka saß auf den Steinen am Rand des Teichs. Sie hatte die Beine übereinandergeschlagen und den Kopf so weit zur Seite geneigt, dass ihr Zopf ein Stückchen ins Wasser hing. Ihre Brauen waren zusammengezogen, was ihr einen sehr erwachsenen, besorgten Ausdruck verlieh.

Was dachte sie von mir? Ich begriff, dass ich für sie genauso neu und erstaunlich sein musste, wie für mich dieser Teich war. Rankas Welt musste sehr klein sein. Unglaublich klein sogar. Wahrscheinlich würde ich in ihrer ganzen Kindheit die einzige funkelnde Besonderheit sein, die ihr begegnen würde, und sie wollte ein Teil von mir sein, ein Teil von dem Ereignis »Ginn«.

Besorgnis erfasste mich, und trotz des heißen Bades fröstelte ich. Sie war noch ein Kind, offen und fasziniert, aber was würden die Erwachsenen denken? Was glaubten sie, woher ich kam? Ich sah vor mir, wie ich auf dem schwarzen Sand gelegen hatte, mein Kleid wie ein Blutfleck auf dem dunklen Untergrund. Es kam mir gefährlich vor, dass ich keine Erklärung für sie hatte.

Ich ließ mich an den Rand treiben und fragte Ranka, ob sie mir die Haare machen würde.

»Ich werde tun, was ich kann«, sagte sie streng, fast tadelnd, und Betta und ich sahen uns an und unterdrückten beide ein Lachen.

Während ich weiter im Wasser trieb, tauchte Betta ihre Füße in den Teich, und Ranka wusch meine Stirn mit einem Leinentuch, das in irgendein lieblich duftendes Wasser getaucht worden sein musste, in das sie Blumen gemischt hatten. In der

Specksteinschüssel hüpften und wirbelten kleine weiße Zweige, die nach Wilder Möhre aussahen. Sie nannte sie Snjorbloms. *Schneeblüten.* Die Bauersfrau hatte das Wort in ihr Tagebuch geschrieben, und jetzt wusste ich, dass es sich um Engelwurz handelte – so hieß es, nachdem die Christen und Botaniker entsprechende Vorstellungen hierhergebracht hatten.

Ranka wusch mir die Schläfen und den Nacken, bewegte meine Haarsträhnen sanft im Wasser. Mit ihrer dünnen Stimme sagte sie, dass sie eines Tages auch solchen Schmuck haben würde wie ich. Sie erzählte vom Füttern der Pferde und dass sie gerade lernte, für ihren Vater ein Hemd zuzuschneiden und zu nähen. Es war ein sehr großes Hemd. Schon bald würde sie selbst ein neues Kleid brauchen, denn sie war größer geworden.

Sie kämmte meine Haare mit einem wunderschönen Kamm, der größer war als meine Hand. Er hatte einen gebogenen Rücken und zarte, aus Knochen geschnitzte Zinken. Sie zog ihn sanft über meine Kopfhaut, erzeugte damit ein tausendfaches Kribbeln und Jucken. Ich hatte auf einer harten Bank geschlafen, meine Haare waren feucht und voller Sand gewesen. Jedes Mal, wenn sie den Kamm hindurchzog, fühlte ich mich ein kleines bisschen mehr wie ein Mensch. Ranka arbeitete sorgfältig und behutsam an den Knoten in meinen Haaren, offensichtlich stolz darauf, dass sie dabei helfen konnte, mich aufzuwecken und »bereit zu machen«. Sie tauchte den Kamm ins Wasser und fuhr damit durch meine Haare, und ich beugte den Kopf nach vorn, sodass sie sie über den ganzen Rücken kämmen konnte. Währenddessen fragte ich mich besorgt, was sie eben damit gemeint hatte. »Bereit« für was?

Sie fragte mich, ob sie irgendwann einmal meine Halskette tragen könne, und ich sagte Ja, sofern sie mir verriet, was das hier für ein Ort sei.

Sie hielt inne. Ich hatte etwas sehr Seltsames gesagt.

»Já, du bist in Hvítmörk!«

Damit sollte meine Frage offenbar erschöpfend beantwortet sein. Ihr Ton ließ auch eindeutig darauf schließen, dass ich darüber begeistert sein sollte, dass ich hier war. Ja, ich hätte wissen sollen, was Hvítmörk war. *Weißer Wald.* Es musste der Name dieses Gehöfts sein. Wo diese Menschen lebten und arbeiteten. Wohin der Häuptling an diesem Morgen gegangen war, nachdem er das Langhaus verlassen hatte. Der Ort, an den ich schließlich auch gehen würde, wenn wir mit diesem Bad fertig waren. Ein Bauernhof voller Menschen, die von mir erwarten würden, dass ich mich auf die gleiche Weise verhielt wie sie. Dass ich all die üblichen Dinge wusste, die sie wussten, und dass ich ihnen sagen konnte, woher ich kam und was mit mir geschehen war. Aber wie konnte ich es ihnen sagen? Es war undenkbar. Ich verstand es ja selbst nicht.

Ranka sprach weiter über die Dinge, die kleine Mädchen so interessierten. Sie erzählte von den Leuten auf dem Hof, und es war mir einfach unmöglich, alles zu verstehen und zu behalten. Sie hatte offenbar das dringende Bedürfnis, mir alles zu sagen, was sie jemals wahrgenommen oder gedacht hatte. Ich konnte ihren unaufhaltsamen Willen spüren, groß zu werden, groß zu sein, und es beschämte mich, dass ich mich vorher auch nur eine Minute in diesem Alkoven versteckt hatte. Ihre Aufregung erfüllte auch mein Herz, und ich atmete die frische Luft ein, roch das Gras und die Erde, viel eindringlicher und sinnlicher als in jedem Stadtpark. Glückseligkeit und pures Staunen strömten durch meine Adern.

Dann sprach sie über mich.

»Ich habe gehört, dass du vom Meer gekommen bist«, sagte sie. Schlagartig kehrte meine Besorgnis zurück und lag mir wie Blei im Magen. Sie sprach weiter, ohne mich zu beachten. »Mein Da hat dich gefunden.«

Ich verspürte einen Stich in meinem Herzen, den ich mir nicht erklären konnte. Meine Stimme klang schwächer, als ich es beabsichtigte. »Dann danke ich ihm dafür.«

»Já ...« Sie verstummte, und eine Stille entstand, die nach so viel Geschnatter geradezu durchdringend war.

Sie wollte mich etwas fragen. Ich konnte es an dem Echo ihres *Já* hören, an diesem Tonfall, der noch in meinen Ohren widerhallte. Ich konnte spüren, wie sie ihren Körper vor und zurück wiegte, während sie die nassen Haare über meine Schultern legte. Schließlich platzte sie heraus: »Haben die Göttinnen dich geschickt?«

Betta und ich lachten laut, dann sahen wir uns an und lächelten. Ich dachte an das Programmierungsteam, an Jeff. Eine Göttin war er ganz sicher nicht. »Ich glaube nicht.«

Rankas Vater hatte mich am Strand gefunden. Sie war also sein Kind. Sie war ein kluges und wunderbares Mädchen. Warum nur verspürte ich bei dem Gedanken, dass sie seine Tochter war, diesen Schmerz?

»Dann ist also der Häuptling dein Da.« Ich sprach die Worte leichthin, aber sie brannten in meiner Kehle. Es lag an dem Rauch, der immer noch dick in meiner Lunge hing.

Ranka schnappte regelrecht nach Luft und ließ den Kamm geräuschvoll fallen. Das äußerst temperamentvolle Mädchen, das sich seit der Zeit, da ich sie kannte, fast unablässig bewegt hatte, erstarrte jetzt vollkommen.

»Oh, nei, nei«, flüsterte sie.

Betta musterte mich wachsam, ohne sich zu rühren. Ich hatte etwas Falsches gesagt. Ich hatte das Gefühl, als wäre ich über eine Wiese gegangen und plötzlich in ein gähnendes Loch gefallen.

Dann fing Betta sich wieder. »Rankas Vater ist Arn.«

»Und meine Mutter ist Kit«, fiel Ranka mit ein, gewann jetzt wieder an Fahrt. »Ich habe einen kleinen Bruder. Wir schlafen in dem Bett gleich hinter deinem. Der Häuptling hat sein eigenes Zimmer.« Und schon war sie mit einer ganzen Reihe damit verbundener Punkte beschäftigt, bis mein Kopf voll war vom Scheren der Schafe und vom Spinnen der Wolle, von Pferden und Kindern, die nett waren, und solchen, die es nicht waren. Betta wohnte unten am Fuß des Hügels im Haus der Thralls, der Leibeigenen. Und Hildur hatte das Sagen. Im Augenblick gab es vier Mädchen, die bald verlobt werden sollten, angefangen bei der am wenigsten Hübschen bis hin zur Hübschesten: Betta, Thora, Grettis und Svana.

Ranka hielt abrupt inne, als sie begriff, was sie da gesagt hatte. Betta hatte sich jedoch bereits abgewandt, und ich sah nicht, wie ihr Lächeln verblasste. Ich bemerkte nur, wie sie den Rücken straffte. Die am wenigsten Hübsche.

»Schon gut, Ranka«, sagte ich in die entstandene Stille hinein. »Ich denke, ich sollte mich jetzt allmählich anziehen.«

Betta gab mir eine hauchdünne Wollhose, die ich unter den Röcken tragen sollte, und ich zog sie rasch an. Wir waren weit genug weg vom Haus, dass wir zum größten Teil verborgen sein sollten, aber ich konnte immer noch ein Stück der mit Grassoden bedeckten Außenwand sehen – sodass diese Stelle vom Hofplatz aus vermutlich auch sichtbar war. Die beißende Luft fühlte sich auf meinen Brüsten und Oberschenkeln ungewohnt an.

Die Hose war so fein gewebt, dass sie sich an den Waden wie Wolken anfühlte. Darüber zog ich das Unterhemd und das Unterkleid, das sie mir gegeben hatten. Mein extravagantes Kleid aus roter Wolle war immer noch schmutzig, und so trug ich stattdessen eines in der hellen Farbe von Hafer. Ich dachte an den Wikinger im Coffee-Shop. Dass ich nicht als Bauernmädchen hier angespült worden war, sondern als nordische

Prinzessin in einem überschwänglich gefärbten Kleid, lag an ihm. Vielleicht hätte der Häuptling mich sonst sofort in dasselbe Haus wie Betta geschickt.

Was er immer noch tun konnte.

Ich warf einen Blick zur Tunneltür. Das Gras erstreckte sich vom Berg hinunter bis zu ihrem kleinen Giebel mit den gekreuzten Drachenköpfen, erstarrt in einer Bewegung, als wären sie gerade dabei, die frische, kühle Luft einzuatmen. Ich holte selbst noch ein paarmal tief Luft, bevor ich wieder ins Innere ging. Bevor ich mich daranmachte, diesen Mann zu treffen, der mein Schicksal in den Händen hielt.

»Erinnerst du dich an dich?«

Betta stellte die Frage so leise, dass ich sie kaum hörte. Ich drehte mich zu ihr um, aber sie sah mich nicht an. Sie musterte den Horizont, während sie wartete.

Ich dachte an mich – als Jen – und an meine Freunde, meine hohle Beziehung mit Jeff, meine saubere Wohnung. Ich dachte an meinen Job, daran, dass ich Fantasien erschuf für andere Menschen, die ähnliche Freunde und Geliebte und Wohnungen hatten. Und ich dachte daran, wie ich allein im Dunkeln die »Hofnotizen« gelesen hatte.

»Nein«, sagte ich und wünschte mir fast, dass es so wäre. Dass ich mich nicht an mich erinnern könnte.

Und dann kannte ich meine Antwort. Ich wusste, was ich allen sagen würde. Betta, Ranka, dem Häuptling, den mich musternden Frauen. Meine Sorgen bezüglich der Frage, wie ich mein Hiersein erklären sollte, lösten sich auf. Ich würde einfach sagen, dass ich mich an nichts erinnern konnte.

Schließlich hatten Betta und Ranka alles getan, was ihnen möglich war. Sie hatten mir geholfen, zu baden und mich anzuziehen. Sie hatten mir ein köstliches Stück Ziegenkäse gegeben, das ich mit einem Löffel in großen Happen verspeiste. Sie ließen mich meine Zähne mit einem Faden reinigen und mit einem geschnitzten Stöckchen putzen. Ich spülte den Mund mit dem restlichen Engelwurzwasser aus der Schüssel aus und versuchte, nicht daran zu denken, dass der Kamm darin mehrmals eingetaucht worden war. Ranka arrangierte meine Zöpfe ein letztes Mal, zog sie von meinen Schläfen zurück und glättete die übrigen Haare, die mir bis über die Schultern hingen. Ich war bereit. Jetzt würde ich mit dem Häuptling sprechen müssen.

Während die beiden mit mir beschäftigt gewesen waren, hatte ich über ihn nachgedacht. Seine Stimme klang kalt, als er sich auf der anderen Seite des Bettvorhangs unterhielt. Und Bettas wie auch Rankas Reaktion, als ich ihn erwähnte, ließ mich vermuten, dass er diese Familie terrorisierte. Es war offensichtlich, dass sie befürchteten, er könnte sich mir gegenüber gemein verhalten. Aber es war nicht nur das. Unter allem, was mit ihm zu tun hatte, schien eine eisige Furcht zu liegen, die ich nicht einmal hinreichend in Worte fassen konnte, um nachzufragen. Wovor hatten sie nur so viel Angst?

Als ich schließlich ganz und gar fertig war für die Begegnung mit ihm, wusste ich nicht, ob ich damit rechnen konnte, in Hvítmörk willkommen geheißen zu werden, oder ob ich nicht eher einen Schlag ins Gesicht verpasst bekommen würde und in den Ställen schlafen müsste.

Ranka schob mich in die entsprechende Richtung und lief dann weg.

Der Häuptling bearbeitete Eisen über einem heißen Feuer. Eine übel aussehende Klinge lag auf einem großen Stein. Er schärfte sie, indem er immer wieder mit einem Hammer auf sie einschlug. Seine Haare – diesmal alle – wurden von einem Lederband zurückgehalten, und an seinen Schläfen sammelte sich der Schweiß.

Er trug eine Leinenhose und ein Hemd, das bis zu den Oberschenkeln reichte. Nein, es waren zwei Hemden, die er übereinander angezogen hatte, so wie Jeff seine alten T-Shirts. Sie bedeckten seinen Körper vom Hals bis zu den Ledermanschetten an den Handgelenken. Er war alles andere als eine romantisierte Version eines Kriegers mit einem mit Hörnern verzierten Helm, aber er war groß und schlank, und die harte Arbeit in der Sonne hatte ihm einen kräftigen Körper beschert. Die Art, wie seine Schulterblätter sich bewegten, lullte mich ein. Seine Muskeln und Knochen verschoben sich auf eine Weise unter den Hemden, die weit über die Fähigkeiten der Programmierer hinausging.

Ich beschattete die Augen gegen die Sonne, und der Saum meines Kleides flatterte im Wind und verfing sich im Gras. Es war ein ruhiger Moment mit ihm allein. Es fühlte sich so natürlich an.

Er stand auf, wischte sich mit einer Hand über die Stirn und schob die schwarzen Strähnen beiseite, die dort klebten. Er sah aus, als hätte er vergessen, dass es mich gab. Und vermutlich hatte er das auch, und jetzt war er verwirrt und verärgert, als er wieder an mich erinnert wurde. Eben noch hatte ich mich von der Sonne und der sanften Brise und der rhythmischen Arbeit beschwichtigen lassen, aber jetzt kehrte die lauernde Furcht wieder zurück.

Ich war allein, gestrandet an einem Ort, von dem mich kein noch so elegant geschwungenes Wikingerschiff nach Hause bringen konnte. Ich war auf die Gnade eines Mannes angewiesen, vor dem seine eigenen Leute in Angst und Ehrfurcht erstarrten. Was würde er mit mir tun? Mögliche Szenarien flackerten vor meinem inneren Auge auf. Ich sah mich bei Wind und Wetter allein irgendwo in der Wildnis von Island sitzen oder als Sklavin auf dem Hof arbeiten. Ihm das Essen bringen und ihm abends helfen, die Stiefel auszuziehen. Was sonst konnte er wollen? Ich hatte wohl kaum einen Einfluss darauf, ob er mich fortschickte oder behielt.

Dann richtete er seine goldenen Augen auf mich.

»Heirik Rakknason«, stellte er sich vor, ohne mir die Hand zu reichen.

Zwei Jungen liefen um ihn herum und übernahmen jetzt seine Arbeit. Heirik entfernte sich vom Feuer, und es war eindeutig, dass ich ihm folgen sollte. Er verschränkte die Arme vor der Brust, blieb dann stehen und begann zu reden.

»Ich sorge für diese Sippe und dieses Land.«

Ich sah an ihm vorbei in ein atemberaubend schönes Tal, wo Rauch von kleinen Feuerstellen in den Luftströmungen aufstieg. Kühe weideten hier und da. Es war wie in einem Kinderbuch.

»Hallo Heirik«, sagte ich, erstaunt darüber, wie dünn meine Stimme klang. Das harte A vorn, dann das weich gerollte R.

»Ich bin Ginn.«

Ich probierte den neuen Namen aus. Wie meine Röcke war er weich und geheimnisvoll.

Ich hatte Angst, dass ich nicht in der Lage sein würde, den Blick von seinem Geburtsmal zu lösen. Aber dann sah ich Heirik mitten ins Gesicht, und das Mal war im Nu vergessen. Ich sah nur noch ihn. Sein Gesicht war immer noch so markant und atemberaubend, wie ich es von der Küste her in Erinnerung hatte.

Er hielt die Arme weiter fest vor der Brust verschränkt, aber er wiederholte »Ginn«, und eine flüchtige Leichtigkeit trat in seine Stimme. Mein Name schien die Farbe seiner Augen in Honig zu verwandeln, und ein Lächeln spielte um einen seiner Mundwinkel. Einen kurzen Moment leuchtete es dort, und schon war es wieder verschwunden.

Die Schmiede befand sich vom Langhaus aus gesehen ein Stück bergauf, und er sah in die Ferne, in eine Richtung, in der ich das Meer vermutete. Eine kühle Brise kam auf und hob die losen Haarsträhnen, die ihm ins Gesicht gefallen waren. Er war das Oberhaupt eines riesigen Hofes mit einem großen Haushalt. Vermutlich lebten allein in diesem großen Haus zwei Dutzend Menschen. Er war jung, nicht sehr viel älter als ich, aber zu dieser Zeit und an diesem Ort musste er bereits eine Familie haben, eine Frau und Kinder. Zweifellos zählte er Bauern, Fischer, Jäger und Händler zum weiteren Kreis seiner Sippe, deren Land und Hütten sich weit in dieses Tal erstreckten und an den Hängen der Berge ringsum hochzogen. Er war daran gebunden, diese Leute zu beschützen und zu führen. Demgegenüber stellte ich nur eine kleine, ärgerliche Störung dar. Er musste entscheiden, was er mit mir vorhatte, damit er sich wieder den Herausforderungen des Tages widmen konnte.

Er roch nach Feuer und Leder.

Er holte tief Luft, als müsste er etwas tun, wovon er wusste, dass es nirgendwo hinführen würde. Er sah auf das viele Gras und fragte, mehr an die Luft gerichtet als an mich: »Was ist mit dir geschehen, Ginn?« Jetzt fing er an, mit der rechten Hand die Schnüre der Ledermanschette an seinem linken Handgelenk zu lösen. Es war, als hätte er die Frage wie einen Stein in einen Teich geworfen, und während er darauf wartete, dass sich gleichsam die Kringel bildeten, konzentrierte sich sein Blick auf etwas anderes.

»Ich weiß es nicht.«

Es war die Wahrheit. Ich hatte keine Ahnung, wie ich hierhergekommen war.

Er nickte. Er sah mich noch einmal an, blickte mir – viel zu kurz – in die Augen. Sein angedeutetes Lächeln kehrte zurück. »Hast du den Wald gesehen?« Er hob das Kinn.

Ich drehte mich um, folgte seinem Blick, und es verschlug mir den Atem. Ich hatte Heirik angestarrt, ihm bei der Arbeit zugesehen, dann hinunter auf die grasbewachsenen Hänge seines Hofes geschaut, und die ganze Zeit war Hvítmörk hinter mir gewesen. Meilenweit – weiter, als ich sehen konnte – erstreckte sich ein so herrlicher Wald, dass mir schier das Herz stehen blieb. Sämtliche Bäume schienen sich zu bewegen, zu flüstern, lebendig in der Brise. Der Wald war geheimnisvoll und üppig, ein Ort, an dem Elfen und Geister hausen und Kinder und Liebende sich verstecken mochten. Das Blätterdach leuchtete dunkel und glänzend, aber das schräge Licht des Nachmittags drang durch es hindurch, fiel auf die Baumstämme und ließ sie gespenstisch weiß glühen. *Oh*. Ich starrte auf unzählige Silberbirken.

»Oh, Heirik«, flüsterte ich. »Dein Wald ist wunderschön.«

Ich drehte mich um und wollte dieses Lächeln noch einmal sehen, aber er musterte jetzt die Klinge seiner Axt. »Geh zu Hildur«, sagte er. Die Leichtigkeit war verflogen. »Sie wird dir Arbeit geben.« Und damit verschwand er.

WOLLE SPINNEN

Wie Hildur nur allzu bald klarstellte, sollte es das letzte Mal gewesen sein, dass ich seinen Namen benutzte.

Wir saßen auf einer grasbewachsenen Mauer, nicht mehr als fünfzig Fuß vom Hintereingang des Langhauses entfernt, die von der Sonne angenehm gewärmt wurde. Kreisförmig, bestehend aus Steinen und Grassoden, umgab sie die Ställe.

Wie Vögel saßen wir fünf Frauen und Ranka dort oben in einer Reihe nebeneinander. Um die Mauer zu erklimmen – sie reichte mir bis zur Brust –, hatten wir einander helfen müssen. Das hübsche Mädchen namens Svana hatte ihre Hände zusammengelegt, sodass ich meinen Fuß hineinstellen konnte. Ihre Finger waren so schlank und weiß, dass es mir richtig leidgetan hatte, sie mit meinem feuchten Lederstiefel beschmutzen zu müssen. Aber sie hatte nur gelächelt und war ihrerseits auf den Händen eines anderen Mädchens nach oben geklettert. Oben angekommen, war sie ein bisschen atemlos, aber sie lachte und strich mir über die Wange, um ein bisschen Erde von meinem Gesicht zu wischen.

»Bist du noch nie auf eine Mauer geklettert, Frau?«

Selbst Hildur, die doppelt so alt war wie ich und knapp einsfünfzig groß, hatte nur einen Herzschlag gebraucht, um hochzuklettern. Ständig umgab sie eine Aura der Überlegenheit.

Hüterin der Schlüssel. Ich hatte inzwischen erfahren, dass

Hildur die Aufsicht über alles innehatte, was im Haus vor sich ging, was von den Frauen berührt und hergestellt wurde. Sie hatte das Sagen über jede Unze gesponnenen Faden, jede Scheibe Fisch und jeden Tropfen Bier, konnte all dieses einfordern oder ablehnen. Ich hatte gewusst, dass dem Haus gewöhnlich eine Frau und dem Hof ein Mann vorstand, aber normalerweise waren beide miteinander verheiratet. Hildur musste älter als fünfzig sein. Ich fand, dass sie für den Häuptling viel zu alt war.

Trotz ihre Alters und jahrzehntelanger Arbeit wirkte sie weder müde noch stämmig oder gar fett. Allerdings schien sie auch nicht gerade eine Märchenoma zu sein. Sie war klein, dünn und sehnig. Ihre Augen waren flink, und die ergrauenden blonden Haare hatte sie zu strengen Zöpfen geflochten. Ihre Miene veränderte sich rasch und häufig, war mal verzweifelt, mal resigniert, mal fröhlich. Es schien, als könnte sie genauso witzig sein wie grimmig. Und soweit ich es sagen konnte, führte sie einen perfekt funktionierenden, riesigen und wohlhabenden Haushalt. Sie und Heirik bildeten ein seltsames Gespann; beide waren zähe Strategen, deren Blick sich ständig veränderte. Gemeinsam mit ihm leitete Hildur all das hier.

Sie war klug. Ganz sicher konnte sie sehen, wie ich nachrechnete und mich wunderte.

»Du wirst ihn Herra nennen«, sagte sie zu mir. *Häuptling.* »Niemand benutzt seinen Namen.« Sie nickte vor sich hin, strich diese Information von der Liste der vielen Dinge, die ich noch lernen musste.

Hildur hatte mich auf eine irgendwie beiläufige Weise durchaus willkommen geheißen. Sie hatte zugesehen, wie ich die neuen Socken und Stiefel angezogen hatte, die mir gegeben worden waren. Ich hatte das Leder um die Beine gelegt und mit kleinen Knoten befestigt. Ohne in ihrer Näharbeit innezuhalten, hatte Hildur mir einen Blick zugeworfen und eine Braue gehoben. Ich fragte mich, ob es nicht die richtige Weise war, meine Stiefel zu binden. Schließlich sagte sie: »Wir haben genug.« Was bedeutete, dass ich sie behalten konnte.

Sie hatte auch ziemlich deutlich gemacht, dass ich sofort anfangen sollte zu arbeiten. Heute würde ich das Spinnen erlernen – *wieder* erlernen in Anbetracht der Tatsache, dass ich es schließlich einmal gekonnt haben musste und nur die Erinnerung daran verloren hatte. Die große, knochige Betta reichte mir einen Korb mit mehreren Spindeln und haufenweise wolkigen, weißlichen Fasern, bevor sie sich ebenfalls oben auf der Mauer niederließ.

Die Ställe waren in einem runden Nebengebäude untergebracht, an dessen Seiten sich höhlenähnliche Einbuchtungen befanden, in denen die Tiere sich zusammenkauerten und schliefen. Da es Sommer war, erklärte Svana, befanden sich die besonders stinkenden Tiere – die Schafe und Kühe – auf den Hochlandweiden. Jetzt waren hier nur ein paar Ziegen und ein Haufen Hühner und zwei Hofhunde. Ein paar Arbeitspferde blieben das ganze Jahr hier unten. Der Geruch nach Tierhaar und Dung war auch so schon überwältigend genug, erschlug einen fast buchstäblich. Ich hatte Schwierigkeiten, mir vorzustellen, um wie viel schlimmer es sein musste, wenn der gesamte Viehbestand von den Bergen herunterkam und sich auf diesem engen Raum drängte.

Meine Augen tränten von dem Gestank. Ich blinzelte und klärte sie, dann hob ich den Blick und betrachtete den Hof.

Erst, als der Häuptling mich auf den Wald aufmerksam gemacht hatte, war in mir ein Gefühl für die Größe und die Herrlichkeit dieses Ortes entstanden. Als ich jetzt hier draußen auf der Mauer saß, sah ich mich einer grünen, graublauen und weißen Unermesslichkeit gegenüber, die mich regelrecht zu zermalmen schien.

Ich war klein. Ein unbedeutender Fleck unter einem Himmel, der ohne ihn zerteilende Gebäude grenzenlos zu sein schien. Mein Atem ging schnell und flach, und ich grub meine Finger in die Grassoden beiderseits von mir. Ich sagte mir, dass ich hier die Welt so erlebte, wie sie vor der Zeit der Glastürme und Labors gewesen war. Genau davon hatte ich geträumt. Ich zwang mich, wesentlich langsamer zu atmen und tiefer; gab meinem Geist Zeit, sich anzupassen. Und schließlich löste sich meine Angst auf, verlor sich angesichts der samtenen Schönheit des Grases.

Das Langhaus und die Ställe befanden sich auf dem einzigen ebenen Stück weit und breit. Berge und Hügel stiegen und fielen in ein Dutzend Richtungen, erinnerten an grüne Wellen, die in einem Eimer hin und her platschten und spritzten. Chaotisch und so lebhaft, dass ich schon glaubte, auf meiner Zunge Gras schmecken zu können. Nach unten ging es zum Badeteich, nach oben zur Schmiede, und jenseits davon vielleicht zum Hochland. Ein winziges Stückchen Ozean funkelte am fernen Horizont, aber vielleicht bildete ich mir auch nur ein, dass ich ihn sehen konnte. Ein Fluss mit unmöglich himmelblauem Wasser verlief nicht weit unterhalb des Langhauses und wand sich durch das Gelände zum Meer hinunter. Von dort war ich gekommen. Es war das Einzige, was mich mit meinem Zuhause verband.

Ein gutes Stück weiter unten am Hang stiegen von einem einzelnen Feuer große Rauchschwaden zum Himmel empor; es verschwand fast hinter einer Biegung des Waldrands. Als die Augen zusammenkniff, konnte ich ein lang gestrecktes Gebäude erkennen, ein anderes Haus. Gab es so nah einen Nachbarn? Nei, es war das Haus der Thralls. Betta lebte dort.

Ich blinzelte eine Sequenz, um das Bild zu speichern, und schüttelte dann den Kopf. Würde ich lange genug hier sein, um lernen zu können? Meine Kontaktlinsen hätten ein Bild machen können, sie hätten mir einfach sagen können, wo genau in Island City ich mich gerade befand. Jetzt lagen die Linsen trocken und zusammengerollt wie tote Käfer in meinem Nadelkästchen.

Ich drehte mich zu Hildur um, entschlossen, es notgedrungen mit dem Spinnen wenigstens zu versuchen.

Ich fürchtete mich davor. Morgan besaß Repliken von zwei Dutzend Spinnwirteln, die bei Ausgrabungen in Europa gefunden worden waren. Sie hatte welche aus Stein und Keramik; einer war sogar aus herrlichem Bernstein gefertigt. Sie waren konisch, abgeflacht, konvex, und es gab sie in verschiedener Ausgestaltung und unterschiedlich schwer. Ich hatte es mit mindestens einem Exemplar von jeder Machart probiert, aber immer ohne Erfolg. Die hier schienen aus Knochen zu bestehen – von einem gewaltigen Wesen offenbar, sodass man solche festen Stücke hatte herstellen können. Ich sah mich nervös um, und mein Blick wanderte zum Wald. Aber hier lebten nur kleinere Tiere, wie ich mich erinnerte. Hauptsächlich Vögel. Füchse.

Hildur reichte mir eine Spindel, mit der bereits gearbeitet worden war. Sie lehnte den Schaft gegen mein Bein und zog sie vom Knie zum Oberschenkel, dreimal hintereinander, dann nahm sie das Gerät weg, und es drehte sich. Hildur zeigte mir, wie sich der Faden bildete, wenn ich die Fasern langsam zuführte, immer nur ein bisschen auf einmal. Ich nahm die Spindel und versuchte, die Wolle im richtigen Moment loszulassen, aber sofort meldete sich wieder der alte innere Druck.

In den Archiv-Videos wurde behauptet, dass das Spinnen entspannend sei, aber ich fürchtete mich davor. Es war bedrohlich, zu sehen, wie die Verdrillung sich immer mehr meiner Hand näherte. Ich wusste, dass ich nie wissen würde, wann genau der richtige Zeitpunkt war, um Wolle nachzuführen. Ich wusste, dass ich mich verheddern würde, dass das Ganze außer Kontrolle geraten und der Faden sich in sich selbst verdrehen und knotig werden würde. Genau das war jedes Mal passiert, wenn ich anhand der Bilder auf dem Monitor versucht hatte, die Bewegungen nachzuahmen. Mein Magen verkrampfte sich jetzt geradeso wie damals, und ich empfand eine merkwürdige Art von Heimweh. Ich dachte wehmütig an Morgans Hände, daran, wie sie ihre einzigartigen Spindeln drehte und mir ihre Schönheit pries, mit tiefblau lackierten Nägeln darauf zeigte. Sie war der Mensch, mit dem ich am engsten verbunden gewesen war. Sie war für mich das, was einer Freundin am nächsten kam.

Hildurs Nägel waren blass, und ihre Hände waren dürr und erinnerten an die Klauen eines Vogels.

Sie verlangte von mir, dass ich weiter übte, immer wieder neu anfing, und blieb sehr lange geduldig. Sie ging davon aus, dass jede Frau mit zwei Händen es lernen konnte und musste. »Langsam und sicher.« Ja, dachte ich, ganz sicher langsam.

Nachdem sich der Faden noch drei weitere Male verheddert hatte, musterte sie mich skeptisch. »Ich beginne mich zu fragen, ob du faul bist, Kind. Vergiss nicht«, sagte sie mit einem Augenzwinkern, »keine Schlacht wird im Bett gewonnen.«

Die Mädchen kicherten.

»Mutter!« Svana schnappte nach Luft.

Auch ich schnappte nach Luft. Hildur war Svanas Mutter? Svana, deren langer, hübscher Hals an den gleichnamigen Vogel erinnerte und deren Haare so weich waren wie gerührte Butter? Ranka hatte sie auf der Liste derjenigen, die demnächst heiraten sollten, als Hübscheste eingestuft. Hildur, zäh und mittleren Alters, hatte ein Geschöpf von vollkommener Schönheit hervorgebracht. Ich versuchte, mir Hildur als jüngere, schöne Frau vorzustellen, wie sie mit einem vermutlich hinreißenden Mann zwischen den Bäumen herumstreifte. Ein Bild, das der Zeit zum Opfer gefallen war. Sie musste bereits die Dreißig überschritten haben, als sie schwanger gewesen war. Ich schätzte, dass Svana etwa fünfzehn war.

»Beweg die Hände«, tadelte Hildur ihre hübsche Tochter.

»Und du kannst aufhören, dir Fragen zu stellen, Mädchen«, sagte sie mit einer knappen Bewegung ihres Kopfes in meine Richtung, als könnte sie allen meinen Fragen damit ein rasches Ende bereiten. »Es gibt keine richtige Frau für dieses Haus, und es wird auch keine geben, solange der Bruder des Häuptlings nicht zurückkehrt.«

Diese Feststellung klang so brüsk und endgültig, dass niemand – nicht einmal ihre süße, schmollende Tochter – etwas darauf erwiderte. Svana senkte vielmehr den Blick und errötete.

Unter der idyllischen Oberfläche dieses Ortes verbargen sich offenbar weit weniger idyllische Geheimnisse, und Hildurs Bemerkung hatte keinesfalls dazu geführt, dass ich aufhörte, mir Fragen zu stellen.

Die unterschiedlichsten Arten von Schmerz suchten mich heim – stechende, dumpfe, beständige –, befielen meine Schultern, mein Kreuz, meinen ganzen Rücken. Schier endlose Tage hatte ich jeweils mehr als acht Stunden lang versucht, einen Faden zu spinnen. Meine Finger waren weich und rot und zu empfindlich. Mein Nacken pochte, und trotzdem versuchte ich es noch drei weitere Tage.

Die Zeit verlief auf seltsam ungleichmäßige Weise. War dies ein Hinweis darauf, dass ich plötzlich zurückkehren könnte? Mir war, als würden zuweilen, wenn ich beobachtete, wie sich der Faden verdrehte, einhundert Jahre vergehen, während der nächtliche Schlaf nur eine Sekunde zu dauern schien.

Jedes Mal, wenn ich erwachte, war da wieder dieser Augenblick, in dem ich damit rechnete, von der sanften Stimme meiner Wohnung aus dem Bett geholt zu werden, durch Glasfenster klares Licht zu sehen, Kaffee zu riechen. Doch dann verflog dieser Moment voller Möglichkeiten, neuerlich abgelöst von der Hitze und dem Gestank des Langhauses.

Um uns die Zeit zu vertreiben und die Blutzirkulation in Gang zu halten, taten wir uns zu zweit oder kleinen Gruppen zusammen, gingen umher und tratschten. Ich erfuhr eine Menge über Betta. So wie Hildur war auch Bettas Vater Bjarn eine angeheuerte Arbeitskraft. Eine Art Leibeigener – ein Thrall –, und doch eher so etwas wie ein wertgeschätzter Diener. Hätte Bettas Vater nicht über die Fähigkeit, andere zu heilen, verfügt, hätte sie jetzt vermutlich anderswo gelebt. An einem Ort, der nicht so hübsch und wohlhabend war wie Hvítmörk. Ihr Vater hatte dafür gesorgt, dass sein kleines Mädchen ein gutes Leben führen konnte, denn als Leibeigene in der dritten Generation war Betta frei.

Abgesehen von dieser Geschichte und Vorträgen über den Familienstammbaum gab es nicht sehr viel, worüber man hätte reden können.

Alle sehnten sich danach zu reisen. In wenigen Wochen würde ein Zusammentrieb stattfinden, anlässlich dessen man sich mit anderen Sippen dieses Clans traf, die auf den umliegenden Höfen lebten. Die Frauen unterhielten sich über kleine Intrigen, gestohlene Pferde, faule Schafhirten. Über Jungen, die attraktiv waren oder auch dumm. Sie sprachen von Eiðr, der hässlich war, aber klug und stark. Von seinem älteren Bruder Ageirr, einem Mann mit verkniffenem Gesicht, dessen Haus als besonders trostlos galt. Das war nicht immer so gewesen, sagten die Frauen, und ihre Stimmen klangen dabei kühl und zugleich fasziniert. Ihre Hände flatterten nervös in dem Korb voller Fasern.

Als sie auf Egil zu sprechen kamen, einen Bären von Mann, der von einem der größten Siedler überhaupt abstammte, wurden sie redseliger. Sein Langhaus war beeindruckend, sein Hof so groß wie Hvítmörk. Egils Sohn Haukur war vom Häuptling in Pflege genommen worden; der Junge würde seinen Vater erst beim Julfest wiedersehen. Egils Tiere weideten ein gutes Stück weiter weg.

Die Frauen planten eine Reise zur Küste. Die meisten zogen zwei- oder gar dreimal im Jahr dorthin, um Eier, Kräuter und Wacholderbeeren zu sammeln und alle Vögel und Fische, welche die Männer fangen oder erlegen würden, weiterzuverarbeiten, wie beispielsweise den »springenden Lachs«, den ich aus den Archiv-Videos kannte, oder die »großen und unbeholfenen Alke«. Sie würden auf Pferden reiten, Kinder und Vorräte auf Schlitten hinter sich herziehen und nur gelegentlich absitzen, um die steinigen Hänge, die es auf dem Weg zum Ozean gab, zu Fuß hinter sich zu bringen.

Bettas Träume waren größer. Sie wollte einmal zu der großen Zusammenkunft aller Menschen Islands reiten.

Der Häuptling und Hár zogen jedes Jahr zu einer neuen Art von Treffen, zu dem Menschen von überallher kamen. Als diese Veranstaltung immer größer geworden war, hatten sich schließlich auch die Leute von Hvitmörk dem Treck angeschlossen.

Allerdings blieben die Kinder zu Hause, und die Männer nahmen auch nur wenige Frauen mit. Hár erzählte nachts am Feuer Geschichten darüber, sagte Betta. Angeblich war die Reise so lang, dass sie dreimal unter den spärlichen Sternen des Frühsommerhimmels hatten schlafen müssen.

In Bettas Vorstellung leuchteten diese Sterne auf eine Landschaft von goldener und eiskalter Schönheit herab, durch die sie sich auf einem sanften braunen Pferd reiten sah. Bei der Versammlung würde es Buden und Zelte geben, in denen sie leben würden. Kaufleute, andere Sippen und Häuptlinge, Verlobungen, Verhältnisse und Fehden. Betta ging so in ihrer Erzählung auf, dass sie sogar die Spindel absetzte, ohne zu bemerken, dass sie aufgehört hatte, den Faden weiterzuspinnen. Es würde Feste geben! Sie würde dort mehr Leute treffen, als sie jemals in ihrem Leben gesehen hatte. Es würde Edelsteine und Klingen geben, die man sich ansehen und kaufen konnte. Sie hob die Hände, als wollte sie die Fülle ihres Traums andeuten. Der Fluss dort würde größer und blauer sein, sagte sie, die Messer im Schein einer helleren Sonne funkeln.

Ich hatte den Ort gesehen, von dem sie sprach. Ich wusste, wo das Althing jedes Jahr im Frühling abgehalten wurde, über etliche Jahrhunderte hinweg und bis weit in eine Zeit hinein, in der Betta längst tot sein würde. Bei dem Gelände handelte es sich um eine tiefe Furche im Boden, die von Glastürmen umgeben war, durch die die Sonne ferngehalten wurde. Ein Pfad, auf dem die Leute mit verstohlenen Blicken hintereinander hergingen, während sie ihre Kontaktlinsen befragten. *Das Althing wurde ca. 930 n. Chr. offiziell eingerichtet.* Ich rief mir die trockene Lektion in Erinnerung. *Hier versammelten sich die Anführer und ihre Männer jeden Sommer bis zum Ende des Alten Commonwealth im 13. Jahrhundert.* Betta erweckte in mir den Wunsch, mit ihr zu gehen und die Versammlung selbst mitzuerleben. Selbst zu sehen, was sie unter einer größeren Welt verstand.

Aber sie würde niemals dort hinziehen. Dafür war sie nicht wichtig genug. Sie würde auf Hvítmörk bleiben, während die bedeutenden Männer und Frauen sich auf den Weg machen würden.

Eine Woche später war ich immer noch da.

Eines Abends wurde es deutlich kühler, und Regen kündigte sich an. Nach dem Abendessen verließen daher alle das Langhaus, um ein bisschen umherzugehen und die frische Luft zu atmen. Sie lächelten, unterhielten sich und riefen einander das eine oder andere zu. Rankas Vater nahm liebevoll die Hand seiner Frau und zog sie mit sich, weg von den Mädchen. Die dreijährige Lotta blieb einen Moment stehen, um einen ihrer kleinen Stiefel zu richten, dann lief sie jammernd hinter den größeren Mädchen her. »Nei! Nei!« Ich folgte ihnen in einigem Abstand ein kleines Stück, ehe ich stehen blieb und mich umsah. Ich wusste nicht, wohin ich gehen oder wem ich meine Gesellschaft aufdrängen sollte. Mit einem leicht unbehaglichen Gefühl und starr vor Kälte schaute ich zum Ozean.

Es war gerade mal zehn Tage her, dass ich dort an Land geschwemmt worden war. An einem Ort gestrandet, an dem ein so üppiges und eigensinniges Leben herrschte – und auch ein so lebhaftes –, dass es mir eigentlich hätte leichtfallen müssen, ganz darin aufzugehen. Aber stattdessen war ich allein, selbst an diesem Ort, nach dem ich mich immer so gesehnt hatte.

Die Einsamkeit nagte meist unterschwellig an mir und kam mir nur gelegentlich zu Bewusstsein. An diesem sich träge dahinziehenden Abend traf sie mich jedoch mit solcher Wucht, dass ich mich hinsetzen musste. So saß ich, etwa dreißig Meter vom Langhaus entfernt, in meinem kirschroten Kleid auf dem Boden.

Ich zog die Knie an und spürte, wie knochig sie waren, als ich mein Kinn auf sie stützte. Ich war dünner geworden. Das Essen hier behagte mir nicht, und ständig war ich irgendwie hungrig. Die säuerliche Molke geronn in meiner Kehle und in meinen Eingeweiden, während der Brei schwer wie Zement in meinem Magen lag. Ich warf mir einen meiner Zöpfe über die

Schulter und stellte wieder einmal fest, dass er sich anfühlte wie Stroh. Erst zweimal hatte ich meine Haare mit Laugenseife gewaschen, und schon waren sie zerstört. Ich schlang die Arme fester um mich und konnte die Tränen nicht zurückhalten. Götter, wie hatte das alles geschehen können? Wieso wurde ich nicht wieder ins zweiundzwanzigste Jahrhundert zurückgeholt, genauso willkürlich, wie ich hierhergelangt war?

Aber das würde nicht passieren; das war mir klar.

Ich wiegte mich vor und zurück und holte abgehackt Luft.

Dann schob ich auf dem Boden vor mir Zweige und Steine beiseite, bis ich eine freie Stelle hatte. Mit dem Finger zeichnete ich die Umrisse von Island. Seit ich hier angekommen war, hatte ich das schon ein paarmal getan, um herauszufinden, wo ich war. Ob ich mich an der Stelle befand, an der später meine helle Wohnung liegen sollte. Oder ob ich mich auch im Raum verirrt hatte, nicht nur in der Zeit. Ich erinnerte mich daran, wie Betta gesagt hatte, dass die Männer drei Nächte draußen schlafen mussten, um den Ort zu erreichen, an dem das Althing stattfand. Ich zog von Thingvellir, der Ebene in der Mitte Islands, wo die Volksversammlungen stattfanden, Linien zum Rand hin. Wie weit würde man im Zuge einer viertägigen Reise kommen? Aber mein Finger war zu groß, die Linien zu breit. Ich wischte über den Boden und zerstörte die Karte. Ich hatte keinen blassen Schimmer.

Ein Stück weiter bergab konnte ich Leute sehen; sie gingen etwa eine Meile von mir entfernt auf den Silberwald zu. Sie waren winzig und der Wald eine lebendige Masse schwankenden Grüns. Ich schloss die Augen und sah Salat vor mir, der in eine riesige Schüssel geworfen wurde. Ich stellte mir vor, wie ich die Schüssel auf meinen Schoß stellte und mit bloßen Händen davon aß.

Etwas Nasses und Kaltes berührte mich an der Stirn, und

mit einem Schrei riss ich den Kopf hoch. Einer der Hofhunde kläffte, baute sich neben mir auf und starrte mich an. Mir raste das Herz, und Hilfe suchend sah ich mich hektisch um. Noch nie war mir ein Hund so nah gekommen. Er streckte seine Pfoten in meine Richtung, duckte sich, und dann begann er, mit dem Schwanz zu wedeln, bereit zu einem kleinen Gerangel.

»Nei«, lachte ich. Die Zunge hing ihm aus dem Maul, und seine Ohren wirkten wie zwei aufragende Dreiecke. Er musterte mich noch einen Moment, als würde ich vielleicht doch noch meine Meinung ändern, was das Rangeln betraf. »Ich bin kein Hündchen«, sagte ich und bot ihm etwas Gras zum Fressen an. Er starrte darauf, dann sah er mich an, als wäre ich blöde. Irgendwann schien er seine Erwartungen zu drosseln und ließ sich neben mir nieder, starrte zum Meer. Er roch nach Sonne und nackten Füßen, und als er hechelte, verströmte er Wogen von üblem Gestank. Trotzdem freute ich mich, dass er da war. Meine Einsamkeit war jetzt nicht mehr ganz so düster und erstickend wie noch kurz zuvor.

Ich pflückte ein paar kleine gelbe Blumen, die mir zu Füßen wuchsen, und steckte sie mir in das über der Stirn geflochtene Haar, bastelte mir auf diese Weise selbst eine Krone. Der Hund gähnte ausgiebig; er rollte die Zunge zusammen und legte sich hin, die Pfoten weit nach vorn gestreckt. Ich berührte seinen Rücken, und es kam mir so vor, als würde sein ganzer Körper beim Atmen vibrieren. Dann tätschelte ich ihn, flüsterte ihm unsinnige Worte zu und sagte ihm, dass er ein guter Hund sei.

Der Häuptling und sein Onkel Hár verließen das Langhaus und blieben ein Stück entfernt stehen, wo sie sich unterhielten. Ich konnte jedoch nicht hören, was sie sagten.

Der Häuptling tat sich schwer mit anderen Menschen. Meistens war er fordernd und nüchtern, nur selten warmherzig. Aber da war etwas Untergründiges in seiner Stimme, erdig und üppig, was sich in der Art und Weise zeigte, wie sich seine Zunge um die alten Wörter schlang. Und obwohl ich jeden Morgen in Panik geriet, wenn ich nach dem Aufwachen feststellen musste, dass das hier kein schlechter Traum war, sondern dass ich immer noch hier war, veränderte sich das, kaum dass ich ihn sprechen hörte. Es spielte keine Rolle, was er sagte. Ich kam mir vor wie ein Kind, das aus einem Mittagsschlaf erwachte und feststellte, dass jemand in der Nähe war, der groß und stark war und Schutz bot.

Von meinem Platz aus und vor dem Hintergrund des abendlichen Sommerhimmels konnte ich ihn und Hár nur als Silhouetten erkennen. Wieder überraschte es mich, wie groß Hár war. Er hatte mich den ganzen Weg von der Küste hierher festgehalten, und seine Arme, die er um meinen Körper geschlungen hatte, waren riesig gewesen. Sein Körper hatte mich wie eine Decke geschützt. Er hatte dafür gesorgt, dass ich am Leben geblieben war.

Die ganze Woche hatte ich ihn interessiert beobachtet und bemerkt, dass er als Einziger absolut keine Angst vor dem Häuptling hatte. Hár hatte den Jungen nach dem Tod seiner Eltern wie seinen eigenen Sohn aufgezogen und die Familie geführt, bis Heirik alt genug gewesen war, um es selbst tun zu können. Er wurde womöglich noch mehr verehrt als der Häuptling, war noch mythischer als er.

Da Hár meistens grimmig wirkte, war es um so überwältigender, wenn Freude sein Gesicht erhellte und seine Stimme weicher wurde. Sein Lachen dröhnte dann wie Donnerklang. Die kleinen Kinder – fast allesamt seine Enkel – begegneten ihm einerseits voller Ehrfurcht wegen seines durchdringenden Schweigens und waren andererseits vollkommen verzaubert von seinen wilden Augenbrauen und den witzigen Gesichtern, die er ziehen konnte.

Die beiden Männer wandten sich jetzt in meine Richtung, und ich konnte die flachsfarbenen Augen des Häuptlings sehen. In ihnen schien sich die unausgesprochene Furcht der Familie zu spiegeln. Aber warum?

Er wirkte heute hart und ganz und gar nicht anmutig. Mir kam es so vor, als würde es an mir liegen. Ich fragte mich, welche Entscheidungen er für mich bereithielt, was er mit mir vorhatte.

Es kam mir plötzlich kindisch vor, mir Blumen ins Haar zu stecken, und ich zog sie wieder heraus.

Ich war erst zehn Tage hier, keine zwei Wochen. Ich musste mir mehr Zeit geben, vielleicht Monate oder gar Jahre, dachte ich. Ich musste all den anderen hier ebenfalls mehr Zeit geben.

Betta kam den Berg heruntergetrippelt und blieb atemlos bei mir stehen. »Du bist ja immer noch hier, Ginn.«

»Já«, sagte ich. Wie sooft schien sie meine Gedanken lesen zu können, was mich immer wieder überraschte. »Ich bin noch hier. Sieh nur!« Ich tätschelte den Hund, zupfte ein paar zerkrümelte gelbe Blumen aus seinem Fell. »Ich glaube, er mag mich.«

Betta beschattete die Augen gegen die tief stehende Sonne und sah zu den Männern und dem Gehöft hin. »Já«, sagte sie geistesabwesend. »Já, ich weiß, dass er das tut.«

Da ich mich an nichts erinnern konnte, nutzte Hildur einen guten Teil der Zeit während des Spinnens dazu, mich zu unterrichten.

Jetzt sprach sie über den Winter. Sie erklärte, dass zwar eigentlich alles, was im Innern des Hauses geschah, in ihre Domäne fiel, diese Trennungslinie aber im Winter nicht so klar zu ziehen war. Männer nahmen dann Arbeiten von draußen mit ins Langhaus, angefangen von kleinen Stücken von verkohltem Stoff zur Herstellung von Zunder bis hin zu ganzen

Tieren. Es war eine unordentliche, nasse und kalte Jahreszeit, und ich sah, dass schon der Gedanke daran Unbehagen in ihr auslöste. Während sie sich über den Schnee des letzten Jahres ausließ, der angeblich bis zur Taille reichte, stellte ich mir die Schwelle des Langhauses als eine Art Griff vor, an dem man sich in dem wirbelnden Durcheinander festhalten konnte. Als eine mit einem Schutzzauber belegte Linie im Erdreich, welche die Grenze zum Unkontrollierbaren bildete.

Hildur erklärte, dass eine Frau in Wirklichkeit auch ein Schaf scheren konnte, wenn es sein musste. So wie ein Mann auch ein Hemd flicken oder eine Mahlzeit zubereiten konnte. Ich würde in zwei Monaten das Heu wenden. »Wir halten uns gegenseitig am Leben, já?« Natürlich. Ich stellte fest, dass es mir nicht schwerfiel, mir vorzustellen, wie Arn – Kits Ehemann – kochte oder sogar der Häuptling selbst sich solchen Tätigkeiten widmete. Ich war mir aber sicher, dass es da auch Grenzen gab. Es musste Grenzen geben. So war es unvorstellbar für mich, dass auch nur ein einziges männliches Mitglied dieser Sippe in der Lage sein sollte, eine Fallspindel zu handhaben. Im Stillen beneidete ich sie darum, dass ihnen diese Aufgabe grundsätzlich erspart blieb.

Während ich zusah, wie sie die Wolle endlos zum Faden spann, hörte ich mir Hildurs Fazit an: Was immer auch geschah, ob es um Angelegenheiten innerhalb oder außerhalb irgendeines der Häuser ging, die zu diesem ganzen Gehöft gehörten, hatte der Häuptling eine gottähnliche Position inne. Ich musste tun, was er mir auftrug. Selbst Hildur musste das. Wenn er sich ihr auch nicht oft entgegenstellte, ließ sie ihn doch gewähren, sobald er es tat. Seine Befehle waren über alle Einwände erhaben.

Die anderen Frauen waren inzwischen still geworden. Ihre Spindeln drehten sich weiter, aber sie schauten in die Ferne oder vor sich hin, sahen ihren Häuptling vor sich. Da war ein Unbehagen, das jedes Gespräch über ihn begleitete, eine dunkle Vorahnung, die so vage war, dass ich sie nicht einmal hinreichend benennen konnte, um Fragen zu stellen. Ich sah den nachdenklichen jungen Mann vor mir, den entschlossenen Zug um seinen Mund, die honigfarbenen Augen. – Was war es, was sie so fürchteten?

Ich schloss die Augen und sah eine dunkle Wolke und einen weißen Blitz, ein Nachbild des Fadens, den ich herstellte, und erweckte damit offenbar den Eindruck, als hätte ich Angst.

»Er ist nicht immer schrecklich, Kind«, sagte Kit. »Nei.«

»Das ist er nicht, nei«, pflichtete Dalla ihr bei, und ihre Schwestern nickten. Svana versicherte mir, dass er niemals jemandem wehtun würde, dass er überhaupt niemals eine Frau anrühren würde. Dass alles gut und ich in Sicherheit sei.

All das überzeugte mich ganz und gar nicht. Und immerhin versuchte Betta nicht, sich zu verstellen; sie saß einfach still und aufmerksam da.

Hildur gab mit strenger Miene tadelnde Geräusche von sich.

Meine Gedanken und Eindrücke wirbelten durcheinander. Er wirkte abschreckend, já, kalt und ein bisschen beängstigend. Aber etwas in seiner Stimme brachte mich dazu, doch mit einem ruhigen und offenen Herzen auf ihn zu reagieren. »Er kommt mir ganz und gar nicht so schrecklich vor.«

Ein abruptes Schweigen entstand, und alle starrten mich mit offenem Mund an. Ranka lauschte mit großen Augen, was mich an ihre Reaktion erinnerte, als ich nahegelegt hatte, der Häuptling könnte ihr Vater sein. Sie hatte den Kamm ins Wasser fallen lassen und sich eine ganze Weile nicht mehr gerührt.

»Ranka«, fragte ich. »Warum hast du Angst vor ihm?«

Das kleine Mädchen starrte mich an, als säße sie in der Falle, und schon tat es mir leid, dass ich sie gefragt hatte.

»Aber du siehst, was er ist, já?«, antwortete Hildur. Es klang mehr wie ein leises Zischen. Das Thema hatte sie vollkommen verwandelt. Sie war jetzt gar nicht mehr gütig.

Ich schüttelte langsam den Kopf, wusste nicht, was sie meinte.

»Kind, mach die Augen auf«, sprach sie weiter. »Die Götter haben Blut auf ihm vergossen. Das ist ein schlechtes Omen.«

Ich verstand immer noch nicht. Blut sollte auf ihm vergossen worden sein?

Und dann dämmerte es mir, und ein Schauder lief mir über den Rücken. »Sein Mal«, hauchte ich.

»Já, sein Mal.« Hildurs Finger strichen über eine Glasperle, die an ihrem Gürtel hing. Ein Amulett, mit dem sie offenbar glaubte, die Gefahr abwenden zu können, die schon allein dadurch entstand, dass über ihn gesprochen wurde. Da war wirklich eine große Angst in ihr, die regelrecht überzulaufen drohte.

»Wir reden nicht darüber«, erklärte sie verärgert, als wäre ich ein bockiges Kind, das nicht aufhören konnte, sie mit Fragen zu belästigen, und trotzdem sprach sie weiter. »Der Häuptling wurde durch die Hände seines Vaters dem Tod entrissen, damit er von ihm lernen und seinen Platz einnehmen konnte.«

»Ulf«, sagte ich in Erinnerung an das, was ich gelernt hatte. »Das war sein Vater.«

Wie Hildur erklärte, war Ulf dabei gewesen, als Signé ihren Erstgeborenen auf die Welt gebracht hatte. Den Jungen, der jetzt Häuptling war. Als er geboren wurde, war ein Windstoß durchs Haus gefegt und hatte die Herzflamme niedergedrückt. Die Dienerin, die bei der Geburt geholfen hatte, versuchte, das Blut von dem Baby abzuwaschen, aber es ging nicht. Als Signé begriff, dass es ein Teil von ihm war, drückte sie das Kind aus Angst um sein Leben fest an ihre Brust.

Ich sah sie vor mir, die frischgebackene Mutter mit einem erst wenige Minuten alten Kind. Ich sah ihre Tränen, ihren wilden Blick und ihre Entschlossenheit. Die Küsse, die sie auf seinen warmen Kopf drückte.

Ulf zog seinen Sax, erzählte Hildur weiter, und befahl allen anderen, wegzugehen, ließ die Türen schließen und den Riegel vorlegen. Und dann legte er seine Waffe aus überwältigender Liebe zu Signé und seinem neugeborenen Sohn zur Seite und nahm das Baby auf seinen Schoß. Er besprenkelte es mit Wasser und benannte es nach seinem Großvater.

Einen Moment lang dachte ich, dass irgendetwas seltsam daran war, wie sein Vater Ulf ihm den Namen gegeben hatte, aber dann war dieses Gefühl auch schon wieder verschwunden.

Da Heirik einen Namen erhalten hatte, war er angenommen worden und konnte nicht mehr zum Sterben ausgesetzt werden, wie abergläubisch man in der Sippe auch sein mochte. Allerdings ließ Signé gar nicht erst zu, dass irgendjemand ihn berührte. Sie nahm Heirik wieder in ihre Arme und ließ ihn sieben Wochen lang nicht los. Mit ihrem Zauber und ihrem finsteren Blick zwang sie die Sippe zur Unterwerfung. Sie band sie mit Angst – wenn auch nicht mit einem Fluch, sondern mit einem Segen: Sie segnete alle, die bereit waren, Heirik zu folgen und ihm zu dienen.

Signés Segenszauber waren mächtig und durften nicht missachtet werden.

»Also folgen und dienen wir ihm«, endete Hildur. »Und er ist der Sohn seiner Mutter. Unberührbar.«

Unberührbar. Dieses Wort fiel jetzt immer wieder.

Im Zuge ihrer wilden Beteuerung hatte Svana mir gesagt, ich bräuchte mir keine Sorgen zu machen, weil er niemals eine Frau anfassen würde. Konnte sie das wirklich wortwörtlich gemeint haben? Ganz sicher hatte er in meiner Gegenwart nie jemanden berührt. Und er hatte auch mich nicht angefasst, als er sich am Strand niedergekniet und mir in die Augen gesehen hatte. Und bei unserem Gespräch bei der Schmiede hatte er die Arme vor der Brust verschränkt und sich abgewandt. Rankas dünne Stimme fiel mir wieder ein. *Der Häuptling hat sein eigenes Zimmer.* Mein Gott, was glaubten sie denn, was passieren würde, wenn er sie berührte?

»Und er hat die Augen eines Wolfes«, sagte Hildur weiter. »Und diese Haare. Wie die Federn eines blauen Schwans.«

Es war eine poetische Umschreibung für einen Raben. Ich fand sie zunächst hübsch, bis Hildur den Gedanken zu Ende führte: »Dem Vogel der Leichen.«

In der unangenehmen Pause, die jetzt entstand, beugte ich mich über meine Arbeit und gab mir Mühe, zu spinnen. Meine Gedanken folgten Pfaden, die sich verzweigten, sich verengten, schlammig wurden. Es war ein Geburtsmal, riesig und hässlich, ja, aber in meiner Welt praktisch folgenlos. Es würde nicht mit angstvoller Bedeutung überfrachtet werden. Wahrscheinlich würde man es einfach nur entfernen.

Dies war nicht meine Welt. Ich blickte über das weite Land und versuchte, mir die Tiefe eines Glaubens vorzustellen, der eine solche Grausamkeit zuließ. Gegenüber einem kleinen Jungen, der ohne den Trost und die Freude aufwuchs, andere Menschen berühren zu können. Ich sah immer wieder seine Augen vor mir. Den aufgewühlten Blick, als er bei seinem Onkel gestanden hatte, eine Silhouette vor dem Himmel. Vielleicht hatte er meine Einsamkeit gesehen. Vielleicht wusste er jetzt, wie sie von außen aussah.

»Aber es geht euch gut«, sagte ich. »Der Hof erblüht doch unter seiner Leitung.«

Hildurs Augen waren wie kleine Funken auf Stahl, aber ich hielt ihrem Blick stand.

»Intelligenz«, sagte sie und unterstrich jedes Wort mit einem Schlag der Spindel. »Führerschaft, Grimmigkeit, Stärke. Und ein hässlicher Fluch, der Gesicht und Körper entstellt hat.«

Sie dachte nach, während sie die Fasern geschickt zusammendrückte und die Lippen wie in Übereinstimmung damit schürzte. »Was er von den Göttern erhalten hat, ist eine sehr komplexe Angelegenheit.«

Das vermutete ich auch. Egal, was ich von den Nordischen Göttern hielt und glaubte oder nicht, irgendeine Naturkraft hatte den Häuptling zu dem gemacht, der er war.

»Und jetzt«, sagte sie und reckte ihr Kinn in meine Richtung, »hat er von den Disen dich und die Aufgabe erhalten, dich zu ergründen.«

Blicke gingen hin und her, als würden die Ahnengeister, die mich hergeholt hatten, als Gespenster mit uns auf der Mauer sitzen. Ich ließ die Spindel fallen und rollte sie sorgfältig wieder auf. Dann legte ich sie in meinen Schoß. Meine Hände zitterten; ich konnte nicht weiterarbeiten. Was für eine Antwort hätte ich darauf auch geben können? Ich war eine weitere Komplikation in seinem ohnehin schon schwierigen Leben. Und er wiederum stellte einen Aspekt meines zur Einsamkeit verdammten Daseins dar, für immer fern von zu Hause und an einem Ort gestrandet, an dem mich niemand kannte. Tränen brannten in meinen Augen, und mein Blick wurde verschwommen, bis die Berge und das Tal nur noch ein trauriger, verwaschener grüner Fleck waren. Eine große Wolke kam und verwandelte alles in dunkles Blau.

»Hildur?«

Es war Ranka, die da sprach. Ich blickte weiter mit trüben Augen in die Ferne.

»Já, Kind.«

»Wie sieht ein blauer Schwan aus?«

»Oh …« Hildur zögerte nicht lang mit der Antwort. »Es ist ein schreckliches Tier, Kleines. Ein Vogel, so groß wie ein Pferd. Er hat große schwarze Flügel, die über den Boden streifen und breiter sind als die ausgestreckten Arme eines Mannes. Und dann hat er Klauen und blutunterlaufene Augen und stinkt nach Aas.«

Sie erlaubte sich einen schrecklichen Scherz mit dem Kind, aber ich ging davon aus, dass sie dabei mit den Augen zwinkerte, damit Ranka wusste, dass es nur eine Geschichte war, die sie ein bisschen verängstigen sollte. Ein kleiner Nervenkitzel. Dann beendete Hildur ihre Beschreibung. »Sein Schnabel ist voll von getrocknetem Blut vom Fleisch der Menschen. Seine Schreie reißen ihren sterbenden Körpern die Seele aus dem Leib.«

Es war keine Geschichte, die man sich am Lagerfeuer erzählte. Sie meinte es ernst.

Ganz offensichtlich hatte sie noch nie einen echten Raben gesehen. Sie wusste von ihnen nur durch die Religion und den Aberglauben, durch das, was durch ihre Familie und ihren Clan weitergegeben wurde, von einer Generation an die nächste. Anscheinend flogen in der Nähe des Gehöfts keine Raben herum. Und Hildur war in ihrem ganzen Leben noch nicht richtig aus diesen Bergen herausgekommen, allenfalls bis zur Küste gelangt. Konnte es sein, dass sie ihr Leben an einem so begrenzten Ort verbracht hatte, in einem so winzigen Winkel des Universums, dass sie noch nie einen schwarzen Vogel gesehen hatte? In ihrer Vorstellung waren Raben zu ungeheuerlich großen und grauenvollen Tieren geworden. Sie fraßen die Toten. Wenn ein Krieger sie sah, wusste er, dass sein Ende nahte.

Und sie glaubte, dass der Häuptling einer von ihnen war, wegen seiner langen schwarzen Haare, die so eindringlich schillerten. Alle Mädchen, die ihr zuhörten, dachten das. Sie glaubten, er könnte einer der Raben persönlich sein, zu ihnen gekommen in menschlicher Gestalt, um sie als willige Opfer zu leiten. Und wohin? Ich öffnete den Mund, um etwas zu sagen. Ich wollte ihnen sagen, dass ich Raben in Dokumentarfilmen gesehen hatte. Dass sie keine gigantischen Tiere waren, sondern einfach nur Vögel. Ich hatte ein paar von ihnen einmal im Park dabei beobachtet, wie sie einen Pfannkuchenrest verspeist hatten. Ganz sicher hatte ich noch nie erlebt, wie sie eine sterbende Seele fraßen.

Ich kam mir selbst fast wie eine Krähe vor, so düster, wie ich gestimmt war. Und dann erfasste mich eine Woge von Wut, so rasch wie aufziehende Sturmwolken, so faulig wie das Fleisch in Hildurs Vorstellung. Sie stieg in mir hoch, und es gelang mir nur mit großer Mühe, nichts zu sagen. Mich vielmehr mit aller Macht der Spindel und dem Spinnen zuzuwenden. Dieser Faden wurde der beste meines ganzen Tages.

Ich konnte Bettas Blick auf mir spüren. Ich sah sie aus dem Augenwinkel. Sie hatte die größten, rundesten Augen, die ich je gesehen hatte, in einem klaren Grün und beinahe ausdruckslos. Ihr ganzer Körper hatte sich verändert, seit sie mich ansah. Jetzt bemerkte ich auch, dass die anderen Frauen und Ranka nach unten schauten.

Der Häuptling kam den Hang hoch, war aber noch ein gutes Stück entfernt. Die anderen neben mir waren benommen und damit beschäftigt, die grauenhafte Vision, die Hildur eben erst beschworen hatte, mit dem sich nähernden Monster aus Fleisch und Blut in Einklang zu bringen. Dem Monster, das geschworen hatte, sie zu beschützen, und das dafür sorgte, dass sie am Leben und in Sicherheit waren. Das genau jetzt daran arbeitete, Essen für sie zu beschaffen. Das nach Hause kam, nachdem es im Wald Holz gehackt hatte, damit sie es warm hatten. Der Häuptling war jetzt näher gekommen, und ich konnte das Mal auf seinem Gesicht deutlich sehen. – Ein verfluchter Mann, der ihr Leben in seinen abstoßenden Händen hielt.

Er war herrlich. Er schritt gelassen und gleichmäßig dahin, ohne jede Eile. Seine Axt trug er lässig in der einen Hand. Seine Haare schimmerten in der Sonne, und sie waren genauso geheimnisvoll und tiefschwarz wie Krähenfedern.

Es war vielleicht zehn Uhr am Abend, und wie immer um diese Zeit hielten sich alle im Umfeld des Gehöfts auf und genossen die klare Sonne. Frauen und Mädchen gingen in kleinen Gruppen zwischen den hübschen Birken umher und betrachteten das rauschende Wasser. Weiter oben hinter dem Langhaus brachten Magnus und Haukur den kleinen Jungen bei, wie man mit Holzäxten und Schilden umging.

Ich hatte keine gefunden, mit der ich hätte zusammen sein oder der ich hätte folgen wollen, und da ich die Zeit auch nicht mit den Hunden verbringen wollte, zog ich allein los. Ich marschierte einen Hang hoch, über eine Reihe von Hügeln, richtete den Blick auf meine Stiefel und sah zu, wie sie das Gras platt drückten, während ich mich weiter und weiter vom Langhaus entfernte. Feuchtigkeit hing in der Luft, und ich hob mein Gesicht zum Himmel und starrte auf die Dutzenden von Gipfeln und Bergen, die um mich herum waren.

Weißer Nebel stieg von den Bergspitzen auf, von den Pflanzen und dem schwarzen Stein, löste sich im Himmel auf, während die Landschaft unaufhörlich weiter Dampf verströmte. Er verlagerte sich, bauschte sich zu Wolken und bedeckte die Gipfel. Und ich war hier unten, starrte von unten auf die Wolken.

Ich erreichte den nächsten kleinen Hügel und blieb abrupt stehen. Vor Überraschung entfuhr mir ein kleiner Schrei. Ein hübsches kleines Tal erstreckte sich vor mir. Vögel glitten darüber hin, und unter ihnen floss ein Bach dahin. Gras säumte die

Ufer so üppig, dass das Wasser fast vollständig davon bedeckt war. Ich konnte es jedoch rauschen hören, lauter und wilder als der Bach, den ich mir von Jeff gewünscht hatte. Ich musste meine Hand ins Wasser tauchen.

Stolpernd und rutschend näherte ich mich dem Wasser.

Als ich noch näher kam, wurde der Untergrund weicher, und ich bemerkte, dass es eigentlich gar kein richtiger Bach war, sondern eher eine wassergetränkte Stelle. Was wie ein Ufer ausgesehen hatte, war in Wirklichkeit ein Kissen aus Moos, und was so fest gewirkt hatte, trieb träge dahin. Meine Stiefel sanken allmählich ein. Meine Fersen wurden von dem gierigen Schlamm nach unten gezogen. Panik überfiel mich einen Moment; dann hob ich meine Röcke und rannte weg.

Ich folgte dem Bach in sicherem Abstand auf festem Boden, wählte meinen Weg zwischen Gras und gelben Blumen hindurch, die größer und größer wurden. Vögel zogen am Himmel ihre Kreise, tiefer jetzt, so tief, dass ich ihre langen, gebogenen Schnäbel sehen konnte. Ich war echten Vögeln so nah! Solchen, die mit Luft unter den Flügeln fliegen konnten, nicht jenen aus Pixeln auf dem Monitor. Einer hockte auf einer Erhebung im Gras und beklagte sich, ließ einen rhythmischen und schroffen Ruf erklingen.

Die Erhebung des Geländes wirkte unnatürlich, gar nicht wie die anderen klobigen Steine, die am Bach entlang gelegen hatten. Der Umriss kam mir vertraut vor.

Vögel öffneten ihre spitzen Schnäbel und stoben auseinander, als ich die letzten Schritte hinter mich brachte, um ihn zu erreichen.

Oh. Ich atmete überrascht aus.

Es war ein Langhaus. So wie das, in dem die Sippe lebte, nur kleiner, gerade mal kniehoch. Bis auf den Giebel wurde es vom hohen Sommergras und den Wildblumen fast ganz verborgen.

Ich arbeitete mich zu einer Tür vor, die nicht mehr als zwanzig Zentimeter hoch sein konnte. Über meiner Schulter stieß ein Vogel erneut seine rhythmischen Rufe aus. Meine Haut prickelte vor Aufregung, in einer Welt mit echten Bächen und Tieren zu sein. In der Nähe von Geschöpfen zu sein, die in der Luft über einem grasbewachsenen Puppenhaus kreisten. Ich kniete mich hin und stützte mich auf die Ellbogen, um die Tür zu öffnen.

Durch ein Loch im Dach fiel gerade genug Licht, dass ich etwas sehen konnte.

Das Innere des Hauses war schlicht und zugleich vielsagend. Der Boden bestand aus festgestampfter Erde, ein Oval aus kleinen Steinen bildete den Herzstein – es gab gewissermaßen nichts weiter als die Knochen und das Herz des Hauses. Als ein Vogel tief über das Dach flog, flackerte das Licht, und es sah aus, als würden Flammen an der Herdstelle brennen.

Ich tastete mit den Fingern über die Schwelle, hielt aber dort inne. Da war eine angenehme Stille, die ich nicht stören wollte. Ich stellte mir vor, wie kleine Mädchen hier spielten, fragte mich, ob das Haus all den Generationen von Kindern gehört hatte. Ob Betta hier gespielt hatte, ob Onkel Hár dafür sorgte, dass es in Ordnung war, ob er jedes Jahr das Unkraut wegschnitt und die kleinen Wände abstützte.

Ich richtete mich wieder auf, ließ mich auf die Fersen zurücksinken und schwankte. Ich hatte den Kopf länger unten gehalten, als ich gemerkt hatte. Ich sah zum Himmel hoch, und vor lauter Vögeln wurde mir schwindlig. An dem abendlich gefärbten Himmel zogen mindestens ein Dutzend Vögel ihre eleganten Kreise. Der Nebel hing jetzt tiefer und war dichter geworden, war von einem durchscheinenden und dennoch erdrückenden Grau. Meine Füße kribbelten, als ich aufstand und sie sanft belastete, sodass ich zusammenzuckte.

Ein Vogel schwebte jetzt im Abstand von zehn Fuß an mir vorbei und landete auf einem moosbewachsenen Stein. Sein Schnabel war geöffnet, als er auf mich einschimpfte. Ein anderer zischte noch dichter an meinem Kopf vorbei, und dann machte sich Unbehagen in mir breit, ein seltsames Nagen, dass etwas nicht stimmte. Wildvögel waren keine Haushunde. Sie kamen nicht zu einem, um sich streicheln zu lassen.

Ich wandte mich um und wollte zum Langhaus zurückkehren, aber das kleine Tal hatte sich in ein großes verwandelt, erstreckte sich im zunehmenden Nebel in alle Richtungen, verschwand darin regelrecht. Mein Herz klopfte heftig. Wie kam ich jetzt nach Hause? Ich ging schnell, machte große, schmatzende Schritte. Vögel sammelten sich beiderseits von mir. Sie flogen dicht an meinem Gesicht vorbei, so dicht, dass ich ihre runden Augen sehen konnte. Aus dieser Nähe waren ihre gebogenen Schnäbel so lang wie meine Hand und so dünn wie die größte Nähnadel.

Ich rannte verzweifelt, nutzte den Bach und das kleine Puppenhaus als Orientierung. Die Vögel folgten mir, schrien, und ich lief schneller, bis mir von all dem Adrenalin ganz schwindelig wurde. Ich stellte mir vor, wie sie auf mich einpickten, an meiner Haut und an meinen Haaren zerrten. Ich stolperte, rannte weiter, stürzte über ein paar große Steine. Mein Kleid verfing sich an ein paar Pflanzen, und mir lief die Nase. Die Vögel fielen zurück, aber ich hastete trotzdem weiter, über die Hügelkuppe und die Hänge dahinter.

Dann glaubte ich, unser Langhaus zu sehen, aber bei all dem Grün des Sommers blieb es verborgen, bis ich fast davorstand. Ich sank dagegen. Zu Hause.

Betta trat aus der Vordertür. Als sie mich sah, machte sie Anstalten, zu mir zu gehen. Sie kam mir vor wie eine Retterin. Ich wusste, sie würde mir zuhören, wenn ich ihr von meiner Angst erzählen würde. Sie würde mir sagen, dass es Unsinn war. Ich sah vor mir, wie sie einen Arm tröstend um mich legte, spürte ihre kühle und sichere Hand auf meiner Stirn. Aber sie erstarrte mitten im Schritt. Neugier flackerte einen kurzen Moment in ihrem Gesicht auf, dann griff sie nach dem Ausschnitt an ihrem Kleid, zog den Kopf ein und kehrte ins Haus zurück.

»Ginn.«

Hinter mir stand der Häuptling.

»Was ist passiert?«, fragte er, noch immer hinter mir.

»Da waren Vögel«, sagte ich, und es kam mir so dumm vor. »Ich hatte ein hübsches Tal gefunden.« Ich deutete vage ein Stück von uns weg, den Berg hoch. »Da war ein winziges Langhaus, das dem hier ähnelte, und dann haben mich Vögel angegriffen, sind um meinen Kopf herumgeschwirrt …«

»Jetzt bist du hier.« Seine Stimme klang sicher, wie ein beruhigendes Wiegenlied. Er trat noch etwas näher hinter mich. »Berühr die Wand.«

Ich legte meine Handfläche darauf, spürte, wie stabil sie war. Ich griff nach dem kühlen Gras, das darauf wuchs. Demgegenüber fühlte sich meine Wange richtig heiß an. »Mir tut alles weh vom Spinnen«, gestand ich. Und dann sprudelten die Worte nur so aus mir heraus, und mit jedem einzelnen lief ich Gefahr, mich als undankbar und faul zu erweisen. »Ich habe die Wolle so satt und den trockenen Fisch und den Rauch, und meine Lungen brennen, und ich habe immerzu Hunger. Und dieser Hof ist wunderschön. Ich bin nur einfach so allein.«

Es tat gut, laut auszusprechen, dass ich einsam war. »Und ich habe Angst vor Vögeln.«

In der anschließenden Stille hallten meine Worte traurig nach.

»Wende dich mir zu«, forderte er mich freundlich, aber unmissverständlich auf. Es war nicht der Ton, in dem er Magnus befohlen hatte, die Pferde bereit zu machen, oder in dem er Hildur aufgetragen hatte, das Frühstück für die Männer früher als sonst zu machen. Es bestand kein Zweifel daran, dass ich gehorchen würde, aber die Anweisung klang nicht kalt.

Mein Gesicht fühlte sich nass und regelrecht wund an, als ich ihn ansah.

Ich dachte, dass sein Gesicht ausdruckslos aussehen würde, aber das war ganz und gar nicht der Fall. Seine Gefühle waren deutlich sichtbar und chaotisch; vor allem war da Überraschung. Seine goldenen Augen suchten in meinen nach etwas, dann wandte er den Blick ab, sah zum Langhaus, auf den Boden. Seine Finger fanden das Gras zwischen uns. »Ich muss mich entschuldigen«, sagte er.

»Wofür?«

Er sah wieder zu mir, und seine dunklen Brauen zogen sich kurz zusammen. Er suchte nach etwas in meinen Gesichtszügen, aber was immer es war, er fand es nicht. »Ich wollte nur dein Gesicht sehen.« Er errötete und schien sich zu schämen, aber ich wusste nicht, warum oder wofür.

»Komm mit«, sagte er abrupt, drehte sich um und ging am Haus entlang nach hinten. Dabei fuhr er mit der Handfläche über die Wand, strich über das Gras unter seinen Fingern, und ich folgte ihm, ließ meine Finger über den gleichen Streifen gleiten. Dabei achtete ich sorgfältig darauf, dass ich ihn nicht berührte.

Auf Svana oder Hildur mit ihrer Größe von gerade einmal einsfünfzig musste er wie ein Riese wirken. Ich selbst war etwa zwölf Zentimeter größer als die anderen Frauen hier, und meine Augen waren ungefähr auf Höhe des Lederbands, das seine Haare im Nacken zusammenhielt. Ich dachte an Jeff, dessen breites leichtes Lächeln stets dreißig Zentimeter über mir gewesen war. Selbst wenn wir uns umarmt hatten, schien er immer so weit weg gewesen zu sein.

»Meine Mutter hat es mir gezeigt«, erzählte der Häuptling und ging um den hinteren Teil des Langhauses herum. Wir bogen um eine Ecke und folgten den Wänden der Speisekammer. »Wenn ich mich allein gefühlt habe …« Er sprach nicht weiter. Seit wir angefangen hatten zu reden, sprach er ganze Sätze, machte ausführliche Bemerkungen und gab allmählich und ruhig die Kontrolle auf. Noch nie hatte ich ihn auf diese Weise reden hören.

Er sah mich immer noch nicht an, als er den Faden wieder aufnahm: »Du sollst wissen, dass dieses Haus für dich da ist.« Es war eine weitere sanfte Anweisung.

Ich versuchte einen Moment, mir dieses Haus als mein Zuhause vorzustellen, und es fühlte sich sofort natürlich an. Mein Haus.

»Es sind einhundertsechsundfünfzig Schritte um den hinteren Teil herum«, sagte er. Wir blieben an der Ecke stehen, und er sah mich an. »Jetzt, da ich erwachsen bin.« Ein Mundwinkel hob sich wieder, und ein entwaffnendes Lächeln kam zum Vorschein, blitzte einen Herzschlag lang auf und war im nächsten schon wieder verschwunden.

Er roch nach frischem Schweiß und etwas anderem, etwas wie Zimt.

»Ganz und gar erwachsen«, wiederholte ich sanft, als würde ich mit einem Kind reden.

Er lächelte wieder. »Für wie alt hältst du mich?« Ich begriff, dass er versuchte, mich aufzuheitern und abzulenken, um mir die Traurigkeit zu nehmen. Es war bezaubernd.

Ich wusste nicht, was ich sagen sollte. Er war erwachsen, ja, und ganz und gar ein Mann. Aber ich hatte das Gefühl, dass dies weniger mit seinem Alter zu tun hatte. Er konnte noch nicht älter als dreißig sein, vermutete ich. »Siebenundzwanzig?«

Er lachte, und das Geräusch war neu und unerwartet für mich.

»Willst du, dass ich schon so schnell bei den Raben bin?«, fragte er voller Ernst. »Ich werde diesen Herbst zweiundzwanzig.«

Mein Gott, er war noch ein Junge. Jünger als ich.

Eine Brise kam auf, brachte den Geruch von Eisen mit sich. Er hielt seine Axt mit einer solchen Leichtigkeit, dass ich mich fragte, ob er überhaupt noch wusste, dass sie da war. Das Geburtsmal erstreckte sich über seinen Handrücken, wurde aber von seinem ramponierten Lederarmschutz größtenteils verborgen.

Er sah meinen Blick. Er war jetzt so offen, dass ich ihn verletzen konnte, wenn ich weiter so daraufstarrte. Ich musste mich von seinem Geburtsmal ablenken. In einem verzweifelten Versuch sagte ich: »Deine Axt ist hübsch.« Und dachte *oh je*.

Er hob die Axt, ließ sie in die rechte Hand gleiten, als würde sie nicht das Geringste wiegen, und sagte: »Já, das ist sie.« Ich war erleichtert, dass es für ihn etwas ganz Normales und ihm überhaupt nicht unangenehm war, ein Kompliment bezüglich eines Werkzeugs zu erhalten. »Es ist Ulfs Axt«, erklärte er. »Sie stammt von meinem Vater.« Und dann begriff ich, was ich da anstarrte.

Es war nicht die Axt, die er normalerweise mit sich herumtrug. Diese hier war herrlich.

»Slítasongr«, sagte er, betonte das Wort mit einem langen i vorn und einem r am Ende, das nichts weiter war als ein kurzer Hauch.

Er sprach flüssig, und seine Stimme war veränderlich, mal

lieblich, dann hart wie Stein und wieder lieblich. Es war eine Stimme, die man studieren konnte.

Der Name seiner Axt bedeutete »spaltendes Lied«. Das hier war kein Alltagswerkzeug, sondern eine innig geliebte, mit einem Namen versehene Waffe. Vorzüglich ausgewogen und geschärft, aber nicht, um Soden oder Bäume zu durchtrennen, sondern Knochen von Tieren und von Menschen. Mein Geist scheute vor dem zurück, wozu sie in der Lage war. Ich konnte an der Art, wie der Häuptling sie hielt, erkennen, dass sie in seinen Händen in der Tat singen würde.

Er sah von ihr auf und schien etwas abzuschütteln, seine Fassung wiederzugewinnen.

»Geh jetzt rein.« Er deutete mit einer Bewegung seines Kinns auf das Haus, und ich nickte.

Ich war entlassen. Bevor ich mich durch die Tür hineinduckte, sah ich ihn zu den Ställen gehen. »Vakr!«, rief er seinem Pferd scharf zu. Ich trat ins Haus.

»Der Eisentopf bringt den besonderen Farbton hervor«, erklärte Betta, während sie mit Thoras Hilfe einen Kessel mit heißem Wasser und Birkenblättern neigte. Das duftende Wasser strömte über ein Sieb, das ich hielt, und floss dann – jetzt ohne Blätter – in einen anderen Topf.

Dampfschwaden wogten um uns herum. Ich rührte die Blätter mit einem langen Holzlöffel um, und ein herrlicher Geruch entfaltete sich, wie nach gekochten Äpfeln und schwarzem Tee.

»Die Blätter an sich erzeugen Gelb«, sagte Thora.

Sie zeigten mir, wie man Garn färbte. Wir arbeiteten neben einem kleinen Feuer nahe beim Fluss. Die kleine Lotta, etwa drei Jahre alt, sah mit einem Finger im Mund zu. Sie war blond und herzig und hieß in Wirklichkeit Ginnlaug – »so wie du, Ginn!«. Sie war ganz und gar fasziniert von unserer Arbeit, während sie zusah, was die größeren Mädchen taten.

»Dieser Farbton eignet sich besser für den Handel«, sagte Betta, bezogen auf den Apricot-Ton, dann lächelte sie und fügte hinzu: »Und er ist hübsch.«

Mit ihren großen Zähnen wirkte sie jetzt fast wie eine Zehnjährige, bis der Dampf ihr Gesicht wieder vollständig freigab und sie eine junge Frau wurde. Sie legte die Zöpfe nach hinten und beugte sich tief über das Birkenwasser.

»Ich bin heute siebzehn geworden«, sagte sie plötzlich. Sie hatte ebenfalls einen langen Löffel in der Hand und half mir beim Umrühren und Verteilen der nassen Blätter.

Ich lächelte und klatschte spielerisch mit meinem Löffel gegen ihren. »Du hast mir gar nicht gesagt, dass dein …« Ich verstummte abrupt, denn ich fand in der alten Sprache kein Wort für *Geburtstag*. »… Tag heute ist«, endete ich schließlich etwas blöde.

»Du bekommst heute Abend eine Krone aus Blumen«, sagte Thora. »Ranka wird sie dir sicher machen wollen.«

»*Ich* will sie machen!«, platzte Lotta hervor.

»Du kannst deine Haare lösen.« Ich zupfte an einem von Bettas Zöpfen.

»Nei!« Betta schreckte zusammen. Sie wich zurück und warf sich die Zöpfe über die Schultern, sodass sie außer meiner Reichweite waren. Ich war ihr anscheinend zu nahe gekommen.

Sie erklärte mir jetzt, dass sie die Haare nie außerhalb ihres Schlafalkovens löste. Sie hatte schon als kleines Kind angefangen, sie zu flechten, als ihre Ma gestorben war und sie und Bjarn in dieses große Haus gezogen waren. Noch jetzt, neun Jahre später, band sie sie jeden Tag auf die gleiche Weise, und niemand außer den Mädchen, mit denen sie unten am Fuß des Berges schlief, hatte ihre Haare jemals offen gesehen.

Ich dachte daran, wie die kleine Betta allein ohne Mutter an einem großen, seltsamen Ort war, hineingeworfen in die Gesellschaft riesiger Männer und hochnäsiger Mädchen. »Du warst damals erst acht?«

»Já. In dem Haus unten war ich allerdings die älteste von uns Kindern. Ich habe mich um die anderen gekümmert.« Betta lächelte, und ohne dass es einen Grund dafür gab, fügte sie hinzu: »Der Häuptling war damals dreizehn.« Sie warf einen Blick zu den Ställen. Heirik stand da mit Magnus und Haukur und einigen Pferden. Er lauschte konzentriert, aber ohne Magnus anzusehen, Hárs gerade erst vierzehnjährigen schlaksigen Sohn. Der Häuptling brachte ihm offensichtlich gerade etwas bei und wartete darauf, ein Zeichen zu bekommen, dass der Junge die Lektion verstanden hatte. Allerdings bekam er die gewünschte Antwort nicht. Die natürliche Anmut des Häuptlings verschwand, und sein Körper verkrampfte sich. Er war ungeduldig. Schon nach diesen paar Wochen hier konnte ich jede seiner Stimmungen an seinem Körper ablesen.

»Dann wird dein Bruder also die Position des Häuptlings übernehmen?«, fragte ich Thora.

»Já, dieser Baulufotr.« Dieser *Kuhfuß*. So unendlich dumm, dass sie nicht genügend Worte fand, um es auszudrücken. Wahrscheinlich würde er diese Position bekommen, erklärte sie, und auch behalten, sofern ihm das gelang. Ihr dummer Bruder würde die Besitztümer, die Lehnsleute und die Bürden erben. Wir konnten sehen, dass der Junge mit seinen spitzen Ellbogen und einem Mangel an körperlicher Geschmeidigkeit einen harten Brocken Arbeit für den Häuptling bedeutete und dass der Junge ihm gegenüber regelrecht steif wirkte.

»Ich war noch nicht lange hier, als der Häuptling das heiratsfähige Alter erreicht hat«, sagte Betta. »Damals wurde beschlossen, dass er niemals heiraten würde.«

Svana und Grettis kamen zu uns; sie waren dabei, zu spinnen, aber das unerlaubte Thema hatte sie anscheinend angelockt. Sie halfen jetzt, die ganze Geschichte zu erzählen. Der Häuptling durfte nicht heiraten. Wenn er ein Kind zeugte, würde er damit ganz Hvítmork in Gefahr bringen. Gut möglich, dass großer Kummer und Ruin die Folge sein würden. Heirik war also nicht nur durch seine Person bedrohlich, er konnte darüber hinaus der Überbringer von etwas – oder jemand – weitaus Schlimmerem sein.

Thora fasste es auf die wohl derbstmögliche Weise zusammen: »Er hat geschworen, seinen verfluchten Atgeirr bei sich zu behalten.« Seinen *stoßenden Speer*. Wäre es nicht so grausam gewesen, man hätte die Metapher einfach als zutreffende und geistreiche Beschreibung abtun können. Thora sah zu den Ställen hin, als könnte der Häuptling sie hören und auf irgendeine neue, besondere Weise verfluchen.

Plötzlich erklang hinter uns eine Stimme. »Er ist der Ringbrecher«, sagte Hildur. Eine Umschreibung für *Häuptling*. Sie hatte uns beobachtet und zugehört, ohne dass wir sie bemerkt hatten. Ihre Wangen waren flammend rot. »Ich dulde solches Gerede nicht.«

Mein Herz flatterte heftig. Kleine Stücke von Blättern und Zweigen hingen an meinem Holzlöffel.

Einen Moment lang herrschte unsicheres Schweigen, dann wandte Hildur sich an Betta. »Du, Mädchen, wirst von jetzt an bei unserem Gast bleiben und im Haus schlafen.« Und damit ging sie weg, um sich um jemand anderen zu kümmern.

Die Stimmung blieb noch eine Weile angespannt, bis Betta die Blätter zusammendrückte und ein kleines Lächeln andeutete. Ich lächelte ebenfalls leicht. Die anderen starrten mit offenem Mund hinter Hildur her.

War das eine jener Situationen, von denen Hildur gesprochen hatte? Hatte der Häuptling ihr einen Befehl gegeben, und sie gehorchte? Das neue Arrangement schien Hildur zu verärgern. Ich konnte mir jedenfalls nicht vorstellen, dass sie sich von allein so großzügig mir gegenüber verhielt. Aber wie auch immer, irgendwie hatte ich Betta bekommen.

Meine neue Freundin lenkte das Gespräch geschickt wieder auf etwas, was meine Aufmerksamkeit erregen würde. »Es könnte natürlich sein, dass ein solches Kind gesund ist«, sagte sie vollkommen vernünftig. Sie sah mich gelassen an, während sie sprach. »Möglich, dass eine Frau durch seine Berührung gar nicht beeinflusst wird.« Vielleicht nicht verletzt, dachte ich, aber beeinflusst wird sie ganz sicher.

»Nun, diese Tür ist verschlossen«, sagte Thora. Und es war seine Aufgabe als Häuptling, dafür zu sorgen, dass sie auch verschlossen blieb.

Magnus würde irgendwann wie alle in seiner Familie ein großer Mann werden, so wie sein Vater Hár und sein Cousin Heirik. Wie die beiden würde auch er eines Tages einen Clan aus Bauern und Fischern und Händlern beschützen und anführen, einen Clan, der noch viel größer sein würde, als Betta und ich es uns vorstellen konnten. Im Moment allerdings wirkte er noch vollkommen unfähig.

»Der Häuptling bringt Magnus alles bei«, sagte Thora, »als wäre es ein guter Plan.« Sie berührte ein Amulett, das sie wie Hildur an ihrem Gürtel trug. Mit einer komplexen und kurzen Bewegung ihrer Finger wirkte sie gleichzeitig einen Schutz gegen Heiriks Hässlichkeit und einen Segen, der ihm ein langes Leben bescheren sollte.

In dieser Nacht machte ich in meinem kleinen Schlafalkoven Platz für Betta. Ich rollte mich neben ihr zusammen und spürte in meinem Herzen ein ungewohntes Gefühl: Schmerzlosigkeit und Glück.

Es verging kein Tag, an dem die Frauen nicht vom Bruder des Häuptlings sprachen. Er war jünger als Heirik und anscheinend einfach wunderbar.

Er hieß Brosa, aber für mich war das nur ein Name, ohne dass ich das Gesicht dazu kannte. Wie man mir sagte, war er breitschultrig und strahlend, stark und gütig und großzügig. Brosa war fähig. Süß. Jede der Frauen fügte der Litanei seiner Großartigkeit noch ein paar Worte hinzu. Er war umgänglich. Witzig. Strahlend wie das Innere einer Flamme. So groß wie der Häuptling und genauso kämpferisch.

»Und hübsch genug, dass die Mädchen verrückt nach ihm sind«, fügte Kit trocken hinzu. Sie sah Svana amüsiert an.

Svana störte es nicht, als liebeskrank zu gelten. Sie atmete tief aus. »Wie die Sonne.« Sie ließ die Spindel sinken, die immer langsamer wurde.

Anscheinend war die ganze Sippe in ihn verliebt, und ihre Vernarrtheit schien genauso groß zu sein wie ihre Angst vor dem Häuptling. Brosa war mit dem Schiff auf Handelsreise. Bei seiner Rückkehr würde es ein großes Fest geben, und er würde luxuriöse Waren in Hülle und Fülle mitbringen. Er würde ein Held sein.

Ich stellte mir einen markanten Mann auf See vor, dessen geschwungenes Schiff die Wellen zerteilte, während er sein vollkommenes Gesicht in den Wind hielt.

Die Selbstverständlichkeit, mit der man von einem *Schiff* sprach, bestätigte mir noch einmal, was ich inzwischen wusste. Dieses Haus war bedeutend, es war reich, und der Häuptling war mächtiger, als ich jemals ermessen könnte. Aber es gab keine Frau für ihn; da war niemand, die sein Erbe weitergeben konnte. Ich verstand Hildurs Bemerkung jetzt, dass es keine richtige Frau in diesem Haus geben würde, solange Brosa nicht nach Hause zurückkehrte.

Mich interessierte, warum dieser wunderbare Bruder nicht schon geheiratet hatte.

»Já, Kind, es gab bereits eine Frau für Brosa«, sagte Hildur in jenem Ton, den sie immer dann anschlug, wenn sie etwas erzählte, was zugleich verboten als auch reizvoll war. Ich konnte die Fasern durch die Haken unserer Spindeln gleiten hören. Manchmal hatte ich nicht die geringste Ahnung, welche Bedeutung hier etwas hatte. Dies war ein offener, aufrichtiger und strahlender Ort, und doch fiel ich immer wieder in dunkle Löcher, die das saftige Gras eigentlich hatte verbergen sollen.

»Esa ist gestorben«, sagte Kit schließlich nüchtern. »Bei der Geburt ihres Sohnes.«

»Oh.« Mehr brachte ich nicht heraus. Was hätte ich auch sonst auf die zwei Bemerkungen sagen können? Zu den Worten, die einen zermürbenden Schmerz und zerstörte Hoffnung heraufbeschworen?

Betta setzte noch einen drauf. »Das Kind ist auch gestorben.«

Brosa hatte die Schwester des jungen Bauern Ageirr geheiratet, dessen Land an Hvítmörk grenzte. Ageirrs Vater hatte einst großen Besitz gehabt, war aber schließlich alt und dement geworden, bis er nur noch nutzlos dagesessen und mit leeren Augen zugesehen hatte, wie sein Hof mehr und mehr zugrunde ging. Die Heirat von Brosa und Esa war dazu gedacht gewesen, Ageirrs verbleibende Familie zu retten, sie aus dem Schlamassel herauszuholen, in den die Krankheit ihres Vaters sie gestürzt hatte.

Durch diese Verbindung gehörte Ageirrs Hof mit zu Hvítmörk. Ein Zeichen der Großzügigkeit, aber auch der Strategie, denn die Heirat brachte Heirik neue Anhänger. Es war nicht weit, erklärte Betta und hob ihr Kinn zum Horizont. Ich fragte mich, was für eine riesige Entfernung sie wohl als »nah« bezeichnete.

Ageirr vermisste seine Schwester mit einer ungehörig wirkenden Leidenschaft. Wie Hildur sagte, kam er manchmal nachts in Gestalt einer Ziege zum Langhaus. Offenbar lehnte er dann die ganze Nacht den Kopf und die Hörner an die Sodenwand, gleich neben der Speisekammer, wo Esa und Brosa sich ihr Bett bereitet hatten.

Brosa war sechzehn gewesen, das Mädchen fünfzehn und »so wunderschön wie eine Brise«. Bei ihrem Tod waren sie gerade ein Jahr verheiratet gewesen. Brosa würde bei der Rückkehr von der Reise neunzehn sein.

Es gab große Lücken in der Geschichte, ganze Brocken schienen im Kummer untergegangen zu sein. Ich bekam die Version für Kinder zu hören.

Ich blickte wieder zu Magnus hinüber. Selbst wenn Heirik keinen Sohn haben würde, war es doch wohl immer noch möglich, dass Brosa einen neuen bekommen konnte?

Als hätte Betta meine Gedanken gelesen, fügte sie hinzu: »Brosa will keine andere Frau.«

»Das wird sich ändern«, sagte Hildur mit Bestimmtheit und warf ihrer Tochter einen Blick zu. Svana errötete schicklich.»Es wäre Verschwendung.«

»Und das bei einem solchen Mann«, sagte Kit und schnalzte mit der Zunge.

»Já«, pflichtete Thora ihr bei, »Licht gegenüber der Dunkelheit des Häuptlings. Vater bezeichnet die beiden als Wolfsjunge.« Wegen des Namens ihres Vaters, Ulf, *Wolf*.

Ich sah Heiriks Augen vor mir, und sie waren wirklich ziemlich wölfisch. Aber er vereinte Merkmale fast eines halben Dutzends als prophetisch geltender, furchterregender Tiere in sich, hatte Augen wie ein Wolf, Haare von der Farbe einer Krähe, die Mähne und Eleganz eines Götterrosses. Doch sein schwarzer Bart, sein Geburtsmal und all das hatte keine Bedeutung.

Heirik war nicht dunkel. Er war vollkommen von Sonne erleuchtet. Was für ein Licht konnte Brosa schon im Vergleich zu einem derart atemberaubenden älteren Bruder sein?

»Wenn du zu fest drückst, ist sie ruckzuck am Meer.« Magnus sah erheitert zu, wie ich mich an die alte Stute klammerte, deren Zügel er in der Hand hielt. Geirdis hatte eindeutig vor, irgendwo hinzugehen, denn sie zog den Kopf zur Seite, um die Zügel freizubekommen. Magnus ließ jedoch nicht locker, und mit der klangvollen, liebevollen Stimme, welche die Männer von Hvítmörk den Pferden vorbehielten, nannte er sie Gerdi. Ich hielt ihre Mähne fest und versuchte, mit den Beinen nicht allzu sehr gegen ihre Seiten zu drücken.

»Mit den Beinen solltest du nur arbeiten, wenn du fliegen willst«, erklärte er.

»Já«, antwortete ich. »Als wenn das jemals mein Wunsch wäre.«

Schon jetzt schwitzte ich unter all meinen Kleidern. Mit meiner Schürze, der lockeren Hose und den knöchelhohen Stiefeln kam ich mir vor wie ein üppiges Bündel aus Leinen und Leder. Mir war immer noch heiß von der Anstrengung und der Peinlichkeit, mich in den Sattel hochzuziehen – eine primitive Konstruktion aus zwei Holzbrettern, die an Gerdis Seiten herabhingen und leicht ausgehöhlt waren, damit meine Oberschenkel hineinpassten. Die Steigeisen hingen wie Regentropfen daran. Ich schaffte es gerade so eben, sie mit den Zehen zu erreichen. Die zwei Bretter wurden von Lederbändern zusammengehalten und hingen über ihren Rücken, sodass ich im Grunde gar nicht auf irgendeiner Auflage saß, sondern direkt auf ihren sich bewegenden Knochen und Muskeln.

Gerdis Mähne fühlte sich an wie Seide und Stroh zugleich – ein komplexer und lebendiger Sinneseindruck. Ich stellte mir vor, wie ich mich an ihren Rücken klammerte und mit ihr bis zum Rand der Welt und darüber hinaus galoppierte, sie mit wehender weißer Mähne, während sich meine Röcke im Wind bauschten und flatterten. Vielleicht würde sie aber auch einfach kopflos in den weißen Wald stürmen und mich zum Krüppel machen, wenn nicht sogar töten.

Magnus hob eine Augenbraue, ahmte die Mimik seines Vaters nach. Er kicherte fast lautlos, aber seine Brust wurde heftig geschüttelt.

»Um langsam zu reiten, musst du aufrecht sitzen«, sagte er. »Klopf mit deinen Fersen an ihre Seiten.«

Das tat ich, und sie begann loszugehen. Ich schnappte nach Luft und biss die Zähne zusammen, gleichzeitig bemüht, die Oberschenkel nicht anzuspannen, während wir uns voranbewegten – einen schläfrigen, langsamen Schritt nach dem anderen. Ich ritt auf einem Pferd!

Lotta wäre zu Fuß schneller gewesen. Ich sah, wie Gerdis Kopf sich langsam hob und senkte, und obwohl sie unförmig war und ihr Fell von einem unbeschreiblichen schmutzig-verschmierten Weiß, fand ich sie schön und grazil. Nach ein oder zwei Minuten hob ich den Blick.

»Dein Körper muss sich mit ihren Schritten bewegen«, rief Magnus ein gutes Stück hinter mir. Ich war weiter geritten, als ich gedacht hatte.

Eine Erinnerung tauchte vor meinem inneren Auge auf, wie ich mir am Rand der Stadt den Weg durch eine Menschenmenge gebahnt hatte. Ich hatte mich an Leuten mit Sonnenschirmen und Bajonetten vorbeigeschlichen, war zu weit gegangen und hatte die Orientierung verloren, allein in der Menge. Und dann hatte ich den Ozean erreicht. Der Anfall von Angst war nur kurz gewesen – und die Unermesslichkeit des Wassers und dessen Wellengang, der an einen sich bewegenden Gletscher gemahnte, hatten mich überwältigt. Gebäude und Straßen erstreckten sich geradewegs ins Wasser, aber ich konnte über sie hinwegsehen, und es fühlte sich gut an. Es war gut, so weit sehen zu können. Gut, Geirdis reiten zu können.

Ich sah zu dem Jungen hinüber, der jetzt an den Ställen lehnte. Er verschränkte die Arme über einem waschechten Wikingerhemd, und an seinem Gürtel hingen Eisenmesser und Feueranzünder. Die blonden Haare waren auf Kinnhöhe gekürzt. Ich war wirklich weiter gekommen, als ich jemals gedacht hatte.

Ich lächelte ihn an, und in diesem Moment ließ Gerdi den Kopf sinken, um Gras zu fressen. Mein Lächeln verschwand; ich schnappte nach Luft. Magnus lachte wie sein Vater Hár; es war mehr ein heiteres Bellen. Dann verzog er den Mund zu einem schiefen Lächeln, wie es sein Cousin, der Häuptling, tat. Es sah niedlich aus auf seinem jungen Gesicht.

»Jetzt reitest du auf ihr.« Er trat zu mir. »Aber du sagst ihr noch nicht, wohin du willst.« Er begann, mir zu erklären, wie ich die Zügel durch sanftes Ziehen dazu benutzen konnte, dass sie in die Richtung schaute, in die ich reiten wollte. Um nach rechts zu gehen, musste ich ein bisschen am rechten Zügel ziehen und den linken ein wenig loslassen.

Ich schloss die Augen und lauschte Magnus' Stimme, die sich verlagerte und schlingerte, manchmal brach und dann unerwartet in tiefes Gewässer abtauchte. Er war erst vierzehn, aber da war bereits die Ahnung einer geschmeidigen Stimme, wie sie der Häuptling besaß. Ich dachte daran, wie schmelzend und flüssig Heiriks Stimme klang, und wie sie sich verändern würde, wenn er älter wurde. Sie würde irgendwann genauso nach Sandpapier klingen wie Hárs Stimme.

Alle drei Männer klangen ganz und gar anders, als ich es aus der Zukunft kannte. Ihre Gedanken selbst schienen aus einem anderen Stoff geformt. Ihr Geist und ihre Zungen und ihre

Körper benutzten Worte, die völlig anders aufgebaut waren. Eine Mischung aus Nordisch und im Entstehen begriffenem Isländisch. Es kam mir plötzlich so vor, als handelte es sich um ein System aus Klängen, das wie für seine Familie geschaffen war, für diesen Augenblick.

»Danke«, sagte ich zu Magnus. »Das ist …« Ich suchte nach einem Wort für *Spaß* und fand keines. »Sæll«, sagte ich also. Was so etwas bedeutete wie *glücklich machend*.

Und das war es auch. Die Stille des Sommers hing in der Luft. Es war nichts zu hören außer Gerdi, die witterte, und Magnus' Anweisungen. Ich mochte den Geruch von Pferdehaar und das unverfälschte Grün des Grases am Mittag. Ich verspürte etwas sehr Einfaches und Uneiliges. Es war schlichtes Glück.

WASSERFÄLLE

Es konnte gut sein, dass Geirdis das älteste Pferd in ganz Island war. Sie blieb den Kindern vorbehalten, weil sie zuverlässig und langsam und gemütlich war und nichts anderes im Sinn hatte, als Gras und Blumen zu fressen. Sie interessierte sich nicht für das, was über die unmittelbare Umgebung ihrer rosafarbenen, flatternden Nüstern und ihrer geraden Zähne hinausging.

Aber für mich würde sie ein geflügelter Traum sein, wenn ich nur erst in der Lage wäre, ohne Angst auf ihr zu reiten.

Ich nahm mir vor, jeden Tag ein bisschen zu üben. Schon am nächsten Morgen stand ich früh auf und schlich mich in den Schmutzraum. Inzwischen bereitete mir der fehlende Kaffee morgens keine Kopfschmerzen mehr, aber ich war noch ziemlich schlaftrunken und riss versehentlich eine ganze Menge Umhänge von ihren Haken, die auf einem wilden Haufen landeten. Ich nahm sie auf, schüttelte sie aus und faltete sie jeweils zu einem vollkommenen Rechteck. Ein halbes Dutzend Umhänge faltete ich auf diese Weise, legte einen auf den anderen. Es war eine Erleichterung, mal etwas gut zu machen. Zum Schluss drückte ich von oben auf den Stapel, genoss das federnde Gefühl. Ich hatte etwas getan, was greifbar gut war. Ich hatte einen hübschen Stapel auf einer Bank errichtet.

Ich sah mich um, suchte nach etwas anderem, was ich glätten

konnte, bevor ich mich dem Pferd stellen würde. Da fiel mein Blick auf die Tür zum Raum des Häuptlings – ich hatte ganz vergessen, dass er dort schlief. Ich fragte mich, ob er mitbekommen hatte, wie ich hier reingeplatzt war und die Sachen gefaltet hatte. Ich fragte mich, ob ich ihn aufgeweckt hatte.

Sofern sich ein mythisches Wesen wie er überhaupt nachts zum Schlafen in ein normales Bett begab und nicht vielmehr eine dunkle Schwinge über seine Augen breitete oder einen Wolfsschwanz um seinen Körper schlang. Mit einem Anflug von Verärgerung dachte ich an Hildur.

Ich machte mir allerdings auch Gedanken über sein Bett – es interessierte mich, ob er ein echtes besaß, das bequemer war als die Bänke, auf denen wir schliefen. Hatte er ein Kopfkissen? Ich wurde ganz wehmütig, als ich an meines von früher dachte. An die Decken, die frisch aus dem Trockner kamen und so aussahen wie große Marshmallows und vor Sauberkeit nur so strahlten. Solche Dinge würde er natürlich nicht haben, aber vielleicht etwas Ähnliches. Ich stellte mir vor, wie Heirik müde vom endlosen Holzhacken und Holzschleppen auf seinem Bett lag, zu erschöpft, um auch nur die Stiefel auszuziehen. Vielleicht hatte er die Ledermanschetten abgenommen, seinen Gürtel und die Messer abgelegt. Ich sah vor mir, wie seine schwarzen Haare wild auf einem cremeweißen Schaffell lagen. Sein Gesicht hatte sich wahrscheinlich im Schlaf entspannt, nicht mehr beherrscht von den Erfordernissen, die mit seinem Status als Häuptling einhergingen. Er würde einfach nur ein junger Mann sein, der schlief.

Das Holz seiner Tür fühlte sich warm an; den Riegel konnte vermutlich nur er selbst von innen öffnen.

Ich schüttelte die Schläfrigkeit ab und zog mich von der Tür zurück. Nachdem ich einen dunkelgrünen Umhang gefunden und ihn mir über die Schultern gelegt hatte, trat ich in den nebligen, freundlichen Morgen hinaus.

In den Ställen roch es intensiv und unangenehm, und mein Atem hing in der Luft. Der Himmel war immer noch hell, wie üblich im Sommer, abgesehen von ein paar Stunden vor und nach Mitternacht, wenn das Licht etwas gedämpfter war. Der Übergang vom Tag zur Nacht wurde durch die niedrigere Temperatur und das Verblassen der Farben zu Grau gekennzeichnet, ehe es zum Morgen hin wieder heller wurde.

Ich rief leise nach dem Pferd und wartete einen Moment. Ich starrte einfach nur vor mich hin, betrachtete gedankenverloren das Gehöft.

Der Himmel färbte sich lavendelfarben unter der großen, grauen Decke der Nacht. Eine Brise strich über mein Gesicht, und mit ihr spürte ich auch die Regungen der gerade erwachenden Tiere. Ich spürte die Herzschläge der Ziegen und der Kühe. Ich sah vor mir, wie ein Huhn ein Auge öffnete, wie die Haushunde gähnten. Ich wusste, dass das Baby im Halbschlaf versuchen würde, Dallas Brust zu finden. Lotta würde sich neben ihnen umdrehen und denken *Ich bin wach.* Eine Stunde später würde es wärmer werden, die Fliegen würden sich regen und anfangen zu summen.

Gerdis Nüstern streiften mich kühl und forschend, kitzelten an meiner Wange, und ich lachte laut, bevor ich rasch wieder schwieg. Ich wollte weder jemanden wecken noch die Aufmerksamkeit auf mich ziehen. Ich musste Gerdi allein reiten, ich musste etwas Größeres tun, als nur einen Stapel Decken perfekt zu falten.

Es gelang mir, ihr den schlichten Sattel aufzulegen und die komplizierten Zügel anzulegen. Es fühlte sich gut an, all dies mit ruhiger Entschlossenheit zu tun, in dem Gefühl einer schlichten Verbundenheit mit ihr, während sie geräuschvoll atmend darauf wartete, dass ich alles richtig machte.

Es war leicht, auf sie aufzusteigen. Einen Stiefel in den tränenförmigen Steigbügel zu setzen, das andere Bein über ihren Rücken zu schwingen, während sich mein Kleid wie ein riesiger roter Flügel entfaltete. Und dann war ich fertig. Als sich ihr Gewicht verlagerte, verlagerte ich meines mit ihm, so natürlich, wie ich mich im Badeteich vom Wasser tragen ließ. Und dann ging sie los. Mit einem für sie unüblichen Drang in eine bestimmte Richtung trug sie mich den steinigen Hang hinunter, der sich von den Ställen aus nach unten erstreckte. Ich hielt mich fest, stieß das Wort »Ho!« zwischen zusammengebissenen Zähnen hervor, bis sie schließlich langsamer wurde.

Und dann waren wir weg.

Kaum hatten wir den Hofplatz verlassen, begann sie, im Passgang zu gehen. Ich löste meine verkrampften Hände von ihrer Mähne und versuchte, mich in ihren schläfrigen und sinnlichen Gang einzufühlen. Meine Atemzüge wurden langsamer, und ich spürte eine friedliche Erregung angesichts der Tatsache, dass ich es geschafft hatte, ganz allein auf Gerdi aufzusteigen und wegzureiten. Glücklich ließ ich sie jetzt selbst langsam ihren Weg über das unebene Gelände finden.

Das Vulkangestein war im Laufe der Zeit immer weiter abgenutzt worden, bis schließlich unendlich viele Brocken von verschiedener Größe entstanden waren, angefangen von riesigen Felsen, die über mir aufragten, bis hin zu schwarzen Kieseln und Sand auf dem Boden. Alles war überzogen von einer hellen Moosschicht und hübschen weißen Flechten, die sich wie Sträuße aus Eichenblättern öffneten. Wildblumen in allen möglichen Schattierungen von Gelb sprenkelten die Zwischenräume. Gerdi schnupperte daran und biss davon ab, und als sie diesmal den Kopf zum Fressen senkte, gab mein Körper einfach nach und suchte mit der gleichen Selbstverständlichkeit das Gleichgewicht, mit der er atmete.

Wir folgten einem staubigen Pfad, der sich zwischen all dem Moos hindurchwand. Er führte in ein Wäldchen aus windschiefen Birken, deren Äste so tief herabhingen, dass sich meine Haare darin verfingen. Und als wir schließlich die Bäume hinter uns ließen, auf der anderen Seite aus dem Wäldchen wiederauftauchten, lag vor mir das Paradies.

Es war ein Ort von kompromissloser Schönheit. Eine Schlucht öffnete sich direkt zu meinen Füßen.

Vor uns fielen die rauen Felsen steil ab, in eine zauberhafte Märchenwelt. Auf der anderen Seite der Schlucht stürzten zwei Wasserfälle über eine Klippe aus schwarzem Gestein in die Tiefe. Irgendwann verbanden sie sich miteinander und platschten gemeinsam in einen klaren, runden See, der mindestens zwanzigmal so groß war wie unser Badeteich. Ein flaches Ufer aus mehreren Gesteinsschichten umgab ihn.

Das Wasser verließ den See auf der anderen Seite und folgte einem gewundenen Bett um Pflanzen und Felsbrocken und kleine Inseln herum. Dieser Fluss war von einem verblüffenden Blau, als würden Himmelblau, Marineblau und Silber ineinanderströmen. Das Wasser machte schließlich eine Biegung und strömte um die Klippe herum, auf der wir standen. In den Felswänden der Schlucht hatten sich im Laufe der Zeit Höhlen gebildet, die für Kinder wohl groß genug gewesen wären und einen zu Gutenachtgeschichten und Legenden inspirierten.

Und ringsum standen kleine Birken, wie die des Wäldchens, durch das wir gerade gekommen waren. Gerdi hatte mich zu einem geheimen Garten geführt. Einem Ort für Liebespaare. Für Leute wie Rankas Eltern, die sich hier atemlos am Ufer wälzen oder an eine der Millionen von abgeschiedenen Stellen zurückziehen konnten, wo sie niemand finden würde – nicht einmal ihre unerschrockene kleine Tochter. Das Geräusch des rauschenden Wassers würde sogar ihr Seufzen übertönen. Ich hätte ewig hier sitzen können. Bis an mein Lebensende.

»Verlässt du uns?«

Die Stimme des Häuptlings erschreckte mich. Sie klang schroff und stand ganz und gar im Widerspruch zu meiner friedlichen Ruhe.

Er war mit seinem dunklen Pferd hinter mir aus dem kleinen Wäldchen gekommen, so lautlos wie der Nebel, bis er seine misstönende Frage gestellt hatte. Mit seiner langen, geraden Nase und den hohen Wangenknochen wirkte er kühl und verärgert. Oder so, als täte ihm etwas weh. Er brachte sein Pferd in sicherem Abstand von mir zum Stehen und betrachtete mich.

»Ich habe gesehen, wie du weggeritten bist …« Er wartete einen Moment. Ich konnte sehen, dass er seine Worte mit Bedacht wählte und beschloss, hier aufzuhören. Dann fing er noch einmal an. »Du erinnerst dich also.« Er deutete mit einem Nicken auf Gerdi.

So schien es zu sein, ja. Es war, als würde mein Körper etwas wissen, was mein Kopf vergessen hatte – wie man sich im Einklang mit einem Pferd bewegt.

»Ich habe nur versucht herauszufinden, ob ich etwas allein schaffen kann«, sagte ich.

Dann begriff ich. *Oh.*

»Ich habe nicht vor, euch zu verlassen«, platzte ich heraus. »Und schon gar nicht mit deinem Pferd.«

Sein Gesicht wirkte nun verschlossen. Ich dachte einen Moment, er würde mir nicht glauben. Aber dann lächelte er und war plötzlich wie verwandelt. »Du könntest mit ihr weit kommen«, sagte er. »Allerdings würdest du dafür den Rest deines Lebens brauchen.«

Ich musste jetzt auch lächeln, und dann lachte ich richtig. »Das hier ist weit genug«, sagte ich. Ich blickte zum Fluss hinunter. »Ich könnte ewig hier stehen, wenn es möglich wäre. Es ist wunderschön.«

Er lenkte sein Pferd neben mich.

»Gut«, sagte er. »Flotta straumi.« Er entspannte sich bei den Worten; seine Stimme klang tief und war voller Achtung. *Herrlicher Strom.* Wir sahen ihm beim Vorbeifließen zu.

Dann richtete er sich wieder auf, wie ich es schon einmal bei ihm gesehen hatte – als wollte er sich aus einem Traum reißen. »Im Winter kommen wir zum Eislaufen hierher.«

»Zum Eislaufen?« Ich war fasziniert. Dieses Märchenland musste mit einem Überzug aus Schnee sogar noch schöner aussehen. Bilder vom Lachen in der Kälte kamen mir in den Sinn, von eisigen Atemzügen und Pelzmänteln und Freiheit.

»Já, bist du noch nie Schlittschuh gelaufen?«

»Nein, noch nie.« Ich sagte das mit fester Stimme, denn ich wusste, dass ich es noch nie getan hatte, und er musterte mich mit ruhigem Interesse.

»Dann wirst du es noch tun«, erklärte er und akzeptierte offenbar, dass ich mir ganz sicher war. Dass ich trotz meiner vollständigen Amnesie keinen Zweifel daran hegte, dass ich mir noch nie Schlittschuhe unter die Schuhe gebunden hatte. Sein Pferd trat auf der Stelle, schüttelte die Hufe, und der Häuptling betrachtete alles ruhig. Wir standen einen weiteren Moment still da; nur das Geräusch des endlos fließenden Wassers war zu hören. Oh, wie gern ich an diesem verzauberten Ort Schlittschuh laufen wollte! Dieses rasch dahinströmende

Wasser konnte also beruhigt werden. Es konnte erstarren. Und wir konnten über seine Oberfläche fliegen.

Würde ich dann noch hier sein? Oder würde mich der Tank bis dahin ergriffen haben, weggezerrt durch die Zeit?

Ich holte tief Luft, machte mich bereit, die Schlucht zu verlassen und nach Hause und an die Arbeit zurückzukehren. »Nächstes Mal suche ich mir einen Weg hinunter.«

Der Häuptling sah mich mit zusammengezogenen Brauen an. »Wieso?«, fragte er, und es klang, als wäre ich begriffsstutzig. »Komm mit.« Kaum wahrnehmbar zog er an Vakrs Zügeln, und das Pferd verschwand regelrecht von der Erde.

»Folge mir«, rief der Häuptling, aber es war unnötig, denn Gerdi hatte bereits verstanden und ging genau dorthin, wo Vakr gewesen war. Sie machte einen Schritt von der Klippe, und mir blieb schier das Herz stehen.

Natürlich machte das Pferd keinen richtigen Satz nach unten, aber der Pfad war so steil, dass mein Magen sich wie leer anfühlte und meine Kehle trocken wurde. Die Pferde stiegen trittsicher über die holperige Klippe nach unten. Für mich war es die größte Herausforderung, der ich mich jemals zu stellen hatte: Ich musste mich an Gerdi festhalten und es ihr überlassen, den Weg über diese zerklüfteten Felsen zu finden. Ich hielt den Atem so lange an, dass ich schon glaubte, ohnmächtig zu werden und von ihrem Rücken zu fallen. Aber Gerdi wusste, was sie tat. Es war nicht wichtig, dass *ich* so etwas noch nie getan hatte. Und es war irgendwie auch elektrisierend.

Als wir den Grund der Schlucht erreichten, schmerzte mein Kopf und fühlte sich benommen an. Unbeholfen stieg ich ab und drehte mich um; mein Kleid war vollkommen durcheinander. Der Häuptling wirkte gelassen; er hatte mit alldem gar keine Probleme.

Er ließ sich auf den Steinen am Ufer nieder und nahm einen Stock in die Hand, um ihn durch den Schlamm am Rand des Wassers zu ziehen. Der furchterregende Wikinger war jetzt nichts weiter als ein neugieriger Junge, der mit einem hölzernen Stock in einem Bach herumstocherte.

Ich ließ mich ein paar Fuß neben ihm ebenfalls nieder, zog meine Röcke ein Stück zurück, damit sie nicht nass wurden. Dann tauchte ich meine Fingerspitzen ins Wasser. Es war eiskalt und klar; das Blau hatte es sich vom Himmel geliehen. Hier war das Rauschen noch um einiges lauter, als ich erwartet hatte. Das Wasser bewegte sich schnell, strömte in die Richtung unseres Gehöfts. Unterhalb des Langhauses würde es zu dem breiten Fluss geworden sein, den ich kannte.

Der Häuptling sagte nicht viel und ich auch nicht.

Ich musterte ihn jetzt genauer. Er hatte seine Beinkleider nicht gebunden, trug nur die schöne Wollhose, die ihm locker um die Knöchel fiel. Dazu hatte er die nicht sonderlich hohen Stiefel angezogen. Er hatte auch keinen Armschutz, und so kamen seine Handgelenke unter den langen, lockeren Ärmeln zum Vorschein. Die schwarzen Haare fielen ihm frei und ungekämmt über die Schultern. Anscheinend war er wach geworden, als ich im Nebenraum geräuschvoll herumgewühlt hatte. Ich stellte mir vor, wie er nach draußen gegangen war und gesehen hatte, dass ich sein Pferd stahl. Er war in aller Eile aufgebrochen, um mir nachzureiten.

Ich band meine Stiefel los und stellte sie neben mich, rollte meine Wollhose hoch und trat ins Wasser. Die Kälte war so beißend, dass meine Zehen sofort taub wurden. Das Wasser reichte mir bis über die Knöchel, klatschte dagegen und zerrte mit größerer Kraft an mir, als ich erwartet hatte. Trotzdem fühlte es sich wunderbar an, und ich ging tiefer in die Strömung hinein, hob dabei meine Röcke, damit sie trocken blieben.

Ich warf einen Blick zurück zum Häuptling, der entspannt dasaß. Er hatte mich hierhergebracht, und als Gegenleistung dafür würde ich ihn in den Bach locken. »Folge mir«, sagte ich mit einer leichten Bewegung meines Kinns, ahmte damit seinen vorherigen Befehl spielerisch nach.

Aber er spielte nicht.

Als wir ums Langhaus herumgegangen waren und ich auf seinen Nacken geblickt hatte, war mir seine Größe normal vorgekommen. Um so überwältigter war ich jetzt, als er aufstand. Die Intensität seines Blicks, von der ich gehört hatte, richtete sich jetzt auf mich. Seine goldenen Augen ruhten fest auf mir, und ich fühlte regelrecht, wie ich bleich wurde. Sämtliches Blut wich aus meinen Extremitäten, und meine Finger begannen zu kribbeln. Ich wich zurück und geriet auf den Steinen des Flussbetts ins Stolpern, während sich das eiskalte Wasser wie Finger um meine Knöchel schloss.

Er hielt inne, wandte den Kopf ab, und ich wartete darauf, dass er irgendetwas tat, mich von seinem Hof verbannte, mich einfach hier im Wasser zurückließ, mich zurückwies.

Stattdessen stellte er einen Fuß auf einen etwas größeren Stein und löste die Schnüre, um den Stiefel auszuziehen. Das Gleiche tat er auch beim anderen. Er stellte beide zur Seite und trat ins Wasser.

Er watete zu einer kleinen Insel, die kaum mehr als drei Fuß Durchmesser besaß, und hockte sich auf den bemoosten Stein. Dann zog er schwarze Steine aus dem Wasser und stapelte sie übereinander. Zu einer Festung oder einem winzigen Hügelgrab. Während er weiterbaute, wurde mein Herz wieder ruhiger. Ich bewegte jetzt den Fuß, spürte die eiskalte, starke Strömung. Meine hochgehaltenen Röcke schwebten nur knapp über der Wasseroberfläche.

Als er dann sprach, klang er allzu ungezwungen und locker. Tat es ihm leid, dass er mir Angst gemacht hatte? »Du liebst das Wasser«, sagte er.

Ich hatte immer gewusst, dass es so sein würde. Und nur im letzten Moment konnte ich verhindern, ihm das zu sagen – und damit auch zuzugeben, dass ich mich erinnerte, in einer Zeit und an einem Ort gelebt zu haben, an dem es keine solchen Flüsse, keine Pferde und Häuptlinge gab.

Ich hatte das Gefühl, es ihm sagen zu können, hier an diesem hübschen Ort. Ich wollte ihn wissen lassen, dass ich mich an meine Wohnung erinnerte, an das Labor, an die Geräusche und das unirdische Licht von Monitoren. An flache Bilder von Gehöften. Ich wollte, dass er mich kennenlernte. Ich hatte fast das Gefühl, dass ich ihm alles sagen könnte und er es als Wahrheit akzeptieren würde.

»Já«, sagte ich stattdessen. »Es scheint mich zu beruhigen. Es ist so gut und einfach.«

Auch dieser Moment fühlte sich so einfach an, und ich hatte keine Angst mehr vor ihm. Hatte keine Angst mehr vor den Vögeln oder den steilen Felsen oder irgendetwas sonst. Die Erleichterung machte mich albern, und ich schwang einen Fuß in einem größeren Bogen, spritzte Wasser auf seine Insel.

Er tat, als würde er nicht darauf reagieren, aber ich konnte sehen, dass er ein Lächeln verbarg.

»So ist es bei mir mit den Wäldern«, sagte er, und ohne aufzusehen ließ er seine Hand durch das Wasser schießen – so geschickt, dass ich ebenfalls nassgespritzt wurde. Meine Hose war nass, und auch der Saum meiner Röcke war nass, aber mein Lachen als Reaktion darauf hallte von den Felsen um uns herum wider. »Ich sorge dafür, dass die Männer ihn von der anderen Seite her abholzen«, sagte er.

Von der anderen Seite her. *Oh.* Er meinte den weißen Wald,

ja. Diesen herrlichen, weiß leuchtenden Wald, der von Tag zu Tag ein Stück kleiner wurde, damit es Schiffe und Betten gab. Und um Feuer zu machen, die mir einerseits die Kehle zuschnürten und mich andererseits am Leben hielten. Aber die Familie des Häuptlings hatte sich hier früh niedergelassen, und es war immer noch sehr viel Wald übrig. Die Bäume mit ihren dichten Blättern erstreckten sich weiter, als mein Auge reichte. Es machte mich glücklich zu sehen, dass es für ihn einen Ort gab, an dem er sich wohlfühlen konnte.

Er arbeitete immer noch an seiner Festung. Und dann näherte er sich mir indirekt mit seinen sparsamen Worten. »Du streifst allein durch die Gegend.«

Ich lachte. »Vielleicht sollte ich das nicht tun. Ich könnte von Vögeln gefressen werden.«

Er stimmte in mein Lachen ein. »Das war die Elbenhöhle«, erklärte er und hockte sich jetzt auf die Fersen.

Die Elbenhöhle? Ich erinnerte mich an das Tal mit dem winzigen Haus. *Oh.* Ja, es passte. Ich hatte darüber gelesen! Das kleine Haus, das ich für eine Puppenstube gehalten hatte, war gar nicht zum Spielen da, sondern es gehörte dem verborgenen Volk.

»Ihr haltet das kleine Haus für sie bereit?«

Er presste die Lippen zusammen, hielt buchstäblich Worte zurück. Dann antwortete er. »Wenn wir das nicht tun, werden sie kommen und auf der schlafenden Hildur herumtrampeln.« Er versuchte, dies ohne jede Geringschätzung zu sagen, aber da war doch eine Spur von Anspannung, als er ihren Namen aussprach. Ich musste mir Mühe geben, ein Lächeln zu unterdrücken.

»Sie bringen Angstträume«, kam er zum Schluss.

»Haben die Vögel diese Höhle bewacht?«, fragte ich in dem Versuch, mich in das einzufühlen, was er womöglich glaubte. »Weil sie dachten, dass ich die Elben sehen könnte?«

»Já … hm.« Er holte tief Luft. »Ich vermute, du hast auch viele Nester gesehen.«

Nester, dachte ich, und einen Augenblick später begriff ich. *Oh.* Die Vögel hatten ihre Eier bewacht! Es handelte sich um einen Brutplatz, der zu einer Legende geworden war.

Ich lächelte breit, fühlte mich Heirik jetzt noch viel näher in dem Wissen, dass er solche Dinge hinterfragte. Abgesehen davon, dass wir beide isoliert waren, waren wir auch auf diese Weise seltsam. Worte strömten jetzt aus meinem Mund, ohne dass ich über sie nachgedacht hatte. »Ich fühle mich weniger einsam«, sagte ich. »Wenn ich allein durch die Gegend streife.«

Meine Augen brannten plötzlich, und ich wandte den Kopf ab, musterte den Wasserfall. »Ich weiß, dass das nicht viel Sinn ergibt.«

Er antwortete ruhig und fest. »Doch, das tut es.«

Ich watete zum Ufer zurück, ebenso wie er. Ein Stück voneinander entfernt setzten wir uns hin, streckten die Füße aber weiterhin in den Bach. Ich konnte meine schon gar nicht mehr spüren, aber ich wollte die Stille nicht durchbrechen, indem ich sie herauszog. Ich wusste, wenn ich das tat, würden wir von hier aufbrechen. Wir sahen beide ins Wasser, das zugleich dahinströmte und unverändert war. Ich versuchte, es ein Stück mit den Augen zu begleiten, und in diesem Moment wirkte es, als würde das Strömen vorübergehend aufgehoben werden.

Würde ich diesen Ort im 22. Jahrhundert aufsuchen, er würde falsch wirken. Das Wasser würde sich bis dahin womöglich einen anderen Weg gebahnt haben. Dieses hier war die reine Gegenwart, dieser kurze Moment, in dem wir die Zehen ins Wasser hielten.

Ich verlor mein kleines Stück Strömung aus den Augen, und es entschwand. Meine Stimme verkam zu einem Flüstern, wie vom Wasser mitgerissen: »Deshalb bin ich hierhergekommen.« Die Worte gingen im heftigen Rauschen des Wassers unter. Der Häuptling riss mich sanft aus meinen Gedanken. »Mein Großvater hatte Sinn für Poesie«, sagte er. »Er war es, der das Langhaus in dieser Gegend gebaut hat.«

Ich sah das Haus wieder vor mir, mit seinen Wänden, die so dick mit Gras bewachsen waren, dass es mit dem Hügel regelrecht zu verschmelzen schien. Der Häuptling hob den Blick und sah in die Richtung, in der sich das Haus befand. Wir konnten es zwar von hier aus nicht sehen, aber das Wort Hús schien an sich schon eine Anziehungskraft auf ihn auszuüben. Das Haus seiner Mutter. Das er jedes Jahr neu befestigte, um es stabil und sicher zu machen. Der Ort, an den er sich jeden Abend begab, um eine Welt zu betreten, in der sich alle von ihm abwandten.

Ich fand, dass Heirik selbst Sinn für Poesie hatte. Er sprach so sparsam und unverblümt. Sagte mit wenigen Worten so viel.

»Bald ist Heuernte«, erklärte er. »Wir werden genug Holz eingelagert haben.« Er starrte auf seine Handfläche, die nicht von dem Mal gezeichnet war, als würde dort noch die Erinnerung an seine Axt liegen. Dann drehte er die Hand um und legte sie auf sein Knie. Er hob den Blick; seine Augen schimmerten hell im Morgenlicht.

»Wir brechen auf«, sagte er und zog die Stiefel an.

Ich wollte noch nicht gehen, aber ich wusste, dass es an der Zeit war. Wir hatten schließlich keine richtige Auszeit. Der Tag würde beginnen, und ich würde kochen und nähen, während er den Männern sagen würde, was sie zu tun hatten. Er würde Holz schlagen und Äxte schärfen, die vom ständigen Holzhacken stumpf geworden waren. Und dann würden der Zusammentrieb und die Heuernte kommen, und alles würde seinen Lauf nehmen, wie es das sollte. Mir gefiel die Vorstellung.

Gerdi fiel direkt hinter Vakr in Tritt, und wieder starrte ich auf Heiriks Rücken. Seine glänzenden Haare wehten in der Brise, und ich hatte das Gefühl, als hätte ich ihn auf diese Weise nicht nur ein- oder zweimal beobachtet, sondern schon immer, zwölfhundert Jahre lang. Das Leben auf dem Hof fühlte sich inzwischen so normal für mich an.

Wir unterhielten uns nicht mehr, was zuerst leicht war. Als wir schließlich das Langhaus erreichten, hatte er sich verändert. War bereits bei der Arbeit, rief dem Pflegesohn grob zu, ihm ein anderes Pferd zu bringen. Mich hatte er vollkommen vergessen, und die Ungezwungenheit, mit der er die Festung im Fluss errichtet und mich nassgespritzt hatte, wurde von den Anforderungen des Tages überdeckt.

Hildur stand in der Tür zum Schmutzraum. »Da bist du ja, Kind!« Sie klang erleichtert, als hätte sie sich Sorgen um mich gemacht. Sie sah Heirik nach, und kaum war er verschwunden, wurde ihre Stimme unfreundlich. »Du hast Arbeit zu tun.« Ich nickte und glitt von Gerdis Rücken.

Auf Wiedersehen, dachte ich und blickte dem Häuptling nach.

Hildur wartete, mit der Hand an der Hüfte, auf ihrem Amulett.

Der Wald von Hvítmörk war niedrig und dicht.

Die Bäume waren etwa doppelt so groß wie ich und damit gerade hoch genug, dass man sich für immer darin verirren konnte.

Ich war allein hier, wie an so vielen anderen Abenden auch, wenn wir gegessen hatten. Von den Frauen machte sich niemand Gedanken oder Sorgen um mich. Betta dachte manchmal an mich, aber nicht immer. An manchen Abenden verschwand sie auch einfach mit irgendjemandem. Ich ritt dann meistens allein zur Schlucht und lauschte dem rasch fließenden Wasser. Oder ich ritt hierher, an den Rand des Waldes.

Ich duckte mich unter den Bäumen hindurch und ging ein paar Fuß hinein, da ich wissen wollte, wie es sich dort anfühlte. Der Wald war kühl und unheimlich, und es roch nach kraftvoller, nasser Erde. Gerdi würde wissen, wo wir waren. Sie würde den Weg zurück kennen. Ich führte sie an den Zügeln mit mir mit, während ich mich tiefer in den verwunschenen Wald hineinbegab.

Zuerst wirkte alles nur weiß – die Rinde der Bäume, die Engelwurzblüten, selbst das Pferd neben mir. Das Licht selbst schien regelrecht explodiert und weiß zu sein. Als sich meine Augen dann jedoch anpassten, schälte sich ein raffiniertes Gewirr aus verschiedenen Farben heraus. Unter abblätternder weißer Rinde kamen die Rottöne von Kupfer, Flammen und hellem Apricot zum Vorschein. Die Stängel der Schneeblüten leuchteten neongrün, womit sie sich vom schwarzen Erdboden abhoben, über den ansonsten niedriges Immergrün mit marineblauen Beeren kroch.

Die Bäume wuchsen nicht majestätisch und gerade. Sie waren auf fast kunstvolle Weise verdreht; jeder Wurzel entsprangen drei oder vier Stämme. Einige waren spindeldürr, andere kräftig oder mit anderen verflochten. Jeder einzelne Baum wirkte wie ein komplexes Chaos, aber wenn man sie zusammen sah, ihre Neigung und Ausrichtung betrachtete, wurde deutlich, dass alle nach dem gleichen Licht strebten. Es war, als würde der Wald eine Million skelettartige Hände besitzen, die sich alle auf unheimliche Weise ausstreckten, alle das Gleiche suchten.

Ich duckte mich tiefer unter Zweigen und Ästen hindurch und bahnte mir meinen Weg durch das Unterholz, suchte nach etwas, ohne zu wissen, wonach. Aber hier war es eindeutig zu eng für Gerdi, und ich ließ die Zügel los. Ich wusste, dass sie gern einfach nur dastand und das fraß, was in ihrer unmittelbaren Umgebung war. Sie würde warten, bis ich zurückkehren würde.

Der Wald wurde dichter, und als ich stehen blieb und zwischen den Ästen und Zweigen hindurchspähte, sah ich, dass dieses Gewirr aus Stämmen kein Ende zu nehmen schien. Es drängte von allen Seiten gegen mich. Diesmal hatte ich jedoch keine Angst, allein hier draußen in der freien Natur zu sein und nur ein Pferd als Begleitung zu haben. In zwölfhundert Jahren würde ich geboren werden. Ich war von weither gekommen. Die Gefahr, wenn ich so hier im Wald herumlief, kam mir im Vergleich unerheblich vor.

Ich duckte mich tief, da die Zweige sich in meinen Haaren verhakten und Kriechwacholder nach den Säumen meiner Röcke griff. Die weiße Rinde der Bäume war aufgeplatzt und enthüllte ein so intensives Kupferrot, dass ich den Anblick kaum ertrug. Ich schob Zweige und Blätter vor mir beiseite und fand mich an einem kleinen Bachbett wieder.

Die Erde und die Steine am Rand waren fast vollständig ausgetrocknet, der Bach selbst war flach und so schmal, dass ich mit Leichtigkeit darüber hätte hinwegsetzen können, ohne die Stiefel nass zu machen. Ich kniete mich hin und wusch mir die Hände, dann trank ich von dem Wasser. Es schmeckte kalt und wie mit Honig gesüßt, und ich brachte meinen Kopf dichter an den Boden, um den erdigen, intensiven Geruch noch besser in mich aufnehmen zu können. Als ich dann aufstand, war ich jedoch zu hastig, und mir wurde schwindelig. Ich taumelte nach hinten, mein Kleid verfing sich an irgendetwas, und ich fiel rücklings ins Innere einer Baumgruppe, landete auf einer Art Astgabel.

Ich war geradewegs in die Mitte von fünf knorrigen Stämmen gefallen, die alle von einer Wurzel ausgingen. Mit meinem Kleid wirkte ich wie ein kirschroter Fleck zwischen ihnen. Ich sah zum Himmel hoch, der friedlich zwischen den Blättern hindurchschimmerte, und tastete mit den Fingern über die glänzende Seite eines Blattes, das sich so zäh anfühlte wie altes Leder. So ähnlich musste sich auch der abgenutzte Armschutz des Häuptlings anfühlen. Ich kroch jetzt ganz in diese kleine Höhle, kauerte mich in dem Baum zusammen, als wäre er eine Festung, und ließ den Kopf gegen einen der rauen Stämme sinken. Die Farben änderten sich, und meine Lider wurden schwer. Die Sonne ging unter und machte dem Zwielicht Platz. Die Farben der Zweige – schneeweiß und blutrot und pfirsichfarben – verblassten zu den schlichten dunklen und hellen Tönen der Nacht.

Ich spürte, wie der Baum mich trug, mich bewahrte, und doch war ich gar nicht richtig dort. Ich befand mich in meiner Wohnung, schockiert über die kalten, unnachgiebigen Fliesen unter meinen Füßen. Der Hof auf dem Wandmonitor war lächerlich flach, und ich lachte über mich, über das Selbst, das alles zu wissen glaubte. Ich wies die Wohnung an, die Heizung aufzudrehen, und dann hatte ich eine Idee – ich bat die Wohnung, mich gehen zu lassen. Und mit einem Mal war ich draußen, starrte von dort auf das Gebäude, das sich gegen den Nachthimmel abhob. Ich sah mich selbst. Mein Körper war immer noch dort. In den Fenstern überall um mich herum waren Leute, über meinem Kopf, direkt unter meinen Füßen, sie lachten, starrten auf Monitore, aßen miteinander. Irgendwo liebte sich ein Paar.

Ich hob mich von einer flachen Weide ab, eine Hand am Glas.

Auf dem echten Hof sah ich ein kleines Mädchen Braut spielen. Sie trug einen Kranz aus Zweigen und Blumen auf ihrem geflochtenen Haar und warf lachend einen Strauß aus Gräsern in die Luft. Er fiel geradewegs auf einen Hund, der hechelnd in der Sonne saß. Sie blickte auf, und es schien fast, als würde sie mich sehen. Sie lächelte, und ihre riesigen Zähne kamen zum Vorschein.

Ich versuchte, an der kleinen Betta vorbeizusehen. Irgendwo dort, auf diesem Hof, war auch der Häuptling im Alter von dreizehn Jahren. Ich wollte ihn sehen.

Aber ich fand ihn nur mit dem Gesicht, das ich kannte, als er bereits in den Zwanzigern war. *Jetzt, da ich erwachsen bin*, hatte er gesagt. Sein Lächeln war hinterlistig und bezaubernd und einfach zu kurz. Seine Augen hatten die Farbe von dunklem Bernstein. »Bleib«, sagte er, als würde ich jemals gehen wollen. Er streckte die Hand nach meinem Gesicht aus, und ich legte meine Wange in seine Hand, dachte, Götter, er berührt mich. Ich drehte den Kopf und küsste seine Finger, und seine Handfläche fühlte sich warm und trocken an meinen Lippen an. Das alles war mein, ich konnte es berühren, ich konnte es besitzen. Ich wachte auf. Meine Hand drückte gegen meine schweißnasse Wange, mein ganzer Körper lag zusammengekrümmt in der kleinen Höhle des Baumes. Ich war neugeboren und glühte.

Ich musste mich schon die ganze Zeit zu Heirik hingezogen gefühlt haben, aber jetzt saß ich in diesem Baum, und die Erkenntnis traf mich mit ganzer Wucht. Oh ja, jetzt konnte ich es sehen. Wie ich davon ausgegangen war, dass mein Interesse an seiner Stimme nur akademischer Natur war. Wie ich mich an seiner Stelle angegriffen gefühlt hatte, es aber für nichts weiter gehalten hatte als Mitgefühl, das ich für jeden Ausgestoßenen empfunden hätte. Wie friedlich und offen mein Herz in seiner

Gegenwart war, wie ich darauf gewartet hatte, dass er abends vom Feld kam, wie ich morgens als Erstes auf seine Stimme gewartet hatte. All das hatte keine Bedeutung gehabt. Abgesehen davon, dass ich mich in ihn verliebt hatte. Er hatte mir schließlich einen Bach gegeben. Er hatte mir seine Wälder und Tiere gegeben. Er hatte mit mir gesprochen, wie er es mit sonst niemandem tat. Er hatte mir gesagt, dass ich meine Hand an sein Haus legen und es mein Eigen nennen sollte, und das wollte ich auch. Ich wollte ihn im Herzen dieses Hauses in meinen Armen halten und es als unseres betrachten. Ich würde diejenige sein, die Einzige, die ihn berührte.

Wie eine glückselige Närrin schwebte ich auf Gerdis Rücken nach Hause. Die Welt war marineblau, und weiße Flechten funkelten wie Sterne in der Dunkelheit. Hin und wieder blieb das Pferd stehen, witterte und kaute an etwas, oder es stand einfach nur da und sah sich um, als hätte es keinerlei Verlangen, weiterzugehen. Es kümmerte mich nicht. Ich war damit beschäftigt, jeden Augenblick, den ich mit Heirik verbracht hatte, noch einmal zu durchleben, jedes Wort, das er zu mir gesagt hatte, seit wir uns das erste Mal begegnet waren, noch einmal zu hören. Es waren nicht viele Worte, und es fiel mir leicht, mich an alle zu erinnern. *Wende dich mir zu*, hatte er gesagt. Und: *Ich wollte nur dein Gesicht sehen.*

Als ich seine Augen an der Küste zum ersten Mal gesehen hatte, hatten sie mir Angst gemacht, ebenso wie später in der Schlucht. Jetzt sehnte ich mich danach, unendlich lange in sie hineinzuschauen, Tage damit zu verbringen, die Schattierungen kennenzulernen, die mit dem Wechsel des Lichts einhergingen, von sonnengebleicht am Morgen bis zu bernsteinfarben am Abend. Ich wollte die dunklen Brauen berühren, seinen Mund und das bärtige Kinn erforschen, mit meinen Fingern sein Gesicht ertasten. Ich wollte dieses flüchtige Lächeln sehen und ihn dann vielleicht fragen, ob er es nicht ein bisschen länger zeigen konnte.

Gerdi fraß eine Blume, und ich dachte träge an seine Haare, wie sie an seiner Stirn klebten. Ich sehnte mich danach, sie beiseitezustreichen.

Die alte Stute trug mich schließlich doch noch nach Hause. Mein Herz schlug schneller, als wir am Badeteich vorbeikamen, und auch noch, als wir fast den Kamm des Hügels und die Ställe erreicht hatten. Ich fürchtete mich vor dem Moment, da ich ihn sehen würde, und doch sehnte ich mich danach. Ich musste ihn anschauen. Vielleicht würde ich erkennen können, ob auch er irgendein unaussprechlich zärtliches Gefühl für mich hegte. Götter, wie konnte ich hoffen, dass er sich beim Anblick meiner strohigen Haare, die mir an der schweißnassen Stirn klebten, berührt fühlen würde?

Und dann sah ich das Haus auf mich warten. Seine Mutter hatte ihm beigebracht, die Wände abzuschreiten. *Wenn ich mich allein gefühlt habe ...* Seit Heirik jung war, hatte er gewusst, dass er niemals eine Kameradin haben würde. Gut möglich, dass er das Verlangen in meinen Augen nicht einmal bemerken würde.

Ich brachte Gerdi in den Stallhof, nahm die Zügel und den Sattel ab und spürte eine ungewöhnliche Stille. Eine Abwesenheit.

Es war sehr spät, und die Dunkelheit löste sich bereits wieder auf. Das Licht von zwei Uhr morgens erhob sich langsam, und mit ihm kam der Dunst, der von allem aufstieg. Er wogte vom Badeteich und den Hügeln und dem Langhaus her auf, und die Welt gab sich geheimnisvoll. Ich kam mir vor, als würde ich mich mitten in einer Wolke befinden. Als dann plötzlich Betta hinter mir etwas flüsterte, klang ihre Stimme wie der Nebel selbst.

»Hallo, Ginn«, sagte sie, und ich drehte mich um und stellte fest, dass sie anders war als sonst.

Ihr Haar hing wellig und wild zerzaust um ihren Kopf und ihre Schultern. Sie hatte ihre Zöpfe gelöst, und das Haar strömte über ihre Brüste und über ihren Rücken. Es war erstaunlich, dass sie diese üppige Schönheit bisher so fest zusammengebunden hatte. Sie wirkte so lebendig, so sinnlich, ihre Lippen und Wangen hatten richtig rote Flecken. Ihre Augen funkelten vor Überraschung und Freude. Es war, als wäre der Wind ihr Geliebter, der sie zerzaust und errötet zurückgelassen hatte.

»Was ist passiert?«, flüsterte ich.

»Nichts«, sagte sie und neigte den Kopf, wie sie es immer tat, wenn sie einem direkten Blick ausweichen wollte. Sie war so wechselhaft, in der einen Minute noch eine furchtlose Frau, in der nächsten ein errötendes Mädchen. »Ich bin nur ausgeritten«, sagte sie.

Ausgeritten, ja. Ich fiel in einen Wachtraum, in dem ich mit Heirik in die Schlucht ritt. Ich ging neben Betta ins Haus, um zu schlafen – wir waren beide noch sehr spät auf –, aber ich konnte nur an den Häuptling denken. Dass ich ihn bald sehen würde.

Der Geruch von kalter Erde und muffiger Wolle wehte von der Tür des Schmutzraums her zu uns, und etwas Tröstliches lag darin. Ein Teil der Umhänge und Stiefel der Leute waren weg, und Lottas Puppe saß auf der Bank, lehnte an der Wand und wartete. Die Tür zum Raum des Häuptlings war wie immer fest verschlossen und verriet nichts. Aber seine Arbeitsaxt war weg. Nicht das wunderschöne Werkzeug – oder die Waffe – *Slitasongr*, das er wie einen Kameraden trug, sondern die Axt, die er mit in den Wald nahm.

Die Erkenntnis, dass ich beide kannte, seine besondere Axt und seine alltägliche, war heftig. Oh, Götter, es hatte mich wirklich schwer erwischt.

Getragen von meiner Verliebtheit, schwebte ich in den Hauptraum und suchte im Rauch nach ihm. Ich saß draußen vor meinem Bett auf der Bank und lauschte, ob ich seine Stimme hören würde, wie ich es jeden Tag getan hatte, jeden Moment, seit ich hierhergekommen war. Wo war er? Die Wand in meinem Rücken fühlte sich hart an, und ich sank schläfrig gegen sie. Es war mindestens zwei Uhr morgens, und meine Augen wurden schwer vom Warten. Schließlich kletterte ich ins Bett.

Als ich neben Betta in den Alkoven kroch, sah ich ihre locker zu einem Pferdeschwanz zusammengebundenen Haare auf dem Schlaffell liegen. Ich dachte an die Freiheit, die sie im Wind gefunden hatte. Und ich dachte an das, was sie mir selbst gesagt hatte – dass sie in den neun Jahren, die sie nun schon auf Hvítmörk lebte, ihre Haare noch nie vor den Augen anderer gelöst hatte. Jetzt starrte ich auf ihren Rücken und begriff, dass »Ausreiten« ganz und gar keine Erklärung dafür war.

Es vergingen zehneinhalb Tage, ehe der Häuptling zurückkehrte.

Er tat so etwas öfter, erzählte Betta mir – verschwand tagelang und sagte niemandem Bescheid außer seinem Onkel. Und nicht einmal Hár wusste, wohin er ging. War er auf Vakr in die weißen Wälder geritten oder zu einem anderen Gehöft? Vielleicht ans Meer? Die Zeit schien stillzustehen, und die Tage kamen mir endlos vor. Es gab Augenblicke, da hatte ich das Gefühl, als würde ich genauso auf ihn warten wie die anderen auf Brosa, auf den Händler, der vor langer Zeit über das Meer gefahren war. Ohne das tröstliche Wissen, wann er zurückkehren würde.

Ich vergrub mich in Arbeit, blickte kaum zum Horizont. Ich widmete mich dem Färben und dem Kämmen von Wolle, bis sie so flauschig und dünn war, dass die anderen Frauen sie spinnen konnten. Ich half beim Kochen am kleinen Feuer in dem Raum, der zum Weben und für Feste benutzt wurde. Tische aus massivem, hellem Holz hingen hier von der Decke. Der riesige Webstuhl klackerte und zischte, und Ranka zeigte mir, wie man Fladenbrot buk. Mir beizubringen, wie man gutes Garn spann, hatte Hildur – was untypisch für sie war – aufgegeben. Aber statt mich erleichtert zu fühlen, empfand ich nur eine große Traurigkeit darüber, dass ich hier keinen echten Platz hatte, weil ich mich nicht richtig nützlich machen konnte.

Und der Mann, der mir gesagt hatte, dass ich sehr wohl einen Platz hier hatte, war weggegangen.

Ständig kreisten meine Gedanken um all die möglichen Gründe dafür, wie Krähen. War er weg, um Handel zu treiben? Um mit anderen Männern zu sprechen? Ins Hochland zu gehen? Oder gar zu einer anderen Frau, die die Angst seiner eigenen Sippe nicht teilte? Der Gedanke zerriss mir das Herz, und ich wandte mich ab, als hätte mich ein Schlag getroffen.

Ich lernte, mit einer großen Nadel und dickem Garn Socken herzustellen. Wieder und wieder und wieder ließ ich die Schlaufen über den Daumen rutschen. Man nannte das Nadelbinden. Ich versuchte, währenddessen an nichts zu denken, und spürte, wie mein Geist abstumpfte angesichts der monotonen Wiederholung. Das Geräusch von um mich herum summenden Fliegen verband sich mit dem Gemurmel der anderen Frauen, die hier arbeiteten. Eine Socke, zwei Socken stellte ich fertig. Ich wollte die Tage nicht zählen. Es spielte keine Rolle. Ich würde meine neuen, zarten Gefühle loslassen, sodass sie sich auflösen konnten im Dampf des Färbebottichs und des Bades.

Ranka und ich flochten einander die Haare. Wir schmückten die Hunde mit Blumen.

Zwei Waschtage vergingen, und beide Male vergaß ich den Häuptling in dem ungezwungenen Geschnatter und Gespritze von acht Frauen, die gemeinsam in dem kleinen Teich saßen. Ich sah zu, wie meine Finger das Wasser teilten. Als ich so nackt dasaß und immer wieder gegen die glitschigen Körper der anderen stieß, war ich froh, dass ich die Tätowierung nicht hatte machen lassen, die ich so gern gehabt hätte. Auf diese Weise gab es auf meinem Körper keinen unauslöschbaren Raben, der mich in den Nacken biss.

Ich stellte mir vor, dass Heirik hier wäre, mich mit seinen bernsteinfarbenen Augen voller Begehren ansah.

Süße Fantasien tauchten danach auf. Die erste Frau zu sein, die ihn zärtlich berühren würde, allein seine Hand, sein Handgelenk. Ich stellte mir sein Gesicht vor, wenn ich die Hand nach ihm ausstreckte und unsere Finger sich zum ersten Mal berührten. Wie ich vor der ganzen Sippe als diejenige erscheinen würde, die zu ihm gehörte. Ich sah mich im Zwielicht draußen an einer Feuerstelle sitzen, und Heirik hinter mir hielt die Kälte von mir fern. Ich sah, wie ich mich mit dem Rücken an ihn lehnte und er mich mit den Armen umfing, mich sanft hielt, während mein Geist umherschweifte. Ich würde jemanden haben, der zu mir gehörte. Jemanden, der herrlich war, anmutig, intelligent, schüchtern. Der einen Hauch von Poesie auf seinen Lippen trug. Götter, wie würde es sich anfühlen, ihn zu küssen? Ich hatte nicht die geringste Ahnung.

Am zweiten Waschtag schnitten die Frauen den Männern die Haare. Es war schön.

Thralls holten Holz von der anderen Seite des Waldes. Sie hackten es unablässig, zerstörten die zauberhaften Birken. Ich zählte doch die Tage.

Am elften Tag kehrte er zurück.

In der Stille des Mittags kam er auf Vakr zu uns geritten. Nur Magnus begrüßte ihn, alle anderen spannten sich nur plötzlich merklich an. Mein Puls ging schneller, und es brach mir das Herz, mitzuerleben, dass sonst niemand sich erhob und zu ihm lief, glücklich darüber, dass er wieder da war. Ich stand also auf, ließ meine Nadelarbeit auf dem Boden liegen und trat zu ihm.

Plötzlich erklangen hinter mir aufgeregte Stimmen. Kinder und Frauen und Hunde strömten wie eine Woge beiderseits an mir vorbei – so schnell, dass meine Haare von dem Luftzug aufgewirbelt wurden. Glück und Freude schwangen in ihren Stimmen mit, als sie Fragen stellten und durcheinanderriefen. Ranka war besonders gut zu hören: »Ist sie für mich?« Lotta antwortete: »Ansi!« *Hübsch.*

Mich berührte das nicht. Ich war wie ein ruhiger Pol, nichts anderes als Heirik kümmerte mich. Er war jetzt wieder bei mir, nachdem ich so viele Tage darauf gewartet hatte, dass er zurückkommen würde. Als er jetzt auf Vakr saß und seine Schultern sich vor dem Himmel abzeichneten, war er noch herrlicher, als ich ihn in Erinnerung hatte. Noch hinreißender. Er sah mich, und ein Lächeln stahl sich kurz auf seine Lippen, voller und strahlender als je zuvor. Er freute sich, mich zu sehen. Ich spürte, wie meine Augen vor Glück und Verlangen weich wurden. Ich ließ es ihn sehen. Was immer er wollte, meine Hoffnung, mein Begehren. Im Stillen bat ich *Erwidere meine Gefühle. Fühle genauso.* Es war einer dieser herrlichen Momente, in denen es immer noch möglich war, dass es so sein könnte. Dass er es tat.

Sein Gesicht wurde verschlossen.

Als würde eine große Tür zugeschoben. Da war ein Moment, in dem er verwirrt und irritiert war. Ein Moment des Bedauerns vielleicht. Dann wich sein Lächeln dem emotionslosen Gesicht des Häuptlings. Ich spürte den Verlust körperlich, als enges und säuerliches Gefühl in meiner Brust.

»Den Namen sucht unser Gast aus«, sagte er, und dann wendete er sein Pferd und ritt weg.

Ich drehte mich um und stellte fest, dass die anderen neben einem hübschen Pferd standen. Die Stute hatte die Farbe von bittersüßer Schokolade, nur auf ihrem Rücken war eine Stelle, die war richtig weiß. Auch ihre Mähne war weiß und hing frei herunter, abgesehen von einer einzigen Strähne, die zu einem lockeren Zopf geflochten war. Ich stellte mir vor, wie der beeindruckende Häuptling ihr etwas zuflüsterte und ihre Mähne flocht, nur dieses kleine Stückchen. Beiläufig, vielleicht sogar unbewusst, während er sprach, ihr etwas über ihr neues Zuhause erzählte.

Sie lehnte sich schwer gegen meine Schulter, und ich lächelte, als ich vor mir sah, wie die beiden auf diese Weise zusammen gewesen waren, der Häuptling und sein neues Pferd.

»Sie mag Ginn und nicht dich«, sagte ein anderes Mädchen zu Ranka.

»Nei«, sagte Ranka. »Sie möchte, dass ich sie jeden Tag reite.«

Ohne Vorwarnung gab das Pferd ein gewaltiges, lautes Wiehern von sich, das direkt in mein Ohr ging. Ich schrie auf und machte einen Satz zurück. Wir mussten alle lachen.

Ich warf einen Blick zu Heirik, der jetzt bei den Ställen stand; sein eigener unordentlicher Zopf fiel ihm über den Rücken. Den Namen sucht unser Gast aus, hatte er gesagt. Als wäre es normal und gar nichts Besonderes, eine solche Schönheit nach Hause zu bringen und es dann mir zu überlassen, den Namen für sie auszuwählen. Normal, einem Pferd süße Worte zuzuflüstern, sich aber gegenüber einer Frau zu verschließen. Oder vielleicht tat er das ja auch gar nicht. Vielleicht wollte er mir mit diesem Geschenk etwas sagen, was Worte nicht ausdrücken konnten. Ich hoffte es, obwohl ich keinerlei Grund zu dieser Annahme hatte.

Er stand in sicherer Entfernung von mir, weit weg, aber ich schickte ihm einen stummen Dank. Ich dankte ihm aus vielen Gründen dafür, dass er mir das Pferd gebracht hatte – weil sie so hübsch war und offensichtlich Geist besaß. Weil er sie benutzt hatte, um allen mitzuteilen, dass ich hier willkommen war. Mit dem Gefühl großer Erleichterung nahm ich das Pferd als neuesten Zuwachs dieses Hofes an.

Ich wählte Drifa als Namen. *Schneewehe.* Sie gehörte nicht mir allein. Nur die Männer besaßen eigene Pferde, Hár und Heirik und Brosa, dessen Pferd Fjoðr so lange nicht geritten wurde, bis er von seiner Reise zurückkehrte. Drifa gehörte allen, und Ranka ritt hingebungsvoll den ganzen nächsten Tag auf ihr. Wir anderen hatten kaum die Chance, auch nur in ihre Nähe zu kommen.

Nach dem Abendessen setzten wir Erwachsenen uns mit Bechern in der Hand auf die Stallmauer und sahen den Kindern bei einem Wettkampf zu. Inzwischen hatte ich mich etwas an das säuerliche Gerstenbier gewöhnt und trank größere Schlucke als noch ein paar Wochen zuvor. Ich wurde leicht beschwipst davon, und glücklich machte ich es mir auf der Sodenmauer gemütlich und sah zu, wie die älteren Jungen mit den schnellsten Pferden über den Hügel preschten. Hier auf dem Hofplatz trat Ranka auf Drifa gegen eine von Hárs kleinen Enkelinnen an, die auf Gerdi saß. Es war ein lächerlicher Wettkampf. Das neue Pferd hatte die alte Stute jedes Mal schon nach wenigen Sekunden deutlich abgehängt. Beim letzten Lauf blieb die kleine Drifa einfach stehen und drehte sich um, damit Gerdi aufholen konnte. Es war hinreißend.

Hárs kleinere Enkel schlugen mit Stöcken auf ein unglückseliges Huhn ein. Sie waren süße, blonde Rangen, während Dalla blass und dünn war, als würde die Mühe, sie alle zu ernähren, sie auszehren. In diesem Moment strich ihr Ehemann ihr eine Haarsträhne aus der Stirn und sprach leise mit ihr. Sie lauschte mit großen, müden Augen.

Es war sehr spät. Zeit zum Schlafen, aber noch gar nicht dunkel. Dies war im Sommer die Herausforderung, was das Schlafen betraf. Die Kinder wurden ins Haus gerufen, um sich die Zähne zu putzen; danach würde ihr Großvater ihnen eine Geschichte erzählen.

Hätte Hár einen Helm und einen Schild gehabt, er hätte mit seiner beeindruckenden, grimmigen Art direkt aus irgendeiner Enzyklopädie für Kinder entsprungen sein können. Ein klassischer Wikinger. Seine aschblonden Haare hatten jetzt die Farbe von Zinn und fielen zottelig über seine Schultern, umrahmten eisblaue Augen. Ein silbriger Stoppelbart und Schnäuzer bedeckten sein halbes Gesicht – und eine Reihe verschiedener Narben den Rest. Seine Sprache war ausgelassen und gespickt mit Flüchen, aber es lagen auch Humor und Zuneigung zu den anderen Männern darin. Mit seiner für seine Zeit mächtigen Statur füllte er jeden Platz aus, an dem er sich befand, was körperlich beängstigend war.

Aber wenn man den Schrecken überwand, stellte man fest, dass alles an ihm vertraut wirkte – die Art und Weise, wie er sich hielt, während er dasaß und ein Messer schärfte. Die Art und Weise, wie er – ähnlich wie sein Neffe – in die Ferne blickte. Sein Gesicht, die hohen Wangenknochen, das kantige Kinn, die funkelnden Augen – seine Gesichtszüge waren gröber als Heiriks und wirkten wie ein Entwurf für das, was aus ihm einmal werden würde.

Hár vergewisserte sich, dass alle Kinder auf dem Schoß von irgendjemandem oder auf Decken saßen, und begann zu erzählen.

»Ihr erinnert euch, dass Frigg die große Göttin ist und dass sie viele Dienerinnen hat.«

»Já!«, flöteten die Kinder. Ranka war am lautesten, sie kam auf die Knie hoch und nickte zustimmend. Lotta regte sich auf meinem Schoß, und ich ließ mich mit dem Rücken gegen die Wand sinken, um es uns beiden bequemer zu machen. Fasziniert beobachtete ich Hár. Der »Großvater« war etwa vierzig Jahre alt, schätzte ich. Er hatte sich um die Familie gekümmert, als Heirik noch nicht alt genug dazu gewesen war, und ich hatte gehört, dass er von zwei Frauen und mindestens einer Geliebten ein Dutzend Kinder hatte. Wann immer ich von ihnen hörte, verlor ich den Überblick über die Familie, die Töchter und Söhne und Enkelkinder, die in meiner Vorstellung alle zu einer einzigen blonden Schar verschmolzen. Ich wünschte mir die Möglichkeit, mit einem Stift auf einer glatten Fläche ein Schaubild entwerfen zu können, einen Stammbaum der Familie. Magnus war Hárs Sohn, das wusste ich, und ich kannte auch einige von Hárs Töchtern. Weitere Töchter lebten an anderen Orten, auf anderen Gehöften.

»Frigg sitzt am oberen Ende der Herdstelle – die genauso aussieht wie unsere«, erklärte er uns. »Und die Gesichter von zwölf Dienerinnen glänzen im Feuerschein.«

Er zählte alle auf. Sjofn, welche die Herzen der Menschen zur Liebe führt. Lofn, die den Weg für unmögliche Verbindungen freimacht, und Var, welche die Schwüre vernimmt, die sich Männer und Frauen in der Abgeschiedenheit ihrer Betten und Herzen und Liebesnester im Wald geben. Er sprach von Snotra, welche die Wege der Klugheit, Tugend und Sittsamkeit kennt, von denen einige für Männer von großer Wichtigkeit sind. Hár gab ein Beispiel. »Wecke deinen Mann nicht frühmorgens zum Reinigen des Brunnens, wenn er am Abend zuvor getrunken hat.« Gedämpfte Zustimmung vonseiten der

Männer folgte, die so leise wie möglich die Becher hoben, um die einschlafenden Kinder nicht zu stören.

»Und ihr erinnert euch vielleicht an Saga«, sagte Hár. »Die mit dem schönsten Gesicht von allen. Frigg mag sie am wenigsten, denn jeden Abend zieht Friggs alter Ehemann Odin los und besucht Saga in ihrem strahlenden Schloss unter den Wellen, und sie trinken zusammen. Sie gibt ihm das Wasser der Zeit in einem goldenen Becher.« Er hustete und schwenkte seinen eigenen Becher, um noch mehr Bier zu bekommen. »Sie sitzen am Ufer eines kalten Flusses, und sie zeigt ihm die Vergangenheit und die Zukunft. – Aber Frigg ist über jede Form von Eifersucht erhaben«, fuhr er fort. »Und es stört sie auch nicht, wenn Saga ihrem Mann hin und wieder etwas zu trinken einschenkt.« Er zog seine buschigen Brauen ernst zusammen. »Aber jede Nacht mit einer Dienerin zu verbringen, das ist zu viel für einen alten Mann.«

Seine raue Stimme brachte alle im Raum dazu, ihm aufmerksam zuzuhören. Bald lauschte ich vor allem ihrem Klang und versuchte, mir diesen »alten Mann« mit einer jungen Dienerin in den Armen vorzustellen. Er war zufrieden mit Äxten, Messern, Pferden. Dingen, die nichts mit Frauen zu tun hatten. Mir kam es so vor, als würde er Gefühle verscheuchen wie Fliegen. Hatte er sich jemals nach einer Frau gesehnt? Ich versuchte, ihn vor mir zu sehen, wie er überhaupt mit einer Frau zusammen war, ganz zu schweigen von den dreien, die er gehabt hatte.

Hatten sie ihn geliebt? Hatten sie ihn so verzweifelt gewollt, dass sie seinen Mund beobachtet hatten, die Art, wie er ging? Seine Augen?

Die Kinder gaben sich alle Mühe, wach zu bleiben. Selbst, als das durch das Dach fallende Licht schwächer zu werden begann, waren sie immer noch lebhaft. In ihnen steckte noch der letzte Rest sommerlicher Aufregung, obwohl so viele Namen von Dienerinnen, so viele Gesichter und Geschichten an ihnen vorbeigezogen waren. Und so fragte Hár sie, ob sie wussten, was ein Apfel war.

»Já, er ist so ähnlich wie eine harte Beere«, sagte Ranka mit voller Überzeugung, und Hár lachte.

»Ein bisschen, já. Es sind Früchte, aber sie sind größer als eine Beere, und es gibt sie nur in der Heimat eurer Urgroßeltern. Und jetzt leg deinen Kopf hin, und ich werde dir etwas darüber erzählen.«

Sie bettete den Kopf in den Schoß ihrer Mutter und starrte ihn an, begierig darauf, jedes bisschen der Geschichte in sich aufzusaugen, die sie vermutlich schon Dutzende Male zuvor gehört hatte.

»Also schön, Idunn ist eine Dienerin, die etwas hat, was die Götter sehr dringend brauchen, já? Sie hegt den Garten, in dem besondere Äpfel wachsen, welche die Götter jung halten. Sogar die größten von ihnen, Odin und Thor und die anderen, kommen in ihren Garten, knien vor ihr nieder und bitten sie darum, ihre Äpfel essen zu dürfen.«

Er lächelte jemandem in dem dunkler werdenden Raum zu, und sein Lächeln wirkte wie ein Augenzwinkern. Vielleicht galt es den Männern, die jetzt lachten und leise die Becher aneinanderstießen.

Hár erzählte eine lange Geschichte über Idunn, die von Loki hereingelegt und in einen »gewissen Wald« gebracht worden war; eine Bewegung mit dem Kopf deutete an, dass er Hvítmörk meinte. Loki hatte Idunn erklärt, dass sie dort ein paar Äpfel finden würde, die sie genauso gern mögen würde wie ihre eigenen. Aber dann kam ein Schurke in Gestalt eines großen Vogels daher und schloss sie wochen- und monatelang in seiner Speisekammer ein.

»Da Idunn nicht mehr da war, fingen die Götter an, grau zu werden.« Er zupfte sich am eigenen Bart, und hier und da wurde gekichert. »Sie hielten also ein Allthing ab, um darüber zu beraten ...« *Eine Versammlung.*

Lotta begann in meinen Armen müde zu werden. Das kräftige Mädchen kuschelte sich mit ihrem warmen Körper an mich. Ihre Atemzüge wurden langsamer, gleichmäßiger, und auch ich wurde schläfrig. Die Wand in meinem Rücken war willkommen und kühl, und ich ließ auch meinen Kopf dagegensinken und blickte in den lang gestreckten Raum. Die Dunkelheit hatte schließlich das Haus eingenommen.

Dann sah ich Heirik, und mir stockte der Atem. Es war nicht immer so, dass er an diesem gemeinschaftlichen Beisammensein teilnahm, wenn nach dem Abendessen lange Geschichten erzählt wurden oder man draußen umherging. Zu sehen, dass er am anderen Ende des Raumes saß, gleich vor meinem Schlafalkoven, war eine köstliche Überraschung. Er hatte das eine Knie angezogen und stellte den Fuß genau dort auf der Bank auf, wo ich später sitzen und meine Schuhe ausziehen würde, ehe ich in meinen Alkoven kroch.

Ein kleines Messer glänzte in seiner Hand; er schnitzte etwas. Er war so damit beschäftigt, dass er den Kopf gesenkt hielt. Hin und wieder nickte er jedoch geistesabwesend, als würde er unbewusst irgendetwas in der Geschichte bestätigen. Seine Haare schimmerten im Licht des Herdfeuers.

Ich hörte nicht mehr, was Hár erzählte.

In diesem Moment hob Heirik den Kopf und sah, dass ich ihn anschaute. Ich konnte den Blick nicht abwenden. Ich konnte keinen Moment leugnen, dass ich ihn beobachtet hatte. In meinem Herzen war ich fünfzehn Jahr alt und immer tiefer und unkontrollierbarer in ihn verliebt. Würde er erkennen, was in meinem Gesicht geschrieben stehen musste? Er sah mich an, und einen Moment konnten wir beide den Blick nicht voneinander lösen.

»Nei!«, rief eines der älteren Kinder fröhlich, und Lotta und ich wurden schlagartig wieder wach.

»Sie passt doch gar nicht durch das Abzugsloch!«, sagte Ranka entschieden, und Kit zog den Kopf ihrer Tochter zurück in ihren Schoß. Lotta blinzelte und versuchte, mit ihren schlaftrunkenen rosafarbenen Lippen »nei« zu sagen.

»Keine weiteren Fragen mehr, Da«, warnte Dalla ihren Vater, und Hàr lachte.

»Du hast recht, Idunn hat da nicht hindurchgepasst«, fuhr er fort. »Was hat Loki also gemacht? Er hat sie in eine Nuss verwandelt und ist mit ihr im Schnabel davongeflogen, um sie so schnell wie möglich nach Hause zu bringen.«

Ich murmelte Lotta sanft etwas zu – »Sei still, kleine Haselnuss« –, bis sie sich wieder in meinem Kleid und meinem Umhang vergrub.

Als ich wieder aufschaute, schnitzte Heirik wieder. Ich nahm seinen Anblick in mich auf, die Gelassenheit, mit der er an der Wand saß, die Nähe zu meinem Bett. Es war, als würde ich das süßeste Honigbier trinken. Ich sah ihn mit halb geschlossenen Augen heimlich im schwachen Licht an. Er hatte mich vergessen, ging wieder ganz in dem auf, was er tat. Strich sich mit einer Hand eine Haarsträhne hinters Ohr.

Ich legte der schlafenden Lotta meine Hand auf den blonden Kopf. Ich würde auch still sein. Dies war ein guter Platz. Sie war jetzt ganz eingeschlafen, so tief in ihre Träume versunken wie ich in meine.

MAUERN

Ich näherte mich den Ställen und rief nach Drifa, die ihren Kopf auf die Sodenmauer legte und in meine Richtung Witterung aufnahm. Sie war so neugierig. Sanft und klein, aber voller Verlangen danach, zu laufen. Ihr Fell war so flaumig wie die Haare eines Babys, ihre Mähne meiner ziemlich ähnlich, hell und lang und so gerade, dass die Haare fast steif waren.

Sie kam um die Mauer herum und schnupperte an meinem Oberkörper. Ihr dunkler Schweif strich über ihre weißen, zarten Fesseln, die so aussahen, als wäre sie in Schnee getreten.

Heute würden wir zu der Einfriedung reiten, die den landwirtschaftlichen Bereich des Gehöfts umgab. Heirik, Hár und die Jungen würden die Mauer im Hinblick auf notwendige Reparaturen untersuchen. Währenddessen sollte Betta mir zeigen, wo wir Pflanzen zum Färben, Pilze, Blumen für Mundwasser, Medizin und Tee sammeln konnten.

Ich freute mich sehr darauf, vom Langhaus wegzukommen, ebenso wie Drifa. Sie scharrte leicht an meinem Stiefel, mehr als bereit, loszureiten.

Die Mauern, die das Heimfeld umgaben, waren dick und kräftig und dienten dazu, die besonders kostbare Ernte, die sehr hohen Gräser, die Gerste und den Hafer zu schützen. Sie waren in etwa so hoch, wie ich groß war, und bestanden jeweils aus einer

Steinmauer, auf der dann noch Soden aufgeschichtet worden waren. Die Mauern waren etwa drei Fuß breit.

Wie zum Beweis für die Wirksamkeit der Mauern kaute eine Ziege an dem Moos, das außen an einer der Mauern wuchs. Sie stand mir im Weg, ein Tier, das ich aus Kinderspielen und von Bildern auf einem Monitor kannte. Ich hatte die Ziegen hier schon aus der Ferne gesehen. Allerdings hatte ich nicht damit gerechnet, dass sie so stanken und so gleichgültig waren. Die Ziege fixierte mich mit einem Blick, der irgendwie zugleich uninteressiert und herausfordernd war. Sie kaute unverdrossen weiter und machte keine Anstalten, mir aus dem Weg zu gehen. Ihre Augen waren fremdartig, die Pupillen zwei sich weitende und verengende Schlitze, die mich hypnotisierten und daran erinnerten, wie wenig ich wusste. Wie wenig über diese Welt, in der diese Kreatur mit den fremdartigen Augen dafür sorgen würde, dass mein Körper in der Dunkelheit der Polarnächte überleben konnte.

Ein leises Rauschen lullte mich ein, und meine Gedanken begannen abzuschweifen.

Das hohe, dichte Gras des Heimfelds wogte in der Brise wie die glänzenden Mähnen von tausend Pferden. Das Gras war so hoch, dass es sich über mir schließen konnte, ohne einen Hinweis auf mich zu hinterlassen. Ich wusste, wie es sich anfühlen würde, ganz im Innern zu sein, weg zu sein. Und so sah ich hier vom Innern des zehnten Jahrhunderts aus zu.

Ich fragte mich, wie es für Jeff gewesen war, was er gesehen hatte, als ich aus dem Labor verschwunden war. War mein Körper noch bei ihm und Morgan im zweiundzwanzigsten Jahrhundert? Vielleicht hatte es den Anschein, als würde ich im Koma liegen, und sie hielt meine Hand und erzählte mir Gutenachtgeschichten über einen Wikingerhof, der in der Sonne leuchtete. Oder war ich vollständig im hohen Gras verschwunden? War auch mein Körper weg, war die Zeit wie Wellen über meinem Kopf zusammengeschlagen?

Ich dachte an Morgan, an ihre Werkstatt mit der unvorstellbar ordentlichen Feuerstelle. Die Erinnerung wurde von Mal zu Mal schwächer, als würden wir uns über ein immer breiter werdendes Tal hinweg zuwinken. Meine einzige Freundin, wenn auch keine sehr enge. Konnte ich mich an etwas erinnern, was sie mochte? Mir fielen nur Schnallen und Ahlen und Armreifen ein. Die Farbe von Metall.

Betta bevorzugte die Ocker- und Apricot-Töne, die sie aus ihren Flechten gewinnen konnte.

Ich stieß mit den gestreckten Zehen gegen die Steigbügel, und meine Beine fühlten sich dünn und stark an. Es musste ein Traum sein, ohne Sattel zu reiten, wie Heirik es immer tat. Vielleicht konnte ich es auch tun. Ich könnte es lernen, und dann würden wir zusammen auf diese Weise ausreiten, der Häuptling und ich. Ich würde neben ihm wunderschön sein, ich würde geschützt sein – wir beide und unsere Pferde, während wir über das zum Gehöft gehörende Gelände ritten. Heirik und ich würden uns über die Arbeit und unser Zuhause austauschen. Oder wir würden mit furchtloser Freude galoppieren. Drifa und ich würden ihn und Vakr herausfordern, mein rotes Kleid würde nur so wehen, während wir durch strahlende Bäche krachten. Ich stellte mir vor, wie ich ihn einholte, wie Heirik lachte, meine Arme nahm und sie um sich legte, wie meine Hand seinen Nacken fand, meine Finger sich in seinen Haaren verfingen, während ich ihn an mich zog.

»Erzähl mir, wovon du träumst, Frau.« Bettas Pferd stupste Drifa am Hintern an.

Ich errötete und stotterte. Der Tagtraum hallte noch in mir nach. Mir fiel keine Lüge ein, und so starrte ich sie schuldbewusst an.

Betta lächelte listig, ohne dass ihre Zähne zum Vorschein kamen. »Dann stimmt es also«, sagte sie. Hinter ihrer kühlen Fassade spürte ich Aufregung und Befriedigung.

Oh. Sie konnte es erkennen. Mir drehte sich fast der Magen um.

Die Gedanken kamen so schnell und scharf wie schnappende Schnäbel. Betta wusste von meiner Verliebtheit. Ich war so verknallt, dass ich gar nicht daran gedacht hatte, dass man es mir ansehen könnte. Aber sie konnte es sehen. Ganz offensichtlich. Auf einmal erinnerte ich mich an all die Momente, in denen ich mich verträumt oder sprachlos gefühlt hatte, und ich fragte mich jetzt, ob sie es bemerkt hatte. In diesem Moment oder in jenem? Und konnte es sonst noch jemand sehen? Womöglich alle? Vielleicht tat Heirik einfach nur so, als würde er nichts bemerken, um mir die Peinlichkeit zu ersparen. Oh, Götter, mir war so schlecht. Auf der Suche nach ihm ließ ich meinen Blick schweifen. Der Häuptling ritt uns voraus, seine Miene vermutlich unergründlich. Ich vermochte es nicht zu sagen.

Mir zogen sich die Eingeweide zusammen, und am liebsten wäre ich zu einem winzigen Punkt in der Landschaft zusammengeschrumpft.

»Keine Sorge, Frau«, sagte Betta ruhig. »Außer mir kann es niemand sehen.«

Verzweifelte Hoffnung wallte in mir auf. »Bist du dir sicher?«

»Sie sind blind«, erklärte sie. »Sie sehen nur, was sie bereits wissen.« Sie beruhigte mich, aber in ihrer Stimme schwang etwas Ruheloses mit, das ihre Gedanken band und ihr gar nicht ähnlich sah.

»Ginn«, rief Heirik von vorn. »Reite neben mir.«

Betta richtete sich abrupt auf. Ihr Blick schoss zu ihm und zu

Hár, und dann sah sie mich an, wie ich beschämt und zugleich voller Verlangen dasaß.

»Mach schon«, flüsterte sie eindringlich. »Der Häuptling wartet nicht.«

Sie war mir ein Rätsel. So stark und selbstbewusst, so logisch denkend und gelassen und zugleich voller Angst – oder nicht? – vor Heirik. Ich konnte es nicht begreifen.

Dabei wirkte er jetzt sogar geduldig, als könnte er ewig auf mich warten. So entspannt und ungezwungen, eins mit der fließenden Bewegung seines Reittiers und dem friedlichen Himmel. Er sah sich nicht um, ob ich kam. Er wusste es. Als ich hinter ihm war, machte er rechts von sich etwas Platz.

Immer wandte er geradezu automatisch die linke Gesichts- und Körperhälfte ab, wenn sich ihm jemand näherte. Er lauschte mit nur einem zugewandten Ohr, verschränkte die Arme vor der Brust, um dem unangenehmen Gefühl auszuweichen, dass das Gegenüber ihm nicht die Hand geben wollte. Er musste den Mangel an freundschaftlichen Knuffen und mehr oder minder flüchtigen Berührungen spüren. Sicherlich sah er so etwas bei den anderen hundertmal am Tag. Ich wollte ihm diese Momente geben, wollte einfach nur seine Hand berühren.

Meine Finger griffen fester in Drifas Mähne, und sie wand sich mit leisem Vorwurf.

Die Welt war erfüllt von allem möglichen Grün. Angefangen von dem smaragdfarbenen Glanz des hohen Grases bis hin zum Gelbgrün der Flechten und dem hauchdünnen Minzgrün des Mooses. Dabei schien es, als könnte sich das Grün jeden Moment in Gold verwandeln. Das Land stand kurz davor, sich zu verändern. Das Versprechen allerdings, dass der Herbst zur rechten Zeit nahen würde, verlieh der Zeit etwas Stabiles, Zuverlässiges und Langsames. Die eine Jahreszeit ging in aller Ruhe in die andere über, es war nicht der zermalmende Schlag, mit dem zwölfhundert Jahre blitzartig verflogen waren. Mein Pferd rückte näher an Heiriks heran. Er wich nicht aus. Wir folgten der langen Biegung des Waldes. Das Unterholz wuchs hier kniehoch und war voller Schatten, filigranem Engelwurz und Licht. Rinde schälte sich tausendfach von Bäumen und legte bläuliche, orangefarbene und kupferfarbene Töne unter den weißen Schichten frei. Ein kristallklarer Bach schlängelte sich durch den Wald. Ich schloss die Augen und konnte vor mir sehen, wie Saga und Odin an seinen Ufern daraus tranken, irgendwo in dem Gewirr von Bäumen und Wildblumen. Ich konnte das Wasser der Zeit in ihren Bechern schmecken.

Die Zeit verging langsam und angenehm. Ich sah Heirik an und hatte den Eindruck, als könnte ich eine Art Anziehungskraft zwischen uns spüren. Nicht nur ich fühlte mich zu ihm hingezogen, sondern wir fühlten uns beide zueinander hingezogen. Er senkte die dunklen Wimpern, wie vor Ehrfurcht, vielleicht gegenüber dem Bach oder den Bäumen. Glaubte auch er, dass Saga hier war? Oder genoss er nur die Stille dieses Augenblicks? Vielleicht hatte er trotz all des Gesummes der Welt und all der anderen hinter uns das Gefühl, als wären wir allein. Er lächelte auf seine einseitige Weise, und diesmal war das Lächeln nicht ganz so flüchtig wie sonst und ließ mir das Herz aufgehen.

Er wandte sich der Sonne zu, und seine Augen leuchteten wie Gold und Zimt, als er die Hand hob, um sie zu beschatten. Er verwandelte sich wieder in den Häuptling. »Wir schützen das Heimfeld. Die Mauern unten werden baufällig sein.«

Es war eine schlichte Angelegenheit, bei der es um das Wetter und Männer und Material ging, und ich konnte sehen, dass er die Schneeblüten und den Bach vergessen hatte und im Kopf bereits Lösungen ersann. Welche Mauern und wann. Sein Blick war auf den Horizont gerichtet, und ich existierte nicht mehr.

Hatte ich eben noch das Gefühl gehabt, als hätte er sich mir geöffnet, war er im nächsten Moment ein verschlossenes Tor.

Die Einfriedungsmauer war auf die gleiche Weise errichtet worden wie diejenigen, die das Heimfeld umgaben, aber das Wetter hatte oben und an den Seiten an ihr genagt, sie abgetragen und ausgefressen. An manchen Stellen war sie nur noch ein schwaches Hindernis, eine riesige Schlange, die sich auf den Horizont zuschlängelte. Ich stieg von Drifa ab und ging neben ihr her, fuhr mit einem Finger locker über die Oberfläche. Wenn ich davon ausging, dass Heirik diesen Teil der Mauer jedes Jahr oder alle zwei Jahre ausbesserte, mussten die heftigen Regenfälle und die peitschenden Nordwinde eine furchtbare Wirkung haben – ganz zu schweigen von dem bevorstehenden harten Winter, den ich ganz ohne Schneeanzüge und geheizte Wohnungen würde durchstehen müssen. Ich bemühte mich, mir vorzustellen, wie ich diese quälende, eisige Dunkelheit ertragen sollte. Ohne heiße Schokolade, dachte ich, und dann lachte ich über mich selbst. War es das, was ich vermissen würde?

Im Augenblick war die Sonne heißer als jemals, seit ich hierhergekommen war. Sie berührte meinen Nacken und raubte mir die Gedanken an den Winter. Sie wärmte die Stelle, wo meine Tätowierung hätte sein sollen. Mein Rabe. Jetzt, da ich Heirik kannte, wollte ich ihn neuerlich haben, mit aller Macht. Ich löste mich von der Erleichterung, die ich im Badeteich gespürt hatte, und wünschte mir stattdessen einen blauen Schwan, der für alle sichtbar sein würde. Ich fragte mich, ob Betta so etwas mit Nadel und Färbemittel hinbekommen konnte.

Ich stellte mich auf die Zehenspitzen und spähte über die Mauer. Heirik, der einen halben Fuß größer war als ich, konnte leicht hinübersehen. Er legte die Hände auf die Sodenmauer und stützte das Kinn darauf. Dann sah er zu mir herunter und bemerkte, dass ich zu klein war. Er zog Drifa näher zu mir. »Steig auf«, befahl er sanft.

Er zeigte mir das Gehöft, seine Form und Kennzeichen und wo sich die besten Plätze für die Dinge befanden, die wir sammelten: Kräuter, Wurzeln, Blätter und Flechten. Oberflächlich betrachtet war dies eine schlichte Notwendigkeit. Ich musste wissen, wo die Stellen lagen, zu denen man mich vielleicht schicken würde. Aber ich fragte mich, wieso der Häuptling selbst den Nachmittag damit verbrachte, einfache Informationen über die Mauern einzuholen. Wieso hatte er mich an seine Seite geholt, damit ich sehen konnte, was er sah? Ich hatte das Gefühl, dass er meinetwegen mitgekommen war. Irgendein Teil von ihm wollte mich wissen lassen, dass er gut war. Das üppige Land bewies, dass er wichtig war. Die festen Mauern gaben mir Sicherheit. Dies war eine wohlhabende Familie. Und er war ihr Anführer. Oder vielleicht irrte ich mich auch, und er wollte lediglich, dass ich den Ort kennenlernte, an dem ich lebte.

Er nahm Drifas Zügel und zog mich dicht an seine Seite, näher noch, als wir uns bisher je gekommen waren, und jetzt war ich mir ganz sicher bei dem, was ich spürte. Etwas entzündete sich zwischen uns. Seine Hand schloss sich um die Zügel, und ich empfand das köstliche Vergnügen, so dicht bei ihm zu sein – und die Sehnsucht danach, ihm noch näher zu kommen. Mein Bein streifte fast seine Schulter. Ich holte tief Luft und sah hinüber.

Berge erhoben sich violett und weiß vor dem tiefblauen Himmel. Sich abwechselnde Flächen und geschwungene Linien aus herzzerreißenden Farben – Schiefer und Eis und Grün und Schwarz – zogen sich bis zum Horizont. Ansonsten ähnelte das zähe Gras außerhalb der Mauer dem, was in ihrem

Innern wuchs. Und doch war es so herrlich wie die ganze Insel, und gerade dieser Flecken hier war schlicht und ruhig. Nichts rührte sich, es waren nicht einmal ein paar flauschige Wolken da, die dem Licht irgendeine Form oder Richtung geben konnten.

Aber Heirik starrte auf etwas. Er betrachtete nicht einfach nur die Aussicht. Er sah mit einer wachsamen Aufmerksamkeit auf etwas, wie einer der Hunde, wenn sie nach einem Schlummer den Kopf hoben. Es war unheimlich. Und sogar noch beunruhigender, als drei kleine, dunkle Gestalten am Horizont sichtbar wurden, als hätte seine wölfische Aufmerksamkeit sie beschworen.

Er wartete ruhig und schweigend. Schon bald würden sie nah genug sein, dass er mit ihnen sprechen konnte. »Yfirmaðr«, rief ein Mann; es war Heiriks formaler Titel. Mein Lehnsherr. Er hob die Hand zum Gruß. Heirik ließ Drifas Zügel los und löste sich von meiner Seite.

»Wir hatten offenbar die gleiche Idee«, sagte der Mann. »Heute ist wohl ein guter Tag, um die Mauern zu überprüfen.« Seine Stimme krächzte, als wäre seine Luftröhre einmal verletzt worden. Die Luft schien sich nur mühsam durch die Kehle zu bewegen. Noch nie hatte ich so eine Stimme gehört, was ein ganz besonderes Vergnügen war. Er glitt von seinem Pferd und kam näher, bis nur noch die Mauer ihn und Heirik trennte.

Als ich den Mann aus der Nähe sah, kühlte meine Neugier bezüglich seiner Stimme ab. Er zog die Schultern nach vorn, als wäre da ein Schmerz in seiner Brust, was ihn ein paar Zentimeter kleiner machte, als er hätte sein können. Der kurz geschnittene Bart konnte nicht verbergen, dass seine zu einem Lächeln verzogenen Lippen unterschwellig Hohn ausdrückten. Ich verspürte den Wunsch, seine Wangen und Stirn zu glätten, die Falten der Verärgerung mit den Daumen zu beseitigen.

»Ageirr.« Heirik begrüßte ihn mit angemessener Warmherzigkeit, aber mehr nicht.

Das also war Esas Bruder, die Ziege in der Nacht. Der Mann, dessen düsteres und im Niedergang befindliches Haus Teil unserer Farm geworden war.

Er trauerte. Sein ganzes Äußeres verriet, dass er es schon eine geraume Zeit tat, und ich konnte mir ihn nur zu gut als ein niederes Tier vorstellen, das voller Schmerz die Hörner in die Wand schlug.

Heirik sprach. »Das hier ist Ginn. Sie ist Gast in unserem Haus.« Ageirr wandte mir sein verkniffenes Gesicht zu und schien ein kleines bisschen wacher zu werden, als sein Interesse an mir erwachte. Er hob eine Braue und lächelte, aber es lag keinerlei Gefühl darin.

Er neigte den Kopf leicht, und dann war er fertig mit mir und wandte sich wieder Heirik zu, begann über das bevorstehende Hrettir zu sprechen. Den Zusammentrieb. Ihre Stimmen wurden leiser, seine krächzende und Heiriks volltönende, als die beiden die Mauer abschritten. Trotzdem spürte ich immer noch Ageirrs Aufmerksamkeit auf mir ruhen, als würde ein Teil von ihm bei mir zurückbleiben. Ich konnte das seelenlose Lächeln nicht abschütteln, mit dem er mich angesehen hatte.

Als wir uns auf den Rückweg machten, nahm Heirik Drifas Zügel und passte sich ihrem Tempo an. Er ging ganz nah neben mir her. So nah, dass ich wieder das Gefühl hatte, als könnte ich diesen Ruf hören. Ein Verlangen, das nach meinem rief.

Es war, als wären wir schon immer auf diese Weise miteinander gegangen, ich auf meinem Pferd und er zu Fuß. Sein Scheitel war fast unterhalb meiner Schulter, und ich wollte mich umdrehen und seine glänzenden Haare mit meiner Nase berühren, ihren Geruch nach Eisen und Feuer einatmen. Mein

Bein streifte ihn fast. Ich hätte es in diesem Moment tun können.

Er ließ Drifa los, stieg auf Vakr auf, ohne einen Blick zu mir zurückzuwerfen, und dann ritten er und Hár davon, überließen es uns Übrigen, langsam nach Hause zurückzukehren.

Der Rückweg nach Hause war schön. Die Sonne strahlte fast so hell wie im Sommer, und ich verlor jedes Gefühl dafür, wie lange wir unterwegs waren. Ich sah die beiden Männer weit vor uns; ihre Körper und ihre Haltung waren jetzt nur als Silhouette sichtbar. Hinter mir hörte ich Betta, Magnus und Haukur, den Pflegesohn. Ihr Gemurmel war nicht zu verstehen, und daher lauschte ich nicht ihren Worten, sondern dem Rhythmus und achtete auf das Gefühl, das sie vermittelten. Ich hörte die weichen Töne des schüchternen Anbändelns. Das überraschte Lachen, das wie die Geräusche vereinzelter Vögel klang. Was für liebenswerte junge Männer.

Das viele Grün war jetzt überall mit Gold gesäumt, und ich ließ meinen Blick einfach nur entspannt umherschweifen. Ich glitt einfach so dahin, lauschte den Stimmen, die nach Glocken und weicher Butter klangen, als Drifa plötzlich stolperte. Abrupt aus meiner Versunkenheit gerissen, schrie ich auf und griff nach ihrer Mähne, fiel mit dem Gesicht nach unten auf den Boden. Magnus war sofort bei mir und half mir auf, während Haukur sich um Drifa kümmerte. Ein paar Augenblicke später saß ich wieder auf ihrem Rücken.

Sie war über einen Stein gestolpert und nicht nur ein bisschen mit dem Fuß eingeknickt. Sie war auf ein Knie gegangen. Ich schüttelte den Kopf bei der Vorstellung, dass sie sich dabei hätte ein Bein brechen können. Meine Hübsche.

Magnus sagte, er hätte nie gedacht, dass sie jemals stolpern könnte, so stark und gelassen, wie sie war. Er forschte argwöhnisch in ihrem Gesicht nach etwas, als wäre sie eine Schwindlerin. Ich musste kichern, und Magnus lächelte daraufhin breit, lachte dann ebenfalls. Bettas Stute trottete hinter Magnus her und schob ihre Nase unter seine Achsel, neugierig und besorgt. Wir lachten noch mehr, und das Rasen meines Herzens und das Gefühl der Beunruhigung gingen darin unter.

Erst, als wir in die Nähe des Hauses kamen und ich den Häuptling mit Hár sprechen hörte, entspannte ich mich richtig. Ich spürte die Sicherheit, die seine Stimme verströmte, ganz egal, was er sagte.

Ich drückte Drifa einen Kuss auf die Stirn, der eigentlich für ihn gedacht war, und ging ins Haus.

Jeden Samstag war Waschtag. Thralls kümmerten sich beim Fluss um unsere Kleidung, und alle freuten sich darauf, baden zu können. Ich wollte mich nicht von den anderen abheben, indem ich häufiger als sie in den Teich ging und meine Haare wusch, deshalb wartete ich jeweils die paar Tage. Wenn dann der Samstag gekommen war, fühlte ich mich schmutzig, verschwitzt und abstoßend.

Ich verstand nicht, warum wir nicht frühmorgens baden konnten. Der Teich musste jetzt hübsch sein und den gewaltigen, wolkenlosen Morgenhimmel spiegeln. Ich beschloss, mich davonzustehlen und den Teich allein zu genießen. Ich wollte meine Zehen ins Wasser strecken und den blauen und lilafarbenen Kräuselungen zusehen. Ich hatte ein Wolltuch bei mir, um mir die Haare zu trocknen.

Der Tunnel war märchenhaft klein und duftete nach frisch gefegter Erde und Wurzeln. Er war ein Ort, an dem sich Trolle aufhalten mochten, verborgen vor dem Sonnenlicht. Einsamkeit herrschte hier, und meine Schritte hallten in der Leere wider. Es war jedoch nur ein kurzer Moment des Alleinseins, denn der Weg dauerte nicht länger. Als es gerade so dunkel wurde, dass es nicht mehr weiterzugehen schien, sah ich ein Stück vor mir den Lichtfleck. Ich stieß die Tür mit der Hüfte auf – und im gleichen Moment stieg *er* aus dem Wasser. Ich erstarrte, zu benommen, um auch nur atmen zu können.

Heirik badete allein. Er stand mitten im Teich und blickte zum Meer hinunter. Das Wasser reichte ihm bis zu den Oberschenkeln. Es lief aus seinen Haaren und über seine Haut. Dampf stieg von den dünnen Rinnsalen auf seinem Rücken auf, löste sich von seiner Taille, seinen Hüften. Seine Muskeln waren ausgeprägt und fest. Die Konturen seines Körpers wurden von Verfärbungen aus sehr hellem roséfarbenen und sehr dunklem braunen Blut betont. Ich richtete einen leisen Dank an die Göttin, welche auch immer gerade hier in der Nähe war, denn seine Gestalt war zugleich grimmig und göttlich.

Das Geburtsmal bedeckte die linke Schulter und den Arm, verlief über die Taille, das Kreuzbein und weiter hinunter. *Oh.* Es wirkte unheilvoll, ja, und unentrinnbar. Es endete dort, wo ein ganz anderes Mal begann, eine weiße Narbe von einer Wunde. Es handelte sich dabei nicht um die schmale Linie eines Operationsschnitts. Diese hier war dick, ein großer, weißer Wulst, der unter der Wasseroberfläche verschwand und sich damit meinem Blick entzog.

Mein Wolltuch sank lautlos zu Boden.

Ich wusste, dass ich weggehen sollte. Dass ich ihn respektieren, ihn allein lassen sollte. Die Mauer und die Tür fühlten sich kalt unter meinen Händen an, während ich darüber nachdachte, dass ich mich umdrehen und weggehen sollte. Ich holte kaum spürbar Luft und beobachtete ihn weiter.

Ich sah ihn in seiner ganzen Einsamkeit, und etwas, was bisher in meinen Eingeweiden geschlummert hatte und nur allmählich dabei gewesen war, zu erwachen, wurde jetzt vollkommen lebendig. Etwas, was weit animalischer und wilder war als jede süße Verliebtheit. Ich stellte mir vor, wie ich im heißen Wasser hinter ihm stand, mit den Händen über die Wölbungen seines Rückens strich, dann nach vorn tastete und die Knochen seines Beckens erspürte. Ich drückte meine Handfläche gegen meine Brust; ich hungerte nach ihm.

Und bei den Göttern, ich sollte nicht zusehen, aber ich tat es. Ich konnte nicht weggehen. Ich wollte ihn für immer ansehen. Ich spürte eine Woge der Liebe und wusste, dass sie seit dem Tag existierte, an dem wir uns zum ersten Mal begegnet waren. Seit dem Augenblick, als ich in seine goldenen Augen geblickt hatte. Konnte ich mich derart einseitig in ihn verliebt haben, still und heimlich? Konnte ich mich in Heirik verliebt haben, ohne je die Andeutung einer Erlaubnis erhalten zu haben? Es war falsch, ihn so heimlich anzusehen. Falsch, seinen Anblick in mich aufzusaugen, ohne dass er es mir angeboten hatte. Ihn mit Blicken zu verschlingen und zu bewundern, ohne dass er auch nur wusste, dass ich überhaupt da war. Aber ja, oh ja, ich konnte es. Und ich verliebte mich immer mehr.

Ich lehnte mich an die Tunnelwand, hatte das Wolltuch am Boden längst vergessen. Ich lugte über das Fenstersims, sah, wie er die Haare zurückstrich, sodass sie nass und lang über seinen Schultern hingen. Er strich sie glatt, drehte sie zu einem Pferdeschwanz zusammen und warf sie sich über die eine Schulter. Dann wandte er sich in meine Richtung. Und ich rannte.

Keuchend stand ich im Schmutzraum, drückte mich mit dem Rücken an die Wand. Ich hatte mich gerade erst wieder unter Kontrolle und eine Schüssel aufgenommen, damit es so aussah, als wäre ich mit irgendetwas beschäftigt, als er aus dem Tunnel auftauchte. Seine Haare hingen jetzt in etlichen schwarzen Wellen an dem feuchten Leinen seiner Kleidung. Ich hatte noch nie gesehen, dass er den Kragen seines Hemdes offen gelassen hatte. Er trug einen Anhänger, ein grobes, flaches silbernes T. Thors Hammer. Er wirkte selbst gemacht. Heirik trug ihn an einer Lederschnur dicht am Hals, und das Metall ruhte in der Kuhle seiner Kehle. Irgendwie war dieser Anblick erotischer als sein ganzer nackter Körper.

Er zog die Brauen scharf zusammen, als er mich sah. Ich fühlte mich vom Adrenalin und von dem Anblick seiner Oberschenkel benommen und hatte plötzlich das Bedürfnis, an dem Silber an seiner Kehle zu lecken. Ich wollte mich an ihn drängen, meine Stirn an seine feuchte Schulter legen.

Er sagte Hallo, und der Klang seiner Stimme brachte mich zum Schwanken. Ich streckte eine Hand aus, als wollte ich ihn berühren, und um mich herum war nichts als Grau, während meine Sicht sich verengte.

Betta schlug mir auf die Wange. Ich öffnete die Augen, und sie und Ranka ragten über mir auf. Die Zöpfe des kleinen Mädchens fielen mir ins Gesicht. »Bitte wach auf.«

Ich lag auf dem Boden im Schmutzraum. Betta half mir, mich aufzusetzen und mich an die Wand zu lehnen, dann zog sie einen Umhang von einem der Haken und legte ihn mir um. Ranka hielt einen Becher in der Hand und drängte mich, säuerliche Molke zu trinken.

Heirik, diese dampfende Erscheinung, war verschwunden.

»Pass auf, Frau«, lachte Svana. »Sonst landen deine hübschen Finger noch in der Lauge.« Ich war damit beschäftigt, mit einem Stock in dem Topf voller Asche und geschmolzenem Robbenfett herumzurühren. Eine Arbeit, die keine große Anstrengung erforderte; jede von uns hätte die Seife auch allein machen können, oder wir hätten es einem der Thralls überlassen können. Es war ein Luxus, dass wir es zusammen taten, eine Pause, in der wir einfach nur im sonnenbeschienenen Gras sitzen konnten.

Ich rührte träge weiter, dachte über den Körper des Häuptlings nach und spürte eine vertraute Enge in meiner Brust, wann immer mir das Wolltuch einfiel, das ich im Tunnel zurückgelassen hatte. Er musste direkt darübergestolpert sein. Oh, Götter, dass sich diese Szene wieder und wieder in meinem Kopf abspielte, machte die Sache auch nicht besser. Ganz im Gegenteil. Wenn ich daran dachte, wie er aus dem Badeteich zurückgekommen war und ganz sicher den Beweis gefunden hatte, den ich hinterlassen hatte, spürte ich, wie mein Gesicht heiß wurde.

Die Seife war eine üble, klebrige Masse. Ich starrte aufmerksam darauf, obwohl sich nichts veränderte, nichts passierte. Ich tat so, als würde es mich faszinieren.

Ich ging davon aus, dass niemand bemerkte, wie ich mich in Tagträumereien verlor. Svana saß in ihren gazeartigen, pfirsichfarbenen Röcken auf dem Boden, vollkommen mit sich selbst beschäftigt. Sie zerdrückte getrocknete Engelwurz und ein paar Nadeln kostbaren Rosmarins. Düfte stiegen von ihren Fingern auf und erfüllten die Luft, kollidierten mit dem Fettgestank. Sie rieb ihre schlanken Handgelenke aneinander, drückte sie dann an ihre Schläfen und machte kreisende Bewegungen – wie ein kleines Tier, das sein Gesicht reinigte.

Betta lag rücklings im Gras und leckte sich Honig von den Fingern. Der Honig war für unsere Seife gedacht, aber sie hatte ihre Finger in die kleine Schüssel getunkt. Die Seifenstücke, die wir zum Baden benutzten, würden einen chaotischen Geruch verströmen, dachte ich, angefangen von Meersalz über Honig bis hin zu frisch gebackenem Roggenbrot. Genauso mussten Heiriks Haare riechen, wenn ich nur nah genug an ihn herankommen konnte, um es zu erfahren.

Jemand sagte meinen Namen.

»Ginn würde gut zu Eiðr passen«, gab Svana von sich. »Er ist hässlich, aber klug.«

Ich setzte mich abrupt auf und sah sie alarmiert an.

Betta lachte. »Svana, denkst du auch mal an was anderes als daran, Jungen zu verheiraten? Ginn braucht einen Mann.« Sie strich sich etwas Honig auf die Lippen und warf mir einen Blick von der Seite zu. »Jemanden wie den Häuptling.«

Ich vergaß augenblicklich, weiterzurühren; mein Stock blieb in der trägen Masse der Seife stecken.

Testete Betta eine Theorie? Oder konnten es alle sehen? Sie warf mir einen Blick zu und legte den klebrigen Finger an ihre Lippen. Sie bewegte ihn kurz als Aufforderung, dass ich schweigen sollte.

»Aber …«, stotterte Svana. Sie war richtig blass geworden. »Er würde …« Ihr herzförmiges Gesicht färbte sich jetzt rötlich, und dann platzte sie heraus: »Er würde sich Ginn zuwenden!«

Ich packte den Stock an der kleinen Stelle, an der er jetzt noch sauber war, und zog ihn aus der Masse heraus. Er würde sich mir zuwenden. Diese Formulierung kam mir vertraut vor. Ich stöberte in meinem Gedächtnis nach poetischen Redewendungen der Wikinger, und dann hatte ich sie. Ich errötete zum wohl hundertsten Mal in dieser Woche, wahrscheinlich war mein Gesicht tiefrot. Svana bezog sich darauf, dass der Häuptling Sex von mir verlangen könnte, wenn ich seine Frau würde.

Ich hörte plötzlich seine Stimme in meinem Geist. *Wende dich mir zu.* Er hatte es an dem Tag gesagt, als ich Angst vor den Vögeln gehabt hatte. Die Worte waren ihm peinlich gewesen, und jetzt begriff ich auch, warum. Statt zu sagen: »Dreh dich zu mir um«, hatte er mir gesagt, dass ich kommen und Liebe mit ihm machen sollte. Ich versuchte, mich genau an seine

Stimme zu erinnern. Ich stellte mir vor, wie dieser Satz in der gedämpften Dunkelheit seines Bettes klingen würde, wenn er es ernst meinte.

»Já, kleines Mädchen«, lachte Betta. Sie neckte Svana, die nur drei Jahre jünger war als sie. »Darum geht es.«

Ich versuchte, mich gelassen und uninteressiert zu geben, und lachte ein bisschen mit, aber ich klang nicht sehr überzeugend. Doch das war nicht wichtig. Svana war ganz mit der schrecklichen Vorstellung beschäftigt, wie es wäre, Sex mit dem Häuptling zu haben. Sie sah weder Bettas Blicke noch mein verlegenes Erröten. Und wenn doch, war sie nicht in der Lage, den wahren Grund zu erahnen, weshalb ich ebenso verträumt und träge war wie der Matsch in unserer Schüssel.

»Hör auf.« Ich gab Betta einen leichten Klaps. »Wir sollten nicht so über den Häuptling sprechen.«

Richtig. Das sollten wir nicht. Aber ich konnte jetzt nicht verhindern, dass ich seinen nassen Körper vor mir sah. Unruhige Fragen folgten. Wie würde es mit ihm sein? Er war so einzigartig, mir so unbekannt. Was wollte er von einer Frau? Was gefiel ihm?

Oh. Ich stolperte über den Gedanken. Ich hatte mir unsere ineinander verschlungenen Körpern vorgestellt, seinen Mund, seine Hitze, wenn er sich an mich drückte. Ich hatte Nacht für Nacht auf meiner harten Bank gelegen und Bettas langsamen Atemzügen gelauscht, während ich von seinem Kuss träumte. Aber ich hatte nicht daran gedacht, was Sex für ihn wirklich bedeutete. Genau genommen existierte er für ihn nicht. Er wusste nicht, wie unaussprechlich weich die Lippen eines geliebten Menschen sein konnten, hatte nie am Handgelenk einer Geliebten das Leben gespürt, ihren Puls. Er hatte nie die Kurven einer Frau mit den Händen ertastet und ihre süßen Stellen und Gerüche kennengelernt. Er hatte nie jemanden geküsst.

Stellte er sich so etwas vor? Ich vermutete, dass er genauso an Sex dachte wie alle anderen Menschen. Dann kam mir eine logische und unaussprechliche Vorstellung in den Sinn, und ich schluckte. Meine Kehle war plötzlich trocken. Heirik musste sich selbst berühren.

Ich legte mich neben Betta und atmete in den marineblauen Himmel, hatte den Stock ganz vergessen. Svana kreischte kurz, als sie ihn herausfischte und dabei Seife an ihre hübschen Fingerspitzen bekam. Sie übernahm jetzt die Aufgabe, umzurühren.

»Das tut er übrigens nicht«, unterbrach Betta meine Gedanken.

Ich drehte mich zu ihr um und sah sie entsetzt an. Wie konnte sie meine Gedanken erahnen? Schlimmer noch, wie konnte sie wissen, wie sich Heirik verhielt, wenn er allein und voller Verlangen war? Was er tat und was er nicht tat? Aber das meinte sie gar nicht.

»Er verlangt von keiner Thrall, es zu tun«, sprach sie weiter. »Obwohl viele dazu bereit wären, wenn er wollte.«

Ich drehte mein Gesicht wieder zum Himmel und schloss die Augen, um die nachlassende Wärme der Sonne aufzunehmen. Bettas Worte waren wie eine Abkühlung gewesen. Wieder einmal erwies ich mich als so unwissend. Alles, was ich über diesen Ort und diese Zeit wusste, stammte aus Kinderbüchern oder Informationen auf einem Bildschirm. Ein gutes Stück den Hügel hinunter wohnten ein halbes Dutzend Thralls, die den ganzen Tag Wolle spannen und Wäsche wuschen, damit wir Nachmittage wie diesen verbringen konnten. In den Wochen, seit ich hier war, hatte ich sie als eine Art Diener und Dienerinnen betrachtet – Leute, die für den Häuptling arbeiteten, der ihnen Holz und Garn zum Färben bringen ließ. Sie gehörten Heirik, genau genommen. Natürlich konnte er wissen, wie sich eine Frau anfühlte, wenn er es wollte.

Ich setzte mich auf und sah hinüber zum Langhaus. Es lag da wie ein Tier, die Hinterbeine angezogen, die Vordertatzen von sich gestreckt.

Das Langhaus war wie ein dösender Wolf. Aber das schräg fallende, dunkelorangefarbene Licht schien knapp unter der Oberfläche etwas Alarmierendes und Wildes zu enthüllen. Erschrocken stellte ich fest, dass Heirik dort war und die Mauern überprüfte, dort, wo das Gras auf dem Stein begann. Er hatte sich auf die Fersen gehockt und hob jetzt den Kopf in meine Richtung, als hätte er meinen Ruf gehört. Seine wölfischen Augen passten zu dem Gold der Wildblumen auf den Soden.

Eine Wolke zog über uns hinweg, und Svana schlang die Arme um sich.

Ich setzte mich auf und kreuzte die Beine. Betta rührte jetzt im Topf. »Wer weiß?« Sie lächelte. »Ich denke, der Häuptling hat Wolfsaugen auf Ginn gerichtet.«

»Nei!« Svana schnappte regelrecht nach Luft. Dann flüsterte sie: »Nei. Er sieht Frauen nicht auf diese Weise an.«

»Já, nun, wenn das so ist ...« Betta machte sich nicht die Mühe, ihren Satz zu beenden; es war offensichtlich, dass sie es nicht glaubte.

Svana antwortete nicht. Sie saß wie gebannt da. Zweifellos sah sie entsetzt vor sich, wie es wäre, von Heirik einen Kuss zu bekommen, sein furchterregendes Gesicht so nah vor ihrem zu sehen, seinen Atem zu spüren. Beinahe unbewusst flüsterte sie: »Ma sagt das.«

Betta hob eine Augenbraue und sah mich an.

Als Svana wieder sprach, klang sie wie ihre Mutter, wenn sie mich ermahnte. »Wo die Augen des Wolfs sind, sind seine Zähne nicht fern.« Ich spürte den inzwischen vertrauten Stich der Verärgerung, wie immer, wenn ich derart grausame Bemerkungen von Hildur hörte.

Betta musste mitbekommen haben, wie ich mich vor Feindseligkeit anspannte, denn sie schnappte spielerisch mit den Zähnen nach mir, als wäre sie ein Hund, und wir mussten beide lachen. Svana lachte nicht. Ihr Blick schweifte über die Landschaft, suchte nach etwas, nach ihrer Mutter vielleicht? Irgendeiner Sicherheit, was den Häuptling betraf? Dass er niemals heiraten würde, niemals ein Kind haben würde, niemals mit ihr?

Ihre Worte blieben, verließen mich nicht – *Ma sagt das* –, und je mehr ich sie im Stillen wiederholte, desto weniger gefielen sie mir.

Die schmutzigen, köstlichen Gedanken an den Häuptling folgten mir wie Hunde überallhin.

Es war fast eine Woche her, dass wir die Seife hergestellt hatten, und somit auch, dass ich mir zum ersten Mal vorgestellt hatte, wie er mit seinem Verlangen umging und was er in der Zurückgezogenheit seines Zimmers tat. Jetzt folgte mir diese Vorstellung auf Schritt und Tritt. Zuerst verdrängte ich sie mit Gewalt aus meinem Kopf. Es war falsch, ja respektlos gegenüber einem so Achtung gebietenden und zurückhaltenden Mann. Aber der Gedanke schlich sich immer wieder in mein Hirn, sodass ich manchmal von ihm verzehrt wurde und sich sündhafte Vorstellungen in meinem Geist abspielten. Manchmal schaute ich mitten in diesen Fantasien auf und sah ihn in Fleisch und Blut vor mir. Orientierungslos und beschämt pflegte ich dann den Blick abzuwenden.

Schon bald sollte die Jahreszeit beginnen, da all dies keine Rolle mehr spielen würde. Wenn der Herbst erst da war, würden alle mit Arbeit beschäftigt sein.

Alle Jahreszeiten waren hier wärmer als in der Zukunft, aber die Erde drehte sich trotzdem genauso. Wenn das Licht sich erst einmal zu verändern begann, würde es rasch gehen; die Nacht würde die Helligkeit von Tag zu Tag deutlich früher verschlingen. Die Mädchen sagten, dass wir uns dann beeilen müssten, das Heu einzubringen und zu lagern sowie die Tiere vom Hochland herunterzuholen und zu scheren, damit ihr neues Fell noch rechtzeitig vor den ersten Stürmen nachwachsen konnte.

Hatte sich das Haus dann erst gleichermaßen zum Winterschlaf zusammengerollt und das schweigende Gewicht des Schnees akzeptiert, würde es nur noch Zeit geben. Die Arbeit würde abrupt zum Erliegen kommen, und wir würden fast nur dasitzen und Spiele spielen und einander anstarren, bis es wieder Licht gäbe.

Ich wünschte mir, dass ich all diese Zeit in seinem Bett verbringen könnte und nicht mehr in diesen quälenden Träumereien gefangen wäre. Ich stellte mir vor, wie Pelze unsere nackten Beine wärmen und meine Brüste an seinem warmen Oberkörper liegen würden. In seinen Armen würde ich niemals frieren.

Es war ein Wintertraum, so köstlich wie das Schlittschuhlaufen, das er mir versprochen hatte. Ich wusste nicht, ob auch nur irgendetwas davon eintreten würde, aber es gefiel mir, es mir vorzustellen.

Eines Tages war es draußen ein kleines bisschen zu kalt. Ich stand bei den Stangen im Hof und hängte feuchtes aprikosenfarbenes Garn auf. Obwohl es im Topf abgekühlt war, stieg Dampf in trägen Wolken von den Strängen auf. Und dann hob sich mein Kleid in einer plötzlichen Brise. Tausend Landwichte schienen Eis auszuatmen, das sich wie ein Strom aufwärts um meine Knöchel wand.

Ich verfing mich in der Wolle.

Der Wind hatte eine der Stangen umgestoßen, und ich wurde vom feuchten Garn eingewickelt. Der Geruch umfing mich und war beinahe benebelnd, so schläfrig und dunkel wie der bevorstehende Herbst. Ich versuchte, mich freizukämpfen, die Stange wieder aufzustellen, aber das Garn und die Seile verhedderten sich in meinen Haaren und vor meinem Gesicht.

»Brauchst du Hilfe?« Das Angebot ging im rauschenden Wind fast unter. Es war eine Männerstimme.

»Já!« Ich lachte, bemühte mich nach wie vor, die Stange aufzurichten, und dann sah ich zwischen dem Garn hindurch und erkannte, dass es Heirik war.

Er war sofort da, zog irgendwie die Stange und das Garn von mir weg. Ich löste mich und lächelte dankbar.

Er starrte mich einen Moment an, offen und zugleich unbeholfen. »Du hast eine Lücke zwischen den Zähnen, wenn du lächelst.«

Wie immer wirkte er überrascht, dass er mit mir gesprochen hatte. Als hätte er nicht gewusst, dass er es tun würde, bis die Worte seinen Mund tatsächlich verließen.

Ich war mir plötzlich meines eigenen Mundes bewusst, und mein Geist taumelte von dort zu den Gedanken, die ich noch vor Aufkommen des Windes gehabt hatte. Ich presste die Lippen zusammen und starrte auf seine Hände, die gerade erst in meinen Fantasien aufgetaucht waren. Seine Haut war rau, die eine Hälfte der linken Hand dunkler, und der zerkratzte und angegriffene Armschutz war mit den üblichen seltsamen Knoten zusammengebunden, die sich von denen der anderen unterschieden. Ich bekam Gewissensbisse.

»Nei«, sagte er. »Versteck es nicht.«

Er stellte die Stange aufrecht auf dem Boden auf und schob sie dann in die Erde zurück, was mir die Möglichkeit nahm, zu erkennen, ob er dabei lächelte.

Er sah zum Himmel hoch. »Die Allnacht wird bald beginnen.«

Es war ein besonderer Begriff der Wikinger, der sich in meine frühere Sprache nicht übersetzen ließ. *Nacht werden* war das eine, *Allnacht* das andere, das darauf aufbaute. Er sprach vom Winter, von der Zeit, in der die Sonne den Horizont nur kurz streifen und so schnell wieder verschwinden würde, dass vor und nach zwölf Uhr mittags jeweils nur eine Stunde Licht zur Verfügung stehen würde.

Oh. Richtig.

Ein blöder Gedanke kam mir. Still und verlegen stand ich da, als könnte Heirik alles sehen, was in meinem Kopf vorging. Wann immer ich mir das Schlittschuhlaufen vorgestellt hatte, hatte ich dabei strahlenden Sonnenschein gesehen. Mein kirschrot leuchtendes Kleid hatte sich von den glitzernden Schneewehen und dem glänzenden festen Eis mit seinem puderigen weißen Hauch abgehoben. Aber so etwas würde es nie geben. Die Wintersonne würde gedämpft sein, das Licht nur indirekt. Es gab hier kein künstliches Licht, das dieses Eis zum Glitzern bringen konnte.

»Werden wir wirklich Schlittschuh laufen?«, fragte ich. Meine Stimme klang hoffnungsvoll, und ich hasste es, wie kleinlaut ich klang. Ich hatte es schon öfter gefragt, als wäre ich ein quengelndes Kind.

Er sank auf ein Knie und sorgte dafür, dass die Stange fest im Boden verankert war. Nachdem er sich rasch vergewissert hatte, dass sie stabil war, stützte er einen Ellbogen auf das Knie und sah zu mir hoch. Obwohl er nur kniete, um eine Wäscheleine zu befestigen, erinnerte er mich an einen der Ritter aus den Simulationen. Er nahm seine Axt, die neben ihm im Gras lag, und stellte sie mit der Klinge vor sich aufrecht auf den Boden.

Es war unheimlich, wie sehr seine Worte dem Bild entsprachen. »Ich schwöre dir, dass du Schlittschuh laufen wirst.« Und dann lachte er, und ich lachte auch. Er stand auf und strich sich die Kleidung sauber.

»Wir werden schon bald scheren müssen, sonst haben wir keine Winterwolle.« Er blickte auf und sah zum Hochland hinauf, verlor sich rasch in seinen Gedanken, die vermutlich auf die Tiere und die Zeit und die Jahreszeiten gerichtet waren. »Zuerst die Heuernte«, fügte er hinzu, als wäre ihm eingefallen, dass ich die Ordnung dieser Dinge ja nicht kannte. »Wir starten in einem halben Monat, já?«

Er sagte das, als wollte er sich mit mir beraten. Aber es war Hildur, mit der er darüber sprechen musste. Ich hatte keine Ahnung, wie man so etwas vorbereitete, wie man die Leute und die Arbeiten in Bewegung brachte. Er lächelte mich noch einmal an, bevor er sich umdrehte und zum Stall ging.

»Takk!«, rief ich ihm nach. *Danke.* Er drehte sich zu mir um und ging ein paar Schritte rückwärts, sah mich an, während er sich zurückzog.

Als ich mit Betta unterwegs zum nächstgelegenen Waldrand war, um dort Flechten und Pilze zu sammeln, hing der köstliche Geruch der Felder in der Luft. Ich hielt einen Korb in der Hand, und über meine Schulter hatte ich einen Lederschlauch mit kühlem Wasser gehängt.

Eine ganze Weile gingen wir schweigend nebeneinanderher, dann durchbrach Betta die Stille – mit einer Intensität, als hätte sie die ganze Zeit etwas zurückgehalten.

»Du solltest deine Augen hüten, Ginn.« Sie sah mich von der Seite an. »Lass nicht zu, dass Svana und Hildur dein Herz sehen.«

Ein kalter Schauer überlief plötzlich meinen Rücken.

»Oder überhaupt irgendjemand außer mir«, endete sie. »Bitte.«

»Was ist falsch daran, dass ich ihn will?«, fragte ich scharf. Ja, was war so falsch daran, einen unverheirateten, unversprochenen Mann zu wollen? Einen starken Mann, der hinreißend war und mich freundlich behandelte? Ich wusste, dass das Konzept der Begierde hier nicht unbekannt war. Die alte Sprache hatte so viele Worte dafür, die jetzt alle wie von einer Brise getragen durch meinen Geist schwebten. Worte, die in der Zukunft die Bedeutung von *Gelüste* oder sogar *Beute* annehmen sollten. Wilde Worte für ein Verlangen, die vollkommen ausdrückten, was ich empfand.

Betta presste einen Moment die Lippen zusammen, als wollte sie etwas sagen, was sie dann doch verwarf.

»Ich spüre, dass es gefährlich ist«, erklärte sie schließlich.

Ich war frustriert, aber ich behielt meine wütenden Gedanken für mich.

Sie sprach weiter. »Es liegt an meiner Gabe.«

Sie sagte das beiläufig, als wäre es völlig normal, eine solche Gabe zu besitzen. Sie hatte eine Gabe? Die Gabe der Wahrnehmung?

Mir zu sagen, dass ich niemanden sehen lassen sollte, wie sehr ich mich zu Heirik hingezogen fühlte, war blanker Unsinn. Die Frustration in mir verwandelte sich in brodelnde Verzweiflung. »Was soll das heißen?«, platzte ich heraus. »Heirik ist nicht gefährlich.«

Betta blieb abrupt stehen und starrte mich offen an.

»Doch«, sagte sie ruhig und ernst und ohne jeden Hinweis auf Aberglauben. Es war nur eine Tatsache. »Er ist ein gefährlicher Mann.«

Ich öffnete schon den Mund, um mich mit irgendeiner dummen Bemerkung zu verteidigen, aber sie kam mir zuvor.

»Er hat kein Problem damit, sich zu nehmen, was ihm zusteht, Ginn. Und er scheut nicht davor zurück, Gerechtigkeit zu üben.«

Dann wurde sie sanfter und fügte mit einem Anflug von liebevoller Traurigkeit hinzu: »Du erlebst ihn im Haus, dem Häuptling bist du aber noch nicht begegnet.« Sie benutzte das formale Wort Yfirmaðr, bezog sich damit auf ihn als Lehnsherrn und Allmächtigen in der ihr bekannten Welt.

Die Wolken verzogen sich wie langsame Tiere, und unsere Stimmung hellte sich augenblicklich auf, als die Sonne herauskam. Unsere Missstimmigkeit verflog, und wir tratschten über die wenigen anderen Menschen, die wir kannten. Wir sprachen über Kit, die wieder schwanger war, nachdem sie eine Schwester für Ranka verloren und erst im Winter einen Jungen auf die Welt gebracht hatte. Ich erfuhr mehr über Hildur, wieso sie eine Art Hausherrin geworden war – eine einzigartige und bizarre Lösung für eine seltsame Familie. Wir sprachen über die Mädchen, die bald verheiratet werden mussten, und wohin sie dann womöglich gehen würden. Drei von ihnen waren vierzehn oder fünfzehn Jahre alt; dies war ihr Jahr.

Es hatte den Anschein, als würde Betta auch von sich selbst sprechen wollen, was die Frage einer Heirat betraf, aber am Ende brachte sie sich doch nicht ins Spiel. Sie galt bereits als alt und würde vermutlich übergangen werden. Aber immerhin war sie als Tochter eines Thralls der zweiten Generation ein freier Mensch und würde im Haushalt des Häuptlings ein vornehmes Leben führen, Stoffe färben und sich um die Kinder kümmern. Allerdings würde sie nie einen eigenen Ehemann haben, nie Liebe und zwischengeschlechtliche Zuneigung erfahren.

Ich versuchte, einen unbeschwerten und leicht spöttischen Ton anzuschlagen. »Und wer könnte Svana verdient haben?«

»Niemand«, fasste Betta unsere vorherigen Überlegungen

zusammen und lachte mit einem Hauch von Bitterkeit. Dann besann sie sich anders.»Nei. Sie sollte einen Mann bekommen, der über Macht und einen guten Haushalt verfügt. Der einen guten Körper und ein hübsches Gesicht hat. Einen Svakalega.« *Einen Prachtvollen.* »Und wo sollte der sein?« Ich sah mich zwischen den Bäumen um, als gäbe es dort irgendwelche anderen Männer als Hár oder Arn, die man bewundern könnte.

Betta lachte.»Andere Männer treffen wir beim Zusammentrieb und Scheren der Schafe, weißt du. Dann kommen die Jungen von überall aus dieser Gegend. Und noch einige andere.«

Wenn ich so etwas hörte wie das jetzt, wurde Hvítmörk in meiner Vorstellung jedes Mal größer. Zu einem Zusammentrieb kamen also genug junge Männer, dass die Mädchen wählen konnten, wen sie mochten. Aber wie viele Menschen folgten Heirik eigentlich? Wie viele Häuser und Hütten befanden sich auf seinem Land, wie viele Bauern teilten sich das Hochland und die Seitentäler und seine Großzügigkeit? Und was bekam er dafür? Ihre Angst und einen Teil ihrer Waren? Götter, mein Blick hatte sich vor Glückseligkeit so verengt, meine Verliebtheit hatte mich so blind gemacht. Dieser Clan breitete sich meilenweit in alle Richtungen aus, aber ich sah nur diesen einen Mann.

»Heirik hat keinen Grund, Svana zu behalten. Er will sie nicht für sich. Sie wird einen guten Handel ermöglichen.«

Bettas Verbitterung schockierte mich. Und auch, dass sie Svana als eine Art Ware darstellte. Noch mehr allerdings traf mich die Erkenntnis, dass Heirik Svana hätte für sich beanspruchen können, wenn er nur gewollt hätte. Und er konnte es immer noch, selbst jetzt noch. Der Gedanke war unangenehm. Würde ich hier noch einen einzigen Tag leben können, wenn er eines Tages aufwachte, seinen Aberglauben überwand und sich eine Frau nahm? Obwohl alle Frauen Angst vor ihm hatten, würden trotzdem viele von der Macht und dem Luxus seines Hauses verlockt sein.

Ja, er konnte Svana immer noch beanspruchen. Ich legte eine Hand auf meinen Bauch, da ich Übelkeit verspürte. Auch wenn er mir nie gesagt hatte, dass er mich liebte, war der Gedanke unerträglich, dass er sich eine andere nehmen könnte.

Wir erreichten den Wald und duckten uns unter den dicht stehenden Bäumen hindurch ein paar Meter weit ins Innere. Dort stellte ich den Korb auf den Boden, legte den Wasserschlauch daneben und zog ein kleines Messer aus seiner Lederscheide. Dann begann ich, die Flechten von den Bäumen abzuschaben, aus denen wir Tee und Färbemittel machen würden und die Bjarn, Bettas Vater, für seine Heilmittel benötigte. Die Bäume waren voll von Flechten, und während ich sie mit dem Messer löste, breitete sich der intensive Geruch der Rinde um mich aus.

Es wäre schön gewesen, wenn Betta mir einfach alles erzählt hätte, was ich wissen musste, um besser klarzukommen. Mit dem Leben hier. Ich hätte mir gewünscht, dass sie mir offen und verständlich alles erklärt hätte.

Ich arbeitete an den Flechten und lauschte dem Rascheln der Blätter. Ein Vogel schrie ein Stück weiter weg. Die Arbeit begann, mich mehr und mehr einzulullen.

Wie empfand Betta ihre Situation? Sie war schließlich eine Frau. Sie musste selbst Begierden haben und – schlimmer noch – wissen, dass sie unerfüllbar waren. Ich fragte mich, ob sie sich nach Liebe sehnte, vielleicht sogar nach einem bestimmten Mann. Wer konnte wohl das Herz eines weiblichen Wesens einfangen, das so gefestigt, mutig, argwöhnisch und schüchtern war wie sie? Das so vielschichtig war und einen so trockenen Humor besaß? Betta war nicht hübsch, aber sie hatte einen klugen Geist, und ihre Stimme war überaus sinnlich. Und obwohl sie einen ziemlich niedrigen Status innehatte, fiel es mir schwer, mir vorzustellen, dass ein Mann es wirklich mit ihr aufnehmen konnte. Angst stieg in mir auf. Wenn sie heiratete, würde sie von hier weggehen, und ich wollte nicht, dass sie das tat.

Ich sah sie an, betrachtete ihre fest geflochtenen Haare, während sie arbeitete, und spürte, wie sehr ich sie liebte.

»Ich habe ein Geheimnis«, offenbarte sie mir plötzlich, ohne den Blick von den Flechten zu nehmen, an denen sie arbeitete.

Ich zitterte. Möglicherweise besaß sie wirklich eine Gabe. Sie schien zu wissen, dass ich an ihr verborgenes Herz gedacht hatte.

»Ich schätze, das hast du«, sagte ich leichthin.

»Wie meinst du das?« Sie starrte mich mit einem durchdringenden Blick an, plötzlich alarmiert.

Sie hatte mich in dieser Woche mehr als ein paarmal verschlagen angelächelt, als wollte sie mich mit meiner unglücklichen Verliebtheit aufziehen. Jetzt war endlich der Moment gekommen, es ihr auf gutmütige Weise heimzuzahlen. Ich lächelte. »Man braucht keine besondere Gabe, um zu sehen, dass du eine junge Frau bist. Es muss jemanden geben, an den du denkst. Einen ganz bestimmten Menschen.« Ich versuchte, beiläufig zu klingen. »Einen Mann?« Nicht einmal das war bei Betta sicher.

»Já.« Ihre schützende Maske schwand, und ihr Gesicht wurde weich, ihre Wangen leuchteten in einer Mischung aus Scham und Freude. »Ein Mann.« In ihrer Stimme schwang pure Sehnsucht mit, die sich nicht in Worten ausdrücken ließ. *Oh.* Ich wölbte fragend eine Braue, aber sie schüttelte kaum merklich den Kopf. Sie würde es mir nicht erzählen. Lächelnd behielt sie ihr Geheimnis für sich und wandte sich ab.

Wir schabten weiter an der Rinde.

Als sie nach einer Weile wieder sprach, hatte sich ihre Stimme verändert, als wäre gerade eine dunkle Wolke aufgezogen. »Ich kann sehen«, sagte sie ernst. Ich wartete, bis sie weitersprach. »Ein bisschen. Nicht in die Zukunft. In das, was heute ist.«

»Aber …« Ich hätte ihr gern die Düsternis genommen. Was sie sagte, ergab für mich keinen Sinn. »Können wir nicht alle sehen, was heute ist?«

»Ha!« Ihr Lachen klang amüsiert und trocken. »Manchmal bist du ziemlich naiv, Frau.«

Das zumindest stimmte.

»Ich spreche von unterschwelligen Strömungen«, erklärte sie und breitete die Hände aus, als könnte sie deren Konturen wie Wellen fühlen. »Von Dingen, die Menschen selbst noch nicht begriffen haben oder nicht zugeben wollen.«

Sie drehte die Hände um und musterte ihre Handflächen. Ich versuchte zu erkennen, was sie dort sah. Auf einmal fügte sich alles zusammen. Weshalb sie immer auf meine unausgesprochenen Gedanken geantwortet hatte. Wieso sie fast noch vor mir gewusst hatte, dass ich von Heirik so betört war. Sie musste auf besondere Weise die kleinen, unfreiwilligen Blicke wahrnehmen, die Gesten, die sehnsüchtig dreinblickenden Augen, die gerötete Haut, die Düfte und Spannungen des Verlangens. Wahrscheinlich konnte sie all diese Dinge bereits erkennen, wenn sie erst im Keim angelegt waren, noch dabei, ausgebrütet zu werden. Zu meinen Fehlern hatte immer gezählt, dass ich übermäßig viel beobachtete, aber war es möglich, dass Betta darin noch sehr viel besser war als ich? Dass sie dafür einen echten, außergewöhnlichen Sinn besaß? Ich gehörte nicht zu denen, in denen besonders leicht zu lesen war – aber es war auch nicht besonders schwierig. Dennoch durchschaute sie mich mit der gleichen Leichtigkeit, mit der sie atmete. »Ich begehre den Häuptling nicht«, versicherte sie mir offen. Nicht er war derjenige, für den ihr Herz schlug. »Aber ich bin eine Frau, já? Mit einem einigermaßen funktionierenden Gehirn. Natürlich habe ich mir Gedanken gemacht.« Ich antwortete nicht. Ich schluckte mühsam, sang innerlich irgendwelche Lieder, um gegen die vielen Bilder anzugehen, die mich verfolgten. Sie sprach weiter. »Ich habe mich gefragt, wie er sein würde.«

Götter, ich gab es auf. Ich ließ die Bilder hereinströmen wie eine Wasserflut, die von einem Schleusentor zurückgehalten worden war. Als ich das Tor öffnete, wurde ich von ihr mitgerissen. In meinem stürmischen Geist sah ich Heirik in seinem Zimmer an einer Wand lehnen, die Augen geschlossen, während er sich durch die Kleidung hindurch liebkoste. Seine Hand wanderte zu seiner Taille, glitt unter die Kleidung. Was hatte Betta mit ihrer besonderen Sicht gesehen, als sie über ihn nachgedacht hatte?

»Hat es dir Angst gemacht?«, fragte ich und kniff die Augen einen Moment fest zusammen. Die Frauen hier hatten alle große Angst vor seinem Körper. Auch Betta fürchtete sich vor dem Häuptling. »War es schlimm?«

»Nein«, sagte sie so nüchtern, als würde sie mich darüber informieren, ob ihr das Essen schmeckte. »Was ich von ihm sehe ... da du dich das fragst ...« Sie warf mir einen gewitzten Seitenblick zu. »Er würde zwar niemals eine Frau berühren, aber er möchte es gern. Freyr ist immer noch sehr stark in ihm. Er ist nicht innerlich erkaltet.«

Ich zweifelte nicht an ihrer Gabe, keine Sekunde lang, und was sie über Heirik sagte, erleichterte mich und erzeugte auch eine gewisse Aufregung in mir. Es war möglich. Er wollte eine Frau berühren, hatte sich nicht mit einem Schicksal abgefunden, das sich wie kahles, eisiges Gelände vor ihm erstreckte, Jahr für Jahr. Betta hatte nicht gesagt, dass er mich im Besonderen wollte, aber wenn es auch nur möglich war, vielleicht, konnte ich weiter atmen und träumen.

»Und nein«, fügte sie hinzu, »ich sehe nicht genau, was er denkt oder tut, aber was gerade in deinem Kopf vor sich geht, kann ich genauso klar sehen wie dein Lächeln.« Sie blinzelte. »Und wenn er es noch nicht getan hat, bevor du hierhergekommen bist, dann tut er es ganz sicher jetzt.«

Oh. Ein lebhaftes Bild von Heirik, wie er seine Kleidung auszog, tauchte ungebeten wieder vor meinem inneren Auge auf. Ich sah ihn von hinten, wie im Badeteich. Mir den Rest vorzustellen überforderte mich. Ich konnte allerdings vor mir sehen, wie sich seine Schulterblätter bewegten, als er sich berührte.

Die Muster der Flechten waren raffiniert, ihre Struktur erinnerte an Korallen, und sie zeigten sich in allen möglichen Farbschattierungen. Die rostroten Töne, das helle Grün und die sich abschälende Rinde bildeten eine herrliche Mischung. Kein Wunder, dass sich damit Stoffe in strahlendem Bernstein färben ließen.

»Da sind ein paar Bäume, an denen wir noch nicht waren, Ginn.« Betta deutete mit einer knappen Bewegung des Kinns hinter sich, tiefer in den Wald hinein. »Da hinten. Ist es in Ordnung, wenn du allein gehst?«

Die Flechten, an denen ich arbeitete, waren kratzig und ergiebig. Ich sah den Baumstamm hoch; er war voll davon. Bei jedem einzelnen Baum hier war es genauso. Wieso schickte Betta mich allein los, damit ich anderswo an weiteren Bäumen arbeitete? Und dann dämmerte es mir, und ich spürte Verlegenheit in mir aufsteigen. Aber obwohl ich mich schämte, nickte ich, nahm meinen Korb und ging durch das Unterholz. Meine Röcke erzeugten bei jedem Schritt ein Rascheln. Betta war über ihr Alter hinaus klug und erwachsen. Eine großzügige, gewitzte Seele. Sie hatte mich weggeschickt, damit ich mich selbst berühren konnte.

Ich fand einen Platz, an dem ich allein war. Nicht zu weit weg, aber weit genug. Und dann begriff ich, dass ich es nicht tun konnte. Obwohl es angesichts der vielen Leute im Langhaus eine der wenigen Chancen war, die ich bekommen würde, konnte ich es nicht. Ich lehnte mich gegen einen Baumstamm, spürte die zähe Rinde kühl an meinem Nacken. Ich würde mir einfach vorstellen, wie Heirik es tat, ohne jede Schuldgefühle. Das wäre nett. Ich würde mir vorstellen, wie er in der gleichen Position an einem Baum lehnte, wie ich es gerade tat. Und so ließ ich herrliche, schmutzige Gedanken in mir aufsteigen, Bilder von ihm allein, und ich tat so, als würde er an mich denken. Seine Augen strahlten vor schmerzhafter Sehnsucht nach mir. Meine Röcke ruhten wie Wolken auf meinen Handgelenken, wo ich sie hochgezogen hatte. Ich träumte davon, wie sich seine schwarzen Haare von einem Baum wie diesem abhoben, sich in der weißen Rinde verhakten, während er die Augen geschlossen hatte. Wie er sie im Moment der Erlösung öffnete. So wie ich. Oh, so wie ich. Ich öffnete die Augen, blickte durch ein Dach aus Birkenblättern zum dunkelblauen Himmel hinauf, während mein Atem hart und schnell ging und meine Hand an meinem Oberschenkel entlangglitt.

Wir füllten die Körbe in aller Ruhe, unterhielten uns dabei über Färbemittel und Perlen und den Handel, über Bettas Wunsch, über die Insel zu reisen. Ich hätte ihr gern gesagt, was sich dort befand. Ich hatte im Archiv-Material über riesige Felder aus

Bimsstein, Wasserfälle und glühende, Asche spuckende Berge gelesen. Über Bäder, die so heiß waren, dass man darin kochen konnte. Ich dachte an meinen Gletscher, der vielleicht gar nicht so weit weg von uns war, und an den Riesen, der angeblich daruntergelegen hatte. Oder der jetzt darunterlag. Ich dachte an kalte Gebäude, die sich bis zum Meer erstreckten.

»Ich glaube, überall ist Eis«, sagte ich zu ihr.

»Überall?«

»Auf dieser Insel. Überall.«

»Nei, Ginn«, widersprach sie. »Das Land ruht wunderschön unter den Sternen. Die Männer errichten ein Lager, und dann legen sie sich auf den Boden, und während sie einschlafen, sehen sie zu, wie Frigg die Wolken spinnt.«

Als der Himmel sich zu verändern begann, machten wir uns auf den Rückweg. Es wurde zwar noch nicht richtig dunkel – das sollte erst in ein paar Stunden geschehen –, aber irgendetwas deutete darauf hin, dass das Licht den Zenit überschritten hatte und dabei war, auf der anderen Seite eines großen Berges abzusteigen.

Ich hatte in meine Röcke einen Knoten gemacht, damit ich leichter durch das Gras gehen konnte, das jetzt hoch stand und um uns herum wehte. Während die dünnen Halme scharf an meinen Unterschenkeln entlangstrichen und die Haut oberhalb der Stiefel zum Jucken brachten, schlug der Knoten gegen mein Bein. Der Rhythmus besänftigte mich. Aus dem Augenwinkel konnte ich sehen, dass Betta genauso ruhig wirkte. Unsere Schritte passten sich einander an, und das Rauschen des Grases klang wie ein Schlaflied.

Und dann stießen wir auf Gewalt. Das Gras teilte sich, gab ein totes Pferd frei, dem die Kehle durchtrennt worden war.

Ein schartiger Riss von mehr als einem Fuß Länge. Jemand

hatte dem Tier das Fleisch aufgeschlitzt, und jetzt lag es mit aufgeblähtem Leib und mit getrocknetem Blut verschmiert da. Das Pferd hatte die Zähne gebleckt, die Zunge war geschwollen, das eine Auge geöffnet – es blickte leer zum Himmel. Ich hatte das Gefühl, als würden mir meine Organe aus dem Leib gesaugt werden. Als wäre ich *hohl*. Ich würgte und taumelte, wäre fast mit den Händen voran in den Kadaver gestürzt, wenn Betta mich nicht rechtzeitig gepackt hätte. Ich hielt mir den Mund mit einer Hand zu, aber meine Augen blieben weit aufgerissen. Ich konnte den Blick einfach nicht abwenden.

Es war das goldene Pferd Fjoðr, das nach dem Wind benannt worden war. Brosas Pferd, das so lange nicht geritten wurde, bis sein Herr wieder nach Hause kam. Ein herrliches Geschöpf, ein liebevoller Kamerad mit einem wilden Geist. Jetzt lag es blutverschmiert auf dem Boden, übersät von Fliegen.

»Götter, warum?«, murmelte ich hinter vorgehaltener Hand.

Betta zog mich am Ellbogen ein Stück zurück.

»Ageirr war das«, sagte sie, und nicht die Spur eines Zweifels war in ihrer Stimme. Der Mann, der so voller Trauer war. Der, den wir an der Mauer getroffen hatten. Aber warum sollte er so etwas getan haben?

Betta hängte sich jetzt beide Körbe über den einen Unterarm, während sie mit der anderen Hand nach meiner griff und weiterging. Mit raschen, entschiedenen Schritten zog sie mich mit sich, als wäre ich ihre kleine Schwester. Ich sah immer noch das Blut vor mir, den Schnitt in Fjoðrs Kehle. Einmal blieb ich stehen und versuchte, mich zu erbrechen, aber es gelang mir nicht. Sie zog mich weiter.

Ich kam mir vor, als wäre ich vier Jahre alt, als ich sie fragte: »Wird Heirik Ageirr töten?«

Betta blieb stehen. »Ihn einfach töten?« Sie sah mich an, als wäre ich blöd wie ein Stein. »Nei.« Sie schüttelte den Kopf und ging weiter. »Es wird schlimmer sein«, fügte sie hinzu. »Der Häuptling wird nachdenken.«

»Nachdenken?«

Erneut blieb sie stehen, und dann schien sie etwas in meinem Blick zu suchen. Wahrscheinlich stellte sie fest, dass ich wirklich keine Ahnung hatte, denn sie packte mein Handgelenk fester. »Bitte glaube mir, was ich sage. Du kennst ihn nicht.« Ihre Worte trafen mich wie ein Stich. Ich hatte das Gefühl gehabt, als würde nur ich ihn wirklich kennen. Allmählich begann ich allerdings zu begreifen, dass sie seit fast einem Jahrzehnt mit ihm zusammen hier lebte. Eine dumme Eifersucht erfüllte mich und färbte mein Gesicht rot. Wieso kannte sie ihn so gut? Ich wollte ihr zurufen, dass nichts von dem, was er ihr gezeigt hatte, wirklich war, dass er nur mir sein wahres Selbst zeigte.

Betta sprach weiter. »Die Leute haben nicht nur vor seinem Gesicht Angst«, sagte sie, und natürlich war es nicht nur das. Ein schlichtes Mal hätte nicht genügt, um die Angst dieses großen Clans über einen so langen Zeitraum hinweg aufrechtzuerhalten. Es musste um mehr gehen, aber Betta sagte mir nicht, was es war.

Ihr Gesicht wurde weicher. »Du siehst sein Herz«, sagte sie. Obwohl ihre Worte zärtlich klangen, waren sie eindeutig. »Du kennst seine Logik nicht. Du weißt nicht, wozu er imstande ist.«

Meine Haut prickelte, mein Kopf fühlte sich schwindelig an.

»Was das hier betrifft ...« Sie drehte sich um und warf einen Blick zurück und um sich herum, als könnten wir die Furcht regelrecht sehen, durch die wir getrampelt waren, als würde Fjoðr neben uns auf dem Boden liegen. »Bei dem hier geht es nicht nur um ein Pferd.«

Wir gingen noch ein paar Minuten weiter, bis wir das Langhaus fast erreicht hatten. Ich wurde von Gefühlen und Gedanken überschwemmt. Da war eine Woge von Beschützerinstinkt. Heirik würde durch den Tod des Pferdes, das seinem Bruder gehört hatte, am Boden zerstört sein. Da war der Wunsch, meine Verbindung mit ihm zu verteidigen, so frisch sie auch sein mochte. Und da war eine vage umrissene Erwartung nach dem, was Betta gesagt hatte, Worte, die wie Nebel in der Luft hingen. Wozu er fähig war. Da war das verdammte Entsetzen beim Anblick des Pferdes, der Fliegen, die über dessen Kopf krabbelten. Und dann war da meine Verwirrung, weil ich eifersüchtig auf eine Vergangenheit war, die ich niemals haben konnte. Eine Vergangenheit, in der Betta zugesehen hatte, wie Heirik sich von einem Jungen zum Mann entwickelt hatte.

Sie blieb kurz vor dem letzten Anstieg zum Haus stehen; ihr Griff wurde fester. Die Knochen ihrer Finger drückten gegen meine.

»Wir müssen es ihm sagen«, erklärte sie.

Ich hatte noch gar nicht darüber nachgedacht, wie wir es ihm sagen wollten.

Es würde Heiriks Herz verwüsten. Fjoðr war ein geschmeidiger Läufer gewesen, dessen sonnengesträhnte Mähne herrlich im Wind flatterte. Niemand durfte ihn reiten, ehe Brosa nicht zurückkehrte. Ich hatte gesehen, wie Heirik mit dem Tier gesprochen hatte, wie er es an den Zügeln geführt hatte, als wären das blonde, strahlende Tier und sein kleiner Bruder miteinander identisch. Der Tod des Pferdes würde als Zeichen gedeutet werden. Irgendwo – auf hoher See? – würde auch sein geliebter Bruder gestorben sein, genauso rasch wie sein Reittier.

»Ich übernehme das«, sagte ich. Bettas Angst war fast mit den Händen greifbar, was ich ihr nicht verübeln konnte. Die an dem Tier begangene Grausamkeit war berechnend und extrem gewesen, und auch ich wünschte mir, nichts davon gesehen zu haben, geschweige denn, dass ich es jemandem erzählen wollte. Aber Betta hatte Angst um sich selbst, wenn sie als Botin zu Heirik ging. Sie hatte Angst vor den Folgen, vor der schrecklichen Logik des Häuptlings, was immer sie damit gemeint hatte. Ich dagegen hatte nur Angst um Heirik, dass es ihm das Herz brechen würde.

Wir starrten auf das Langhaus und machten uns innerlich bereit.

Was Betta dann mit leiser Stimme fragte, hatte so wenig mit dem Tod des Pferdes und dem Blut zu tun, dass ich nur verblüfft war. »Denkst du, du hattest einen Ehemann?«

»Nein.« Ich antwortete so schnell und zuversichtlich, dass sie aus ihrer Angst gerissen wurde und mich interessiert ansah.

»Erinnerst du dich?«, fragte sie langsam, als würde sie sich auf dünnes Eis wagen.

»Ich weiß es einfach«, sagte ich. »Wenn ich Heirik sehe, weiß ich, dass er und niemand sonst mein Ehemann ist.«

»Já«, sagte sie darauf nur. Und doch schwang in dieser kleinen Silbe ihre ganze Verwunderung darüber mit, wie ich für den Häuptling empfand. Und zugleich lag auch Verständnis darin. »Meine Mutter hat gesagt, dass die Leute sagen würden ›ah hushla mo cray‹.«

Ich brauchte einen Moment, bis ich ihre Aussprache entschlüsselt hatte. *A chuisle mo chroi*, dachte ich. Es war Gälisch und eine der schönsten, romantischsten Aussagen aller Zeiten. *Der Puls meines Herzens.* Sie hatte noch nie von ihrer Mutter gesprochen. Es war schön, dass zu den Erinnerungen, die sie an sie bewahrte, dieser Satz gehörte.

Wir betrachteten wieder das Langhaus. Es lag träge im späten Nachmittagslicht da, unberührt von dem, was wir gesehen hatten.

»Bitte.« Betta packte plötzlich meine Hände. »Sprich mit niemandem über das von mir. Ich …« Sie senkte den Blick, starrte auf ihre Hüfte und unsere Hände. »Ich bin unscheinbar. Und ich werde ihm niemals gegeben werden.« Ihre Stimme wurde mit den letzten Worten leiser.

In diesem Moment wirkte sie gar nicht mehr so erwachsen. Sie war jetzt nur noch ein Mädchen, das traurig darüber war, dass es nicht hübsch war, und das dennoch hoffte, nicht übrig zu bleiben. Ich empfand großes Mitgefühl mit ihr und ihrem einfachen Wunsch. Ich wusste nicht, nach wem sie sich so sehnte, aber ich schwor mir im Stillen, dass wir ihn für sie gewinnen würden.

»Ich sage es ganz sicher niemandem«, versprach ich.

Und obwohl wir im Schatten des Todes dastanden, spürte ich Leichtigkeit und Glück in mir aufsteigen. Ich drückte ihre Hände und ließ ihr besorgtes Gesicht auf mich wirken, ihre festen Zöpfe und die Augen, und meine eigene niederschmetternde Einsamkeit löste sich auf. Das Herz wurde mir leicht. Ich hatte eine Freundin! Ich hatte einen Menschen, dem ich mich nah fühlte, um den ich mich kümmern konnte. Sie gehörte zu mir.

Noch einmal drückte ich ihre Hände. »Du bist meine beste Freundin.« Noch nie hatte ich so etwas zu jemandem gesagt.

Ich war mir nicht sicher, wie ich ihn ansprechen sollte. Mir war verboten worden, ihn mit seinem Namen anzureden, aber das Wort »Herra« blieb mir in der Kehle stecken, so formal war es. Es war das nordländische Wort, das diese Sippe als Anrede für den Häuptling benutzte. Für mich war es so ähnlich, als würde ich ihn Sir nennen oder, schlimmer noch, *Lord*. Alles Anreden, die in diesem Moment ungeeignet waren. Ich ging also zur Schmiede, vor der er auf einem Baumstumpf saß und seine

Axt schärfte – jene atemberaubende Axt, die er nur selten benutzte –, und wartete, dass er von allein aufblickte.

Als er mich sah, wischte er sich über die Stirn, um Schmutz und schwarze Haare beiseitezuschieben.

»Hallo.« Etwas Besseres fiel mir nicht ein.

Er nickte. Offensichtlich fragte er sich, was ich wollte. Ich merkte, dass ich das alles gar nicht durchdacht hatte. Überzeugt davon, dass mein Herz wissen würde, was ich sagen sollte, war ich einfach nur zu ihm gegangen. Ich hatte das hier nicht geübt.

Slitasongr glänzte in seiner Hand, die metallene Schneide ein eisblauer Streifen an dem eisernen Axtkopf. In diesem Moment begriff ich, dass es gefährlich war, ihm diese Nachricht zu überbringen.

Meine Stimme klang rau. »Das ist die Axt deines Vaters«, sagte ich.

Er nickte und sah die Klinge an. Mit seinem Wetzstein glich er einige Unregelmäßigkeiten aus, die ich nicht erkennen konnte. »Ich wollte mich heute darum kümmern.«

Bettas Worte fielen mir ein. *Du weißt nicht, wozu er imstande ist.* Meine Kehle wurde trocken und eng, und ich klang heiser, als ich fragte: »Darf ich?« Ich streckte die Hand nach der Axt aus.

Eine kalte Brise trocknete meine Handfläche, während ich darauf wartete, dass Heirik sich entschied, ob er sie mir geben wollte. Berührte sie sonst noch jemand? Vielleicht Hár.

Er drehte sie geschickt um, sodass der Griff auf mich gerichtet war.

Sie war außerordentlich schwer. Sehr viel schwerer, als ich erwartet hatte; im ersten Moment zog mich die Waffe nach unten, bevor ich sie mit beiden Händen zu fassen bekam. Es wunderte mich, dass er so etwas derart locker mit sich herumtragen konnte, wenn er durch die Gegend ging. Der Griff war abgenutzt und fühlte sich seidig an, wo er ihn immer hielt. Ich fasste ihn an einer Stelle an, an der kurz zuvor noch seine Hand gewesen war. Das Holz war noch warm von seinen Händen, aber die Axt besaß ein eigenes Feuer. Sie fühlte sich lebendig an und so, als suchte sie zu ergründen, wer ich war. Ich erinnerte mich an eine meiner früheren Lektionen, bei der ich meine Finger an die Kehle einer Studienkameradin gelegt und die Vibrationen gespürt hatte, während sie sprach.

»Es fühlt sich so an, als hätte sie eine Stimme.«

»Du spürst das?« Sein Tonfall verriet, dass er überrascht war. Er erholte sich jedoch rasch wieder und trat zu mir, um es mir zu zeigen, wobei er sorgfältig darauf achtete, meine Hände nicht zu berühren. Er stand so dicht bei mir, dass ich seinen Schweiß und das Metall riechen konnte, seine Größe spürte. Wenn er sich jetzt zu mir gebeugt hätte, wäre es ihm möglich gewesen, seine Lippen auf meine Stirn zu drücken. Es hätte gut gepasst.

»Das hier bezeichnet man als die Kehle einer Axt. Hier.« Er fuhr mit außerordentlicher Zärtlichkeit mit den Fingern über die geschwungene Stelle neben dem Griff. Ich stellte mir unwillkürlich vor, dass er auf diese Weise an der Innenseite meines Unterarms entlangfuhr. Der Anblick seiner Finger und das Leben in der Axt erzeugten ein Zittern in mir. »Dies ist die Schulter«, sagte er und rieb mit dem Daumen über den dicksten und stumpfen Teil des Eisens. Götter, wusste er eigentlich, was er mir da antat?

Nei, Heirik flirtete nicht. Er hatte gar keine Ahnung, wie das ging. Und wenn er in diesem Augenblick irgendetwas empfand, war es nicht zu spüren – keine schneller werdenden Atemzüge, kein Erröten seiner Haut. Er sprach einfach nur über seine Axt.

Ich ließ den Griff durch meine Hand gleiten, bis der eiserne Kopf auf dem Boden neben meinen Füßen ruhte. Es war bequemer so.

Ein Pferd wieherte im Tal, und ich kam wieder zur Besinnung und erinnerte mich, weshalb ich hier war. Ich nahm mir vor, mutig zu sein. Ich würde nicht weinen. Ich ballte meine Hand um den Griff der Axt zur Faust.

»Ich muss dir etwas Schreckliches sagen.« Kein guter Anfang. »Fjoðr ist tot.«

Ein großer Seufzer erhob sich von dem Land um uns herum, und alles Gras legte sich nieder, überall: zu unseren Füßen, auf dem Hofplatz, dem Langhaus, dem Hochland und in den Tälern, die zum Meer führten.

Heirik setzte sich langsam hin, stützte die Ellbogen auf die Knie und ließ den Kopf hängen. Ich ließ mich vor ihm auf den Boden sinken, wobei mein Nadelkästchen und die Perlen klimperten. Ich zog *Slitasongr* in meinen Schoß, als wäre die Axt ein Kind, und blickte sie an, bis Heirik bereit war, etwas zu sagen.

»Als mein Bruder neun Jahre alt war, ist er mir überallhin gefolgt.« Er sah mich nicht an, während er sprach. »Er wollte tun, was ich tat, essen, was ich aß, sagen, was ich sagte.«

Ich hatte kein Bild von Brosa im Kopf und auch keines von Heirik als Jungen. Sie waren Teil einer verschwommenen Szene – ein dunkelhaariger Junge und ein kleinerer, blonder, gemeinsam hier auf diesem Hof. Ich stellte mir vor, wie Vakr sich umdrehte, um Fjoðr gereizt zu beißen, als wollte er sagen »Lass mich in Ruhe!«.

»Ich war es leid«, sprach Heirik weiter. »Ich sagte ihm, dass er zu hübsch sei, um so zu sein wie ich. Er würde hässlich werden müssen.« Er schüttelte den Kopf und lächelte halb. »Er hat ein Messer genommen und sich ins Gesicht geschnitten.«

Ich wurde bleich, und die Kinnlade fiel mir herunter. »Das konntest du nicht wissen«, murmelte ich. »Dass er so etwas tun würde.«

Heirik sah mich an, als wäre ich blöd. »Natürlich wusste ich es«, sagte er. »Mein Bruder hat alles getan, was ich ihm gesagt habe.« Er sagte das mit reuevollem Stolz und mit Traurigkeit, als würde er gerade anfangen zu glauben, dass sein Bruder gestorben war. Dass er gegangen war wie der Morgennebel.

Ich versuchte, mir einen Jungen vorzustellen, der so etwas tun würde, der Schmerz und Gefahren auf sich nehmen würde, um so zu sein wie Heirik.

»Brosa wird zurückkehren«, sagte ich sanft. »Fjoðr war ein gutes Pferd. Aber er war nicht dein Bruder.«

»Já?« Heirik sah mich an, und verzweifelte Hoffnung stand in seinem Blick. »Nun …« Er schien zu bestürzt zu sein, um den Satz beenden zu können.

Seine Haare waren völlig durcheinander. Plötzlich wurde mir klar, dass ich nie erlebt hatte, wie sie von jemandem geschnitten worden waren. Normalerweise kürzten die Frauen den Männern die Haare; die meisten trugen sie kinnlang. Heiriks waren jetzt richtig lang und hingen ihm frei über Schultern und Rücken, abgesehen von den oberen, die mit einem Lederband zurückgebunden waren.

Aber natürlich. Es gab keine Frau, die ihm die Haare schneiden konnte. Vielleicht pflegte Bettas Vater es zu tun. Aber welcher Mann würde schon Bjarn darum bitten, ihm die Haare zu schneiden, wenn alle anderen von hübschen Mädchen und Ehefrauen versorgt wurden?

»Man hat dir gesagt, dass du hässlich bist«, sagte ich, bevor ich auch nur darüber nachgedacht hatte, was ich da von mir gab.

Seine Augen funkelten wie zur Warnung, aber er stand weder auf, noch ging er, und er sagte auch nichts.

Und ich sagte: »Nei.« Es klang so sanft, dass sich das Wort fast in meinem Atem verlor.

Ich schüttelte den Kopf leicht, lächelte und ließ ihn wissen, dass er in meinen Augen schön war. Bisher hatte ich ihm mit keinem Wort gesagt, wie ich empfand, aber jetzt hatte ich etwas laut ausgesprochen, was einen Moment zwischen uns hing. Ich sah zu ihm hoch, als wäre er das göttlichste Wesen überhaupt – all das, was in dieser Welt gut und schön war. Ich fühlte mich zuversichtlich und sicher.

Ich sah ihn an, aber ich konnte sein Gesicht nicht deuten. Es war plötzlich verschlossen – ein Wechsel, den er sein ganzes Leben lang geübt hatte. Dann begriff er plötzlich etwas, und als er sich abrupt erhob, ragte er über mir auf. »Du hast Fjoðr gesehen.«

»Já«, sagte ich und stand ebenfalls auf. *Slitasongrs* Klinge verfehlte meinen Knöchel nur um Haaresbreite und kam dann auf dem Boden auf. Mein Daumen fand wieder die Stelle, die als Kehle bezeichnet wurde, und sie fühlte sich in meiner Hand – nicht in seiner – fest und warm an. »Betta und ich haben ihn auf dem Rückweg vom Wald gefunden. Er liegt im Gras.«

Heirik war jetzt ganz darauf konzentriert. »Wie ist er getötet worden?«

Mut, dachte ich im Stillen zu mir selbst. Sag einfach die Wahrheit. »Man hat ihm die Kehle durchgeschnitten.«

Der Boden wirkte fremd und hart, und ich konzentrierte mich nur darauf. Ich wusste nicht, ob ich besser einfach weggehen sollte. Ob ich entlassen war oder im Gegenteil gebraucht wurde. Vielleicht sogar dringend. Ich schwankte, hielt die Axt fester.

»Du bist damit zu mir gekommen«, sagte er ungläubig, und dann wurde seine Stimme weicher, sodass ich an einen besonders warmen Abend erinnert wurde. »Das war mutig«, sagte er.

»Tapferes Mädchen«, sagte er. Ich wusste jedoch nicht, ob er sich nur auf meinen Mut bezog, zu ihm zu gehen und es ihm zu sagen, oder ob er es als Namen für mich meinte – *Tapferes Mädchen*. Götter, ich sehnte mich danach, von ihm so liebevoll angesprochen zu werden.

Er verschränkte die Arme vor der Brust und senkte den Kopf, als wollte er meinen Blick suchen. Wäre er bereit gewesen, mich zu berühren, hätte er mein Kinn gehoben. »Alles in Ordnung?«

»Já«, sagte ich und glättete mein Kleid mit der Hand. Es verfing sich an den Schwielen meiner Handfläche. Mit der anderen Hand griff ich nach der Axt. »Es geht mir gut«, sagte ich wieder. Und dann begann ich zu weinen.

Seine Hand ballte sich um Leere, und ich dachte schon, er wollte sie nach mir ausstrecken, mir über die Wange streichen, mich halten und in seinen Armen wiegen. Stattdessen nahm er mir die Axt aus der Hand und drehte sie so herum, dass er sie direkt unter dem Axtkopf zu fassen bekam. In einem unaufmerksamen Moment hatte ich ihm *Slitasongr* also doch gegeben.

Ich musterte ihn, aber ich zuckte nicht zusammen. Ich dachte, oder vielleicht bildete ich es mir nur ein, dass ich unter dem stillen Zorn etwas Gutes sah, etwas Beschützendes und Besorgtes.

»Schau her«, sagte er sanft, mit einer Stimme so dunkel wie schwarzer Sand. »Sieh die Klinge an, hier. Mit der Sonne im Rücken.«

Er stellte sich neben mich und hielt die Axt hoch, sodass wir auf die Schneide schauen konnten. »Eine scharfe Klinge reflektiert kein Licht.«

In der Stille dieses Moments spürte ich, wie sein Atem an meiner Schläfe vorbeistrich. Der Luftzug bewegte mein Haar, und ich wünschte, Heirik würde seine Lippen darauf drücken, mein Haar mit den Fingern glätten, mir auftragen, still zu sein, und sagen, dass alles gut werden würde. Aber statt eine dieser unmöglichen Gesten zu machen, zeigte er mir seine Axt. Die Klinge war dunkel, sie warf kein Licht zurück. Sie war perfekt geschärft.

»Ageirr denkt, dass er mich aufstachelt«, sagte Heirik gelassen. »Aber er nährt nur meine Macht.«

Das Gefühl von bevorstehender Gewalt rollte sich wie eine Katze in den Ecken des Hauses zusammen. Sie schien sich zu strecken und zu dehnen, dann wieder niederzulassen und stundenlang nicht zu rühren. An dem Tag, als Heirik mit Hár loszog, um Fjoðr zu begraben, steigerte sich die Spannung zwischen uns allen. Ich war erleichtert, dass wir das Pferd nicht aßen.

EIN MORGEN LAND

Ernte

Ohne Ankündigung veränderte sich die Luft, und es wurde Herbst. Er war einfach eines Tages da, mit kühlerer Luft und anderem Licht. Unsere trägen Nachmittage wurden von einer gewissen Dringlichkeit abgelöst. Die trockenen, warmen Tage würden schon bald vorüber sein, und für diese Zeit brauchten wir so viel Garn wie möglich, um weben zu können, und wir brauchten etliche Fische und Wurzeln und Beeren, die wir trocknen und lagern konnten. Die Vorratskammer musste mit Butter und Käse und Skyr gefüllt sein.

Fjoðrs Tod war seltsamerweise kein Thema mehr. Aber hin und wieder sah ich in Heirik eine wilde Wut flackern, die er kaum verbergen konnte. Den stillen Wunsch, etwas zu töten.

Wir waren damit beschäftigt, Dinge zu verstauen. Und während wir das taten, erzählte Betta mir Dinge, die nicht unbedingt nützlich waren. Sie erzählte mir, dass Hildur zu bestimmten Überzeugungen gelangt war, was den Häuptling betraf. So war sie der Meinung, dass sein Bruder mehr Mann war als er. Betta sagte auch, dass Rache befriedigender war, je mehr man sie in die Länge zog. Sie blickte sich nervös und verstohlen um, wenn sie über den Häuptling sprach. Gleichzeitig erklärte sie mir, dass ich den Ängsten der anderen keine Aufmerksamkeit schenken sollte.

»Das sind kleine Mädchen«, behauptete sie schlicht. »Ganz besonders Svana.« Dann fügte sie angewidert hinzu: »Und Hársdottirs.«

Das waren sie auch nach den Standards meines zweiundzwanzigsten Jahrhunderts. Svana und Thora waren etwa fünfzehn Jahre alt. Mit ihren siebzehn Jahren war Betta schon sehr viel erwachsener, sogar erwachsener als Dalla Hàrsdottir, die immerhin vierfache Mutter war. Betta konnte manchmal sogar erwachsener sein als ich, auch wenn ich so viele Jahre älter war als sie, was ich ihr niemals sagen würde. Nicht nur die tausendzweihundert Jahre, sondern auch die vierundzwanzig, die ich tatsächlich schon lebte, verschwieg ich.

»Wenn keine Erwachsenen bei ihnen sind, reden sie dummes Zeug, um sich selbst zu beruhigen«, sagte sie.

Wenn sie so etwas sagte, musste ich immer lachen. Heirik war erst einundzwanzig Jahre alt und Betta siebzehn, aber sie waren wirklich erwachsen, während Svana verglichen mit ihnen noch ein Krabbelkind war.

»Wovor hat Svana Angst?«, fragte ich.

»Vielleicht vor ihrer eigenen Fasziniertheit«, meinte Betta. »Ich habe gesehen, dass sie über ihn nachdenkt.«

Es gefiel mir nicht, und das sagte ich auch.

»Mach dir keine Sorgen, Frau. Sie fürchtet sich richtig vor ihm. Sie ist nur so eitel, dass sie sich Sorgen macht, er könnte seinen Schwur brechen und sie zur Frau nehmen.«

Mit dramatischer Geste legte sie die eine Hand auf ihr Herz und die andere zwischen ihre Beine, während sie sich umsah und so tat, als hätte der Häuptling es auf sie abgesehen. Ich drehte durch, rollte mich vor Lachen auf dem Boden. Aber wann immer sie von Svana sprach, nagte etwas an mir. Ich stellte mir die winzigen Zähne des Mädchens vor, wenn ihr Name erwähnt wurde. In einer ordentlichen Reihe, weiß und gefährlich.

Als die Heuernte begann, wurden die Axt seiner Ahnen und das Gefühl der Verdammnis beiseitegelegt. Die Männer versammelten sich im nebligen Licht kurz vor der Morgendämmerung, standen oder saßen auf Baumstämmen und Steinen, schärften Klingen und atmeten die kalte Luft des Morgens. Jeder Mann auf der Farm arbeitete von morgens kurz vor Tagesanbruch bis zur Erschöpfung, angefangen vom geringsten Thrall bis zu Heirik und Hár. Dann legten sie sich hin, standen wieder auf und machten weiter. Sie stanken. Sie aßen. Mehr, als ich mir jemals hätte vorstellen können. Sie konnten ihre Augen nicht länger aufhalten, als nötig war, um zu verschlingen und an Bier zu trinken, was wir ihnen gaben.

Auch die Frauen arbeiteten und sogar alle Kinder, die groß genug waren, um eine Harke zu benutzen. Dalla und Kit banden sich die kleinsten Babys auf den Rücken. Sie folgten den Männern, um das gemähte Gras zu Schwaden zusammenzufegen, wendeten es jeden Tag hin und her, bis es in der Sonne getrocknet war und auf die Rücken der Pferde gepackt werden konnte.

Zumindest sagte man mir das. Betta und ich blieben bei den kleinen Kindern zurück. Tagelang arbeiteten wir beide nicht auf den Feldern, sondern sahen nach den Kleinen und versorgten die Männer mit Fisch und Butter. Thralls kümmerten sich um die Wäsche, Betta und ich um das Haus. Wir saßen draußen und stellten in der kühlen Sonne Socken her.

Heute war der neunte Tag, und möglicherweise auch der letzte. Die steinerne Grundmauer des Langhauses war hart in meinem Rücken, aber die Sonne war herrlich, und ich hatte nicht vor, mich zu bewegen. Ein Teil von mir fühlte, wie das Licht sich veränderte, spürte den neuen Winkel, in dem die Sonne jetzt schien, konnte sogar das kleiner werdende Zeitfenster wahrnehmen, in dem es Tageslicht geben würde. Instinktiv wollte ich es festhalten. Es aufsaugen und bewahren, fast wie ein Tier vor dem Winterschlaf.

Das Rascheln des Grases über mir und das windspielartige Klacken von getrocknetem Fisch machten mich heute schläfrig. Die Nadelbindearbeit in meinen Händen war wie in weite Ferne gerückt. Meine Hände selbst wirkten hundert Meilen weit weg von meinem Geist. Die anderen waren alle weit unten im Tal, die Männer mähten das Gras auf den Feldern, und die Frauen und größeren Kinder schnitten Gerste oder rechten, rechten immerzu und machten Heu.

Eine einzelne hölzerne Mistgabel lehnte an der Mauer neben mir, eine stumme Kameradin, zurückgelassen, während alle anderen arbeiteten. Vielleicht genauso dankbar für diesen schläfrigen Moment wie ich. Ich lächelte über die Ironie, die darin bestand, dass ich von so weit her auf einen Hof voller harter Arbeit gekommen war, um diese tiefe, sonnengetränkte Pause wirklich erleben zu können. Hier draußen, umgeben von den verschiedenen Geräuschen des Hofplatzes und des Langhauses, gab es keine summenden Kühlschränke, keine kleinen, piependen technischen Geräte, die sich ausgerechnet dann meldeten, wenn ich gerade kurz vor dem Einschlafen war. Ich dachte an die Nickerchen, die ich in der Kühle von Klimaanlagen gemacht hatte. Erinnerte mich an die Geräusche von Maschinen. Schließlich wanderten meine Gedanken zu einer ganz besonderen Erinnerung, einem Kampf in dem Tank. Ich sah den großen dunklen Ozean vor Atlantik City um 1900. Die langen Kleider der Frauen, die im Wind wehten. Ein scharfer Ruck ging durch mich hindurch, gefolgt von einem endlosen Fallen. Ich schrie, griff nach irgendetwas, woran ich mich festhalten konnte. Aber da war nichts. Nur ein Zerren, und etwas riss. Scharfer Stahl in meinem Kopf.

Ich kehrte zurück.

Ich hörte das Zischen, da sich der Tank bemühte, mich in sich hineinzuziehen, spürte, wie er in meinem Gehirn war. Ich hörte jemanden nach mir rufen. Morgan? Ich hörte in meinem Geist die Worte »Ich gehe nach Hause«, und die Vorstellung von diesem Zuhause erreichte mich über tausend Jahre hinweg, strahlend und bedeutungslos. Ich sehnte mich nach Betta, nach Heirik, aber sie waren außerhalb meiner Reichweite. Ich sah das Labor, das blendende Weiß von künstlichen Lichtern in meinen Augen.

Die Traurigkeit war brutal, ebenso wie das Eingeständnis, dass ich mich nach etwas sehnte, was bereits vergangen war.

Nei, ich würde es nicht akzeptieren. Ich kämpfte gegen den Sog des Tanks an. Ich dachte nur an mein herrliches Gehöft, an die Wasserläufe und die Elbenhöhle und das Heu. Ich griff verzweifelt mit meinen Gedanken nach ihnen. Ich wollte nicht nach Hause. Ich wollte hierbleiben. In diesem Haus, an das ich mich gerade lehnte.

In diesem Haus.

Ein Stein drückte schmerzhaft in meinen Rücken.

Ich öffnete die Augen, und ein Huhn sah mich an, ruckte besorgt mit dem Kopf hin und her. Ein anderes trat hinzu, als wollten sie gemeinsam meinen Fall beraten. Keuchend und wimmernd presste ich die Hand auf meine Brust. Vor Schreck schlug mein Herz heftig.

Betta kam um die Ecke des Langhauses gerannt, rief meinen Namen. Ihre Röcke schwangen, und getrockneter Fisch fiel aus ihrem Korb. Lotta folgte ihr in einigem Abstand, ihre kleinen Zöpfe schwangen hin und her. Betta sank neben mir auf die Knie und nahm mein Gesicht in ihre knochigen Hände. Ihre Augen suchten in meinen nach etwas. »Alles in Ordnung?«

Ich wollte ihr sagen, dass ich nur schlecht geträumt hatte. Ja, so war es. Aber ich wusste, woher ich gekommen war und wie ich hierhergekommen war, und daher wusste ich auch, dass es nicht nur das gewesen war. Da fehlte eine Stufe beim Einschlafen, sodass ich abrupt fiel. Als ich hierhergekommen war, hatte ich mir gewünscht, ich würde mich noch im Tank befinden. Viele Tage hatte ich morgens beim Aufwachen auf meinen Arm geklopft, aber es war nichts geschehen. Ab jetzt würde sich dieses Fallen wie eine große Gefahr anfühlen. Jeder Albtraum konnte meine Lebenswirklichkeit sein. Meine größte Angst bestand darin, die Gesichter meiner Kollegen vor mir zu sehen, hocherfreut, weil der Tank mich zurückgeholt hatte. Ich schlang meine Arme um Betta und weinte.

»Ich will nicht weg von hier.«

»Nei, Ginn.« Sie tröstete mich und sagte: »Niemand wird dich wegschicken. Schhh. Schhh.« Sie löste sich ein Stück von mir und sah mich mit ihren hellblauen Augen an. »Der Häuptling wird es nicht zulassen.«

»Aber ich bin zu nichts zu gebrauchen.« Ich schniefte. Bei allen Arbeiten, die anfielen, war ich ziemlich schlecht – abgesehen von so grundlegenden Dingen, wie etwas von hier nach da zu tragen oder etwas abzuschaben oder Blätter zu sammeln. »Sie wollen mich nicht einmal beim Rechen des Heus dabeihaben.« Bei den letzten Worten heulte ich regelrecht, was mich verbittert klingen ließ, wie ein Baby.

Betta ließ sich auf die Fersen sinken und sah mich offen an. »Also ehrlich, Frau.«

Ich schniefte noch mehr.

»Weißt du wirklich nicht, warum wir diese neun Tage am Haus geblieben sind?«

Nun ja, weil ich mich nicht zum richtigen Arbeiten eignete, warum sonst? Betta hatte vermutlich die Aufgabe bekommen, bei mir zu bleiben, damit ich nicht ganz allein war. Und damit sie sich mit mir zusammen um die kleinen Kinder kümmern und das Essen für die Sippe vorbereiten konnte, die jeden Tag nassgeschwitzt und schmutzig vom Heuen zurückkehrte. Mit anderen Worten, wir machten die Arbeit für schwache Mädchen, die nicht harken konnten. Ich war einfach nicht so kräftig und zäh wie Hárs Töchter und auch nicht so sehnig und widerstandsfähig wie Hildur.

Betta schüttelte den Kopf. »Der Häuptling hat Hildur befohlen, dich beim Haus zu lassen. Er will nicht, dass du auf dem Feld arbeitest.«

Oh.

Ich sah sie verständnislos an, und dann taumelten etliche Gedanken durch meinen Geist. Ich wollte für immer hier leben, wollte mein Leben mit diesen Menschen verbringen, eines Tages hier sterben. Und obwohl mein Herz es seit Langem wusste, arbeitete mein Verstand noch daran, das neue Wissen wie einen sperrigen Felsklotz durch die Vordertür zu schaffen. Heirik hatte angeordnet, dass ich nicht auf dem Feld arbeiten sollte. Bevorzugte er mich, weil er sich mir nah fühlte, mich beschützen und ehren wollte? Die Vorstellung, dass er es aus einem Gefühl der Besorgnis und Zuneigung heraus getan hatte, erzeugte ein warmes Gefühl in meiner Brust. Aber vielleicht irrte ich mich auch. Vielleicht sah er in mir nur einen Gast, der nicht in unserem gemeinsamen Haus lebte, sondern in seinem. Oder er hielt mich einfach nur für schwach.

Jetzt fühlte ich mich richtig wertlos. Heirik glaubte nicht, dass ich es schaffen würde. Kannte er mich denn nicht? Wusste er nicht, dass ich stark sein konnte? Plötzlich fragte ich mich: Konnte ich es denn?

Ich hörte die Fliegen im Stall summen, unheilvoll und wütend. Ich war sicher besser geeignet für diese Arbeit als die zarte Svana oder die kleiner als ich geratene Dalla. Es war unfair, mich daran zu hindern, es zu beweisen, und mich im Haus fest-zuhalten. Ich war keine Prinzessin oder irgendein schwaches ... Kätzchen. Ich rieb mir so fest die Augen und die Nase, dass sie brannten. Mein Gesicht war gerötet vom Weinen und vor Em-pörung. Ich stand auf und strich mein Kleid glatt.

Da erklang plötzlich Hufgetrappel, und wir drei – Betta, Lotta und ich – blickten auf. Heirik und Hár galoppierten auf Vakr und Byr zum Langhaus, ohne dass wir es bemerkt hat-ten. Schlitternd kamen sie gefährlich dicht vor uns zum Ste-hen, noch ganz erfüllt von dem Wind auf ihren schweißnassen Gesichtern und in ihren Haaren. Die Pferde atmeten schnau-bend, rissen die Köpfe herum; auch sie waren noch gefangen in der rauschhaften Bewegung. Die Männer stiegen ab, und zwar mit erstaunlich geschmeidigen Bewegungen dafür, dass sie so groß – und in Hárs Fall grimmig – waren. Sie waren er-hitzt von der stundenlangen harten Arbeit mit der Sense, und ihre Kleidung klebte ihnen am ganzen Körper. Als sie lächelnd zu uns traten, konnte ich sehen, wie sich der Ausdruck in ih-ren Gesichtern veränderte, als sie bemerkten, dass ich geweint hatte.

Ich ging Heirik halb entgegen und sah zu ihm hoch, such-te seinen Blick. Fast verlor ich meine Willenskraft, als ich sei-ne Hitze spürte. Er verströmte sie wie ein großer, strahlender Herzstein.

»Wie groß ist ein Morgen?«, fragte ich ihn.

Er zog die Augenbrauen zusammen, und ich gab mir Mühe, mich von seinem Charme nicht beeinflussen zu lassen.

»Zeig es mir dort.« Ich deutete ins Tal hinunter. Dann sah ich, wie seine Augen kalt zu werden begannen, und ich fügte weicher hinzu: »Bitte, Herra.« Ich nannte ihn *Sir. Häuptling.*

Zu spät erkannte ich, dass ich damit alles noch schlimmer machte. Sein Gesicht wurde jetzt vollends verschlossen. Heirik war nass und lebendig und roch nach Gras und Schweiß und Sonne, aber sein Gesicht war so tot wie ein Stein. Eine einzelne Fliege summte jetzt irgendwo weit weg vom Haus. Heirik drehte sich um und starrte in die Richtung des Heimfelds, ohne mich anzusehen. »Die Hälfte der Gerste.« Das war ein Morgen. Mehr als diese steifen, förmlichen Worte sagte er nicht – nur das, was unbedingt nötig war, um meine Frage zu beantworten. Ein riesiges Stück Land, fand ich, grün und stattlich. Aber es war eingrenzbar. Und nicht gar zu groß.

»Wie viele Morgen mäht ein Mann an einem Tag?«

Heirik warf Hár einen Blick zu, reichte die Frage an ihn weiter, und wandte sich von mir ab. Er ging weg, um Vakr zu beruhigen, nahm ihm den Sattel ab und erzählte ihm irgendwelche Dinge, Gedanken und Koseworte. Ich beneidete das Pferd, in dessen zuckendes Ohr Heirik leise murmelte. Ich wollte wissen, was er ihm sagte, wenn sie wie jetzt zusammen waren. Ich wünschte mir, dass der Häuptling auch mit mir auf diese sanfte und liebevolle Weise sprechen würde.

Er trug wie immer zwei Hemden übereinander. Als ich ihn so schweißnass sah, begriff ich plötzlich auch, warum – und es brach mir das Herz. Er versteckte sich.

Ich erinnerte mich, dass ich verärgert war.

Hár beantwortete jetzt meine Frage. »Das hängt von dem Morgen ab.« Seine Stimme klang wie Felsgestein, trocken und bröselig. »Und von dem Mann, já?« Er zwinkerte, und dann antwortete er ernsthaft. »Bei gutem Gras ist es eine verfluchte Plackerei. Wenn das Land so karg ist wie jenes, welches wir heute bearbeitet haben, anderthalb Morgen, vielleicht zwei.« Er löste die Ledermanschetten von den schweißnassen Handgelenken, und ich sah den Schmutz auf seiner Haut und seinem Hemd. Er hielt sie an den Schnüren hoch und reichte sie Betta, die sie entgegennahm.

Hár sprach nachdenklich und wie zu sich selbst: »Es war ein langer Tag.«

Länger als zwölf Stunden, und selbst für diese lange Zeit schien ein Morgen – oder sogar zwei – ziemlich viel. Mir schien es fast unfassbar, dass ein Mann das schaffen konnte. Aber diese Männer hier waren stärker als alle, die ich je kennengelernt hatte, vielleicht nicht größer, aber dafür deutlich wuchtiger. Und ganz sicher waren sie in der Lage, brutale Arbeit zu verrichten. Ich schaute auf das Land hinab, das sich vor mir erstreckte, und stellte mir Jeff auf dem Feld vor, das Heirik mir gerade gezeigt hatte. Ich sah ihn vor mir, wie er körperlich – statt geistig – arbeitete. Ich sah, wie er seine hübschen blonden Haare zurückstrich, stellte mir seine große Gestalt im hohen Gras vor. Er war bei Weitem größer als jeder Mann hier. Aber obwohl er seine Zeit in eisiger Abgeschiedenheit oder in einem kuscheligen Café verbrachte, glaubte ich, dass er in der Lage sein würde, ein Feld zu mähen. Es war erstaunlich, was wir tun konnten, wenn wir es mussten.

Oder wenn wir herausgefordert wurden.

Betta sah mich von der Seite an; sie blickte zunehmend argwöhnischer drein.

Hár tätschelte Byr das Hinterteil, und das Pferd trottete weg, um sich auszuruhen. Dann bellte er Betta an: »Frau, gibt es nichts zu trinken?« Mit wirbelnden Röcken fuhr sie herum und eilte vor ihm ins Langhaus, wo sie beide verschwanden. Ich blieb mit Lotta zurück.

»Ich schätze, wir sollten ihnen etwas zu essen geben«, seufzte ich.

Der größte Teil der Familie und alle Thralls arbeiteten noch den ganzen restlichen Tag, nur Hár und Heirik waren früher zurückgekehrt. Ich vermutete, dass sie aufgrund ihrer herausragenden Stellung aufbrechen konnten, wann sie wollten. Dann begriff ich, wie lieblos meine Gedanken waren und wie wütend ich immer noch war. Die beiden Männer gaben der Sippe ihre ganze Kraft. Es war nur gerecht, dass sie nach Hause gingen, um Zeit zum Nachdenken zu haben und ihre steifen, erschöpften Körper in der Wärme des Badeteichs zu entspannen. Wahrscheinlich berieten sie schon in diesem Moment darüber, wie viele Tiere diesen Winter überleben konnten und wie sie die Leute ernähren sollten. Sie hielten unser Leben in ihren Händen, wie sie eine Sense hielten, sie wendeten, über sie nachdachten und sie pflegten.

Dennoch hatte Heirik mich unterschätzt. Und dennoch brodelte es in mir.

Nachdem Betta den beiden eine unglaubliche Menge an Bier gegeben hatte, schloss sie die Speisekammer ab, und sie und ich nahmen unsere Arbeit mit nach draußen. Betta sah zur Sonne hoch, schätzte gekonnt die Stunde und die klimatischen Verhältnisse ab. »Wir haben noch etwas Zeit«, sagte sie, während sie sich im kühlen Schatten des Hauses niederließ und ihre Nadelbindearbeit in die Hand nahm. Die kleinsten Kinder spielten mit Stöckchen, warfen mit ihnen herum und trällerten dazu unmelodisch in der sanften Brise. Eine vage Erinnerung stieg in mir auf, wie ich etwas Ähnliches getan hatte, vor langer Zeit, in meinem früheren Leben, aber ich konnte mich dessen nicht mehr genau entsinnen.

Betta und ich schwiegen eine Weile einfach nur. Dann sprachen wir über die kleinen Dinge, über die Waschfrauen und was die Molkerei hervorbrachte. Wer die diesjährigen Milchmädchen waren. Eine von ihnen war faul, glaubte Betta zu wissen, aber Hildur hatte dem Häuptling davon nie etwas gesagt. Das Mädchen hätte nirgendwo sonst hingehen können, und die Zeit, in der sie gebraucht wurde, war ohnehin bald zu

Ende. Sie würde im nächsten Jahr nicht wieder angeheuert werden.

Ich legte die Wolle in einer Schlaufe um meinen Daumen und schob die Knochennadel hindurch. Nach vorn, nach unten, festziehen, wieder und wieder. Lanolin glänzte an meinem Daumen. Die Fliegen summten wieder; fast klang es wie ein Gesang, der meinen Geist leer machte. Da war nur noch die Wolle an meinen Fingern. Die stumpfe Nadel. Einer der Hunde kam und ließ sich bei uns nieder, dann legte er sich auf die Seite, streckte alle viere von sich. Seine Brust hob und senkte sich unter seinen Atemzügen.

Betta gab ein unterdrücktes Geräusch von sich, und ich wurde wieder wacher. Sie starrte auf etwas, was sich unten ein Stück vom Langhaus entfernt befand. Ich folgte ihrem Blick und sah jetzt, was sie sah.

Wir saßen an einer Stelle, von der aus man durch einen Trick der Landschaft den Badeteich wie eine meergrüne Schüssel am Grund des Hügels liegen sehen konnte. Heirik war bereits bis zu den Schultern im Wasser; seine schmutzigen Kleidungsstücke lagen beim Abfluss, wo sie durchgespült wurden. Hár stand am Rand und zog sich gerade das dreckige Hemd über den Kopf.

Betta starrte ihn angespannt und aufmerksam an, und ich vermutete, dass sie mit dem erwachsenen männlichen Körper nicht vertraut war. Sie hatte Jungen gesehen, ja, und bei diesen beengten räumlichen Verhältnissen wahrscheinlich auch den einen oder anderen Mann. Aber jetzt schien sie regelrecht davon angezogen zu sein. Und Hár war ein interessantes Subjekt, anders als jeder andere Mann, den ich gekannt hatte. Eine Figur wie aus einer Wikingersaga. Ich konnte ihn mir gut in einer Rüstung vorstellen, mit einem Schlachtruf auf den Lippen, wie er irgendein unglückliches Dorf oder eine Abtei in Brand setzte. Ich sah ebenfalls wie gebannt zu, als sein Hemd sich zu Heiriks Hemden gesellte.

Als er Anstalten machte, nach der Kordel zu greifen, die um seine Taille geschlungen war, wandten Betta und ich uns hastig ab, so schnell und gleichzeitig, dass es schon komisch war. Einen Moment waren wir still. Wir waren beide wie Kinder, die bei etwas Verbotenem erwischt worden waren, und wir warteten. Ich hörte sie schwer schlucken. Dann sahen wir einander an und mussten lachen. Da waren Übermut und Verwunderung in ihren Augen. Sie wirkte erfreut und schüchtern, und ich fragte mich, wie viel sie wusste, wie viel sie bei irgendeinem der Jungen, mit denen sie sich davongestohlen hatte, berührt oder gesehen hatte.

»Der Körper eines Mannes ist erstaunlich, já?«, fragte ich sie. Sie riss die Augen auf. »Du hast einen Mann schon einmal … so gesehen?«

Mir sackte der Magen in die Kniekehlen. Ich hatte vergessen, dass ich so tat, als könnte ich mich an nichts erinnern.

»Nein, nur beim Bad …« Ich spürte das vertraute schlechte Gewissen, das mit diesen kleinen Lügen verbunden war. »Ich habe noch nie so etwas wie das hier gesehen …« Ich ließ meine Stimme verklingen. Es war nicht einmal ganz gelogen. Ich hatte noch nie in meinem Leben so jemanden wie Hár gesehen.

Betta entging meine Unsicherheit. Sie sah wohl noch vor sich, wie er seine Kleidung ausgezogen hatte, und sie stimmte mir fast unhörbar zu: »Furchterregend, já.«

Die anderen schliefen fast alle, hatten sich nach einem äußerst strapaziösen Arbeitstag hingebungsvoll auf ihren Bänken ausgestreckt. Ein paar von uns, die nicht so viel gearbeitet hatten – oder diejenigen, die gekocht und auf die Kinder aufgepasst und nichts so Schweres geleistet hatten, wie es das Einbringen des Heus darstellte –, hielten sich nach dem Abendessen noch beim Herzstein auf. Sogar Heirik war da, wenn er auch ein Stück abseits von uns saß. Er war damit beschäftigt, eine zwei Fuß lange Klinge zu schärfen, die wie eine silberne Sichel des Todes aussah.

Ich hatte eine Wette vorgeschlagen, und die anderen sprachen jetzt mit zunehmender Aufregung darüber. Es würde so und so sein. Nein, es würde *so* sein.

»Bitte, ich möchte es tun«, bettelte Ranka.

»Du bist noch zu klein dafür, Kind«, sagte Betta zu ihr. »Die Klinge selbst ist so groß, dass sie dir bis zum Kinn reicht.«

»Já, junge Maid«, sagte Hár. Dann öffnete er die Augen weit vor übertriebener Sorge, beugte sich vor und nahm ihre Zöpfe in seine große Hand. »Man weiß von Mädchen deiner Größe, dass sie ihre Zöpfe sauber abgeschnitten und den Kühen zum Fressen gegeben haben.« Er zog an ihren Zöpfen, und sie kicherte ausgelassen.

»Nei«, sprach er weiter. »Für diese Arbeit braucht ihr ein zartes Geschöpf. Ein kleines Vögelchen wie meine Thora.« Er warf einen Blick auf seine Tochter, die auf der Bank schlief und von alldem nichts mitbekam. Sie und Grettis hatten sich nicht einmal die Mühe gemacht, den Vorhang zu schließen. Sie lagen in einem Wirrwarr aus blonden Haaren und schmutzigen Decken schnarchend da. Und überall schienen dicke Knöchel herauszuragen.

»Wie auch immer«, sagte ich jetzt. »Ich werde es selbst tun. Es ist meine Wette.«

Hár wurde ernst, und als er sich an mich wandte, wirkte er wie ein mitfühlender Onkel, der sich Mühe gab, eine schlechte Nachricht abzumildern. »Es ist keine richtige Wette, Frau. Es ist nicht die Art und Weise, wie wir es tun, wenn wir …«

»Die Mädchen werden das Gras mähen.« Heiriks Stimme

klang ruhig und tief, und trotzdem zerteilte sie unser Geschnatter mit der Präzision eines Wurfmessers. Wir drehten uns alle um zu ihm. Er saß ein paar Fuß weit weg, strich geräuschvoll mit dem Wetzstein über seine Klinge.

»Ginn und noch jemand«, erklärte er. Dann wandte er sich an mich. »Wenn du bis zum Mittag einen Morgen gemäht hast, werde ich den Rest des Tages für dich arbeiten.«

Eine schockierte Stille trat ein, und meine Gedanken schwammen. Aber meine Stimme schwankte nicht.

»Gut«, sagte ich.

Ich ließ mir die Freude darüber, dass er meine Wette angenommen hatte und einen Nachmittag nur mir allein gehören würde, nicht anmerken. Aber jetzt stiegen ernsthafte Zweifel in mir hoch. Würde es vielleicht doch zu schwer werden? Konnte ich es wirklich schaffen, nach all meinem mutigen Gerede? Dabei wusste ich noch nicht einmal, wie man überhaupt Gras mähte.

Aber Heirik war noch nicht fertig. Er hatte noch mehr anzubieten. »Wenn die Übrigen dir folgen und rechen, sodass das Heu bis zum Einbruch der Nacht getrocknet ist, werde ich ein Fest geben.« Er zwinkerte kurz in Richtung seines Onkels, aber sein Lächeln mochte in diesem Licht auch eine optische Täuschung sein.

Die Stimmen am Feuer wurden wieder lauter. Andere Bedingungen wurden diskutiert, die beinhalteten, dass Hár Essen kochen und Thoras Socken waschen sollte. Ich hörte nicht richtig zu. *Er* hatte Ja gesagt.

Es war nur eine halbe Stunde später, als ich zum Schmutzraum ging und nach einer zusätzlichen Decke suchte. Die Wolle war steif und kalt, und eine unangenehme Kühle sickerte durch die Socken hindurch in meine Fußsohlen und bis zu den Knöcheln.

Ich griff nach einem Schaffell und wollte mich schon wieder in den anderen Raum zurückziehen, als etwas schwer gegen die Hintertür knallte. Ich zuckte zusammen und schlug eine Hand vor den Mund, unterdrückte einen Schrei. Vollkommen erstarrt beäugte ich die Tür, drückte das Schaffell fest an mich. Stimmen erklangen. Es waren Hár und Heirik. Sie stritten sich. Aber nein, es war mehr als nur ein Streit. Sie kämpften. Jemand war gegen das Haus geworfen worden. Hárs Worte waren wie Messerstiche. »Jetzt reicht es!«, sagte er mit allem Nachdruck. Eine lange Pause entstand, und ich stellte mir vor, wie sie beide den Atem anhielten, einander in die Augen starrten. Meine eigenen Atemzüge gingen abgehackt, meine Augen waren auf die Tür geheftet, als könnte ich durch sie hindurchsehen und erkennen, was der Kernpunkt ihres Streits war. Als Hár wieder sprach, klang er beinahe sanft. »Bring sie irgendwohin«, sagte er. »Weg von hier.«

Sie.

Er musste mich meinen.

Hár sagte Heirik, dass er mich von Hvítmörk wegbringen sollte. Und obwohl er das mit liebevoller Stimme sagte, war es eher ein Befehl. Ich hatte noch nie jemanden so mit Heirik reden hören. Ich musste wissen, wie er reagierte, aber der Häuptling antwortete nicht mit Worten. In dem durchdringenden Schweigen und getrennt von ihm durch die Sodenwand und die Holztür, konnte ich nicht herausfinden, was er dachte. Ob er bereitwillig zustimmend nickte, ob er lächelte oder finster dreinblickte oder einfach in die Nacht davongestapft war, ich wusste es nicht. Keiner von ihnen kam herein.

Als ich mich anschließend unter den Decken verkroch, sagte ich mir, dass Heirik es nicht tun würde. Betta hatte gesagt, er würde mich nicht wegschicken, und sie kannte ihn gut genug, um so etwas behaupten zu können.

Ich berührte ihren knochigen Rücken mit meiner Stirn und zwang mich, es zu glauben.

Hár reichte mir die Sense. Ich ließ sie in meine Hand gleiten und versuchte, nicht auf sein blaues Auge zu starren.

Das Holz fühlte sich an der Stelle, wo schon so viele andere dieses Werkzeug gehalten und geschwungen hatten, beinahe griffig an. Das Gewicht war seltsam und ungleichmäßig. Trotzdem war das Gerät auch irgendwie elegant und leichter, als ich erwartet hatte. Magnus hatte mir gezeigt, wie man eine Sense handhabe, wie sich ihre eigenartige Form perfekt für diese spezielle Aufgabe – zu mähen – eignete. Ich stellte sie mit dem einen Ende auf den Boden, und die gebogene Klinge reichte mir bis knapp über die Schulter.

»Nicht so nah ans Gesicht, Mädchen«, sagte Hár ruppig und gereizt. »Es sei denn, du willst mit nur noch einem Ohr leben.«

Was kümmerte es ihn? Er wollte, dass ich wegging.

Ich hielt nach Heirik Ausschau und sah ihn oben auf einer kleinen Anhöhe stehen. Er hatte die Arme vor der Brust verschränkt und sprach mit den Jungen. Die noch nicht angelegten Armschienen hielt er in der einen Hand. Ich konnte aus der Ferne sehen, dass er die Schultern etwas hob und frustriert nach vorn zog. Als er sich umdrehte und unsere Blicke sich trafen, lächelte er nicht. Er sah geradewegs durch mich hindurch.

Seine offenen Ärmel bewegten sich in der Brise, und das Gras um mich herum schien tausendfach zu flüstern. *Bring sie irgendwohin.* Ich erinnerte mich an Hárs Worte von vergangener Nacht. *Weg von hier.*

Meine Röcke wehten um meine Knöchel, als ich den Hügel hochging. Bei jedem Schritt sah ich, wie das Leinen sich aufbauschte und wieder zurücksank. Ein Haushund schnüffelte am Saum. Japsend und unberührt von alldem, was hier vorging, lief er neben mir her. Als wir den Kamm des Hügels erreicht hatten, sah ich das Feld, das ich mähen würde.

Unterhalb von mir breitete sich das hohe, wellige Gras aus, erstreckte sich bis in die Ferne und endete an einer ungleichmäßigen Kante, die durch einen Bach gebildet wurde. Jenseits vom Bach befand sich ein Streifen aus Felsgestein, und dann kam der Wald. Das Feld war zwar nicht sehr dicht bewachsen, aber auch nicht so spärlich, dass ich mich beschämt gefühlt hätte. Heirik hatte für mich und Thora einen lockeren und natürlichen Morgen Land ausgesucht. Es würde eine ehrenvolle Herausforderung sein, ihn zu mähen, aber es wäre durchaus in den nächsten sechs Stunden zu schaffen. Es war eine gute Wahl, und das, obwohl der Mann heute so wütend und böse wirkte.

Eine sich bereits dunkel verfärbende Prellung hatte sich zu seinem Geburtsmal am Kinn gesellt; sie ließ sich nicht ganz von seinem Bart verbergen. Er sprach kein Wort zu mir, deutete nur mit dem Kinn auf das Feld und wandte sich ab, um anderswo hinzugehen; ich hatte keine Ahnung, wohin. Er hatte offenbar nicht vor, zu bleiben.

Und so begann ich, das Gras zu mähen.

Ich tat, was Magnus mir gezeigt hatte, betrat das Feld und bewegte die Sense mit der Hüfte. Es fühlte sich unbeholfen an, und nach ein paar Schwüngen hingen meine Schultern fast an meinen Ohren. »Du mähst mit den Armen, Frau«, hatte Magnus gesagt. »Auf diese Weise wirst du schnell müde werden. Lass die Schultern locker.« Der arme Magnus versuchte immer, mich aufzumuntern. Während ich mich verzweifelt an einen Pferderücken oder den Griff einer Sense klammerte, ging er neben mir her und sagte mir wieder und wieder, dass ich lockerlassen sollte. Die Vorstellung brachte mich zum Kichern und zum Lächeln, und meine Schultern entspannten sich zumindest ein bisschen. Meine Hüfte übernahm die Arbeit jetzt mehr.

Trotzdem wog die leichte Sense schon bald mehr als ein Felsbrocken.

Gedanken kamen und gingen, die von Männern und Maschinen handelten und mich aus dem körperlichen Schmerz herauszogen. Ich sah das Sodenhaus vor mir, wie es sich in das weiße, strahlende Labor verwandelte, in die hoch aufragenden Gebäude, die an der gleichen Stelle standen, an der ich mich jetzt gerade abplagte, sich bis hinunter zum Meer zogen. Ich wurde die Gedanken an diese sterile, trostlose Zukunft nicht los, fragte mich, ob ich diese Welt wiedersehen würde, auch gegen meinen Willen.

Ich senkte den Kopf, um mir mit dem Oberarm über die klebrige Stirn wischen zu können.

Dann nahm ich die Gerüche des Hofes, des Landes, der Pflanzen und des Hundes wahr. Das alles war so vertraut. Ich konzentrierte mich auf meine Atemzüge, und nach einer Weile löste sich ein großer Druck, und der Rhythmus der harten Arbeit begann, mich zu beruhigen. Das weiße Labor verschwand wieder, ich sah den Herzstein vor mir, die smaragdfarbenen Berge und die Vögel in dem kleinen Tal. Erinnerungen an einen rauschenden Bach tauchten auf. Schließlich ließ ich mich selbst los, alles, was ich war. Als mein Geist erst einmal aufhörte, so beständig um etwas zu kreisen, konnte ich meinen Körper besser wahrnehmen. Ich bekam ein Gefühl dafür, wie ich die kräftigen Beinmuskeln benutzen konnte, spürte die Leichtigkeit, die in der geschmeidigen Bewegung lag. Ich wusste, dass irgendwo dort oben auf dem Hügel Magnus sein würde und wusste, dass ich es begriffen hatte. Ich hatte mich verändert.

Es gab Stellen, da streiften scharfe Grashalme meine Schultern. An anderen sammelten sich die Speere um meine Taille. Ich verfiel in einen verträumten, sinnlichen Rhythmus. Die Sonne stieg höher und schien mir in den Nacken, und ich stellte fest, dass meine Augen sich schlossen, während mein Körper weiter arbeitete. Schließlich dachte ich an nichts anderes als an den Klang von Gras und Fliegen und einem Schnüffeln hinter mir. Als ich mich kurz umdrehte, um nachzusehen, fand ich den Haushund hinter mir; er schnupperte an dem frisch gefallenen Gras. Danach folgten Ranka und ihre Mutter mit Rechen. Die Stille dieses Feldes wagte nicht einmal Ranka zu durchbrechen; sie schwieg. Ich wandte mich wieder der Arbeit zu.

Etwa eine Stunde später oder auch deutlich früher begann mir alles richtig wehzutun.

Der Schmerz presste sich wie eine Handfläche gegen meinen Lendenbereich. Zuerst war es nur eine Andeutung, als würde ein Geliebter mich sanft aus einem Zimmer führen. Schon bald schwoll der Schmerz jedoch an, bis ich an nichts anderes mehr denken konnte. Ich hob den Blick zum grauen und lavendelfarbenen Himmel, lauschte einfachen Geräuschen, aber das Feuer in meiner Wirbelsäule wütete nur umso heftiger. Blasen versengten meine Hände oder deuteten sich an. Trockene, rote Flecken brannten dort, wo das Holz an der Haut entlangstrich, wenn ich die Sense am Griff schwang. Ich hielt sie etwas anders und brachte damit alles durcheinander, meinen Rhythmus, meine Technik, beeinträchtigte damit sogar meine Willenskraft. Ich hatte keine Ahnung, wie ich das hier beenden sollte.

Aber ich würde es beenden. Alles andere stand außer Frage. Also vergoss ich ein paar Tränen und machte weiter.

Die Männer hatten das hier mehr als eine Woche lang getan, neun lange Tage über. Ihre Muskeln hatten vor Schmerz geschrien, während sie nur die Aussicht gehabt hatten, noch weitere Felder mahen zu mussen. Jetzt waren sie fertig und beobachteten uns. Viele von ihnen saßen mit einem Becher Bier in der Hand auf dem Hügel, und fast war es, als könnte ich ihre amüsierten und zweifelnden Blicke spüren. Zum Teufel mit ihnen, dachte ich, und musste über mich lachen.

Ich kam zum Wasser.

Der träge, fast reglose Bach hatte sich mir gegenüber am unteren Ende des Hanges befunden. Ich stieß so plötzlich auf ihn, dass ich abrupt stehen blieb und ihn einfach nur anstarrte. Schösslinge wuchsen an seinen Ufern, ragten aus dem matschigen Boden.

Die nassen Wurzeln erschwerten das Mähen hier. Es wurde ein nasses Chaos, als sich alles beugte und abknickte und schwankte, ohne jemals sauber durchtrennt werden zu können. Ich musste meinen Körper noch mehr einsetzen, woraufhin er vor Schmerz protestierte. Aber ich sah das Ende des Feldes, und ich konzentrierte mich noch einmal. Ich würde dorthin kommen. Mit der Sense fing ich diese nassen Wurzeln ein, packte sie mit der Klinge und zog daran, zog alles raus. Ich machte den Bach frei. Bald begann das Wasser, sich schneller zu bewegen, und irgendwann floss er wieder richtig. Ich mähte durch alles hindurch, und als ich damit fertig war, betrat ich das andere Ufer. Mit einem letzten großen Schwung meiner Sense war ich im Freien.

Hier wuchs kein Gras mehr unter meinen Füßen. Ich hatte den Felsstreifen auf der anderen Seite erreicht.

Der Boden hier war dunkelgrau, von Wind und Wetter abgeschliffen und durchsetzt mit Bimsstein hier und da. Ich starrte in die Ferne, aber nachdem ich so lange nur auf meine eigenen Hände geblickt hatte, mussten sich meine Augen erst anpassen. Dort, gleich hinter der windgepeitschten Fläche, auf der sich *nichts* befand, erhob sich der Weiße Wald in seinem farbenprächtigen Glanz, und er war entgegen seinem Namen ganz und gar nicht weiß. Aprikose, Bronze und Schwarz glühten neben der weißen papiernen Rinde. Grüne Blätter raschelten, und staubiger Kriechwacholder bedeckte den Boden. Dorthin zog es mich. Ich wollte in den Wald. Ich ließ die Sense fallen und begann, mich von allen zu entfernen und dieses Land zu betreten.

»Frau, wohin gehst du?« Thoras Stimme riss mich zurück.

Wir hatten unsere Arbeit beendet. Ich genoss die Stille und das Gefühl der Vollendung in diesem Augenblick, daher ließ ich Thora vor mir zurückkehren. Ich blieb noch einen Moment und betrachtete den Wald, glaubte, in dem niedrigen Unterholz Tiere sich bewegen zu sehen, vielleicht einen Schwanz, etwas Silbernes. Ich spürte die Atemzüge von Fuchs und Vogel, aber ich sah nichts. Und dann drehte ich mich um und machte mich daran, durch mein gemähtes Gras zurückzugehen, den Hang hinauf und in Richtung Langhaus.

Der Schweiß zwischen meinen Brüsten wurde jetzt klebrig und kühl, und ich zupfte an meinem Kleid und richtete mich auf, um meinen Rücken zu entspannen. Aber er verkrampfte sich nur, was mir den Atem verschlug. Ich ging weiter. Schon bald konnte ich Stimmen hören, als Jungen und Männer etwas riefen und Frauen hier und da in helleren und höheren Tonlagen antworteten und ausgelassen lachten.

Hár stand auf dem Hügel wie ein amüsierter Berggott, die Arme fest vor dem Oberkörper verschränkt, die Mundwinkel unter dem buschigen grauen Bart hochgezogen. Ein Stück abseits von ihm hockte Heirik auf den Fersen. Er musterte mich ernst, während ich vom Feld hochkam. In dem Frieden und der Ruhe, welche die sich endlos wiederholenden Bewegungen des Mähens mit sich brachten, hatte ich die beiden Männer ganz vergessen. Ich hatte das Scharlachrot und das Blau vergessen, die Farben, die unter Hárs Auge erblühten und die Kinnlinie seines Neffen säumten. Die Worte des alten Mannes in der Nacht zuvor kamen mir wieder in den Sinn. Jetzt beobachteten mich die beiden Männer.

Ich ging mit gleichmäßigen Schritten zu ihnen, hatte mir die Sense vorsichtig über die Schulter gelegt, als wäre sie ein erlegtes Tier.

Ich hatte gewonnen. Das Feld gemäht. Die Röcke schleiften hinter mir her und verfingen sich an den frischen Grasstoppeln, die ich erzeugt hatte. Als ich die beiden Männer erreichte, spürte ich weder Erschöpfung noch Schmerz.

Ich reichte Hár die Sense. Dann neigte ich den Kopf zu einer sarkastischen Verbeugung vor diesem großen Mann. Hár nahm die Klinge entgegen, starrte mich einen Moment an und begann zu lachen. Schallend, amüsiert und glücklich.

Ich ging innerlich brodelnd weg, und plötzlich ragte Heirik wie eine Sodenmauer vor mir auf. Ich konnte ihnen nicht entkommen. Die Männer dieser Familie standen mir immer irgendwie im Weg.

»Du hast dich gut geschlagen«, sagte er, und nicht einmal seine Stimme vermochte mich zu besänftigen. Selbst sein Lob – Worte, von denen ich gedacht hatte, dass sie sich gut anfühlen würden, dass sie eine Rehabilitation sein würden und so angenehm wären wie ein warmes Meer – spülte einfach über mich hinweg. Gras befleckte meine geröteten Hände. Ich konnte das Grün auf meinem Gesicht spüren, in meiner Nase und der Lunge, vermischt mit Schmutz und getrocknetem Schweiß. Ich hatte Blasen an den Händen. Mein Rücken brannte vor Schmerz. Und zugleich fühlte ich mich zufrieden und stark. Was immer er sagte, spielte keine Rolle.

»Dann gehöre ich also dir.«

Abgesehen davon vielleicht.

Er wirkte weder einladend noch schelmisch oder auch nur freundlich. Aber bei den Göttern, diese Worte! Ich fühlte mich wie Butter über einer Flamme.

»Für den Rest des Tages«, sagte er. Er hob eine Hand, als wollte er mein Haar berühren, es hinter mein Ohr schieben, hielt aber inne und verschränkte die Arme stattdessen.

Ich seufzte tief, und eine Brise trug meinen Seufzer davon. In diesem Moment kehrte die Erinnerung an alles zurück, an die stundenlange Arbeit mit der Sense, wie ich sie geschwungen und das Gras gemäht hatte und immer weitergegangen war, immer weiter durch das massenhafte Grün um mich herum. Auch die Gedanken an die Zukunft, die Angst davor, diesen Hof verlassen zu müssen – das alles kehrte jetzt zurück, und meine Beine knickten unter mir weg. Wenig anmutig saß ich vor Heirik auf dem Boden, sah zu ihm hoch und beschattete die Augen gegen die Sonne, die hinter ihm strahlte. Ich sah nichts als die beschatteten Gesichtszüge des Häuptlings, ruhig und unleserlich. Er gehörte mir für den Rest des Tages.

Ich sah auf mein Feld hinunter. Meinen abgemähten Morgen. Unfachmännisch, aber dennoch war alles gemäht. Frauen und Mädchen schoben das Gras jetzt geräuschvoll zu langen Reihen zusammen, ihre Rechen schabten über den Boden.

»Das ist richtig, Häuptling«, sagte ich. »Du gehörst mir.«

Trocknendes Gras fiel von meiner Stirn, als ich die Hand sinken ließ. Es hing überall in meinen Zöpfen. Ich schüttelte den Kopf, um das Grün und die Verwirrung loszuwerden, aber der Gedanke daran, dass ich gezwungen sein könnte, Hvítmörk zu verlassen, wollte nicht vergehen. Ich konnte ihn genauso wenig ignorieren wie die brennenden aufgeplatzten Stellen an meinen Händen.

BLUMEN UND FLAMMEN

»Wenn man will, dass die Männer im Winter frischen Atem haben, braucht man genügend Schneeblüten.«

Heirik sagte das mit Entschiedenheit, während er einen Sattel und leere Körbe an Drifas Rücken befestigte. Er würde den Rest des Tages für mich arbeiten, aber er selbst hatte entschieden, mit welcher Aufgabe, und mir befohlen, mit ihm Schneeblüten zu sammeln, abseits der forschenden Blicke und witzelnden Männer. Meine Begierde und meine Freude darüber, dass ich den Nachmittag mit ihm ganz allein verbringen würde, wurden jedoch von dem pochenden Schmerz in meinem Rücken und Heiriks furchtbarer Stimmung gedämpft. Zudem fühlte ich mich klamm und müffelte. Er hatte mir nicht die Zeit gelassen, mich ausgiebiger zu waschen als über einer Schüssel Wasser, und meine Haare hatte ich lediglich grob richten können. Ich trug jetzt Bettas sauberes Kleid, und da es ein paar Zentimeter zu lang für mich war, schleifte es durch das Gras. Mein Magen fühlte sich an, als würde er tiefer und tiefer sinken.

»Schön, Herra.« Ich hatte ihn *Häuptling* genannt. *Sir.* Und dann beugte ich mich zu Drifas Ohr, flüsterte ihr unsinnige Worte zu, um sie zu beruhigen. Wie es für Tiere typisch war, hatte sie Heiriks Anspannung wahrgenommen, und ihr weißer Schweif zuckte. Sie trat ein paarmal auf der Stelle, richtete sich jedes Mal wieder zurecht, sobald er sie berührte. Er stand kurz davor, mich an der Taille zu packen und mit Gewalt auf ihren Rücken zu setzen.

Er ging weg, um Vakr zu holen, während ich reglos wartete. Ich traute mich nicht, mich zu rühren. In der Stille, die folgte, hörte ich Magnus in einem der Tierpferche flüstern. »Der Häuptling ist begierig auf frühen Schnee.« Ich hörte die Stimme eines Mädchens, und wie er sie rasch zum Schweigen aufforderte. War Betta dort? Versteckte sie sich mit ihm in der Dunkelheit? War er ihre heimliche Liebe? Nei, er war nicht alt genug für sie. Und abgesehen davon hätte sie sich nie auf Küsse in einem stinkenden Stall eingelassen. Nicht Betta.

Schließlich lenkte der Häuptling Vakr neben mich. »Wir brechen auf«, sagte er. Es gelang mir kaum, ihn einzuholen, als er losritt.

Wir schwiegen, während wir nebeneinander und doch voneinander getrennt ritten. Ich konnte die Seufzer und Schritte der Pferde zählen. Die einzigen anderen Geräusche stammten von dem seidigen Rascheln der Blätter, die sich an den Zweigen zusammenrollten. Es klang wie das Rauschen von Wasser und zugleich war es ein Hinweis auf die Trockenheit des Herbstes.

In der langen Zeit, die ich zum Nachdenken hatte, fielen mir Magnus' Worte wieder ein. Früher Schnee? Es musste ein Witz darüber sein, dass Heirik mich in den Wald mitnahm, aber ich wusste nicht, was genau er damit meinte. Ich warf Heirik einen Blick zu und dankte den Göttern, dass er den Jungen nicht gehört hatte. Angesichts seiner Stimmung konnte ich mir gut vorstellen, dass Magnus jetzt sonst mit einem Arm weniger herumgelaufen wäre.

Wir ritten mehr als eine halbe Stunde lang um das andere Ende des Waldes herum, bis wir zu einer Stelle kamen, an die nie jemand von uns ging, um irgendetwas zu sammeln. Hier waren die Bäume dicker, und sie waren von Schneeblüten umgeben, die sich wie ein kniehohes Kleid aus Weiß und Hellgrün um sie herum öffneten. Die Blumen wuchsen wild und unberührt und überschwänglich, und jede einzelne Gruppe von Blüten war fast so groß wie mein Kopf.

Heirik trat sie bedenkenlos nieder. Er ließ Vakr am Waldrand zurück und stürmte regelrecht in den Wald hinein.

Ich ließ Drifa ebenfalls zurück und folgte ihm, schob mich zwischen den dicht stehenden Birken am Waldrand hindurch. Ich dachte, Heirik würde sich geschmeidig wie ein ruhiges Tier durch den Wald winden und ducken, aber weit gefehlt. Er griff ihn regelrecht an, schlug große Äste und Zweige – zum Teil von der Länge kleiner Bäume – mit Armen und Händen beiseite und ließ sie, wenn er an ihnen vorbei war, wieder los, sodass sie zurückschnellten. Ein Blätterregen ergoss sich über mich, als ich hinter ihm herging.

Seine Axt *Slitasongr* hing an seinem Gürtel. Er war derjenige, der diesen einsamen Platz ausgewählt hatte. Eine üble und stumme Furcht überkam mich plötzlich, als ich diese atemberaubende Axt anstarrte. Seltsame Gedanken überfielen mich, und ich fragte mich, wie es sich wohl anfühlen würde, wenn er mich umbringen würde. Hier draußen, etliche Meilen und zwölfhundert Jahre von jeglicher Hilfe entfernt. Es gab Momente, in denen ich ihn beobachtet und mit ihm gesprochen hatte, die das Gefühl in mir entstehen ließen, er wäre mir vertraut. Oft empfand ich ihn als gar nicht so verschieden von mir; manchmal kam er mir sogar wie ein Teil von mir vor. Dann wiederum wurde ich daran erinnert, was er wirklich war: ein Wesen, durch und durch anders als ich.

Heirik schob sich jetzt seitwärts weiter, um zwischen den Bäumen hindurchzukommen, während es mir mit Leichtigkeit gelang, normal weiterzugehen. Die Birken waren nur um einige Fuß größer als Heirik, fühlten sich aber dennoch so schützend an, als würden sie bis in den Himmel reichen. Ihre Blätter filterten das Licht und erzeugten Muster auf der goldbraunen Wolle, die er trug, ließen dunkle Flecken über die sanften gelblichen Töne wandern. Lichtblitze schimmerten in seinen Haaren auf. Dann erreichten wir eine Stelle, die er offenbar für geeignet hielt, um Schneeblüten zu ernten. Wir hätten es überall tun können, aber hier blieb er stehen, als wäre ihm die Puste ausgegangen. Er ließ die Körbe auf den Boden fallen, und sie versanken beinahe im Unterholz.

Engelwurz breitete sich hier überall aus, auf der Suche nach Sonne. Sie wuchs hier frei, nicht in dichten Gruppen wie sonst im offenen Gelände. Das Laubdach des Waldes erzeugte eine angenehme Kühle, die frisch war, aber nicht kalt.

Dort, wo wir gewöhnlich zum Ernten hingingen, hatten die Frauen mir gezeigt, wie man die Pflanzen dazu brachte, weitere Blüten hervorzubringen, noch ein letztes Mal vor dem Herbst. Erst dann würden wir zulassen, dass sie Samen entwickelten, und die kleinen braunen Körner für weitere Zwecke einsammeln. Wenn der Herbst dann da war – jetzt, wie ich verblüfft begriff –, würden wir die Samen und die Wurzeln nehmen. Ich vermutete, dass es hier draußen in den Wäldern weit weg vom Haus keine Rolle spielte. Es gab hier genug Pflanzen, um Mundwasser für eine ganze Horde von Wikingern herzustellen. Trotzdem kniete ich mich vorsichtig zwischen die Blumen und zeigte Heirik, wie er die Spitzen oberhalb der Verzweigungen abschneiden konnte, sodass die Pflanzen den Winter überleben und im Frühling wieder austreiben und blühen würden.

Er hockte sich hin, nahm das Messer von seinem Gürtel, packte eine dicke Handvoll Pflanzen und köpfte ein Dutzend von ihnen auf einen Schlag.

»Langsam, Häuptling«, sagte ich scherzhaft. Sein Blick schoss zu mir herüber, und ich sah, dass er verärgert dreinblickte, als wäre er kurz davor, mich zu tadeln.

Die Absicht schwand jedoch, als sich unsere Blicke begegneten. Nachdem Heirik den ganzen Morgen so angespannt und bitter und verwirrt gewesen war, schaute er mich endlich richtig an. Und dann ließ er etwas los. Etwas, was den ganzen Tag an ihm genagt hatte. Etwas, was er so leid war. Er schien in meine Augen zu fallen wie ein Kind in ein Nest aus Decken, und ich umfing ihn mit meinem Blick. Ich wünschte, ich könnte ihn auch in meine Arme nehmen. Ich schluckte, packte mein Messer fester.

Als ich mich jetzt umsah, sah ich schließlich, wohin er mich gebracht hatte. Wir waren allein in einem Meer aus wild wachsenden Schneeblüten.

Es fiel mir schwer, etwas zu sagen. »Sie werden nicht mehr blühen, wenn du sie auf diese Weise abschneidest. Zwei Jahre lang nicht.« Ich zeigte ihm noch einmal die kleinen v-förmigen Verzweigungen an den Stängeln, wo neue Triebe abzweigten. »Schneide die Blüten darüber ab.« Ich hielt ihm einen Stängel hin und deutete darauf, und er nahm ihn. Unsere Hände kamen sich dabei sehr nah, und unsere Knie berührten sich fast.

»Du erinnerst dich an nichts«, bemerkte er, ohne mich anzusehen.

Mir blieb einen Moment das Herz stehen. Wann immer jemand mich auf die Vergangenheit ansprach, kam mir das Wort *gestrandet* in den Sinn. Es fiel mir immer schwerer, zu lügen. Der Häuptling konnte mich mit der gleichen Leichtigkeit behalten oder wegschicken, mit der er seine Hemden wechselte.

Heute hatte ich mehr Angst als je zuvor, denn die Erinnerung an das schreckliche Poltern gegen die Hintertür war noch immer lebhaft in meinem Kopf. Hár und er hatten darum gekämpft, ob ich weggeschickt werden sollte oder nicht.

Oh.

Sie hatten gekämpft.

Das Rätsel, was genau da geschehen war, hatte meine Eingeweide die ganze Nacht und den ganzen Vormittag dazu gebracht, sich zu verkrampfen, und erst jetzt lösten sie sich. So langsam, dass ich es fast spüren konnte. Hár hatte von Heirik verlangt, mich wegzuschicken, aber Heirik hatte gegen ihn gekämpft. Er hatte ihm nicht zugestimmt. Er wollte, dass ich blieb.

Heirik war nicht wütend auf mich. Er war wütend auf seinen Onkel.

Die Erleichterung fühlte sich wunderbar an. Ich kam mir jetzt so dumm vor, weil ich Angst gehabt hatte. Und ich verspürte ein schlechtes Gewissen, weil ich seine Axt argwöhnisch gemustert und befürchtet hatte, er könnte mir etwas antun. Mir kam der erhellende Gedanke, dass er vielleicht noch nie mit einer Frau allein gewesen war, so wie jetzt mit mir. Vielleicht war er gar nicht wütend. Vielleicht hatte er einfach nur Angst.

Der Schmerz, der mit der Lüge einherging, war wie immer rasch und heftig. »Ich erinnere mich an Gerüche und Farben«, sagte ich. »Manchmal.«

»Já?« Er wirkte überrascht. Noch nie hatte ich so etwas erwähnt.

Ich machte weiter. »Die Farbe eines Kleidungsstücks, meine Hände im Wasser.« Ich sah auf meine Finger und dachte an Lüftungsschlitze, die gereinigte Luft bewegten. Es waren echte Erinnerungen, sicher, aber bei jeder von ihnen fühlte ich mich schmutziger. Ich konnte ihm nicht sagen, woran ich mich wirklich erinnerte. An so viele Dinge. An blendendes Licht, das auch in der Allnacht leuchtete. An Gebäude, die so hoch waren, dass man mit über tausend anderen Menschen leben konnte. An Gehöfte, die so flach waren wie Wandbildschirme. Geschriebenes hinter meinen Lidern. So viel Kleidung, dass man im Laufe einer Woche nicht zweimal das Gleiche anzog.

Meine zusammengezogene Stirn und mein Schweigen mussten bei ihm den Eindruck erzeugt haben, als wäre ich aufgebracht. »Es ist in Ordnung, Ginn«, sagte er. »Du musst dich an nichts erinnern. An gar nichts.« Seine Stimme verhieß Sicherheit, einen Schild gegen das riesige Unbekannte.

Ich hätte mich gern von ihm in den Arm nehmen lassen. In dem übervollen Langhaus berührten mich ständig irgendwelche Menschen, aber nicht aus Zuneigung. Nur Betta umarmte mich wirklich. Ich wünschte mir Heiriks Arme um mich, einfach nur aus Zärtlichkeit, von Verlangen ganz zu schweigen. Ich stellte mir vor, dass auch er mit diesem Mangel und dieser Sehnsucht lebte, und zwar schon seit zehn Jahren oder sogar noch länger. Seit dem Tod seiner Muter. Ein ganzes Leben lang.

»Worüber denkst du nach?«

Seine Worte holten mich zurück.

Es war eine interessante Frage. Worüber würde ich nachdenken, wovon träumen, wenn ich keine Vergangenheit hätte? Während der Arbeit auf dem Feld heute Morgen hatte ich an nichts gedacht, und es war ein äußerst erfüllendes und gutes Gefühl gewesen. Das Leben fühlte sich leichter an, wenn es tatsächlich nichts gab, woran ich zurückdenken oder was ich bereuen musste. In Situationen wie heute Morgen beim Grasmähen oder wenn ich auf Drifa ritt oder eine Nadel durch fettige Wolle schob, ließ ich manchmal ganz und gar los.

»Über das, was vor mir liegt«, sagte ich ihm. Und genau daran dachte ich gerade – eine Sache nach der anderen zu tun.

Und an ihn. Ich dachte viel über ihn nach.

Schon früher hatte ich in manchen Momenten, wenn ich mit Heirik allein gewesen war, gedacht, ihm die Wahrheit sagen zu können. Er würde mich kennen, mir glauben und mir vergeben. Als ich jetzt aber den Mund öffnete, um darüber zu sprechen, überwältigte mich die Angst, dass ich ihn und damit auch alles, was ich hier hatte, verlieren könnte. Was würde mit mir geschehen, wenn er mich für krank hielt? Wie ging man hier, in dieser Zeit und an diesem Ort, mit dementen Frauen um? Ich konnte mein Zuhause verlieren, ganz zu schweigen von meiner so heiklen Beziehung zu seinem Herzen.

Heirik wurde mir immer kostbarer. Mehr noch, es war, als würde er selbst zu meinem Zuhause werden, zu meiner Heimat, meinem Blut. Seit unserer ersten Begegnung war er mir so vertraut wie mein eigener Körper. Und ich hatte ihm noch gar nicht die Chance gegeben, mich richtig kennenzulernen. Ich war nicht mutig genug, ihm zu sagen, wer ich war. Wann immer wir uns unterhielten, verbarg ich die Wahrheit vor ihm. Jetzt wollte ich ihm etwas geben, gefahrlos, ein Stückchen von meinem Herzen.

»Ich denke über Stimmen nach.«

Er hörte abrupt auf zu schneiden und sah mich an.

»Stimmen.« Er dachte einen Moment nach. »Über die eines bestimmten Menschen?« Seine Frage klang vorsichtig, offenbar wollte er meine geistige Gesundheit prüfen.

»Hm, im Grunde über die von allen. Manchmal über das ganze Stimmengewirr.« Ich versank jetzt bis zur Stirn zwischen Blumen, und Erinnerungen an das Feld kehrten zurück, und daran, wie die Gesamtheit der Stimmen im Langhaus einen ähnlichen Pfad schlugen wie meine Sense. »Einfach darüber ... wie wir alle klingen, wenn wir reden. Wenn die Männer zum Beispiel von den Feldern kommen, von weiter weg, klingen sie wie Hirtenhunde.«

Er ließ ein leises und amüsiertes »Ja« hören; ganz offensichtlich hatte er sich über so etwas noch nie Gedanken gemacht.

»Und wenn man über die Stimme einer einzelnen Person nachdenkt ...« Noch nie hatte ich mit jemandem über meine grundlegendsten Ansichten über die Sprache gesprochen. Überhaupt hatte ich seit Langem nicht mehr über das gesprochen, was ich liebte. Ich fing an, so unklar zu reden wie Ranka. »Es kann das gleiche Wort sein. Du und ich, wir können beide ›Hestur‹ sagen, já? Aber unsere Stimmen fügen Tiefe und Bedeutung hinzu ...« Ich sprach ungezwungen über Worte, die jemand anders aussprach. Er und ich konnten das gleiche Wort benutzen, und doch würde es nicht das Gleiche sein. Er war ein Mann und einen halben Fuß größer als ich, und er hatte Wikingerknochen – seine ganze Statur hatte ein anderes Ausmaß als meine. »Unsere Körper«, fing ich an zu erklären. »Unsere Münder ...«

Ich sah ihn an, und meine Stimme verklang.

Er hockte jetzt auf den Fersen mitten zwischen den Blumen und sah mich unter den dichten Wimpern an. Seine Haare hingen ihm wirr in die Stirn. Es war heiß im Wald, und ich hätte gern seine Hand genommen und seine Finger an meine Lippen gelegt.

»Munni?« Wie brennende Glut entschlüpfte ihm das Wort für *Mund*.

Ich machte weiter, versuchte, meinen Gedanken wieder aufzunehmen. »Wie unsere Haltung ist«, sagte ich. »Was wir mit unseren Händen tun.«

Götter, egal was ich sagte, es wirkte immer irgendwie lasziv. Ich beugte mich wieder über meine Arbeit, drehte mich von ihm weg, um ein Dutzend Blüten abzuschneiden.

Als ich mich wieder zu ihm umdrehte, sah ich, dass er es inzwischen ganz aufgegeben hatte, mir zu helfen. Nicht, dass er zuvor eine große Hilfe gewesen war. Aber jetzt lehnte er mit dem Rücken an einem Baum, saß auf einem Haufen Unterholz und hatte die Hemden an der Kehle gelockert. Er hatte ein Knie angezogen, und sein Handgelenk lag darauf, sein Messer baumelte lässig zwischen zwei Fingern. Sein Blick ging in das Dickicht zwischen den Bäumen.

»Deine Stimme …«, sagte er. Er prüfte die Balance des Messers, bewegte es zwischen den Fingern. Zögerte einen kurzen Moment, immer noch in den Wald blickend. »Deine Stimme ist tiefer, als sie sein sollte.«

Mein Herz schlug heftig. »Als sie sein sollte?«, flüsterte ich zurück.

»Es ist eine starke Stimme für eine so Kleine wie dich.«

Die Art und Weise, wie er *Kleine* sagte, klang wie ein Liebeslied. Wie hundert Geständnisse. Seine Stimme senkte sich, wurde weicher. Er hatte zugehört und mich angesehen. Ich war ein paar Zentimeter größer als die Frauen seiner Familie, und doch empfand er mich als klein. Als er *Litla* sagte, war das so ähnlich, als würde er mich sanft in seiner Hand halten und wäre voller Ehrfurcht vor mir. Ich war klein, aber stark.

Er senkte den Blick, wirkte überrascht über sich selbst. Ich konnte sehen, wie er zu begreifen begann, was er mit diesen einfachen Worten enthüllt und mir dargeboten hatte. Dann sah er wieder auf, direkt und herausfordernd, und ich fragte mich, was er erwartete. Dass ich zusammenzuckte oder weglief? Oder vielleicht hegte er die gleichen Hoffnung wie ich.

»Deine Stimme …«, sagte ich zu ihm. Aber auch in mehr als tausend Jahren würde ich niemals die Stimme beschreiben können, die mich getröstet hatte, die mich inmitten beständiger Angst aufrecht hielt, der ich jeden Morgen lauschte und mit der ich abends einschlief. Die Stimme, die mein Blut in

Wallung brachte. Die Stimme meines Geliebten. Ich würde nie erklären können, was sie in mir bewirkte, in meinem Körper, wann immer er sprach. »Deine Stimme verändert sich«, begann ich. »Sie ist rau wie der schwarze Sand, und dann wird sie warm und weich wie schmelzende Butter.«

»Wie Butter?« Er lachte. Es war ein offenes Lachen, das an Flügel erinnerte, die sich hoben und das Unterholz aufwühlten.

»Hm.« Ich wich seinem Blick aus, starrte stattdessen auf meine Finger und das Messer, während ich arbeitete. Ich wollte ihm mehr geben als nur das, mehr als nur ein Bild, das ihn zum Lachen brachte. Ich wollte ihm das zurückgeben, was er mir gegeben hatte, als er mich als *Kleine* bezeichnet hatte. Ich wollte ihm den Klang seines Herzens zeigen. Meine Stimme wurde tief und rau. »Manchmal, wenn du bestimmte Dinge sagst, verwandeln sich deine Worte in Honig.«

Er hakte sofort nach. »Was für Dinge?«

Ich hatte mich in ein Dickicht aus Schneeblüten vorgearbeitet, und meine Haare hatten sich darin verfangen. Was für Dinge sollte ich zugeben? Die Dolden bildeten raffinierte Schatten auf meinen Handrücken. Ich kam mir verloren vor.

»Ginn?« Er rief mich zurück.

»Já.« Ich sah ihn an, immer noch ein bisschen benommen. »So was wie …«, begann ich, »wenn du meinen Namen sagst.«

Inzwischen hatte der Wald ihn dazu gebracht, sich zu entspannen, und sein großer Körper wirkte natürlich und selbstsicher. Ein überaus tiefes Blau zeichnete seine Haare, durch die gefilterten Sonnenstrahlen und Schatten verstärkt. Er sah auf das Messer, das er in der Hand hielt und herumdrehte, dann wurde er langsamer und hörte schließlich ganz auf.

»Du bestehst ganz aus Blumen«, sagte er. Ich verstand ihn erst nicht, aber dann wurde mir klar, dass er meine Haare meinte. Ich tastete mit der Hand nach meinem Kopf und fand die Stängel und Blütenstückchen, die dort steckten.

»Oh.« Ich zog ein paar Stängel heraus.

»Lass sie da«, verlangte er, und dann wurde er sanfter, wie er es mir gegenüber immer wurde. »So war es auch bei dem Gras, nach dem Mähen.«

Götter, er hatte mich heute beobachtet, und ihm hatte gefallen, was er gesehen hatte. Er hatte es sich gemerkt. Eine tiefe, herrliche Reaktion meines Körpers war die Folge. Ich setzte mich hin, ließ mich wie er ins Unterholz sinken. Mein Fuß war nur ein paar Zentimeter von seinem entfernt. Ich setzte mich zurecht, und auch er tat das, und dann berührten sich unsere Stiefel.

Der Anhänger an seiner Kehle fing ein bisschen Sonnenlicht ein, und ich versuchte, mich darauf zu konzentrieren.

»Was ist das?« Ich deutete auf meine eigene sich rötende Kehle.

»Das?« Er berührte das Silber, offenbar überrascht über meine Frage, und als er antwortete, glitten seine Finger geistesabwesend in den Ausschnitt seines Hemdes und blieben dort liegen. Die Berührung seiner eigenen Haut entblößte ihn so sehr, dass ich hätte weinen können.

»Du erinnerst dich nicht an den Thor-Hammer.«

Das tat ich natürlich, aber es fiel mir leicht, unwissend den Kopf zu schütteln, da ich nicht in der Lage war, meine Augen von seinem offenen Hemd und seiner Hand zu lösen.

»In meiner Familie machen alle Jungen ihren eigenen.«

Ich beschwor ein unklares Bild des jungen Heirik herauf und sah vor mir, wie er etwa acht Jahre alt war und auf ein heißes Stück Silber einhämmerte. »Er ist hübsch«, murmelte ich, ohne dass ich das wirklich hatte sagen wollen.

Er lachte. »Das würde ich nun nicht gerade sagen.«

»Also schön«, meinte ich und lachte ebenfalls. »Er ist ... gut platziert.« Ich errötete bei den Worten und ließ den Kopf sinken.

Wieder holten seine Worte mich zurück. »Geh nicht weg«, sagte er mit gedämpfter, aber eindringlicher Stimme.

Ich sah ihn fragend an, und er sprach weiter. »Du bleibst auf Hvítmörk, já?«

Natürlich tat ich das.

Ich schwang mich mit einer geschmeidigen Bewegung auf mein Pferd und fühlte mich so anmutig wie immer, wenn ich auf Drifa ritt. Der Geruch von Fell stieg mir in die Nase, bekam von der nachlassenden Sonne eine beißende Schärfe. Es war ein guter Geruch, nicht so unangenehm wie der einer Ziege. Ich beugte mich zu ihrem Hals und drehte das Gesicht so, dass ich Heirik sehen konnte, der neben Vakr stand und leise mit ihm sprach.

Ich hatte keinerlei Lust, diesen Wald zu verlassen. Lieber wäre ich hiergeblieben, hätte für immer träge auf Drifas Rücken gelegen – und zugesehen, wie Heirik mit seinem Pferd sprach, während das orangefarbene Licht durch die Bäume fiel. Vakr war eines der wenigen Lebewesen, die Heirik voller Zuneigung berührte. Das Pferd war Teil seiner Seele, auf jene Weise, wie es nur einem Tier möglich war. Es war ein vertraulicher Augenblick, und er hatte zugelassen, dass ich daran teilnahm.

Ich hatte ein paar Blumen mitgenommen, aber nicht, weil sie für einen Tee bestimmt waren, sondern einfach nur wegen ihrer Schönheit. Ein Strauß langstieliger Schneeblüten ruhte in meinem Arm. Als Heirik aufsah und sein Blick auf mich fiel, erstarrte er. Er wirkte verdutzt, beinahe erschreckt, und Besorgnis stieg in mir auf. Wieder hatte ich etwas Seltsames getan. Wann immer mich jemand von den anderen mit diesem Blick ansah, wusste ich, dass etwas Ungewöhnliches geschehen war, aber ich konnte nie genau sagen, was es war – ob es die Art und Weise war, wie ich meine Schuhe band, oder ob es damit zu tun hatte, dass ich nicht wusste, wie man einen Fisch am Kopf aufhängte. Lag es daran, dass ich so träge auf Drifa hing? Ich richtete mich auf.

Heirik verscheuchte den Ausdruck aus seinen Augen, stieg mit einer fließenden Bewegung auf Vakr auf und lenkte sein Pferd an meine linke Seite. Wir ritten in angenehmem Schweigen nach Hause – langsam, als hätten wir beide es nicht eilig, dort anzukommen.

Die Sonne sank rasch, während wir zum Gehöft ritten, und es war bereits Abend, als wir den Wald umrundet hatten und fast in Sichtweise des Langhauses waren. Mein Herz machte vor Angst einen Satz – eine riesige, graue Rauchwolke verschmierte den Himmel. Das Haus brannte!

Heirik wirkte gar nicht besorgt.

»Der Holzfluch«, sagte er mit leichter Resignation in der Stimme. *Feuer.* »Dann sind also viele Leute hier.« Er sah mich mit einem ungewöhnlichen Glanz in den Augen an, entschuldigend und erwartungsvoll. »Wir sind so lange weggeblieben wie möglich.«

Viele Leute waren hier? An einer Feuerstelle.

Und dann dämmerte es mir. Ich kam mir dumm und ein bisschen benutzt vor. Ich spürte Verärgerung in mir aufsteigen, und meine Worte – eine Mischung aus Begriffen der Zukunft und der Gegenwart – strömten einfach aus mir heraus. »Du hattest vor, so oder so eine Party zu schmeißen«, sagte ich in der Absicht, ihm einen Stich zu versetzen. »Unabhängig davon, ob wir das Feld gemäht haben würden oder nicht.«

»Já«, sagte er und lächelte kurz, ehe er richtig zu lachen begann. »Du bist wie ein Lamm nach der ersten Schur.« So fühlte ich mich auch – wie ein angesäuertes und nacktes Lamm. Aber er war so erheitert, dass ich schließlich ebenfalls lachte.

»Eine Party schmeißen«, sagte er. »Das gefällt mir.« Seine Stimme wurde jetzt ein bisschen bitterer, als hätte er eine winzige saure Beere im Mund. »Einen Speer auf meine eigenen Leute schmeißen.«

Ich starrte zu dem Rauch, der in großen Wolken vom Hof aufstieg und sich vor dem Himmel abzeichnete. »Dann wird die Party keinen Spaß machen?«

»Oh, doch, sehr großen sogar«, sagte er mit einem kleinen, seltsamen Lächeln. »Aber für mich bedeutet es Heiðr.«

Ein schlichtes Wort, das er jedoch in einer Weise aussprach, die ich in meinem Sprachunterricht noch nie gehört hatte. Es bedeutete Ehre im Sinne von Pflicht. Es war seine Aufgabe, großzügig zu sein. Das hatte ich gelernt. Als ich das Wort jetzt von ihm hörte, ausgesprochen von einem echten Wikingerhäuptling, bedeutete es weit mehr. Es bezog all die Leute mit ein, die sich knapp außerhalb unserer Sichtweite versammelt hatten – dort, wo der Rauch entstand – und darauf warteten, ihm huldigen zu können. Er war durch die Ehre gebunden, ein Fest zu geben. Aber er würde auch geehrt werden. Es stand ihm zu. Betta hatte mir gesagt, dass er großzügig annahm, was ihm zustand.

Was auch in Ordnung war, wie ich fand. Er arbeitete hart und bekam nur wenig dafür zurück.

Drifa rückte jetzt näher zu ihm, so nah, dass ich das Gefühl hatte, wir würden uns gemeinsam unter einem großen Flügel befinden. Ich versuchte, das Haus und das Fest auf die gleiche Weise zu betrachten wie er. Ich begann etwas zu verstehen, was ich schon einmal gesehen und gehört hatte, was ich aber bisher nicht richtig hatte nachvollziehen können.

Männer schürten ein großes Feuer. Mindestens zwei Dutzend Jungen und junge Männer, denen ich noch nie begegnet war, hielten sich im Hof auf. Einige von ihnen stocherten mit etwas, was nach Speeren aussah, in den Flammen herum. Manche Flammen schossen so hoch wie einige der anwesenden Männer groß waren, und hin und wieder fielen ihnen einzelne brennende Holzstücke gefährlich nah vor die Füße. Ältere Männer mit buschigen Bärten hielten sich etwas abseits des knisternden Feuers auf, tranken aus Trinkhörnern und dunklen Metallbechern. Sie alle lächelten und lachten, wirkten im Leuchten und Flackern der Flammen beinahe dämonisch. Das Langhaus warf den Feuerschein zurück, und die Sodenwände zeigten sich in einem farblosen Grau.

Ein paar Frauen hatten sich vor der Tür versammelt. Eine von ihnen hielt eine Lampe in der Hand, die sie mit der anderen schützte. Das flackernde Licht beschien ihr Gesicht und ließ ihre dunkelblonden Haare heller wirken, wallend wie Engelshaar. Sie wirkte wie eine Märchenprinzessin. Es war Dalla! Sie trug ein dunkles Kleid, dessen Oberteil sich eng an ihren Busen schmiegte, ehe der Stoff lang und locker nach unten fiel. Der Stoff strich an ihren Beinen entlang wie Wasser, das sich in einer Brise kräuselte. Die Flamme der Lampe zuckte und tanzte, und sie schützte sie noch mehr mit der Hand.

Dann sah sie auf und starrte mich und Heirik an, und ihr Gesicht veränderte sich. Ihre Schwestern und Svana standen bei ihr und hoben die Köpfe wie wachsame kleine Tiere mit geisterhaften Augen. Als wir in den Hof geritten kamen, hielten alle inne und schauten zu uns hin. Die Gespräche der Männer am Feuer hörten abrupt auf.

Ich drehte mich zu Heirik um, suchte nach einer Erklärung, aber er hatte sich verändert, war nicht mehr derselbe wie zuvor. Er saß jetzt mit einem anderen Vertrauen auf Vakrs Rücken, verströmte Selbstherrlichkeit. Seine Haltung ließ ihn fast arrogant erscheinen.

Er ritt langsam in den Hof und nickte den Männern beim Feuer und den Frauen bei der Tür zu. Im nächsten Moment ließen sich alle gemeinsam auf die Knie sinken. Alle, sogar Dalla. Sogar Hár.

Oh.

In meinem Schock erinnerte ich mich an Bettas Worte. Ich hatte Heirik bisher nur hier in seinem Langhaus mit seiner unmittelbaren Familie erlebt. Es stimmte, ich war dem Häuptling bisher noch nicht begegnet.

Drifa bewegte sich langsam zwischen den Männern und Frauen hindurch, und ich konnte auf ihre Köpfe hinabsehen, die unordentlichen Haare und kahlen Schädel der Männer, die Zöpfe und Kopftücher der Frauen. Ich konnte ihre Ehrfurcht spüren, konnte die Neugier fühlen, die sich wie Finger nach mir ausstreckte. Kaum waren wir vorbei, erhoben sie die Leute wieder. Als würde sich hinter uns eine große Welle schließen, standen sie wieder auf und stellten leise Fragen.

Wie vom Donner gerührt glitt ich von Drifa herunter. Heirik winkte einen Jungen zu sich, der unsere Pferde und Satteltaschen mit den wenigen Blättern und Blumen nahm, die wir geschnitten hatten. Der Häuptling nickte mir zu und verschwand, wie so oft, im Schmutzraum, verschluckt vom dunklen Haus.

Ich hatte mich nicht vor dem mächtigen Mann verbeugt, sondern war an seiner Seite geritten. Er hatte mich ohne Vorwarnung in den Hof geführt. Es war kein Zufall gewesen. Er hatte mir das hier zeigen wollen.

Und dann traf mich die Erkenntnis mit voller Wucht, und erst jetzt begriff ich richtig. Hinter seiner Verantwortung und Einsamkeit verbargen sich das Wissen um seinen rechtmäßigen Anspruch und seine Überlegenheit. Er wollte mich fühlen lassen, wie es war, über dieser großen Sippe zu schweben und von ihr hofiert zu werden.

Verwirrt zog ich mich in mich selbst zurück. Ich war froh, dass der Häuptling so respektiert, ja vielleicht auf eine merkwürdige Weise sogar geliebt wurde. Aber zugleich war der mir vertraute Heirik vorerst verschwunden.

Nachdem Heirik gegangen war, brach überall um mich herum Betriebsamkeit aus. Die Leute riefen, tranken, liefen mit Lampen herum und stießen mit Speeren zu. Vom Feuer waren schroffe Gesänge zu hören, und die Flammen flackerten und zuckten. Geräusche und Bilder sausten an mir vorbei wie schreckliche Vögel. Riesige Männer, die auf dem Hofplatz brüllten, einfache Frauen, die hinreißend aussahen – mein gemütliches Zuhause war wahnsinnig geworden.

Ich selbst sah furchtbar aus, denn ich trug immer noch Bettas Alltagskleid, war verschwitzt vom Heuen, schmutzig und mit Zweigen und Blütenblättern gespickt. Ich hielt den Strauß mit einer Hand fest, hob die Rocksäume, sodass ich einigermaßen würdevoll von den Ställen zum Haus gehen konnte. Die prüfenden Blicke der anderen spürte ich wie einen Stachel. Ich kam mir entblößt vor, ungeschützt und unpassend.

Ich schaffte es zur Hintertür und zog Svana etwas rüde zur Seite. »Warum starren die alle so?«

Sie zog sich ein Stück von mir zurück und starrte mich an, als würde ich unter geistiger Umnachtung leiden. »Der Häuptling ist wieder zu Hause«, sagte sie, als wäre das Erklärung genug. Es war eindeutig, dass sie etwas verbarg.

»Nei, was ist sonst noch?« Ich ließ nicht locker.

Sie antwortete spröde und blass. »Du bist mit ihm geritten.« Sie deutete auf die Blumen in meiner Hand, die ich schon fast vergessen hatte. »Du sahst wie seine Braut aus.«

Benommen wich ich ein Stück von ihr zurück.

Ich war davon ausgegangen, dass es um meine ungeordneten Haare und mein schmutziges Kleid gegangen war, um den unangemessenen Schmutz. Die hässliche, verdreckte Fremde, die es wagte, mit dem Häuptling dieses erhabenen Hauses offen zu sprechen. – Aber ich sollte wie seine Braut gewirkt haben? »Eine Frau trägt diese Blumen bei ihrer Hochzeit«, stotterte Svana.»Sie hat Schneeblüten in der Hand, wenn sie auf ihrem Pferd zu ihm reitet. Damit es viele Babys gibt.« Jetzt verstand ich. Es handelte sich um ein Fruchtbarkeitssymbol. Ich errötete im Dunkeln, hoffte, sie würde nicht sehen können, wie sehr mich diese Vorstellung bewegte. Sie selbst war ebenfalls bewegt. Die Angst vor solchen Kindern – und dem, was nötig war, um sie zu bekommen – stand nur zu deutlich in ihren hellblauen Augen geschrieben, die jetzt so blass waren, dass sie sich in diesem Licht verloren.

»Es geht nicht nur darum, dass man viele Kinder bekommt«, sagte Betta forsch-fröhlich, während sie hinter Svana auftauchte. »Es geht auch um mehr Leidenschaft.« Sie zwinkerte und sorgte wie immer dafür, dass sich meine Stimmung aufhellte. *Leidenschaft* war ein Wort mit unendlich vielen Bedeutungen. Es bezeichnete nicht das Gleiche wie später in der Zukunft, und als ich verstand, was hier damit gemeint war, legte ich eine Hand an die Stirn und schloss gekränkt die Augen. Bei den Blumen handelte es sich nicht nur um ein Fruchtbarkeitssymbol, sondern auch um ein Aphrodisiakum. War Heirik doch verschlagener und weniger schüchtern, als es mir schien? Er hatte heute wie getrieben gewirkt. Aufgebracht und energisch und wütend auf Hár. Und dann, oh Götter, hatte er mich mitgenommen, um sich mit mir auf einem Bett aus weißen Fruchtbarkeitspflanzen niederzulassen. Ich war dort mit ihm auf die Knie gesunken und hatte die weißen Blumen geschnitten. Jetzt fiel mir auch wieder ein, was Magnus gesagt hatte: dass der Häuptling begierig auf frühen Schnee gewesen sei.

Betta hatte mir dringend geraten, mein Herz zu verbergen, und ich war erbärmlich gescheitert.

Plötzlich war ich das alles so leid. Bettas Äußerungen. Die forschenden Augen. Ich war all die Menschen leid, die vor mir gekniet hatten, als ich an Heiriks Seite auf den Hofplatz geritten war, und die jetzt zweifellos hinter meinem Rücken über mich tuschelten.

Etwas war in dem Blumenmeer zwischen mir und ihm geschehen. Heirik hatte mir gestanden, dass er sich zu mir hingezogen fühlte, genauso, wie ich mich zu ihm hingezogen fühlte. Wir hatten den Ruf der Blumen vernommen und waren in einer von sexuellem Begehren und Hoffnung durchdrungenen Stille nach Hause geritten. Wir waren beieinander gewesen und hatten einander unsere Gedanken mitgeteilt, bevor er es mit all den Menschen aufgenommen hatte, die sich zur Ehrenspeisung versammelt hatten. Niemals würde ich es bereuen, dass ich mit ihm in den Wald gegangen war. Dass ich bei der Rückkehr nach Hause wie seine Braut ausgesehen hatte. Unter all den Pflanzenresten und dem Schmutz auf meiner Haut glühte ich vor Befriedigung. Voller Erwartung im Hinblick auf das, was noch kommen würde.

Es war nicht genau das, was ich erwartet hatte. Hildurs Stimme erklang als Nächstes und verscheuchte sämtliche Gedanken an Sex.

»Sieh zu, dass sie hierbleibt, bis sie ordentlich angezogen ist.«

Sie. Damit meinte sie mich.

Ich betrat den Webraum und wollte schon Einwände erheben, als der Anblick des Raumes mich erstarren ließ. Hildur stand mit zusammengepressten Lippen und gefalteten Händen da. Sie leuchtete vor grimmigem Stolz darauf, dass sie dieses Haus so gut vorbereitet hatte. Umgeben von Reihen von glänzenden Tischen, war eigentlich sie diejenige, die wie eine Braut aussah. Sie drehte sich um und blickte zu Heiriks Platz. Er war gegenüber den Plätzen der anderen erhöht, die Bank mit Fellen ausgekleidet. Mit Pelzen! Mit etlichen üppigen Pelzen in Braun und Weiß und Silber.

Die Bänke waren von den Wänden abgerückt worden, die großen Tische hatte man von der Decke heruntergeholt, die Plätze in seiner Nähe waren mit Pelzen und Fellen belegt. Öllampen standen auf den Tischen, erzeugten ein erstaunliches Ausmaß an flackerndem Licht. Das Licht schmeichelte Hildur, deren Gesicht sich zufrieden erhellte. Dann fand ihr Blick mich, und ihr Gesicht wurde streng.

Sie begrüßte mich nicht. Sie nickte Ranka zu, und das kleine Mädchen schoss zu mir und reichte mir einen Stapel Kleidung. Es war nicht meine. Ein eisblaues Kleid lag obenauf. Mechanisch nahm ich ihr den Stapel ab. Dieser Tag und das alles war einfach zu viel, und ich spürte, wie ich wegzudriften begann. Ich musste mich körperlich und geistig ausruhen.

»Nicht mehr lange, und der Häuptling wird vom Badeteich zurückkehren«, sagte Hildur.

Ranka nickte gewichtig und führte mich zu einer Bank. »Wir werden hier warten.«

Abgesehen von uns war der Raum leer; noch durfte keiner der Gäste ihn betreten.

»In Ordnung«, sagte ich und setzte mich. Ranka nahm neben mir Platz und schwang ihre kleinen Beine vor und zurück.

Während wir warteten, nahm sie mir den Kleiderstapel ab und legte ihn zwischen uns auf die Bank. »Sieh nur!« Sie begann, mir alles zu zeigen. Das Kleid war in der Taille schmal und hatte lange Glockenärmel. Die Farbe war unglaublich sanft und intensiv, wie die mancher Vogeleier. Sie musste von einem anderen Ort stammen, aus Norwegen oder von noch weiter her. Darunter lag ein brandneues Unterkleid aus feinstem Wollgarn, so fein, dass es wie aus Nebel gemacht zu sein schien. Es hatte lange Ärmel und einen tiefen Ausschnitt. Es war ein dünnes und fantastisch sauber gearbeitetes Stück. Ich drückte es an mein Gesicht und weinte ein paar Tränen hinein.

»Gefällt es dir nicht?« Ich sah von der Wolke aus Stoff auf und bemerkte, dass Ranka mich ansah. Ihre Unterlippe zitterte richtig.

»Ich liebe dieses Kleid«, sagte ich ernst und meinte es auch von ganzem Herzen so. »Es ist das beste Kleid auf der Welt.« Sie strahlte.

»Ich habe den Saum genäht«, erklärte sie dann mit einer Spur von Befriedigung und Stolz, wie ich es von Hildur kannte, und sie drehte den Saum des sich bauschenden Unterkleids um und deutete auf die unregelmäßigen kleinen Stiche. »Ma hat das blaue Kleid für dich länger gemacht, hier.«

»Es ist wunderschön«, sagte ich zu ihr. »Ich bin nur so furchtbar müde. Und so verwirrt.« Ich ließ den Stoff durch meine Finger gleiten.

»Já, nun, du bist groß.« Ihrem Verständnis nach war damit alles erklärt. Ich dagegen stellte mir nur noch weitere Fragen. Waren diese Kleider extra für mich gemacht und geändert worden? Und wenn ja, warum?

Als es sicher war – das heißt, als der Häuptling fertig war –, gingen wir zum Badeteich. Kaum war ich im Wasser, reichte Ranka mir die Seife, um dann wegzulaufen und mich glücklicherweise allein zu lassen.

Der verwirrende Tag, an dem mein Rücken so arg strapaziert

worden war, war der grauen Nacht gewichen, und ich konnte mehr als fünf Sterne sehen! Obwohl es nicht richtig dunkel war, konnte ich sogar noch unendlich viele weitere Sterne am Himmel ausmachen. Davon hatte ich schon lange geträumt. Am liebsten wäre ich die ganze Nacht im Wasser geblieben und hätte, während sie über mir so gleichgültig funkelten, gebadet. Ich wollte auch ein bisschen die gemeinsame Zeit mit Heirik nacherleben. Mir den Moment noch einmal in Erinnerung rufen, als Heirik mich als *Kleine* bezeichnet hatte. Ich wollte an seine dunklen, süßen Worte denken und daran, wie sein Stiefel meinen berührt hatte. An die Frage, die ihn so bedrängte – würde ich bleiben?

Das heiße Wasser umfing mich, und ich gab es auf, irgendetwas verstehen zu wollen. Ich versuchte mich darin, einfach nur anzunehmen und loszulassen. Da war Hárs Frustration, der Kampf zwischen ihm und Heirik, mein Triumph, nachdem ich das Feld gemäht hatte. Heirik, der sich mit mir in dem Blütenmeer entspannt und frei gefühlt hatte, umgeben von diesen Blumen der Lust. Und dann die vielen Leute, die vor uns niedergekniet waren. Ich ließ jeden Gedanken vorüberziehen, verwarf ihn entweder oder wertschätzte ihn.

»Skyndi, Kona!« Ranka riss mich aus meiner Versunkenheit. Sie war vom Haus zurückgekehrt.

Da lag ein leiser Tadel in ihrer Stimme, der nach Betta klang, als sie mir gesagt hatte, dass ich mich beeilen sollte. Ihre Haare fielen offen herab, und ein kleiner Kranz aus Blumen zierte ihren Kopf. Sie hielt eine kleine Fackel in der einen Hand, umschloss mit der anderen etwas Kostbares.

Ich trat aus dem Bad in den Wind und die Kälte und griff nach dem Tuch zum Abtrocknen, das mit in dem Kleiderstapel gelegen hatte. Danach zog ich mir das neue Unterhemd über den Kopf und fühlte mich einen Moment lang sogar noch kälter, klebriger und unbehaglicher. Dann streifte ich mir das neue Unterkleid über und zog schließlich das eisblaue Wollkleid an. Bibbernd wartete ich darauf, dass die Kleider anfingen, mich zu wärmen.

Mit zitternder Stimme fragte ich:»Was hast du da?« Sie öffnete die Hand, und ich sah dunkle, kleine Gegenstände darin. Drei sahen aus wie winzige längliche Nadeln, die anderen waren eher abgerundet. Als ich mich näher beugte, um es genauer erkennen zu können, stieg mir ein ätherischer Duft in die Nase: Rosmarin und Lavendel verströmten ihren einzigartigen Geruch in ihrer Hand. Es war wie ein Schock. Nachdem ich begonnen hatte, mich mit dem schilfigen, erdigen Geruch dieses Hofes anzufreunden, kam mir dieser blumige Ansturm vor wie eine Süßigkeit.

»Man zerreibt es zwischen den Händen«, erklärte sie.»Und dann tut man es hierhin.« Sie berührte ihre Schläfen, um es mir zu zeigen, und dabei fielen die kostbaren Nadeln und die getrockneten Blüten auf den steinigen Boden.

»Nei!« Sie brach in Tränen aus und sank auf die Knie, begann sofort zu suchen. Die kleine Fackel schwankte, und ich kniete mich ebenfalls hin und nahm sie ihr ab.

Das arme Mädchen war genauso überreizt wie ich; ihre Nerven lagen blank.

»Hör zu, Ranka«, sagte ich und hob ihr Kinn.»Schhh. Hör zu.«

Sie schluckte und schniefte. Eine Träne lief über ihre Wange. »Wir finden sie.«

Ich führte die Fackel näher über den Boden und suchte, während sie unglücklich weitersprach.»Sie haben gesagt, ich könnte sie dir bringen, wenn ich sie nicht verliere.« Ihre Stimme kippte.»Es sind nur ein paar Stücke. Wir haben nicht sehr viele, und wir wissen nicht, wann wir wieder neue kriegen, und …« Sie redete sich jetzt in Fahrt, und schon bald waren die Tränen so gut wie vergessen. »Sie stammen von Alba«, sagte sie so beiläufig, als wäre es der Supermarkt um die Ecke und nicht ein Königreich auf der anderen Seite des Meeres. Als würden Männer nicht ihr Leben riskieren, um so etwas wie diese Kräuter nach Hause zu bringen.

Ich musste an Brosa denken, den Bruder des Häuptlings. Sah das unbestimmte Bild eines Mannes auf See vor mir, lebendig und wohlbehalten nach Hause eilend.

Ich fand die drei Rosmarinnadeln sofort; die etwas helleren Speere hoben sich ein wenig vom nächtlichen Stein ab.

Ranka kämmte meine Haare und band sie zu zwei ungeflochtenen Zöpfen, die nach vorn über meine Brüste fielen. Die Haarspitzen waren weißblond, meine Haare insgesamt länger, als ich sie in Erinnerung hatte, und ich versuchte, mir vorzustellen, wie meine eisgrauen Augen die Farbe des Kleides widerspiegelten. Seltsam, ich hatte meine eigenen Augen schon so lange nicht mehr gesehen.

Ranka zog etwas aus ihrem Gürtel, was wie ein Geschenkband aussah. Es war ein Stirnband. Es war von dunkelblauer Farbe und von einem einzelnen glänzenden Silberfaden durchzogen. Ranka setzte es mir wie einen Blütenkranz auf den Kopf, dann kniff sie mich fest in die Wangen.

»Au! Was tust du da, Mädchen?«

»Das macht dich hübsch«, sagte sie und kniff sich selbst ebenfalls in die Wangen.

Sie kehrte zum Tunnel zurück und winkte mir, ihr zu folgen. Ich erklärte ihr, dass ich gleich kommen würde. Ich wollte noch einen Moment allein sein. Ich hielt meine Hand hoch in den Himmel, um zumindest ein Stück von mir anzusehen. Unter dem eisblauen Wollärmel lugte der fließende Ärmel des bauschigen Unterkleids hervor, und kleine Dampfschwaden stiegen von meiner Haut auf, die immer noch feucht vom Baden war. Ich fühlte mich wie eine Prinzessin.

Auf dem Hofplatz ging es inzwischen hoch her, und ich suchte mir meinen Weg durch das Gras, bemüht, in dem Chaos nicht aufzufallen. Ich konzentrierte mich ganz darauf, meine eisblauen und elfenbeinfarbenen Röcke zu raffen, und versuchte, sämtliche fragenden Blicke zu vergessen. Vor lauter Anstrengung, nicht zu stolpern und die Säume nicht zu beschmutzen, begann ich zu zittern. Die kleinen Lampen mit den gewundenen Griffen steckten jetzt an den Außenwänden des Langhauses, und als ich um die Ecke bog, wäre ich fast gegen eine gelaufen.

»Ganz ruhig, Ginn.« Es war Heiriks Stimme, dunkel und unerwartet und bei all den Rufen und Liedern im Hof fast nicht zu verstehen.

Ich sah auf und war verblüfft.

Er sah aus wie Hildurs Gestalt gewordener Albtraum. Seine Wolltunika hatte das dunkle Blau von Tinte und Flügeln, und seine schwarze Hose steckte in noch schwärzeren Stiefeln. Im Kontrast zu seinen Haaren und der Kleidung wirkte sein Gesicht wie Blut und Mondlicht. Er hatte sich einen Pelz über die eine Schulter geworfen, und unter der Tunika trug er ein schneeweißes Hemd, dessen Kragen von Fäden durchwirkt war, die im Lampenlicht schimmerten. Um seinen Hals lag ein Silberreif von unschätzbarem Wert, dessen Enden von zwei Raben gebildet wurden, die sich an seiner Kehle trafen. Ihre Augen bestanden aus silbernen Steinen, die Schnäbel waren weit aufgerissen.

Um die Taille trug er einen tiefschwarzen Ledergürtel mit einem Kurzschwert. Silberstücke waren in die schwarze Lederscheide eingearbeitet. Er führte kein einziges Werkzeug oder Messer bei sich, aber *Slitasongr* ruhte bequem an seiner Seite; der Griff der Waffe streifte die kniehohen Stiefel, die mit Lederbändern zugebunden waren.

»Ich …« Die Stimme versagte mir.

Ich zog mich einen Schritt zurück, spürte das Haus in meinem Rücken. Ich versuchte es noch einmal. »Ich …« Und dann presste ich ein einzelnes Wort hervor: »Hi.«

Er sah mich an, ohne etwas zu sagen, wartete einfach nur, und so machte ich stotternd weiter. »Ich weiß nicht, was das für ein Kleid ist.« Ich sah an mir herunter und berührte den Ausschnitt. Sein Blick folgte meinen Händen.

»Es gehört den Frauen meiner Familie«, sagte er. *Oh.* Seine Mutter hatte also dieses Kleid getragen. Er hatte die Worte leichthin gesprochen und es so klingen lassen, als würde er das Kleid ständig irgendeinem Mädchen zum Tragen geben, aber in seinen Augen mischten sich verschiedene Gefühle – Verlust, Hoffnung und etwas, was ich im Schein der Lampe nicht ausmachen konnte. Heirik wirkte seltsam und schien sich ohne Messer oder Axt in den Händen unbehaglich zu fühlen. Seine Hand fand den Griff des Kurzschwerts.

»Es ist schön, es wieder einmal zu sehen«, sagte er und fügte dann ein wenig verlegen hinzu: »An dir.«

An mir.

Ich musste seine Worte träumen; es konnte gar nicht anders sein. Ich schwankte und sank gegen das Langhaus.

»Ginn?« Er machte einen Schritt auf mich zu, und fast war mir, als wollte er mich festhalten, aber er tat es nicht. Stattdessen griff er nach dem Pelz, den er über der Schulter trug. Er reichte ihn mir, und ich nahm ihn und legte ihn mir um die Schultern, zog ihn fest um mich. Ein paar der Tierhaare bewegten sich unter meinen Atemzügen und kitzelten in der Nase.

Der Pelz roch erdig und ganz und gar nicht so wie die künstlichen Felle in der Zukunft.

»Ich bin so müde«, sagte ich. »All diese Leute. Ich würde lieber einfach nur schlafen.«

Seine Brauen zogen sich zusammen, und seine Stimme klang angespannt. »Du wirst dabei sein«, befahl er. »Bei diesem Fest.« Er versteifte sich und wurde kalt. Was hatte ich getan?

Ich war so dumm, so dumm, dachte ich und bedeckte mein Gesicht mit den Händen.

Er hatte mich so liebevoll für dieses Fest eingekleidet, für diesen wichtigsten Abend im Jahr des Häuptlings. Ein Fest, das dem Heu galt, dem Herbst, dem Lebensunterhalt und der Fülle. Er hatte mich gekleidet. Mich hübsch gemacht. Mir gesagt, dass er mich in den Kleidern der geliebten Familie sehen wollte, die er verloren hatte. Und ich hatte wie ein kleines Kind gefragt: Muss ich da hingehen?

Verstehen erfüllte mich. Ich sah ihn vor mir, ehrenhaft und groß in seinen wunderschönen Kleidern, den üppigen Silberreif um den Hals und befreit von der Notwendigkeit, den eigenen Becher oder Werkzeuge mit sich herumzutragen. Er würde rundum bedient werden und musste sich nur mit den prächtigsten Waffen schmücken. In einem Leben, das ansonsten aus Einsamkeit bestand, stellte diese Formalität eine gesegnete Erleichterung dar, ein Vergnügen. Zu allen anderen Zeiten liebte die Familie ihn nicht. In dieser Nacht würde er verehrt werden. Und er wollte, dass ich es sah, dass ich ein Teil dessen war. Er war auf verlegene Weise stolz. Götter, es war bezaubernd.

»Es tut mir leid«, sagte ich und spürte, wie zart und unverhüllt die Worte sich anfühlten. »Ich bin froh darüber, dass du möchtest, dass ich diese Kleider trage.« Ich sagte es ihm offen und direkt, damit er mich nicht missverstehen konnte. »Ich fühle mich wunderschön darin.«

Er sah mich an. Betrachtete das Stirnband, den Ausschnitt meines Kleides, der jetzt von dem Pelz eingerahmt wurde, musterte meine Arme und die Ärmel an den Handgelenken. Dann wanderte sein Blick weiter nach unten, wo das bauschige Unterkleid auf Höhe meiner Knöchel unter dem blauen Saum zu sehen war.

»Já«, sagte er so leise, dass es fast in den Rufen der Männer und Jungen unterging.

Er hatte wirklich hingesehen. Ich fragte mich, ob er wusste, was er getan hatte, als er mich auf diese Weise betrachtete, und ob er schon jemals zuvor eine Frau so mit den Augen verschlungen hatte. Ich fühlte mich wieder zu ihm hingezogen. Wir standen dicht beieinander, so schmerzhaft nah, dass ich dachte, ich könnte sein Herz schlagen hören. Seine Augen wirkten unwirklich. Im Licht der überall auf dem Hof lodernden Flammen schien die Farbe beinahe aus ihnen verschwunden zu sein.

Er schüttelte sich.

»Trink- und Segenssprüche«, sagte er und hob das Kinn, um auf das Langhaus und die anderen Leute zu weisen.

Das Fest dauerte lange.

Es waren mehr Leute da und in dem hinteren Raum, als ich allein schon vom Platz her jemals für möglich gehalten hätte. So viele ehrenvolle Gäste, die alle Schulter an Schulter dasaßen. Ich selbst saß dicht beim Hohen Sitz, eingezwängt zwischen einem stark nach Schweiß riechenden Mann und einer stämmigen Frau, die sich Rosmarin über die Kehle gerieben hatte. Ich wurde etlichen Männern und Frauen vorgestellt, die zu Heiriks wichtigsten Anhängern gehörten und aus ganz Hvítmörk gekommen waren. Sie waren Bauern mit eigenem Land und hatten ihre eigenen Generationen von jungen Männern und Kindern, ihre eigenen Sippen.

Die Männer – blond, von gesunder Gesichtsfarbe und stark – trugen die Bärte kurz geschnitten und die Haare kinnlang. Die Zöpfe ihrer Frauen waren zu Kränzen und Schnecken hochgesteckt. Die kleinsten Kinder hatte man in die Lücken zwischen ihren Eltern und Großeltern gestopft; sie hielten kleine Stücke Brot in den Händen oder schlafend in ihren Mündern. Die Zöpfe der kleinen Mädchen waren lang wie Rankas Haare und fielen über ihre Schürzen. Die Enden waren jeweils zu einem bewunderungswürdigen O geformt und hüpften, wenn die Mädchen sich auf den Schößen ihrer Mütter wanden.

Und dann war da Heirik, der sich vollkommen verändert hatte.

Noch nie hatte ich erlebt, dass der Hohe Sitz benutzt wurde. Gewöhnlich stand er gleich neben dem großen Webstuhl an der Wand. Heute Abend hatte man ihn jedoch hervorgeholt und ans Kopfende des langen Tischs gestellt.

Er war eine große, prächtige Holzbank, deren Rückenlehne gebogen war wie eine Meereswelle. Die geschwungenen Armlehnen erinnerten an den Bug eines Wikingerschiffs und endeten in zähnefletschenden Wolfsköpfen – dem Tier, das der Vater seines Vaters besonderes geliebt hatte. Die Bank war mit kostbaren Pelzen ausstaffiert und groß genug, dass zwei Leute hätten nebeneinandersitzen können. Heirik saß jedoch allein dort oben und thronte buchstäblich über uns. Er musterte die Menge mit wohlwollender Arroganz. Eine seiner Hände ruhte geistesabwesend auf einem Wolfskopf.

Obwohl er jetzt von den anderen sogar noch deutlicher getrennt war als sonst, wirkte er selbstsicherer, als ich ihn je zuvor erlebt hatte. Es war keine Spur von Schüchternheit oder Verlegenheit mehr in ihm. Aber er war nicht kalt. Im Gegensatz zu sonst hatte er seine Miene und sein Herz nicht verschlossen. Er befand sich einfach an seinem rechtmäßigen Platz und nahm die Bewunderung und den Gehorsam der anderen entgegen. Diejenigen, die nah bei ihm saßen, zählten zu den wenigen Auserwählten, mit denen er sprach. Und er sprach leichthin, ohne das übliche Zögern. Ansonsten beobachtete er.

Und dann wurde es still im Raum.

Dalla reichte Heirik das erste offizielle Getränk an diesem Abend. Sie stellte ein Glas vor ihm auf den Tisch, in dem sich das Licht spiegelte. Svana hatte mir diese Gläser gezeigt, als Hildur sie gespült hatte – die Hrimkaldar. *Frostbecher.*

Dalla schenkte ihm Bier aus einem dunklen Metallkrug ein. »Trink aus diesem Becher, mein Häuptling, Ringbrecher.« Sie hatte eine hübsche Stimme und war auf eine Weise sicher, wie ich es nie von ihr gedacht hätte – eine erhabene und stolze Gastgeberin. Obwohl sie weiter mit Heirik sprach, sah sie mit ungeheurer Anmut die anderen an, um sie in ihre Worte mit einzuschließen. »Um des Wohles jener willen, die sich hier versammelt haben, sei großzügig und achtsam mit diesen Gaben. Zeige uns Stärke und Verlangen.« Das Wort Verlangen hatte die Bedeutung von *Motivation* und *Hoffnung.*

Er nickte und hob den Becher.

»Herra«, sagte sie einfach und ging mit weich wogendem Kleid weiter.

Heirik richtete seinen Blick bereits auf jemand anderen, lauschte dem Mann neben ihm. Geistesabwesend machte er mit dem Daumen ein Zeichen am Rand des Glases – den Buchstaben T, wie es aussah –, dann trank er einen Schluck von dem Bier. Ich sah Hildur in den Schatten. Sie nickte, dann lächelte sie zufrieden und voller Stolz. Diese Gleichgültigkeit, die der Häuptling zeigte, bedeutete anscheinend, dass das Bier gut war. Heirik war so voller großer und komplexer Widersprüche, dass sich mein Kopf voll und schwer anfühlte.

Ich zog meinen Pelz fester um mich und sah zu, wie Dalla erst Hár etwas einschenkte und sich dann gemeinsam mit ihren Schwestern daranmachte, andere in der Menge zu bedienen. Dabei folgten sie einer unsichtbaren komplexen Ordnung, bis etwa ein Dutzend Männer Bier eingeschenkt bekommen hatten; erst dann konnten sich alle anderen anschließen und ihre Becher in Eimer mit Bier tauchen.

Heirik brachte ein paar Trinksprüche aus und sprach Dankesworte an die Götter, und die Leute saßen gebannt da – er hatte sie alle, ob Mann, Frau oder Kind, mit seiner Stimme zum Schweigen gebracht, bezaubert oder schockiert. Ich hätte Heirik die ganze Nacht zusehen und zuhören können, aber mir fielen die Augen immer wieder zu, wie bei einem Kind, das sich bemüht, zu lange aufzubleiben. Auch andere gaben jetzt Trinksprüche von sich und hielten Reden, bis ich vor Müdigkeit einnickte – so unendlich viel hatten diese Männer zu sagen. Ich war schon halb eingeschlafen, als die Feier gerade richtig begonnen hatte, und ich hörte wieder die Worte des Häuptlings, nur ihren Ton und ihren Rhythmus. Ich lauschte den Beifallsrufen, dem Ansteigen und Fallen der Dutzenden von Stimmen in diesem überfüllten und lärmigen Raum. Die Worte strömten nur so dahin – *Fuchs* und *Pferd* und *kleiner Junge*. Ein Meer aus Worten wiegte mich, und ich fühlte mich getragen, als befände ich mich in einem sanft geschwungenen Boot.

Ich öffnete die Augen.

Es gab Fleisch, und obwohl ich erst nicht wusste, was es war, aß ich mit großem Appetit. Mein Hunger hielt mich lange genug wach, dass ich Hühnchen und Fladenbrot und getrocknete Beeren und Ziegenkäse vertilgen konnte. Ich trank Bier und lächelte die Leute schläfrig an. Ich überlegte, ob ich vielleicht aufstehen und mich langsam zu meinem Schlafalkoven begeben könnte, um auf allen vieren hineinzukriechen und mein Gesicht glücklich in ein Schaffell zu drücken.

In diesem Moment drehte sich Heirik zu mir um, als hätte ich ihn gerufen. Sein Blick fühlte sich an wie eine Hand auf meiner Brust, die mich auf meinem Platz festhielt. *Du wirst dabei sein.* Ich kannte diesen Mann, und doch hatte Betta recht. Ich war ihm bisher noch nicht begegnet. Er sonnte sich in der eingeforderten Liebe, die sie ihm schuldig waren, und er nahm sie an. Ruhig und anmutig. Seine Finger berührten einen Wolfszahn.

Immer wieder nickte ich ein, riss mich dann wieder aus dem Halbschlaf und erinnerte mich daran, dass ich Betta beobachten wollte. Dies war meine Chance, herauszufinden, wem ihre Sehnsucht galt. Irgendwo auf diesem Fest musste ein junger Mann sein, den sie wollte. Da sie so wenig Zeit mit ihm verbringen konnte, würde sie sicherlich bei ihm sein, ihn mit ihren großen Zähnen zärtlich anlächeln. Aber ich erwischte sie nie dabei, dass sie mit jemand Besonderem sprach.

Auch Ageirr war da. Er hatte einen ziemlich prominenten Platz, aber nicht ein einziges Mal erlebte ich, dass Heirik ihn ansah. Obwohl der Häuptling sich weiterhin offen und großzügig gab, bezog er Ageirr und seinen Bruder Eiðr nie in irgendeines der Gespräche ein, die sich um Land und Gesetze, weit entfernte Orte, Tiere und Götter und den bevorstehenden Schnee drehten. Die beiden Männer aßen so wie wir alle, und sie saßen in Heiriks Kreis. Es wurde ihnen nichts vorenthalten, abgesehen von dem Blick des Häuptlings. Der Ziegenbock und sein hässlicher kleiner Bruder zogen sich in sich selbst zurück, allein inmitten der Kameradschaft aller anderen.

Fast taten sie mir leid. Fast vergaß ich, was sie getan hatten.

Besonders Eiðr, der mir wie ein kleiner Junge vorkam, der in die Dummheit seines größeren Bruders mit hineingezogen worden war. Aber dann sah ich Fjoðr wieder vor mir, diese wilde, unschuldige Schönheit, die so grausam zerstört worden war, und meine Kehle zog sich vor Abscheu zusammen.

Betta kam zu mir und beugte sich herab, um mir etwas ins Ohr zu flüstern.

»Es hat dich wirklich voll erwischt«, sagte sie.

Ich zuckte zusammen, so sehr spiegelten ihre Worte meine eigenen Gedanken. »Was?«

Sie warf einen Blick auf die nach Rosmarin duftende Frau, nahm meine Hand und zog mich zum Schmutzraum. Vor der Tür blieb sie stehen.

»Der Häuptling.« Sie sah in seine Richtung. »Du kannst deine Augen nicht von ihm lassen.«

Ich zog verlegen den Kopf ein, aber es konnte sie niemand außer mir hören. Es war laut – Lachen und Geplauder und Gebrüll und Lieder erklangen überall –, und obwohl wir uns am Rand der Bänke voller Gäste befanden, waren wir von den anderen getrennt. Fast war es, als wenn wir unsere Köpfe im tiefsten Wald zusammengesteckt hätten.

»Wirklich?« Es war mir gar nicht bewusst gewesen, dass ich ihn so angestarrt hatte. »Er wirkt so …« Ich ließ meine Stirn an ihre kantige Schulter sinken.

»Leidenschaftlich«, flüsterte sie.

»Schön«, murmelte ich im gleichen Moment und kicherte.

Ich hob den Kopf und stellte fest, dass sie mich mit jenem klaren Blick ansah, der sich so schnell ändern konnte wie Wasser, in der einen Sekunde noch einfühlsam und klug, in der nächsten ungläubig. Sie schüttelte den Kopf leicht. »Er ist kein schöner Mann, Ginn.«

»Halt«, sagte ich zu ihr und unterdrückte eine plötzlich in mir aufsteigende Traurigkeit. Betta presste die Lippen zusammen und zog den Kopf ein, als wollte sie sich entschuldigen. Ich wechselte rasch das Thema. »Ich finde niemanden, den du ansiehst.«

»Das liegt daran, dass du halb blind bist …«, fing sie an, aber ich hatte genug davon, wieder auf meine eigene Verliebtheit hingewiesen zu werden.

»Nei«, sagte ich. »Ich habe dich beobachtet. Du hast mit niemand Besonderem gesprochen.«

Sie senkte den Blick und lächelte geheimnisvoll mit geschlossenem Mund. »Du suchst nur nach dem, was du erwartest.«

»Das ist nicht gerecht!« Ich versetzte ihr einen kräftigen Knuff in die Rippen. »Sag mir, wer es ist.«

»Still!« Sie brachte mich rasch zum Schweigen und führte das Thema wie immer zu mir zurück. »Der Häuptling sieht dich auch, weißt du. Er will heute Abend beobachten.«

»Was will er?«

»Du bist manchmal wirklich schwer von Begriff, Frau«, sagte sie.

»Ich schlafe fast.« Ich schwankte vor Erschöpfung.

»Nun, du siehst dich selbst nicht. Du siehst aus wie eine Dienerin der Göttin.« Sie strich mir eine Haarsträhne aus der Stirn. »Deine schneehellen Haare, deine Augen, die wie Treibholzasche aussehen. Du trägst das Kleid seiner Mutter. Und Ammas Krone.« Sie fuhr mit ihren Fingern über das Stirnband, und ihre Wehmut traf mich wie eine Woge. Sie machte eine leichte Geste in Heiriks Richtung. »Du solltest da oben neben ihm sitzen.«

Ich warf einen Blick auf den leeren Platz neben Heirik, und ihre Worte wärmten mir das Herz. Ich versuchte, mir vorzustellen, wie ich neben ihm sitzen würde – als seine Frau.

»Er kann so tun, als wärst du nur ein Gast, der keine eigene angemessene Kleidung besitzt.« Sie erzählte mir, dass niemand sich laut dazu äußern würde. »Er achtet genau darauf, dass er dich nicht zu häufig ansieht. Aber er sieht alle anderen an, schaut, wie sie dich behandeln, wo die Bedrohungen liegen.«

Die Bedrohungen.

Oh. Ich sah genauer hin, und jetzt wirkte der leere Platz an seiner Seite gar nicht mehr so verlockend. Anscheinend waren der seltene Lavendel, den er mir gegeben hatte, und die kostbaren Kleider, doch keine so zärtliche Geste gewesen, wie ich gedacht hatte. Ich war ausgestellt worden. Ich richtete mich etwas mehr auf, spürte Wut heiß in meine Wangen steigen. »Er hat mich als *Köder* benutzt.« Ich war so verärgert und überrascht, dass ich ein Wort aus der Zukunft benutzt hatte.

»Als *Köder*?«, fragte Betta neugierig. Ihre Lippen kräuselten sich, als sie sich an dem fremden Wort versuchte.

»Wenn man sich die Tiere vor den Speer holt«, erklärte ich. »Sie aus dem Wald herauslockt.«

»Já«, sagte sie. »Das ist genau das, was er tut.«

»Es gefällt mir nicht.« Ich fühlte mich nackt und fror trotz der vielen Menschen hier. Jetzt sah ich auch, dass alle den Blick abwendeten, wenn ich sie ansah, entschlossen, zu beweisen, dass sie nichts Böses im Schilde führten. Die nach Kräutern riechende Frau war völlig uninteressiert daran gewesen, sich mit mir zu unterhalten. Jetzt sah ich, dass sie sich zur Seite gelehnt hatte, um mich aus dem Augenwinkel zu mustern.

Betta beharrte darauf, dass der Häuptling es tun musste. »Es sind viele hier, die … aufgebracht … sein werden, wenn eines Tages jemand da oben neben ihm sitzt.«

Ich zog den Pelz enger um mich. »Was ist, wenn jemand den Köder annimmt?«

»Nun, ich denke, dass du augenblicklich Magnus oder Hár an deiner Seite haben würdest.«

Ich folgte ihrem Blick. *Oh.* Selbst jetzt saß der alte Mann so nah, dass er mein Handgelenk packen konnte, ohne sich umzudrehen. Kälte kroch mein Rückgrat hinauf. Ich hatte keine Ahnung gehabt, dass all dies um mich herum passierte, dass ich so im Mittelpunkt stand. Ich fühlte mich dumm und befangen, als ich darüber nachdachte, wie ich mich den ganzen Abend verhalten hatte. Erst hatte ich selbstvergessen Hühnchen und Käse verschlungen, und dann war ich auf meinem Platz schier eingeschlafen.

»Hár würde mich nicht retten«, sagte ich. »Er würde mich lieber früher als später in den Wald bringen und dort zurücklassen.«

Betta runzelte die Stirn und schüttelte den Kopf. »Nei, wie kommst du auf so etwas, Frau?« Sie war aufrichtig überrascht. »Götter, so etwas würde er niemals tun!«

Aber ich wusste, was ich gehört hatte, und die große Angst, die ich seit gestern Abend in Schach zu halten versuchte, öffnete mir die Lippen. Ich erzählte Betta von dem Kampf, den ich mitbekommen hatte, als ein schwerer Körper gegen die Hintertür geprallt war. Ich wiederholte Hárs Worte. Sie brachte mich zum Schweigen und sagte mir, dass ich mich irren würde, dass der alte Mann im Gegenteil nur zu glücklich darüber war, dass sein Neffe jemanden gefunden hatte, die sich aus ihm etwas machte. Er wollte, dass Heirik genau das tat, was er heute getan hatte – mich irgendwo hinbringen, weg von hier.

War das möglich? Hatte Hár im Sinn gehabt, dass Heirik mich irgendwo hinbrachte, wo wir allein sein konnten, ein Mann und eine Frau zusammen im Wald?

»Ginn, du solltest nicht vergessen, dass das alles neu ist. Niemand hätte je gedacht, dass ...« Ich ließ ihre Stimme über mich hinweggleiten und versuchte, Betta zu glauben. Die ganze Zeit dachte ich im Hinterkopf darüber nach, wie es wäre, wenn Heirik und ich zusammen wären, ohne dass er etwas Besonderes wäre, wenn wir einfach nur Hand in Hand im Abendlicht spazieren gehen würden, einander auf einer dieser Bänke Brot geben würden, ein Stück davon auch unserem Sohn, der zwischen uns saß. Wenn ich von hier wäre und aus dieser Zeit stammen würde und er nur ein einfacher Bauer wäre.

»Ich habe genug davon, dass die Leute sich ständig darum kümmern, was Heirik tut«, sagte ich wie ein bockiges Kind.

»Schhh«, sagte Betta sofort und hob ihre Hand, um mich zum Schweigen zu bringen. Aber bei dem Gebrüll der Feiernden konnte uns ohnehin niemand hören.

»Frau, hör gut zu.« Ihr Ton klang jetzt ernst, obwohl sie flüsterte. »Er ist der Häuptling. Alle werden sich immer um das kümmern, was er tut. Wenn du Erfolg hast, werden sie sich auch um das kümmern, was du tust. Sie werden jede deiner Bewegungen verfolgen, selbst wie du isst und atmest. Sie werden verfolgen, wie du eure verfluchten Rabenkinder austrägst, und du wirst lernen, darauf zu achten, was hinter deinem Rücken geschieht, und deine Augen und dein Herz zu verschließen.«

Ich zitterte bei der Vorstellung, mich inmitten dieses grausamen Szenarios wiederzufinden. Es war, als würde eine Saga zum Leben erwachen.

»Wie er es tut«, flüsterte ich.

»Já.« Sie berührte wieder mein Stirnband. »Er ist gut darin.« Ich nickte und schniefte.

»Sieh ihn dir an«, sagte sie. »Das Glas in seiner Hand ist immer noch mit dem gefüllt, was Dalla ihm eingeschenkt hat.«

Ich vergaß manchmal, dass Betta alles sehen konnte, jedes kleine Detail und jede Absicht. Heirik hielt das dickwandige Glas geistesabwesend fest, als hätte er es vergessen, und ich konnte sehen, dass es immer noch halb mit dem trüben Bier gefüllt war.

»Já, nun«, sagte Betta jetzt absichtlich laut. »Zu viel Bier, und das Herz eines Mannes liegt offen da, sodass alle es sehen können.«

Die Männer in unserer Nähe lachten. Einer von ihnen war Hár, der sich zu uns umdrehte und lächelte. Es war ein breites, wunderschönes Lächeln, das mich mehr und mehr verwirrte.

Erst später begriff ich, wie geschickt Betta mich von der Frage nach ihrem eigenen Herzen abgelenkt hatte.

Am nächsten Morgen fühlte ich mich klamm und jämmerlich. Alles hier stank nach abgestandenem Bier und nach Schweiß – jede Wolldecke, jeder Mantel, jede und jeder Schlafende, selbst jeder Balken.

Schlurfend und stolpernd kämpfte ich mich zur Vordertür durch, um etwas frische Luft zu schnappen, stieg über die schlafenden Leute hinweg. Frauen und Kinder lagen auf den Bänken, auf denen sie gestern Abend gegessen hatten, oder sie saßen und lehnten an den Wänden. Ich stieß gegen die Beine von jemandem. Die Frau zuckte zusammen und starrte mich einen Moment lang mit wilden Augen an, ehe sie die Lider wieder schloss und ihre Wange an die Wand lehnte.

Im Hof trieben sich bereits Männer herum, saßen in kleinen Gruppen murrend oder in stoischem Elend da. Einige lagen immer noch schlafend im Gras, wo es ziemlich kalt sein musste, hatten sich um ihre Waffen und Trinkhörner zusammengerollt. Wo gestern das Lagerfeuer gewesen war, war jetzt alles schwarz, und es qualmte nur noch. Zwei Jungen machten sich daran, die Flammen wieder zum Leben zu erwecken. Verloren gegangene Messer lagen überall auf dem Boden, und die Knochen von kleinen Tieren waren auf dem ganzen Hofplatz verstreut. Bjarn kümmerte sich um ein paar verletzte Männer; zwei bluteten, einer hatte ein ernstes Problem mit einem Arm, ein anderer hielt sich den Kiefer. Er lehnte am Haus, während er wartete, hatte den Kopf in den Nacken gelegt.

Die kostbaren Kleider hatte ich gestern Abend noch ausgezogen und gegen meine üblichen ausgetauscht. Jetzt hob ich die Röcke, als ich über Waffen und Abfall hinwegstieg, und als ich bei den Männern und Jungen vorbeikam, strafften sie sich und nickten mir zu. Sie verhielten sich respektvoll und beinahe etwas verängstigt, und ich versuchte mir vorzustellen, wie fremd ich auf sie wirken musste. Versuchte, mich als Frau zu sehen, die aus dem Nichts gekommen war, ausgespuckt vom Meer, um ihr Universum durcheinanderzubringen. In ihren Augen musste ich in dem eisblauen Kleid gewirkt haben wie eine Vorbotin der Verdammnis, die Mutter des unmittelbar bevorstehenden Todes.

Ich ging zur Schmiede. Sie zählte zu meinen Lieblingsstellen und thronte verlassen über dem Tal. Ich atmete dankbar und tief, ließ meinen Blick über den Wald schweifen. Das hier war die Stelle, von der aus ich Hvítmörk zum ersten Mal wirklich gesehen hatte. Das erste Mal, als ich Heirik begegnet war und ihn angelogen hatte, indem ich ihm erzählt hatte, dass ich nichts über mich wüsste, weder, woher ich kam, noch, wieso ich hier war. Dass ich keine Geschichte hatte. Die sich über Meilen hinziehenden goldenen Blätter kräuselten sich im Windhauch, dann bewegten sie sich stärker, und die Baumkronen schwankten in der aufkommenden Brise. Mein Kleid bauschte und wand sich um meine Beine, meine Haare wurden nach vorn geweht und peitschten mir ins Gesicht. Meine Augen tränten von dem harten Wind und angesichts der Schönheit dieses Waldes.

Der Häuptling wird nachdenken, hatte Betta gesagt. Ich begriff jetzt, dass er bereits seit Tagen gewusst haben musste, dass das hier stattfinden würde. Er musste Hildur aufgetragen haben, die Kleider für mich bereitzuhalten. Er hatte seine Chance gewittert, als ich die Idee hatte, das Gras zu mähen. Indem er mich mit in den Wald genommen hatte, war ich weg gewesen, als die Gäste kamen. Abends konnte er mich dann als Abbild seiner Mutter vorführen, als Herrin dieses großen Hauses, naiv und mit einer Zielscheibe auf dem Rücken.

Als wir allein gewesen waren, hatte ich gewusst, dass Heirik mich wollte. Jetzt war ich mir ganz sicher. Aber umgeben von so vielen Leuten, war der Häuptling ein anderer Mensch. Als die Nacht endlich zu Ende war, hätte ich nicht mehr sagen können, ob er wirklich mich wollte oder ob er nur die Möglichkeit ergreifen wollte, die ich ihm zufällig geboten hatte – dass er doch noch eine Frau und Kinder haben konnte, trotz all der Flüche und Schwüre. Es war möglich, sofern der Clan es zuließ. Er hatte mich ihnen vorgeworfen wie ein Stück Holz dem Feuer.

Aber spielte es denn eine Rolle, ob er wirklich mich wollte oder einfach nur eine Frau?

Ich hockte mich auf die Fersen und hielt mir den Bauch. Nei. Ich wollte keine praktische Wikingerehe. Ich wollte, dass er mich liebte.

Ich stand steif auf und verabschiedete mich im Stillen von dem Wald, um zum Langhaus zurückzukehren und dabei zu helfen, es in Ordnung zu bringen. Ich würde den Hofplatz sauber machen und die hungrigen Leute versorgen. Von hier oben aus wirkten die Männer wie eine streunende Meute von Hunden, die jeden Zentimeter Boden abschnüffelten, sich immer wieder kratzten und erbrachen. Ihre Frauen und Töchter verließen jetzt das Haus.

Das hier war ein Wikingerhof mitten in der Wildnis, in einem Land, in dem die Gesetze der Götter mit der Axt umgesetzt wurden. Ich zog in Erwägung, Drifa zu nehmen und zum Meer zu reiten, um dann zu versuchen, zu meinem Zuhause in der Zukunft zurückzukehren. Ich dachte daran, wie es war, mit dem Wind in den Haaren auf ihr zu reiten, dachte an die relative Sicherheit, welche die Zukunft bot.

Heirik verließ das Langhaus.

Er war sauber und wach und trug seine Arbeitskleidung. Die Haare hatte er ordentlich aus dem Gesicht zurückgebunden. Jetzt war von seiner Ausstrahlung gestern Abend nichts mehr zu spüren, und es gab weder einen Hinweis auf das wüste Gelage noch auf irgendwelches Bedauern.

Als er auftauchte, schienen sich alle ein wenig aufzurichten, sich zu verlagern und zu den Ställen zu gehen. Heirik betrachtete sie mit einem Blick, den ich nicht deuten konnte, während er mit einer Hand die Schnüre seines Armschutzes befestigte, den Daumen gegen einen der seltsamen Knoten schob.

Diese Knoten – ich hatte oft über sie nachgedacht. Ich konnte nicht glauben, dass es mir nicht schon früher aufgefallen war. Sie ließen sich mit einer Hand schließen. Heirik hatte niemanden, der ihm am Morgen die Schnüre zuband; nie hätte er jemanden mit so persönlichen Dingen belastet. Aber da er auch zu störrisch war, um etwas anderes zu tragen, hatte er einen Weg gefunden.

Ich stellte ihn mir in der Dunkelheit seines Zimmers vor, wie er kleine, alltägliche Dinge tat, und ich empfand eine große Sehnsucht nach ihm. Ich fürchtete und hasste ihn wegen des gestrigen Abends, und doch erblühte in mir eine so tiefe Liebe zu ihm, dass mein ganzer Körper auf ihn reagierte. Ich spürte, wie der Wind gegen meinen Rücken stieß und mich drängte, zum Haus zu gehen. Zu ihm.

In meiner Vorstellung sah ich, wie ich ihm beim Ankleiden half. Nicht auf romantische Weise. Nei, ich sah es so, wie andere es tun mochten. Ein mächtiger und furchterregender Mann, der durch mich umso mächtiger und furchterregender wurde. Und jetzt verstand ich einen Teil dessen, was Betta mir gestern Nacht zu sagen versucht hatte.

Was ich wollte, war etwas ganz Einfaches, und zugleich war es größer und mächtiger als alles sonst in der Welt. Ich wollte, dass sein Herz und sein Zuhause auch mir gehörten. Ich würde stark werden, sagte ich mir. Stark genug, um mit dem Häuptling und allen anderen auf diesem Hof umgehen zu können.

In diesem Moment sah er den Hang hoch, als wollte er den Himmel abschätzen. Aber er suchte nach mir, und als er mich gefunden hatte, nickte er. Ein einziges Mal. Ja.

Die Männer waren alle auf zwei Dutzend Pferden in einer großen Staubwolke weggeritten. Danach breitete sich unter den Frauen eine entspannte Atmosphäre der Kameradschaft aus, in die ich allerdings nicht einbezogen war. Träge räumten sie eine Weile auf und wanderten dann draußen herum, während Thralls das eigentliche Putzen übernahmen. Rufe erfüllten das Langhaus, und als sie die Tische hochzogen, ließ das Holz ein gewaltiges Ächzen und Stöhnen hören, als würden sich Schiffsrümpfe aneinanderreiben.

Ich flüchtete auf den Hofplatz.

Die Herbstluft war kühl, und das Licht verblasste bereits. Inzwischen hatten wir deutlich weniger Tageslicht zur Verfügung. Der Abfall war jetzt weggeräumt worden, und einige Frauen hielten sich auf dem Hofplatz auf, um die Sonne zu genießen und frische Luft zu atmen, während ihre Kinder um sie herumsprangen.

Betta wurde von der Seite vom Sonnenlicht beschienen, und ihre Haare wirkten beinahe kupferfarben. Sie hielt einen Umhang hoch über den Kopf, und er flatterte im Wind.

»Die Frauen gehen heute zum Zusammentrieb«, sagte sie zu mir, als ich näher kam.

»Ich nicht«, sagte ich und fühlte mich wieder einmal ausgesprochen fremd.

»Nei, wahrscheinlich nicht«, pflichtete Betta mir bei. »Ich auch nicht.«

Der Wind frischte böig auf und fuhr durch das Gras, mit dem das Haus bewachsen war.

»Dann wird Magnus auch nicht mitgehen, já?«, fragte ich.

Sie lachte. »Endlich fängst du an, ein paar Dinge zu verstehen«, sagte sie. »Stimmt, Magnus wird wahrscheinlich bei dir bleiben.«

Ich sah in die Richtung, in der die Männer verschwunden waren, wünschte mir, ich könnte mit Heirik reden und herausfinden, was er mir mit dem Nicken hatte sagen wollen.

Betta sprach weiter. »Noch ein paar andere von uns werden hierbleiben, nicht nur du. Es wird noch ein paar weitere Feste geben, und ich bin nicht …« Ihre Stimme verstummte angesichts der Wahrheit – dass sie nicht wichtig genug war, um am Zusammentrieb teilzunehmen. »Ich werde hierbleiben und das Essen vorbereiten.«

Ich warf ihr einen Blick von der Seite zu, um zu sehen, ob Tränen in ihren Augen standen, aber ich stellte fest, dass sie mich stattdessen erstaunt musterte. »Ich hätte nie gedacht, dass ich so etwas einmal erleben würde.« Sie sprach leise, und eine Spur von Wehmut lag in ihrer Stimme.

»So etwas?«

»Du veränderst alles«, sagte sie. »Die ganze Welt.«

Sie faltete den großen Umhang und strich ihn glatt.

»Niemand hat ihn bisher in diesem Licht gesehen. Er hatte das große Langhaus, Macht und wunderschöne Dinge.« Sie unterstrich ihre Worte mit einer ausschweifenden Bewegung.

»Aber alle dachten, er würde nicht heiraten. Niemals. Nicht Rakknason Langhaar.« Sie sprach den Namen auf eine Weise aus, als wollte sie damit auch alle Gefühle loswerden, die für sie mit selbigem verbunden waren. Dann legte sie den gefalteten Umhang zu den anderen bereits gelüfteten und gefalteten und nahm den Stapel vom Boden auf. »Und jetzt ist er ein Mann, já?«

Es war mir neu, dass er den Spitznamen »Langhaar« hatte. Betta hatte überhaupt noch nie seinen Namen benutzt. »Wieso wird er Langhaar genannt?«

»Oh«, sagte sie beiläufig, als wäre es allgemein bekannt, und setzte sich in Bewegung. »Weil er sich die Haare selbst schneidet, wartet er immer, bis sie sehr lang geworden sind. Auch jetzt reichen sie ihm bis über den Rücken.« Ich folgte ihr und dachte, sie würde sich wieder einen Witz mit mir erlauben, weil ich seine Haare so mochte, aber sie blieb ernst. »Er hat wunderschöne schwarze Haare. Ich bin sicher, dass du das auch schon bemerkt hast.«

Natürlich hatte ich die wunderbaren Blautöne in dem Schwarz bemerkt. Aber ich hatte nicht gedacht, dass jemand anders es sehen würde – nicht einmal Betta.

Doch ich hatte keine Zeit, länger darüber nachzudenken, denn als wir um die nächste Ecke bogen, sahen wir Ageirr und Eiðr auf dem Boden liegen. Sie lehnten an der Sodenwand des Hauses und schliefen tief und fest.

»Ups«, sagte Betta und wich abrupt einen Schritt zurück, als wäre sie auf etwas Unangenehmes getreten.

Eine der anderen Frauen wurde auf uns und die beiden aufmerksam, und dann noch eine, und schon bald hatte sich eine ganze Gruppe von uns um Ageirr und seinen jüngeren Bruder versammelt, die zusammengesunken und schnarchend dalagen.

Betta hatte die Arme vor der Brust verschränkt; den Stapel Umhänge hatte sie auf dem Boden abgelegt, und er reichte ihr bis zum Knie. Ich stützte die Schüssel in die Hüfte. Eine andere Frau hielt ein Messer in den locker herabhängenden Händen. Ein Kind klammerte sich an ihren Rock und versteckte sich halb hinter ihr. Svana kam ebenfalls zu uns, zögernd wie ein kleines Tier, das nach einer Falle Ausschau hielt. In meiner Vorstellung sah ich uns wie eine dilettantische Schar von Walküren dastehen, die den Männern das Ende ihrer Würde verkündeten. Ich musste unwillkürlich laut lachen, und Ageirr rührte sich. Die Frau neben mir war klein, aber ihr Umfang war doppelt so groß wie meiner. Sie räusperte sich und trat gegen Ageirrs Fuß.

Er erwachte zuckend.

Dann hob er eine Hand und beschattete die Augen gegen die grelle Nachmittagssonne, was seine finstere Miene nicht gerade besser machte. Ich konnte fast hören, wie seine Gedanken arbeiteten, während er den Winkel des Lichts sah und das Gegacker der Frauen und Kinder hörte und ihm allmählich dämmerte, dass keiner der Männer zu sehen war. Er stieß seinen Bruder mit dem Ellbogen an, der sich grunzend die Augen rieb.

Ageirr stand auf und strich sich die Hose glatt. Seine Stimme klang rau. »Wo sind die Männer?«, fragte er mit einer Mischung aus Argwohn und Resignation.

Ein Mädchen von etwa sechzehn Jahren flüsterte laut genug, dass alle es hören konnten: »Viel Verstand hatte er nicht mehr übrig, den er versaufen konnte, já?« Vereinzeltes Gelächter erklang hier und da. Ageirr wurde wütend, wandte sich knurrend an das Mädchen.

»Wo sind sie?« Er baute sich vor ihr auf, und sie wich zurück.

»Sie sind in den Bergen, du Narr«, sagte die Frau mit dem großen Umfang und stellte sich zwischen die beiden.

Allmählich begann Ageirr zu begreifen, dass er und sein Bruder zurückgelassen worden waren. Dann sah ich, wie er nach seiner Axt griff, und die Zeit schien sich zu verlangsamen, schien sich in die Länge zu ziehen wie in einer von Jeffs Ringkampf-Simulationen. Trotzdem hatte ich nicht die Zeit, etwas zu tun. Nicht das kleinste bisschen. Ich sah zu, wie er die Axt zog und ein Stück von den Frauen wegging, um die Klinge mit rasender Wut in der Hauswand zu vergraben. Dann riss er sie heraus und schwang sie erneut.

»Nei!«, rief ich. Bei dem scharfen Befehl schien die Zeit wieder normal weiterzulaufen. »Nicht gegen das Haus.«

Ageirr starrte mich an. Er war eindeutig verblüfft, während die Axt an seiner Seite hing. Ich war genauso verblüfft, und mein Herz raste, mein Gesicht prickelte, durchflutet von einer Woge aus Adrenalin. Obwohl er bewaffnet war, wurde ich von irgendeinem kruden Besitzdenken getragen, das mich furchtlos machte. Niemand fügte meinem Haus irgendwelchen Schaden zu.

Eiðr rappelte sich taumelnd auf und griff nach der Axt seines Bruders, aber der hatte bereits aufgegeben. Er starrte mich noch an, aber nicht vor Wut. Er konnte nur einfach nicht loslassen. Ich spürte seine Traurigkeit wie eine physische Kraft. Spürte, wie verloren er war, wie allein, wie gedemütigt und zurückgelassen.

Schließlich brach er den Blickkontakt ab, schulterte die Axt mit einer letzten bedrohlichen Bewegung und schob sich an uns allen vorbei.

Die beiden Männer holten ihre Pferde und waren kurz darauf bereit zum Aufbruch. Bevor sie vom Hof weg und zum Hochland ritten, nahm er sich einen Moment Zeit, mit Hildur zu sprechen. Wir waren zu weit weg, und so konnte ich nicht hören, was sie sprachen. Sie reichte ihm schließlich ein Bündel

mit Essen und einen Becher, den er sofort leerte und zurückgab. Dann nickte er und ging weg, gefolgt von seinem Bruder.
Auf dem Hofplatz herrschte jetzt eine heitere Stille, nur
von dem Schnüffeln eines Hundes unterbrochen, der sich dort
zu schaffen machte, wo Ageirr geschlafen hatte. Die Frauen
gingen wieder weg, da die Ablenkung vorüber war. Ich stand
jedoch wie erstarrt da und zitterte. Betta legte mir eine Hand
auf den Rücken und sagte:»Schhh, beruhige dein Herz, Frau.«
Ich sollte mich beruhigen, ja. Gleich am ersten Tag, nachdem
ich beschlossen hatte, dieses Haus als mein Haus zu betrachten,
vergrub jemand seine Axt darin.

Heirik kannte seine Männer und wusste, wer auf seiner Seite
war und wer nicht. Er hatte mir zugenickt und mir Ageirr an-
vertraut. *Mutige Kleine.* Ich hatte die Prüfung bestanden.

Betta erinnerte sich vermutlich ebenso wie ich daran, wie
wir Fjoðr tot im Gras gefunden hatten. An jenem Tag bei der
Schmiede waren Heiriks Worte eindeutig gewesen, und falls
Ageirr glaubte, er hätte es vergessen, irrte er sich gewaltig. Die
Ruhe, die in diesem Moment das Langhaus umgab, war eine
Art Nebel aus Bier und Heu und nachlassendem Licht, und er
würde sich heben, sobald der Zusammentrieb und die Schur
vorüber wären. Ich erinnerte mich, wie ich die Schneide von
Heiriks Axt angestarrt hatte, diese vorzüglich geschärfte Klinge. Ich erinnerte mich, was er über Ageirr gesagt hatte – *er nährt
nur meine Macht* –, und ich wusste, dass Heirik nicht das kleinste bisschen vergessen hatte.

ABSICHTEN

Ich hatte recht. Magnus und ich nahmen am Zusammentrieb nicht teil, sondern blieben zu Hause.

Er hielt sich im Haus auf, eine unaufdringliche, aber stets präsente Wache. Etwa jede Stunde vergewisserte er sich mit respektvollem, gewissenhaftem Blick, dass ich noch da war. Und er schien mir auch durchaus fähig zu sein, mich zu beschützen, sofern so etwas wirklich nötig werden sollte. Aber er wirkte auch sehr besorgt. Ständig klopfte er sich auf die Knie, während er irgendetwas schärfte. Überall im Langhaus lagen glänzende Gegenstände herum.

Ich beobachtete ihn aus dem Augenwinkel, eingelullt von dem schleifenden Geräusch seines Wetzsteins. Die kleinen, zierlichen Metallteile, die er bearbeitete, verschwanden fast gänzlich in seinen großen Händen. Ich hatte gar nicht den Eindruck, dass es ihn besonders störte, zurückgelassen worden zu sein. Und dann plötzlich wurde mir klar, welches Gefühl er ausstrahlte. Es war Angst. Angst davor, was passieren würde, wenn Heirik bei seiner Rückkehr feststellen musste, dass mir auch nur ein Haar gekrümmt worden war. Er fürchtete um sein Leben – oder so in etwa.

Er trat jetzt zu mir und ließ drei spitze Nähnadeln in meinen Schoß fallen. Ich nahm eine auf, darauf bedacht, mich nicht zu stechen.

Am dritten Morgen saß ich mit einer Näharbeit auf der Stallmauer, nur wenige Meter entfernt von Magnus, der auf einem Hackklotz auf dem Hofplatz hockte. Er hielt ein bereits geschärftes Messer in den Händen. Plötzlich schlug er sich auf die Oberschenkel und stand auf. »Frau«, erklärte er. »Komm runter und reite ein Stück mit mir.«

Es war kein langer Ausritt, wir drehten nur eine langsame Runde um das Heimfeld. Das Feld erstreckte sich einsam unter der kalten Sonne, bestand aus nichts als Grasstoppeln. Reste von Heu und Staub waren jetzt dort, wo vorher strahlendes Smaragdgrün zu sehen gewesen war. Dennoch war es ein verheißungsvoller Anblick.

»Mein Großvater war Magnus Heirikson«, erzählte er verlegen und zugleich stolz. »Er hat dieses Feld umfriedet. Er hat diesen Hof angelegt.« Magnus holte tief Luft; ich konnte sehen, wie gut sich das alles für ihn anfühlte – das Heimfeld und die Mauern, die frische Luft, sein Zuhause. Ich sah, wie er mehr und mehr in die Rolle desjenigen hineinwuchs, dem all das hier gehörte. Wie der Blick eines Häuptlings in ihm Gestalt annahm. Ich mochte ihn noch mehr als zuvor.

Sein Großvater war Magnus gewesen, sein Urgroßvater Heirik! Dies war die Art und Weise, wie in dieser Zeit und an diesem Ort Namen weitergegeben wurden.

Heirik Rakknason. Der Häuptling benutzte seinen Namen so selten, dass er kaum erklang, und wenn doch, hatte ich stets das Gefühl, dass mir etwas entging. Plötzlich begriff ich.

»Wie lautet dein vollständiger Name?«

»Magnus Hárson«, antwortete er in einem Ton, als könnte es gar nicht anders sein. Ich hatte mich an die argwöhnischen Blicke gewöhnt, die man mir zuwarf, wenn ich dumme Fragen stellte. »Aber der Häuptling heißt Rakknason«, sagte ich. Er hätte nach seinem Vater benannt sein müssen, Ulf.

»Oh!« Magnus wirkte erleichtert, weil er meine Frage nachvollziehen und leicht beantworten konnte. »Rakknason ist der Name seiner Mutter, já?«

»Signés?«

»Sie hieß Melrakki.« Das nordische Wort für Polarfuchs. »Sie sagen, er war ihr sehr ähnlich.«

Götter, er war nach seiner Mutter benannt worden, deren Flüche und Segenssprüche das spirituelle Leben in diesem Haus beherrscht hatten. Es war ein Beiname. Auf diese Weise würdigten die Wikinger jemanden, der bedeutend war.

Ich stellte mir eine Frau vor, die königlich aussah in dem eisblauen Kleid und mit Haaren, die an einen Blaufuchs erinnerten. Sie musste an diesen Mauern entlanggeritten sein, wie wir es jetzt taten, den kleinen Heirik vor sich auf dem Pferd. Ich starrte auf die trockenen Grashalme und malte es mir aus.

Heirik war also gar kein Wolfsjunges.

Eine dünne Stimme erklang von oberhalb des Langhauses, und eine andere fiel mit ein. »Schafe!«, riefen die Kinder.

Magnus und ich wendeten die Pferde, und während wir zum Langhaus zurückritten, sah ich die Tiere von weiter oben herunterströmen. Als wir näher kamen, hörten wir sie – ein einziges Blöken und Muhen, das von den Bergen herab zum Haus wogte.

Die unzähligen Tiere bewegten sich wie schmutzige Gischt auf uns zu. Die Kühe und Schafe waren verwirrt und auch ein wenig unruhig, aber doch fügsam; wie in einem Traum gingen sie immer weiter, folgten jeweils dem Tier vor ihnen. Die Leute waren aus ganz Hvítmörk gekommen, um bei der Schafschur dabei zu sein, und der Geruch, den die vielen Schafe und Kühe mitbrachten, war erdrückend und schwer. Die Hunde bellten und liefen zu ihnen, aber die Kühe verteilten sich, um Gras zu fressen; sie interessierten sich nicht sehr für ihre neue Umgebung.

Mein Herz machte einen Satz, als ich den Häuptling sah. Er wirkte wunderschön, wie er auf Vakr ritt. Er strahlte richtig zwischen all den schmutzigen Männern und Jungen, die sich hängen ließen. Und auch er sah mich. Er suchte und fand mich auf die ihm eigene Weise, als würde er einem stummen Ruf folgen. Ich lächelte ihn an, während ich die Geräusche der riesigen, chaotischen Tierherde hörte, und fühlte mich ganz im Hier und Jetzt.

Dreißig Kühe und zwei Dutzend Schafe stellten unser bisheriges Leben gehörig auf den Kopf. Heirik ging ganz in seiner Arbeit auf, kümmerte sich um alles, um Menschen und Vieh. Einige seiner Tiere liefen immer noch frei herum, und so machte er sich mit Vakr auf und kehrte erst spät am Tag mit den letzten Tieren zurück und glitt müde vom Pferd.

Ich hatte nicht auf ihn gewartet, nei. Ich saß zufällig draußen vor dem Langhaus, deshalb sah ich, wie er von den Ställen zur Hintertür des Hauses schritt, dabei vor Erschöpfung fast stolperte.

Ich ging sofort ins Haus und zu Betta, die gerade Essen zubereitete. Ich bat sie um getrockneten Fisch, den ich in die Tasche an meinem Gürtel steckte und ihm zusammen mit einer Handvoll getrockneter Beeren geben wollte. Dann begab ich mich zur Tür, die zum Schmutzraum führte.

Sie knarrte, als ich sie öffnete, und ich sah Heirik auf der Bank neben der Tür zu seinem eigenen Zimmer sitzen. Er schlief so tief und fest, dass er nicht einmal aufwachte.

Die Füße hatte er breitbeinig auf den Boden gestellt; an einem trug er nur noch eine Socke, der dazugehörige staubige Stiefel lag auf seinem Schoß. Die Hemden waren geöffnet, die

Ärmel gelöst, der Gürtel, die Messer und der Feueranzünder lagen auf dem Boden. Ein Becher war vom Gürtel gerutscht und quer durch den Raum gerollt.

Ich warf einen Blick hinter mich in das Langhaus, aber es war mir niemand gefolgt. Also trat ich durch die große Tür und schloss sie so sanft wie möglich hinter mir.

Eine Weile stand ich still und reglos da und nahm einfach nur seinen Anblick in mich auf. Heirik war groß. Allerdings ragte er nicht über mir auf, wenn wir standen, nei. Er war anders gebaut als die Menschen in meiner Zeit, nicht so groß wie Jeff, aber wuchtiger. Seine Taille war schlank, verglichen mit seinen Schultern und den Hüften, und doch war sie so kräftig, dass meine Hände gerade einmal ein Viertel davon hätten umfassen können. Als ich ihn jetzt im Schlaf beobachtete, sah ich vor meinem inneren Auge, wie er sich trotz seiner Größe mit einer fließenden Eleganz bewegte. Ich dachte so oft daran, wie es sein würde, wenn er seine Hüften an meine pressen würde, während ich meine Arme um ihn schlang und mit den Händen den Linien seines Körpers folgte, die ich beim Bad gesehen hatte.

Ich hatte davon geträumt, sein Gesicht so offen zu sehen, wie es jetzt im Schlaf war, ohne sein Bestreben, sich zu verbergen. Jetzt sah ich es. Ich betrachtete seine lange gerade Nase, die breiten Wangenknochen, die Vertiefungen darunter. Ich bewunderte seine dunklen Wimpern, die Haare, die ihm ins Gesicht fielen, die Farbe des Blutes, das zu dem gehörte, was ihn so reizvoll machte. Seine Lippen waren leicht geöffnet, wie bei einem schlummernden Kind. Ich sah, wie sein Atem ging, und trat näher zu ihm, bis ich fast zwischen seinen Knien stand. Meine Röcke streiften ihn sacht.

Betta und Svana irrten sich. Er war ein hübscher Mann.

Nei, er war herrlich. Und ich begehrte ihn. So sehr, dass ich glaubte, nicht länger warten zu können. Ich konnte nicht so lange warten, bis er bereit war. Ich musste ihn jetzt anfassen, sofort, musste irgendetwas von ihm sanft mit den Fingern berühren, und wenn es nur sein Hemd war. Ich wusste, dass ich es nicht tun sollte. Es wäre nicht richtig. Aber ich war ihm so nah, und ich wollte es so sehr, und so streckte ich die Hand aus. Sein schmutziger Stiefel fühlte sich warm in meiner Hand an. Ich drehte ihn um, betrachtete das Leder unter meinen Fingern.

Heirik rührte sich, und ich zuckte zusammen, ließ den Stiefel in seinen Schoß sinken und flog beinahe rückwärts gegen die Tür.

Heirik setzte sich verwirrt auf und öffnete die Augen, sah mich nur einen Schritt von ihm entfernt reglos und atemlos dastehen.

»Ich …«, begann ich. »Du hast geschlafen.« Das war wirklich brillant.

Er sah sich um und setzte sich abrupt auf, plötzlich alarmiert.

»Keine Sorge«, sagte ich. »Es hat dich sonst niemand gesehen.«

»Já«, murmelte er und wischte sich mit dem Handrücken über die Wange und das Kinn. »Gut.«

Er starrte auf den Stiefel in seinen Händen, dann auf meine Röcke. Ein breiter schmutziger Streifen zog sich über meine Schürze. Ich bückte mich und nahm den Becher vom Boden auf, hielt ihn mit beiden Händen fest.

Er schien etwas sagen zu wollen, aber dann hielt er inne und sah auf, als wollte er von vorn anfangen.

»Morgen«, sagte er, und seine Stimme klang so dunkel und rauchig wie der Herzstein.

Er drehte den Stiefel in den Händen.

Morgen. Als wäre das der Tag, an dem endlich etwas passieren würde. Er könnte meine Handfläche berühren, könnte sie küssen. Ich stellte mir vor, wie ich seine vom Schlafen im

Hochland aufgesprungenen Lippen spüren würde. Sein Bart würde mein Handgelenk streifen, die Haut kitzeln. *Küss mich, Heirik*, dachte ich, und ich spürte, wie mir alles vor den Augen verschwamm, wie meine Lippen sich leicht öffneten, ohne dass ich es kontrollieren konnte. Es wäre so einfach.

»Der Tag ist den Absichten gewidmet«, sagte er und zog auch den anderen Stiefel aus.

Ich runzelte die Stirn. »Wie meinst du das?« Meine Stimme klang heiser; ich hielt den Becher immer noch fest in den Händen.

»Die Schur«, erklärte er und tat so, als würde er sich darauf konzentrieren, die Armschienen abzunehmen. Mir kam es so vor, als wollte er Gleichgültigkeit vortäuschen. Ich hatte ihn in den vergangenen Monaten gut genug beobachtet, um zu wissen, wann er seine Gefühle verbarg.

»Die Schur«, wiederholte ich verständnislos.

Er beugte sich vor, stützte die Ellbogen auf die Knie, sodass die Schnüre der Armschienen herabhingen. »Du erinnerst dich nicht?«, fragte er sanft.

»Nei«, sagte ich, und diesmal war es die Wahrheit. Ich hatte noch nie gesehen, wie ein Schaf geschoren wurde, und somit konnte ich mich tatsächlich an gar nichts erinnern.

Er lächelte, stand auf und nahm eine Lampe von der Wand. Er öffnete die Schlafzimmertür. »Ich werde den Herbst segnen, und es wird ein üppiges Viljandifalne geben«, sagte er, und diesmal war die Emotion klar zu erkennen. Es war Bitterkeit, ausgespuckt wie eine harte Beere. Ein Wort, das ich noch nie gehört hatte. Ein *bereitwillig Erschlagenes*? Ich sah ihn fragend an.

Die Lampe erhellte sein Gesicht von unten, und er schloss für eine Sekunde die Augen, verlegen und verloren in irgendetwas, als würde ihm die Stimme versagen. Aber das tat sie nicht.

»Schlaf«, sagte er, und es klang so weich wie ein Kuss, ehe er sich durch die Tür hindurch in sein Zimmer duckte.

»Gute Nacht«, rief ich ihm nach, kurz bevor er die Tür schloss.

Das Strömen und Klatschen des Wassers klang in der hübschen Schlucht lauter, als ich es in Erinnerung hatte. Lauter, als ich es für möglich hielt. Es war, als wäre der Bach mit seinen fünfzehn Fuß Breite eine Lüge. In Wirklichkeit handelte es sich um einen reißenden Strom. Seine Lautstärke ertränkte alle Sinne.

Ich war am frühen Morgen zu den kleinen Wasserfällen geritten. Jetzt saß ich am Rand des rasch dahinströmenden Wassers, wo ich mit Heirik über Vögel und Elben und Hildurs Aberglauben gesprochen hatte.

Ein großer Tag stand bevor; alle warteten darauf, die Schafe scheren und das Jahr feiern zu können, den bevorstehenden Winter, das Wachstum in der Welt. Immer noch schliefen etliche Leute in Zelten auf dem Hofplatz und in jedem Winkel des Langhauses. Ich sah das Fest als etwas, was sich so ähnlich wie die Wolken am Himmel über Tage hin erstreckte, riesig und langsam und unerforschlich.

Fast alle waren außer sich vor Freude, weil sie mit anderen Menschen reden und arbeiten und zusammen sein konnten. Noch vor wenigen Wochen hätte ich mich wahrscheinlich genauso gefühlt. Nach dem Erntefest hatte sich das jedoch geändert, und jetzt freute ich mich vor allem darauf, dass die Feiern heute, nach der Schafschur und einem weiteren Trinkgelage, enden würden.

In diesem Moment saß ich am Ufer, die Röcke unter die Beine geschoben und den Umhang fest um meine Schultern geschlungen. Mein Blick wanderte ziellos über das Wasser, ließ sich schließlich auf der winzigen Insel nieder. Die Grundmauern von Heiriks steinerner Festung standen immer noch da. Die paar schwarzen und bimssteingrauen Steine waren Zeuge dessen, was hier geschehen war. Zuerst hatte der Häuptling mir Angst gemacht, aber dann hatten wir uns nassgespritzt und gelacht, und ohne es zu merken, hatte er mich in seinen Bann gezogen.

Ich ließ meinen Blick über das andere Ufer wandern, über die Höhlen und den steilen, felsigen Hang. Wolken bewegten sich über ihm, teilten sich und verbanden sich und trieben meilenweit dahin.

In der Stadt war der Himmel entweder bewölkt gewesen oder nicht. Die Gebäude waren so hoch, dass wir sowieso nur ein winziges Stück vom Himmel zu sehen bekamen. Bis ich hierhergekommen war, hatte ich nie daran gedacht, mich auf den Boden zu legen und zuzusehen, wie die Wolken über mir dahinzogen. Hier war das dunkle Wolkenfeld über mir nun riesiger als der Gletscher selbst und bewegte sich langsam wie ein Tier, schlich sich geradezu davon, und als die Sonne höher stieg, blieben nur noch flauschige weiße, tief treibende Wolkenfetzen zurück. Am rosafarbenen Morgenhimmel.

Bilder vom Erntefest kamen mir in den Sinn – Erinnerungen an Hitze und riechende Körper und warmes Bier. An eisblauen Stoff, der mir durch die Finger glitt, und Wut auf Heirik, weil er mich ohne Vorwarnung oder Erklärung in ein solches Feuer geworfen hatte.

Ich bettete meinen Kopf auf das felsige Ufer. Meine Hand sank herab, öffnete sich langsam. Die Finger berührten das Wasser.

Wie würde es heute sein?

Die Strömung zupfte an meiner Hand. Ich ließ meine Anspannung mit dem Wasser wegfließen, erinnerte mich an Heiriks sanfte Worte, an den Kuss des einzelnen Wortes *Schlaf*. Alles Zögern, alle Besorgnis verschwanden mit dem Wasser, und mein Kopf beruhigte sich. Meine befreiten Gedanken schweiften plötzlich zu dem Bild der neun Jahre alten Betta, und jetzt sah ich Einzelheiten, die ich bisher nicht wahrgenommen hatte. Ein Mann, blond und strahlend, beugte sich zu ihr, reichte ihr ein Spielzeug. Eine Holzpuppe, die er selbst gemacht hatte; das Messer hielt er noch in der anderen Hand. Sie nahm sie und lief mit wirbelnden Röcken weg, rannte den Berg hinunter ins Tal. Noch immer konnte ich den jungen Heirik nicht vor mir sehen. Ich sah ihn so, wie er gestern im Schmutzraum ausgesehen hatte, ganz erwachsen. Er streckte eine Hand nach meiner Stirn aus, als wäre ich krank und er würde sich um mich kümmern.

Abrupt erwachte ich, in eine blendende Angst gerissen.

Ein rasender Wirbel aus weißem Dampf umgab mich. Undurchsichtige Schwaden, die jetzt noch schneller vorbeizogen, von einem plötzlich auffrischenden Wind vorwärtsgetrieben. Der Dampf war heftig und schön und drückte sich wie ein fauchendes Tier an meine Brust. Ich hatte das Gefühl, als würde ich an die Steine genagelt. Das hier war keine Vision. Der rasch dahinziehende Nebel war wirklich. Und obwohl er plötzlich da gewesen und seltsam war, fühlte er sich irgendwie auch vertraut an.

Genau so sollte es sein, wenn man durch die Zeit reiste. Ich hätte in der Lage sein sollen, sie an mir vorbeiziehen zu fühlen wie diesen grimmigen Nebel, der mir in die Augen und in die Nase stach und mir alle Sinne raubte. Er zerrte unbarmherzig an mir, dieser wassergetränkte Wind. Aber das hier wäre richtig gewesen. Nicht nur ein metallisches Reißen, dem ein Plumps auf einen Strand folgte.

Auf irgendeinen Strand. Hier im Island im zehnten Jahrhundert oder in Atlantik City im zwanzigsten Jahrhundert.

Ich schnappte nach Luft und riss meine Hand aus dem Wasser.

Noch nie hatte ich darüber nachgedacht. Noch nie hatte ich in Erwägung gezogen, dass ich auch ganz woanders hätte stranden können. In der Blütezeit der US-amerikanischen Wirtschaft.

Wasser tropfte von meinen Fingern, lief in unangenehmen Rinnsalen in meinen Ärmel hinein.

Es wäre möglich gewesen, dass ich jetzt im Amerika des zwanzigsten Jahrhunderts leben würde, damit beschäftigt, in einer lärmenden Welt voller Geschäftigkeit und Strohhüte zurechtzukommen. Und das war auch fast passiert, oder nicht? In dieser Nacht in dem Tank. Aber etwas hatte mich zurückgezogen, hatte mich zurückgebracht, und nur deshalb hatte ich am nächsten Morgen den Tank betreten und hierhergelangen können.

Mein Herz schlug heftig. *Danke, Saga,* dachte ich, und ich schien eine Antwort zu bekommen. Ich hörte keine Stimme, sondern es war, als würde sich der Nebel ein wenig auflösen und einen scharfen Lichtstrahl hereinlassen. Mit ihm kam ein so klarer, so strahlender und wesentlicher Gedanke, dass ich ihn gar nicht ignorieren konnte. Mir war etwas passiert, was vielleicht einmal in einer Million Leben passierte – oder vielleicht überhaupt nur ein einziges Mal. Und es war genau so passiert, wie es hatte sein sollen. Als ich in die Zeit der Jahrhundertwende in Atlantic City gezogen worden war, war das nicht richtig gewesen. Ich hatte hierher reisen sollen. Das hier war mein richtiger Platz und meine richtige Zeit.

Ich richtete mich in der frischen Luft auf; der Nebel war jetzt wie weggeblasen. Der Strom neben mir floss weiter, für immer und ewig. Ein Fluss, der auch in ferner Zukunft unterirdisch durch die Erde strömte, vielleicht sogar direkt unter dem Labor hindurch.

Ich hatte mich bisher durchgemogelt in der Hoffnung, mein

Geheimnis verbergen zu können. In dem Versuch, irgendwie klarzukommen mit meinen armseligen Fähigkeiten im Wollespinnen und meinen sehnsuchtsvollen Wünschen danach, vom Häuptling gemocht zu werden. Ich hatte einfach nur darauf gewartet, dass etwas passieren würde. Aber es war keine Katastrophe, hier zu sein, und ich hatte keinen Grund, noch länger zu warten. Ich würde Heirik heute berühren, irgendwie, wenn auch nur an der Hand. Es wäre ein Anfang. Dieser Teil von ihm würde mir dann zumindest gehören, und der Rest würde folgen.

Auch Bettas Geheimnis würde ich heute lüften. Ich würde es heute herausfinden.

Der Tag war den Absichten gewidmet, hatte er gesagt. Ich hatte keine Ahnung, was das bedeutete. Ich wusste nicht, was damit gemeint war, bereitwillig erschlagen zu werden, oder was meine eigenen Absichten mit dem Scheren eines Schafes zu tun hatten. Aber ich war bereit.

Wie sich herausstellte, erwartete mich erst einmal eine Menge Arbeit, und meine leidenschaftlichen Absichten lösten sich in den morgendlichen Vorbereitungen für das Essen und anderen Tätigkeiten auf. So musste ich ein weiteres Dutzend Becher aus dem hintersten Teil der höhlenähnlichen Speisekammer holen. Ein paar Thralls waren vom Haus unten heraufgekommen und stellten unter Hildurs angespannten und wachsamen Blicken Speisen und Getränke auf die Tische.

Dieses Fest war nicht so formell und riesig wie das einige Nächte zuvor, aber es war dennoch üppig. Ich ging langsam um die Tische im hinteren Raum herum, fuhr mit den Fingern über das helle, polierte Holz. Ich überprüfte die Speisen und Getränke, betrachtete die großen Behälter mit Bier.

Draußen versammelte sich eine kleine Schar aus Bauern und Ehefrauen und Kindern bei den runden Stallmauern, und Jungen und Männer kletterten hinüber zu den Schafen. Der Hirte holte noch ein paar, die vereinzelt herumwanderten, aber ehe er das Holzgatter wieder schließen konnte, entwischten ihm zwei weitere. Ich zählte die Männer, Frauen und Kinder, dann trat ich wieder ins Haus und musterte noch einmal die Tische. Ich rechnete im Kopf nach – wer und wie viele hier waren, was sie essen und trinken würden –, und mein Erlebnis in der Schlucht verblasste immer mehr.

An diesem Morgen hatte ich Sagas Anwesenheit so klar gespürt, als hätte sie mit ihren Fingern über meinem Herzen geschnippt. Ich war fest davon überzeugt, dass ich Bettas Geheimnis heute lüften und Heirik zum ersten Mal berühren würde. Aber nachdem ich eine Stunde lang an Becher und Bier und Essen gedacht hatte, war ich mir nicht mehr sicher, was heute geschehen würde.

Ich saß mit gekreuzten Beinen in meinem Alkoven und zog einen Kamm unter den Fellen hervor. Am liebsten wäre ich eine Weile in meiner Höhle geblieben, damit ich nicht mitbekommen musste, wie Heirik hereinkam und alle ihn mit gesenkten Köpfen und gebeugten Knien ehrten.

Ich legte mir die Haare über die eine Schulter und kämmte die fransigen Enden. Ich hatte keine Vorstellung mehr davon, wie ich aussah. Wahrscheinlich war ich ein wirres Chaos aus Entschlossenheit und Begierde, eine Frau mit gut gekämmten Haaren, aber ohne Plan.

Ich blieb die ganze Zeit mit zugezogenen Vorhängen in meinem Alkoven, lauschte, wie Leute hereinkamen, sich etwas zu trinken holten und wieder hinausgingen. Als der Strom der Leute versiegte, tauchte ich wieder auf und ging zum Hintereingang, wo ich an der Tür stehen blieb und zu den Ställen spähte.

Heirik war bereits dort; ein paar Männer standen bei ihm

und unterhielten sich. Es war ungefährlich. Ich holte mir also einen Becher Bier und ging hinaus, setzte mich auf die geschwungene Stallmauer, um bei der Schur zuzusehen.

Einige Frauen saßen dort, und überall um mich herum wurde gegurrt und gelacht und hinter vorgehaltenen Händen getuschelt. Alle genossen diese Unterbrechung, dieses Fest, die Sonne – all das, was sich so von dem ewigen Spinnen und Kochen und Starren auf Webstühle im Halbdunkel abhob.

Etwa drei Dutzend Leute liefen zwischen den Ställen und dem Hof hin und her – die ganze eigene Familie und auch die von Ageírr, sein jüngerer Bruder Eiðr sowie sämtliche Thralls der beiden Häuser. Kinder und irgendwelche Tiere rannten ständig um die Leute herum. Kleine Jungen und Mädchen kämpften mit Holzschwertern und Schilden gegeneinander; ein Hündchen sprang zwischen ihnen einher. Ältere Jungen standen bei der Schmiede, machten Witze, während einer von ihnen eine Eisenschere an dem großen Wetzstein schärfte.

Rankas Vater griff nach Kits Hintern und hielt ihn fest. Sie schlug seine Hände mit einem Lächeln weg, aber er blieb dicht bei ihr, stand hinter ihr und rieb seine Nase an ihrem Nacken. Es war ein zärtlicher Moment, der sich behaglich und vertraut anfühlte. Bei diesen Leuten war ich in Sicherheit. Ich schloss die Augen, um die Sonne zu spüren.

Svana platzte in meine Gedanken hinein; mit einer stolzen Bewegung sprang sie hoch und setzte sich neben mir auf die Mauer.

»Erinnerst du dich an die Schafschur?«

Ich verneinte, dachte an einen Archiv-Film auf einem Monitor. Ich hatte ihn wieder und wieder gesehen, aber es war keine richtige Erinnerung.

»Dann hast du keine Ahnung, já?« Sie grinste. »Wieso alle sich so verhalten?«

Sie machte mit dem Kinn eine Bewegung zu Arn hinüber, der immer noch Kit im Griff hatte, sie jetzt von hinten umfasste. Gemeinsam schwankten sie hin und her – es war ein langsamer, unbewusster Tanz, sexuell aufgeladen und ehrlich. Ich sah mich um und stellte fest, dass auch andere Paare dicht beieinanderstanden. Thora sah einen Jungen unter halb gesenkten Lidern an, der halb so breit war wie sie. Frauen sahen die Männer an und tuschelten, ein Ehemann berührte die Nase seiner Frau.

Ich suchte nach Betta und fand sie im Gespräch mit Hár. Er saß auf dem Boden, lehnte am Langhaus, das eine Knie angezogen. Betta stand neben ihm und sagte etwas, beschattete ihre Augen mit der Hand. Als ihr Rock sich in einer kleinen Brise bewegte, verfing er sich an seinem Knie. Er beachtete das kleine Holzstück nicht weiter, an dem er gerade geschnitzt hatte, sondern sah zu ihr hoch, charmant und mit einem Hauch Unsittlichkeit. Er flirtete mit ihr, als würde er jeden Tag so mit jungen Mädchen sprechen.

Und dann traf mich die Erkenntnis mit voller Wucht, so hart wie ein Schlag gegen den Kopf. Götter, da war er, der sexuelle Funken zwischen ihnen. Ihr Kleid berührte immer noch sein Bein, aber keiner der beiden schob es weg.

Es war Hár. Derjenige, der Bettas Herz höherschlagen ließ. Sie hatte sich in den »alten Mann« verliebt. Ich verschluckte mich am Bier und hustete heftig.

Bilder der beiden tauchten ungebeten vor meinem inneren Auge auf. Betta, wie sie Hár anlächelte, wie sie ihn mit ihren großen Zähnen betörte, ein Bild von – Götter! – Hárs struppigem Kopf, zum Kuss gesenkt, während er ihre Zöpfe fest in seiner riesigen Hand hielt. Ich sah Betta vor mir, ganz und gar hingerissen von ihm. Ihre Haare waren ein einziges Durcheinander und hingen frei herab wie in der Nacht, als sie bei Sonnenuntergang mit ihm ausgeritten war. Ich sah einen strahlenden, blonden Mann, der Betta eine kleine Puppe reichte. Mir drehte sich alles im Kopf, und Bier stieg mir in die Nase. Svana versetzte mir einen kräftigen Schlag auf den Rücken. »Alles in Ordnung?«

»Já«, krächzte ich und starrte ihre Haare und ihre Augen und ihr Kleid an, bevor mir einfiel, dass ich etwas sagen sollte. »Ich dachte nur gerade an etwas anderes.« Das stimmte. Ich dachte an Hár, dessen raue Hände über den Körper meiner Freundin wanderten.

»Auf diese Weise beweist sich ein echter Mann«, sagte Svana zu mir, und wieder verschluckte ich mich fast.

Ich konzentrierte mich auf Svana, bemühte mich, ihr zuzuhören, während in meinem Kopf die Bilder von Betta und Hár tobten. Er war mehr als doppelt so alt wie sie, aber immer noch jung genug, um sie zu lieben. Um ihr Liebhaber zu sein. Oh, Götter! Es war unvorstellbar, und zugleich konnte ich an nichts anderes denken.

»Indem er ein Schaf perfekt schert«, sagte Svana entrüstet und mit leiser Stimme. »In einem einzigen Stück von den Ohren bis zum Bauch und weiter bis zu den Zehen, ohne an dem Tier einen Schnitt zu hinterlassen. Es ist eine Prüfung.«

Die Männer zogen sich gegenseitig damit auf, erklärte sie. Sie schlossen Wetten ab und gestikulierten wild. Die Frauen schauten wollüstig zu, und mindestens eine oder zwei würden einen Mann an die Hand nehmen und mit ihm in den kleinen Wald in der Nähe der Schlucht gehen. Sofern jemand so kühn war, würde es sicher Betta sein. Ich konnte mir gut vorstellen, wie sie glücklich zwischen den Birken umherlief und Hár dabei hinter sich herzog.

Während Svana mir weiter ins Ohr zwitscherte, wägte ich diese Möglichkeit wieder und wieder in meinem Kopf ab. Hár war Bettas Ein und Alles, ihr Atem, der Mann, den sie mehr wollte als alles andere.

Ich musste mit ihr sprechen. Sofort. Ich musste sicher sein, dass ich recht hatte, dass es stimmte. Aber eigentlich wusste ich es bereits.

Betta kam mit einem strahlenden Lächeln auf mich zu, das ihre großen Zähne entblößte. Ich konnte genau sehen, wann sie begriff, dass ich Bescheid wusste. Sie wurde langsamer, schwankte ein bisschen, und ihr Lächeln verblasste für einen Moment. Dann raffte sie ihre Röcke und straffte sich, ehe sie ruhig und würdevoll auf die Mauer zuging, auf der ich saß, sich mit Leichtigkeit hochzog und sich neben mich setzte.

Ich hatte das Gefühl, von Vögeln umgeben zu sein. Svana zwitscherte über Sex. Betta faltete die Schwingen zusammen, um ihre Begierde zu schützen. Sie sah mich an, als könnte ich ihr Hár wegnehmen, ihr ihren Traum rauben.

Es war so viel Lärm um uns herum, dass ich offen hätte reden können, solange ich nur meine Stimme ein wenig senkte. Aber da Svana neben mir saß, wählte ich neutrale Worte und verborgene Gesten. Während ich meine Hand zwischen Betta und mir auf die Mauer legte, wanderte mein Blick zu Hár, der jetzt auf der anderen Seite der Stallmauer umgeben von Schafen stand.

»Habe ich recht?«, fragte ich.

Betta errötete mit jener Sittsamkeit, die sie so schnell an- und ablegen konnte, wie man eine Nadel fallen ließ. Sie nickte. Und dann fragte sie mich nach meiner Meinung. »Was denkst du?«

Ich griff nach ihrem Handgelenk. Was ich dachte? Ich konnte gar nichts denken.

Ihr Puls beschleunigte sich unter meinen Fingern, während sie auf meine Zustimmung wartete. Mir wurde warm ums

Herz, als ich merkte, dass sie sich aus meiner Meinung etwas machte. Ich war wichtig für sie. Bisher war ich noch nie für jemanden so wichtig gewesen.

»Was ich denke?«, fragte ich noch einmal und blinzelte gegen meine feuchten Augen an. Ich war benommen. Verwirrt. Ich suchte Hár, um sehen zu können, was sie in ihm sah.

Und ich fand es.

Er stand gleich neben Heirik, wie Vater und Sohn. Und in einem kurzen Aufblitzen sah ich Hár als einen ganz anderen Menschen als bisher – ich sah ihn als jemanden, den man für sich wollen konnte, mit dem man spielen wollen konnte, mit dem man vertraulich ins Feuer blicken wollen konnte.

Er hatte Heirik großgezogen, und daher war er für mich immer alt gewesen, ein gütiger und ruppiger Onkel. Er selbst stellte sich so dar, und ich hatte es ihm abgekauft, wie all die Vierjährigen, die zu seinen Füßen seinen Geschichten lauschten. Ich hatte es Betta überlassen, einen Liebhaber in ihm zu sehen. Irgendwie hatte sie durch seinen Schild hindurchgesehen, und jetzt gelang es auch mir.

Es war ein Abenteuer, ihn anzusehen, allein seine Größe blendete einen. Er war immer laut, ob er lachte oder Witze machte oder mit den Stiefeln im Schmutzraum aufstampfte. Er war mutig und verantwortungsbewusst und ehrenvoll und wild. Abschreckend und auf beiläufige Weise selbstherrlich, aber ständig dazu bereit, in Lachen auszubrechen und fröhlich und sündhaft zu lächeln. Erst jetzt, als er zu uns sah, bemerkte ich die Sünde, und ich hörte, dass Betta neben mir schwer schluckte.

Seine Haare waren für mich immer unordentlich und grau gewesen, aber in Wirklichkeit hatten sie einen eher aschblonden Ton mit Zinngrau darin. In diesem Moment fingen sie die Sonne ein und schimmerten silbern, passend zu den metallenen Armreifen an seinen Unterarmen. Die Reifen wirkten schwer und derb, und meine Handgelenke hätten wahrscheinlich zweimal hineingepasst.

Ich konnte nicht sagen, warum, aber ich fand, dass er genau der Richtige für Betta war.

»Ich denke, es ist erstaunlich«, sagte ich und wandte mich ihr zu. Es war verblüffend, wie sehr sie ihn wollte. Heute stand es ihr deutlich ins Gesicht geschrieben, fast vollkommen rücksichtslos. Ich begann mich zu fragen, wie viel von ihm sie bereits erhalten hatte.

Ich erinnerte mich an die Absichten, die ich für diesen Tag gehabt hatte. Ich wollte Bettas Geheimnis herausfinden. Und ich wollte Heirik zeigen, was ich für ihn empfand.

Jetzt war es eine weniger, dachte ich erstaunt. Jetzt musste ich den Häuptling nur noch allein erwischen.

Der Hirte hatte alle Schafe auf dem Hofplatz versammelt, und Heirik befand sich zwischen ihnen. Selbst an einem normalen Tag pflegte er mir den Atem zu rauben, und sei es auch nur für den Bruchteil einer Sekunde. Heute jedoch war irgendetwas anders.

Er ging barfuß über den Rasen außerhalb des Pferchs. Ich hatte ihn zwar ein- oder zweimal ohne festgeschnürte Stiefel gesehen, aber niemals draußen, niemals vor anderen Leuten. Jeden Tag gab es tausend gewöhnliche Dinge, die ich nicht verstand. Seine Hose hing locker an seinem Körper, ohne dass er die Hosenbeine zusammengebunden hatte; bei seinen Ärmeln war es das Gleiche, er trug heute keine Schutzmanschetten. Die Haare hatte er aus der Stirn nach hinten gestrichen, aber an den Seiten hingen sie frei herunter. Er hatte die Schere schon in der Hand, während er den Tieren in die Augen sah.

Für mich sah die Schere nicht so aus, als könnte man damit eine derart geschickte Schur bewerkstelligen, dass die Wolle in einem Stück blieb und das Schaf keine Schnitte davontrug – ganz egal, wie männlich man auch war. Die Klingen waren zwar gut geformt, aber sie wirkten zu grob, um durch dieses Haarkleid zu schneiden. Und die Tiere wirkten auch zu lebhaft. Ich bezweifelte, dass sie jemals richtig stillstehen würden.

»Fängt der Häuptling an?«, fragte ich Betta. Ich machte mir bereits Sorgen um ihn. Der Stoff, den wir aus der Wolle dieser Tiere herstellten, würde dem Handel zukommen und so unseren Wohlstand mehren, während wir ein paar Schafe schlachten würden, um mit ihrem Fleisch über den Winter zu kommen. Es war Heiriks Aufgabe, verheißungsvoll vorauszugehen und uns so zu segnen.

»Keine Sorge«, antwortete sie. »Niemand hier kann so gut mit der Klinge umgehen wie er.«

Ich starrte sie einen Moment an. Sie saß so nah bei mir, dass ich ihren warmen, knochigen Körper spüren konnte, und abrupt wurde ich wieder an die Sache mit Hár erinnert.

»Niemand?« Ich wölbte eine Braue.

Sie wandte sich jetzt tatsächlich ein bisschen von mir ab, nur ein wenig, und senkte den Kopf leicht verlegen. Als sie mich wieder ansah, war ihr Gesicht tiefrot.

»Wir sprechen später darüber, wenn wir allein sind«, sagte ich mit Bestimmtheit. »Sobald das hier zu Ende ist.«

»Já«, sagte sie. »In Ordnung.« Sie lächelte, aber es war nicht das trockene oder wissende Grinsen, das ich sonst so oft an ihr sah, sondern drückte aufrichtiges Vergnügen und Verlegenheit aus. Es war wunderschön.

»Und du hast ganz sicher recht«, sagte ich. »Es gibt keinen Mann wie ihn.«

In jeder Hinsicht, dachte ich. Ganz bestimmt nicht mit einer Klinge in der Hand. Ich hatte noch nie jemanden gesehen, der sich so auf seine Sense einstimmen konnte, auf seine Axt, sein

Messer, als wäre die Waffe ein Instrument seines Willens. Heirik war begnadet, dachte ich, aber ich war mir bewusst, dass mein Kopf von dem Bier bereits angenehm schwammig war. Er war mächtig und intelligent, und sowohl seine Bewegungen als auch seine Haltung waren außerordentlich. Rakknason Langhaar. Die Haare fielen ihm in Wellen über den Rücken, da sie nicht zu Zöpfen gebunden waren. Wäre er nicht gezeichnet gewesen, hätte man ihn für einen Gott halten können. Die Frauen wären sicherlich vor ihm auf die Knie gesunken und hätten versucht, sich von ihm segnen zu lassen. Da er jedoch gezeichnet war, galt er als abscheulich. Sie konnten nicht sehen, was ich sah.

Bei der Schere handelte es sich um ein elegantes, wenn auch primitives Werkzeug, ein Band aus Eisen, das so gebogen war, dass es unter Spannung stand. Die dreieckigen Klingen an den beiden Enden schoben sich wie eine Schere übereinander. Eine Bügelschere. Er wog sie nachdenklich in der Hand, drehte sie.

Er deutete mit einer knappen Bewegung der Schere auf eines der Schafe. Es war ein zäher alter Widder mit unglaublich viel Wolle, der leidenschaftslos kaute. Der Schäfer zog ihn an seinem Schwanz zu sich heran und weg von den anderen. Das Tier bäumte sich auf, aber er packte es von hinten an den Schultern und zog es zu Heirik.

Heirik kniete sich hin und zog das Schaf an seinen Wangen zu sich heran. Er und das Tier führten eine kurze, stumme Unterhaltung miteinander. Dann stellte er sich so hin, dass er rittlings über dem Schaf war und das Gesicht des Tieres zwischen die Oberschenkel klemmte, während er anfing, es an der Stirn zu scheren.

Die Scherenbügel waren präziser und wirksamer, als ich gedacht hatte. Heirik arbeitete sich von einem Ohr zum anderen vor, zog dabei das Kinn des Schafes mit seiner Hand nach hinten, damit er es von einer Seite zur anderen drehen konnte. Er arbeitete sich über den Nacken des Tieres vor, ließ das Vlies nach unten rollen, sodass es wie eine Halskrause wirkte. Er machte auf die gleiche Weise weiter, bis er den Rücken des Tiers geschoren hatte. Das Vlies war eine dicke Decke, die in einem Stück aufklappte und eine samtene, verletzliche Kreatur zum Vorschein brachte. Der Kopf des Tiers ruhte immer noch an Heiriks Oberschenkel. Es war wie hypnotisiert.

Am Ende drückte Heirik das Schaf mit den Knien auf den Boden, sodass er dessen Hinterteil bearbeiten konnte. Dann war das Tier nackt. Heirik ließ die Schere auf den Boden fallen, stand auf und drehte das zappelnde Schaf so, dass es in unsere Richtung zeigte, klemmte es sich dann wieder zwischen die Oberschenkel. Der Häuptling nahm das Vlies an zwei Enden hoch, entfaltete es gegen das Licht, sodass seine vollkommene Form sichtbar wurde, und es hob sich in einer Brise. Heiriks Ärmel bewegten sich ebenfalls im leichten Wind, und ein Sonnenstrahl fiel auf zwei dicke Silberringe an seinem Unterarm. Es gab Rufe und Gebrüll und Geklirr und die dumpfen Geräusche von Holzbechern, die aneinandergeschlagen wurden.

Hildur nahm ihm das Vlies ab; sie wirkte regelrecht beschwingt und jung, beinahe nett. Wir würden es also durch den Winter schaffen, und es würde uns gut ergehen. In diesem Moment schien sie sich nicht daran zu stören, dass wir einen sehr maskulinen und mächtigen Häuptling hatten. In einer leichten, durch das Bier erzeugten Trance musterte ich seine Oberschenkel, mit denen er immer noch das Schaf festhielt. Ich wäre gern auf Heiriks Schoß geklettert und hätte gespürt, wie er sich aufrichtete, als Beweis dafür, dass auch er mich begehrte.

Dann hielt Heirik die Hände mit den Handflächen nach oben, und sofort wurde es still. Die Luft zitterte vor Erwartung und dem unterdrückten Bedürfnis zu feiern, aber alle warteten auf etwas Wichtiges.

»Freyr«, begann er, hielt die Hände weiter hoch und blickte an uns vorbei zum Meer. Seine Stimme war klar, als könnte sie bis dorthin tragen und den Gott selbst erreichen, der mit seinem Schiff auf dem Ozean ritt wie auf einem Wogenross. »Du herrschst über Regen und Sonnenschein. Über Fülle und Vergnügen. Über fruchtbare Jahreszeiten und Verbindungen. Wir danken dir.«

Er packte das Schaf am Ohr, zog dessen Kopf zurück und durchtrennte die Kehle mit einem raschen und präzisen Schnitt. Das Blut strömte schnell und frei um Heiriks nackte Füße. Er hockte sich hin und nahm eine Handvoll davon, brachte das Blut an seine Lippen. Danach erhob er sich und hielt die wie zu einem Becher gefalteten Hände zum Himmel empor. Eine sanfte und gewalttätige Kreatur.

»Dies ist unser Geschenk.«

Eine plötzliche Brise hob einen roten Sprühnebel von seinen Händen. Er ließ die Hände sinken, und das Blut lief in dünnen Strömen von seinen Fingerspitzen, sammelte sich um seine Füße und den Körper des getöteten Schafes. Heiriks Augen strahlten, und einen Moment lang verwandelte er sich selbst in das Gesicht und die Seele des Gottes Freyr. Seine Iriden leuchteten bernsteinfarben, seine Haare waren wie eine schwarze Flamme. Und dann lächelte er. Es war ein schelmisches Lächeln, verführerisch und blutverschmiert. »Hár, auf!«, rief er und forderte seinen Onkel auf, es besser zu machen. Alle jubelten. Das Fest hatte begonnen.

Ich saß benommen da.

Ich drehte mich zu Betta um, aber sie war weg. Als ich zu Svana blickte, sah ich, dass ihre blassen Wangen von einer kleidsamen Röte überzogen waren. Sie seufzte, sah Heirik zugleich verträumt und auf beunruhigende Weise an. Ihr Blick war hungrig. Götter, es stimmte also. Ein Fruchtbarkeitsgott war angerufen worden, und es war echt. Konnte Svana von seiner Gegenwart so sehr berührt worden sein, dass sie über ihre Abneigung hinwegsah? Oh, nei, nei, nei.

Er ging jetzt zu ihr, und ich hatte eine kurze und mir die Eingeweide verkrampfende Vision davon, wie sie zusammen waren. Eine Vision dieser Welt, wie sie wäre, wenn ich nicht hierhergekommen wäre. Svana würde all das hier wollen – dieses Haus, diese Familie und schließlich trotz ihrer Furcht auch diesen Mann. Und wenn sie erst die Hand zu Heirik ausgestreckt haben würde, würde er sich zu ihr hingezogen fühlen, und sie würden ihren Weg finden. Mein Herz raste.

Aber er ging nicht zu Svana. Er kam zu mir.

Heirik ging absichtsvoll auf mich zu, und ich sah den Mann, den ich zwischen den Wildblumen gesehen hatte, den ich im Wald gesehen hatte, hundertmal. Er hatte die Macht seines Gottes getrunken und war davon erleuchtet, ermutigt und frei. Er wischte sich so geschmeidig den Mund an seinem Hemd ab, dass es wie Poesie wirkte. Dann stand er dicht bei mir, stützte sich mit der Hand an der Mauer neben mir ab.

»Ginn.« So süß und nachdenklich, wie er mich ansah, hätte ich alles für ihn getan.

»Spinn dieses Vlies.«

Es war das Letzte, womit ich gerechnet hatte, und ich musste lachen. Seine Bitte rührte mich, die Vorstellung, dass er das erste und daher gesegnete Vlies des Herbstes ausgerechnet von mir bearbeitet haben wollte. Sein Vlies. Die Wolle musste fünf Pfund wiegen. Seine Nähe und der spielerische Umgang erregten mich. Ich wollte Ja sagen, ja, ja, ja.

»Ich glaube nicht, dass du mich das wirklich tun lassen willst.«

»Doch, das will ich.« Er lächelte wieder mit seinen immer noch befleckten Lippen.

»Ich bin darin aber sehr, sehr schlecht.« Ich meinte es ernst.

»Du wirst dir mit dem Garn allenfalls die Zähne reinigen können.«

»Dann werde ich meine Zähne als glücklicher Mann reinigen, bis ich bei den Raben bin.« Er klatschte mit der Hand gegen die Mauer und ging weg, um zu sehen, wie Hár sich machte.

Dutzende von Gedanken schlugen wie Flügel in meinem Kopf. Ungläubigkeit. Ein Erwachen meines Körpers und meines Herzens. Ein wehmütiges Gefühl, dass es so sein würde, wenn er mein Ehemann wäre, dass er zu mir kommen und mit mir flirten würde. Vielleicht würde er eines Tages dicht hinter mir stehen und – wie ich es bei den anderen Pärchen auf diesem Hof gesehen hatte – meinen Nacken liebkosen. Ich wollte noch etwas trinken, freudig erregt und gerötet, wie ich war. Ich dachte daran, dass ihm jemand das Blut von der Kleidung waschen musste. Ich wollte ihn fragen, ob ich mich um solche Dinge kümmern konnte, zusammen mit ihm. Aber ich wusste es. Ich wusste, dass die Freiheit und die Vertrautheit, die er sich herausgenommen hatte, schon beim nächsten Treffen verschwunden sein würden.

Aber so war es nicht.

Die Wirkung des Scherens und der Segnung dauerte lange an, und sie erfasste alle Menschen auf dem Hofplatz. Mehr als ein Pärchen ging davon, wenn nicht schon sofort Hand in Hand, dann doch verdächtig nah dran. Hár und Betta lehnten an der Hauswand und unterhielten sich zwanglos und vertraut miteinander. In mir war der Drang, zu ihnen hinzulaufen und ihnen eine riesige Decke überzuwerfen und sie zu fragen, was zum Teufel sie da taten.

Dabei spürte auch ich es. Es war wie eine Anweisung meiner Eingeweide, der Wunsch, Heirik zu ergreifen und zu verschlingen. Mich im Gras mit ihm zu wälzen und sein Haar von seinem Hals zurückzustreichen, um ihn beißen und küssen zu können.

Wo war er?

Und wo war Svana? Der Gedanke an sie verunsicherte mich, als hätte ich die Fährte eines gefährlichen kleinen Tieres verloren. Ich sah mich um, wollte herausfinden, wohin sie gegangen war.

Nachdem ich sie und auch Heirik unter den Anwesenden nicht finden konnte, redete ich mir eine ganze Menge ein. Svana hatte Angst vor ihm. Sie würde nicht mit ihm weggehen, niemals. Aber sie war fünfzehn Jahre alt und ichbezogen, und in ihrem Alter war alles etwas chaotisch. Heirik war so jung. Er sprach nie mit Frauen. Nur mit mir. Ich fragte mich, ob er überhaupt wusste, wie er Svana abweisen musste. Und trotzdem. Wenn er ihre Aufmerksamkeit nicht wollte, war es allein seine Sache, es Svana mitzuteilen. Ich hatte kein Recht, irgendetwas zu verlangen. Er gehörte mir nicht.

Dennoch stieg etwas Besitzergreifendes in mir hoch, und ich wusste, es würde erst vergehen, wenn ich sie gefunden hatte.

Sie *war* bei ihm. Ich wollte gerade um die Ecke des Langhauses biegen, als ich ihre leise Stimme hörte. »Herra?«, fragte sie.

»Svana«, antwortete Heirik überrascht. Seine Stimme klang wie goldenes Licht.

Mehr war nicht zu hören, bis ich die Ecke umrundet hatte. Ich blieb stehen und starrte sie einfach nur aus einigen Schritten Entfernung an. Sie starrten zurück zu mir. Es war ein unangenehmer Moment. Als dann Betta von hinten einen Arm um meine Schultern legte, schnappte ich überrascht nach Luft. Ihr Sinn für den richtigen Zeitpunkt war unfehlbar.

»Hier bist du!« Sie zog zwei andere junge Frauen mit ins Gespräch; die beiden hatten offenbar meine Perlenkette sehen wollen.

Zuerst schienen die Mädchen Angst vor mir zu haben und kamen mir vor wie Katzen, die ihre sanften Pfoten vorstreckten. Ich versuchte, mich menschlich und normal zu geben, als wäre ich nicht aus dem Meer gekommen, als hätte ich nicht Signés Sachen getragen. Sie beugten die Köpfe, um meine Kette anzusehen, berührten das raffinierte Nadelkästchen und die aufgereihten Perlen, und ich sah über ihre Köpfe hinweg.

Heirik löste sich jetzt von Svana und trat zu uns.

Die beiden Frauen erweckten den Eindruck, als würden sie bei seinem Anblick jeden Moment auf die Knie sinken und zu zittern beginnen. Sie sprachen ihn mit der formalsten Anrede überhaupt an. Heirik nickte zur Antwort stumm und entließ Betta und die beiden Mädchen, während er mich ansah. Ich war ganz und gar nicht entlassen worden.

»Geh ein Stück mit mir.«

Er roch nach Zimt und Bier und Blut.

»Já, Häuptling«, sagte ich und nickte dabei in einer Weise, die fast einer Verbeugung gleichkam. Er ging los, und ich lächelte Betta und den jungen Frauen, die erstaunt und bekümmert dastanden, zum Abschied zu.

Heirik führte mich am Langhaus und den Ställen vorbei zu dem steilen Hang, an dem wir uns, vom Hof aus nicht zu sehen, hinsetzen konnten.

Er zog die Knie an und legte die Handgelenke darauf. Ohne seine Armschienen hingen die blutbefleckten Ärmel lose herunter. Ich verspürte eine dumme Eifersucht und das Verlangen, meine Finger in diese Ärmel zu schieben, die Armreifen zu berühren, seinen Puls zu spüren. Seine Augen wirkten immer noch wie aufgeladen, schienen das herbstliche Gold des Grases in sich aufzusaugen.

Er lächelte nicht.

»Das hat mir nicht gefallen, Ginn.«

Ich zog die Brauen zusammen. Was hatte ich getan? »Du hast dich vor mir verbeugt. Du hast mich Häuptling genannt.«

Ich setzte mich im Gras zurecht, zog ebenfalls die Knie an und schlang meine Arme darum. »So hat man es von mir verlangt. Ich soll dich so nennen und niemals anders«, entgegnete ich mit der sanften Gelöstheit, die mit zwei Bechern Bier einherging.

»Ich weiß.« Er sah zum Himmel empor und lachte leise in sich hinein. »Es klingt nicht gerade sinnvoll, was ich sage. Wenn andere dabei sind, musst du das tun.«

Eine Weile herrschte Schweigen, dann sprach er wieder.

»An dem ersten Tag, als du zu mir nach draußen gekommen bist, hast du meinen Namen gesagt.«

Das stimmte. Erinnerungen an blendendes Tageslicht und Feuer stiegen in mir auf und daran, wie er sich über Eisen und Stein gebeugt hatte. Ich spürte einen Nachhall der Not in meinen Eingeweiden, die ich in diesen ersten Stunden in dieser fremden Zeit und an diesem fremden Ort empfunden hatte. Aber da war auch Zufriedenheit gewesen. In diesem Moment, als ich das Langhaus zum ersten Mal verlassen und in die Sonne geblinzelt hatte, war in mir das Gefühl gewesen, zu Hause zu sein. Ich hatte ihn bereits gekannt, bevor ich auch nur gehört hatte, wie man ihn nannte.

»Heirik.« Ich gab ihm jetzt seinen Namen.

»Já«, flüsterte er. Eine heftige Brise kam auf, strich durch das Gras und dröhnte in meinen Ohren. Ich konnte ihn kaum verstehen. »Noch einmal, bitte«, sagte er. Es brach mir das Herz.

»Heirik«, sagte ich so weich wie möglich, drängte ihn stumm dazu, mich anzusehen. Schließlich wandte er sich mir zu. In seinen Augen war nicht nur das verbleibende Feuer von dem Ritual. Feuchtigkeit schimmerte an den Rändern.

»Nenn mich nie anders, wenn wir allein sind.«

Ich nickte. Es war ein feierlicher Schwur. Ich würde ihn bei seinem Namen nennen, wenn wir allein waren – in all den kleinen Situationen, die möglich waren. Und ich würde nie wieder Herra zu ihm sagen. Wenn es ihm wehtat, würde ich tausend Wege finden, es zu vermeiden.

Wir blickten schweigend ins Tal, und ich wünschte mir, dass auch er mich bei einem Namen nennen würde, der ein Geheimnis zwischen uns war. »Als wir im Wald waren«, begann ich, und Röte stieg in meine Wangen, »hast du mich Kleine genannt.«

Er verzog amüsiert die Lippen. »Es hat dir gefallen.«

Meine Hände griffen nach Büscheln von trockenem Gras. Ich sah, wie meine Finger sich zu Fäusten darum schlossen, hörte das Geräusch, als sie es abrissen. Und dann gestand ich: »Já.«

Es war der Blick eines Geliebten auf mich.

»Já, also dann, Kleine.« Ein Leben lang hatte ich damit verbracht, der Schönheit und den Nuancen von Tausenden von Stimmen zu lauschen, aber das hier war der süßeste Klang überhaupt.

Er sagte nichts mehr, aber mir war sein Schweigen vertraut. Ich sah zum Horizont und genoss die Spannung zwischen uns. Nach einer Weile sprach er wieder.

»Wir brauchen noch drei weitere für den Winter«, sagte er. »Vierzehn kann ich behalten.«

Er meinte die Schafe. Er hatte an das Heu gedacht, an die Tiere, die Menschen. An die Kinder, die vier Mädchen, die noch nicht verheiratet waren, und an Kit, die im Winter ein weiteres Kind bekommen würde. Jedes Tier fraß sehr viel Heu, ernährte aber auch viele Menschen mit der Milch, wenn es uns gelang, es durch die Polarnächte zu bringen. Es gab auch Kühe, sogar sehr viele. Einige von ihnen würden geschlachtet werden müssen. Heirik wusste, wie es um unsere Vorräte bestellt war, er wusste, was wir brauchten. Einiges war berechenbar – eine Kuh fraß im Winter zwanzig Tonnen, erklärte er mir –, anderes dagegen nicht. Das Wetter zum Beispiel.

Und dann: vierzehn. Das war die Antwort. Eine klare, schlichte Antwort nach einer so komplexen Berechnung, und irgendein schrumpfender Teil meines Zukunfts-Ichs hätte sie als kalt empfunden. Mein neueres Ich saß jedoch als Ehefrau eines Häuptlings hier und dachte über die Logik seiner Ausführungen nach, sann darüber nach, wie man die Frauen am besten einsetzen konnte, was das Zerteilen und Haltbarmachen der toten Tiere betraf. Ich hatte den gleichen Blick auf den Hof wie er, und irgendwie waren wir dabei einander näher gekommen, saßen jetzt dicht nebeneinander, Seite an Seite. Meine Ellbogen ruhten auf meinen Knien, ebenso wie bei ihm. Ich hatte das Gefühl, als wären wir zwei Hirtenhunde, die das begutachteten, was zu beschützen unsere angestammte Aufgabe war.

»Der Lachs ist für dieses Jahr fertig. Wir haben genug«, sagte er. »Wir werden uns noch kleinere Fische besorgen. Und Hai, bevor Regen und Wind einsetzen.« Er wandte mir das Gesicht zu, und ich spürte seinen Atem auf meiner Wange.

»Und vor allem«, murmelte ich, »haben wir genug Korn für Bier.«

Ich drehte mich mit einem Lächeln auf den Lippen zu ihm, und plötzlich waren wir nur noch eine Handbreit voneinander entfernt. Sein Atem roch süß nach honigversetztem Bier und einer Spur Blut. Ein paar Haarsträhnen von ihm strichen über meine Wangen. Wir rührten uns beide nicht von der Stelle, aber dann beugte er sich ein bisschen näher zu mir, und ich hob den Kopf zu ihm. Unsere Lippen berührten sich fast, so nah kamen wir uns. Ich konnte ihn küssen. Konnte den Mund öffnen. Und ich würde es tun. Ich tat es.

»Rakknason!«

Heirik und ich fuhren abrupt auseinander.

Hinter uns kam Ageirr mit langen, leichten Schritten den Berg hinunter. Heirik erhob sich rasch und anmutig und würdevoll. Er war nicht viel größer als der andere Mann, aber irgendwie schien er ihn trotzdem zu überragen.

Jetzt war ich mir sicher, dass Ageirr ständig so spöttisch dreinblickte. Als hätte sich ein Moment des Schmerzes und der Wut für immer in seine Gesichtszüge eingegraben.

Er zog sein Messer, starrte auf seine linke Hand und begann, einen Fingernagel zu bearbeiten. Dann hob er den Blick und nickte mir zu. »Ginn Sjódottir.« Meertochter. Alle wussten, dass ich seltsam war, aufgetaucht aus dem Nichts und ohne Namen. Aus seinem Mund klang es wie eine schmierige Beleidigung. Unpassenderweise pochte mein Geschlecht immer noch, so hatte ich Heiriks Kuss ersehnt – ein Sehnen, das unerfüllt geblieben war. Ich setzte mich ein wenig anders hin und bemühte mich, meinen Körper zu beruhigen.

»Ageirr, mein Ehrenfütterer.« Heirik benutzte die lyrische Version einer Wikingermetapher, ein Ein-Wort-Gedicht. Es klang anerkennend, erinnerte aber auch geschickt an ihren unterschiedlichen Rang und machte darauf aufmerksam, dass Heirik derjenige war, der Ageirr beschützte und ihm befahl. Es war eine raffinierte kleine Spitze, die zugleich über jeden Vorwurf erhaben war. Das gefiel mir sehr an Heirik.

Ich erhob mich jetzt auch und strich mir das getrocknete Gras vom Kleid. Ageirr nickte ich zu, als hätte es nie diesen

Moment gegeben, da ich ihn bei unserem letzten Zusammentreffen angebrüllt hatte. Ich hörte zu, während sie sich über Felder, Heu und Vieh unterhielten, über das Gleiche, worüber ich gerade mit Heirik gesprochen hatte. Diesmal war ich aber kein Teil dessen mehr. Ich fühlte mich unbehaglich und überflüssig. Dann erwähnte Ageirr ein verlorenes Pferd, und auf einmal lag etwas Bedrohliches in der Luft.

Der Wind frischte auf, unterstrich die veränderte Stimmung. Heirik verlagerte sein Gewicht, als wollte er eine Mauer zwischen mir und Ageirr bilden.

»Du hast Blut vergossen«, sagte Heirik schließlich zu Ageirr. Der stieß ein verächtliches »pff« aus. »Das Blut eines Tieres.« Er warf einen Blick auf Heiriks rot gefärbte Füße, dann sah er ihm in die Augen. »Der Verlust einer geliebten Frau. Das ist nicht das Gleiche.« Sein Blick ruhte kurz auf mir. »Oder, Häuptling?«

Kalte Ruhe stahl sich jetzt in Heiriks Körper.

»Geh zum Haus, Ginn«, befahl er in einem Ton, in dem er noch nie mit mir gesprochen hatte.

Ich starrte auf das Messer in Ageirrs Hand und bemerkte, dass auch Heirik sein Messer in der Hand hielt. In meinem benebelten Kopf war ich immer noch die Ehefrau des Häuptlings, und ich wusste, dass alles, was ich jetzt tat, eine Auswirkung auf Heirik haben würde. Sollte ich stehen bleiben, bereit, ebenfalls zu kämpfen? Ich dachte an die kleinen Messer, die an meinem eigenen Gürtel hingen. Möglich, dass eine Wikingerfrau es getan hätte. Ich würde mich jedoch einfach nur lächerlich machen, und zudem würde Heirik außerordentlich wütend auf mich sein.

Ich beschloss, nicht zu kämpfen. Aber ich würde auch nicht weglaufen. Ich würde beherrscht bleiben. Mit großen Schritten ging ich den Berg hinauf.

Einen Blick zurückzuwerfen würde von Schwäche zeugen. Ich versuchte, dem Drang zu widerstehen. Stattdessen betrachtete ich meine Stiefel, die bei jedem Schritt unter den Röcken hervorkamen, während ich höher und höher stieg. Hinter mir war nichts zu hören, keine Rufe und keine Schreie. Aber meine Liebe war dort hinten, Messer waren gezogen worden, und ich hatte erst kurz zuvor miterlebt, wie Heirik sein Messer sauber durch die Kehle eines Schafes gezogen hatte. Tränen sammelten sich in meinen Augen, und ich musste mich umdrehen. Ich musste es wissen.

Weit unten am Fuß des Hangs standen Heirik und Ageirr und unterhielten sich. Sie hatten die Messer weggesteckt, und Heirik stand mit vor der Brust verschränkten Armen so, dass er Ageirr den Weg verstellte. Richtig entspannt waren sie beide nicht, aber sie stürzten sich auch nicht aufeinander und kämpften und knurrten wie Hunde.

Es dauerte einen Moment, bis ich es verstand. Es würde keinen Kampf geben.

Ein Windstoß hob meine Röcke, und ich hätte nichts dagegen gehabt, wenn meine Beine einfach nachgegeben hätten. Ich wäre gern ins Gras gesunken, gleich hier, und einfach nur dankbar gewesen. Es gab keine Gefahr. Da schaute Ageirr zu mir hoch. Er lächelte, aber in seinem Blick fand ich weder Wärme noch Freude.

Ich stieg weiter nach oben, wo ich das Langhaus vor mir sah.

Überall spielte sich eine idyllische Szene ab, wie auf einem alten Gemälde. Rosige Kinder jagten Hühner. Männer lachten und schoren Schafe, während diejenigen, die bereits ihr Können unter Beweis gestellt hatten, Frauen hinter das Haus zogen. Bier schwappte in Bechern aus Metall oder Holz, und Kinder hielten Trichter aus Birkenrinde in den Händen, aus denen Milch tropfte. Das Gras auf dem Langhaus stand hoch und strahlte grün und golden. Ein einziges nacktes Schaf stand auf dem Dach und fraß davon.

Das Haus war ein gewaltiges, lebendiges Ding. Es stand fest in der Landschaft. Und es gehörte mir.

Etwas später dachte ich daran, Betta zu suchen.

Obwohl ich vermutet hatte, dass sie mit Hár in den Wald gelaufen war, befanden sich beide immer noch auf dem Hofplatz – getrennt voneinander. Sie beide standen mit anderen Leuten in der späten Sonne und tranken und unterhielten sich.

Ich zog Betta beiseite, und wir gingen den Berg hinunter, um uns an den Fluss zu setzen, weit weg vom Hof. Wir zogen die Stiefel aus und streckten unsere Zehen ins eiskalte Wasser. Sie legte eine Hand flach auf den Boden neben mir, während sie in die Ferne starrte.

Betta begriff nicht, was für eine reizvolle Ausstrahlung sie mit ihren wunderschönen Ideen und ihrer raschen Bereitschaft, schelmisch zu lächeln, hatte. Mit ihrer Gabe. Den langen, geschickten Fingern, die gut im Spinnen und Färben waren. Es stimmte, Betta war nicht so bezaubernd wie Svana, aber wer war das schon? Svana war wie eine einzelne kleine Wolke Zuckerwatte. Betta war eine Frau.

Und offen für das Unerwartete, wie es aussah. Mutig. Unklug.

Er ist zu wichtig für mich, hatte sie über ihren heimlichen Geliebten gesagt. Und das war er auch. Ich spreizte die Zehen und fragte mich, ob sie wirklich verstand, wozu ihre Beziehung führen konnte – und wozu sie wahrscheinlich auch führen würde.

Ich sagte nichts, und Betta wartete eine Weile, wie sie es immer tat. Sie gestattete der Luft erst, ganz still zu werden, bevor sie eine Frage oder Bemerkung von der Größe eines Kiesels, eines Steins oder eines Felsbrockens hineinfallen ließ.

»Erinnerst du dich ...«, begann sie, brach dann aber ab. Sie sammelte ihren Mut und setzte erneut an. »Hast du jemals einen Mann angefasst?«

Ich hörte damit auf, mit den Füßen im Wasser herumzuwirbeln, und dachte über ihre Frage nach. Ganz sicher bezog sie sich nicht auf den Mann im Allgemeinen. Sie hatte gesehen, dass ich Männer zufällig berührte. Dann begriff ich, was sie meinte, und meine Lippen verzogen sich zu einem mitfühlenden und amüsierten Lächeln. Sie wollte wissen, ob ich einen Penis angefasst hatte. Ich konnte das unmöglich bestätigen, und das nicht nur, weil ich ja eigentlich unter Amnesie litt, sondern auch, weil das erste Mal eine sehr undefinierbare Erfahrung war.

Dann erstarb mein Lächeln, als mir klar wurde, was sonst noch in ihrer Frage mitschwang.

»Und du?« Ich fragte zuerst vorsichtig, aber dann wollte ich es plötzlich wissen. »Hast du Hár angefasst?«

Sie lächelte und zog ihren Kopf verlegen zurück. »Nei, nei«, sagte sie. »Jedenfalls nicht mit meinen Händen.«

Wie meinte sie denn das? Ich wusste nicht, ob ich erleichtert oder auf den alten Mann wütend sein sollte. Ich forderte sie auf, mehr zu erzählen.

Als Hár sie zum Reiten mitgenommen hatte, war das eine romantische Erfahrung gewesen, die sich in ihren Geist eingebrannt hatte, mit all der Dunkelheit, dem Mondlicht und der köstlichen Atmosphäre. Sie hatte sich jede Einzelheit eingeprägt und darauf gewartet, mit mir darüber sprechen zu können.

Er hatte ihr auf Byr geholfen und war dann hinter ihr aufgestiegen, und sie hatte zum ersten Mal seine Arme – die Arme überhaupt irgendeines Mannes – um sich herum gefühlt. Sie waren so schnell geritten, dass sie normalerweise Angst gehabt hätte, aber sein Körper fühlte sich so faszinierend an, so warm und fest. Etwas in ihrem eigenen Körper erwachte, von dessen Existenz sie bis dahin nichts gewusst hatte.

Er ritt mit ihr auf eine Hügelkuppe, von der aus sie in das vom Mondlicht beschienene Tal hinunterblicken konnten. Eine ganze Weile blieben sie einfach nur still sitzen. Sie war erstaunt, wie fest er sich anfühlte, nachdem sie sich seine Umarmung so lange vorgestellt hatte und trotzdem nicht in der Lage gewesen war zu erahnen, wie es sein würde. Wie groß er so nah bei ihr war, als sein Atem ihren Hals berührt und sie seinen Herzschlag an ihren Schulterblättern gespürt hatte.

Er hatte ihre Zöpfe gelöst, und sie hatte es zugelassen, mit angehaltenem Atem. Hár erklärte, dass er sie so sehen wollte, dass er ihre Haare in seiner Hand fühlen wollte, dass er sie mit seinen Handflächen der Länge nach spüren wollte.

Und er hatte sie alle in seine Hand genommen und über ihre Schulter gelegt, sodass ihr Nacken frei war. Und dann hatte er sich zu ihr heruntergebeugt und sie am Hals geküsst. Es war ihr erster Kuss gewesen. Sein Bart war kratzig gewesen, aber seine Lippen unerwartet weich. Er hatte seine Hände unter ihren Umhang geschoben und sie an der Taille näher zu sich herangezogen. Dann hatte er schwer in ihr Ohr geatmet, und in diesem Moment hatte sie ihn gespürt, seine Härte an ihrem Körper.

»Es war ein Schock«, sagte sie. »Aber eigentlich auch nicht wirklich.«

Ich erinnerte mich plötzlich daran, wie Betta vor einigen Wochen aus der Kälte gekommen war. Ihre Haare waren gelöst, und ihre Augen hatten geheimnisvoll gefunkelt. Ich war damals so mit mir selbst beschäftigt – ich hatte erst kurz zuvor begriffen, dass ich mich verliebt hatte –, dass ich ihre Aussage, sie wäre Ausreiten gewesen, einfach geglaubt hatte. Vom Wind zerzaust und voller Leben und überrascht. Es fiel mir immer noch schwer, mir vorzustellen, dass sie mit Hár ausgeritten war.

Ich versuchte mir vorzustellen, wie es war, wenn man alle diese Empfindungen in einer Nacht zum ersten Mal erlebte. Betta war noch nie zuvor von einem Mann umarmt worden oder hatte seine Lippen auf ihrer Haut gespürt, seine Hände in ihren Haaren. Und ihn dann am ganzen Körper zu spüren … Betta konnte manchmal wirklich ein neugieriges, unschuldiges Mädchen sein. Wieder nagte Sorge an mir.

»Was hast du mit ihm gemacht?«, wollte ich von ihr wissen. »Ich meine, abgesehen davon, dass du mit ihm geritten bist und ihn auf diese Weise gespürt hast?«

Sie lachte freiheraus, und es war wie ein Platschen in einem Fluss, der von der untergehenden Sonne beschienen wurde.

»Dafür, dass ich so wagemutig bin und der Mann wirklich wie ein Wilder ist, sollte man meinen, wir hätten jeden Akt vollzogen, von dem Thora jemals gesprochen hat. Aber nei. So etwas tut er nicht.« Ihre Stimme klang jetzt wie ein wehmütiges Maunzen. »Er sagt, dass ich eines Tages einen Mann in meinem Alter heiraten werde. Als würde es irgendwelche siebzehnjährigen Männer geben.« Sie wirkte empört, als sie sich offensichtlich die Kandidaten vorstellte. Dann wurde sie verträumt und lächelte wieder.

»Er küsst mich. Er wälzt sich mit mir im Gras. Er wiegt mehr als ein Pferd.« Sie lachte und zeigte ihre großen Zähne. »Und ich kann ihn fühlen, já?« Sie wurde ernst, und plötzlich hätte ich mich am liebsten in der Erde vergraben und mir nicht mehr vorgestellt, wie Hárs Mund auf ihrem lag.

»Ich weiß, dass er mehr von mir will«, sagte sie. »Aber er nimmt es sich nicht.«

Es beruhigte mich, das zu hören, und ich mochte ihn spontan nur noch mehr. Zugleich machte mich all die unbefriedigte sinnliche Begierde in diesem Haus traurig.

PFEILE UND SPEERE

In der Dunkelheit kurz vor der Morgendämmerung spritzte ich mir eiskaltes Wasser ins Gesicht und spülte mir den Mund aus. Nachdem wir rasch etwas gegessen hatten, brachen wir im dichten und düsteren Nebel zur Küste auf. Diese Art Dunkelheit war für mich vollkommen neu. Es war eher ein Nachlassen des Lichts, aber es war immer noch nicht vollständig dunkel. Dunkel genug allerdings, dass die tief hängenden Wolken meine Sicht behinderten. In der Stadt war ein solches Grau wegen des grellen elektrischen Lichts unmöglich. Hier dauerte es von Tag zu Tag länger.

Die Vorstellung vollständiger Dunkelheit machte mir Angst, ich geriet in eine leichte Panik. Gleichzeitig sehnte ich mich danach, da sich damit ein lang gehegter Traum erfüllen würde. Ich würde so viel mehr Sterne sehen können. Seit ich zu Hause darüber gelesen und in den Archiv-Dokumenten Bilder davon gesehen hatte, wünschte ich mir, sie einmal selbst sehen zu können. Auf den Bildern waren die Sternenbewegungen am Himmel zu erkennen gewesen.

Damals hatte ich mich von den ständigen künstlichen Lichtern, die bis zum Meer reichten, so weit wie möglich entfernt, um vom Gletscher aus nach den Sternen zu suchen. Trotzdem hatte ich immer nur die gleichen fünf zu sehen bekommen. Selbst in der grauen Dämmerung während des Heuens hatte ich mehr gesehen. Aber ich konnte mir unmöglich vorstellen, wie viele sich hier zeigen würden, wenn erst der Winter kam.

Heirik nahm einige von uns mit auf eine letzte Reise zum Meer, bevor die richtig kalten Monate anbrachen. Wir hatten vor, von den Fischerhütten Aale und Haie zu holen. Die Frauen würden Beeren und kleine Holzstücke sammeln, Muscheln und Knochen für Löffel und Kämme und Nadeln. Die Jungen würden Alke und Regenpfeifer und Papageientaucher fangen; die Pferde würden auf dem Rückweg nach Hause so viel schleppen müssen wie möglich.

Im Schmutzraum fand ich im Licht zweier Lampen eine Wollmütze, die ich mir über den Kopf zog. Dieser alltägliche Gegenstand war ein richtiges Kunstwerk, und ich fragte mich, welche Frau ihn wohl gemacht hatte. Ein breites Band aus dunkelbraunem Pelz verlief wie ein Kranz quer über meine Stirn.

Ich fragte mich, wie ich damit aussah. Seit Monaten hatte ich mich nicht mehr in einem Spiegel betrachtet. Mir war jedoch klar, dass das Essen, die Arbeit und die Elemente mich verändert hatten. Ich fuhr mit der Zunge über die Rückseite meiner Zähne, fühlte die Lücke in der Mitte – sie erinnerte mich daran, dass ich immer noch ich war. Ich konnte die Spitzen meiner weißblonden Haare sehen, meine vertrauten langen Zöpfe, die unter der Mütze über meine Schultern fielen. Meine Haare waren wie immer. Aber meine Hände waren anders, wirkten im flackernden Licht kräftig.

Ich zog meinen Wollumhang an und suchte nach einer brauchbaren Decke, die ich darüberlegen konnte.

In diesem Moment kam Heirik aus seinem Zimmer; er warf riesige, sich bewegende Schatten im Licht der Öllampen, und die Flammen flackerten in dem Luftzug, den er erzeugte. In dem schwachen Licht im Schmutzraum waren keine Farben zu erkennen, aber ich sah genug, um zu wissen, dass er dunkelblaue Wolle trug. Seine formelle Kleidung. Ein üppiger, silberner Pelz lag über seinen Schultern, schien aus sich heraus zu leuchten.

Ich betrachtete ihn voller Zärtlichkeit, denn diese Kleidung war ein Symbol für die seltenen Zeiten und außergewöhnlichen Ereignisse, bei denen alle anderen verpflichtet waren, ihn zu lieben.

Darüber hinaus sah er einfach hinreißend aus. Ich ließ meinen Blick schamlos über seine Haare wandern, an seinem Kiefer mit dem ordentlich gestutzten Bart entlang, weiter die Kehle hinunter, wo der Thor-Hammer hing, und dann über seinen Oberkörper. Ich betrachtete seinen schwarzen Ledergürtel, an dem diesmal alltägliche Werkzeuge und Messer hingen. Er trug sowohl seine prächtige Axt als auch die andere. Ich erfreute mich an dem blauen Stoff, der seine Knie berührte. Die Stiefel hatte er so fest geschnürt, dass seine geschwungenen Waden zum Vorschein kamen. Er war über alle Maßen schön.

Seine Stimme klang heiser. »Du frierst«, sagte er.

Es war offensichtlich. Ich zitterte stumm.

»Dreh dich um«, befahl er mit einer knappen Bewegung seines Kinns. Er nahm den Pelz ab und legte ihn mir über die Schultern. Ich genoss die Wärme, die er verströmte, während seine Arme so dicht bei mir waren, dass ich die Messer und Werkzeuge fast in meinem Rücken spürte.

Köstlicher, samtweicher Pelz streifte mein Kinn, und ich zog ihn enger um mich. Er war hellsilbern, stammte vielleicht von einem Polarfuchs. Während er Heiriks Schultern gerade so bedeckt hatte, fiel er mir über den halben Rücken und die Oberarme. Ich fühlte die Wärme seines Körpers darin, und mein Blut geriet in Wallung, bereit, sie aufzunehmen.

Die Tiere waren zum Aufbruch bereit und schüttelten ihre Mähnen. Ihr Atem erzeugte große Dampfwolken im Fackellicht der Thralls. Eiskalte Luft kroch meine Beine hoch, und ich nahm mir die Zeit, die festen Socken ein Stück über die wollene Pumphose zu ziehen, bevor ich auf Drifa aufstieg. Die Küste war weniger als einen halben Tagesritt entfernt, etwa vier Stunden. Verglichen mit dem Rest der Insel, lebten wir geradezu am Strand. Wir bewegten uns durch den grauen Nebel, und immer wieder einmal stießen unsere Pferde aneinander. Nach etwa einem Viertel des Weges durchdrang eine Ahnung der Sonne die Düsternis, und es wurde schwach, aber gleichmäßig heller. Der Nebel stieg auf und begann, sich aufzulösen, und dann öffnete sich der Himmel strahlend und gewaltig, als wir nach oben schauten.

Ich hatte mich schon gefragt, wieso Heirik in seinen schönsten Kleidern an einer so schlichten Reise teilnahm, bei der es lediglich darum ging, Vorräte von der Küste zu holen. Er hätte diese Aufgabe auch Hár oder Hildur übertragen können.

Jetzt glaubte ich zu wissen, warum er mitgekommen war. Er wollte diesen Himmel sehen.

Die Farbe schwankte irgendwie zwischen Lavendelblau und dem stumpfen Grau einer Axtschneide. Lila und Silber gesellten sich hinzu, verblassten wieder oder verlagerten sich mit den heiter dahinziehenden zinnfarbenen Wolken. Die letzten Reste des Nebels erhoben sich zögernd, um sich mit ihnen zu verbinden und sich in dem größeren Dunst der riesigen Atmosphäre zu verlieren.

Ich sah eine Weile zu, wie Vakr mit sicherem Schritt vor mir ging, starrte auf Heiriks Rücken. Seine Kleidung war dunkel, aber über den Schultern trug er jetzt einen anderen hellen Pelz, über den sich seine Haare schwarz wie die Nacht ergossen. Seit ich ihn kennengelernt hatte, waren sie enorm gewachsen. Am

Anfang hatten sie ihm bis auf die Schultern gereicht. Monate waren vergangen, seit ich mich hierher verirrt hatte.

»Ginn«, rief der Häuptling. »Reite mit mir.«

Ich ritt neben ihn und konnte sehen, dass sich einige schwarze, wellige Strähnen gelöst hatten und um sein Gesicht hingen. Ich hätte gern die Hand ausgestreckt und zumindest eine zurückgeschoben – eine kleine Geste der Fürsorge. Sein kurzer Bart würde sich unter meinen Fingern rau anfühlen. Unter meinen Lippen. Ich öffnete sie unwillkürlich leicht, was er bemerkte. Er lächelte zwar nicht richtig daraufhin, aber sein Gesicht war offen und ruhig, seine Atemzüge gingen langsam und zufrieden.

»Keine Angst«, sagte er, und ich fragte mich, was er meinte. Ich wusste, dass ich das hier nicht fürchtete. Niemals.

Und dann erklommen wir eine Anhöhe, und die Köpfe dreier gespenstischer Riesen ragten vor uns auf.

Ich saß da, im tiefsten Innern verblüfft über die barbarischen Figuren, und Furcht breitete sich in meinen Eingeweiden aus. Die Gestalten waren aus Stein und mindestens doppelt so hoch wie unser Langhaus. Das Fundament befand sich ein gutes Stück unter uns; ein Blick nach unten zeigte mir, dass jemand die Figuren aus gewaltigen Felsklötzen auf einer natürlichen Felsformation errichtet hatte. Und oben auf jeder Figur befand sich ein ovaler Stein, der wie ein Kopf aussah.

Sie standen in einer Reihe und neigten sich leicht nach vorn, als würden sie auf unser Haus zugehen. Wir ritten rechter Hand an ihnen vorbei, von der größten Gestalt bis zur kleinsten. Unbearbeitet und doch so real, waren die zwei Stock hohen Körper auf ihrem ewigen Marsch erstarrt. Sie schienen noch älter zu sein, als ich es mir überhaupt vorstellen konnte. Als würden sie sich schon seit Tausenden von Jahren dem Wind entgegenstemmen, immerzu auf dem Weg nach Hvítmörk.

»Die Steinschwestern«, sagte Heirik. »Sie zeigen uns, wo sich die Abzweigung befindet.«

Und dann neigte Drifa sich nach vorn, und die Welt sackte vor mir in die Tiefe. Ich griff hektisch nach ihrer Mähne, umklammerte sie fest mit beiden Händen, aber sie schüttelte den Kopf, um sich meinem Griff zu entziehen. Ich sah auf, und ein Schrei blieb mir in der Kehle stecken. Wir ritten geradewegs eine Klippe hinunter. Jeder Teil meines Innern wollte flüchten, auf welchem Weg auch immer. Säure brannte in meiner Kehle, und meine Eingeweide fühlten sich flüssig und schwach an. Ich schloss die Augen, was noch viel schlimmer war. Als ich sie wieder öffnete, blickte ich über ein riesiges Nichts vor mir.

Die Felsenklippe fiel geradewegs nach unten ab, in einem so krassen Winkel, dass mir schier das Herz stehen blieb. Die Oberfläche war zerklüftet und tückisch. Hier und da war die schwache Spur eines Pfades zu sehen, rutschige Stellen, an denen seit Jahrzehnten Pferde Fuß gefasst hatten.

Jetzt ging Drifa direkt hinter Vakr, setzte vollkommen ruhig ihre Schritte. Ich sah auf ihre Hufe. Sie war ungeduldig mit mir, zuckte hin und wieder, um mich daran zu erinnern, dass ich ihre Mähne loslassen sollte, aber meine Hände klammerten sich wie Klauen daran fest. Ich drückte die Beine in ihre Seiten, und sie holte tief Atem in dem Versuch, sie abzuschütteln.

Ein paar kleinere Plateaus hier und da entlang des Pfads gaben mir die Möglichkeit, durchzuatmen und kurz zum Meer hinzusehen. Es erstreckte sich wie ein blaues Band, hin und wieder hinter den Reihen ferner Berge sichtbar.

Es mochte tausend Meilen weit weg sein oder näher, als ich zu hoffen wagte. Die riesige Entfernung schlug mich in ihren Bann, wie immer, wenn sich das Land um mich herum öffnete und ich in die Ferne sehen konnte, wie es in meiner eigentlichen Zeit nicht möglich war. Dort am Horizont wartete das Wasser geduldig, dunkelgrün und eisenfarben unter einem endlosen lavendelblauen Himmel. Die Sonne kam jetzt für einen kurzen Moment heraus, berührte die Wasseroberfläche und hellte sie auf. Dann schoben sich wieder Wolken vor die Sonne, und der Glanz verschwand. Einen Moment lang hatten die Stimmen und die Sprache, die ich sonst so liebte, keinerlei Bedeutung. Sie gingen vollständig unter in etwas Größerem, für das es keine Worte gab.

Winzige Steine und Kiesel rutschten weg, als Drifa einen Felsvorsprung umrundete, und ich schnappte nach Luft. Ich heftete meine Augen fest auf Heiriks Rücken und sah zu, wie schroffe Brisen, fast schon richtige Windstöße, seinen Pelz zerzausten. Aus tiefstem Herzen vertraute ich ihm voll und ganz mein Leben an, immer. Er würde mich niemals einen Weg entlangführen, der gefährlich war.

Aber es war mehr als das. Wir waren dafür geboren, zusammen zu sein, uns gegenseitig bis zu unserem letzten Atemzug zu beschützen. Ich würde geduldig warten, und eines Tages würden wir unsere Leidenschaft teilen und die alltägliche Schönheit miteinander erleben; wir würden uns gemeinsam den Anforderungen stellen, die mit einem Leben auf dem Hof verbunden waren, würden die schweren Entscheidungen gemeinsam treffen, die es zu treffen gab. Ich würde bei all diesen Dingen an seiner Seite sein. Ich hatte keine Angst mehr.

Etwas später – vielleicht sehr viel später, vielleicht auch nur ein paar Minuten – verließen wir die Klippe und erreichten ebenes Gelände. Ein goldenes, hübsches Tal öffnete sich vor uns, flankiert von dichten Birkenwäldern auf beiden Seiten.

Kaum kamen Drifas Hufe auf dem Boden der Senke auf, flogen wir auch schon dahin. Ich schrie fast, so plötzlich und heftig kam dieser Wechsel. Aber meine Verblüffung währte nur kurz, denn bereits in der nächsten Sekunde ließ ich mich von ihrer intensiven, überbordenden Freude anstecken, beugte mich über ihren muskulösen Körper und preschte dahin, während meine Augen vom Wind tränten.

Die Männer ritten sogar noch schneller; Heirik galoppierte hinter seinem Onkel her, bis sie beide fast wortwörtlich nur so dahinflogen. Auch Magnus und Haukur rasten so schnell, dass ich sie nur verschwommen sehen konnte, beide darauf erpicht, die älteren Männer einzuholen. Drifa verlor dagegen schon bald die Lust daran, so zu rasen, und sie wurde langsamer, bis wir schließlich gemütlich weiterritten. Die Männer waren jetzt nur noch als kleine Flecken in der Ferne zu sehen und schon nah am Wasser. Mein Herz flatterte, als mir die riesige Entfernung zwischen uns bewusst wurde – und wie klein ihr Leben gegenüber einem so gewaltigen Ort war. Immer wieder betrachtete ich Drifas zuckende Ohren und beugte mich zu ihr, um ihr den Hals zu tätscheln.

Wir ritten jetzt in einem angenehmen Tempo, folgten einem kleinen Fluss, bis er vor uns eine große Biegung machte. Die Pferde durchquerten ihn einfach, als wäre das Wasser gar nicht da. Es reichte ihnen jedoch fast bis zum Bauch und brachte uns alle zum Schweigen. Ich hob die Füße, um sie trocken zu halten. Mein kirschfarbenes Kleid streifte die Oberfläche. So spät im Jahr leuchtete das Gras in verschiedenen Farben – wie Stroh und goldenes Bier und Rost –, bevor es schon bald in Kältestarre verfallen oder absterben würde.

Ich empfand den Gedanken nicht als morbide. Der gleichmäßige und normale Wandel der Jahreszeiten war ein Trost.

Nach einer weiteren Viertelstunde erreichten wir einen breiten Pfad, der weiter nach unten führte. Dort wartete das Meer.

Die Pferde stapften durch ein Feld aus knisternden braunen Schneeblüten, die ihnen bis zur Brust reichten; auf dem Sand gingen sie jedoch genauso trittsicher wie noch eine Weile zuvor auf der Klippe.

Dann gab es plötzlich keine Pflanzen mehr, und wir sahen vor uns die gewaltige, geschwungene Senke, wo sich der schwarze Strand und das Meer berührten.

Als wir weiterritten, kam es mir so vor, als wären wir die einzigen lebenden Wesen zwischen lauter Toten, so sehr erinnerte das überall herumliegende Treibholz an Skelettknochen, die es in allen Größen gab, angefangen von Stöckchen bis hin zu ganzen Stämmen, die ich niemals mit meinen Armen hätte umfassen können.

Mit meinem kirschroten Kleid, das unter dem Pelz und der Decke zu sehen war, kam ich mir wie der einzige rötliche Vogel weit und breit in einer Welt aus Zinn und Stahl vor. Die gewöhnliche Kleidung der anderen hob sich mit ihren Braun- und Beigetönen nicht von der Umgebung ab. Selbst das Dunkelblau, das Heirik trug, verband sich mit dem lila und stählern schimmernden Sand.

Und dann erreichten wir das Wasser.

Drifa trat furchtlos und neugierig in die tosenden Ausläufer der Strömung. Sie ging so weit hinein, bis sie – gemessen an einem Menschen – knietief in dem weißen Schaum stand und die dunklen Wellen an meinen Beinen hochspritzten.

Ich war auf das hier nicht vorbereitet.

Ich hatte gewusst, dass ich das Wasser sehen würde. Aber jetzt stellte ich fest, dass ich mit einem solchen Angriff der Wellen nie gerechnet hatte – und auch niemals hatte rechnen können. Das Meer war ohrenbetäubend laut. Ich erinnerte mich nicht an dieses Krachen, das sich unaufhörlich wiederholte und damit einherging, dass jedes Mal wütende Gischt hochspritzte. Ich zog an den Zügeln, und Drifa wich zurück, verwirrt durch den starken Sog und meine große Furcht. Das Wasser berührte meine Füße, und ich schrie vor Schreck auf, riss jetzt noch härter an den Zügeln, um aus dem Ozean herauszukommen. Ich wollte nur noch weg von dem Wasser, das versuchte, mich zurückzuholen.

Ich hatte die Wellen als unaufhaltsam, aber gleichmäßig in Erinnerung. Nicht so wie das hier. Das hier war wie ein wilder, wütender Herbststurm. Ich hatte Angst, dass er mich nicht mehr loslassen würde, wenn er mich erst einmal gepackt hätte.

Hár schrie gegen den Wind an und teilte die Gruppe auf, woraufhin einige zu den Fischerhütten galoppierten, die sich ein Stück weiter den Strand entlang in der Ferne abzeichneten. Ich bekam mit rasendem Herzen vage mit, wie Frauen Körbe nahmen, Jungen mit Keulen aus Treibholz zu den hohen Klippen gingen, um die langsamen und unglücklichen Alke zu jagen, die sich dort versammelt hatten.

Immer noch zitternd, starrte ich aufs Wasser. Als es meine Knöchel packte, spürte ich eine Art Begierde darin, als würde es mich wollen. Der dunkle Geruch von Meeressalz stieg mir in die Nase, raubte mir den Atem. Ich drehte mich zu Heirik um wie ein Kind, das nach einer großen Hand suchte, die es hochziehen und trösten würde. Sein Anblick verschlug mir den Atem.

Er musterte mich mit seinen goldenen Augen. In ihnen brannte ein Feuer, das jederzeit hoch auflodern konnte. Er wollte mich. Seine Augen sagten *Du bist mein.* Es war zugleich eine Frage, eine Bitte und ein Befehl. Mein Herz sank, und ich antwortete mit meinen Augen *Ja.*

»Bist du auch mein?«, flüsterte ich in den Wind, so leise,

dass die Worte sogleich untergingen, und Heirik sah mich die englischen Worte formen, aber er konnte sie unmöglich hören. Er kam jetzt zu mir geritten, und unter Vakrs Hufen spritzte Schaum auf. Drifa schüttelte den Kopf, schnaubte und beklagte sich.

»Es geht mir gut«, sagte ich zu Heirik, obwohl er gar nicht gefragt hatte. Ich schaute mich nach Hár um, wartete darauf, eine Aufgabe zu bekommen, so … wie etwas zu sammeln oder aufzulesen, Körbe mit Beeren und Muscheln zu füllen. Etwas, wobei ich keine Angst haben musste.

Es war niemand mehr da.

Während ich mit dem Ozean gekämpft hatte, waren Heirik und ich ganz allein zurückgeblieben. Ich hatte keine Arbeit zugewiesen bekommen. Wir beide standen allein am Meer – so vollständig allein, dass ich allmählich zu begreifen begann. *Oh.* Ich war nicht hier, um zu arbeiten. Ich war hier, um mit ihm zusammen zu sein. Deshalb hatte er mich mit auf diese herrliche Reise genommen, deshalb hatte er seine wunderschöne Kleidung angezogen und sich den Bart gestutzt. Er wollte diesen Tag mit mir verbringen, diesen letzten Hauch des Himmels und die Landschaft erleben, bevor die Dunkelheit kommen würde. Götter, es war so überwältigend und süß.

Heirik ließ Vakr die Richtung ändern, und wir ritten den ansteigenden Küstenstreifen entlang ein Stück weiter, bis zu einer Stelle, an der sich eine gigantische Felsenklippe ins Wasser erstreckte, die vom Wasser so ausgehöhlt war, dass sich unter dem Felsüberhang kleine höhlenähnliche Nischen befanden. Heirik steuerte auf eine von ihnen zu, die sich hinter einem riesigen angeschwemmten Baumstamm verbarg, der so groß war wie ein Boot.

Ich stieg ab und ließ Drifa los, die sich sogleich ein wenig entfernte, um zu fressen. Dann trat ich zu Heirik, der bereits hinter dem Treibholz im Sand saß, und setzte mich neben ihn – so dicht, wie ich mich traute, und zugleich mit dem nötigen Abstand, der es mir ermöglichte, mich zurückzuhalten. Ihn nicht einfach zärtlich zu berühren oder zu versuchen, den süßen Kuss von ihm zu ergattern, den er mir am Tag der Schafschur fast gegeben hätte. Nicht nach seiner Kleidung zu greifen und ihn an mich zu ziehen. Dort, wo ich jetzt saß, konnte ich mich zurückhalten, und zugleich war es nah genug, dass ich Heiriks Geruch wahrnehmen konnte.

Ich zog den Pelz enger um meine Schultern.

»Er gehörte zur Morgengabe meiner Mutter«, sagte er, als wollte er mich beruhigen. Er meinte den silbernen, wunderbaren Fuchspelz. Er hatte seiner Mutter gehört.

»Der Blaufuchs ist selten«, erklärte er. »Mein Vater hat das Tier an dem Tag erlegt, als sie geheiratet haben.« Er sah den Pelz nicht an, während er sprach, sondern blickte in meine Augen. Er wollte sich vergewissern, dass es mir gut ging. Doch es war nicht nur das. Vielleicht träumte ich, aber ich hatte das Gefühl, als würde er in mir versinken, so wie ich in ihm versank.

»Hier bist du damals angekommen«, sagte er sanft.

Ich sah mich um, irgendwie entmutigt, während mein Herz vor Angst und Hoffnung und Lust heftig pochte. »Genau hier?« Meine Stimme brach.

Er drängte mich. »Du erinnerst dich nicht.«

Das tat ich wirklich nicht. Ist wusste noch, dass es ein Strand gewesen war, mit schwarzem, nassem Sand, aber ich war damals orientierungslos und halb bewusstlos gewesen. Es gab nicht viele Einzelheiten dieses Tages, an die ich mich noch erinnern konnte – es hätte jede Küste sein können. Ich hatte keine Ahnung, dass es genau hier gewesen war.

»Nur an Sand«, murmelte ich und ließ ein bisschen davon durch die Finger rieseln. »Nur an diesen Sand.«

317

Heirik zog den Knoten an seiner rechten Armschiene fester. Das Leder war steif, denn er trug dieses Paar nur zu besonderen Anlässen, zu Festen und Ritualen.

Dann fiel mir etwas ein. »Ich erinnere mich an das Heulen des Windes«, sagte ich. Allerdings war es mir unmöglich, den fürchterlichen Schmerz zu beschreiben, meine Verwirrung und meine Versuche, Geräusche und Bilder zu ordnen. Ich begnügte mich mit ungenügenden Worten. »Ich habe entsetzlich gefroren.«

»Já, du warst ganz blau.« Der Knoten löste sich, und Heirik ließ die Enden der Schnur einfach herabhängen, ohne sich weiter darum zu kümmern. »Ich hatte schon befürchtet, dass du unterwegs sterben würdest.«

Eine unangenehme Stille breitete sich aus, als er so offen von meiner Sterblichkeit sprach. Aber er hatte mich gefunden. Ich war am Leben. Schweigend und ohne ihn um Erlaubnis zu fragen, nahm ich die beiden Enden der Schnur in die Hand und verknotete sie.

Er betrachtete meine Hände verwundert, als hätte sich ein exquisiter, winziger Vogel auf seinem Unterarm niedergelassen.

Als ich fertig war, ließ ich meine Finger langsam über die anderen Knoten wandern. Auch das Leder zu berühren war verboten, ganz zu schweigen von der Haut darunter. Ich tat es trotzdem. Und schon das Leder erzeugte eine Erregung und Wärme in mir, die sich in meinem ganzen Körper ausbreitete. Ich tastete weiter, bis meine Handfläche über seiner war, und dann streifte ich seine Fingerspitzen, ehe ich meine Hand zurückzog.

Heirik ließ seine Hand auf sein Knie sinken und ballte sie zur Faust. »Seit ich ein Kind war, hat mich keine Frau mehr angefasst«, sagte er und starrte dabei seine Faust an.

Die Worte hingen zwischen uns in der Luft, während ich versuchte, das Ausmaß des Gesagten zu begreifen. Vermutlich war er ein Jahrzehnt lang nicht mehr von einer Frau berührt worden, nicht einmal bei den geringsten Tätigkeiten. Keine hatte ihm die Haare geschnitten. Keine hatte seine Finger, wenn sie ihm eine Schüssel mit Essen reichte, gestreift oder ihm auf die Schulter geklopft, um ihn auf etwas aufmerksam zu machen. Wie sehr musste er nach der einfachsten, beiläufigsten Berührung hungern?

Er öffnete die Hand und drehte sie um, starrte sie mit distanziertem Interesse an, als würde sie nicht zu ihm gehören. Ich machte langsam, legte meine Hand in seine, als wäre sie ein sanfter Flügel. Dann verharrte ich so, ließ alle weiteren Möglichkeiten einfach im Raum stehen.

Er packte mein Handgelenk so fest, dass ich schon fürchtete, er würde mir die Knochen brechen. Ich schnappte mit aufgerissenen Augen nach Luft. Und mit Aufregung im Bauch.

Es war das erste Mal, dass er von sich aus eine Frau berührte. Tief in meinem Innern begriff ich erst jetzt richtig, was das Wort »unberührbar« bedeutete. Heirik wusste nicht, wie man jemanden anfasste. Wie stark oder sanft er sein musste. Wie langsam oder abrupt. Oder vielleicht wusste er es doch. Vielleicht wusste er sogar ganz genau, was er wollte, nachdem er so lange gewartet und darüber nachgedacht hatte, was er tun würde, wenn er nur könnte. Vielleicht wollte er auf schroffe Weise Besitz ergreifen. Ohne eine Möglichkeit zur Umkehr zu lassen.

Er zog mich am Handgelenk zu sich heran, presste seinen Mund auf meinen. Seinen Mund. Götter, er war so weich, und ich hatte so lange gewartet. Ich öffnete mich ihm, gab ihm meinen Mund, gab ihm meinen Atem. Er war besitzergreifend und ungeduldig, wollte unseren Kuss, ohne zu wissen, wie er ihn sich nehmen musste. Ich öffnete die Lippen, um es ihm zu zeigen.

Ich berührte seine Zunge mit meiner, und er zog sich zurück, so sanft, dass ich gerade noch seine Lippen über meinen schweben spüren konnte. Er berührte meinen Mund wieder, murmelte leise etwas, als hätte er verstanden, und öffnete seinen Mund, gab mir seine Zunge.

Ich tastete über das Leder seines Armschutzes, löste ihn, sodass ich meine Hand in seinen Ärmel schieben konnte. Meine Haut glühte, als ich seinen nackten Arm hochwanderte. Mit der anderen Hand hielt ich seine langen Haare, die sich genauso anfühlten, wie ich es mir immer vorgestellt hatte. Ich zog an dem Lederband, das sie zusammenhielt, und der Knoten ging auf.

Wir lösten uns einen Moment voneinander, verharrten schwer atmend Stirn an Stirn. Heiriks Haare fielen nach vorn und umhüllten mich. Er schloss die Augen, hielt mit der Hand meinen Kopf. Die andere hatte meinen Ärmel hochgeschoben, bis er mit dem Daumen die Armbeuge berühren konnte. Er rieb seine Nase an meiner Schläfe, drückte seine Lippen darauf. Ich küsste ihn überall, aufs Kinn, auf die Mundwinkel. Auf den Wangenknochen schmeckte ich Salz. Ich küsste seine Kehle, und er hob das Kinn, damit ich besser dorthin kam. Meine Zunge fuhr über den Thor-Hammer, und Heirik murmelte etwas in mein Haar, voller Begierde und Überraschung.

Er packte mich hart am Kinn, zu hart, und nahm wieder meinen Mund. Und dann kam Bewegung in seine Finger. Er berührte die Stelle, an der sich unsere Lippen verbanden, wie jemand, der blind war, bis seine Zunge, seine Lippen und seine Finger in meiner Wahrnehmung zu einer einzigen Empfindung verschmolzen.

Ein Schrei kam von weiter unten am Strand. Es war ein trauriges Geräusch, das sich beinahe im Meer verlor, aber Heirik hatte es gehört und brach den Kuss sofort ab. In weniger als einer Sekunde war er auf den Beinen, und schon saß er auf Vakr. Ich blieb schwer atmend allein im Sand zurück.

Er war so geschmeidig auf sein Pferd gesprungen, wie ein rasch fließender Gebirgsbach dahinfloss. Während ich mich wunderte, was das alles zu bedeuten hatte, strömte die Leidenschaft weiter durch meinen Körper. Ich stellte mir vor, wie ich seine Hüften umfasste und diese fließende Bewegung in mich aufnahm.

Der Traum erstarb allerdings, als ich sah, dass Heirik ein Messer aus dem Gürtel zog. Ein Band war daran, das er an seinem Handgelenk befestigte; danach ließ er die Klinge einfach herunterhängen. Er sah an den auslaufenden Wellen entlang über den Strand, und ich folgte seinem Blick. Reiter näherten sich von dort rasch. Ich konnte nicht erkennen, wer sie waren, aber ich sah, dass ein halbes Dutzend von ihnen Speere wie zitternde Pfeile gen Himmel reckten. Zwei große dunkle Vögel kreisten über uns.

»*Slitasongr*«, wies Heirik mich ruhig an. Mein Blick glitt über die grauen Steine, den schwarzen Boden und das helle Holz. Irgendwo hier musste die Axt sein, verschmolzen mit einer Landschaft, die ihre Farben trug. Ich fand sie. Sie wog schwer in meiner Hand, und ich fühlte ihre Energie, ihre Stimme. Ich reichte sie Heirik, und er nahm sie mir ab, ohne den Blick von den Reitern zu nehmen.

Ich blieb einen Moment neben ihm stehen, während sie näher kamen. Heiriks Hand lag auf meinem Kopf, sein Daumen strich über meine Stirn. »Zieh dich zurück, Litla. Du musst weg von hier.«

Wir drehten uns beide um, betrachteten die schwarze Felsenklippe, die sich bis ins Meer erstreckte. Etliche flache Höhlen waren zu sehen, aber keine war tief genug, dass ich mich hätte darin verstecken können. Schmerz huschte über sein Gesicht, und dann schien er jegliches Gefühl aus seinem Gesicht verbannt zu haben. Ich sollte keine Angst haben, dachte ich. Er sah auf mein rotes Kleid hinunter. »Leg dir etwas über, was dich verbirgt«, sagte er. Mit diesen Worten preschte er los, und Vakrs Hufe spritzten Sand gegen meine Röcke.

Ich stolperte zu der Stelle zurück, wo wir eben noch gesessen und uns geküsst hatten, eine verlassene Laube voller Pelze und Liebe. Sein Armschutz lag dort, sein Haarband, der Pelz seiner Mutter. Die Zeit verlief langsamer, stand beinahe still, während ich den Anblick der Dinge in mich aufnahm. Ich hatte seine Haare gelöst, um meine Hände darin vergraben zu können, hatte ihm die Armschiene vom Handgelenk genommen, um an seinen Unterarm gelangen zu können. Wenn er jetzt kämpfte, würden ihm die Haare ins Gesicht fallen, und seine Hand konnte sich im Stoff verheddern.

Ich verbarg mich unter dem Umhang wie ein Kind, das sich verstecken wollte. In dem kleinen Zelt ging mein Atem heiß und abgerissen. Laute Hufschläge erklangen draußen, und dann hörte ich Heirik rufen: »Ageirr!« Der Kampf rückte näher, Flüche wurden ausgestoßen und Warnungen geschrien, Pferde wieherten. Ich dachte erschrocken an Drifa und wollte schon aufspringen, um sie zu suchen, aber der Lärm der Männer und Tiere, der sich mit dem Donnern und Tosen des Meeres verband, hielt mich davon ab. Die Geräusche kamen näher, und ich zitterte, fühlte mich wie festgenagelt an dem Felsen in meinem Rücken. Ich verschmolz mit ihm, spürte dünnen Schlick unter meiner Wange.

Heirik war ihnen entgegengeritten, aber irgendwie hatte sich der Kampf hierher verlagert. Direkt zu mir.

Der Lärm – das Klirren von Eisen, das Grunzen von Männern – war nicht einmal zwei Häuserlängen von mir entfernt. Ein Pferd wieherte laut, noch verzweifelter als die anderen, und ein Mann schrie, ehe etwas schwer auf die Erde aufschlug und sie förmlich erbeben ließ. Weitere abgewürgte Schreie waren zu hören, Worte, die nicht zu Ende gesprochen wurden. Heiriks Stimme war es nicht. Ich wusste, ich würde sie immer von anderen unterscheiden können.

Ich fragte mich, ob er nach mir rufen würde, wenn er fiel. Was, wenn ein Speer ihn durchbohrte oder eine Axt ihm den Kopf abschlug? Ich dachte an sein hintergründiges Lächeln, an seine goldenen Augen und sah vor mir, wie das Leben daraus entwich, bevor ich die Chance hatte, ihn wirklich kennenzulernen und zu haben. Es gefiel mir nicht, dass ich mich mit geschlossenen Augen ängstlich an den Felsen drücken musste, während meine große Liebe gerade zerfetzt und vernichtet wurde. Ich wollte dabei sein, wollte ihn wissen lassen, dass ich da war. Ich hörte Hildurs Stimme und was sie über Brosa gesagt hatte – *so groß wie der Häuptling und genauso grimmig.* Mit der ganzen Kraft meines Willens versuchte ich, dafür zu sorgen, dass es wahr wurde. Ich zog mir den Umhang vom Kopf und öffnete die Augen.

Das Blut gefror mir in den Adern, als ich ihn sah. Er hatte sich mit Vakr aus dem Kampfgeschehen gelöst und mit unglaublicher Geschwindigkeit einen Bogen darum gemacht. Seine Haare wehten hinter ihm her wie in einem epischen Gedicht oder auf einem historischen Gemälde. Er war wild und entschlossen, das Gesicht von Schweiß und Blut verschmiert und nass von der Gischt des Meeres. Er war der Rabe, der letzte Anblick vor Walhalla.

Er zog an den Zügeln, ließ Vakr sich aufbäumen, schwang die Axt in einem herrlichen Bogen über dem Kopf und traf mit der Klinge das Handgelenk von einem von Ageirrs Männern. Von dessen Bruder! Säuberlich abgetrennt fiel Eiðrs Hand zu Boden. Ich würgte und beugte mich vor, bis meine Stirn den Boden berührte. Sand drang mir in die Nase, in meinen Mund, und wimmernd kämpfte ich gegen das Würgegefühl an. Diese Gewalttätigkeit war zu groß, zu nah, und mein Körper schrie nur noch danach, wegzulaufen.

Drifas Geruch wehte zu mir, stark und nah. Als ich den Blick hob, stellte ich fest, dass sie sich ein Stück entfernt von mir an den Fels drückte, dabei auf eine Weise wiehernd, wie ich es nie zuvor bei einem Pferd gehört hatte. Sie war hier in Gefahr. Ich musste zu ihr. Abgesehen davon bot sie mir die Möglichkeit, auf ihrem Rücken von hier wegzukommen. Und das war alles, was ich wollte – nur noch weg. Weg von den Messern, den Äxten, den Pferden, die von einem wahnsinnigen Willen getrieben wurden. Ich rappelte mich also auf, stolperte zu ihr und stieg auf. Ich wendete sie, wollte schon wegreiten, als ich feststellte, dass Ageirr mich anstarrte.

Ageirrs Blick verlor sich in der Trance des Kampfes, aber dann sah ich, dass seine Augen sich klärten. Er kam auf mich zu, und ich wendete Drifa und versuchte, mit ihr wegzureiten. In beiden Richtungen gab es jedoch nichts als Felsen. Ich hatte keine Ahnung, wie ich an ihm vorbeikommen sollte, und auch Drifa wusste es nicht, die – noch viel zu jung – vor Angst bebte. Und dann war Ageirr bei uns, zerrte mich von Drifas Rücken und setzte mich vor sich auf sein Pferd. Das Tier bäumte sich heftig auf, und ich schrie. Ich kämpfte mit Fingernägeln, Armen und Füßen gegen ihn, aber ich konnte ihn keinen Millimeter bewegen.

Und dann herrschte Stille. Die Zeit verlief wieder langsamer, veränderte und streckte sich, wie es in Momenten der Angst und der Flucht auf seltsame Weise geschah. Ich sah jetzt zu der Stelle hinüber, wo der Kampf stattgefunden hatte. Er war vorüber. Heirik, Hár und Magnus waren da, lebendig und blutverschmiert. Ageirrs Leute waren geflohen. Nur noch er war da.

Ich wehrte mich jetzt nicht mehr und sah, wie Heirik den Kopf in meine Richtung drehte, von wo der Schrei gekommen war. Ein schrecklicher Schatten wanderte über sein Gesicht wie eine Wolke, welche die Sonne bedeckte. Ein Schatten der Konzentration und Entschlossenheit. Er sprach gleichmäßig und beschwichtigend.

»Ageirr«, sagte er.

Seine tiefe Stimme gab mir ein Gefühl von Sicherheit. Auch Ageirrs Pferd beruhigte sich. Heirik verzauberte uns alle.

»Was hast du vor, Ageirr?«

Ageirr antwortete nicht, aber ich spürte, wie er den Kopf schüttelte. Sein Pferd trippelte rückwärts über Treibholz, und jetzt war es wieder schreckhaft und misstrauisch. Ich begriff, dass Ageirr gar keinen Plan hatte. Er hatte aus einem Impuls heraus nach mir gegriffen, und jetzt war er der Einzige, der noch hier war. Aggressiv, verletzt, voller Wut und Neid und Kummer. Sein Griff um meine Taille war fest. Er roch nach Blut und Metall und Krankheit.

Heirik sprach von dort, wo er war, mit ihm. Er ritt nicht zu mir, um mich zu retten. Ich sehnte mich nach ihm, wollte seine starken Hände auf meinem Körper haben und versuchte, ihn mit meiner Willenskraft dazu zu bringen, zu mir zu kommen. Aber er sah mich nicht einmal an, richtete seinen Blick nur auf Ageirr.

»Was willst du, Ageirr?« Er hörte nicht auf, seinen Namen zu nennen. Ihn einzulullen und dazu zu bringen, sich träge und sicher zu fühlen. Hár stand auf dem Boden und machte sich daran, einen heruntergefallenen Speer aufzuheben. Er bewegte sich langsam, während Heirik weiter Ageirrs Blick festhielt, sodass der den Moment nicht mitbekam, in dem Heirik von Hár die Waffe erhielt.

In diesem Moment dämmerte mir eine schreckliche Erkenntnis. Ich wusste, was Heirik vorhatte. Er wollte die Waffe auf uns schleudern.

Ich sah zu Boden, versuchte, tapfer zu sein, suchte nach einem Weg hier raus, aber ich sah nichts als weggeworfene Waffen und eine abgetrennte Hand, die den Schaum der auslaufenden Wellen rot färbte. Ich wandte den Blick ab, und meine Gedanken wanderten nach Innen, suchten nach Stärke oder wenigstens Gleichgültigkeit. Was ich fand, waren Erinnerungen an Simulationen, und fast hätte ich ein krankes, lautes Lachen von mir gegeben. Ich dachte, in den Käfigen hätte ich gesehen, wie Männer kämpften, als diese sich geschlagen und getreten und verletzt hatten. Aber ich hatte gar nichts gesehen. Es waren nutzlose Erinnerungen, und ich hatte über Dinge gejubelt, die ich nicht verstand.

Aber dann tauchte eine Erinnerung daran auf, wie jemand den Ellbogen gegen den Kopf seines Gegners gestoßen hatte, einmal, zweimal, dreimal, viermal. Ich erinnerte mich, wie die Menge erschauderte und aufgeheult hatte.

Heirik hielt den Speer locker an der Seite und wartete geduldig auf seine Chance. Ich konnte nicht länger warten. Ich musste etwas tun. Und so beugte ich mich vor, zog den Kopf ein, während ich den Ellbogen hoch gegen Ageirrs Kinn stieß, härter als alles, was ich bisher jemals getan hatte. Grunzend lockerte er den Griff; ich hing jetzt nur noch über seinem Arm. Damit war ich weit genug aus der Schusslinie.

Die Zeit verging wieder langsamer, und ich beobachtete Heirik. Seine Miene verriet kalte Entschlossenheit. Sein Wurf war geschmeidig und leicht. Der Luftzug hob ein paar meiner

Haarsträhnen, als der Speer vorbeizischte, so knapp war es. Dann schlug ich auf dem Boden auf, mein Kopf prallte von einem Stück Treibholz zurück, und ich war frei.

Grauer Nebel hüllte mich ein und dämpfte alle Farben, angefangen vom grünsten, feuchtesten Lehm bis hin zum dunkelsten Eisen. Der Himmel sah aus wie ein riesiges Durcheinander aus Lila und Dunkelblau. Ich wurde vom Boden hochgehoben, und alles um mich herum schimmerte auf bezaubernde Weise silbern. Ich sah auch die Gesichter von Menschen, die ich liebte. Dann saß ich vor Hár auf seinem Pferd, und seine Arme hielten mich fest.

Byr schritt durch ein Meer aus kniehohen grünen Pflanzen, die sich vom schwarzen Sand und grauen Holz abhoben. Ich ließ meine Hand sinken, um mit den Fingern darüberzustreichen. Fast wäre ich dabei vom Pferd gefallen, aber Hár packte mich rechtzeitig. Ich lehnte mich mit dem Rücken gegen den alten Mann und lächelte. Dies war jetzt schon das zweite Mal, dass er mich benommen vor Schmerz und Kälte vom Strand nach Hause brachte.

Heirik ritt vor uns, genauso wie am Tag meiner Ankunft, als er für mich noch der Häuptling und ich Jen gewesen war. Drifa war neben ihm; seine Hand ruhte auf ihrem Sattel, und sein Daumen strich über das Leder, wo ich gesessen hatte.

Kaum erreichten wir die weite Ebene, war es aus mit dem Frieden, der noch beim Reiten zwischen all dem Treibholz und Grün hindurch geherrscht hatte. Hár drückte mich fest an sich, und gemeinsam flogen wir nur so dahin.

Sie ritten äußerst schnell, und der Wind peitschte mir ins Gesicht. Ich konnte Hárs langen Bart an meiner Wange spüren, was zugleich beruhigend war und kitzelte. Unwillkürlich musste ich daran denken, dass meine Freundin ihn geküsst und berührt hatte. Mein Kopf sackte zur Seite, und ich sah, wie Hárs Oberschenkel sich an Byr klammerten, sah seine starken Muskeln. Die braune Wolle war von einer dicken roten Masse getränkt.

Bettas Geliebter hatte mich weit öfter in den Armen gehalten als mein eigener.

Der wehmütige Gedanke verlor sich in dem dunkler werdenden Himmel, der über uns gähnte und mir sämtliche Luft nahm. Die Temperatur schien binnen eines Atemzugs um etliche Grad gesunken zu sein. Das Wetter nahm jetzt bedrohliche Züge an, und während der Himmel sich eben noch endlos wirbelnd über uns erstreckt hatte, verwandelte er sich abrupt in Stahl und zog sich wie ein Gewölbe über uns zusammen. Schon bald tauchten die riesigen Steinschwestern auf, die sich gegen den dunkler werdenden Himmel abzeichneten, und Tränen traten mir in die Augen, ließen mir die Sicht verschwimmen. Wie verurteilte Geister befanden sie sich auf ihrem ewigen Weg; diesmal war die Kleinste ganz vorn. Sie führte uns nach Hause.

Ich döste ein, und als ich wieder aufwachte, war überall um uns herum der Winter erwacht. Harte, peitschende Windstöße trafen uns, eiskalt und schroff. Die Pferde – obwohl ihre Willenskraft und ihre Körper es mit den Göttern aufnehmen konnten – wurden nur so zur Seite und niedergedrückt. Und Menschen wie Pferde konzentrierten sich nur noch darauf, unser Schutz versprechenden Langhaus zu erreichen.

Es schien mir wichtig, an der Vorstellung festzuhalten, dass wir zu einem sicheren Ort unterwegs waren. Aber wo war er?

Irgendwo, nur nicht hier und jetzt, wo Eisen und Stahl und Blut so frei strömten, wie diese Männer es für nötig hielten. Nicht hier, wo Hände abgetrennt und Speere geschleudert worden waren. Nicht hier, wo ich auf einem herrlichen Pferd ritt, wo Gewalt und Schönheit sich verbanden. Ich spuckte Wasser, als der eiskalte Regen mich ins Gesicht traf. Das Wasser stieg mir in die Nase, und ich schürzte die Lippen und blies dagegen an, sodass ich atmen konnte.

In meinem Hirn breitete sich ein Eindruck von Weiß und Glas aus, und ich sah große Oberlichter, Innenräume, die im Sonnenlicht erstrahlten. Die klaren Linien eines makellosen Bistrotischs aus Stahl. Nahm den Geruch von Kaffee wahr. Eine Überdecke, noch warm, frisch aus dem Trockner. Sie roch nach Waschmittel. Ich spürte einen Arm, den jemand um mich legte. Ich stellte mir vor, wie mich ein bärtiges Kinn an meiner Nase berührte. Das war Sicherheit. Ich stellte mir vor, dass meine Stirn an einer warmen Brust ruhte, spürte Haut und Metall und Leder. Der Geruch von Rauch war Sicherheit.

Ich war schläfrig. Immer wieder döste ich ein.

Ich wusste nicht, ob Heirik ihn getötet hatte. Ich fragte mich, ob Ageirr getötet worden war, während er mich in den Armen gehalten hatte. Ob er mich bei seinem letzten Atemzug losgelassen hatte. Heirik würde töten, wenn es darum ging, mich zu retten, das zumindest wusste ich.

Das Gras wuchs auf dem ganzen Langhaus. Heim, dachte ich, já, und Trygg. Ich kämpfte um die englischen Worte, dachte, dass sie wichtig wären. *Zuhause. Sicherheit.*

Ich wurde von einem Mann zum nächsten gereicht. Ich suchte in ihren Gesichtern, aber sie waren verschwommen, so viele. »Heirik?« Ich versuchte zu rufen, aber es war nur ein schwacher Laut. Ich hörte eine Frau nach Luft schnappen, Hildurs Stimme. »Kind, der Häuptling ist hier!« Es war eine Warnung, keine Antwort auf meine Frage. Vielleicht sein Name? Hatte ich seinen Namen gesagt? Ich hörte ihn jetzt sprechen, und die Worte selbst waren mir egal, denn es war seine Stimme, die mich beruhigte, gleichmäßig und stark. Ich klammerte mich an diese Stimme, und sie folgte mir.

Da waren Rauch und weniger Licht und das vertraute Gefühl meiner Bank. Jemand hob meinen Kopf und legte Decken darunter. Einige weitere wurden über mir ausgebreitet. Die Wolle zog mich zur Begrüßung in eine schläfrige Vergessenheit. Ich hörte eine Männerstimme – Bettas Vater – sagen: »Kind, wach auf«. Aber das tat ich nicht.

Ich träumte, ich wäre verletzt worden, und Heirik würde für mich sorgen. Der Häuptling selbst würde sich neben mich setzen und sich um mich kümmern. Meine Augen waren geschlossen, und doch wusste ich, dass er es war, denn da war sein Geruch nach Zimt und Pelz. Der metallische Geruch von Blut und der Duft von Wacholder waren ebenfalls dabei, strömten von dem kalten Tuch aus, das auf meiner Stirn lag. Etwas Seidiges strich über mein Gesicht. Es waren seine Haare, die meine Wange berührten. Es fühlte sich an wie ein Vorhang, der um mich herumfiel, als er sich zu mir beugte und etwas sagte.

Es war ein sehr lebhafter Traum. Ich hatte Heirik nie an meinem Schlafplatz gesehen, an diesem Ort, wo keine Farbe seine Iriden erhellte. Niemals hatte ich seine Augen so dunkel, fast braun gesehen. Er wirkte besorgt. Ich lächelte, um ihn wissen zu lassen, dass es mir gut ging, aber ich fühlte mich benommen, als hätte ich zu viel Bier getrunken, und ich lachte.

Ich dachte, ich würde sein süßes Lächeln sehen, aber so war es nicht. Er setzte sich aufrecht hin und bat jemanden, Bettas Vater zu holen. Ich vermisste Heiriks Nähe. Ich wollte nicht, dass dieser Teil des Traums endete. Ich wollte nicht stattdessen von Bjarn träumen. Ich spürte, wie mich der Schlaf überwältigte, so schnell wie ein Zug.

»Bleib«, befahl Heirik mir. Er legte den Handrücken sanft auf mein Gesicht und strich mir über die Wange. Die Berührung brannte wie Feuer, sofort und heftig. Es war ein gutes Brennen, so unerträglich gut. »Bleib.« Diesmal war es ein Flüstern, eine Bitte. Ich drehte meinen Kopf unter seiner Hand und öffnete die Lippen, um seine Fingerknöchel zu küssen, und seine Knochen waren stark und hart an meinem Mund. Er sprach meinen süßen Namen, Litla, mit einer Stimme, so trocken wie Rinde. Die Vorhänge raschelten, und Bjarn tauchte auf.

»Oh«, sagte Bettas Vater ehrfürchtig. Er hätte genauso gut einen leibhaftigen Gott oder eine leibhaftige Göttin sehen können, so ungläubig war seine Stimme, so voller Staunen. Er zog sich zurück, aber Heirik hielt ihn mit einem Befehl auf. Der Traum löste sich auf, und mein Geliebter war wieder der Häuptling.

»Kümmere dich um Ginn«, sagte er. »Und zu niemandem ein Wort.« Mit raschen, anmutigen Bewegungen ging er weg.

SCHNEE UND STERNE

Winter

Am nächsten Tag kam der Schnee, und alle zogen sich ins Haus zurück.

Den ganzen Morgen sprachen wir von nichts anderem. Unsere Stimmen hatten dabei einen anderen Klang als sonst, da sie jetzt von Wänden widerhallten, die vom Schnee eingeschlossen wurden. Alle waren erstaunt darüber, wie schnell er gekommen war und dass er nach nur einer einzigen Nacht mehr als kniehoch lag. Aber das war nichts, verglichen mit dem, was noch kommen konnte. Geschichten von vergangenen Wintern machten die Runde, von verschütteten Häusern und verloren gegangenen Tieren, als wären sie eine Art Bannzauber gegen die Elemente. Für mich war die plötzliche und vollständige Isolation ein Schock. Ich bekam Panik, und Gedanken an Ageirr tauchten wieder auf.

Nei. Ich riss mich zusammen, versuchte, mutig zu sein und mit den Erinnerungen an den Kampf zu leben. So wie Heirik es tun würde. Und so flickte ich mit Schwindelgefühlen im Kopf Risse und nähte Säume und lief vorsichtig hinter der kleinen Lotta her. Immer wieder musste sie sich vergewissern, dass der Schnee so hoch war wie sie, weshalb sie ständig zur Tür lief. Wenn ich sie dann wieder hereingeholt hatte, vergaßen wir sie gewöhnlich eine Weile, bis eiskalte Luft unter unsere Kleidung kroch und ich zum Schmutzraum ging, um sie erneut zurückzuholen.

Der Schnee dämpfte alles. Es lag nicht nur an meinem Kopf. Was den betraf, hatte ich vermutlich eine Gehirnerschütterung. Aber da war noch etwas anderes, was dieses Haus verstummen ließ. Die Schneemassen veränderten die Stimmen und die sanften Echos. Im Unterschied zu der stets fröhlichen Lotta reagierten die anderen Kinder eher mit einer verwirrten Ruhe, die nur hin und wieder durch Rufe unterbrochen wurde. Es war der Beginn eines langen Winters.

In der Speisekammer war es immer kühl, aber der Schnee draußen erzeugte eine Kälte, die jetzt auch dem besonders stinkenden Käse und Fisch jeglichen Geruch stahl. Übrig blieb eine Klarheit der Luft, in der ich mich entspannen konnte, wenn ich die Tür hinter mir schloss. Den ganzen Tag wirbelten Gedanken und Gefühle in meinem Kopf herum. Die Freude darüber, dass Heirik und ich zusammengekommen waren, Erinnerungen an seine starken, suchenden Hände, seinen lächelnden Kuss, eine abgetrennte Hand, Knochen und Blut und aggressive Schreie und Panik, Drifas geblähte Nüstern und ihre erschrockenen Augen. Besonders deutlich erinnerte ich mich daran, wie ich mich in Ageirrs Griff befunden hatte. Und an den Speer. Selbst jetzt noch spürte ich das leise Zischen, mit dem er an mir vorbeigeschossen war. Einmal dachte ich sogar, dass meine Haare sich bei der lebhaften Erinnerung tatsächlich bewegten.

Hier in der Speisekammer konnte ich meinen Geist zur Ruhe bringen.

Betta half mir dabei; sie öffnete die Tür und brachte die Schlüssel wieder zurück. Niemand wusste daher, dass ich hier drin war. Ich lehnte mich schwer gegen die Wand, und meine Gedanken wanderten zu der weiten Ebene, die sich unter dem gewaltigen blauen Himmel erstreckte. Ich ließ meinen Blick über die Regale schweifen und sah hinten auf einem der oberen Regalbretter das Kästchen mit den kostbaren Kräutern stehen. Ich hatte gesehen, wie Hildur es weggeräumt hatte; jetzt stellte ich mich auf die Zehenspitzen und schob Körbe und Behälter mit anderen Lebensmitteln und Nähutensilien beiseite, ohne mich um die Gefahr zu kümmern, die damit verbunden war.

Ein schwacher Duft erfüllte den Raum, als ich das kleine Kästchen öffnete. Ich nahm eine winzige Rosmarinnadel heraus – »Meerestau« –, die kaum größer war als ein Reiskorn, und legte sie mir auf die Zunge.

In diesem Moment öffnete sich die Tür, und hastig schob ich das Kästchen wieder in das Regal zurück.

Im nächsten Augenblick waren das schlechte Gewissen und die Frustration darüber, dass ich so wenig Zeit für mich allein hatte, verschwunden. Es war Heirik. Er sah mich an, während er sich unter dem Türrahmen hindurchduckte und die Tür hinter sich schloss. Dann machte er die Geste, die hier alle machten, wenn man leise sprechen sollte: Er streckte mir die offene Hand entgegen, die Finger nach oben gerichtet, mit einer Bewegung, als würde er Geräusche wegschieben.

Er flüsterte: »Geht es dir gut?« Seine Stimme klang schlichter hier, von den Erdwänden halb verschluckt. Aber sie war immer noch tiefgründig.

»Mir tut der Kopf weh«, sagte ich ruhig mit der Rosmarinnadel im Mund. Ich versuchte, mich mutig zu geben oder lässig, indem ich leise lachte. Es klang jedoch mehr wie ein Wimmern, da jeder Widerhall fehlte. Plötzlich wurde mir schwindelig, und ich beugte mich vornüber und stützte die Hände auf die Knie.

Heirik trat jetzt zu mir und fing mich auf. Wortlos sank ich gegen ihn. Seine Arme hielten mich unbeholfen, und das alles war einfach zu viel für mich – die Rosmarinnadel im Mund, der Druck und der Schmerz in meinem Kopf, Heiriks jahrelange Isolation, deren Nachhall ich in seinem viel zu festen Griff spürte. Ich weinte.

Es dauerte lange, mein stummes Weinen, und er hielt mich fest, ohne irgendetwas zu sagen. Irgendwann spürte ich seine Brust vibrieren, noch bevor ich seine Stimme hörte.

»Ich habe mir so oft gewünscht, für dich sorgen zu können«, sagte er. »Aber mit kleinen Alltäglichkeiten. Nicht so wie jetzt.«

Ich lächelte und spürte Wärme in mir aufsteigen, weil unsere Sehnsüchte sich so ähnelten. Weil er auf alltägliche Weise für mich sorgen wollte. Weil seine Fingerspitzen so wunderbar in die Furche entlang meiner Wirbelsäule passten. Ich war nach Hause gekommen, und ich vergrub meine Nase in seinem rauchigen Hemd, während sein Bart an meinem Ohr kitzelte.

Er legte die Hände um meine Taille und hob mich auf eine hohe Bank, stellte sich zwischen meine Knie. Ein Wust an Stoffen befand sich zwischen uns – meine Röcke und meine Schürze –, aber unsere Köpfe waren jetzt auf gleicher Höhe. Ich sah ihn offen an und legte meine Hand an seine Wange. Er sog die Luft ein; solche Zärtlichkeiten war er nicht gewöhnt.

»Ginn ...« Mein Name klang irgendwie merkwürdig und falsch, und mir gefiel die Traurigkeit in seinen Augen nicht. Ich strich ihm über das schwarze Haar. Er zog mich schnell an sich, küsste mich hart. Noch immer wusste er nicht genau, wie es ging. Es war rücksichtslos und für ihn neuartig, und ich gab mich ihm hin.

Es war wie am Tag zuvor. Kraftvolle Leidenschaft, Hände an Wangen, über die Haut tastende Finger, sein überraschtes Gemurmel »Sjordogg«, das sich an meinen Lippen verlor. *Seetau.* Der Geschmack von Rosmarin. Ich schob meine Finger unter den Thor-Hammer. Packte das Lederband an seiner Kehle, zog ihn näher zu mir heran. Und dann hielt Heirik inne.

Er ließ die Stirn schwer auf meine Schulter sinken, während sich seine Atemzüge beruhigten, und verharrte dort. Ein bisschen zu lange, fand ich, denn es fühlte sich ein bisschen zu sehr nach Resignation an.

»Ich gehe weg«, sagte er und hob den Kopf.

»Nei!«, platzte ich – zu laut – heraus. Er wollte von mir weggehen? Gerade jetzt, wo das hier so neu und köstlich war? Ein Verdacht kam mir, und Angst kroch in mir hoch. Wollte er zu Ageirr? Ich stellte mir die beiden vor, wie sie kämpften, und ich sah noch mehr Blut und Knochen. Die Hand des Bruders des einen für das Pferd des Bruders des anderen. Und was würde es für mich geben?

»Nur zwei oder drei Tage, Litla.«

Etliche Warnrufe und Fragen schwirrten in meinem Kopf herum, aber ich stellte ausgerechnet eine törichte: »Aber wie?«

»Wie was?«, wiederholte er, als hätte er mich nicht richtig verstanden.

Ich ließ meinen Kopf gegen seine Schulter sinken und murmelte: »Der Schnee ist so hoch wie Lotta.« Wie dumm ich war. Was glaubte ich denn? Dass er nicht wusste, wie man mit ein paar Fuß Schnee umging? Dass er den ganzen Winter in diesem Haus verbringen würde?

»Já, nun, so groß ist Lotta nicht«, meinte er. Er löste sich von mir, und ich hob meinen Blick zu ihm. Sicher sah er meine Besorgnis und meine Fragen.

»Vakr er stor hestur«, sagte er mit einem Lächeln. Es klang wie eine Zeile aus einem Kinderbuch. *Vakr ist ein großes Pferd.* Ich lachte, aber diesmal war es eher das fröhliche Zwitschern eines Vogels, und ich beugte mich zu ihm, dämpfte das Geräusch mit seinem Hemd.

»Ist Ageirr tot?«, fragte ich.

»Nei«, antwortete er seufzend, und ich konnte nicht erkennen, ob vor Erleichterung oder Bedauern.

Als Heirik wegging, zog er die Tür hinter sich zu, aber ich konnte Hildur trotzdem hören. »Herra!« Ihre schockierte Stimme klang wie ein Pfeil, der geradewegs das schwere Holz durchschlug. Irgendwie brachte sie das Kunststück fertig, sich ihm zu unterwerfen und ihn gleichzeitig zu schelten.

»Geh ein Stück mit mir«, antwortete er mit einer Stimme, die sie sicherlich dazu brachte, nach ihrem Amulett zu greifen. Dann entfernten sich die beiden.

Ich presste die Lippen zusammen, um unseren Kuss zu bewahren, bevor ich in den Hauptraum zurückkehrte, wo ich sie vorfinden würde. Liebe war nicht das, was Hildur zu verteilen hatte. Und echten Respekt, der nicht aus Aberglauben geboren war, würde sie mir nie entgegenbringen.

Das Haus schottete sich ganz von der Außenwelt ab, und in der Enge am Feuer dampften wir alle allmählich vor uns hin. Schon bald fing es an, richtig zu stinken, und ich wusste, ich musste da irgendwie raus. Ich verließ das Langhaus durch den Tunnel und ging zu dem kleinen Badeteich.

Der entsetzliche Kampf, meine neue Liebe, meine Gehirnerschütterung – all das hatte mich so beschäftigt, dass ich den Himmel ganz vergessen hatte. Als ich aus dem Tunnel trat, wäre ich angesichts dieser Herrlichkeit fast auf die Knie gesunken. Sterne! Mindestens eine Million, die mich regelrecht niederdrückten!

Der riesige Himmel und seine unendliche Tiefe verwirrten meine Sinne, und ich presste die Finger gegen die Schläfen in dem Bemühen, all das aufzunehmen. Dabei kannte ich die großen Sterne aus der Zukunft. Allerdings hatte ich immer gedacht, zwischen ihnen würde Leere herrschen, und jetzt sah ich, dass sich in den Räumen zwischen ihnen tausend andere befanden. Der Himmel sah aus wie gesiebter Zucker. Es war wirklich vollkommen dunkel da draußen, und ich war bass erstaunt. Ich ließ mich von dem heißen Wasser im Teich tragen, während mein Kopf auf den Steinen ruhte. Zuerst fühlte ich mich von der Dichte der Sterne überwältigt, von ihrer schieren Menge, aber dann passten sich meine Augen und mein Geist an, und ich begann die Tiefe des Himmels und die immensen Entfernungen zu erahnen. In dieser Welt hier war so vieles – beinahe alles – so viel ergreifender, so viel schöner, als ich es mir je hätte erträumen können.

Der einladende kleine Teich wurde für mich zu einer Oase, in der ich mich, umgeben von Sternen und Dampf, klein fühlen konnte. Zweimal am Tag gingen Betta und ich mit den kleinen Mädchen dorthin, ließen uns vom Wasser tragen und erzählten ihnen Geschichten über schöne Kleider und Füchse und Falken.

Die Kinder wollten wissen, wie genau ich vom Wasser hergekommen war, und ich erzählte ihnen, ein großer Vogel hätte mich wie einen Stein auf dem Sand abgelegt. Ich hatte erwartet, dass sie lachen würden, aber stattdessen sahen sie mich mit riesigen Augen an, und ich erklärte ihnen, dass ich nur einen Witz gemacht hatte und in Wirklichkeit nicht wüsste, wie ich dorthin gelangt war.

Betta brachte mir im Haus bei, wie man Tafl spielte. Es handelte sich um ein Strategiespiel mit glatten, runden Holzmännchen und einem kleinen geschnitzten Häuptling, der den Rücken krümmte und seinen langen Bart mit beiden Händen packte. Ich hatte das Spiel natürlich schon in der Zukunft gespielt, aber ich tat so, als würde ich es nicht kennen. Ich ließ mir zeigen, wie ich die Figuren bewegen musste, um den Häuptling zu schützen und andere Figuren zu kassieren. Wir spielten auch mit Magnus und Haukar und füllten damit die Stunden aus.

Am zweiten Tag, nachdem Heirik weggegangen war, zeigte Hár den Kleinen, wie man mit sehr kleinen Resten aus Leinen, das nicht mehr geflickt oder sonst wie als Stoff benutzt werden konnte, Kohle machte. Er stopfte die Stücke in ein winziges Metallkästchen mit einem Loch oben und röstete es im Feuer.

Ich sah zu, wie der Rauch zum Dach aufstieg, und ich beschäftigte mich mit Nähen, ohne dass ich jemals etwas vollendete. Neue Farben zogen jetzt ins Langhaus ein, und ich suchte nach Worten für sie. Ein düsterer Pflaumenton in den Schatten, der immer dunkler wurde, bis meine Augen ihn nicht von Espresso unterscheiden konnten, erst wie feuchte Erde, dann schwarz. Ein Gefühl von Zärtlichkeit erfüllte mich, als ich an einen Espresso dachte wie an einen früheren Liebhaber. *Doppio con panna.* Ich führte einen Finger zum Mund, als würde ich die geschlagene Sahne ablecken.

Dabei hatte ich nicht vergessen, wo ich war. Nei, ich war ganz hier, spürte mein Zuhause so bewusst wie immer. Und ich spürte die scharfen Blicke der anderen, die sich über mich wunderten und wahrscheinlich nach Gründen suchten, wieso ich nur einen so furchterregenden Mann haben wollen konnte, denn es war eindeutig, dass ich es tat. Ich konnte es nicht verbergen. Wahrscheinlich glaubten sie, dass ich es auf dieses wohlhabende Haus abgesehen hatte, dessen Herrin ich sein wollte – auch wenn ich dafür den Herrn würde ertragen müssen. Vermutlich war das ihre Schlussfolgerung.

Was das Lügen betraf, so hatten sie recht, aber nicht in der Weise, wie sie denken mochten.

Ich tat so, als hätte ich mich selbst gestochen, betrachtete meine Nadel mit einem milden Gefühl des Verrats. Ich kehrte zurück zu meiner trägen, gleichgültigen Aufgabe. Ein Saum vielleicht. Ich war mir nicht sicher, und ich musste lange hinschauen, bis mich das warme, getragene Hemd in meinen Händen an etwas erinnerte.

Männer gingen zu den Ställen und kümmerten sich um die Tiere. Wenn sie zurückkehrten, glitzerten Eiskristalle in ihren Bärten und dem Pelz, der ihre Mützen säumte. Sie holten die Skiðs heraus und rieben sie mit übel riechendem Fett ein, und wieder schärfte Magnus jedes einzelne Messer im Langhaus.

Die Kinder spielten mit bezaubernden Schilden und Äxten, und die Mädchen hielten sich eingebildete Babys an die ebenso eingebildeten Brüste und legten sie dann zum Schlafen auf weiche Felle. Noch immer kehrte Heirik nicht zurück.

Am dritten Tag begann ich mit dem Nadelbinden von Socken, und ich schwelgte in den Erinnerungen an Küsse. Meine Augen wurden weich, wie verzaubert. Ich grübelte darüber nach, warum er weggegangen war, und ich wünschte und hoffte, dass es nichts mit Ageirr zu tun hatte. Dass es etwas anderes war, etwas, was ihn nicht in Gefahr bringen und kein Blutvergießen bedeuten würde. Ich stellte mir vor, wie es wäre, wenn er zurückkäme. Ich wollte ihm entgegenlaufen und ihn begrüßen und festhalten, aber ich wusste, dass ich all das nicht tun würde.

Als er dann tatsächlich nach Hause kam, hörte ich ihn als Erste im hinteren Teil des Hauses mit seinem Onkel sprechen. Mein Herz schlug schneller, aber ich gab mich unbeeindruckt. Er würde zu mir kommen, und bis dahin konnte ich warten.

Aber er kam nicht. Nicht einmal, als er so lange zu Hause war, dass es sich nach tausend Stunden anfühlte. Nicht einmal nach dem Abendessen, als sich alle zur Nacht bereit machten und dies die letzte Möglichkeit für ihn war, beiläufig in den Hauptraum zu gehen und Hallo zu sagen.

Mit zugeschnürter Kehle und jeder Menge Fragen im Sinn ging ich zum Schmutzraum, um ihn aufzuräumen.

Schneeschuhe aus Holz standen an der Wand, und obwohl die Männer und Kinder sich bemüht hatten, alles aufzuhängen, was sie draußen getragen hatten, war das meiste runtergefallen, weil der tropfende Schnee es zu schwer gemacht hatte. Umhänge und Decken und Stiefel lagen kreuz und quer auf den Bänken und dem Boden, wie Vögel, die sich um irgendwelche Krumen scharten. Die Sachen, die noch an Haken hingen, wirkten so leblos, als wären sie von einem Jäger getötet worden.

Hier drinnen roch es angenehm nach Erde und schmelzendem Schnee. Die Umhänge selbst verströmten den Geruch von nasser Wolle, von Schafen, wenngleich verarbeitet durch Kardieren und Spinnen und Filzen, nicht so streng riechend wie die Tiere selbst. Ich faltete die Sachen und stapelte sie, zufrieden mit der geistlosen Arbeit, während ich mir einzureden versuchte, dass ich seine Tür nicht beobachtete. Nei, es kümmerte mich nicht, ob er da drin war. Ich sehnte mich nicht danach, zu klopfen.

Ich hatte schon immer gern Decken gefaltet und über meine Sofalehne gehängt, eine über die andere, bis es mehr als genug gab für jedweden möglicherweise eintretenden trüben und kalten Tag – als wäre meine Wohnung jemals auch nur annährend so kalt gewesen wie das jetzt. Die Kälte hier drang in meine Knochen und war so überwältigend, wie ich es mir nie hatte vorstellen können, wovon ich auch nie geglaubt hatte, dass ich es jemals würde aushalten müssen.

Ich hörte das Knirschen von Schritten, und Heirik kam von draußen herein, stampfte mit den Schneeschuhen und Stiefeln auf und legte die Pelze und einen Teil der Wollkleidung ab.

Ich holte scharf Luft; wie immer machte mich sein Anblick benommen. Er drehte sich um und sah mich. Er sagte meinen Namen, und wie immer, wenn er das tat, verwandelte sich seine Stimme in Honig. Mein Name wurde zu etwas wunderbar Schönem und Zartem, wenn er ihn aussprach.

»Du warst draußen«, sagte ich wenig geistreich.

Er ließ sich auf der Bank nieder, um die Schnüre der Schneeschuhe unter seinen Stiefeln zu lösen. »Já, alles schläft jetzt.« Er nahm die Mütze ab, und die Haare fielen ihm frei über die Schultern, ohne geflochten oder zusammengebunden zu sein. Der Anblick war noch erregender, als wenn er seine Kleidung ausgezogen hätte. Er bemerkte, dass ich ihn musterte, und zog den Kopf ein.

»Ich habe dem Hof Gute Nacht gesagt, wie meine Mutter es immer genannt hat«, sprach er, während er die schweren, unnachgiebigen Schneeschuhe auszog. »Wir sind früher um das Langhaus und die Ställe herumgegangen, haben die Tiere und die Menschen gezählt. Und dann sind wir ins Bett gegangen und haben geschlafen, was, wie ich vermute, die Idee war, já?« Sein sanftes Lächeln war einfach herrlich.

Ich lächelte ebenfalls bei dem Gedanken an den kleinen Heirik, das vierjährige Kind, das dieser grimmige und imposante Mann einmal gewesen war. Aber ich konnte kein klares Bild heraufbeschwören. Es war schwer, weil ich niemals ein Foto von ihm gesehen hatte. Schwer, wirklich zu verstehen, wie dieser hochgewachsene Mensch mit dem kratzigen Bart und den ernsten Brauen ein kleiner Junge mit zerzausten schwarzen Haaren gewesen sein sollte, der den Schafen und dem Gras und den Pferden Gute Nacht sagte. Ich konnte ihn kaum fragen *Wie hast du damals ausgesehen?* Es kam mir in den Sinn, dass er gar nicht wusste, wie er jetzt aussah, ganz zu schweigen von damals. Es gab hier keine Spiegel. Es gab verschiedene Wasseroberflächen, die unklare und sich kräuselnde Bilder erzeugten. Meistens waren wir auf andere angewiesen, die uns sagten, wie wir aussahen. Männer brauchten Frauen, die ihnen die Bärte stutzten und ihnen die Haare schnitten und kämmten, mit Sehnsucht und Liebäugeln reagierten oder auch nicht. In Heiriks Fall reagierten sie wohl eher mit Angst oder Abscheu. Kein Wunder, dass er sich für ein Monster hielt. Er konnte sein eigenes göttliches Gesicht nicht sehen.

Er legte die Ellbogen auf die Knie, und seine geschickten Hände baumelten zwischen den Oberschenkeln. Der Anblick überwältigte mich. Ich drehte mich um und betrachtete die Umhänge an der Wand, glättete sie ziellos. Ich zog die Schultern leicht nach vorn, spürte seinen unbeirrten und heißen Blick in meinem Rücken.

»Erinnerst du dich an die Namen der Sterne?«

Ich dachte an die fünf, die es in meiner ursprünglichen Zeit in der Zukunft gegeben hatte, und an die zahlreichen Sterne, die ich jetzt hier sehen konnte. Ich ahnte, dass er nicht von NGC 3576 sprach. Hitze stieg in meine Wangen, als ich mich fragte, ob ich so tun sollte, als würde ich sie kennen, oder besser nicht. Als ich mich zu ihm umdrehte, stellte ich fest, dass es keine Rolle spielte. Er war da, und ich kannte ihn gut. Er war unruhig.

Er stand auf. »Komm mit.« Wie immer in dem vollen Vertrauen darauf, dass man tun würde, was er sagte.

Ich sah an meinem Kleid herunter und warf einen Blick zurück zum Hauptraum; mein eigener Umhang und meine Decken lagen ordentlich gefaltet und gestapelt in meinem Alkoven.

»Nicht dadurch.« Er wies mich an, zu warten, und duckte sich unter dem Türrahmen zu seinem eigenen Zimmer hindurch. Als er zurückkam, hatte er einen silbrigen Pelz dabei, der seinen ganzen Arm bedeckte. Er faltete ihn für mich auseinander, und – oh, Götter – es war ein atemberaubender Umhang. Er bestand aus einem Blaufuchs und Wolle, und er war dick und schwer, aber klein. Ein Umhang für eine Frau. Trotz seiner Größe war er an der Taille schmaler gemacht, und ich band ihn mit einem Lederband fest. Er schien direkt aus einem Märchenbuch zu kommen. Eine Kapuze mit einem Pelzrand war daran, und auch die Glockenärmel waren mit Pelz gesäumt. Er reichte mir weiter als bis zur Taille. Der Umhang war einer Prinzessin würdig.

»Er gehörte meiner Mutter«, erklärte Heirik.

Oh. Wieder lieh Heirik mir ein Erbstück, etwas von der einzigen Frau, die ihn geliebt hatte. Ich drehte mich so, dass er mich von allen Seiten sehen konnte, um ihm zu zeigen, wie es aussah.

»Leg dir auch diese Decken um.« Seine Stimme war rau. Ich gefiel ihm in dem Umhang. »So viele wie möglich.«

Ich hatte meine Haare bereits zum Schlafen gelöst, und die langen weißblonden Strähnen hingen jetzt ebenso frei herunter wie seine, fielen mir bis über die Schultern. Fast war mir, als wären wir beide zwei Pferde, die ihre Mähnen mit warmen Pelzen bedeckten. Seine flachsfarbenen Augen musterten mich, aber ich hätte nicht genau sagen können, ob das, was ich in ihnen sah, Feuer oder Anspannung war. Er nahm mich mit nach draußen, allein. Es gab nicht viele Gründe, warum er das tun sollte. Ich brannte angesichts der Möglichkeiten.

Er klemmte sich ein paar weitere Decken unter einen Arm, und wir gingen hinaus in die messerscharfe Luft. Ich legte den Kopf in den Nacken, sah meinen Atem zu den Sternen aufsteigen. Dann wurde mir schwindelig, und der Atem stockte mir in der Kehle. Ich streckte eine Hand aus, um mich an Heirik festzuhalten. Er schloss die Augen, nur für einen Moment.

»Folge in meinen Spuren«, schlug er vor. Sie waren groß genug, dass meine Füße locker hineinpassten.

Obwohl der Mond nicht schien, wurde das Licht der Sterne vom Schnee zurückgeworfen. Es herrschte ein blaues, milchiges Glühen, das Heirik genügte, um sehen zu können. Und der Weg zu den Ställen und durch die Sodenmauer, die sie umgab, war auch nur kurz. Während wir dorthin stapften, sagte er zu mir: »Mein Bruder ist nicht der Einzige, der den Sternen folgen kann, já? Irgendjemand hier muss wissen, welche Zeit gerade ist.« Ich folgte seinen Schritten, hielt meine Röcke hoch und hob die Beine, um über den hohen Schnee hinweg in den nächsten Krater zu steigen und in den danach und immer so weiter.

Die Ställe waren zur einen Seite hin offen, was sie wie kleine Höhlen in einer verschneiten Klippe wirken ließ. Er führte mich zu so einer Öffnung. Der Gestank überwältigte mich zuerst, aber dann gewöhnte ich mich an den Geruch, und er wurde vertrauter. Ich dachte an Sonnenschein auf einem Vlies. Heirik errichtete eine kleine Schneebank gleich vor dem Schafstall, die er mit Decken ausstattete, sodass wir mit unseren Füßen im Innern sitzen und trotzdem die Sterne betrachten konnten. Er saß da und lehnte sich an die Rücklehne aus Schnee, streckte die Füße in den warmen Stall.

Als er mich auffordernd anblickte, machte mein Herz einen Satz. Ich setzte mich neben ihn auf die kleine Schneebank und lehnte mich ebenfalls zurück. Unsere Körper waren sehr nah beieinander, aber sie berührten sich nicht. Wieso nicht? Aus dieser Nähe verlor sich der Geruch von Schafen und wich dem von Leder und dem Zimt von Pelz. Vielleicht roch aber auch seine Haut so. Ich sehnte mich danach, seine Kehle mit den Lippen zu berühren und ihn einzuatmen, um die Erinnerung daran zu bewahren, wie er ohne Feuer oder Werkzeuge oder Kleidung roch.

Er machte es sich bequem, legte einen Arm hinter den Kopf,

als wäre diese kleine Schneebank in Wirklichkeit ein riesiges winterliches Bett, ausgestattet mit einer Reihe von Daunenkissen. »Nicht lange, und der Schnee wird uns wärmen.«

In diesem Moment wurde mir klar, dass Heirik nicht sein Zimmer im Langhaus als seinen Rückzugsort betrachtete, sondern diese Welt hier. Kein Bett aus poliertem Holz, sondern eines aus Schnee oder Gras, mit dem Himmel als Dach. Hier konnte er sich der Länge nach ausstrecken.

Kniehohe Stiefel umgaben seine Waden, waren mit Lederriemen zugebunden. Ich streckte meine Beine neben ihm aus, und das Leder berührte sich, unsere Körper trafen sich an dieser Stelle. Ich vergaß fast, zu den Sternen hochzusehen.

Als ich es tat, drückten sie mich nieder wie schon zuvor. Angesichts ihrer Unermesslichkeit fühlte ich mich klein und an den Boden gebunden, schneegebunden unter der Million weit entfernter Feuer, die alle größer waren als unsere Welt. Für Heirik stellte der Himmel eine Art Kuppel dar, erhellt von den Funken und Blitzen, die ein Gott beim Feuermachen verursachte. Die Vorstellung gefiel mir. Man konnte es so sehen.

»Richte deinen Blick nur auf die Hellsten. Die drei in einer Linie.« Er zog die Linie mit dem Finger nach, wie man es tat, wenn man einem Kind etwas zeigen wollte. Ich hätte seinen Finger am liebsten genommen und festgehalten.

Eine Form kristallisierte sich aus den drei Sternen heraus; ich musste an einen Bogen denken, der von einem unsichtbaren Jäger gespannt wurde. Angesichts der anderen sehr viel schwächeren Sterne war das Bild allerdings kaum zu erkennen. Wenn ich nicht bereits gewusst hätte, dass es dort war, hätte ich mir große Mühe geben müssen, um es in dem Gesprenksel aus göttlichen Funken und fliegender Glut zu finden.

»Friggs Spinnrocken«, erklärte Heirik. »Daneben ist ihre Spindel.«

Mir gefiel der Jäger mit seinem straff gespannten Bogen sehr gut, aber eine spinnende Frau *war* tatsächlich mächtig und hübsch. Ich sah durch Heiriks Augen und versuchte, mir die große Göttin vorzustellen, die Erzeugerin der Wolken, die zuweilen auf der Brise schwebten und einander dann wieder durch hässliche Stürme jagten. Nicht immer allerdings. Legte sie ihre Spindel in klaren Nächten wie dieser beiseite?

Eine Weile verfolgten wir die langsamen Veränderungen am Himmel. Jeder Stern wurde wässerig, wenn ich ihn zu lange anstarrte. Nach der anfänglichen Kälte konnte ich inzwischen die Wärme spüren, von der Heirik gesprochen hatte – es war wirklich so, dass unsere Schneebank unsere Körperwärme sammelte und an uns zurückgab, während die Schafe unsere Füße wärmten. Jeden Teil des Tieres nutzen, dachte ich, sogar seinen Atem.

Irgendwann in der langen Stille drehte Heirik sich zu mir. Seine Wade lag jetzt an meiner. Die Berührung war sanft, eine zaghafte Ahnung durch mehrere Lederschichten hindurch. Dennoch erzeugte sie ein so durchdringendes Feuer in mir, wie es stärker nicht hätte glühen können, hätten wir uns wild umarmt, unsere Hüften aufeinandergepresst und unsere Zungen miteinander verbunden. Ich antwortete, indem ich meine Wade ein bisschen bewegte. Die riesige Weite des Himmels verblasste jetzt etwas, da ich an nichts anderes mehr denken konnte als an die Stelle, an der wir uns berührten.

Ich versuchte, in der Welt von Wolken und riesigen Spinnrocken zu versinken, aber ich spürte seinen Blick auf mir ruhen, wie er mich beobachtete, während ich den Himmel betrachtete. Ich sah also nach unten auf unsere Körper, wie wir dicht an dicht auf der Schneebank saßen, mit so viel Verlangen zwischen uns. Wann würde er mich küssen?

Ich rieb mein Bein an seinem, verstärkte den Druck allmählich. Ich griff unter seinen Pelz und seine Decken und fand seine Hüfte, folgte den Kurven seines Körpers hinauf zu der warmen Taille. Mein Gesicht lag an seiner Brust, und atemlos sprach ich nur ein einziges Wort: »Mehr.« Gleichzeitig schob ich meine Finger unter seine Messer und den Gürtel, die mir allesamt im Weg waren.

Heirik gab ein Geräusch von sich, das sein Verlangen verriet. Er murmelte etwas, was ich nicht verstehen konnte, sprach ein ersticktes Wort in meine Haare. Er berührte meine Schulter, aber er umarmte mich nicht. Ich spürte seinen Mund nicht auf meinem, wie es noch an der Küste und in der Speisekammer gewesen war. Ich hätte meine Hand gern noch weiter um seine Taille geschoben, um ihn richtig umarmen zu können, aber dazu war ich zu klein. Sein Körper spannte sich an.

»Ginn.« Es klang entschuldigend.

Und Kälte strömte herein. Etwas war falsch. Überall zwischen uns war unangenehmer Schnee, selbst in unserer Kleidung.

Durch den Pelz auf meiner Stirn hindurch konnte ich den Druck seines Kinns spüren. Meine Hand ruhte immer noch an seiner Taille, meine Finger hatten sich unter seinen Gürtel geschoben, wo sie erstarrt innehielten. Dann zog ich sie in der knisternden Stille zurück, legte sie wieder unter meinen eigenen Mantel. Ich löste mich ein Stück von ihm, um sein Gesicht sehen zu können. Seine dunklen Wimpern berührten die zarte Haut unter den Augen.

Er griff mit der Hand nach dem Schnee zwischen uns und zerdrückte ihn. »Am liebsten würde ich mich auf dich stürzen.« Seine Worte entfachten ein heißes Feuer, das sich überall in mir ausbreitete. Seine Stimme war so brutal wie seine Hände, als wir uns das erste Mal berührt hatten. Ich hielt den Atem an und wartete auf den Rest. Den falschen Teil. Etwas stimmte nicht. »Ich kann nicht.«

Als er die Augen wieder öffnete, waren sie so durchdringend wie Eis. Ich konnte kaum ihre Farbe erkennen.

»Ich bin von den Göttern gezeichnet. Dieses Blut …«

Er machte sich Sorgen wegen seines Geburtsmals? Aber das hatte für mich keinerlei Bedeutung. Das musste er doch sehen können.

»Heirik …« Ich versuchte, ihn aufzuhalten, es ihm zu sagen. Es war nicht nur bedeutungslos für mich, es gehörte zu ihm, machte seine Schönheit aus.

»Nei.« Mit diesem Wort befahl er mir, zuzuhören. »Viele, die mir nahe waren, sind gestorben. Meine Eltern, die Frau meines Bruders. Sein Sohn.«

Ich öffnete den Mund, aber erneut schnitt er mir das Wort ab.

»An dem Tag, als wir zum Meer geritten sind, habe ich dich beobachtet, wie du auf deinem Pferd gesessen hast. Ich dachte, ich würde dich eines Tages halten können. Du hast mich geküsst.« Seine Worte klangen erstickt vor Ungläubigkeit. »Und kurz danach hast du dich in Lebensgefahr befunden. In Ageirrs Griff.« Schmerz und Wut färbten seine Worte.

»Was Ageirr getan hat, hat er selbst zu verantworten, Heirik, nicht du.«

Er hörte nicht zu. »Danach … bin ich zu dir gekommen. Ich habe dir über das Gesicht gestrichen.« Seine Faust löste sich, und ein Schleier legte sich über seine Augen, als hätte sich sein Geist zurückgezogen und würde bei dem Moment verweilen, als er bei mir im Schlafalkoven gewesen war. »Deine Lippen haben sich geöffnet und nach meiner Hand gesucht, wie ein kleiner Vogel.« Ganze Teile seiner Rede fehlten. »Ich habe mich nach deinem Mund gesehnt. Nach allem, was du mir geben würdest.« Ich drückte meine Stirn an sein Kinn, und er drückte einen Kuss darauf, trotz seiner Worte.

Dann beherrschte er sich wieder, zog sich zurück. »Ginn«, sagte er mit einem Hauch von Förmlichkeit. »Ich schwöre dir eines.« Obwohl wir im Schnee saßen, sah er mich mit solcher Eindringlichkeit an, solcher Unterwerfung und Entschlossenheit, dass es war, als würde er mit *Slitasongr* in der Hand vor mir knien und auf die Axt schwören. »Ich möchte nicht noch einmal eine solche Bedrohung für dich heraufbeschwören.«

Was meinte er damit, dass er sie nicht heraufbeschwören wollte? Vor meinem geistigen Auge sah ich, wie eine Bedrohung einem Nebel gleich unter der Schmutztür hindurchdrang oder als riesiger schwarzer Vogel gegen das Langhaus krachte, der die Herdflamme mit seinen Schwingen anfachte. Wie konnte man eine Bedrohung seines Hauses oder der Frau in seinen Armen heraufbeschwören?

Oh.

Salziges, eiskaltes Meerwasser schien in meine Eingeweide zu tröpfeln. Oh, nei. Er umarmte mich nicht, weil er glaubte, gefährlich zu sein. Mich zu gefährden.

Aber ich lebte doch. Ich war hier. »Hör zu«, flüsterte ich. »Es geht mir gut.« Ich atmete sanft auf seine Hand. Er stöhnte und wandte sich ab, lehnte den Kopf zurück, womit er seine Kehle entblößte. Das nach oben gereckte Kinn, die geöffneten Lippen waren eine Qual für mich.

»Heirik, ich habe keine Angst.«

Er schüttelte den Kopf. Er beobachtete die Sterne, aber er sah durch sie hindurch oder tief in seinem Innern auf etwas anderes.

»Aber ich habe welche«, sagte er schließlich. »Und ich werde es nicht tun.«

Die Kraft seines Schwurs war mächtig. Bei Weitem mächtig genug, um das zarte Pflänzchen unserer Liebe zu gefährden.

Ich kämpfte gegen die Tränen an, versuchte, kein Geräusch von mir zu geben, aber er musste mein Zittern gespürt haben, denn er drückte sein Bein an meines, legte eine Hand an meine Hüfte, trotz seines Schwurs. Ich wagte nicht, mich zu bewegen. Wenige Momente später sprach er erneut. »Irgendwo gibt es eine Familie, zu der du gehörst.«

Ein weiterer kalter Stein sackte in meine Eingeweide.

»Einen Ehemann«, sagte er mit fester Entschlossenheit. »Du bist so schön. Jemand sucht nach dir.«

»Nei.« Ich wollte ihm sagen, dass ich ihn hatte. Nur ihn. »Nei.«

»Ich werde dir helfen, ihn zu finden.«

Ein riesiger Schreck fuhr mir in die Glieder und in die Eingeweide und in die Kehle. Ich klammerte mich an Heirik, ohne nachzudenken. Ich flehte ihn an.

Ich flehte ihn an, nicht nach irgendjemandem zu suchen. Mich nicht zu zwingen, nach irgendjemandem zu suchen. Wenn er wollte, dass ich ging, wenn ich Hvítmörk verlassen musste, oh Götter, ich konnte mich gar nicht genug an ihn pressen, um ihn wissen zu lassen, dass er mich bei sich behalten musste. Er war so massig mit all den Pelzen und Umhängen. Meine Arme reichten nicht aus. Er legte seinen Arm um mich, und er zog mich an sich, beruhigte mich. Er öffnete seinen Pelz und zog ihn um uns beide, wiegte mich wie ein Kind. Er hielt mich fest, und obwohl ich gegen eine schreckliche Angst kämpfte, entspannte ich mich dankbar in seinen Armen. Ich gehörte genau hierher. Konnte er das nicht sehen?

Er löste sich von mir. »Es ist schwer, Litla.« Er zog seine Arme von meinen zurück. »Das Schwerste, was ich jemals getan habe und jemals tun werde. Dir so nah zu sein und mich doch von dir fernhalten zu müssen.«

Ich wusste es tief in meinem Innern. Ja, ich wusste genau,

wie das war. Ich hielt ihn mit einer Hand fest, wünschte ihn mir zurück.

»Wäre es in Ordnung …« Meine Stimme schwankte in der Unendlichkeit des Schnees und der Sterne, meine Finger fühlten sich wie Klauen an seiner Kleidung an.»… wenn ich bleiben wollte?«

Er sah mir geradewegs in die Augen.»Das möchte ich.« Seine Stimme klang belegt. Und er wirkte überrascht über das, was er gerade zugegeben hatte, als hätte sich die Wahrheit in den Raum zwischen uns gestohlen.

Er würde mich nicht anfassen, aber er konnte mich auch nicht gehen lassen. Während er einerseits sein Verlangen zugab, hielt er es andererseits zurück. Wenn unsere Körper sich berührten, würde das Gewalt in mein Leben bringen, Verunstaltung, Verlust und Tod. Unsere Verbindung würde einen Blutzoll fordern; würden wir uns von unserem Bett erheben, würden Krähen folgen. Er wollte mich, aber niemals würde er mir so etwas antun.

Solange wir einander wollten, würde ich bleiben. Auch wenn die Götter selbst versuchten, uns voneinander fernzuhalten, würde ich nicht von seiner Seite weichen. Ich öffnete meine Hand und ließ ihn los.

»Ich werde nicht von hier weggehen.«

Er lehnte sich wieder zurück und streckte sich aus, richtete den Blick erneut auf den Himmel.

»Já«, sagte er mit äußerst schwacher Stimme. Er sah die Sterne an, nicht mich. »Gut.«

Ich hätte mich so gern an seine Brust geschmiegt, hätte ihn gern mit meinem ganzen Körper gespürt. Ich wollte meinen Kopf neben den Thor-Hammer legen und seinen Puls fühlen.

So etwas würde jedoch nicht geschehen. Ich spürte, wie er sein Gewicht verlagerte, als würden wir bald aufstehen und zurückgehen, und plötzlich spürte ich die Polarluft und den Schnee, den ich die ganze Zeit ignoriert hatte. Meine Zähne begannen zu klappern. Ich zitterte, erst ein bisschen, dann immer heftiger. Es war so kalt ohne ihn, auch wenn er nur wenige Zentimeter von mir entfernt war.

»Ins Haus.« Er ließ es wie einen Befehl klingen, sprach das Wort aber weich, mit der Stimme eines Liebhabers. Es brach mir das Herz.

Ein anderer Mann hätte mir seine Hand gereicht und mir geholfen, aufzustehen. Heirik wandte sich ab und musterte das gräuliche Tal, betrachtete das vom Schnee erhellte Langhaus. Als ich stand, fühlten meine Glieder sich schwer und steif an.

Er begann, in den tiefen Spuren zurückzugehen, und ich hob meine Röcke und folgte ihm.

Er hatte gerade geschworen, mich zu beschützen. Und ich hatte im Stillen einen eigenen Schwur geleistet, gegenüber den Göttern und der Nacht und seiner großen Gestalt, die vor mir herging. Solange ich jeden Tag in seiner Nähe sein konnte, würde ich dafür sorgen, dass sein Herz allmählich weicher wurde und er seine Meinung änderte. Ich würde ihn wie ein misstrauisches Tier zähmen. Und eines Tages würde er mich bekommen. Ich würde zu ihm gehören.

Der kleine Giebel über der Hintertür schimmerte im Sternenlicht; die Drachenköpfe berührten sich ewiglich am höchsten Punkt. Heirik schlug zufrieden mit der Hand gegen das Holz, und Schnee fiel in Brocken herunter und auf die Steine. »Das Haus ist gut.«

Ja, das stimmte, dachte ich.

Wir traten ein und wurden von einem Schwall Hitze und Dampf begrüßt. Ich ließ meine Kapuze herunter und sah zu, wie er die Mütze abnahm und seine Haare zum Vorschein kamen. Sein Gesicht war wunderschön gerötet.

»Es ist gut, Heirik«, sagte auch ich mit der sanften Stimme einer Liebenden und bezog mich damit auf alles – das Langhaus, die Sippe, seine Seele, sein Herz, seinen blutbefleckten Körper.

Dann sah ich, dass Svana im Schmutzraum war.

Noch immer bestand eine unerträgliche sinnliche Anziehung zwischen mir und Heirik, trotz seines Versprechens, ihr niemals nachzugeben. Ich war ziemlich sicher, dass es so aussah, als hätten wir Sex gehabt; unsere Haare waren feucht und die Vertrautheit unserer Berührung hing wie ein Geruch an uns. Wir standen eine Sekunde still da, zwei Füchse, die im Wald gestört worden waren.

Heirik nickte Svana zu, stampfte mit den Stiefeln auf dem Boden auf und setzte sich dann hin, um sie auszuziehen. Ich setzte mich ebenfalls. Währenddessen versuchte ich, Svana mit meinen Augen eine stumme Botschaft zu übermitteln. Ich bat sie, wegzugehen und kein Wort zu sagen. Sie hob eine ihrer entzückenden Brauen und duckte sich ins Haus zurück.

Die Tage und Wochen waren lang; manchmal waren wir alle stundenlang eingepfercht im Langhaus. Manchmal verließ Heirik das Haus auch für einen Tag oder noch länger, ging auf Schneeschuhen oder Skiðs irgendwohin, an Orte, von denen niemand wirklich wissen wollte und die sich niemand vorstellen konnte. Ich vermisste ihn in dieser Zeit sehr. Auch wenn es noch schwerer war, ihn in meiner Nähe zu haben, hätte ich Letzteres vorgezogen.

Wenn er dann nach Hause kam, fühlte sich alles noch schlimmer an. Eine schreckliche Düsternis legte sich über das Haus, aber vielleicht empfand auch nur ich das so. Mich drückte sie nieder, als würde ein gewaltiges Gewicht auf dem Dach liegen und gegen die Wände drücken. Eines Morgens holte ich das eisblaue Kleid unter den Schaffellen hervor. Ich glättete es und faltete es so lange, bis es ein hübsches Päckchen war, wickelte es in ein weiches Fell und band es zu. Ich versiegelte es mit meinen Tränen. Ich hatte nicht das Recht, es zu behalten, und daher gab ich es Hár, damit ich sicher sein konnte, dass es an seinen rechtmäßigen Platz gelangte.

So beständig unser Verlangen auch war, konnten die verzweifelten Gefühle doch nicht ewig andauern. Meine Sehnsüchte kamen und gingen, manchmal flackerten sie auf, wenn ich sah, wie er sich eine Haarsträhne hinter das Ohr strich oder ein Stück Holz wegwarf, unzufrieden mit dem, was er geschnitzt hatte. Manchmal war da auch eine Zeit lang gar keine Sehnsucht, lediglich eine ruhige Zärtlichkeit.

Er hörte auf, so oft wegzugehen. Inzwischen lächelte er mich ständig an, was herrlich und berührend war. Er hielt sich häufiger im Hauptraum auf als je zuvor, soweit sich irgendwer erinnern konnte, und obwohl wir nicht viel miteinander sprachen, wusste ich, dass er nur meinetwegen hier war, und ich lächelte in mich hinein.

Wir spielten zusammen Tafl, bis es zu einem abendlichen Ritual wurde. Auf diese Weise erkämpften wir uns unseren Weg zu einer Freundschaft. Statt unter seinem Schwur zu leiden, schien Heirik durch ihn befreit worden zu sein. Er gab sich damit zufrieden, mich mit einer liebevollen und geduldigen Anmut zu wollen. Auch ich würde geduldig sein.

Wenn Heirik und ich spielten, beobachteten uns alle mit der kühlen Gelassenheit von Falken.

Niemand, nicht einmal Hár, war kühn genug, uns offen anzustarren, aber die aufmerksamen Seitenblicke waren unübersehbar. Es lag an mir, dass der Häuptling anders war, und wenn wir auch nur Freunde blieben, war allein das schon gefährlich genug, um knöchrige Finger dazu zu bringen, im Dunkeln nach einem Amulett zu greifen. Oft wünschte ich mir, wir würden wirklich etwas so Unerlaubtes und Köstliches tun, dass wir dieses Verhalten der anderen wenigstens verdient hätten. Ich sehnte mich nach verbotenen Dingen, Gedanken mit schwarzen Flügeln, die Körper glitschig vor Schweiß.

Aber die Falken würden nicht viel finden. Wenngleich der Häuptling und ich uns nacheinander sehnten, gab es keine abscheulichen Stelldicheins, keine elektrisierende Lust zwischen uns, die geeignet gewesen wäre, die dunklen Stellen unseres Langhauses mit Dämonen zu bevölkern. Er hielt sein Versprechen und ich hielt meines.

Während der langen Tage beschäftigte ich mich auf jede erdenkliche Weise. Magnus versuchte mir das Skifahren beizubringen, und ich zockelte draußen herum, versank im Schnee und taumelte nach Hause.

Im Haus kümmerte ich mich um die kleinen Mädchen. Ranka und Avsi spielten gern mit meinen Haaren, sie kämmten und flochten sie und steckten sie hoch, bezogen auch Ringe mit ein, Kronen aus Stroh und weiße Tücher, die sie sich von Dalla und Kit geliehen hatten. Da meine Haare so lang und glatt waren und ich mich so bereitwillig zur Verfügung stellte, wurde ich ihr bevorzugtes Objekt. Es gefiel mir sehr, wenn Ranka zwei dünne Zöpfe um mein Gesicht flocht und sie dann frei herunterhängen ließ, während sie die übrigen Haare zu einem Pferdeschwanz zusammenband. Mit dem Lederstreifen über der Stirn, der hinten zusammengebunden wurde, fühlte ich mich mehr und mehr wie eine Wikingerin.

Auch mit den dunkelblonden Haaren von Hárs Töchtern durften die Mädchen spielen, aber diese ließen sie meist lang herunterhängen. Svana drehte ihre flachsfarbenen Locken zu

Haarknoten zusammen, ließ ein paar Strähnen herunterfallen, die ihre cremefarbenen Wangen perfekt umrahmten.

Betta, die besonders ehrlich und direkt war, flocht ihre Haare immer noch jeden Tag. Sie sah manchmal von der anderen Seite des Raumes zu, wie die Mädchen mir die Haare machten, und ihre großen grünen Augen schauten einsam zu uns. Ich hatte das Gefühl, als könnte ich sie dazu bringen, ihre Haare herunterzulassen.

Die zermürbende Langeweile im Winter würde mir helfen, und Ranka würde meine Ausrede sein. Ich hatte wirklich vor, Betta zu verändern. Ich wollte das Fließen unter ihrer Zurückhaltung hervorlocken. Ich wollte, dass sie so glühte, wie Freya es auf einem Gemälde tat, während sie sich die langen Haare – mit nach oben gerichteten Handflächen – mit den Fingern sinnlich kämmte. Ich wollte sehen, wie Hár die Augen aus dem Kopf fielen. Es würde die Langeweile vertreiben, wenn ich daran arbeitete. Wenn ich sie dazu bewegte, loszulassen. Ich hatte das Gefühl, dass alle, aus denen ich mir etwas machte, einige Ermutigung benötigten: Heirik und Betta.

Dallas Baby fing an zu sprechen und begann zu üben: »Da da da da da da da.« Ihr Ehemann lächelte, als hätte er einen Wettbewerb gewonnen, und ich unterließ es, ihm zu erklären, dass »Da« zu den frühesten Geräuschen gehört, die jeder hervorbringen kann. Wunderbar und bedeutungslos.

Ich musste hier raus. Nach draußen. Irgendwohin.

Ich badetet häufig. Betta ging mit mir, und wir ließen uns unter dem atemberaubenden Himmel im Wasser treiben.

Ich hatte ihr natürlich das meiste von dem erzählt, was zwischen mir und Heirik vorgefallen war. Dass Ageirr mich als Geisel genommen und Heirik mich gerettet hatte, indem er einen Speer auf ihn geschleudert hatte, sodass sich mir der

Magen fast umgedreht hatte. Als ich nach dem Gespräch mit Heirik unter dem Sternenhimmel in meinen Schlafalkoven gekrochen war und mich in einem Nest aus Decken vergraben hatte, war sie da gewesen. Unter Tränen hatte ich ihr von Heiriks furchtbarem Schwur erzählt, mich dadurch beschützen zu wollen, dass er sich weigerte, mich anzufassen.

Allerdings wusste sie noch nicht, dass wir uns geküsst hatten. Diese Momente am Meer gehörten nur mir und Heirik, sie waren eine persönliche Erinnerung, die ich nach wie vor auf meinen Lippen spüren konnte. Und auch der vertrauliche Druck an meinen Handgelenken, an meinen Armen und auf meiner Stirn hallte immer noch nach.

Ich lauschte Betta und ihren Erzählungen darüber, wie sie als kleines Mädchen gelernt hatte, Wolle zu färben – eine Fähigkeit, die sie von ihrer Mutter erlernt hatte, ehe sie mit acht Jahren voller Trauer und Träume nach Hvítmörk gekommen war.

Wir waren auch jetzt hier draußen, um uns unter dem Druck von einer Milliarde Sternen ins Wasser zu legen.

Sie ließ ihr Kleid auf die Steine sinken, dann auch das Unterkleid und das Unterhemd. Das dunkle Wasser schimmerte silbern, spiegelte den Mond und die Sterne und Bettas Fackel. Ich tauchte dankbar in die Wärme ein. Das Wasser erzeugte fast unerträglich leise Geräusche, wenn es sich bewegte. Ich lehnte mich gegen die Steine, fühlte mich durch und durch gewärmt. Betta drehte sich ein paarmal wie ein Otter herum, bis sie bäuchlings im Wasser lag, die Arme auf den Steinen aufstützte und das Kinn darauflegte.

»Es ist schon jetzt schwierig«, sagte sie. Ihre Stimme klang gedämpft durch den Druck der Arme auf ihre Kehle. »Ich meine, Möglichkeiten zu finden, wie wir uns gemeinsam vom Herdfeuer entfernen können.« Sie dachte an Hár, während sie mit den Fingern die Steine betastete. »Ich vermisse ihn.«

Wir hatten erst seit ein paar Wochen Schnee, aber schon jetzt fragte ich mich, wie lange der Winter wohl dauern würde. Ich sah eine endlose Polarlandschaft vor mir.

»Bei gutem Wetter war es leicht«, sagte sie. »Da sind alle nach draußen gegangen. Manchmal haben wir das Haus sogar zusammen verlassen.« Sie lachte bitter. »Dass wir zusammen sein könnten, ist so unvorstellbar, dass normalerweise keiner der anderen auf uns achtet. Wir sind gleichsam unsichtbar.«

Bilder traten jetzt ungebeten vor mein geistiges Auge, so unerwünscht sie auch waren. Sie kamen einfach. Ich sah Betta und Hár im weichen Licht des Sonnenuntergangs im Wald sitzen, er an einen Baum gelehnt und sie rittlings auf seinem Schoß, während seine rauen Hände über ihre Röcke und ihren Hintern strichen und sie näher zu sich heranzogen. Ihre langen Finger wühlten in seinem unordentlichen Haar, und sie lächelte.

Als sie jetzt mit mir in diesem winterlichen Badeteich lag, war sie mürrisch. Sie drehte sich um und setzte sich auf, als hätte sich am Horizont, den wir von hier aus gar nicht sehen konnten, etwas bewegt. Sie betrachtete ihre Hände und strich über die Knöchel. »Manchmal wäre es mir lieber, die Leute würden es sehen.«

Ich wollte ihr irgendwie helfen, ihr versichern, dass sie eines Tages heiraten und alle Leute über sie Bescheid wissen würden. Dass Hár allen zeigen würde, wie sehr er sie liebte. Ich wollte ihr sagen, dass sie eines Tages Kinder mit ihm haben und er seine Hand auf ihren Bauch legen würde, wenn alle hinschauten. In diesem Moment wünschte ich mir, ich wäre diejenige, die bevorstehende Dinge sehen konnte. Aber diese Träume hatte sie sicherlich schon selbst gehabt, und sie waren so unmöglich wie Schnee im Sommer.

Mit meinem Schweigen musste ich einen Hauch der Begierde verströmt haben, die in meinem Bild von ihr und Hár enthalten gewesen war. »Es ist übrigens nicht so, wie du denkst«, sagte sie.

Was genau ich dachte, war immer noch mein Geheimnis. Selbst sie konnte es nicht erkennen. Aber sie konnte nicht nur Gefühle in einem Raum oder in einem Geist oder in den Herzen von Menschen spüren, sondern auch die leichte Pulsbeschleunigung oder eine Veränderung der Hormone.

»Já? Und was denke ich?«, neckte ich sie. Meine Finger erzeugten Wellen im Wasser, und Licht tänzelte darauf.

Betta machte es sich jetzt im Wasser gemütlich wie ein Kätzchen in einem Bett, während sie weitersprach.

»Wir sitzen immer noch einfach nur da und küssen uns«, sagte sie lächelnd. »Mehr will er nicht. Er legt seine Arme um mich und flüstert mir nette Dinge zu.« Es war so schlicht und kostbar. Ein ganz anderes Bild tauchte jetzt auf, wie sie beide Seite an Seite im Gras saßen und dem Sonnenuntergang zusahen, wie seine derben Finger über ihre strichen, die schlank und vom Färben gelb geworden waren.

Während all der Zeit, in der ich mich daran gewöhnt hatte, dass Hár und Betta solche Dinge taten, hatte ich sie nie gefragt, wie alles begonnen hatte. Ich war mit meiner eigenen komplizierten Liebesaffäre beschäftigt gewesen. Jetzt, mit der Aussicht auf eine endlose winterliche Nacht, wollte ich es wissen.

»Meine Liebe ist nicht wie eine Blume gewachsen«, antwortete sie zuerst, um jeder Vorstellung von einer dummen Romanze zuvorzukommen. »Seit ich ein kleines Mädchen war, hatte ich ihn natürlich schon tausendmal gesehen. Er war in meinen Augen immer ein Erwachsener. Bei den Göttern, er hat mir Spielzeug gemacht!« Sie schüttelte den Kopf, als würde sie sich gerade daran erinnern, und wahrscheinlich sah sie vor sich, wie seine jüngeren Hände ihr ein Boot oder einen kleinen Pfeil reichten.

Eine Erinnerung traf mich wie der Hieb einer Klinge, scharf und schnell, als ich an die Vision dachte, die ich gehabt hatte. Ein strahlender blonder Mann, der Betta eine Holzpuppe reichte. Eine unheimliche Kälte breitete sich in mir aus, obwohl das Wasser heiß war.

»Was ist?«, fragte sie vorwurfsvoll.

»Nichts«, sagte ich. »Ich stelle mir gerade vor, wie es gewesen sein muss, als du und Hár sehr viel jünger wart.«

»Er war der Vater des Häuptlings, als ich hierhergezogen bin«, sprach sie weiter. »Ich habe miterlebt, wie er stark und grau geworden ist. Ich habe ihn jeden Tag meines Lebens gesehen.« Der Rest blieb unerklärlich. »Und eines Tages habe ich in ihm einen Mann gesehen. Meinen Mann. Es hat mich überwältigt.« Ich erinnerte mich an den erschütternden Moment, als ich begriffen hatte, dass ich Heirik liebte.

»Ich habe ihn danach noch so oft angesehen«, gestand sie. »Mindestens einen Monat lang. Ich habe ihm bei den gewöhnlichsten Dingen zugesehen, Stiefel schnüren, Haare zusammenbinden. Es fallen immer ein paar einzelne Strähnen heraus, wusstest du das? Sie umrahmen sein ganzes Gesicht.«

Ich wusste, was sie meinte. Vielleicht nicht diese Einzelheit über Hár, aber ich kannte den schnellen Herzschlag, der sich aus etwas so Alltäglichem und Banalem ergab, wie es die sich lösenden Haare eines Mannes sein konnten.

»Meine Augen wurden weicher«, sagte sie. »Ständig habe ich daher die Lider gesenkt, wenn ich ihn angesehen habe, ich dumme Henne.«

»Und so hat er es bemerkt«, beendete ich den Gedanken für sie. Das überraschte mich. Hár schien mir nicht gerade der Mensch zu sein, der solche Dinge mitbekam. Aber so war es wohl gewesen.

»Am Anfang hat er darüber gelächelt«, sagte sie. »Wie ein

Vater, als würde es ihn nicht stören, dass ich mich in ihn verliebt hatte.« Hárs Gesichtsausdruck war normalerweise brummig, oder er stand kurz davor, in lautes Lachen auszubrechen. Eine bestimmte verschlagene Art zu lächeln war den Männern vorbehalten. Ich versuchte mir vorzustellen, was sie in diesem Lächeln sah. Die Sanftheit. Eine ungläubig gewölbte Augenbraue. Das ein oder andere Nicken. Eines Abends reichte sie ihm eine Schüssel mit Essen.»Er hatte sich abseits vom Feuer niedergelassen und saß allein. Ich reichte ihm also seine Schüssel, und er legte seine Finger um meine und flüsterte.« Es waren brutale, entlarvende Worte, die er ihr mit einem Augenzwinkern zuflüsterte:»Verbirg deine Augen, Mädchen. Sonst nehmen dich sämtliche Falken hier ins Visier.«

Betta und ich lachten.

Damals war sie beschämt gewesen. Sie hatte etwas fallen lassen und sich gebückt, um es aufzuheben. Er hatte zu ihr herabgeblickt, ein amüsierter Gott, und eine Sekunde lang war sein Gesicht weicher geworden. Er hatte ihr gesagt, dass sie sich bei Sonnenuntergang unten im Wald treffen würden. Dann hatte er seine Augen wieder abgewandt, um zu essen.

»Ich habe mich dort mit ihm getroffen, wo wir sonst auch hingehen«, erzählte Betta weiter.»Wo wir beide zusammen Flechten gesammelt haben, als ich dir das erste Mal davon erzählt habe.« Es war etwa eine Meile vom Langhaus bis dorthin, und auf dem Weg zum Treffpunkt hatte sie Zeit genug gehabt, um ihre Angst zu bemerken. Immerhin würde sie das erste Mal irgendwo mit einem Mann zusammen sein, ganz zu schweigen davon, dass es ein so unergründlicher und furchterregender war wie Hár. Was würde er mit ihr tun? Ihr Herz raste während des ganzen letzten Drittels des Weges. Sie zog den Schal enger um sich und erwog hundertmal, umzukehren, stapfte aber weiter durch Matsch und hohes Gras. Und dann sah sie ihn.

Betta hatte den Blick nach innen gerichtet, als sie davon erzählte; ihre Aufmerksamkeit war auf die Vergangenheit gerichtet, auf den ersten Moment, als sie Hár sah. Er hatte ihr den Rücken zugewandt und blickte gen Himmel. »Freya hatte den Himmel an jenem Abend mit bernsteinfarbenen Streifen bemalt. Sie hatte ihn in Gold gehüllt. Sodass er zu ihr gepasst hätte, nicht zu mir.« Ich sah, wie Betta jetzt selbst von der Göttin erfüllt wurde, als sie neben mir im Badeteich saß, und ich konnte mir vorstellen, wie sie errötet, wunderschön und kühn vor Hár getreten war. Es kümmerte sie nicht, was er mit ihr hätte tun können oder was er oder die anderen von ihr denken mochten. Sie wollte ihn einfach.

»Er hat gar nichts gesagt. Er hat meine Wange berührt, und seine Finger waren rau. Ich wusste, dass sie das sein würden.« Sie berührte ihre eigenen Lippen, als sie sich jetzt erinnerte. »Ich habe meine Hand gehoben, um auch sein Gesicht anzufassen, aber er hat sie festgehalten. Er hat seine Finger um meine Hand geschlossen und mich gefragt: »Was hast du vor, Frau?«

Betta klang jetzt ganz wie er, und wir mussten noch mehr lachen. Natürlich hatte sie gar nicht genau gewusst, was sie vorgehabt hatte. Sie hatte impulsiv gehandelt, und ihre Impulse waren die einer Siebzehnjährigen gewesen, unerklärlich und wahrhaftig. Sie hatte niemals mehr als ein paar Worte mit älteren Männern gewechselt, abgesehen von ihrem Vater. Einen Großteil ihres Wissens über Sexualität hatte sie von Hárs jugendlichen Töchtern. Und was sie empfand, schien weniger mit Sexualität zu tun zu haben als mit einem alles verzehrenden Bedürfnis nach dem Körper, dem Geist und alldem, was den Mann ausmachte. Das alles wollte sie besitzen und erfahren, wer er war.

Hár hatte sie aufgefordert, mit ihm ein Stück zu gehen, und sie hatten sich Mühe gegeben, über Alltägliches zu reden. Eine zerbrochene Axt, Tiere, die sich zum Hochland aufmachten, einen hübschen Ockerton, den sie den Flechten abgerungen hatte, die sich verändernde Tageszeit und die Farben des Himmels. Die Abendsonne sei besonders schön von einer Stelle aus, die den Blick über das Tal ermöglichte, hatte er gesagt. Und dann hatte er sie gefragt, ob sie einmal mit ihm ausreiten würde. Er wollte sie auf Byr mitnehmen.

»Aber das weißt du ja schon«, sagte sie, als sie vom ersten Ritt mit Hár sprach. »Inzwischen sind wir schon häufiger ausgeritten, já?« Ich kannte kein Wikingerwort für Wehmut, aber genau das war es, was in ihrer Stimme mitschwang.

»Schließlich durfte ich sein Gesicht berühren«, sprach sie weiter. Ein Gesicht, das aus einem kratzigen Bart und Furchen und Narben bestand, und Betta hatte sich über ihn gebeugt – er lag im Gras – und jede einzelne nachverfolgt, sich an jeder einzelnen ergötzt. »Seine Lippen sind die einzige weiche Stelle. Ich lege gern meine Finger darauf.«

Sie schüttelte sich.

»Götter, Ginn. Noch mehr kann ich dir nicht sagen.« Sie seufzte. »Ich werde in diesem Wasser untertauchen und niemals mehr hochkommen.« Sie glitt wirklich unter Wasser, aber kurz danach tauchte sie lachend und prustend wie ein Kind wieder auf. Ihr Gesicht war so hübsch.

»Oh, nein. Sieh dich nur an, Frau.« Sie kam zu mir und strich mit ihrem nassen Daumen sanft über die Haut unter meinem Auge. Ich hatte gar nicht gemerkt, dass ich zu weinen begonnen hatte.

»Ich freue mich einfach nur so für dich«, sagte ich zu ihr. Das tat ich auch wirklich, wann immer ich sie so frei und so verliebt erlebte. Ich wünschte ihr, dass sie sich immer so fühlen konnte.

Sie schob ein paar Haarsträhnen hinter mein Ohr, auf eine Weise, wie eine Mutter es bei einem traurigen, kleinen Mädchen machen würde. »Ich weiß, der Häuptling lässt sein Gesicht von niemandem berühren.« Sie missverstand den Grund für meine Tränen.

»Oh«, sagte ich zu ihr. »Aber das habe ich getan.«

Und damit war es heraus, ausgestoßen wie ein angehaltener Atemzug. Die Tatsache, dass ich Heirik auf so vertrauliche Weise berührt hatte. Dass wir fast so etwas wie Liebende gewesen waren.

»Hauptsächlich mit meinen Lippen«, sagte ich und lächelte leicht. Betta zog die Brauen zusammen. Sie dachte, ich würde einen Witz machen und klatschte mir warmes Wasser entgegen. Dann starrte sie mich an, wartete darauf, dass ich die Worte zurücknahm. Ich begriff, dass ich immer noch einen Rückzieher machen und kichern konnte, mit der Behauptung, ich hätte nur einen Witz gemacht. Aber das wollte ich nicht. Was Heirik und ich miteinander erlebt hatten, was uns verband, war ehrenvoll und wirklich, und ich hatte nicht vor, es zu leugnen oder gering zu schätzen.

Tatsächlich hatten die wenigen Berührungen aus Küssen bestanden – Küssen auf die Augenlider, auf die Schläfen, auf den Hals. Ich hatte seine gezeichnete und ungezeichnete Haut geküsst, und nichts davon hatte meine Zunge verbrannt. Ich erinnerte mich daran, dass ich beim ersten Kuss auf seine Wangenknochen Salz geschmeckt hatte. Tränen, wie ich jetzt begriff.

Betta riss die Augen weit auf, fast wie Ranka es immer tat. »Du hast das Gesicht des Häuptlings geküsst?«

»Já«, schniefte ich. »Das habe ich.«

Sie schüttelte beeindruckt den Kopf, ließ sich wieder ins Wasser zurücksinken und musterte mich mit einem völlig neuen Blick. Wahrscheinlich war sie jetzt mit den gleichen geistigen Herausforderungen beschäftigt wie ich damals, als ich zum ersten Mal von ihrer heimlichen Liebe zu Hár erfahren hatte.

»Der Häuptling ist glücklich«, sagte sie ungläubig. »Aber er bemüht sich, sich von dir fernzuhalten.« Da war etwas Wehmütiges in ihrer Stimme, und ihre Worte schienen von einer Meile weit weg zu kommen, von einem tief verborgenen und vergessenen Ort. »Das hält er nicht ewig durch.«

Sie strahlte plötzlich und nahm mich in die Arme. Ich spürte ihre kleinen Brüste an meinem Körper, ihre Nase an meinem Ohr. Sie war warm und geschmeidig. »Du wirst ihn wieder in den Armen halten«, versprach sie mir. Und ich wünschte, sie hätte auch über die Gabe verfügt, zuverlässig zu erkennen, was in der Zukunft geschehen würde.

Schließlich ließ Betta es zu.

Es war am Abend eines weiteren lustlosen und langweiligen Tages, als es keinen Grund gab, es nicht zu tun. Sie setzte sich also auf eine Bank vor dem Feuer und kehrte mir den Rücken zu. Ich breitete meine Werkzeuge neben mir aus: einen prachtvollen Kamm aus gebogenem und mit Schnitzereien versehenem Knochen, eine Knochennadel sowie dünnes Garn, Lederbänder und einen Strohkranz, den Ranka gemacht hatte. Ich hatte etwas kostbares Öl ergattert, das nicht nach Wal stank. Es war mit Kräutern angereichert und wurde nur bei besonderen Anlässen verwendet. Ranka assistierte mir mit ernster Miene, als würde ich jemanden operieren.

Betta saß angespannt da; wahrscheinlich hatte sie ein bisschen Angst. Sie glaubte nicht, dass sie hübsch war, und ihre Zweifel waren so tief, dass sie sich in manchen Momenten fragte, wieso Hár sie überhaupt wollen könnte. Sie war schlaksig und überhaupt nicht hinreißend, nei. Ich versuchte, ihr mitzuteilen, was ich mit dem Blick von außen sah, nämlich eine kraftvolle, anmutige Frau, welche die Kindheit vollständig hinter sich gelassen hatte. Sie konnte sich frei und sinnlich fühlen.

Vielleicht hatte ihre Einstellung zu ihren Haaren etwas damit zu tun, dass sie wusste, die Familie würde ihre vermutlich niemals ganz erfüllte und erwiderte Leidenschaft mitverfolgen. Ich löste die Lederbänder an ihren Zöpfen und trennte die Haarsträhnen voneinander. So fest, wie Betta sie gezurrt hatte, musste ihre Kopfhaut eigentlich jeden Tag furchtbar brennen.

Ihre Haare waren lang und braun und weder richtig gerade noch richtig wellig. Aber sie kannten die Freiheit kaum, und jetzt strömten sie wie ein atemberaubender Wasserfall nach unten, über ihre hervorstehenden Wangenknochen und die Schultern. Eine ganze Weile kämmte ich ihre Haare. Gab es da nicht irgendeine traditionelle Regel? Eine Vorstellung, wie oft man sie idealerweise kämmen sollte?

Als ich glaubte, dass es genug war, rieb ich meine Hände mit etwas Öl ein und fuhr glättend über Bettas Haare. Ich dachte daran, dass Hár genau das mit seinen starken Händen getan hatte, als er über das Tal gesehen hatte. Ihre scharfen Schulterblätter hoben und senkten sich mit einem gewaltigen Seufzer.

Ich nahm ein paar Haarsträhnen, die ihr Gesicht umrahmten, und flocht sie zu zwei dünnen Zöpfen, die sehr viel luftiger und lockerer wirkten, als es die alten gewesen waren. Dann rollte ich die anderen Haare nacheinander um meine Finger, sodass sie sanfte Kringel bildeten. Als ich die Finger wieder herauszog, entspannten sie sich und verwandelten sich in Meereswellen, die sich vom Ufer zurückzogen. Mithilfe von Nadel und Faden befestigte ich die Strohkrone so auf ihrem Kopf, dass sie tief auf ihrer Stirn ruhte. Betta drehte sich um, damit ich sie anschauen konnte.

Sie konnte als Dienerin jedweder Fruchtbarkeitsgöttin durchgehen. Ein Geschöpf des Waldes und des blühenden Unterholzes. Ihre Augen und die Konturen ihres Gesichts wirkten durch die Locken weicher. Ich benutzte meine Finger und noch ein bisschen mehr Öl, um die Spitzen in Form zu bringen, die über ihrer Brust lagen.

In diesem Moment erklang das vertraute Stampfen im Schmutzraum, das charakteristische Geräusch von Holzschuhen auf dem Boden, dazu die sonoren Stimmen von Männern. Kurz darauf betrat Hár den Hauptraum.

Manchmal sah ich ihn so, wie Betta ihn sah, als einen herrlichen Mann, der eine romantische Seele hinter seinem kratzigen Bart verbarg. Gerade jetzt funkelte frischer Schnee darin, und auf seinen Lippen verwandelten sich Schneeflocken in Wasser. Ich dachte über die Narben in seinem Gesicht und an den Händen nach und fragte mich, ob sie von Kämpfen stammten oder einfach nur die Folge eines vierzigjährigen Lebens und der üblichen Ansammlung von Unfällen waren, die das Leben auf einem Hof mit sich brachte.

Hár blieb stehen, als er uns bemerkte, und als er Betta sah, veränderte er sich regelrecht. Er achtete zwar darauf, dass die beiden Männer hinter ihm nichts davon merkten, aber ich konnte sofort die Hitze in seinen Augen sehen, die Lust und die Liebe. Eine furchterregende blaue Flamme. Auch Verärgerung. Er schien verwirrt und wütend darüber zu sein, dass sie so etwas mit ihm tun konnte, ohne sich bewegen oder ein Wort sagen zu müssen. Auch Arn und Magnus reagierten. Sie lächelten, weil wir Mädchen uns schön machten, und waren auf freundliche Weise überrascht über Bettas hübsches Aussehen. Magnus strahlte breit. »Betta«, sagte er, »du raubst mir den Atem.« Hár gelang es nicht ganz, ein Knurren zu unterdrücken.

Der alte Mann ließ das Messer in seiner Hand herumschnellen und schob es rasch in den Ärmel, dann murmelte er, dass er sein verdammtes Messer im Stall liegen gelassen hatte. Er würde wieder hinausgehen müssen, um es zu holen. Und damit verschwand er nach hinten in den Schmutzraum. Ein paar

Minuten später bat ich Betta für alle hörbar und zugleich auf unauffällige Weise, im Schmutzraum aufzuräumen. Ich würde gleich nachkommen und ihr helfen.

Die Minuten zogen sich in die Länge. Ich hielt immer noch den Kamm in der Hand, drehte ihn sinnlos herum. Ich war neidisch. Ich konnte mir gut vorstellen, was da in der Dunkelheit passierte. Vielleicht saßen sie auf der Bank, Betta rittlings auf seinem Schoß, während er sie zu sich heranzog. Götter, was war mit mir los? Wahrscheinlich genossen sie einfach nur einen Moment der Nähe und der Vertrautheit. Er berührte vermutlich ihre Wange mit dem Handrücken, so sanft, als würde der Rauch von einem süßen Wacholderfeuer daran entlangstreichen.

Eine lange Zeit verging. Ich begann, mir Sorgen zu machen, dass sie bei vertraulichen Gesprächen erwischt werden könnten, während sie sich im Lampenlicht unterhielten.

Als ich sie im Schmutzraum fand, waren sie ganz mit sich beschäftigt. Sie hörten mich nicht einmal, bemerkten mich zuerst gar nicht.

Betta saß auf seinem Schoß. Seine Hand lag auf ihrem Hinterkopf, und Haarsträhnen hatten sich in seinen Fingern verfangen, als hätte er ohne Vernunft und Verstand in ihren Haaren herumgewühlt. Er hielt die Augen geschlossen und hatte den Kopf leicht geneigt, liebevoll dem hingegeben, was er hinter den Augenlidern sah. Auch ihre Hand wühlte in seinen Haaren, strichen sie aus seinem Gesicht, das von dem flackernden Licht silbern schimmerte.

»Willst du mich umbringen?«, flüsterte er zwischen seinen Küssen. »Elskan mín?«

Oh. Mir wurde warm ums Herz. Zu hören, wie er sie *meine Geliebte* nannte, wie er von seinen Gefühlen sprach, so offen in ihnen schwelgte. Betta lachte und fuhr mit ihrer freien Hand über die Linie, wo sein Bart endete.

»Nei, alter Mann«, sagte sie. »Du musst noch lange genug leben, um mich zu lieben. Zehntausend Mal.«

Ein freier Mann hätte als Vater jedes Recht gehabt, Hár auf der Stelle zu töten. Aber Bettas Vater war nichts weiter als ein Thrall und demütig, schlichter als sie. Er hätte niemals eine solche Wiedergutmachung von dem ehemaligen Häuptling, dem Großvater der Sippe, verlangt. Hár konnte sich nehmen, was er wollte, und kein Thrall würde es verhindern. Und während ich die Wahrheit sah – dass Hár Betta mit einer qualvollen Verzweiflung liebte –, war es doch in Wirklichkeit so, dass er ihr Leben in den Händen hielt. Ich wünschte, ich könnte einen Zauber wirken, wünschte, dass Bettas Herz und ihre Ehre in Sicherheit wären. Ich atmete vernehmlich ein, um meine Freundin zu schützen, und Hár riss den Kopf hoch. Betta schnappte nach Luft und drehte sich um, um zu sehen, wer da war.

Hár betrachtete mich zugleich verärgert und neugierig.

»Alter Mann«, sagte ich, und meine Stimme war nicht ganz so leicht, wie ich es erwartet hatte. »Wenn du möchtest, dass das ganze Haus deine Komplimente mit anhört, mach weiter so.«

Ich versuchte, dies voller Zuneigung zu sagen, aber es gelang mir nicht richtig. Er knurrte mich an, ein bisschen jedenfalls, und dann stellte er Betta auf die Füße. Er strich ihr das Kleid glatt. Es war eine unglaublich sanfte Geste. Betta streckte eine Hand aus und packte sein Hemd deutlich weniger sanft. Sie hielt den Stoff fest, klammerte sich daran, bevor sie sich voneinander lösten. Bevor sie die nächsten zwanzig Stunden, die nächsten hundert Tage, zahllose Wochen mit allen anderen auf engstem Raum verbringen würden.

Der klare und stille Winter wurde zum Gesprächsthema des Hauses. Es war fast warm, wie die Leute sagten, und so ruhig, als würde der Wind schlafen. Auch der Schnee war ein Thema, aber nicht, weil er so hoch war, wie er mir vorkam, sondern weil er so niedrig war. Niemand konnte sich erinnern, so etwas schon einmal erlebt zu haben.

Der Sturm in dieser Nacht war daher für alle ein riesiger Schrecken.

Es war, als würde eine Horde von Tieren unser Langhaus umkreisen und bedrohen. Der Wind stöhnte und dröhnte; sein Ächzen war sogar durch die dicken Sodenwände zu hören, und wir wärmten uns an heißen Steinen. Ich hatte einen solchen auf dem Schoß, während ich mit Heirik eine Partie Tafl spielte.

Das Strategiespiel war das einzige Spiel überhaupt, das wir besaßen. Einer von uns spielte den Häuptling, der flankiert von seinen Männern in der Mitte des Spielfelds hockte, und einer die angreifende Armee, die versuchte, ihn gefangen zu nehmen.

Heirik war verständlicherweise ein Naturtalent, schließlich hatte er im echten Leben mehr komplexe Strategien miterlebt, nein, ersonnen, als wir auf diesem kleinen Brett aus Speckstein erfinden konnten.

Heute Abend spielte ich die Angreifer. Ich musterte den Steinhäuptling und wartete darauf, dass er mir aus Versehen eine Angriffsmöglichkeit bot.

Mein Kopf und meine Schultern schmerzten, was an der seltsamen Verteilung unserer Rollen und unseren Positionen auf dem Brett liegen konnte. Vielleicht kam es aber auch vom Gewicht meiner Haare.

Ranka hatte ein kleines Meisterwerk auf meinem Kopf erschaffen – oder zumindest, was ein kleines Mädchen wie sie sich darunter vorstellte. Sie hatte drei lange Zöpfe geflochten und diese miteinander zu einem einzigen verbunden. Das Ganze hatte sie dann auf meinem Kopf aufgetürmt. Inzwischen rutschten überall Strähnen heraus, und Haarnadeln aus Knochen gruben sich hier und dort in meine Kopfhaut.

Ich beneidete Heirik um seine Freiheit. Zwei Zöpfe umrahmten sein Gesicht, aber die übrigen Haare fielen lose herunter. Genau genommen war er völlig ungebunden, ein Bauer im Winter, der sich entspannte, schläfrig vom Nichtstun. Er hatte es sich auf der Bank bequem gemacht, das eine Knie angezogen, den einen Ellbogen darauf gestützt. Die Ärmel hingen lose über seine Handgelenke, da er hier drinnen keine Armschienen tragen musste. Selbst die Stiefel hatte er nur an den Knöcheln lose zusammengebunden.

Es faszinierte mich, wie er so rasch zwischen schroffen Worten, einem gebieterischen Gesichtsausdruck und einer entspannten Körperhaltung hin und her wechseln konnte. Bei allem, was er tat, fühlte er sich sicher und wohl in seiner Haut, ob er auf einem Pferd saß, ein Werkzeug benutzte oder irgendetwas erledigte. Selbst dann, wenn er einfach nur mit vor der Brust verschränkten Armen dastand, schien er direkt dem Gras entsprungen zu sein und bewegte sich wie ein Tier. Sich rasch abzuwenden und sein Mal zu verbergen war zu seiner zweiten Natur geworden.

Als hätten die Götter ihn eigens so erschaffen, um mich zu quälen.

Jetzt lag über allem – der Bank, dem Spielbrett, seinen Haaren – ein herrlicher Glanz vom Lampenlicht.

»Du spielst wie ein lahmer Fuchs«, sagte er und bewegte einen anderen seiner Männer, nachdem er eine unerwartete Fluchtmöglichkeit entdeckt hatte.

»Ha!«, schnaubte ich. »Das ist jetzt aber …«

Blanker Unsinn, hatte ich sagen wollen. Aber diese Empfindung gehörte ins zweiundzwanzigste Jahrhundert, und ich passte meine Worte an diese Zeit an, sagte auf Nordisch: »Prahlen mit kurzer Klinge.«

Er warf den Kopf zurück und lachte, es war ein herrlicher

und selten gehörter Klang, der zweifellos alle im Haus schockierte.

»Was für eine Dichterin«, sagte er und schnippte mit einem bezaubernden Lächeln eine meiner Spielfiguren vom Brett und in meinen Schoß. Ich funkelte ihn an und stellte die Figur wieder auf, musterte das Spielfeld. Er schob sich geistesabwesend einen Zopf hinters Ohr, war einen kurzen Moment lang wieder ein kleiner Junge. Und er bemerkte nicht, dass ich diese kleinen Details haargenau beobachtete.

Während ich wartete, begann ich, die Nadeln aus meinem Haar zu lösen, sodass der riesige Zopf mit einem leisen Geräusch auf meinen Rücken fiel.

Heirik sah auf und erstarrte.

Oh. Etwas stimmte nicht. Wieder hatte ich etwas Unerwartetes getan, etwas Falsches. Ich ließ meine Hände in den Schoß sinken, und mein Zopf fiel mir über die Schulter, streifte meine Brust. Er starrte ergriffen darauf, dann sah er mir ins Gesicht.

»Du würdest das in meiner Gegenwart tun, während ich hier sitze?«

Ich hob den Zopf etwas an, und seine Augen wanderten weiter, jetzt zu meinen Fingern, die mit den hellen Enden spielten. Ich konnte sehen, wie er mühsam schluckte. Ich fühlte mich unbehaglich, und mir wurde heiß. Seine Iriden waren so hell, dass seine Augen fast verschwanden.

»Wieso nicht?«, fragte ich. Ich war mir nicht sicher, ob wir noch über Haare sprachen.

Aber das taten wir.

»Dann ist das eine weitere Erinnerung, die du verloren hast«, sagte er. »Eine Frau, die am Ende des Tages ihre Haare löst, ist bereit, sich ihrem Ehemann hinzugeben.«

Er sah an meiner Schulter vorbei und blickte in den Raum. »Nichts, was dir Schande bringen würde, wenn du es hier tätest, bei mir.« Bei den letzten zwei Worten war seine Stimme leiser geworden, als würde er sie auskosten. Dann nahm er langsam und wohlüberlegt eine neue Spielfigur auf, musterte sie beiläufig. »Es ist keine formale Geste. Nur ein ruhiger Moment, mit dem man den Tag beendet.«

Ich saugte den Klang dieser Worte in mich auf. Ein gemeinsamer ruhiger Moment am Ende des Tages, der Beginn einer gemeinsamen Nacht. »Dann wäre es also in Ordnung?«

Er senkte den Kopf über das Spiel und sah mich unter halb gesenkten Lidern an. »Ich habe mich danach gesehnt.«

Das Haus und all seine Gerüche und sein Gemurmel schienen bei diesen Worten in den Hintergrund zu treten, und es war, als wären wir vollkommen allein. Erregung breitete sich augenblicklich in mir aus. Ich konnte sie nicht unterdrücken, genauso wenig, wie ich das Öl in den Lampen daran hindern konnte, zu brennen.

Ich legte meinen Kopf leicht in den Nacken und schloss die Augen, löste dann auch den großen Zopf, fühlte mich erleichtert. Als ich die Augen öffnete, starrte Heirik scheinbar auf den Häuptling auf dem Spielbrett, der von allen Seiten von Eicheln belagert wurde. Aber ich wusste, dass er mich heimlich beobachtete.

Auch Betta beobachtete mich. Ich spürte ihre Anwesenheit wie die eines Nachtvogels in dem schwach beleuchteten Raum, während sie sich zurechtsetzte und die Federn richtete, die Eulenaugen öffnete. Sie erlebte mich – oder vielmehr uns – bei einer solchen Vertraulichkeit. Ich blickte sie an und lächelte, und sie senkte den Kopf.

Ich löste meine Haare jetzt ganz und fuhr mit den Fingern hindurch, sodass die Zöpfe ganz auseinanderfielen. Dann blickte ich wieder auf das Spiel und machte einen weiteren Zug. »Lass mich jetzt deine machen«, sagte ich mit einer ruckartigen Bewegung meines Kinns zu seinem dunklen Zopf, der ihm über die Wange fiel.

Er sagte etwas, was ein Witz hätte sein können: »Wenn ich das tue, planen alle in diesem Raum unsere Hochzeit.« Seine Stimme klang jedoch ausdruckslos, und es war ein ausgesprochen bitterer Unterton darin.

Wie zwei Steine in einem Teich versanken wir in einer angespannten Stille. Heirik hatte mir gegenüber bereits einen Schwur geleistet – einen, der keiner Zeremonie und keines Festes bedurfte. Es gab kein Hochzeitsbett und keine Schwerter und kein Bier und keine Pfiffe. Das Versprechen, das er mir gegeben hatte, war ohne jede Freude.

In diese Stille hinein platzte Magnus, der in einem heftigen Wirbel aus Kälte und Schnee in den Raum stürmte. Fast war es, als hätte der Schneesturm persönlich ihn ins Haus befördert. »Vier Schafe sind weg«, rief er.

Heirik war aufgesprungen, bevor ich auch nur Luft holen konnte. Die anderen Männer im Haus folgten ihm, griffen in einem geordneten Wahnsinn nach ihren Wollumhängen und den Mützen und den Stiefeln. Frauen räumten rasch Kinder und Spielzeug aus dem Weg. Speisen und Getränke wurden sofort abgestellt, warme Steine ins Herdfeuer zurückgeworfen.

Ich lief den Männern nach, folgte ihnen bis zum Schmutzraum und wartete dort mit Betta. Ich sah Heirik die Tür nach draußen öffnen, dem Sturm entgegen, und falls er auch nur eine Sekunde gezögert hatte, war es ihm zumindest nicht anzumerken. Er stapfte hinaus in das reine, mörderische Weiß. Und alle anderen Männer folgten ihm.

NÄCHTLICHES SKIFAHREN

Zuerst lenkten wir Frauen uns damit ab, dass wir die Teller und das Nähzeug von hier nach da schoben und so taten, als sei nichts geschehen. Solange wir einander nicht ansahen, bemerkten wir nicht die Fragen in unseren Blicken. Wie lange es dauern mochte, bis sie zurückkehrten. Ob überhaupt jemand zurückkommen würde. Allerdings ging uns schon bald die Arbeit aus, und wir fingen doch an, uns anzusehen und stumme, zögernde Fragen zu stellen. Wird dein Mann zurückkehren? Und deiner? Ich dachte auch darüber nach, wie viele Schafe wohl gerettet werden würden. Vielleicht genügend. Mit Heirik. Er würde sie nach Hause bringen.

Die Stille verwirrte die Kinder, und wir kümmerten uns um sie, nahmen die Kleinsten auf die Arme und gingen mit ihnen umher. Ich hatte Lotta auf dem Arm und drückte ihren Kopf an meine Schulter. Sie war schwer, fast zu schwer, und schließlich setzte ich mich mit ihr auf die Bank beim Brettspiel und zeigte ihr all die kleinen Figuren, murmelte dumme Dinge darüber, was die kleinen Männer darstellten.

Schon bald saßen wir beim Feuer und schwiegen; uns ging die Kraft aus, uns noch etwas vorzumachen.

Haukur kehrte als Erster zurück; in seinen Armen hielt er ein sicher zweihundert Pfund schweres Schaf; es sah aus, als würde er eine Braut tragen. Magnus war bei ihm und hielt ihm die Tür auf. Das Schaf wurde beim Herzstein auf den Boden hinuntergelassen. Im ersten Moment wirkte es, als wäre es bereits so gut wie tot, denn die Augen waren fast vollständig von Schnee bedeckt, und es schien sich kein Leben in dem Tier zu regen. Aber dann rührte es sich doch und blökte schwach.

Hár kam als Nächster; er trug ebenfalls ein großes Tier in den Armen. Nach ihm stolperten die anderen Männer ins Haus. Zwei Schafe waren gerettet und alle Männer wieder zurück. Bis auf einen.

Das Getöse, das die Männer und Schafe veranstalteten, verstummte irgendwann wieder, und eine schreckliche Stille kehrte ein. Heirik würde nicht zurückkommen. Niemand sprach es aus, aber es war schon zu viel Zeit verstrichen. Zu benommen, um etwas zu sagen, begann die Sippe, sich zu beschäftigen. Dalla kümmerte sich um ihren Ehemann, Thora um ihren Bruder und ihren Vater – obwohl die Männer versuchten, die Frauen abzuwimmeln. Andere machten sich daran, die Schafe sauber zu machen; dann band Hildur sie am Ende des großen Raums fest. Die Kinder wurden von ihnen angelockt. Lotta hielt ihnen etwas vors Gesicht, versuchte, sie zu füttern, und ich sah ihr gerührt zu, während ich mich bemühte, die wachsende Panik in meinen Eingeweiden zu ignorieren. Ich zählte die einzelnen Flechtstufen in ihren kleinen Zöpfen. Fing von vorn an.

Einige der anderen musterten mich, und in ihren Blicken sah ich die unerwartete, halbherzige Anerkennung, dass Heirik mir etwas bedeutete. Zu wenig, dachte ich, zu spät.

Betta sah Hár unverhohlen an, vergrub die Hände in ihrem Kleid. Sie konnte nicht einfach zu ihm gehen und ihm das kalte Wasser und die Sorge von der Stirn wischen. Stattdessen nahm sie meine Hand und sah auf unsere verschränkten Finger. Ich ertrug diese Freundlichkeit nicht. Ich zog meine Hand weg und nahm stattdessen eine der Spielfiguren auf. Meine Hand schloss sich um sie.

»Er spielt mit dir«, sagte sie.

Meine panikartige Übelkeit wurde durch ihre Stimme wieder angestachelt. »Hm?«

»Der Häuptling. Er spielt mit dir.«

»Já«, antwortete ich, als wäre sie dumm, und zeigte ihr die Spielfigur. »Wir hatten gerade gespielt.«

»Nei«, sagte Betta. »Ich meine, er ist …« Sie suchte nach einem Wort, fand es aber nicht. »Er ist wie ein kleiner Hund, wenn er mit dir zusammen ist.«

Ich dachte an unseren kleinen Haushund, der mit dem ganzen Körper wackelte, wenn er spielerisch zuschnappte und sich auf dem Boden wälzte. Sie meinte, dass er verspielt war. Sie bezog sich darauf, dass Heirik lachte und mit Spielfiguren nach mir schlug. Ich dachte daran, wie er mich in der Schlucht nassgespritzt hatte, wie wir auf den Pferden galoppiert waren.

Obwohl sich mir das Herz zusammenzog, versuchte ich, locker zu klingen. »Já, so ist er manchmal.«

»Nei«, sagte Betta. »Nei, das ist er nicht. Ich habe ihn noch nie so erlebt.«

»Dann hoffe ich nur, dass du ihn noch einmal so erleben wirst«, erklärte ich. Mir war kalt; nicht einmal ihre Worte vermochten mich zu wärmen.

Eine lange Zeit verging, vielleicht auch nur ein paar Sekunden, ehe ich die Spielfigur losließ und aufstand. Ich hatte das Gefühl, am Eingang warten zu müssen. Hár stand zur gleichen Zeit auf, und wir beide gingen in unausgesprochenem Einverständnis zum Schmutzraum. Hildur und Betta folgten uns.

Hár öffnete die Tür nach draußen und stand da wie ein erwartungsvoller Hund, der auf seinen Herrn wartete. Der Wind peitschte Schnee in den Raum, und die beißende Kälte stahl uns jedes bisschen Wärme.

»Mach die Tür zu, du Narr«, schimpfte Hildur, aber Hár hielt eine Hand hoch und brachte sie zum Schweigen. Er starrte in den Schneesturm, in die weiß-silberne Ödnis. Und dann kam Heirik. Er torkelte in den Schmutzraum, unter jedem Arm ein ausgewachsenes Schaf. Mein Herz schwang sich einen Moment auf und sank dann vor Erleichterung. Er lebte.

Er ließ die Tiere los, schien sowohl verärgert als auch zufrieden zu sein, und stolperte an uns vorbei zu seinem Zimmer. Er war kaum in der Lage, das Schloss mit den froststarren Fingern zu öffnen, und dann war er durch die Tür und überließ es Hildur und Hár, sich um die riesigen, fast erfrorenen Tiere zu kümmern. Ich blieb mit aufgerissenen Augen zurück, als hätte ich meine Bestimmung verloren. Betta legte mir eine Hand auf den Rücken, und ich spürte den sanften Druck, der mich beschwichtigen sollte, aber es schmerzte, als läge jeder Nerv an der Oberfläche blank. Ich löste mich von ihr und begann, den Raum aufzuräumen.

Dutzende von nassen Umhängen und Stiefeln waren auf dem Boden verstreut, und überall bildeten sich kleine Lachen. Ich hob die Sachen auf und spürte unangenehme, eiskalte Tropfen in meine Ärmel sickern. Gedanken und Fragen tauchten in mir auf. Ging es ihm gut? Wie hatte er die Schafe gefunden? Wie hatte er es zurückgeschafft? Ich kannte die Antwort. Er hatte es einfach schaffen müssen. Es war die schiere Kraft der Verantwortung, es war die Ehre, die wie eine Axt über seinem Kopf schwebte. Und ein tiefer Wunsch danach, gut zu sein, gebraucht zu werden, selbst von Narren. Er war jetzt hinter seiner Schlafzimmertür in Sicherheit.

Die beiden zusätzlichen Schafe wurden ins Haus getrieben, und in dem Schmutzraum trat wieder jene Stille ein, die dem

Chaos zu folgen pflegte. Dann durchbrach Hildurs Stimme das Schweigen.

»Es war Signés Segen«, sagte sie in dem Versuch, die Episode damit geschickt zu beenden.

»Nei«, schoss ich zurück. Meine Stimme klang so spitz wie der Schrei einer Krähe. »Das war es nicht.«

Wir erschreckten uns alle, als die Worte so unbedacht meinen Mund verließen und ich mich mit wirbelnden Röcken umdrehte, um Hildur herauszufordern. Aber sie reagierte nicht auf meine Wut, dazu war sie zu schockiert. Ich machte weiter, und jetzt war meine Stimme gleichmäßig und kalt. »Es ist Heiriks Werk. Er ist da draußen geblieben, bis er sie gefunden hat, und er hat sie mit seiner letzten Kraft nach Hause getragen, während du Hár angefaucht hast, weil er die Tür geöffnet hat.« Es fühlte sich so gut an; ich konnte nicht aufhören. »Beiskaldi«, spuckte ich aus. Ein elegantes und knappes Wort für *verbittertes kaltes, meckerndes Miststück.*

Hildurs Gesicht wurde verschlossen, und ihre Hand, mit der sie das Amulett an ihrer Hüfte packte, schloss sich zur Faust.

Sie sah wie ein Tier aus, in die Enge getrieben und aggressiv. Sie presste die dünnen Lippen zusammen, als würde sie kurz davorstehen, mir irgendetwas entgegenzuzischen. Ich hörte meine Atemzüge unerträglich laut in meinem Kopf und hoffte und wünschte, dass sie den Raum verlassen würde, bevor ich zu weinen begann. Ich stand kurz davor. Nur wenige Sekunden fehlten.

Und dann ging sie, machte abrupt kehrt.

Hár hatte mich verblüfft beobachtet, und als sie weg war, hob er eine Braue.

Ich deutete mit dem Kinn auf Heiriks Tür und fragte ihn unverblümt: »Kannst du sie öffnen?«

Hár seufzte geräuschvoll. »Já.« In seiner Stimme lag deutliche Resignation. Er schloss die Tür auf – was niemand außer Heirik und ihm konnte – und trat zur Seite. »Já, das kann ich.« Er ließ den Türgriff los und ging weg.

Ich schob die Tür einen Spalt auf.

»Es geht mir gut, Onkel«, sagte Heirik von irgendwo in den Schatten.

»Nei«, sagte ich sanft. »Ich bin es …«

Ich trat ein, schloss die Tür wieder und lehnte mich mit dem Rücken dagegen. Weiches Licht beleuchtete einen Raum, der so klein war, dass ich ihn kaum als Schlafzimmer bezeichnet hätte, jedenfalls nicht in meinem anderen Leben. Er hatte eher die Größe einer Speisekammer, war vielleicht zehn oder fünfzehn Fuß tief, auch wenn sein Ende sich im Schatten verlor. Die Wände rochen nach Birkenholz, und das schummerige Licht verlieh ihm zusätzlich etwas sehr Persönliches – zumal ich die Tür zugemacht hatte. Die Intimität war umfassender, als ich erwartet hatte. Zum ersten Mal an diesem Tag war mir heiß.

Es gab hier einen richtigen Stuhl mit weich geschwungenen Armlehnen. Er saß jetzt darauf, hatte die Ellbogen auf die Knie gestützt und ließ die Hände herunterhängen. Neben ihm stand ein kleiner umgedrehter Kasten mit einer flackernden Lampe darauf. Zu seinen Füßen befand sich eine äußerst kleine Feuerstelle – gerade einmal vier Schieferstücke, die hochkant standen und so ein Viereck bildeten. Dampf stieg von den wenigen heißen Steinen darin auf und versuchte, durch ein Abzugsloch zu entweichen, das kaum mehr als eine rechteckige Aussparung hoch oben in der Sodenwand war. Es war teilweise mit einer Lederklappe verschlossen, die gegen den heulenden Wind dort befestigt worden war.

Die Luft im Zimmer war kalt, aber selbst durch meine Stiefel hindurch konnte ich spüren, dass der Boden warm war. Es gab unterirdisches Wasser.

Überall im Raum waren Waffen. Zwei Äxte lehnten in einer Ecke, ein normales Messer lag auf dem Tisch, und ein kleineres befand sich zwischen seinen Füßen auf dem Boden – beiläufige Zeichen für den ständigen Umgang mit Gefahren, mit Gewalt. Ein Schwert hing an der Wand über dem Bett.

Oh Götter, ein Bett! Es beherrschte den winzigen Raum. Schaffelle und andere Felle, richtige Pelze, lagen darauf, verwandelten es in ein luxuriöses Nest. Vermutlich hatte sein Großvater es gebaut. Seine Länge entsprach der der Männer seiner Familie, und es gab sogar eine Matratze darin! Sehnsucht flackerte in mir auf, diesmal nicht nach Heirik, sondern nach etwas Weichem unter meinen Knochen, das mit Daunenfedern gefüllt war. Ich stellte mir vor, wie sich dieses weiche Bett und die seidenweichen Pelze auf nackter Haut anfühlten. Heirik hatte seine Ledermanschetten dort hingeworfen. Ich sehnte mich auch danach, sie noch einmal zu berühren. Oder spielerisch in sein Handgelenk zu beißen, während er die Hand nach meinem Gesicht ausstreckte.

»Niemand betritt diesen Raum«, sagte er, aber er klang nicht verärgert. »Höchstens manchmal mein Bruder oder Hár.«

»Ich werde gehen.« Ich machte jedoch keine Anstalten, mich zu rühren.

»Nei.« Seine Antwort kam schnell. »Bitte«, fügte er hinzu, und ich war mir nicht sicher, ob er damit meinte, dass ich bleiben sollte, oder ob er sich überhaupt auf mich bezog. Vielleicht richtete er sich auch an irgendeinen Gott oder eine Göttin.

Seine Haare waren wirr und unordentlich und klebten ihm zum Teil an der Stirn und an den Wangen; auf den Wimpern funkelten Eiskristalle. Der Schnee schmolz und lief seinen Hals entlang. Ich überlegte, ob er vielleicht unfähig war, sich zu bewegen. Als ich auf ihn zuging, blickte er auf, und es war, als wollte er sich aufrechter hinsetzen. Als wollte er die Hand nach mir ausstrecken. Aber er tat es nicht.

Einen Moment später sagte er sanft:»Ich komme allein zurecht.«

»Nei«, widersprach ich mit meinem neu errungenen Mut. Noch immer konnte ich die Erregung in meinem Blut spüren, die davon herrührte, dass ich mit Hildur geschimpft hatte.»Du siehst vollkommen unordentlich aus. Wo ist dein Kamm?«

»Da drüben.« Er hob das Kinn und deutete in die dunkle Ecke.

Eine abgenutzte Holztruhe stand dort. Sie war nur ein paar Fuß breit und wirkte mysteriös und beinahe unverhältnismäßig persönlich. Ich dachte an meine Schlaffelle, unter denen meine mageren Schätze lagen, und verspürte einen Stich des Neids. Er hatte eigene Dinge und einen Ort, an dem er sie aufbewahren konnte. Diese Wände, die sein Zimmer bildeten, diese Truhe in der Ecke, all das war richtiger Luxus, und ich wünschte, ich hätte auch so etwas. Einen Ort, an dem ich mich verstecken und zusammenrollen konnte. Ich fühlte mich hier beinahe fehl am Platz.

Beinahe.

Die Truhe war fast bis zum Rand mit Kleidung und Pelzen gefüllt. Ich fand seine dunkelblaue Wollkleidung, das eisblaue Kleid seiner Mutter, das ich erst wenige Wochen zuvor getragen hatte. Es kam mir so vor, als würde es ein ganzes Leben zurückliegen, in eine Zeit gehören, in der wir noch gedacht hatten, dass wir einander würden haben können. Als wir noch dachten, dass wir uns küssen und berühren und umarmen könnten. Ich stellte mir vor, wie er dieses Kleid in einem einsamen Moment in die Truhe zurückgelegt hatte. Wie er es gefaltet und mit ihm alle Gedanken daran, mich zu lieben, weggesteckt hatte.

Ich schob ein paar Dinge zur Seite und fand zwischen der Kleidung ein Trinkglas und ein kleines Messer, das in einer Lederscheide steckte und am Heft mit einem Rebenmotiv verziert war. Ich fand auch seinen schönen Kamm aus Knochen und ein weiches Handtuch. Und unter dem Handtuch fand ich ein Kästchen.

Eine Erkenntnis durchzuckte mich. Es war mir so vertraut.

Das Holzkästchen war nicht größer als meine beiden nebeneinanderliegenden Hände, und es hatte zwei Türchen, die vorn mit einer Schnalle in Gestalt eines Drachenkopfs verschlossen wurden; ein kleines Schloss wand sich durch die Zähne. Vor meinem geistigen Auge sah ich die digitalen Bilder, die ich aus der Zukunft kannte, Scans von verrottendem Holz und verrosteten Teilen, die übrig geblieben waren. Ich dachte an die Aufnahmen von dem Buch, das jahrhundertelang in diesem kleinen Kästchen gelegen haben musste. Ihre Hofnotizen. Ihre Worte kamen mir in den Sinn, erinnerten mich an das Scheren und die Vliese und das Blut. *Er wäscht sich die Hände. In meinen Augen wird er immer schön sein.* War es möglich, dass damit das hier gemeint war?

Nei, die Leute hier passten nicht dazu. Es gab keinen grausamen Häuptling, nur Heirik. Keine gestaltwandlerische Ehefrau. Und das Kästchen lag auch vergraben in dieser Truhe, es befand sich nicht unter den Habseligkeiten einer beachtlichen Frau. Allerdings sah es gleichzeitig so aus, als wäre es derselbe Gegenstand, und ich versuchte erneut, herauszufinden, wo ich mich auf dieser Insel befand. War ich in der Nähe des Ortes, wo dieses Tagebuch gefunden worden war?

Das Holz fühlte sich rau und frisch an, noch nicht von tausend Jahren mitgenommen und verändert. Ich berührte es und versuchte, ihm sein Geheimnis zu entlocken. Aber es war nur ein Kästchen. Es konnte sich alles Mögliche darin befinden. Wahrscheinlich noch mehr Messer. Heirik liebte Messer. Heirik, in dessen Zimmer ich war. Der jetzt hinter mir saß und darauf wartete, dass ich ihm die Haare kämmte. Ich ließ das Kästchen los und drehte mich wieder zu ihm um.

Er stand mitten im Zimmer und zog sich gerade das Leinenhemd über den Kopf.

Der Kamm lag in meiner halb geöffneten Hand. Meine Lippen teilten sich, und ich stieß einen kleinen überraschten Laut aus.

Ich hatte seinen Körper im Badeteich gesehen, aber das hier war nicht das Gleiche. In diesem schwach beleuchteten Raum, der so klein war, wirkte er ganz anders. Draußen war mir seine Größe so natürlich vorgekommen – ein Kuss von ihm hätte meine Stirn gestreift –, aber hier war sie überwältigend. Sein Körper war kräftig und für die Arbeiten auf einem Hof wie geschaffen, aber es war kein Fett an ihm. Es war ein Körper, wie ich ihn noch nie zuvor gesehen hatte.

Als er mich sah, missdeutete er meine Miene. Er ließ die Hemden absichtlich auf den Boden fallen. Seine Worte waren vernichtend und zugleich weich. »Jetzt siehst du mich«, sagte er. »Jetzt kannst du das vergessen.« Er sah sich in seinem Zimmer um, als wäre »das« – mein beharrlicher Glaube an die Liebe? – irgendwo da unten auf dem Boden bei seinen Hemden. Als könnte ich es tatsächlich vergessen.

Sein Mal war schockierend. Dunkel und hässlich und wirklich so, als hätte eine göttliche Hand über ihm Blut vergossen. Und er machte mir tatsächlich Angst. Aber ich erinnerte mich daran, wie er mich gehalten hatte, wenn auch viel zu kurz. Ich erinnerte mich, wie ich sein Herz an meiner eigenen Brust gespürt hatte, ganz und gar menschlich. Sein furchterregendes

Mal war nichts, was mich in die Flucht schlagen konnte. Er war derjenige, der Angst hatte. Und ich wäre niemals vor seinem Körper davongelaufen.

»Willst du noch mehr sehen?« Er griff nach seinem Taillenband. »Reicht das?«

Oh Götter, ich wollte mehr sehen, aber ich sagte rasch: »Nicht so!«

Er saß da und wirkte, als könnte er sich selbst nicht ertragen. Er verschränkte die Arme vor der Brust und sah auf sie hinunter. Ich vermutete, dass er entsetzt über das war, was er getan hatte, darüber, dass er sich plötzlich halb nackt in diesem Raum mit mir wiederfand.

»Ich habe gehört, wie du Hildur ausgeschimpft hast«, sagte er und lächelte mich schelmisch und bezaubernd an, schüttelte dabei den Kopf. »Beiskaldi.« Seine Brust bebte vor unterdrücktem Lachen. Auch ich zitterte, und zwar wegen des Adrenalinschocks – und wegen der schleichenden Furcht, ihr wieder gegenübertreten zu müssen. Und dann war da noch der Schock gewesen, als Heirik sich ausgezogen hatte. Mein Herz wurde weich, als er sich so amüsiert zeigte, und ich fühlte mich besser. Und sogar etwas mutiger.

Ich ging zu ihm und kniete mich vor ihn. Der Boden war seltsam warm unter meinen Knien. Ich nahm seine Unterarme, legte die Ellbogen auf seine Knie und brachte ihn dazu, sich so zu setzen, dass sein Gesicht dicht bei meinem war. Wir waren uns jetzt so nah, dass ich seinen Atem auf meiner Stirn fühlen konnte. Ich begann, seine Haare zu ordnen. Ich strich ihm Strähnen aus dem Gesicht, und er ließ es wortlos geschehen. Dann machte ich mich an dem Lederband von einem seiner Zöpfe zu schaffen. Es war starr und umständlich gebunden. Während ich daran arbeitete, wartete ich auf eine Reaktion von ihm. Er hatte sich jedoch in sich zurückgezogen.

»Missversteh mich nicht, Heirik«, sagte ich zu ihm, während ich die Knoten löste. »In meinen Augen bist du schön.« Ich stand kurz davor, ihn zu küssen. Ich brauchte mich nur einen Zentimeter zu bewegen, nur den Kopf zu neigen. Stattdessen ließ ich meine Stirn gegen seine sinken. »Ich möchte alles von dir sehen. Ich möchte dich berühren und mich auf dich stürzen.« Ich machte mich daran, auch den zweiten Zopf zu lösen. Er rührte sich nicht und atmete abgehackt. »Aber nur, wenn du es willst. Nicht, wenn du versuchst, mir Angst einzujagen.«

»Já«, sagte er kurz und knapp.

Ich hätte ihn so gern geküsst, aber ich wollte nichts überstürzen. Ich sah vor mir, wie diese Vertrautheit verschwand wie ein Weißwedelhirsch im Wald, und daher legte ich sanft meine Hand auf sein Knie. Ich spürte die Knochen und Muskeln unter der feuchten Wolle; sie waren unerwartet warm. Heirik sog die Luft geräuschvoll ein, wich aber nicht zurück. Im Gegenteil, er lehnte sich an mich, und ich spürte seine Nase dicht an meinem Ohr. Er schien meinen Geruch in sich aufzunehmen. Dann fragte er, als wäre er wirklich verblüfft: »Was soll ich nur mit dir tun?«

Über mich herfallen, dachte ich, mich nehmen, mich lieben. Vielleicht mit einem Kuss beginnen. Aber laut sagte ich mit einem leichten Lächeln auf den Lippen: »Mich deine Haare schneiden lassen?«

Er lachte und lehnte sich zurück. Er verschränkte die Arme wieder, aber er zog sich nicht in sich zurück, sah mich nur aus einigem Abstand an.

»Ein bisschen«, sagte er. Er würde es mich tun lassen.

Es kostete mich Kraft, die Hand von seinem Knie zu nehmen, aufzustehen und mein Kleid glatt zu streichen. Ich ging um den Stuhl herum, auf dem er saß, und stellte mich hinter ihn, um mit der Arbeit zu beginnen.

Seine Haare waren genauso verworren wie die Birkenzweige im tiefen Wald, und ich wusste kaum, wo ich beginnen sollte. Ich versuchte, sie mit meinen Fingern zu kämmen. Zuerst kamen sie mir steif vom Eis vor, aber nachdem ich sie zwischen meinen Handflächen gewärmt hatte und mit den Fingern durch die Zöpfe gefahren war, um sie zu lösen, fühlten sie sich trocken und seidenweich an.

Ich strich über seinen Nacken und tastete nach dem Lederknoten, der dort immer war, schob einen Daumen darunter. Er holte scharf Luft. Wahrscheinlich hatte er so etwas noch nie gespürt. Ich zog meine Finger wie Kämme durch seine Haare.

Dann drückte ich die Daumen in seinem Nacken gegen den Schädelansatz, während ich meine Finger locker um seine Kehle legte. Er neigte den Kopf zurück und gab einen tiefen Laut der Lust von sich, beinahe ein Knurren. Als Reaktion darauf drückte ich meine Hüfte gegen seinen Stuhl, richtete aber meine Aufmerksamkeit rasch wieder auf die Arbeit.

Eigentlich hätte ich ihm den größten Teil seiner Haare abschneiden müssen. Ich stellte mir kurz vor, wie er aussehen würde, wenn sie kinnlang wären wie bei Magnus. Er wäre noch herrlicher gewesen. Aber er hatte »ein bisschen« gesagt, und ich wusste, warum. Er wollte verhindern, dass alle es sahen. Dass sie den Unterschied bemerkten und wissen würden, was ich getan hatte. Allerdings besaß ich ohnehin nicht die Fähigkeit, ihm einen guten Haarschnitt zu verpassen. Die Götter wussten, ich hatte keine Ahnung, wie man das machte, und ich konnte nur hoffen, dass ich eine gerade Linie zustande bringen würde.

Bevor ich anfing zu schneiden, griff ich in seine Haare und atmete den Zimtgeruch ein. Er kam nicht von seiner Kleidung, es war sein eigener Geruch. Jetzt wusste ich es ganz sicher.

Ein leises Zischen erklang, als ich die Haare schnitt. Sie fielen über meinen Kamm und die kleine Schere und sammelten sich auf dem Boden. Ich konzentrierte mich und murmelte: »Ich habe noch nie jemandem die Haare geschnitten.«

Die Muskeln an seinem Rücken spannten sich einen Moment an.

»Keine Sorge«, versicherte ich ihm. »Du wirst nicht wie ein Schaf aussehen!«

Er lachte, aber dann wurde er wieder ernst. »Du scheinst fest überzeugt zu sein, dass du so etwas noch nie getan hast.«

Überzeugt von meiner Vergangenheit, ja. Ich hatte meinen Schutz vergessen und nicht mehr darauf geachtet, vage zu bleiben. Aber jedes Mal schmerzte es mich mehr, ihn einerseits zu lieben und ihn andererseits nicht wissen zu lassen, woher ich kam. Manchmal bemerkte er diese Ausrutscher, diese Verlegenheit. Diesmal wartete er nicht auf eine Antwort.

Er seufzte.

»Já, nun, noch nie hat eine Frau mir die Haare geschnitten«, sagte er. »Du bist daher die Beste.«

Ich schnitt sie hinreichend gerade.

Als seine Haare etwas kürzer und weniger verworren waren, band ich sie zu einem dicken Pferdeschwanz zusammen. Ich hielt ihn mit der einen Hand und strich darüber, dann legte ich ihn über seine Schulter, sodass er aus dem Weg war und ich meine Hände auf seine Schulterblätter legen konnte. Die eine Seite war hell, die andere mit tiefem Rot befleckt. Meine Daumen tasteten das Rückgrat hinauf, fanden seinen Nacken. Er gab ein kleines Geräusch von sich, klang zufrieden.

Ich war glücklich. Benommen vor Befriedigung und Sehnsucht. Da war auch ein Gefühl von Stolz. Ich hatte den Häuptling dazu gebracht, sich hinzusetzen und sich von mir verwöhnen zu lassen.

Unter meiner Berührung begann er, loszulassen – was er

dringend nötig hatte. Ich konnte fühlen, wie es geschah. Seine Atemzüge gingen langsam und gleichmäßig, und sein Kopf sank zur Seite. Er war kurz davor, einzuschlafen. Erschöpft vom Sturm und dem Adrenalinstoß, den das Suchen und Finden der Schafe mit sich gebracht hatte, von der schier unmöglichen Aufgabe, sie nach Hause zu schaffen. Und vielleicht spielten auch die Begierden eine Rolle, die er sich versagte. Dachte er manchmal an mich, wenn er hier zwischen den Pelzen im Bett lag?

Unsicher, was ich tun sollte, genoss ich es eine Weile, ihm beim Schlafen zuzusehen. Das Licht der zuckenden Flamme verlieh ihm einen goldenen Hauch.

Ich zog meine Hand langsam und vorsichtig zurück. Er reagierte nicht, schlief wie ein Stein. Ich nahm die Ledermanschetten vom Bett, hob ein halb geschnitztes winziges Boot vom Boden auf und legte beides auf den Tisch. Dann drückte ich sanft seine Schulter, flüsterte ihm zu, dass er aufwachen solle, nur ein bisschen. Schläfrig öffnete er die Augen.

»Schlaf weiter«, drängte ich ihn, »aber leg dich ins Bett.« Er gehorchte wie ein kleiner Junge.

Ich zog eine Wolldecke über ihn, dann setzte ich mich auf den Stuhl neben dem Bett und strich mit den Fingern über seine Wange. Obwohl er bereits schlief, sang ich ein uraltes Schlaflied. *Still, still und gute Nacht, siehst du diese Schwanenpracht?* Ich fuhr mit meinen Fingern in kleinen Kreisen über seine angespannten Kiefermuskeln, sang zuerst auf Altnordisch, dann auf Englisch. *Schläfrig liege ich danieder, offen bleibt eins meiner Lider.*

Die Tür öffnete sich, und ich erstarrte. Mein Blick schoss herum; Ranka stand da. Sie schnappte schuldbewusst nach Luft, ging hinaus und zog die Tür hinter sich zu.

Ich stand abrupt auf und sah mich zögernd im Raum um,

nicht sicher, was ich tun sollte. Ich hoffte, eine Antwort unter all den Äxten und Messern zu finden, den Hemden und den dunklen Haaren, die auf dem Boden lagen. Zum ersten Mal dachte ich an das, was geschehen war. Ich hatte Hildur zurechtgewiesen, die Herrin des Hauses. Dann hatte ich die letzte Stunde im Zimmer des Häuptlings verbracht, seine Haare berührt, und seine Kleidung lag in einem sinnlichen Durcheinander auf dem Boden.

In diesem Raum war nichts anderes wichtig gewesen als wir beide. Aber jetzt lag er in seinem Bett und schlief dort, wo er hingehörte, und ich würde allein in den Hauptraum zurückkehren und die Blicke und die Strafe ertragen müssen. Ich sah vor mir, wie ich von allen gemieden wurde. Schlimmer noch, ich sah mich im bitterkalten Schneesturm stehen, nachdem man mich aus dem Haus geworfen hatte. Ich würde tot sein, bevor er aufwachen würde.

Ich kam nicht darum herum. Ich würde gehen müssen. Ich drückte einen Kuss auf meine Finger und legte sie kurz an seine Wange, dann verließ ich das Zimmer und ging zurück in den Hauptraum.

Die meisten Mitglieder der Familie hatten sich bereits schlafen gelegt. Nur ein paar saßen noch am Herzstein, tranken und wärmten die Geschichte von den verlorenen Schafen wieder auf. Vermutlich fügten sie auch die unfassbare Geschichte über Ginn hinzu, die Hildur als verbittertes kaltes Miststück bezeichnet hatte. Ein paar der Anwesenden blickten auf, als ich eintrat, aber sie wandten ihre Blicke rasch ab. Nicht einmal Betta lief zu mir. Ich schlüpfte in meinen Alkoven und wünschte mir, ich wäre ein Geist und unsichtbar.

Ich deckte mich zu, ehe mich – nach all der unterdrückten Leidenschaft – die Müdigkeit überwältigte. Das alles hätte mir vielleicht leidtun müssen, aber so war es nicht. Ich sollte mir

Sorgen um meinen Platz hier machen. Aber ich konnte nur daran denken, wie Heiriks Stirn an meiner gelegen, wie sein Bart meine Wange gestreift hatte. Mit einem Lächeln auf den Lippen ließ ich mich vom Schlaf überwältigen.

Ich hörte meinen Namen und wurde wach.

»Ich habe Ginn gesehen.« Es war Ranka, die gleich neben mir bei ihrer Familie schlief. Ich kämpfte mich von der Bank hoch, auf der ich geschlafen hatte. »Sie war beim Häuptling, in seinem Zimmer.«

Schlagartig war ich wach; mir standen sämtliche Haare zu Berge. Ich konnte nur hoffen, dass sie mit Kit sprach und dass das, was ich mit Heirik getan hatte, unter uns bleiben würde. Ich lauschte angespannt.

»Kind! Sprich leiser.« Es war ihre Mutter, den Göttern sei Dank. Und sie tadelte Ranka. »Hast du den Verstand verloren? Wieso bist du in das Zimmer gegangen?«

»Ich habe Gesang gehört«, verteidigte Ranka sich flüsternd. Aber sie folgte der Anweisung, leiser zu sprechen.

»Gesang.« Kit betonte das Wort, wie Mütter es tun, wenn sie den wilden Geschichten ihres Kindes keinen Glauben schenken.

»Es war Ginn. Sie hat ihm über die Haare gestrichen, so.« Eine kurze Pause trat ein. »Und sie hat seltsame Worte gesungen.«

Kit gab ein Geräusch von sich, das ich nicht deuten konnte, da ich ihr Gesicht nicht sah. Es war eine Mischung aus já und hm und *stimmt, Schweine können fliegen.* »Du hast geträumt, Ranka. Du hast geschlafen.«

»Nei!«, rief sie leise mit der Stimme eines Kindes, dem nicht geglaubt wird. Dann senkte sie die Stimme wieder. »Habe ich nicht.«

»Hm.« Kit blieb kritisch. »Und was genau hat der Häuptling getan?«

»Er hat geschlafen.« Ranka klang genauso wehmütig, wie ich mich in dem Moment gefühlt hatte. »Er hat einfach nur geschlafen.«

Eine Pause trat ein, dann machte Kit noch ein unbestimmbares Geräusch, als wollte sie die Unterhaltung für beendet erklären. Ranka sagte nichts mehr, und ich hörte das Rascheln der Decken, als sie sich in ihre kleine warme Höhle schmiegte. Ich hielt meinen Kopf unten und die Augen geschlossen und zog den Umhang enger um mich.

Am Morgen des nächsten Tages verletzte ich mich.

Ich saß mit den anderen Mädchen und Frauen am Herdfeuer, wo wir wegen der Wärme arbeiteten.

Hildur saß gleich neben mir, und ein- oder zweimal drehte ich mich zu ihr um und stellte fest, dass sie meine Näharbeit musterte. Vielleicht hatte ich mich nicht genügend konzentriert. Es kümmerte mich nicht. Ich ließ den Stoff in meinem Schoß liegen und nahm meine kleine Bügelschere in die Hand. Ich drehte sie um und betrachtete sie mit einer neuen Zärtlichkeit. Ich drückte sie einmal, zweimal, sah zu, wie sich das elegante Metall öffnete und schloss. Dann nahm ich den kleinen Wetzstein, der an meiner Taille hing, und zog ihn über die Klinge.

Ich verschloss meinen Geist gegen die einzelnen Worte, welche die anderen von sich gaben, und die Stimmen vermischten sich. Das an- und abschwellende Gemurmel passte sich dem Geräusch meines Wetzsteins an, und dann verblasste die Geräuschkulisse ganz, als mein Geist das Langhaus verließ. Ich streifte über schneefreie Berge, die grün und hell wie der Tag waren, stieg die steile Klippe hinunter in die hübsche Schlucht.

Die Sonne schien auf das klare Wasser, als wäre es Glas, und ich tauchte meine nackten Füße hinein. Das Wasser strömte ungewöhnlich langsam dahin, geradezu friedlich; diesmal rauschte es nicht an meinen Knöcheln vorbei. Es war ein heiteres Passieren, und ich malte mit dem Zeh Bögen auf die Oberfläche. Dann sah ich zu Heirik hinüber, der an seiner Festung baute.

Ein lauter Tadel zerriss die Luft. Hildur fauchte eines der Mädchen an, bewegte dabei ihren Ellbogen hektisch und stieß mich an. Meine Schere sprang gegen den Wetzstein und vergrub sich in meinem Handballen. Ich schrie auf und bemühte mich im gleichen Moment, den Schrei so schnell wie möglich zu unterdrücken.

Eine leise Übelkeit breitete sich in mir aus, als ich bemerkte, wie die Klinge aus meinem Körper ragte. Es sah so falsch aus. Als ich die Schere herauszog, drehte sich mir fast der Magen um.

Instinktiv wollte ich das Blut und die Wunde verbergen. Ich wollte keinen Wirbel deswegen veranstalten. Keine Aufmerksamkeit erregen. Die meisten hatten es jedoch gesehen, und schon war Kit bei mir und drückte ein weiches Stück Leinen auf die Hand. Ich biss die Zähne zusammen und schloss die Augen vor Schmerz.

Betta kam an meine Seite, schob Kit weg und hielt meine Hand hoch, um sie genauer betrachten zu können. Sie zog den Stoff weg.

»Es ist nichts«, zischte ich wenig überzeugend. Blut lief meinen Arm entlang, dunkelrot auf meiner blassen Haut. Ich hatte Glück gehabt, die Schere hatte die zarte Haut über dem Handgelenk nur knapp verfehlt. Die Adern traten bläulich unter der Oberfläche hervor.

»Das ist nicht nichts«, widersprach Betta und drückte den

Stoff wieder auf die Wunde, als würde sie ein kleines Geschenk auf meine Hand pressen. »Ich hole Wasser.«

Ich drückte auf den Stoff und starrte die Schere in meinem Schoß an. Mit ihr hatte ich am Tag zuvor Heiriks Haare geschnitten. Jetzt hatte sie sich gegen mich gewandt und mich angegriffen. Ich schüttelte den Kopf über den verstörenden Zufall. Es schien tatsächlich, als würde ich jedes Mal, wenn ich ihm nahe kam, anschließend verletzt werden.

Es war der Beginn einer weiteren langen Phase in diesem Winter. Als der Häuptling von meiner Verletzung erfuhr, hielt er sich wieder von mir fern. Wir spielten nicht einmal mehr Tafl.

Die eiskalten Steine am Rand des Badeteichs fühlten sich hart in meinem Nacken an. Ich schloss die Augen und spürte der kalten Luft und dem Sprühnebel nach, der sich mit dem Wind vom Wasser erhob.

Betta summte vor sich hin, aber es war keine richtige Melodie. Das Wasser schwappte über meine Schultern, als sie ihre bloßen Füße hin und her bewegte. Sie saß in Wolle und Pelze gehüllt am Rand, hatte aber Stiefel und Socken ausgezogen, um die Füße ins Wasser tauchen zu können. Eine Fackel brannte neben uns, eingeklemmt zwischen zwei Steinen.

»Ich muss an irgendwelches Garn kommen«, sagte sie seufzend. »In der Sonne einen Kessel Wasser zum Kochen bringen, damit ich sehen kann, wie sich die Farben verändern. Ich möchte wieder Flechten riechen und Blumen kochen.«

Eine lange zurückliegende Erinnerung an Tee stieg in mir auf. Wie ich in meiner Küche saß und der Tee in stilvollen Gläsern ebenso dampfte wie dieses Badewasser. Ich versuchte, den vertrauten Geschmack von Minze und Bergamotte heraufzubeschwören – von Kräutern, die in der Zukunft fast genauso kostbar waren wie jetzt hier.

»Trinkst du das Färbewasser eigentlich manchmal?«, fragte ich Betta.

Sie lachte fröhlich. »Mein Da sagt, man kann das bei bestimmten Krankheiten tun, aber viele halten es für dämlich. Die Götter erlauben es jedoch nicht, oder zumindest gilt es nicht als brosti.« *Als etwas, worauf die Götter freundlich herablächeln.* »Wasser, das über eine verletzte Wurzel geflossen ist, kann Magenkrämpfe heilen. Ein Konzentrat kann verhindern, dass ein Baby zu früh auf die Welt kommt.«

Ich hob eine Braue. Das hatte ich nicht gewusst.

»Die Brühe ist aber nichts verglichen mit den Symbolen, die mein Da macht«, fügte sie hinzu. »Auf den Knochen.«

Ich fragte sie, was sie damit meinte. »Er kratzt Runen in die Knochen von Tieren. Es kann tödliche Wunden heilen.«

Geschriebene Worte waren hier sehr mächtig. Ich stellte mir vor, wie Bjarn sie behutsam in die Knochen ritzte und dabei dachte, dass sie einen geliebten Menschen retten, ihn vom Tod zurückholen könnten. Ich wünschte mir ein Display und einen Stift, damit ich selbst ein paar Worte aufschreiben konnte, die uns von unserer Traurigkeit heilen und den Schnee vertreiben würden.

»Ich sehne mich auch nach der Sonne«, sagte ich und streckte mich im Wasser. »Ich würde gern mit einem Hund durch das Gras laufen. Mit Drifa ins Tal reiten.« Ich schloss mit einer Bemerkung, die meiner Gereiztheit Ausdruck verlieh: »Ich würde gern auf irgendetwas schießen.«

Sie lachte jetzt noch mehr. »Já«, pflichtete sie mir bei. »Ich würde im Augenblick auch gern auf etwas schießen.«

Sie tappte mit den Fußsohlen auf die Wasseroberfläche, ehe sie sie wieder im warmen Nass versinken ließ.

»Denkst du, die anderen wissen über uns Bescheid?«

Ihre Stimme klang gleichmäßig und ruhig, gar nicht besorgt.

Ich allerdings machte mir jedes Mal Sorgen, wenn das Thema auf sie und Hár kam. Ich sah, wie die beiden sich über den Herzstein hinweg ansahen, und ich wusste, dass Betta ihr Gespür für Gefahr verlor, wenn es um ihre Beziehung zu ihm ging. Jedes Gefühl dafür, was auf dem Spiel stand, wenn es herauskam. Und es stand einiges auf dem Spiel: Ihre Chance, jemals zu heiraten. Ihr Platz – und der ihres Vaters – in dieser Gemeinschaft, ihr Herz und ihre Ehre und ihre Seele. Und doch wusste ich, dass das, was sie mit Hár erlebte, das Risiko wert war.

»Ich glaube nicht, nei«, sagte ich, und meine Stimme klang belegt. »Ich vermute, dass Heirik und ich sie von allem anderen ablenken.«

»Já, da hast du recht.« Kleine Wellen schwappten an meine Kehle, als Betta das Wasser aufwirbelte. »Ihr beiden seid schon sehr verwirrend, Frau.«

»Sind wir das?« Ich lachte. Zweifellos waren wir das. Ich war ja selbst verwirrt.

»Ihr seid so ernst, wenn ihr allein seid«, sinnierte Betta. »Und so voller Leichtigkeit, wenn ihr zusammen seid. Wenn ich es nicht jeden Tag sehen würde, würde ich nicht glauben, dass der Häuptling so sein kann.«

Ich ließ meine Zehen nach oben treiben und sah zu, wie sie die Wasseroberfläche durchbrachen.

Sie fuhr mit einem Lächeln fort, und eine leichte Ungläubigkeit schwang in ihrer Stimme mit: »Es gefällt mir, wenn er so ist.«

»Mir auch.« Ich musste ihr zustimmen.

Wir saßen noch einen Augenblick so da, und dann hakte ich nach. »Hältst du mich für zu ernst?«

»Es ist eine Schwere«, sagte sie sofort. »Die gleiche Schwere wie beim Häuptling.« Und obwohl wir beide lachten, wusste ich, dass es stimmte. Diese Schwere – meine Einsamkeit und

Wehmut, seine stille Entschlossenheit, sein Pflichtgefühl – war das, was die Leute von uns kannten. Die Leichtigkeit, die wir in der Wärme des Hauses zu entwickeln begonnen hatten, war eine unfassbare Überraschung.

Und dann war Betta wieder bei ihrem Lieblingsthema, das ihre Seele beflügelte und ihren Geist beschäftigte.

»Hár behauptet, ich würde eines Tages jemanden heiraten wollen, der in meinem Alter ist. Ich schätze, er sagt das, weil ich ihm nicht wichtig genug bin.« Sie war nüchtern wie immer, aber ihre Stimme zitterte. »Götter, warum musste ich mich ausgerechnet in einen der bedeutendsten Männer hier verlieben? Das ist so dumm. Ich hätte einen Jungen finden sollen.«

Im Stillen musste ich ihr recht geben. Aber die Liebe ging eigene Wege.

Dann kam Hár. Wie der Geist eines Kriegers tauchte er aus dem Nebel auf. Immer größer, als ich erwartete, und zugleich sanfter. Er trug vier schmale Skiðs bei sich.

Betta lächelte ihn an, und sie spritzte mich nass, als sie ihre Füße aus dem Wasser zog. Während sie ihre Socken und die Stiefel anzog, beobachtete ich den alten Mann, dessen Gesicht beinahe unheimlich von unten beleuchtet wurde. Er ragte über mir auf, dunkel und markant, die graublonden Haare offen herabhängend und fast farblos in der Nacht.

»Frau«, sagte er zu mir, und dann seufzte er müde und ging in die Hocke, um die Skiðs auf den Boden zu stellen.

Er sah Betta an, und vielschichtige Gefühle traten jetzt in seine Augen. Eine Art panikartiges Staunen und Resignation. Er kam mir vor wie jemand, der unbeabsichtigt einen edlen weißen Fuchs gefangen hatte und wusste, dass der eigentlich dem Wald gehörte. Jetzt war in seinem Gesicht ein Ausdruck, als würde er bereits sehen, wie sie wegging. Hár war jemand, der ein großes Verantwortungsgefühl besaß. Er wartete so lange, wie er konnte, aber er war bereit, zu tun, was er tun musste. Er glaubte nicht, dass Betta zu jung für ihn war oder ihr Rang zu niedrig. Er dachte, sie wäre zu gut für ihn.

Sie fanden Mittel und Wege, die Frage der Ehre zu umgehen. Beide, Hár und Heirik. Indem sie sich versteckten, indem sie sich zurückhielten – und alles mit dem Anspruch, Betta und mich zu schützen. Ich ließ Wasser in meinen Mund dringen und stieß es durch die Zähne wieder aus, während ich zusah, wie er mit ihr in der Nacht verschwand. Als könnte irgendein sterblicher Mann seine glühenden Augen vor der Ehre geheim halten. Als könnte irgendein Mann die Wildheit in sich selbst vor seinem eigenen Herzen verbergen.

Wenn die Sache mit Betta und Hár herauskam, würde sie als falsch angesehen werden. Und sie forderten das Unglück geradezu heraus, denn je länger der Winter währte, desto länger blieben sie weg, wenn sie sich gemeinsam davonstahlen.

Die Idee, dass man jemanden umwarb oder jemandem den Hof machte, gab es hier nicht. Hier ging es nur darum, ob man heiratete oder nicht. Es war möglich, dass sich in der Ehe Liebe einstellte – aber eher zufällig. Und dann gab es das hier. Sie hatten ein Wort dafür. Es bedeutete *große Leidenschaft*. Gemeint war jene Liebe, die besonders verwirrend und rücksichtslos war. Eine chaotische Empfindung, die versuchte, sich in einem solchen Umfeld durchzusetzen. Hier, wo Hár Betta schonte, wo Heirik mich beschützte, indem sie beide sich zurückhielten. Indem sie genau das zurückhielten, was wir wirklich wollten – einfach nur sie.

Ich sank bis zum Kinn ins Wasser und legte den Kopf zurück, sodass mein Nacken auf den kalten Steinen ruhte.

Götter, mir war so langweilig.

Im Haus gab es für mich nichts zu tun, daher blieb ich

einfach im samtenen Wasser. Ich spreizte die Zehen, und es wurde warm zwischen ihnen, wurde auch warm zwischen meinen Beinen, als ich sie ebenfalls spreizte. Ich ließ das Wasser hinein, ließ es jede zarte Oberfläche erforschen. Meine Finger sanken nach unten, um nachzuhelfen. Eine Hand ruhte leicht auf meinem Bauch, die andere berührte die Stellen, an denen ich gern von jemand anderem angefasst worden wäre. Ich schloss die Augen, und er war da.

Der Geruch von Gewürzen und Eisen in seinem Haar, die Augen in der Farbe von weichem Bernstein. In meinem Traum saß er auf seinem Bett, und ich hockte rittlings auf ihm, meine Röcke waren auf magische Weise aus dem Weg, seine Beinkleider praktischerweise verschwunden. Ich vergrub meine Hände in seinem schwarzen Haar und zog seinen Kopf in den Nacken, sodass er sich mir hingeben musste. Er ließ zu, dass ich seine gezeichnete Haut berührte, ohne vor mir zurückzuschrecken. Unsere Gesichter waren dicht beieinander, unser Kuss ein einziger Rausch. Ich wusste bereits, wie sich sein Mund und seine Zunge anfühlten, den Rest stellte ich mir vor. Er war so hart und ich so bereit. Alles, was ich tun musste, war, meine Hüfte zu heben, um ihn zu ergreifen und mich auf ihm niederzulassen, so langsam, dass wir beide stöhnten und den Kopf an der Schulter des jeweils anderen vergruben. Herrliche Qual stieg augenblicklich in mir auf. Er stieß sich in mich hinein, und ich senkte meinen Körper, um ihm entgegenzukommen, einmal, zweimal, dann vergaß ich das Zählen, verlor jeglichen Willen und Verstand, und ich kam, und mir vergingen Hören und Sehen. Ich hielt ihn, und gleichzeitig klammerte er sich an mich.

Ich öffnete die Augen zum Nachthimmel. Ich war allein im Badeteich, und mein Geschlecht pochte unter meiner Hand.

Im ununterbrochen herrschenden Winter war es schwer, ein Gefühl für den Verlauf der Zeit zu bewahren. Manchmal wog sie so schwer wie ein Umhang voller Steine, und dann wieder hob sich ihr Gewicht, und sie ließ mich treiben. Ich lehnte mit dem Kopf an den Steinen, suchte zwischen den Sternen nach Friggs Spinnrocken, suchte nach der Geduld, mit der sie seit Milliarden von Jahren spann und etwas so Großartiges und Flüchtiges wie diese Wolken hervorbrachte. Niemals kam sie zu einem Ende, warf vielmehr immer wieder das, was sie hergestellt hatte, in den Himmel und sah zu, wie es sich auflöste. Der eiskalte Wind kam wie mit tausend Nadeln und stach mir in die Wangen, und es fühlte sich gut an, sie ihr Werk verrichten zu lassen, sie mich schrubben und reinigen zu lassen. Das Wasser schlug Wellen, und meine Zehen durchbrachen die Oberfläche, woraufhin sie sofort zu frieren begannen. Zehn kleine Spitzen aus blauem Eis. Ich zog sie wieder nach unten. Ich hatte genug vom Wasser und fröstelte, trotz der Wärme des Badeteichs. Ich musste raus aus dem Wasser.

Meine Kleider lagen auf einem Haufen beim Tunneleingang, und ich packte sie und wickelte mich darin ein. Erst als ich in der kleinen Tür stand, trocknete ich mich rasch ab, zog mein Unterkleid an und wickelte mich in einen großen wollenen Umhang. Zitternd nahm ich die übrigen Kleidungsstücke in die eine Hand und die Fackel in die andere. Dann begann ich, schnell durch den Tunnel ins Haus zurückzugehen.

Ich stolperte über etwas, taumelte und sah im zuckenden Fackellicht ein Messer auf dem Tunnelboden liegen. Es funkelte einmal, dann ging meine Fackel aus. Ich kniete mich in der Schwärze hin, um es zu finden, aber meine tastenden Hände bekamen nur Erde zu fassen. Der Tunnel begann, sich schwer und eng um mich zu schließen, mich zu ersticken. Ich stand zu schnell auf, fühlte mich benommen, verlor die Orientierung. In welche Richtung musste ich gehen? Ich lief, meine Kleider in der einen Hand, die nutzlose Fackel in der anderen. Mit der Schulter stieß ich gegen eine der Wände, und kleine Brocken fielen von der Wand herunter und auf meinen Rücken. Ich drehte mich hastig um, war jetzt verwirrt und verängstigt, spürte das Gewicht der Erde auf mir lasten. Ich befahl mir, mich zu beruhigen. Es war nur der Tunnel zum Badeteich. Er konnte nur zum Haus führen, nirgendwohin sonst.

Als ich das schwache Licht des Schmutzraums sah, stürmte ich hinein.

Ich ließ die kalte Fackel ebenso wie die Kleidung auf die Bank fallen und sank daneben, zog den Umhang fester um mich, murmelte beruhigende Worte, um meinen Herzschlag zu verlangsamen. Wolle kratzte an der feuchten Haut an meiner Kehle. Ich hatte es geschafft. Es war alles in Ordnung.

Heirik war da, stand plötzlich schweigend nur ein paar Fuß von mir entfernt.

Mein Blick wanderte von seinen dunklen Stiefeln hinauf zu seiner Hüfte. Sein Gürtel war leer, und es kam mir seltsam vor, ihn ohne die Utensilien zum Feuermachen und seine Messer zu sehen, die sonst dort hingen. Das Hemd war offen, sein Gesicht war gerötet. So rot, dass es aussah, als wäre er draußen herumgelaufen und hätte sich den Wind über das Gesicht wehen lassen, wie ich es getan hatte. Aber seine Stiefel waren trocken, die Hosenbeine ungeschnürt. Ich sah mich nach seinen Schneeschuhen um oder nach einem nassen Umhang, aber es war alles ordentlich aufgeräumt.

Seine Augen schimmerten golden vor Ärger.

»Du wirst nicht noch einmal allein da hingehen.« Es war eine schroffe, unfreundliche Anweisung.

Zum Badeteich? Ich? Er sprach mit mir wie mit einem Kind, das er ausschimpfte. »Nimm jemanden mit«, erklärte er. Er sah zum Tunneleingang, dann blickte er mich mit neuer Wut an. »Jemanden, der bei dir bleiben wird.«

Mir sank das Herz wie ein Stein. Er wusste über Betta Bescheid.

Er musste gesehen haben, wie ich in mich zusammensackte, vielleicht hatte ich sogar den Kopf geschüttelt. Er flüsterte, aber es schien weniger an mich gerichtet, sondern eher an die Wand oder die Umhänge und Pelze und Schneeschuhe: »Ich weiß, was in meinem Haus vorgeht.«

Ich dachte an Betta, die glücklich da draußen in der Schneelandschaft war, und wünschte mir, ich könnte ihr eine Nachricht schicken, dass sie besser nicht mehr zurückkam. Dass es hier für sie vorbei war.

Natürlich wusste Heirik Bescheid. Er war hier eine Art Gott, und jede kleinste Regung in der Nacht, jeder Atemzug eines Tieres, selbst die dunkelsten Gedanken eines mit ihm verfeindeten Mannes waren ihm bekannt. Wie hatten Betta und ich – und ganz besonders Hár – nur denken können, dass dieser einfühlsame, aufmerksame Mann nicht alles wissen würde, was in irgendeiner Ecke seines Hofes und seines Geländes vor sich ging, angefangen von seinem Schmutzraum bis hin zum Meer? Den prüfenden Blick, den er so oft auf mich richtete, hatte ich ersehnt, aber ich hatte ihn nicht richtig verstanden. Jetzt sah er mich wieder so an. Ein Teil von ihm beobachtete mich, lauschte auf meine Stimme, bewegte sich mit meinen Bewegungen und atmete mit meinen Atemzügen. Ich spürte, wie sich all das, was in den letzten sechs Monaten geschehen war, mit seinem bernsteinfarbenen Blick auf mich legte.

Ich wandte mich ab. Die Umhänge wirkten im Lampenlicht derb und primitiv. Ich hielt mich mit den Augen daran fest, versuchte, nicht zu zittern, nicht zu weinen. Er war hinter mir, wütend auf Betta, voller stiller Rage. Ich wusste nicht, was er ihr antun würde, was er uns beiden antun würde, aber ich würde nicht zusammenzucken, egal, was er auch als Nächstes sagen würde. Um unser beider willen würde ich keine Angst haben.

Er fuhr mit seinen Fingern an meinem Rückgrat entlang. So leicht, dass ich mir nicht sicher war, ob es wirklich so war. *Oh.* Er berührte mich liebevoll, ein Hauch von Knöcheln an meiner Wirbelsäule. Voller Wut, ja, oder erfüllt von etwas, was ähnlich machtvoll war.

Ich ließ den Umhang von meinen Schultern gleiten und zeigte ihm meine nackte Haut, trug jetzt nur noch das Unterkleid. Seine Finger tasteten am Rand des Stoffes entlang, aber nicht weiter. Er legte seine Stirn auf meine Schulter und hielt meine Oberarme fest. Ich hielt den Atem an und schloss die Augen, als könnte ich diesen Moment in mir bewahren, ihn festhalten.

»Ich möchte wieder küssen«, sagte er. Ein schlichtes Begehren. Die Vorstellung, ihn zu küssen, erfüllte mich ganz und gar. Seine Worte, der Druck seines Kopfes auf meiner Schulter, seine Finger auf meiner feuchten Haut – all das verband sich in diesem angespannten und herrlichen Moment.

Ich rührte mich nicht, da ich ihn nicht verschrecken wollte. »Willst du wieder küssen?«, fragte ich flüsternd und lächelte. »Oder willst du mich küssen?«

»Was meinst du damit, Frau?« Die Worte fauchte er mir fast ins Ohr. Noch nie hatte er mich so angeredet, so zärtlich vertraulich und zugleich entnervt. Ich spürte, wie sich ein hinterlistiges Lächeln auf meine Lippen stahl. Er packte mich fester. Er nahm meinen Geruch in sich auf und drehte seinen Kopf so, dass seine tiefe Stimme in mein Ohr strömte, sein Atem über die weiche Haut an meinem Nacken. »Küssen und du sind ein und dasselbe.«

Oh. Die Worte drangen tief in meinen Körper, machten mich noch weicher als das, was ich im Badeteich getan hatte. Mein Lächeln ließ nach, und meine Lippen öffneten sich voller Verlangen. Ich sank gegen ihn.

Heirik drückte seinen Körper an meinen Rücken, und ich spürte dort, wo mein tätowierter Rabe gewesen wäre, wie er vor Begierde leise summte, wie er stöhnte angesichts der Versuchung. Seine Hände bewegten sich, seine Finger strichen an meinen Armen entlang, entfachten eine Million winziger Feuer. Durch den dünnen Stoff meines Unterkleids hindurch spürte ich seine heftige Erregung. Noch nie hatte ich ihn so bereit erlebt. Ich verlagerte mein Becken und schob es gegen ihn. Seine Finger fanden meine Handgelenke, und es war, als würde er mit mir verschmelzen.

Ich drehte mich in seinen Armen um. Er beugte sich zu mir, um seine Lippen auf meine zu pressen, zeigte mir sein Verlangen in einem harten Kuss. Ich flüsterte: »Lass locker, Sváss.« Ich nannte ihn *Liebster.* Und er ließ locker, und ich nahm ihn auf, seine Zunge und seinen Geruch und seine Hitze.

Wir küssten uns, und dann löste er sich von mir. Sein Atem ging hart und schnell.

Meine Stimme war heiser, aber fest. »Bring mich irgendwohin«, keuchte ich. Ich sah zu der Tür, die zu seinem Zimmer führte, nur ein paar Fuß weit weg.

»Nei«, sagte er. »Nicht da.«

Es interessierte mich nicht, wo. Er war unglaublich bereit, und obwohl es nur ein paar Fuß bis zu seinem Bett waren, würde ich ihm überallhin folgen, würde ich es überall tun, wo er es geschehen lassen wollte. Ich wollte nur sicher sein, dass uns diesmal nichts aufhalten würde, keine Gefahr, keine Warnschreie in unseren Herzen. Ich stand da, voller Angst, dass dieser Moment wie frisches Eis brechen würde.

»Zieh die Skiðs an«, sagte er.

Skier.

Ich sah ihn verständnislos an. Er wollte, dass ich meine Skiðs anzog und nach draußen ging?

Er zog sich bereits von mir zurück, blickte auf mein Unterkleid. »Und deine Kleider, já?«

Er kramte in der Ecke nach etwas, und ich sank schwer auf die Bank, rüde aus meiner Glückseligkeit gerissen. Ich beobachtete die Bewegungen seiner Hüften, die ich gerade noch an meinem Körper gespürt hatte. Meine Lippen fühlten sich üppig und weich an, und ich legte meine Finger auf die geschwollene Unterlippe, um den Druck seines Mundes nachzuahmen. Um mir seine Nähe vorzustellen. Aber ich konnte spüren, wie das Gefühl sich auflöste wie Eisblumen in der Sonne.

Als ich wieder zu mir kam, stellte ich fest, dass er seine Hosenbeine an den Knöcheln zuband.

Wir waren schnell fertig, zogen eilig Socken und Wollsachen an, Stiefel, Stulpen, Mützen und Handschuhe. Signés herrlicher Umhang, der sinnliche silberne Pelz, lag auf meinen Schultern. Darüber kamen weitere Umhänge, und ich zog die Kapuze fest zu.

Heirik kniete vor mir und schnallte die plumpen Skiðs an meine Stiefel. Wie sollte ich in der Lage sein, mit ihm Skizulaufen? Ich hatte es erst ein paarmal probiert und immer versagt. Er hob einen meiner Füße mit solcher Zurückhaltung und Ehrfurcht, dass mein Fuß sich in seinen Händen winzig und geliebt anfühlte. Sein Blick suchte meinen, als wollte er mir meinen eigenen kleinen Fuß zeigen, etwas Kostbares, was er gefunden hatte. Dann band er ihn rasch fest.

Er zog mich hoch und zur Tür. Und dann zogen wir los.

Ich folgte ihm, neugierig und gar nicht begierig, eine Erklärung zu hören. Da war nur der Nervenkitzel, der mit dem Skifahren verbunden war, und ich begriff, dass ich es tat, ohne nachzudenken, und gar nicht unbeholfen. Es kümmerte mich nicht, ob ich ausrutschte oder stürzte oder sonst etwas passierte. Es interessierte mich auch nicht, wohin er mich brachte, nur, dass er mich nicht schon wieder für zwei oder drei oder zehn Tage zurückließ. Diesmal flohen wir zusammen durch die funkelnde, messerscharf schneidend kalte Nacht.

Ein Gedanke nagte an mir. Etwas, was mit einem Messer zu tun hatte.

Während ich über den Schnee glitt, dachte ich an den dunklen Tunnel. Ein Messer hatte dort auf dem Boden gelegen. Ich sah Heiriks von Kälte gezeichnete Haut vor mir, den leeren Gürtel, und allmählich dämmerte es mir. War er dort gewesen? Hatte er gesehen, wie Betta und Hár zusammen weggegangen waren? Und dann … *Oh*, nei. Hatte er *mich* gesehen?

Er hatte dort gestanden und mich beobachtet, so wie ich damals ihn beobachtet hatte. Er hatte gehört, wie ich seinen Namen gesagt hatte, hatte mein verzücktes Gesicht gesehen – im Schein der Fackel.

Ich lächelte in den nächtlichen Wind. Er war also doch bei mir gewesen.

Ein Gefühl von Freiheit breitete sich in mir aus, wie Kälte und tosendes Wasser, das meinen Kopf klärte. Ich flog einen schneehellen Hang hinunter, im stahlblauen und violetten Licht, und die winterliche Szene war so viel wilder und realer, als meine naive Fantasie vom Schlittschuhlaufen es je hätte sein können.

Ich war verwirrt, ja, aber ich wusste, dass Heirik mich irgendwohin brachte. Er wusste, wohin. Und während mir der
Wind ins Gesicht schlug und meine Nase und meine Lider fast
gefroren, war ich überzeugt davon, dass es ein wunderbarer Ort
sein würde. Ein Ort, an dem wir uns lieben würden.

Wir fuhren bis zum anderen Ende des Waldes. Nicht allzu
weit weg vom Haus, aber weit genug, um richtig weg zu sein,
um sich im Schnee frei zu fühlen, sodass mein Geist sich befreit von allem Unzulänglichen und allen Anspannungen fühlte. Wir ließen alles in dem rauchigen Haus zurück, und Heirik
und ich befanden uns allein in unserer geliebten und unend-
lichen Landschaft.

Wir nahmen die Skiðs ab und gingen in den Wald, wateten
knietief durch unberührten Schnee. Nach ein paar Schritten
zwischen den Birken hindurch wurde er niedriger, aber das
matschige und nasse Unterholz, durch das wir uns arbeiteten,
erzeugte noch immer eine Kälte, die bis zu den Oberschenkeln
reichte. Meine ganzen Beine – die Waden, die Knie – brannten vor Schmerz, und dann wurden sie erfreulicherweise taub.

Es war mir egal. Ich war ein anmutiges Wesen, etwas Schönes, für diesen Wald gemacht, für diese Nacht. Mein Atem hing
in der Luft, mir immer einen Schritt voraus.

Trotz des Mondes war es zwischen den Birken pechschwarz, als
wären die Bäume alle verbrannt und würden jetzt als verkohlte
Überreste eines großen Feuers dastehen. Heirik verschwand
darin, und mehr als einmal zog sich mein Magen zusammen
vor Angst, dass ich ihn verloren haben könnte. Aber ich fand
ihn immer wieder, ein dichterer Schemen in der allgegenwär-
tigen Schwärze.

Eine lange Zeit verstrich, während wir gingen, und meine

Augen passten sich dem Licht an. Die Zweige und immergrünen Blätter und Schemen des Unterholzes schälten sich jetzt deutlicher heraus. Und ich konnte Heirik sehen. Ich sah ihn, wie er sich durch Hvítmörk bewegte, und obwohl er in schwere Tierfelle und dicke Kleidung eingehüllt war, erinnerte ich mich an seinen Körper im Sommer – heiß vom Heuen, die Hemden am Kragen offen, das Leinen an seinem Körper klebend. Er war damals so erschöpft gewesen. Herrlich, aber dann war er todmüde eingeschlafen. Heute wurde er von einer ruhigen Energie gespeist. An seinem Ort und in seiner Zeit. Die auch meine war.

Heirik blieb stehen und drehte sich zu mir um, dann schob er die tief hängenden Zweige eines Baumes beiseite und lud mich ein, mit ihm hineinzugehen. Er lächelte jetzt. Und hinter ihm sah ich einen sogar noch schwärzeren Ort, eine Öffnung. Den Eingang zu einer kleinen Höhle.

Ich konnte erkennen, dass er schon häufig hier gewesen war. Heirik kniete sich hin, um an einem flachen Stein am Eingang der Höhle ein winziges Feuer zu entzünden, indem er trockenen Zunder benutzte, den er hier verstaut hatte. Ich konnte gerade so eine große Rolle aus Decken und Pelzen ausmachen, die an der Wand der Höhle lehnte. Die Stelle, an der er sich bückte, um das kleine Feuer zu entfachen, war voll von Rußspuren früherer Feuer.

Er blies sanft auf das winzige orangefarbene Licht, lockte es, und mit dem stärker werdenden sanften Glühen wuchs auch meine Erkenntnis. Hierhin war er also geflüchtet, wenn er manchmal verschwand. Wenn er tagelang weg war.

Beim Anblick dieses schroffen und steinigen Ortes brach mir das Herz. Ich wusste aber auch, wie erleichternd es sein konnte, sich von anderen Menschen fernzuhalten, ganz besonders in meinen verzweifeltsten Momenten.

Die Höhle war für ihn nicht hoch genug, um aufrecht stehen zu können, aber sie war breit und groß genug, um sie als Wohnhöhle zu bezeichnen. Und so tief, dass ich nicht in der Lage war, die Konturen und das Ende zu erkennen. Und sie war warm! Ich dachte zuerst, ich würde träumen und mir einbilden, dass das kleine Feuer mehr Wärme erzeugte, als überhaupt möglich war, aber je tiefer ich in die Höhle trat, desto wärmer wurde es. Ich bildete es mir nicht ein.

»Geh ganz rein. Wärm dich.«

Während ich in der Dunkelheit weiterging, hörte ich ein zartes Plätschern von Wasser – nicht stark genug, um es als Rauschen zu bezeichnen. Ich blinzelte, um die Ursache zu finden, und kniete mich an einen kleinen, heißen Bach. Er war gerade einmal zwei Hände breit. Ich konnte nicht erkennen, ob das Wasser kochte.

»Ist es zu heiß zum Anfassen?« Meine Stimme hallte in dem unförmigen Raum seltsam wider, wurde aus allen möglichen Winkeln zurückgeworfen.

»Nicht so heiß, dass man sich verbrühen würde.«

Ich berührte das Wasser leicht und hatte das Gefühl, mich durchaus fast zu verbrennen. Ich tauchte meine Finger tiefer ein, und sie begannen zu kribbeln und schmerzten, als das Blut in sie zurückkehrte.

Der Bach veränderte alles, und das Gefühl der Einsamkeit verflüchtigte sich. Hier herrschte keine raue, ernste Atmosphäre. Es war gemütlich hier, und es gab Leben. Es fühlte sich angenehm und ruhig an. Ich tauchte meine Finger ins Wasser, ließ das Wasser über meine Haut streichen, bis ich es nicht mehr aushielt und sie rausziehen musste.

Ich drehte mich wieder zu Heirik um, der damit beschäftigt war, die vielen Felle auszurollen.

Er nahm die Ledermanschetten ab und ließ sie auf den Boden fallen, dann hielt er die Arme über das Feuer, um die Ärmel seines Hemdes zu trocknen. Ich nahm meinen Wollumhang und meine Mütze ab und legte beides auf die Felle, um unser Nest noch gemütlicher zu machen. Den Mantel behielt ich jedoch an. Ich fror immer noch.

Ich lehnte mich an die angenehm warme Wand der Höhle. Die plötzliche Ruhe und das Gefühl von Freiheit führten dazu, dass Heirik und ich uns erst einmal einfach nur auf die Felle setzten. Ich genoss den Moment, strich mit den Fingern über das Fell, während meine Knie seine berührten.

»Hierhin gehst du also manchmal«, sagte ich.

»Já.« Er sah sich um und lächelte, als wäre es ein richtiges Langhaus. Als er allerdings weitersprach, erstarb das Lächeln. »Ich habe die Höhle danach gefunden.«

Danach. Obwohl der Satz vollständig war, blieb das, was Heirik dachte, halb verborgen. Ich spürte das Gewicht des Mantels seiner Mutter. Er musste an Signé denken, wenn er sah, dass ich ihn an diesem Ort trug. Er meinte nicht den Tod seiner Eltern, nur das, was danach geschehen war. »Als ich ... zu dem hier geworden bin.« Er starrte auf seine Hände, als hätte sich seine Existenz als Häuptling in sie eingraviert. Als wünschte er sich, es abwaschen zu können.

»Es ist so nah«, sagte ich. Meine Stimme war trocken und klang seltsam in der Höhle. »Ich hatte mir immer vorgestellt, dass du ganz weit weg sein würdest.«

Er neigte den Kopf, und es sah bezaubernd aus, den großen Häuptling so verwirrt zu sehen. »Du hast an mich gedacht?«

Ich schüttelte den Kopf und zog die Brauen zusammen. Würde er es jemals verstehen? Was konnte ich ihm sagen, damit er endlich die Augen aufmachte?

»Als ich damals nach Hvítmörk gekommen war, haben wir beide uns in der Schlucht unterhalten.« Ich ließ meine Hand jetzt auf meinem eigenen Knie ruhen, die Handfläche nach oben gerichtet. Die Geste ähnelte so sehr seiner, dass ich über mich lächeln musste. »Gleich danach bist du zehneinhalb Tage lang weg gewesen.«

Er starrte mich jetzt offen an. Vielleicht glaubte er mir immer noch nicht, vielleicht begriff er aber auch allmählich. Vielleicht begriff er, dass ich mich an das erste Mal erinnerte, möglicherweise an jedes Mal. Ich wusste, wie viele Tage es gewesen waren. »Ich vermisse dich, wenn du weg bist«, erklärte ich.

Er legte seine Hand auf meine, schob seine Finger in meinen pelzverbrämten Ärmel, griff sanft nach meinem Handgelenk. Er sah mich jetzt an, und mit der anderen Hand fuhr er über meine Augenbraue. Ich gab mich seiner Berührung hin, und der Mantel rutschte mir von den Schultern. Warme Luft berührte meine Kehle, und die Haut war feucht vom Dampf.

»Ich hätte nie gedacht, dass ich einmal jemanden haben würde«, sagte er. Seine Stimme klang fest, sein Daumen an meiner Braue war wie ein Versprechen. »Dass ich jemanden kennen würde.«

Mir sank das Herz.

Jemanden kennen.

Die Wahrheit drückte mich wie ein Gewicht nieder. Plötzlich war es mir zu eng in dieser Höhle, der Ort zu klein, nicht meiner. Ich hatte Heirik dazu gebracht, mir zu vertrauen, hatte ihn gelockt, bis er vollkommen verletzbar war, und jetzt saß ich als Lügnerin hier an seinem persönlichsten Ort. Er hielt mich für das, was er für unmöglich gehalten hatte, für eine Kameradin, und er dachte, ich hätte ihm mein Herz geöffnet. Er dachte, er würde mich kennen. Aber ich hatte ihm nie die Chance dazu gegeben.

Er hörte auf, seinen Daumen zu bewegen. Er hatte gespürt, wie ich mich versteift hatte.

Ich ließ die Worte aus mir herausströmen, ehe ich richtig nachdenken konnte. »Ich weiß, woher ich komme.«

Heiriks Gesichtszüge waren ruhig und gleichmäßig, aber seine Hand schloss sich fester um meinen Unterarm. Die andere Hand hatte er von meinem Gesicht genommen. Und dann ließ er mein Handgelenk los und zog sich ganz zurück. Er zog die Knie an sich, die jetzt eine Mauer zwischen uns bildeten. Sein Blick verriet nichts, aber sein Körper spannte sich an, während er sich in sich zurückzog, auf den Verrat wartete. Auf einen weiteren Verlust, noch etwas, was er nicht würde haben können.

Es hatte Momente gegeben, da hatte ich geübt, es ihm zu sagen. Als es jetzt so weit war, bekam ich die Worte kaum heraus.

»Saga hat mich geschickt«, sagte ich. »Aus einer Zeit, die mehr als tausend Jahre weit weg ist.«

Ich dachte, es würde einfach nur lächerlich klingen. Dass er mich auslachen würde oder besonders freundlich sein würde, da ich ja offensichtlich krank sein musste. Aber als ich jetzt hier an diesem heiligen Ort meine eigenen Worte hörte, wusste ich, dass sie wahr waren. Irgendeine Göttin oder ein Geist hatte mich in meiner eisigen, einsamen Zukunft aufgesucht und mich in die Vergangenheit gezogen, hierher. Aus einem Grund, den ich nicht ganz benennen konnte, war ich hierhergekommen, um mein rechtmäßiges Zuhause zu finden und es für mich zu beanspruchen. Um mit ihm zusammen zu sein.

Hier saß ich also an einem Bachufer wie einst Saga irgendwo tiefer in diesen weißen Wäldern, und ich fühlte, dass sie bei mir war. Und doch zitterte ich mit jedem Atemzug und wartete, während Heirik schwieg. Er hatte alles aufgenommen, was ich ihm gerade gesagt hatte, und sein Gesicht war auf die übliche einstudierte Weise verschlossen.

Zwei, drei weitere Atemzüge, und ich spürte, wie sich in meinen Augenwinkeln Tränen sammelten. Ich verlor ihn. Eine große Leere öffnete sich in meiner Brust. Meine Hände packten den Pelz, hätten viel lieber nach seiner Kleidung gegriffen, und ich hätte ihn anflehen mögen, mich trotzdem zu akzeptieren. Die Lügnerin zu akzeptieren, die Fremde, das unnatürliche Wesen, zu dem mein Geständnis mich gerade gemacht hatte. Mein Herz zog sich zusammen und bestand nur noch aus diesem Wunsch.

Da streckte er die Hand nach mir aus, streifte mir den Mantel ab und bedeutete mir, mich meines Kleides und der Wollhose zu entledigen.

Mit angehaltenem Atem kam ich seiner Aufforderung nach, und dann berührte ich ihn ebenfalls. Ich entknotete an seinem Fußgelenk die Schnur, die den Stoff seiner Hose hielt, und löste sie bis hinauf zum Knie. Er wusste jetzt alles über mich, und doch erlebte ich jetzt diesen von mir so heiß ersehnten Moment. Was das bedeutete, wurde mir nun plötzlich klar. Er hatte nicht nur akzeptiert, dass Saga bei uns ihre Hand im Spiel hatte – nei, er glaubte es. Und jetzt, da nichts Unbekanntes mehr zwischen uns stand, würden wir uns lieben.

Ich nahm seine Hand, hob sein Handgelenk an meine Lippen, fuhr mit den Zähnen über die zarte Haut, und er starrte seinen eigenen Arm an, als hätte er ihn noch nie zuvor gesehen.

»Leg dich mit mir hin«, sagte ich, und wir sanken auf die Felle.

Alle Gedanken waren vergessen; es gab nur noch uns. Münder an der Kehle und auf den Wangen, verschlungene Arme und Beine. Unsere Hüften und Oberschenkel suchten einander, wollten näher beieinander sein. Da war immer noch zu viel Stoff zwischen uns, und ich schob mein Unterkleid hoch, bis meine Beine frei waren und ich seine Haut berührte. Er zögerte, und ich nahm seine Hand und legte sie auf meinen Oberschenkel. Er griff zu fest zu, seine Finger waren zu grob. Mein Atem ging jetzt flach, genau wie seiner, unterbrochen von einem kleinen, tierischen Wimmern, einem Flehen: *Hör nicht auf.*

Ich legte meine Hand auf seine, sodass unsere Finger übereinanderlagen, und führte ihn. Zeigte ihm, wie er mich sanft anfassen konnte. »Langsam«, hauchte ich und zitterte vor Verlangen danach, dass er seine Finger an mir bewegte, in mir. Ich ließ meine Stirn an seine Schulter sinken und keuchte. Die Vorstellung, in seine Augen zu schauen, war unerträglich. Ich bewegte unsere Hände zusammen, schob unsere Finger – einen von ihm, einen von mir – in mich hinein. Ich bewegte mich gegen ihn, zeigte es ihm, und dann stöhnte ich vor Begierde, drückte meinen Kopf an seine Schulter.

»Hverju?« Heiriks Stimme war rau und leise. *Wieso?* Wieso ich dies, wieso ich ihn wollte?

Mein Herz öffnete sich, und eine Woge von Liebe entströmte ihm, die Lust und Qual eines einzigen Moments, verlorener Atem, Weinen. Meine Stimme erfüllte die Höhle, und ich stellte mir vor, dass meine Lustschreie jedes Wesen im Wald erreichten. Heirik sagte voller Verwunderung: »In dir ist so viel Leben.«

Ich schob meine Hände unter seine Hemden und flach an seinem Körper weiter nach unten und machte mich daran, ihm alles auszuziehen, was ihn noch von mir trennte. Meine Hand fühlte sich klein und kühl an, als ich ihn schließlich an der entscheidenden Stelle berührte. Er gab ein wildes Geräusch von sich. Unsere kostbare Sprache war jetzt vergessen, verloren zwischen den Pelzen, und er presste sich an mich, unterdrückte ein Stöhnen und überließ sich diesem wortlosen Moment, ganz und gar lebendig und heiß in meiner Hand.

Unsere Herzen schlugen jetzt im Halbdunkel der Höhle im selben Rhythmus, und er flüsterte: »Mehr.« Das war etwas, worum ich ihn einst gebeten hatte, und diesmal lautete die Antwort Ja.

»Leg dich hin«, sagte ich zu ihm. Wie in meiner Fantasie im Badeteich erst ein paar Stunden zuvor kniete ich mich über ihn. Er griff nach meinen Haaren, packte sie mit beiden Händen und zog mich zu sich herab, um mich zu küssen. Ich stellte mir vor, wie seine blutroten Finger sich durch meine weißblonden Haare bewegten.

Stundenlang hüllte uns der Dampf ein. Er befeuchtete unsere Haut, wärmte uns, verbarg uns, sodass wir richtig allein waren. Ein kleines Feuer, ein Bett aus Stein in der verschneiten Wildnis. Das hier war sein Ort gewesen, aber wir machten ihn zu unserem, segneten ihn mit unseren Körpern.

Sehr viel später rissen Heiriks Worte mich aus meiner Schläfrigkeit. »He, müdes Mädchen«, sagte er. Ich lag auf der Seite, Heirik hinter mir. Sein Mund war an meinem Ohr. »Du musst schlafen.«

»Nei!« Ich wollte nicht wissen, was passieren würde, wenn wir diesen sicheren und intimen Ort verlassen würden. Ich wollte es niemals wissen, einfach nur ewig hierbleiben. »Ich möchte nicht von hier weggehen«, sagte ich wie ein Kind, das von dem Wunsch beseelt ist, noch über die Schlafenszeit hinaus aufzubleiben und sich nie der Nacht zu beugen.

Ich spürte, wie seine Brust sich unter einem stummen Lachen bewegte. »Das musst du auch nicht, Litla«, sagte er. »Noch nicht. Schlaf einfach hier.« Dann sagte er etwas leiser, als wollte er es nicht laut aussprechen: »Ich habe mich danach gesehnt, dich in meinen Armen zu halten, während du schläfst.«

Er rückte jetzt ganz hinter mich, passte sich an meinen Körper an, sodass er meinen Rücken berührte, mein Gesäß, meine Kniebeugen.

Er sprach sanft, und ich spürte seine Lippen an meinen Haaren. Jedes Wort war nur für mich gedacht, als er es meinem schläfrigen Ohr übergab: »Still, still, kleines Vögelchen«, sagte er leise. Es waren Worte aus dem Schlaflied, das ich in jener Nacht gesungen hatte, als ich ihm die Haare geschnitten hatte. Er hatte es also gehört.

Aus dem Mund eines so ernsten, erwachsenen Mannes wirkten die Geräusche des kleinen Vogels sogar noch zarter, und ich lächelte schläfrig.

Er sang das Lied nicht so wie ich damals. Er sprach es vielmehr als Gedicht, lullte mich damit ein, wie man es tausend Jahre später mit Babys zu tun pflegte. Ich schmiegte mich an seinen großen Körper, spürte seinen Arm schwer über mir, seine Hand auf meiner Brust.

»Halt die kleinen Flügel still«, sagte er. »Lass dich wie ein Vogel nieder, offen bleibt eins deiner Lider.«

So hatte ich es nicht in der Zukunft gelernt. Kurz vor dem Einschlafen erzählte ich es ihm. »Es geht eigentlich anders«, seufzte ich.

Als ich aufwachte, schmerzte meine Hüfte vom harten Boden, und der schwarze Rauch des erlöschenden Feuers trat mir in Nase und Augen. Die Steine waren jetzt abgekühlt, aber das machte mir nichts. Ich lag in Heiriks warmen Armen.

»Frierst du?«, fragte er mich.

»Nei, du bist wie ein Herzstein.« Da er hinter mir lag, konnte ich spüren, wie er lachte.

Wir blieben noch eine Weile so liegen, hielten einander fest und ließen unsere Gedanken träge wandern.

»Dann bin ich Saga sehr dankbar«, sagte er und nahm damit

den vor längerer Zeit unterbrochenen Gesprächsfaden wieder auf. Er küsste mein Ohr. »Sie hat mich zum Wasser geführt, damit ich dich finde.«

»Nei«, sagte ich zu ihm. Ich drehte mich in seinen Armen um und barg meinen Kopf an seiner Schulter. »Nei. Ich habe dich gefunden.«

Der Weg zurück war lang und führte bergauf, aber ich hätte jetzt einen Berg erklimmen, ein Langhaus bauen können, so mutig und stark fühlte ich mich. Jetzt sah ich mein zukünftiges Leben vor mir, nicht das, das ich hinter mir gelassen hatte. Die Verbindung zu meiner Vergangenheit – zu der kalten Stadt, den leeren Augen und verlorenen Herzen von Millionen von Menschen – war getrennt, gekappt wie ein Seil. Und während mein müder und wunder Körper noch dabei war, zum Langhaus zurückzukehren, war mein Herz bereits da.

Das letzte Stück des Weges trug Heirik mich auf seinem Rücken, als würde ich nichts wiegen. Der Schnee reichte ihm fast bis zu den Knien, der Himmel war still und voller Sterne. Er ging entspannt, vielleicht war er genauso erfüllt von der Kraft dessen, was möglich war. Ich klammerte mich an ihn und trug unsere vier Skiðs. Heirik fühlte sich wie ein Pferd unter meinem Körper an, seine Knochen und Muskeln bewegten sich gleichmäßig, langsam, unermüdlich.

Ich hätte das Langhaus niemals gefunden. Es war kaum mehr als eine sanfte Erhebung in der Landschaft, ein unbeschreiblicher Hügel. Als wir näher kamen, bemerkte ich allerdings den aufsteigenden blassen Rauch im Licht der grauen Morgendämmerung. Der Tag brach an, jene fünf oder sechs Stunden, in denen die Sonne beinahe aufging, ohne dass sie es je ganz über den Horizont schaffte.

Ich hatte das Gefühl, als wäre ich dazu geboren, mich an

Heirik zu klammern. Und bei den Göttern, ich war trotzdem froh, als ich endlich absteigen konnte! Erleichtert, dass wir das Langhaus erreicht hatten, ließ ich die Skiðs fallen und glitt von seinem Rücken. Er drehte sich zu mir um, und obwohl wir beide zitterten und durchgefroren waren, konnten wir nicht einfach gleich ins Haus gehen.

Die gemeinsame Nacht schien ihn ermutigt zu haben, und er drückte mich gegen das steife, kalte Gras des Hauses. Er legte eine Hand an die Sodenwand und beugte sich über mich. Ich wartete auf seinen Kuss. Aber er zögerte.

»Undra min«, sagte er so leise, dass ich es auch hätte überhören können. *Meine Überraschung.* Dann blickte er in die Gegend, dachte über etwas nach, was nicht zu sehen war. Er sah wieder zu mir, hielt inne. Und dann schwanden seine Verwegenheit und seine Anmut.

»Ginn«, begann er und hörte auf, da ihm die Stimme versagte. Er schloss die Augen und wartete, bis er wieder sprechen konnte. »Bald ist Jul«, sagte er. Der Festtag? Er verwirrte mich so oft mit Aussagen, die nur aus wenigen Worten bestanden. »Ich möchte dich bei mir haben.« Eine Pause entstand. »Ich möchte ...«

Die Tür schloss sich mit einem dumpfen Schlag, und wir drehten uns beide um.

Jemand war da gewesen.

GOTT-MACHER

Der nächste Morgen begann friedlich. Ich saß auf meinem Bett und zog den Vorhang auf, dann saß ich mit angezogenen Knien da und schaute einfach nur aus meinem Schlafalkoven nach draußen. Das Langhaus wirkte hübsch, winterlich und behaglich; überall lagen Felle herum. Das Dach war geöffnet, und diesmal brannte ein starkes, fröhliches Feuer, gab es nicht nur qualmende Glut und heiße Steine. Das Stimmengemurmel schwoll an und entfaltete sich zu Worten. *Saum* und *Fisch* und *Närrin*. Ich sah zu, wie Betta die nadelgebundenen Maschen für Lotta abzählte, die neben ihr saß und mit ernstem Gesicht nickte. Sie deutete mit einem pummeligen Finger auf die Maschen. Ranka saß ebenfalls bei ihnen und arbeitete an einer Socke. Sie war schon ein so viel größeres Mädchen.

Heirik war wütend gewesen, als er gehört hatte, dass die Tür geschlossen wurde. Das lag erst ein paar Stunden zurück. Es hatte uns aus unserem Traum gerissen, hatte einen wichtigen und heiklen Moment zwischen uns zerstört. Er hatte mich von stiller Wut erfüllt verlassen und war ins Haus gegangen, um nachzusehen, hatte dort aber niemanden gefunden.

Danach waren wir schlafen gegangen – er in seinem Zimmer, ich in meinem Alkoven. Nicht wütend, nei. Enttäuscht. Voller Verlangen nach mehr. Wir würden es heute klären. Und jetzt war dieser Tag angebrochen, und es konnte geschehen.

Ich dachte an das, was er über das Julfest gesagt hatte, und mein Herz fühlte sich leicht und beschwingt an wie ein Strandvogel. *Ich möchte dich bei mir haben.* Er hatte die Worte seltsam herausgebracht, nervös und eindringlich. Erst später, als ich in den letzten Stunden der Nacht mit geschlossenen Augen in meinem Alkoven lag und von ihm träumte, hatte ich allmählich begriffen. Er wollte mich bei dem Fest nicht einfach nur in seiner Nähe haben. Er wollte, dass ich neben ihm auf dem Hohen Sitz saß. Als seine Ehefrau. Er hatte mir einen Antrag machen wollen.

Das Haus atmete mit mir, und es war ein ruhiger, hübscher Anblick, das flackernde Feuer, die Mädchen mit den geflochtenen Zöpfen, die starken, verspielten Männer. Lampen schenkten Licht zum Arbeiten, und ein sanfter Geruch nach Rosmarin erhob sich, wo ein paar kostbare Nadeln hinzugefügt worden waren. Mein Haushund hechelte mir gegenüber unter der Bank, streckte seine schmutzigen Pfoten von sich.

Einen strahlenden Moment lang gehörte all das mir.

»Kind!«, rief Hildur und riss mich aus meiner Versunkenheit. »Butter und Fisch.« Sie streckte mir den Eisenring mit den Schlüsseln schroff entgegen, während sie darauf wartete, dass ich mich aus meinen Decken schälte und zu ihr ging. Butter und Fisch. Es hätte ihr auch jemand anders helfen können; sechs Leute saßen näher bei ihr.

Ein weiterer Morgen. Mich jetzt mit ihr zu streiten würde nichts nützen. Mit einem Gefühl von Trotz kletterte ich aus dem Alkoven und ging zur Speisekammer.

Ich betrachtete den größten Schlüssel, ehe ich ihn ins Schloss schob. Er war aus Eisen und so lang wie meine Hand. Der Schlüssel war warm. Hildur hatte den ganzen Morgen beim Feuer gesessen, und anscheinend hatte er die Wärme ihrer Röcke angenommen, ihres Körpers. Schon bald würde er mir gehören. Ich fuhr mit dem Daumen über das eingravierte Muster und dachte daran, dass Heirik gleich im Zimmer nebenan schlief. Ich fragte mich, wann er zu mir kommen würde.

Während ich die Butter und den Fisch zum Herdfeuer brachte, spürte ich etwas unter meinen Füßen. Ein Spielzeug? Wie in einem Traum sah ich, wie mir die Butter aus den Händen fiel, die trockenen Streifen Fisch hochflogen und langsam herabschwebten, gefangen in einem Moment zwischen Freude und Entsetzen. Und ich stürzte – mit ausgestreckten Armen wie eine verlassene Geliebte – in die Flammen.

Ich spürte Hände und Röcke, als Leute mich herauszerrten. Weg vom Feuer, in kühlere Arme. Jemand zog mich dicht zu sich, zog meinen Kopf zurück und blickte in meine Augen. Sie riefen nach Bjarn. Der Schmerz kam wenige Sekunden später, an der einen Gesichtsseite, am linken Arm, in der explodierenden Hand.

Ich rief Heirik. Ich schrie nach ihm, und als er nicht kam, brüllte ich: »Wo ist er?« Der Schmerz schnürte mir die Kehle zu, und ich konnte kaum noch atmen, nur noch unter großen Anstrengungen. Schließlich hörte ich ihn, aber nicht einmal seine Stimme konnte das hier aufhalten. Verzweifelt streckte ich die Hände nach ihm aus.

»Verlasst das Haus«, sagte er mit der Stimme des Häuptlings.

Kleidung raschelte, Kinder weinten, Türen schlossen sich. Er war jetzt hinter mir. Sein Körper war groß und kalt in meinem Rücken, seine Arme schlossen sich um mich, und er hielt mich und wiegte mich, sprach leise in mein Ohr. »Litla«, sagte er, »schhh.« Er drückte meine unverletzte Schulter fest an seinen Körper, versuchte, mich zu beruhigen und zu besänftigen.

Mein Geist konzentrierte sich einen Moment auf eine Reihe von einfachen Dingen. Schmerz, Hände, Tränen auf meinem Gesicht. Heirik. Nur er, nicht einmal als Mann, sondern als Geist. Worte aus einem Schlaflied: *still, still*. Die unerbittlichen Flammen, die immer noch vor mir brannten, orangefarben und grässlich, und dann schloss sich Grau von allen Seiten um mich.

Es war furchtbar, als ich erwachte. Das Herdfeuer war in meinem Blut, fraß meine Haut. Ich sah auf meinen Arm, rechnete damit, dass beißende Insekten darüberschwärmten, doch er war vom Ellbogen bis zu den brennenden Fingerspitzen fachmännisch in Leinen gewickelt. Der grelle Schmerz dort war fast ein Trost, ein Beweis dafür, dass ich noch Finger besaß.

Ich hatte allerdings nicht vor, mein Gesicht zu berühren.

»Ginn.« Bettas Stimme klang klar und leise. Sie tätschelte meinen unverletzten Arm ermutigend, ehe sie sich über die Schulter an jemand anderen wandte: »Sag dem Häuptling, dass sie wach ist.«

Ich schloss wieder die Augen. Dann spürte ich ihn plötzlich neben mir; die Bank bewegte sich unter seinem Gewicht; sein Geruch kam näher.

»Hallo Litla«, sagte er. »Du bist wach.« Seine Finger strichen leicht über meine gewölbte Braue. Es war eine süße Angewohnheit, die Art, wie er mich am liebsten berührte. Es brachte mich zum Lächeln, aber das Lächeln verwandelte sich in Schmerz.

Ich versuchte zu lachen. »Ich bin nicht klein, weißt du.«

Er erwiderte das Lachen leise, strich dabei weiter über den unverletzten Teil meiner Stirn.

»Já, nun, ich bin nicht hübsch.«

So sah es aus.

Bjarn kam und unterbrach uns. In seiner Hand befand sich ein länglicher Gegenstand, so lang wie meine Hand mitsamt Handgelenk, glatt, elfenbeinfarben und hohl.

»Der Knochen eines gestrandeten Wals, Herra«, sagte er. Es war also ein Geschenk der Götter. Heirik nahm ihn und untersuchte die Zeichen darauf.

»Sie sind tatsächlich nicht gekrümmt«, sagte der Häuptling ernst, und dann nahm er den Knochen und steckte ihn unter meine Decken.

Er saß eine ganze Weile bei mir. Seine Hand ruhte jetzt auf meiner Hüfte, um mich zu beruhigen. Seine Anwesenheit hielt den Schmerz in Grenzen – ebenso wie das seltsame Gefühl von Lebendigkeit, das der Knochen neben mir ausstrahlte. Wenn der Schmerz nach mir griff und übermächtig wurde, vermischten sich das Geflüster des Walknochens, Heiriks Worte und die sanfte Sicherheit seiner Berührung, umhüllten mich und machten den Schmerz auf diese Weise erträglich.

Ich würde ihn ertragen, ja. Noch viele Wochen lang. Und jeder Tag fühlte sich so an wie ein ganzes Leben, da ich wusste, ich hatte Heirik verloren.

Wintersonnenwende

Heirik versprach mir, die ganze Zeit bei mir zu bleiben, aber er sagte auch, dass wir keine Liebenden mehr sein konnten. »Du bist zu oft verletzt worden, nachdem du mich umarmt hast«, erklärte er mir. »Ich kann das Risiko nicht eingehen, dass es wieder passiert.«

Einen schlimmeren Schmerz hätte er mir nicht zufügen können als durch diese Worte. Sie ließen mir die Brust eng werden, und in der Nacht hielt ich mir allein den Bauch. Andererseits überraschte es mich nicht. Ich hatte gewusst, dass es so kommen würde, seit ich mit den Verbänden aufgewacht war, seit er mich mit seinen traurigen, mitfühlenden Augen voller Bedauern angesehen hatte. Er hatte bei mir gesessen, mit den Fingern über mein Gesicht getastet. Jetzt begriff ich, dass er versucht hatte, sich mein Gesicht einzuprägen. Dass er sich bereits verabschiedet hatte.

Aber obwohl ich damit gerechnet hatte, verließ er das Haus nicht, um zu seiner Höhle zu gehen. Er sah vielmehr jeden Tag nach mir, hielt sich dabei aber stets ein Stück von mir entfernt, und was auf die anderen ruhig wirken mochte, kam bei mir anders an. Ich sah sein Zögern, als könnte auch nur eine einzige Berührung das Werk der Flammen vollenden und mich in ein Aschehäufchen verwandeln.

Abgesehen von diesen düsteren Momenten mit Heirik hatte ich ein geradezu perverses Bedürfnis danach, mich am Feuer aufzuhalten. Ich saß mit Verbänden um den Kopf da, hässlich wie ein Monster. Da ich nicht nähen konnte, starrte ich die ganze Zeit einfach nur vor mich hin. Betta kam immer mal wieder zu mir und sprach mit mir, legte eine Decke um mich, als wäre ich gebrechlich, und erzählte mir Geschichten von Göttinnen und Elben und wie es sein würde, zu der großen Versammlung im Westen zu reisen.

Jeden Tag wechselte Bjarn meine Verbände. Wenn er mich nach draußen mitnahm, wusste ich, dass er sich entschuldigen und dann an meinen Wunden kratzen würde. Der Schmerz löschte alle anderen Gedanken aus, und sämtliche Worte erstarben. Jedes Mal, wenn er mit rauem Stoff über die Verbrennungen wischte, hatte ich das Gefühl, als würden Bettas Knochen brechen, so sehr hielt ich mich an ihr fest. Bjarn gab Honig und Kräuter zur Beruhigung auf meine Wunden, und er sah sich nervös um, als suchte er jemanden. Beobachtete der Häuptling ihn?

Am fünften Tag kam Heirik und baute sich neben uns auf, während Bjarn die Verbände abnahm und meine Hand begutachtete. Der Häuptling lehnte anmutig an der Sodenwand, hielt seine schlichte Axt locker in der Hand. Er sah so aus wie in dem Moment, als ich mich in ihn verliebt hatte – dunkel und verboten und voller Klingen. Ich sah Ranka ein Stück weiter weg um das Langhaus herumschleichen und zusehen.

Bjarn musterte meine Hand und mein Handgelenk und schluckte schwer. »Es ist gut«, erklärte er, und dann atmete er tief aus.

Heirik wandte sich einen Moment ab und sah zu den Bergen empor. Dann stellte er die Axt ab, drehte sich zu Bjarn um und nickte ihm zu, ehe er mich strahlend und herzerwärmend anlächelte – so süß wie seit meinem Unfall nicht mehr.

An diesem Tag pochte und schmerzte meine Haut ziemlich lange. Sie brannte heiß, und der Schmerz war nicht mehr so erträglich wie in den Tagen zuvor. Nachdem ich mehr als eine Stunde beim Feuer gesessen hatte, stand ich frustriert und gequält auf und bat Hildur um die Schlüssel für die Speisekammer.

Ich begab mich in die kühle Abgeschiedenheit dieses Raumes und schloss die Tür hinter mir. Die Wände bestanden aus Soden und rochen nach Erde, nach der Verheißung von etwas, was wachsen konnte. Wurzeln, Samen, einer Zukunft. Ich lehnte meinen Kopf dagegen und atmete den intensiven Geruch ein. Dann legte ich meine gesunde Hand auf die Wand, lauschte meinem heftig schlagenden Herzen.

Ich ging zum großen Fass. Mit einer Hand und mithilfe meiner Hüfte schob ich den riesigen Deckel mit grimmiger Entschlossenheit beiseite. Ein starker, milchiger Geruch schoss wie eine Motte heraus, die zu lange eingesperrt gewesen war. Ich tauchte eine kleine Schüssel in die saure Milch. Sie fühlte sich kalt an, und ich legte meine Hand hinein.

Dann suchte ich langsam das Essen für den Abend zusammen. Eine Schüssel mit Butter, einen Korb mit getrocknetem Fleisch. Ich stellte Skyr, eine Art dickflüssigen Joghurt, und getrocknete Beeren beiseite, die ich beim nächsten Gang holen würde. Und zum hundertsten Mal träumte ich von einer Orange. Einer saftigen. Einer mit einem süßen, intensiven Geruch. Ich konnte richtig spüren, wie ich sie in meiner Hand hielt. Meine Fingernägel sehnten sich nach dem weichen Widerstand der Schale. Meine Zähne und Zunge wollten das sanfte Platzen des Fruchtfleischs spüren, wenn ich hineinbiss. Ich konnte regelrecht fühlen, wie der Saft an meinem Kinn herunterlief und mir über die Finger rann.

Hier in der realen Welt griff ich stattdessen nach einer Handvoll schrecklich verwelkter Kräuter, die wir im Herbst gesammelt hatten, um unsere Zähne zu stärken. Ich füllte eine Schüssel mit halbierten Fischen, die mir wie Cracker vorkamen. Dieser getrocknete Kabeljau und die flachen körnigen Brotlaibe, die Ranka machte, ähnelten dem Brot aus der Zukunft noch am meisten. Oh, Götter, ich wollte richtiges Brot haben. Ich wollte ein knuspriges und weiches Baguette haben, das meine Sinne füllte und direkt nach der Orange kam. Ich hätte meine Nase darin vergraben, wäre es hier gewesen. Ich wäre auf diesem harten gestampften Boden auf die Knie gesunken und hätte das ganze Stück verschlungen.

Die Orange und das Baguette vermischten sich miteinander. Sie verbanden sich mit dem ungestillten Hunger, den Heiriks letzter Kuss hervorgerufen hatte, und mit etwas anderem – einer winzigen, unsichtbaren Furcht. Der Ahnung, die in mir wuchs, dass er recht haben könnte. Dass er verflucht sein könnte.

Ich schlang meine Arme um mich und hockte mich auf den Boden, starrte auf die Schüssel mit dem Fisch vor mir. Manchmal konnte ich immer noch nicht glauben, dass ich hierhergekommen war. Ich rechnete damit, in einem Krankenhausbett aufzuwachen und Morgan neben mir stehen zu sehen, die mir sagte, dass ich zweihundert Tage geschlafen hatte.

Ranka platzte in die Speisekammer und riss mich aus meinen Träumen. Sie blieb in der Tür stehen und starrte mich an, hielt ganz offensichtlich eine Frage zurück.

»Já, Ranka«, sagte ich, immer noch auf dem Boden hockend. »Bist du gekommen, um mir zu helfen?«

»Ginn«, begann sie und sprach langsamer und vorsichtiger als sonst. »Warum hat der Häuptling so erschrocken ausgesehen?«

Ich fragte sie, was sie meinte.

»Als Bjarn deine Verbände gewechselt hat, hat der Häuptling einen seltsamen Blick gehabt, als hätte er ein Gespenst gesehen.«

Sie hatte uns beobachtet, als Heirik neben mir gestanden hatte. *Oh.* Ich begriff plötzlich, und mir wurde schwindelig. Er hatte diese große Axt nicht ohne Grund in der Hand gehalten. Er hätte sie benutzt, wenn meine Hand abgestorben wäre. Ich erinnerte mich daran, wie ihm die Axt aus der Hand geglitten war. Ich konnte nur erahnen, was für einen Ausdruck Ranka auf seinem Gesicht gesehen hatte.

»Liebes Kind, setz dich zu mir.« Wir saßen auf dem Boden, und ich sah ihr in die Augen. »Ich weiß nicht, wie ich nach Hvítmörk gekommen bin. Ich kann dir aber ganz sicher sagen, dass ich kein Gespenst bin. Ich habe nur einfach keine Angst vor dem Häuptling.«

Ich sagte diese Worte laut, und sie schwankten wie ein Schiff auf dem Wasser, verrieten mir, dass ich jetzt doch Angst hatte.

»Aber alle haben vor ihm Angst«, sagte Ranka, als spiegelte sie meine Gedanken. Sie sprach in einer Weise, als wäre ich blöd oder hätte ihr gerade gesagt, dass der Himmel draußen gelb war. »Kind, eines solltest du wissen.« Ich versuchte, mich überzeugt zu geben. »In meinen Augen ist der Häuptling schön. Ich sehe keinen Fluch.« Das Band an Rankas Zopf hatte sich gelöst, aber mit nur einer Hand konnte ich es nicht neu befestigen. Ich strich mit meinen Fingern über die seidenweichen Enden. »Ich sehe nur eine nette Familie mit einem sehr guten Hof.«

Sie sah mir tief in die Augen, und ich dachte, oder vielleicht hoffte ich es auch einfach, dass sie mir glauben würde. Dass sie sehen würde, dass in dieser Welt die Möglichkeit bestand, dass Heirik kein Monster war. Aber wie konnte ich sie davon überzeugen, wenn meine eigene Stimme schwankte?

»Já, also dann.« Ich stand langsam auf und strich mein Kleid glatt. »Bringen wir diese Sachen nach draußen, damit wir essen können.«

»Já, tun wir das!«

Ich wandte mich zur Tür, um zu den anderen zu gehen, ausnahmsweise einmal erleichtert, dass Heirik sich vielleicht in sein eigenes Zimmer zurückgezogen hatte.

Schon bald, nachdem wir erfahren hatten, dass meine Hand gerettet war, begann Heirik, wieder mit mir zu reden.

Die gute Nachricht vertrieb die schwarzen und hässlichen Gedanken, und zurück blieb der von mir geliebte Mann, wie ich ihn immer gekannt hatte. Und er schien meine Gesellschaft genauso zu benötigen wie frisches Wasser und Luft.

Ich brauchte ihn auch. Ich brauchte die Zuversicht, die er selbst dann ausstrahlte, wenn er nicht im Raum war. Es genügte zu wissen, dass er hier auf Hvítmörk war. Seine Stimme kam manchmal aus einem anderen Teil des Hauses, rief die Erinnerung an meine ersten Tage hier in mir wach. Ich hatte damals überlebt. Ich würde auch jetzt überleben, würde das hier überleben.

Wir begnügten uns also mit einer anderen Form des Liebemachens – mit Wörtern statt mit unseren Körpern. Gleichzeitig wurde die Furcht, die ich in der Speisekammer gespürt hatte, allmählich größer.

Tagelang spielten wir Tafl und unterhielten uns dabei. Wir formulierten die Sätze mit unfassbarer Zärtlichkeit, liebkosten einander mit unseren Stimmen und wogen die Spielfiguren in den Händen. Da mir die Idee nicht gefiel, den Häuptling schlagen zu müssen, bat ich darum, dass wir die Bezeichnungen für die beiden Parteien änderten. Manchmal spielten wir mit großem Humor Vögel, die versuchten, Ginn einzukreisen. Häufiger waren wir Raben, die einen guten Krieger umschwirrten, oder Fischer und ein großer Wal.

Manchmal berührten wir uns. Unsere Hände gerieten gelegentlich beim Spiel aneinander, oder wir sorgten absichtlich dafür, dass sie sich streiften. Zumal, wenn niemand hinsah. Stunden konnten wir in entspannter Kameradschaftlichkeit verbringen, bis plötzlich unsere ganze Sehnsucht wieder aufflackerte. Es war verwirrend. Wir konnten nicht haben, was wir wollten, aber wir konnten es auch nicht ganz sein lassen.

Meine Hand war nicht mehr verbunden, aber sie war noch bei Weitem nicht geheilt und genauso rot wie seine. Wir passten zueinander, beide kühn und verängstigt wie in die Enge getriebene Tiere.

Schon bald war ich strategisch gut genug, um ein paarmal gegen ihn gewinnen zu können. Hin und wieder gelang es dem Wal, den ich verteidigte, zu entkommen. Oder es gelang meinen kleinen Figuren, Heirik einzuschließen.

Wir sprachen leise über die Zukunft. Da die anderen sich von uns fernhielten, konnten wir uns leicht beim abendlichen Spielen austauschen. Ich zeichnete für Heirik sogar eine Karte auf den Boden, die Island so zeigte, wie es aus dem Weltraum aussah.

Der Häuptling wollte wissen, wie es tausend Jahre später um die Höfe bestellt war. In welcher Weise die Familien auf dem Land lebten. Es fiel mir schwer, darauf zu antworten. Wie hätte ich ihm erzählen können, dass es keine Höfe mehr gab, keine Tiere mehr? Und dass Hvítmörk so vollständig verschwunden war, dass man sich nicht einmal mehr an den Namen erinnerte. Das zu akzeptieren – oder es sich auch nur vorzustellen – würde genauso schwer sein, wie für mich eine Welt unvorstellbar war, in der es keine Stimmen und keine Sprache mehr gab. Es würde mir das Herz brechen.

Und wie hätte ich das alles ohnehin beschreiben sollen? Ich zog in Erwägung, die schlichte Struktur einer Stadt nachzuzeichnen – einen Ort, an dem Häuser aneinandergereiht standen, mit vollkommen rechteckigen und hellen Räumen. Ganze Familien lebten direkt nebeneinander, so dicht, dass man sich durch ein Fenster die Hand hätte reichen können, aber es konnte auch sein, dass eine einzige Person in einem Haus oder einer Wohnung lebte, die so groß war wie dieses Langhaus. Ich stellte mir vor, wie ich ihm erzählte, dass die Fläche seines wunderschönen Islands mit solchen Kästen zugepflastert worden war, bis kein Platz mehr übrig war, sodass nicht einmal ein einziger Fuchs mit seinen Jungen dort mehr hatte leben können. Dann wurden weitere Stockwerke auf die ersten gesetzt. Leute lebten immer höher über dem Boden, direkt übereinander. Und es kam noch ein Stockwerk und noch eins, bis die Häuser die Wolken berührten.

Ich fragte mich, ob er sich riesige Glasfronten vorstellen

konnte, Gebäude, die außen ganz aus dem kostbaren Material von Frostbechern bestanden. Lampen und Kerzen, die strahlend hell brannten, ohne jemals zu erlöschen, ein Licht, das so intensiv war, dass es den Himmel verschlang und nur noch eine Handvoll Sterne übrig ließ.

Es gab kleinere Fragen, die ich leichter beantworten konnte. Er fragte, welche Kleidung die Männer in der Zukunft trugen.

»Sie haben alle Kleidungsstücke in vielfacher Ausführung«, sagte ich. »Nicht nur ein- oder höchstens zweimal wie hier.« Ich versuchte, ihm zu erklären, dass die Menschen in der Zukunft mit ihrer Kleidung spielten – ein schwieriges Konzept, da hier jedes bisschen Stoff kostbar war, das Rohmaterial aus Pflanzen oder von Tieren gewonnen, die Heirik aufgezogen hatte, sorgfältig verarbeitet von den Frauen seiner Sippe und seinen Thralls. Eine Frau brauchte Wochen ihres Lebens, um ein Stück Kleidung herzustellen, und ein Hemd war ein besonders zärtlicher Liebesbeweis.

Ich dachte an Jeffs T-Shirts, die er, ohne nachzudenken, wegwarf, wenn sie einen Riss oder ein Loch hatten. »Der Mann, den ich besser kannte als alle anderen«, fing ich an. Und dann begriff ich schlagartig, wie lange ich weg gewesen war. Erinnerungen kamen in mir hoch, die mit Jeff zu tun hatten. Seine Hände, die verblassten Jeans, die langen, strähnigen Haare, Tätowierungen, die seine Handgelenke umspielten wie Armreifen. Ich hörte Jeff in meinem Geist entspannt lachen, und ich lächelte bei der Erinnerung an sein schamloses Flirten.

»Seine Hosen waren sehr viel enger«, sagte ich lächelnd.

Dann erinnerte ich mich an Jeffs kalte, teilnahmslose Augen, die mich niemals richtig angesehen hatten. An seine Größe. Selbst wenn ich mich auf die Zehenspitzen gestellt hätte, wäre es mir nicht möglich gewesen, mein Kinn auf seine Schulter zu legen, wie ich es bei Heirik tun konnte. Ich sah mich immer nur

Jeffs Brust wie einer Wand gegenüber, seinen undurchdringlichen Gedanken, seinen mir niemals mitgeteilten Träumen. Aber vielleicht hatte er auch gar keine. Obwohl Jeff der Mann gewesen war, den ich besonders gut kannte, hatte ich ihn in Wirklichkeit gar nicht wirklich gekannt.

Mein Blick wanderte zu der Kuhle an Heiriks Kehle, zu dem silbernen Thor-Hammer. »Und er hat genau wie du zwei Oberteile übereinandergezogen.« Ich streckte die Hand beiläufig aus und zupfte an einer der Schnüre.

Aber Heirik spielte nicht mit. Sein Blick ging in die Ferne. »Er hat dich verloren«, sagte er, ohne mich anzusehen. »Du hattest jemanden wie mich.«

»Nei«, sagte ich heftig. »Sieh mich an, Heirik. Sieh mir in die Augen.«

Er tat es.

»Niemals jemanden wie dich«, erklärte ich und legte dabei meine Finger um sein Handgelenk, so gut es mir möglich war, um ihn zu mir heranzuziehen. Ich wollte ihn dazu bringen, zu verstehen. Er sog die Luft scharf ein und starrte auf meine Hand.

Ich schüttelte den Kopf, um anzudeuten, wie unmöglich es war, dass Jeff oder sonst irgendjemand seinen Platz einnahm. »Niemand ist wie du.« Mein Daumen fuhr unter sein Leinenhemd, über sein Gelenk.

Seine Reaktion überraschte mich. »Já, nun«, sagte er mit der Selbstgefälligkeit einer Hauskatze. Er blinzelte langsam, und ein sehr kleines Lächeln bildete sich an den Mundwinkeln. »Das glaube ich.«

Götter, in diesem Moment hätte ich ihn schlagen können. Es war nicht gerecht, dachte ich stumm, dass er immer noch lächeln konnte, obwohl er sich von mir zurückgezogen hatte und wir vielleicht nie wieder das tun würden, was wir in der Höhle getan hatten. Dass er sich dabei noch in der Tatsache sonnen konnte, für mich der Beste zu sein. Unvergleichlich zu sein.

Ich zog meine Hand weg und gab ihm einen leichten Schlag vor die Brust. Er lachte. »Brusi«, versetzte ich spielerisch. *Ziegenbock*. Sein Lächeln breitete sich jetzt fast über sein ganzes Gesicht aus.

Ein Windstoß wehte durch die Dachöffnung herein, und die an uns vorbeiziehende Rauchwolke verdüsterte unsere Stimmung.

»Es wird niemals jemanden geben wie dich«, sagte er ernst zu mir, und unsere Berührung war wie weggewischt, mit dem Luftzug verschwunden, die sie unterbrochen hatte. Er nahm eine Spielfigur auf, hielt sie locker in der Hand und ließ sie herausrollen. Sie kam mit einem harten Geräusch auf der Bank auf, rollte ein Stück über das Holz.

Er schien dem Spiel und dem Boden und dem Haus selbst eine Frage zu stellen, als er sagte: »Was soll ich nur mit dir tun?«

Er hatte diese Frage schon zuvor gestellt, und mir gefiel ihr Klang ganz und gar nicht.

Nicht lange, und das Julfest stand bevor.

Hildur setzte Himmel und Erde in Bewegung, um die Vorbereitungen für das Fest zu treffen. Sie rief die Thralls zusammen, die zum Langhaus zogen, um harte Arbeit zu verrichten. Sie ließ die Jungen Essen und Getränke aus einem unterirdischen Lager hochbringen. Noch mehr Reichtümer, von denen ich nichts gewusst hatte. Verwundert über die Fülle von Fleisch und Fisch und Käse und die gewaltigen Mengen an Bier, die ins Haus geschleppt wurden, fing ich im Geiste an zu zählen, wieder und wieder. Ich hatte den tiefen Wunsch, das hier zu leiten und sicherzustellen, dass es genug gab, sodass der Häuptling sich großzügig zeigen konnte.

Stattdessen sollte ich Avsi und Lotta beim Polieren der Becher helfen. Eine ganze Menge hübscher Zinnbecher standen in einem Korb zu unseren Füßen, gleich neben dem Herdfeuer. Wir rieben sie so lange, bis sie glänzten, benutzten dazu abgenutztes Leinen und ein bisschen Asche.

Die Mädchen waren klein und pummelig in ihren Kitteln und trugen jeweils eine kleine Börse am Gürtel und eine Kette mit Perlen über dem Oberteil. Lotta hatte goldblonde Haare, und sie war niedlich. Sie widmete sich ihrer Aufgabe mit ganzem Ernst, streckte die rosige Zunge aus dem Mundwinkel, während sie arbeitete.

Ich rieb mit dem Tuch das Innere eines Bechers aus und beobachtete sie. Seit Heirik und ich die Nacht in der Höhle miteinander verbracht hatten, hatte ich zu allen Göttern und Göttinnen gebetet, dass ich ein Kind bekommen würde. Aber Beten war vielleicht nicht das richtige Wort dafür. Es war mehr ein an die Götter gerichteter Wunsch, ein Kuss in meine Hand, den ich in die Nacht schickte. Jetzt hatte sich diese Möglichkeit zerschlagen. Dennoch stellte ich es mir in Gedanken vor, während ich geistesabwesend Becher blank rieb. Wie würde es sein, ein kleines Mädchen in Lottas Alter zu haben, mit blauschwarzem Haar? Ein Mädchen, das ganz genauso aussah wie ihr wunderschöner Vater.

Die Thralls stapften auf Schneeschuhen zu uns hoch und halfen uns, das Langhaus für die Feier vorzubereiten. Die Männer und Frauen befreiten den Hofplatz von dem hüfthohen Schnee. Sie legten Feuergruben an und füllten sie mit Steinen, und die Kinder verteilten kostbares Heu auf dem Boden des Langhauses. Zelte wurden errichtet, aus dickem, mit roten Fäden durchzogenem Stoff, die Böden ebenfalls mit getrocknetem Gras ausgelegt.

Ich half Ranka im Haus dabei, Wacholderzweige mit dunklen Beeren daran über die Schlafplätze zu hängen. Während ich die Zweige befestigte, musterte ich meine linke Hand. Sie heilte zwar, sah aber immer noch leuchtend rot aus. Ich dankte den Göttern dafür, dass sich keine Entzündung gebildet hatte, die es mir unmöglich gemacht hätte, die Hand zu behalten. Wäre ich eine Thrall gewesen, was wäre dann mit mir passiert?

Und wieso war ich keine Thrall? Eine Sklavin, gefunden am Strand wie eine Muschel. Ich fragte mich, ob es nur an meinen kostbaren Kleidern gelegen hatte – und somit ein Zufall gewesen war –, dass der Häuptling mich als Gast in seinem Haus aufgenommen hatte. Ein Zufall, weil ich das rote Kleid nur wegen der Unbeholfenheit eines unechten Wikingers getragen hatte. Oder lag es daran, dass ich ihn mit Heirik angesprochen hatte, und nicht mit Herra, und dass in meiner Stimme eine aufkeimende Sehnsucht mitgeschwungen hatte? War dies der Grund, weshalb ich jetzt hübsche Zweige aufhängte und mit zwei bezaubernden Mädchen Zinnbecher polierte, statt Heu zu schleppen und Gruben in den gefrorenen Boden zu graben?

Am nächsten Tag tauchten die ersten Gäste auf, Jungen, die zitternd und hustend in der schneidenden Kälte vor der Tür standen. Sie brachten Neuigkeiten mit: Der sagenhafte Egil – Egil der Reiche – und seine Kinder waren auf dem Weg hierher. Um das Julfest bei uns zu verbringen, nahmen sie eine dreitägige Reise auf Skiern auf sich, lagerten zweimal unterwegs.

Gerüchte machten die Runde, rasch und fröhlich. Egil würde der Ehrengast sein, ein wichtiger Mann, fast so reich wie der Häuptling. Sein großes Haus befand sich an der Küste ein Stück weiter östlich. Wenn die Götter es wollten und diese Familie rechtzeitig hier eintraf, würde heute das große Festmahl stattfinden.

Das bedeutete, dass noch mehr Leute hier sein würden. Denn mit Egil kam nicht nur seine Familie, sondern Dutzende anderer Menschen. Hildur lief ununterbrochen herum, überprüfte alles zum hundertsten Mal, scheuchte die Hühner in die Ecken, zog an Zeltstoffen und prüfte mit einem Stock das Heu auf dem Hofplatz.

In einem Anfall von freudiger Erwartung wurde beschlossen, dass wir baden und uns ankleiden sollten.

Als ich mich in den warmen Badeteich sinken ließ, schüttelte ich alle Gedanken ab. Ich lauschte einfach nur Svanas, Thoras und Bettas Geplauder, deren Stimmen sich mit dem Geräusch des aufgewühlten Wassers verband, das ihre Arme und Füße erzeugten. Ich drehte mich auf den Bauch und stützte das Kinn auf die verschränkten Arme, während ich zusah, wie Ranka eine dunkle und puderige Masse in einer kleinen Schüssel verrührte. Sie bemerkte, dass ich sie anstarrte.

»Das ist Asche«, erklärte sie. »Für unsere Augen!«

Es gefiel ihr immer noch, mir etwas beizubringen, aber ihre halben Antworten ergaben häufig keinen Sinn. Ich hatte es aufgegeben, jede Frage auch zu äußern, die sich mir stellte. Ich wartete stattdessen; irgendwann kamen die Erklärungen schon. Daher beschäftigte ich mich auch nicht länger mit der Asche, sondern drehte mich wieder auf den Rücken und ließ meinen Geist dahintreiben. Ich spürte eine Bitterkeit in mir, aber ich wusste nicht genau, warum.

Ich wusch mich in aller Ruhe, und dann stand ich ein bisschen zu lange in der eiskalten Luft, bevor ich mein rotes Kleid anzog. Ich drückte die rote und bernsteinfarbene Wolle an meinen Oberschenkel, während ich darüber nachdachte, wie ich damals mit diesem Kleid in den Tank gestiegen war. Wie eine Prinzessin hatte ich mich gefühlt. Und doch war es längst nicht so schön wie Signés Kleid, das die Farbe eines kalten Herbsthimmels hatte und aus einer Zeit stammte, als es noch einen blauen Himmel gab.

Bettas Stimme schnitt geradewegs durch meine Gedanken, obwohl sie so leise sprach, dass nur ich sie hören konnte. »Du weißt, dass es nicht recht wäre, jetzt die Kleider seiner Mutter zu tragen.« Der Rest blieb unausgesprochen. Jetzt, das bedeutete, seit es zwischen uns aus war.

»Nimm das hier«, sagte sie. »Es wird deine Stimmung heben.«

Sie tauchte die Fingerspitze ihres kleinen Fingers in das Aschegemisch und forderte mich auf, zum Himmel hochzuschauen. Ich zuckte zusammen, als sie mit ihrem Fingernagel über die weiche Haut unter meinem Auge fuhr. Sie verrieb die schwarze Asche dort. Die Sterne schwankten, als meine Augen feucht wurden. Mit ihrem Finger wischte sie meine Tränen weg, damit die anderen Frauen sie nicht sahen.

Wir halfen einander mit den Gürteln und dem Schmuck, und Ranka machte mir die Haare. Sie hätte mir gern Zöpfe und Schnecken gemacht, um so meine Narbe zu verbergen, aber ich bat sie, das Deckhaar straff zurückzukämmen und die übrigen offen herunterfallen zu lassen. Ich war nicht in der Stimmung, mich hübsch zu machen.

Nie zuvor, glaube ich, waren Reisende so fähig und entschlossen wie diese Wikinger im Winter.

In meinem früheren Leben war der Winter nur eine Landschaft aus Tunneln und beleuchteten überdachten Gehwegen gewesen. Er war weder hart, noch war es eine Leistung gewesen, an einen anderen Ort zu gelangen. Für unsere Gäste hier allerdings stellte die Reise zu uns einen Akt schierer Willenskraft dar – und zwar der eigenen und der der Götter. Sie mussten sich dem kalten Wind kühn entgegenstellen und nachts an irgendwelchen abgeschiedenen Orten lagern, vielleicht in Höhlen in den Wäldern, während sie tagsüber mit ihren Skiðs und Schneeschuhen unaufhaltsam weiterliefen.

Nach den Jungen, die inzwischen Platz genommen hatten und Fisch verschlangen und sich aufwärmten, kam eine Gruppe von etwa zehn Männern, die zusammen gereist waren und zweifellos die letzte Meile von unserem Rauch geleitet worden waren.

Ich näherte mich gerade der Tür, als ich hörte, wie Magnus mit ihnen sprach. Es war relativ dunkel im Schmutzraum, und ich sah, wie er sich als Silhouette vor dem vom Mondlicht erhellten Schnee abzeichnete. Er stand aufrecht da, erklärte ihnen, dass sie ihre kleinen Messer behalten konnten, aber die kleinen Äxte an der Tür lassen müssten.

Er sprach fließend, ohne dass seine Stimme brach. Sie war jetzt fest und tief. »Keine Schädelspalter in der Halle des Häuptlings.« Er berührte seine eigene Axt, die er an der Seite tragen durfte. »Legt sie ab, oder verlasst dieses Haus.«

Die Männer nörgelten, und das Durcheinander ihrer Stimmen – so viele neue! – begeisterte mich. Ich schloss die Augen, um den Klang zu genießen, spürte, wie Heirik neben mich trat. Ich erkannte ihn mit geschlossenen Augen, nahm seine Gegenwart wahr, seinen Geruch. Wir standen zusammen in der Tür, und ich öffnete die Augen wieder, um die Gäste zu betrachten. Die Männer waren nass und verdreckt, Schnodder lief ihnen aus den roten Nasen, und Eis hing in ihren wirren Bärten.

Sie alle achteten jetzt nicht mehr auf Magnus, sondern fielen vor dem Häuptling und mir auf die Knie, starrten uns an.

Ich drehte mich zu Heirik um. In seiner mitternachtsblauen Kleidung wirkte er imposant und mildtätig. Ich versuchte mir vorzustellen, wie wir für die anderen aussahen, während wir so zusammen in der Tür standen, unsere ernsten Augen wie Eis und Feuer, meine zusätzlich mit schwarzer Asche untermalt. Meine Haare waren streng zurückgekämmt, die Narbe glänzte und war immer noch rot von den Flammen. Heirik trug seine Haare genauso wie ich, und auch seine Narbe war sichtbar, das kostbare Silber hing um seinen Hals, die Kleidung hatte die Farbe des Todes.

»Wir geben ein interessantes Paar ab«, flüsterte ich so leise, dass die Männer mich nicht hören konnten. »Willkommen auf Hvítmörk, já?«

Heirik lachte laut. Der volle Klang, den ich so liebte, erfüllte die Luft herrlicher als je zuvor.

Die Gäste zogen die Köpfe ein. Für einen Moment sah ich die Augen des Häuptlings und sein gezeichnetes Gesicht aus ihrer Sicht, und sein Lachen rumpelte wie Sturm und Donner. Ein Dutzend Axtgriffe donnerten gegen die Wand.

Nachdem die Männer sich vor ihm verneigt und ihre Waffen abgegeben hatten, war der Häuptling mit ihnen fertig. Wie geschorene Schafe wurden sie zum Fest zugelassen. Heirik zog mich von der Tür weg und in die Schatten hinein, während die murrenden Männer weiter ins Haus gingen. Er sprach so leise, dass ich seine Worte kaum verstehen konnte. »Es wäre ein schlechtes Omen, wenn ein Mann durch mein Feuer stirbt.«

Mein Lachen klang wie das Bellen einer Wahnsinnigen. »Ein schlechtes Omen, wirklich«, sagte ich.

Er kam jetzt noch näher, und ich spürte seinen Atem auf mir. Er roch nach Bier. Ich machte einen Schritt zurück, lehnte mich gegen die kühle Wand. Er war leicht betrunken, was mich überraschte. Er trank eigentlich nie vor den Trink- und Segenssprüchen oder solange die ersten gefährlichen und mühsamen Stunden eines Festes noch nicht vorüber waren. Genau genommen trank er auf einem Fest niemals richtig. Aber an diesem Abend wurde er offenbar von starken, verwirrenden Gefühlen geplagt.

Er hatte ein Trinkhorn in der Hand, das halb voll war. Er war wie losgelöst von allem und mir sehr, sehr nah.

»Etwas stimmt heute Abend nicht.« Er konnte meine Leere spüren.

Ich atmete tief ein und merkte, wie mein Blut so in seiner Nähe in Wallung geriet. Ich wollte nicht über meinen unerfüllt gebliebenen Wunsch sprechen, wir hätten selbst ein Mädchen. Meine Sehnsucht danach, mich um sein Haus zu kümmern und dafür zu sorgen, dass seine Großzügigkeit wirklich außerordentlich war. Meine Sehnsucht nach ihm. Ich wollte, dass er mich an sich drückte und mir sagte, dass diese Dinge eines Tages eintreten würden. Ich nickte. Ja, es stimmte etwas nicht.

»Es tut mir leid«, sagte er und trank noch mehr Bier. Er wischte sich den Mund mit dem Handrücken ab, dann sah er mich wieder an. »Das hier hätte unser Abend sein sollen.«

Oh.

Die Erinnerung kam rasch und heftig. Wie er mich beim Hintereingang an die Sodenwand gedrückt und angefangen hatte, über das Julfest zu sprechen. Das hier war der Abend, den er gemeint hatte. Heute hatte er mich neben sich am Kopf der Tafel haben wollen, auf dem Hohen Sitz, vor allen diesen Leuten. Er hatte vorgehabt, sein Schwert in meinen Schoß zu legen und mich zu seiner Ehefrau zu machen, dieses Langhaus zu meinem. Vielleicht trank er heute Abend, um seinen Kummer zu vergessen oder zumindest den Abend zu überstehen, den er sich so anders vorgestellt hatte.

Ich griff nach seinem Trinkhorn und trank selbst einen großen Schluck, schluckte die Tränen hinunter.

Seine Finger strichen über meine Braue, die er so gern berührte. Ich keuchte, so überraschend kam es, so schön war es, dann nahm ich seine Hand und drückte sie an meine Narbe, bis es schmerzte.

»Ich will dich«, sagte ich zu ihm und legte mein Gesicht in seine Hand, sodass er die Worte spüren konnte, während ich sie sprach. »Ich würde alles tun, um dich jetzt küssen zu können.« Er ließ die Stirn auf meine Schulter sinken, und sein Atem ging stoßweise. »Bis später, Hübsche«, sagte er. Sein Ton war unbestimmt und nicht zu deuten, und ehe ich mich's versah, hatte er die Hand weggezogen und den Kopf gehoben. Es war mir nicht klar, ob er meinte, dass er mich später suchen würde, um mir vielleicht den Kuss zu geben, nach dem ich mich so sehnte, oder ob es Abschiedsworte gewesen waren.

Nur wenige Minuten später hörte ich die Neuigkeit.

Ich stand gerade mit einer pelzverbrämten Mütze auf dem großen, freigeräumten Hofplatz. Wind kam auf, und mein rotes Kleid wogte wie blutige Gischt um meine Knöchel. Der Pelzsaum an meiner Mütze wehte gegen meine Stirn und die Augenbrauen. Ich betrat ein leeres Zelt.

Ich hatte nicht erwartet, dass es hier so warm sein und das Zelt die Kälte so gut abhalten würde. Mit den Fingerspitzen betastete ich den dicken Stoff. Ein herbstlicher Geruch stieg von dem Heu am Boden auf und brachte Erinnerungen an Sonnenlicht und Blasen an meinen Händen mit sich. Ich musste daran denken, wie ich das Feld gemäht hatte und dann zwischen all den Schneeblüten gewesen war.

Ich ließ mich im schwachen Licht des Zeltes auf die Knie sinken und berührte das Heu. Ich hob ein paar Halme an die Lippen und küsste das Gras, das wir eingesammelt und gelagert hatten. Vielleicht war das hier das Heu, das ich selbst geschnitten hatte. Ganz egal, ob Heirik mich lieben konnte oder nicht, ich hatte hier einen Platz.

»… eine neue Ehefrau in diesem Haus.«

Die Worte hoben sich scharf von dem übrigen aufgeregten Gezwitscher der Frauen ab.

»Eine unerwartete Partie«, meinte eine andere Frau, atemlos vor Überraschung. »Und so hübsch«, fügte wieder eine andere Stimme hinzu.

Mein Herz schlug schnell und hart. Eine Ehefrau, hier. Wir würden ihr heute Abend begegnen.

Aber Heirik hatte Angst, sich eine Frau zu nehmen, oder etwa nicht? Er hat Angst, eine Frau an sich zu drücken, Angst, dass die Kinder aus einer solchen Verbindung von einem üblen Geist besessen sein könnten. Die ganze Sippe befürchtete das. Er würde so etwas nicht tun, já? Die nagende Furcht in meinen Eingeweiden schwoll plötzlich an, und Tränen sammelten sich in meinen Augen. Auf allen vieren fragte ich leise: »Und was ist mit mir?«

Die Frauen tratschten vor dem Zelt weiter; jetzt ging es darum, dass es zwar Wind, aber keinen Schnee gäbe. Egils Tochter würde bald mit dem alten Mann eintreffen. »Es sind tüchtige Menschen«, sagte jemand. »Sogar sie in ihrem jungen Alter. Und ihr Vater ist ein echter Ochse.« Sein Langhaus war groß, sagten sie, das einzige andere in Island, das so groß wie das hier war.

Es würde eine machtvolle Verbindung sein.

Es gab einige logische Gründe, weshalb Heirik so etwas tun sollte, und diese Tatsache rief Übelkeit in mir hervor. Der Häuptling dachte immer nach, und seine Schlussfolgerungen waren stets von großer Eleganz und Härte. Ja, er würde so etwas tun, wenn er das Gefühl hätte, dass es den Verstrickungen und dem Chaos zwischen uns ein Ende bereiten würde.

Er hatte sich von mir verabschiedet, erst vor wenigen Momenten, und das hier war der Grund.

Etwas prallte von außen gegen das Zelt. Es war die lose Zeltklappe aus Stoff, die wie der Flügel eines gewaltigen Vogels schlug. Ich schüttelte den Kopf und stand auf, strich mir mit zittrigen Händen das Heu vom Kleid. Vom Zelteingang aus ließ ich meinen Blick über die weite Landschaft schweifen. Vier Lichtpunkte waren auf einem Bergkamm zu sehen, als hätten die Worte der Frauen sie herbeibeschworen. Sie hüpften und glitten weiter wie Glühwürmchen, winzig, aber immer größer werdend, je weiter sie sich unserem Langhaus näherten.

Ich legte die Hand an den Zeltrahmen und dachte an Saga, fragte sie, was zum Teufel sie vorhatte.

Egil war ein freundlicher Bulle. Er brachte einen Schwall eiskalter Luft mit, als er das Haus betrat, die Arme zur Begrüßung weit ausgebreitet. Von den Dutzenden von Leuten, die bereits im Haus saßen und tranken, kamen fröhliche Rufe. Egil beherrschte den Raum mit der gleichen Selbstverständlichkeit und dem gleichen Vorrecht, wie ich es bisher nur beim Häuptling erlebt hatte.

Obwohl der Häuptling verglichen mit Egil ruhig wie ein Schatten wirkte, zog er die Aufmerksamkeit aller Anwesenden auf sich, als er sich näherte. Stille herrschte, bis er seinen Gast formell willkommen hieß. Heirik begrüßte den Mann mit einem kleinen, aber aufrichtigen Lächeln, und seine Augen glänzten.

Dann verkündete Egil: »Meine Tochter, Brynhild.« Strahlend trat er zur Seite, um eine junge Frau vorzustellen, die in einem Haufen von Umhängen steckte. Ihr Gesicht wurde von einer bezaubernden grauweißen Pelzkapuze eingerahmt, die so fest zugezogen war, dass ich nur ihre dunklen Augen und eine rote Stupsnase sehen konnte. »Sie ist auf den Skiðs gefahren wie Skadi persönlich«, sagte Egil mit deutlichem Stolz. Seine Stimme klang wie ein Vulkanausbruch.

»Ich hatte nicht vor, zu Hause zu bleiben«, sagte sie mit scharfer Zunge. Sie schob die Kapuze zurück, und lange, rotgoldene Haare kamen zum Vorschein, die über ihre Schultern fielen, als sie den Kopf ein paarmal schüttelte. Sie schimmerten herrlicher als das Herdfeuer. »Ich bin alt genug zum Reisen, Da.«

Sie klang wie eine normale Fünfzehnjährige, aber sie schmollte nicht. Sie war neugierig und lächelte, und ihre Stimme und ihr Alter konnten mit ihrem kühnen Blick nicht mithalten. Welch ein Geist und welch ebenso beeindruckender Körper! Als hätte eine Riesin des Bergschnees sie geboren.

Heirik neigte den Kopf vor Brynhild, und es war, als würden kalte Finger über meine Wirbelsäule fahren.

»Ich habe viel über dich gehört, Rakknason«, sagte sie. »Den Gott-Macher.«

Ich hatte noch nie zuvor erlebt, dass eine Frau den Häuptling ohne Ekel und ohne zu zögern betrachtete. Sie musterte Heirik und schürzte unentschieden die Lippen, dann betrat sie den Raum. Mein Gesicht fühlte sich heiß an, mein Magen war aufgewühlt vor Übelkeit. Es gefiel mir nicht, wie sie ihn mit ihrem Blick verschlungen hatte. Wie ihre Stimme geklungen hatte, als sie ihn mit einem Beinamen angesprochen hatte, den ich noch nie zuvor gehört hatte: Gott-Macher. Nei. Lieber wollte ich sterben als ihn noch einmal hören.

Mir gefiel auch nicht, wie sie unser Langhaus ansah. Es war heute Abend wunderschön. In dem großen Raum glitzerte es nur so von kleinen Lampen, die überall hingen. Die Vorhänge der Schlafalkoven waren mit hübschen Girlanden zurückgebunden, und über jedem Bett prangten Wacholderzweige. Lange Tische standen in einer Reihe, und auf allen Bänken lagen Felle und saßen Leute. Im Herzstein knisterte ein gemütliches Feuer. Brynhild betrachtete all das mit dem berechnenden Blick einer Person, die erwog, es zu kaufen.

Heirik führte sie mit einem Nicken hinein und hätte sie wohl auch am Ellbogen führen können, wenn er dazu bereit gewesen wäre. Als sie am Feuer vorbeigingen, drehte er sich um, und unsere Blicke begegneten sich kurz. Ein kleines, betrunkenes Lächeln hob seine Mundwinkel. Es war gemein und demütigend, und ich verließ das Haus.

Es war ruhig und kalt draußen; es gab nur mich und die Sterne und die Zelte. Und einen einzelnen Hund, der an der Sodenwand schnüffelte. Er hob kurz den Kopf, fand mich aber nicht sehr interessant und folgte einem Geruch in Richtung Stall. Ich betrat ein Zelt, um mich zu wärmen.

Bald darauf kam Haukur aus dem Haus und ging in die gleiche Richtung wie der Hund. Wenig später kam er zurück, führte ein kleines Pferd an einem Strick, das er zum Hintereingang des Hauses brachte. Für den Blót. Das Opfer des Julfestes. Heirik würde sich heute wieder mit Freyr verbinden, und seine Gefühle würden hoch auflodern, da er bereits betrunken war und noch dazu neben einer Frau wie Brynhild saß. Ich fürchtete mich davor, wieder ins Langhaus zu gehen und mitzuerleben, was aus ihm geworden war; deshalb blieb ich im Zelt und saß allein auf dem Heu.

An einem anderen Tag wie diesem, als er sich ebenfalls mit Freyr verbunden hatte, hätten wir uns fast zum ersten Mal geküsst. Wir hatten über die Tiere gesprochen, die jetzt im Stall standen. Wie viele am Leben bleiben könnten, wie viele wir essen würden. Über das Pferd für die heutige Nacht. Unsere Hände hatten sich fast berührt, und es war ein Augenblick, in dem eine Verbindung zwischen ihm und mir in greifbare Nähe gerückt zu sein schien.

Ageirr hatte uns unterbrochen. Der Gedanke an ihn ließ mich erzittern. Ich hatte ihn heute Abend nicht gesehen, und das war etwas, was mir unterschwellig Sorgen bereitete.

Ich murmelte meinen Dank und meine Wünsche allein in diesem kalten Zelt. »Freyr, wir gedenken deiner Macht und deines Segens. Bitte schenke uns ein gutes Jahr«, sagte ich leise. Inzwischen hatte er das Pferdeblut vermutlich an die Lippen gesetzt und die Gäste damit besprenkelt. Vielleicht saß er auch bereits auf dem Hohen Sitz und hörte sich all die Dankesworte und Petitionen von Männern an, die sich auf Knien an ihn wendeten. Unser Langhaus, in dem wir sonst saßen und zusammen spielten, hatte sich in die Halle des Häuptlings verwandelt.

»Gott-Macher ...« Ein Betrunkener ging draußen am Zelt vorbei, redete vor sich hin. Brynhild hatte Heirik so genannt. Was bedeutete das?

Der Hund kam zum Zelteingang, stieß die Klappe mit der Schnauze beiseite und trottete herein. Er prüfte zuerst die Luft, um herauszufinden, ob er in meinen Armen willkommen war.

»Nei«, sagte ich zu ihm. »Ich habe kein Leckerli für dich.«

Er setzte sich daraufhin neben mich, lehnte sich mit seinem ganzen Gewicht an mich, auf der Suche nach Wärme.

War es ein neuer Name für Heirik, der jetzt anstelle von Rakknason Langhaar benutzt wurde? Dieser Name klang kein bisschen erniedrigend. Im Gegenteil. Es war ein Name, mit dem ein mutiges Mädchen ihn anreden konnte.

Meine Zähne klapperten, und schon bald blieb mir gar nichts anderes übrig, als wieder ins Haus zu gehen. Ich würde mich an die Tür stellen. Dort wäre es in Ordnung.

Zumindest war das mein Plan, der allerdings kurz darauf von Hárs starken Händen zerstört wurde, als er zu mir ins Zelt kam.

»Frau«, sagte er. »Ich lasse nicht zu, dass du dich versteckst.«

Er hob mich vom Boden hoch, und ich lachte, aber es klang schroff. Ich dachte, er würde mich über die Schulter werfen, aber stattdessen trug er mich wie eine Braut über die Schwelle in den Raum mit der langen Tafel. Dutzende von Menschen machten sich über das viele Essen her und tauchten ihre Becher und Trinkhörner in Bier. Ich sah Heirik sofort, aber er war ganz in ein Gespräch mit Egil vertieft.

Hár setzte mich ab und nahm neben mir Platz.

Ich brauchte mehr Bier, sehr viel mehr sogar, und Hár versorgte mich unaufhörlich. Er trank mit mir, bis mein Kopf sich angenehm leicht anfühlte, irgendwie losgelöst. Der alte Mann trank selbst drei Becher, während ich einen trank, wurde immer absonderlicher und wüster. Seine Emotionen und Taten wechselten von Verdrießlichkeit zu einer Art ungezügelter Ausgelassenheit, die dazu führte, dass Becher umfielen und andere den Kopf einzogen. Er knurrte und aß das Fleisch mit den Händen. Insgeheim fragte ich mich, ob er dieses Verhalten wohl zwei Wochen lang beibehalten wollte. Und ich fragte mich auch, wo Betta sich versteckte und was sie jetzt wohl dachte, als sie sah, wie der Mann ihrer Träume seine Zähne wild in Tierfleisch vergrub und sich sinnlos betrank. Und dann fragte ich mich, wie lange dieses Langhaus wohl nach alldem hier riechen würde. Und wer die vielen Becher und Knochen wegräumen und spülen würde.

Was wäre, wenn ich einfach wegging? Die Stimme in meinem Kopf war bitter. Was wäre, wenn ich es einfach Brynhild überließ, mit alldem hier umzugehen?

Ich wollte gerade so etwas zu Hár sagen, als ich von einem wilden Krachen und Brüllen davon abgehalten wurde. Es war Egil. Seine Hand donnerte auf den Tisch, während er aufstand, um alle lautstark zum Tanzen aufzufordern.

Irgendwie erklangen auf seine Forderung hin Getrommel und Gesang wie aus dem Nichts. Tische und Bänke wurden zurückgeschoben, um freien Platz zu schaffen.

Bevor ich etwas sagen oder auch nur denken konnte, packte Hár mich und hob mich buchstäblich über den Tisch. Meine Röcke stießen Becher um und wurden durch Fleisch gezogen. Egil griff nach meiner Taille. Er übernahm mich und stellte mich sanft auf dem Boden ab, und dann tanzten wir. Ich wusste nicht wie, und es kümmerte mich auch nicht. Leute klatschten um uns herum; ihre Gesichter verschwammen vor meinen Augen, als wir uns drehten. Mein Geist wurde frei und entspannt. Auch andere begannen zu tanzen, es wurde richtig voll, und wir stießen immer wieder aneinander und lachten. Es war gar kein Platz für unbeholfene Peinlichkeiten; es gab nichts als natürliche Bewegungen, während Egil und ich so herumwirbelten.

Und dann flog ich. Er hob mich an der Taille hoch und wirbelte mich im Kreis durch die Luft. Ich sah unter mir den Raum und was sich gerade dort abspielte, den überaus lebendigen Egil, seine Hände, sein lächelndes Gesicht. Etwas in meiner Brust löste sich, und ich ließ es los. Es fühlte sich an wie ein Vogel, der dort gekämpft hatte. Er flog jetzt über mir, über den Köpfen der Tanzenden, der Trinkenden, der glücklichen Leute und hinaus über die Zelte und die Ställe und in die Polarnacht.

Die Musik endete, und Egil stellte mich wieder auf dem Boden ab. Ich war außer Atem, jeglicher Orientierung beraubt. Und direkt vor mir sah ich Eiðr – Ageirrs Bruder.

Svana hatte ihn als klug, aber hässlich bezeichnet. Er sah nicht gut aus, das stimmte. Er sprach mit zwei kleinen Mädchen, die etwa im Alter von Lotta und Ranka waren, drückte ihnen einen Kuss auf ihre seidenweichen Köpfe und zog sie in seine Umarmung. Es war wie ein Schlag in die Magengrube, als ich sah, dass ihm eine Hand fehlte.

Ich suchte Hár, meinen Trinkkumpanen, und ließ mich atemlos neben ihn auf die Bank sinken. Ich hatte eine Ahnung, dass Heiriks neuer Name etwas mit Eiðr zu tun hatte. Hár würde es wissen.

»Er wird jetzt Gott-Macher genannt«, sagte ich mit schwacher, zitteriger Stimme.

»Das ist nicht schlimm.« Hár seufzte. »Der Hand-Preis ist nicht von Bedeutung.«

»Der Hand-Preis?«

Ich war deutlich angetrunken, aber ich erinnerte mich an die Worte aus einem Dokumentarfilm, die lange in den Windungen meine Gehirns verborgen gelegen hatten. *Oh.* Der Häuptling würde buchstäblich für Eiðrs Hand bezahlen. Eine Summe, von der Hár aber erklärte, dass sie für Heirik nichts bedeutete angesichts des Werts seiner gezielten strategischen Rache.

Und dann erzählte der alte Mann mir die Geschichte.

Heirik hatte Eiðrs Hand am Wolfsgelenk abgehackt – am Handgelenk –, das so genannt wurde, weil der Gott Tyr einst seine Hand geopfert hatte, um den großen Wolf Fenrir zu binden. Es war ein körperlicher Schlag, sicherlich. Aber es war auch eine subtile Metapher. Denn man machte jemanden zum Gott, indem man ihn zu bäuerlicher Arbeit unfähig machte. Es war ein Axthieb, der Geschicklichkeit und Barmherzigkeit offenbarte: Heirik hatte Eiðr am Leben gelassen und ihm zugleich versprochen, ihn für den Rest seines Leben zu ernähren und zu beschützen, ohne dafür eine Gegenleistung zu erhalten – ohne dass Eiðr dafür im Gegenzug für ihn arbeiten musste. Er ließ ihn am Leben, aber in Schande.

»Já«, murmelte Hár, während er Eiðr ansah, als könnte er meine Gedanken lesen. »Já …« Was konnte man sonst noch zu einer derart unmenschlichen Gerissenheit sagen?

Hár seufzte so ausgiebig, dass die Bank sich neigte und schwankte. »Sie nennen ihn jetzt Gott-Macher. Als wäre es nötig, dass die Leute noch mehr Angst vor ihm haben.«

Rakknason Gott-Macher. Der Name war ebenso schön wie schrecklich.

Ich versuchte, den Namen auszusprechen, flüsterte ihn und zitterte angesichts der Tiefe und Eleganz, die Heiriks Grausamkeit bezeugte. Unglaublich schnell hatte er den schrecklichen Axthieb berechnet und auf einem sich bewegenden Pferd in einem Zusammenstoß von Mann gegen Mann ausgeführt. Die Leute hatten nicht nur vor seinem Mal Angst und vor seiner Machtposition. Und sie hatten recht damit, dass sie Angst hatten. Ein Teil von ihm war pervers und rücksichtslos.

Ich spürte die harte Bank unter meinen angespannten Oberschenkeln und verlagerte mein Gewicht ein wenig. Ich fragte mich, wie ich einen solchen Mann lieben konnte. Heiriks Wesen überstieg meinen Verstand. Er war auf eine Weise brillant und grimmig, die mir das Blut in den Adern gefrieren ließ. Er war so beängstigend wie der Rabe, als den Hildur ihn sich vorstellte. Jetzt sah auch ich ihn auf diese Weise, und das Blau seiner Haare war wie das Blau im Herzen einer Flamme. Und in dem Wissen, dass ich ihn trotzdem liebte, zitterte ich. Das Wissen, dass ich wie er werden könnte, dass ich neben ihm stehen könnte, erschreckte mich.

Ich sah auf die Hände in meinem Schoß. Konnte ich mich noch rausklopfen? Ich hatte es gar nicht mehr versuchen wollen. Aber wie würde es sein, wenn ich zum Wasser ginge? Ich könnte auf Drifa dorthin reiten, und ich könnte es versuchen. Irgendwie wusste ich, dass Saga mich beim Ozean finden und mitnehmen würde.

Meine Finger wirkten fremd auf mich, als gehörten sie nicht zu mir, als sie versuchsweise auf die rote und vernarbte Haut meines Handgelenks klopften. Es gab eine Möglichkeit, von alldem hier wegzukommen, der Kälte und der endlosen Nacht und der dunklen Persönlichkeit Heiriks zu entfliehen, bevor er mich verschlang und ich zu Nichts wurde. Oder so wurde wie er.

Etwas Machtvolles zog meinen Blick in seine Richtung. Ich sah den Häuptling lässig auf seinem Platz auf den Fellen sitzen. Er war betrunken, und er beobachtete mich und Hár mit einem leichten Lächeln. Er hatte mich die ganze Zeit beobachtet, mit so hellen Augen, dass ich ihre Farbe kaum ausmachen konnte.

Jetzt kennst du mich wirklich, schien sein Lächeln zu sagen, und was hältst du jetzt von mir?

Hatte er sehen können, wie ich begann, ihn zu fürchten? Meine Oberschenkel waren angespannt, meine Finger klopften eifrig auf mein Handgelenk. Er wusste jetzt, was das zu bedeuten hatte, dass es mein Weg zurück war. Sein Anblick war wie ein Messerstich in meine Eingeweide, und ich schluckte trocken und vergeblich.

Ich sah zu Brynhild hin und sah, dass sie keine Angst hatte. Sie war so vertrauensvoll und strahlte wie ihr Vater, rein und kupferrot. Als sie meinen Blick bemerkte, wandte sie ihren nicht ab. Ganz im Gegenteil, sie legte den Kopf schräg und schien es zu genießen, mich zu betrachten. Ich war mir meines eigenen mutmaßlichen Aussehens jetzt nur allzu bewusst, und die Asche unter meinen Augen fühlte sich unter ihrem Blick auf einmal kindisch an. Blass und kleinlaut versuchte ich, zurückzulächeln.

Ich nahm einen Umhang aus dem Schmutzraum und zog die großen Stiefel von irgendjemandem an. Ich musste von hier weg, musste irgendwo nachdenken.

Diesmal wollte ich nicht allein sein, aber ich wollte auch nicht all diese Leute um mich haben. Ich wollte die wortlose Anwesenheit eines Wesens, das mich weder herausfordern noch ängstigen würde.

Die klare, eisige Luft brannte in meiner Lunge, und ich blinzelte gegen das Mondlicht an, das auf den hohen Schnee fiel. Zwischen dem Langhaus und dem Stall war bereits ein schmutziger Pfad gebahnt worden, und ich folgte ihm, um zu Drifa zu gelangen.

Aus den Schatten der Ställe hörte ich menschliche Stimmen, einen Streit, aber auch Lachen, und aus einem der dunklen Räume erklang das wortlose Keuchen und Seufzen von zweien, die sich liebten. Ich ging weiter, bis ich an einen Pferch kam, in dem es still war. Ich rief leise, um zu sehen, wer sich dort befand.

Nachdem ich mich angekündigt hatte, hielt ich meine Fackel hoch und sah mich um. Vakr stand hier, groß und aufrecht. Er schnaubte warnend, aber dann schien er sich an mich zu erinnern. Er kam mit dem Maul zu mir, seine Nüstern bebten und forschten; offenbar fand er etwas an mir, was ihn beruhigte. Ich war Heirik nahe gewesen, er hatte mich an diesem Tag berührt. Vielleicht roch das Pferd ihn an mir und fragte sich, wo sein Herr war.

Ich steckte die Fackel in die Erdmauer, dann drehte ich die Hand um und zog den Ärmel hoch. Ich roch an meinem Handgelenk und versuchte, Heiriks Geruch dort zu finden, und tatsächlich konnte ich den würzigen Hauch wahrnehmen wie eine Stimme am anderen Ende eines langen Ganges.

Etwas Behaartes, Warmes berührte mich, kam Wange an Wange neben mich. Ich schnappte nach Luft. Vakr, dieses schreckliche Tier, legte mir seinen schweren Kopf auf die Schulter. Das Pferd lehnte sich gegen mich, und ich streichelte es, um es zu beruhigen.

»Vielleicht könnte ich irgendwo hingehen, *Aufgewachter*«, sagte ich, nannte ihn in der Sprache der Zukunft bei seinem

Namen. Vakr gab daraufhin etwas in seiner Sprache von sich, die so jenseits meines Verständnisses war, dass ich niemals erfahren würde, was er gemeint hatte. Ich lehnte mein Gesicht an ihn und spürte sein großes Augenlid flattern. Ich wollte hier nicht mehr leben, dachte ich gelassen und mit großer Klarheit. Ich würde zum Ozean gehen und mich rausklopfen. Es könnte funktionieren. Während ich begann, einen groben Plan auszuhecken, zog sich mir das Herz bei der Vorstellung zusammen, diese Welt verlassen zu müssen. In die Zukunft würde ich niemals so gut passen wie in diese Zeit. Wenn ich hierbliebe, könnte ich in ein paar Monaten mit zur Versammlung gehen – dem Thing –, dort neue Leute kennenlernen und vielleicht ein anderes Haus finden, das groß genug wäre, um mich aufzunehmen. Vielleicht sogar Egils Haus.

»Es wäre ein Tausch«, sagte ich zu Vakr. »Ich gegen Brynhild.«

»Ich glaube nicht, dass mein Vetter das erlauben wird.«

Ich zuckte beim Klang von Magnus' Stimme zusammen. Ich musste die Fackel von der Wand nehmen und hochheben, um ihn zu sehen. Seine Stimme wirkte so anders, so tief und erwachsen.

»Was tust du hier, Frau? Du musst frieren.« Er kam zum Pferch und sah mich bei dem Pferd stehen. Seine Augen wurden groß, und dann lächelte er breit. »Götter, das Tier küsst dich.«

»Das tut es!«, lachte ich, und Vakr ließ ein leichtes Schnauben hören.

»Also«, ließ Magnus nicht locker. »Was tust du hier so weit weg vom Fest?«

Was sollte ich sagen? Dass ich die Freude nicht ertrug, während ich mit einem Fremden tanzte? Oder dass mich der Kummer zerriss, wenn ich auf den leeren Platz neben Heirik starrte? Oder vielleicht, dass der Gott-Macher mich zu Tode ängstigte?

Schließlich sagte ich: »Brynhild wird eine gute Ehefrau sein.«

Ich hatte es ausgesprochen, und jetzt hing es in der kalten Luft zwischen mir und Magnus. Eine Sekunde verging, eher er antwortete: »Já!« Er strahlte übers ganze Gesicht. »Ich kann mich wirklich glücklich schätzen.«

Ich zog die Brauen zusammen. »Wie meinst du das?«

Erstaunt trat er einen Schritt zurück. »Sie wird im Sommer meine Frau werden.« Er sagte das in einer Art und Weise, als könnte ich das unmöglich nicht wissen.

Zuerst fühlte ich mich beschämt, weil ich so dumm gewesen war. Dann weitete sich mein Brustkorb, mein ganzer Körper entspannte sich, und ich atmete zum ersten Mal an diesem Abend richtig. Meine verzweifelte Idee, wegzulaufen, löste sich in Nichts auf. Meine große Liebe heiratete nicht. Magnus heiratete! Wie hatte ich das nur so missverstehen können?

Vielleicht, weil Magnus noch ein Kind war und ich ihn nicht als jemanden betrachtete, der schon heiraten konnte. Im Schein der Fackel sah ich, dass das nicht stimmte. Er ähnelte seinem Vater sehr, seine harten Gesichtszüge waren in diesem Licht bereits ausgeprägt. Sein Mund jedoch verriet, dass er gern und bereitwillig lachte. Seine seidigen blonden Haare fielen über seine breiten Schultern. Da war nichts Schlaksiges mehr an ihm. Vor meinen Augen stand der leibhaftige Beweis dafür, wie lange ich bereits hier war.

»Es wurde im Herbst arrangiert«, sagte er. »Der Häuptling hat mir aber erst heute davon erzählt, als Egils Boten eintrafen und erklärten, dass sie kommen würden. Ich war verblüfft.« Er war auch aufgeregt, und obwohl er versuchte, es nicht zu zeigen, wurden seine Worte so schnell und ausschweifend wie Rankas. »Sie ist wunderschön«, sagte er. »So stark und klug. Sie ist auf Skiern hierhergefahren, war mehrere Tage und Nächte lang unterwegs. Ihr Vater braucht auch eine Frau. Sie werden zwei Wochen bleiben, und ich werde sie näher kennenlernen.«

Ich konnte sein Glück nicht ertragen. Ich wünschte es ihm, aber es war unerträglich, davon zu hören.

»Ich habe Eiðr heute Abend gesehen«, sagte ich. »Mit den Kindern.«

Magnus hielt inne; seine Überschwänglichkeit legte sich. Vakrs Fell war rau, wo ich ihn tätschelte, sein Maul lag schwer auf meiner Schulter.

»Mit seinen Nichten, meinst du«, sagte Magnus, aber das war auch schon alles.

»Dein Vater hat mir erklärt, was das, was Heirik getan hat, bedeutet.« Es war still hier, nur die Atemzüge von uns dreien waren zu hören. Ich wusste, dass ich Magnus sagen konnte, was ich fühlte.

»Ich habe Angst.«

Er nickte. »Mein Vetter ist ein Furcht einflößender Mensch.« Es war eine schlichte Tatsache.

»Die Bemerkung hilft mir nicht sehr, du Witzbold.« Wir lachten beide, locker und gelassen, aber als er dann antwortete, nahm die Anspannung plötzlich wieder zu.

»Du sitzt nah bei seinem Feuer, Ginn. Du weißt nicht, wozu er sich bringen kann.«

Heiriks Feuer. Angesichts der Narbe, die ich immer noch fühlen konnte, wenn ich mein Gesicht berührte, war es eine ironische, gedankenlose Beschreibung. Und doch war sie auch perfekt. Denn so sah ich Heirik – als eine Flamme. Sein Geist und sein Körper waren heiß, und wenn wir uns nahe waren, sprang zwischen uns etwas über.

Das war aber nicht alles, was Magnus meinte. Er sprach von der Intensität des Häuptlings, seiner Fähigkeit zur Grausamkeit, von der Art und Weise, wie blitzartig etwas Poetisches und

Gewalttätiges in ihm Gestalt annehmen konnte. Die Fähigkeit zu töten lauerte wie ein dösender Wolf hinter seinen Augen.

Ich echote Magnus' Worte, als ich fragte: »Wozu er sich bringen kann?«

»Um dich zu beschützen.«

Was Heirik tat, um mich zu beschützen, dachte ich, schloss Dinge ein, wie einen Speer in Ageirrs Schulter zu versenken. Ich wusste, dass er sich jeder Waffe in den Weg werfen würde, die auf mich zielte. Aber dass er sich zu meinem Wohl von mir zurückgezogen hatte, war schmerzhafter als jede Wunde.

Heirik sah mich manchmal mit großer Wut an, und ich wusste, dass er sie gegen sich selbst richtete. Er war wütend, weil er seinen Schwur nicht gehalten hatte. Wie konnte er verhindern, dass er ihn erneut brach?

Seine Worte kamen mir in den Sinn, die er mehr als einmal gesagt hatte: *Was soll ich nur mit dir tun?* Hatte diese Frage womöglich einen tieferen Hintergrund?

Oh. Oh, Götter. Eine logische Antwort kam mir in den Sinn.

Er konnte dafür sorgen, dass wir getrennt wurden. Er hatte die Macht, uns so weit voneinander fernzuhalten, dass die Versuchung irrelevant, die Begierde nur noch ein ferner Schmerz sein würde. Er konnte mich wegschicken. Was hatte Magnus gerade über Egil gesagt? Er brauchte eine Frau. Würde Heirik mir so etwas wirklich antun? Uns?

»Já«, sagte Magnus leise, als könnte er meine Gedanken lesen. Aber er wusste nicht wirklich, was ich mich gerade gefragt hatte. Und dann sagte er etwas, was als Erklärung für alles dienen mochte, einschließlich des Wechsels der Jahreszeiten und der Bewegung der Sterne um Friggs Spinnrocken: »Nun ja, der Häuptling leidet unter dem Ástarœði.« *Der Raserei der Liebe.*

Magnus gab mir diese Aussage an die Hand wie ein Werkzeug, als wäre es etwas so Gewöhnliches wie ein Stück Seil oder eine kleine Klinge. Heirik liebte mich. Mit einer verzweifelten Intensität.

Eiskalte Luft wirbelte jetzt in den Stall und um uns herum, war überall, und ich erkannte die Wahrheit. In diesem Moment wusste ich, dass es keine Rolle spielte, wie grausam oder gefährlich er war. Heirik und mich verband etwas, wonach ich mich immer gesehnt hatte. Er kannte mich, und er liebte mich.

Ich hob meine Hand und betastete die Narbe.

Ich saß zu nah an seinem Feuer, ja. Viel zu nah. Jedes Mal, wenn ich an ihn dachte, schien der Saum meines Kleides sich daran zu entzünden, und dann schossen Flammen hoch und wanderten über mich und durch mich hindurch. Heiriks Feuer verschlang alles, meine Kleider und Hände, meine Zöpfe, meine Augen und meinen Geist, mit einem köstlichen Licht, das überhaupt nicht wehtat.

Er würde mich nicht Egil geben. Er würde es nicht tun. Er liebte mich.

»Frau«, sagte Magnus. »Meine Füße werden kalt. Komm wieder mit ins Haus.«

Im Haus stank es nach den vielen Menschen und abgestandenem Bier. Nach dem Geruch von saurer Milch, den die zwei Babys verströmten, die ich mit in meinen Schlafalkoven nahm, damit sie nicht mit den Eltern in der Nähe der Kühe schlafen mussten. Frauen drängten sich in Alkoven, Männer hingen auf Bänken, lehnten sich an die Wände. Ganze Familien lebten bei unseren Schafen, nur um an diesem Fest teilnehmen zu können – in dieser fröhlichen Zeit, in der man den Göttern so nahe war, dass Odin, Freya und Freyr nur durch einen dünnen Schleier von uns getrennt zu sein schienen. Und doch waren sie in meinem Herzen ganz und gar abwesend.

Ich brauchte Betta, aber sie war immerzu beschäftigt, half meistens ihrem Vater. Die ganze Woche über brachen überall auf dem Hofplatz kleine Kämpfe aus, sodass Bjarn einen ständigen Strom von Männern versorgen musste. Männer mit ausgekugelten Gelenken, Schnittwunden, Quetschungen oder Prellungen. Es gab auch einige Männer und Frauen, die darauf gewartet hatten, ihn beim Julfest sehen zu können, damit er ihnen schlimme Zähne zog. Betta war auf empathische Weise ruhig und wechselte mit gesenktem Kopf Verbände, holte Bier und Honig und Kräuter und Wasser.

Einige Frauen aßen zusammen, und Betta mischte sich unter sie. Die meiste Zeit verbrachte sie allerdings im Hintergrund. Sie vermied es, persönliche Gespräche mit mir zu führen. Es tat mir weh, dass sie immer schon schlief, wenn ich mich hinlegte, als hätte sie es geplant. Oder dass sie wartete, bis ich eingeschlafen war, bevor sie selbst sich hinlegte. Am Morgen fand ich dann nur ihre zerwühlten Decken.

Brynhild war eine Ablenkung. Sie wurde hofiert, und ständig wurde mit ihr über die geplante große Hochzeit gesprochen, sodass ihre leuchtend roten Haare und ihr keckes Lachen zu einem Symbol des Sommers wurden, der eines Tages auch hier wieder einkehren würde. Magnus sah ihr fasziniert und sehnsüchtig zu und hatte Angst, etwas zu sagen. Ich lachte im Stillen liebevoll, als ich daran dachte, was für ein Leben er mit dieser geistreichen Frau führen würde. Ich mochte sie schon bald – die kühne und empfindsame Art, wie sie die Aufmerksamkeiten der anderen abwehrte. Sie ließ jeden freundlich, aber entschieden wissen, dass sie nicht so eine zukünftige Braut war, die immerzu errötete.

Mein Interesse an ihr war jedoch nur vorübergehender Natur. Was ich wollte, war meine beste Freundin.

Die Feier zog sich über mehr als eine Woche hin und wurde von Tag zu Tag lauter und wilder, je mehr alle tranken. Es war heiß und voll im Langhaus, und ich fing an, sogar gegen die neuen und faszinierenden Stimmen eine Abneigung zu entwickeln. Schon bald, nachdem Betta sich um die kranken und verletzten Männer gekümmert hatte, tranken diese wieder lachend zusammen. Ihre Gesten und Geräusche – zuerst ein sinnliches Vergnügen – wurden übermäßig laut, und es war unmöglich, ihnen zu entkommen. Alle paar Stunden wurde es mir zu viel, und ich stand abrupt auf und krallte meine Hände in mein Kleid, um nicht laut aufzustöhnen. Manchmal ging ich zum Schmutzraum, zog Schneeschuhe an und drehte eine Runde ums Haus.

Mehr und mehr wurde es mir zur Gewohnheit, dass ich die Schritte entlang der hinteren Sodenwand zählte, und ich lachte, wenn ich hinfiel und in der Masse aus Weiß versank. Ich musste beim Zählen der Schritte auch deshalb lächeln, weil ich jetzt auf eine ganz andere Zahl kam als im Sommer. Im knietiefen Schnee und mit den Holzstücken unter den Füßen ging ich einfach anders, viel unbeholfener.

Schließlich kam ich zur Ecke der Speisekammer; vor mir befand sich Heiriks Zimmer. Die Außenwand seines Zimmers. Ich stapfte weiter, dann drückte ich meine Hand dort an die Sodenwand, wo er möglicherweise gerade auf seinem Bett saß.

Nach dem ersten Abend dieses endlosen Festes ließ er sich nur noch selten blicken. Ich vermisste sein Lachen und die heimlichen Berührungen bei unserem Brettspiel. Ich vermisste die täglichen Momente mit ihm.

Hin und wieder kam er heraus und betrank sich untypischerweise mit ein paar Männern im Schnee.

Ich fragte mich, ob er badete, und vermutete, dass er es nicht tat – nicht jetzt, da so viele Leute im Langhaus und auf dem Hofplatz herumliefen und der Badeteich Tag und Nacht vol-

ler Leute war. Vielleicht wusch er sich im Schnee, im Wald, irgendwo allein. Vielleicht stahl er sich auch zu seiner Höhle davon. Ich stellte mir vor, wie er mit zusammengelegten Händen
heißes Wasser schöpfte, sah das dampfende Wasser an seinem
Körper in kleinen Rinnsalen herunterlaufen.

Hier in meiner Wirklichkeit lehnte ich meine Wange an die
kalte Wand. Das gefrorene Gras berührte sanft mein Gesicht.

Während dieser Zeit gab es im Langhaus noch mehr kleine –
und wilde – Kinder als sonst, die Lieder und lange Geschichten
brauchten. Spät am Abend, wenn Schluss war mit dem fast ständigen Essen und Trinken und Kämpfen, wurde das Klirren der
Bierbecher sanfter, die Stimmung des Festes nachdenklicher.
Die Kinder kamen zusammen und setzten sich auf den Boden,
umgeben von ihren Eltern, und Hár erzählte eine Geschichte.

An diesem Abend berichtete er von einem Forscher und
Plünderer, der Hundr Schwarzzahn genannt wurde,»denn er
war wirklich hässlich.« Ich lächelte. Hundr bedeutete Hund,
eine außerordentliche Beleidigung für einen Wikinger, auch
wenn ich die Hunde mochte, die es hier gab.

Hár erzählte, dass Hundr von seinen treuen Männern geliebt
wurde und mit ihnen zu den herrlichsten Orten der Erde se-
gelte. An dieser Stelle der Geschichte hätte Hár auch genauso
gut den Mond beschreiben können, da er – soweit ich wusste – niemals von Island weggekommen war, nie andere Länder gesehen hatte. Er sprach trotzdem von vielen Wundern:
Hundrs Mannschaft reiste bis ans Ende der bekannten Welt,
wo sie Waren gegen glatten Stoff tauschte, der von Insekten gesponnen wurde, und gegen Getränke, die einen Mann fliegen
lassen konnten. Die Männer überquerten das Meer und kamen
an eine Küste mit weißem Sand und raffinierten kleinen Muscheln von Meerestieren, die in eine Hand passten.»Und nach

Norwegen. Wo die Kühe so groß sind wie Pferde und das Gras so hoch wie euer alter Onkel.« Er hob eine Hand über seinen Kopf, und die Kinder lachten.

»Hundr war ein ehrenvoller und mutiger Mann«, sagte Hár, »und sein Schiff war tüchtig. Die Seile waren geschmeidig, die Fugen gut versiegelt, das Segel groß genug, um den Himmel zu verdecken.« Er hatte viele Abenteuer und Kämpfe mit diesem Schiff erlebt, und so erzählte Hár den Kindern einige davon, nahm sich so viel Zeit wie möglich, damit sie alle einschliefen. Wir hielten die Kleinen fest und wiegten sie im rauchigen Innern des Hauses. Hár sah ihnen der Reihe nach mit seinem stählernen Blick in die weit geöffneten Augen und befahl ihnen, zu schlafen und zu träumen. Ich fing selbst an, vor Müdigkeit einzunicken, lehnte mich an die Wand und schloss die Augen.

»Zwei furchterregende Vögel lebten in dem Rabennest oben auf Hundrs Mast. Eines Tages flogen die Vögel über den Himmel und kehrten mit lauten Schreien und mächtigen Flügelschlägen zurück. Hundr nahm sein Schwert auf, um sich und seine Männer zu verteidigen.«

Hár sprach weiter. »Einer der Raben krächzte Hundr etwas zu, als der sein Schwert schwang: ›Komm, folge mir. Du wirst sehen.‹ Und ein großer Aal erhob sich neben dem Schiff aus den Wellen, schwamm zum Bug und zog den Schiffsdrachen, der nach einem Dutzend Jahren auf See sehr hungrig war. Und so gelangte Hundr zu einem unbekannten Land mit Bäumen, deren Stämme so weiß wie der Schnee waren, und Sand, der so schwarz war wie der Bart des Häuptlings.« Die Kinder lachten diesmal nicht; vermutlich waren sie vollkommen ergriffen, vielleicht sogar ein bisschen verängstigt. Ich dachte an Heiriks Bart und daran, wie dunkel der Sand an jenem Strand gewesen war, an dem ich angekommen war.

»Und wisst ihr, was Hundr dort fand?«

Es gab ein paar Vermutungen, und ein Junge rief: »Einen stinkenden Troll.« Áki, ein kleiner Junge von etwa drei Jahren, wiederholte: »Einen Troll!«, als wäre es seine Idee gewesen. Hár lachte mit der unerwarteten Fröhlichkeit, die manchmal regelrecht aus ihm herausplatzte. »Nei«, sagte er. »Er hat eine wunderschöne Frau gefunden.«

Die Jungen stöhnten laut.

»Das ist eine gute Geschichte, já«, verteidigte Hár, was er gesagt hatte. »Denn sie war keine gewöhnliche Frau.« Kit gab ein ungehaltenes Geräusch von sich, und ich öffnete die Augen und sah, dass Hár in sich hineinlachte.

»Ihre Haare bestanden aus gesponnenem Kupfer«, fuhr er fort. »Ihre Haut leuchtete wie ein Schneefeld um Mitternacht. Und ihre Augen hatten die Farbe eines fruchtbaren Hofes, denn sie waren von genau dem gleichen Grün, das sich in der Sonne wiegt.«

Die Kinder saßen mit offenen Mündern da, so konzentriert waren sie. Áki griff sich an die Nase.

Hár erzählte weiter, wie die Frau Hundr zwischen den Bäumen hindurch zu einer sonnenbeschienenen, hellen Lichtung führte, wo ein stabil gebautes Haus stand. Das Haus war für ihn, sagte sie, wenn er bleiben und das Land und den Hof bestellen würde, während seine Männer ohne ihn weitersegelten. Obwohl Hundr die wunderschöne Frau sehr mochte und sie sogar küsste – was genauso herrlich war, wie nach Walhalla zu kommen –, lehnte er das Haus und den Hof ab. »Denn er hatte eine dumme Vorstellung.« Hár stockte hier einen Moment und begann dann erneut. »Er hatte die Vorstellung, es wäre am besten, er würde zur See zurückkehren.«

Hár sammelte sich jetzt und fuhr dann fort: »In dieser Nacht schlief Hundr auf dem Deck seines Schiffes, wo es an Land gezogen worden war, und er hatte Schmerzen und warf sich von einer Seite auf die andere. Und einer seiner Raben kam zu ihm, während er schlief. Der Vogel weckte ihn mit einem Schlag seiner großen, schwarzen Flügel und sprach zu ihm. In dönsk Tunga, já?« In der *dänischen Sprache*.

Der Vogel erklärte Hundr, dass er die Göttin Lofn war, die die Gestalt eines Raben angenommen hatte. »Sie ist die Göttin der Verbindung von Herz und Körper«, erklärte Hár weiter mit seiner tiefen und volltönenden Stimme. »Lofn erzählte Hundr, dass er bleiben und das Land bestellen sollte. Dass ein endloses grünes Tal ihm und seinen Töchtern und seinen Enkelinnen gehören würde, wenn er bliebe. Aber Hundr zog sein Schwert und jagte den Vogel ein zweites Mal von Bord.«

Ich öffnete abrupt die Augen und stellte fest, dass ich einen Teil der Geschichte verpasst hatte. Irgendein Dummkopf unter Hundrs Männern hatte das Schiff absichtlich in Brand gesteckt, und es war vollkommen verbrannt, bis nur noch ein schwarzer Brocken von ihm übrig war und im Sand lag. Hundr sah den Raben über sich kreisen und erkannte, dass die Dummheit dessen, der das Feuer gelegt hatte, nur noch von seiner eigenen übertroffen wurde. Ich blickte mich im rauchigen Halbdunkel des Raumes um und sah Áki sanft dahingesunken auf dem Schoß seines Vaters liegen. Feuchtigkeit glitzerte in seinen weichen Mundwinkeln.

Lofn hatte getan, was sie immer tat; was ihrer besonderen Gabe entsprach. Sie hatte alle Hindernisse beseitigt – einschließlich Hundrs Schiff und seiner Halsstarrigkeit –, sodass er doch noch eine Verbindung mit der schönen Frau eingehen konnte.

Hundr wollte die Frau jetzt, und er machte sich Sorgen, dass es zu spät sein könnte. Also rannte er los und durch den tiefen, dunklen Wald zu dem Bauernhof auf der hellen Lichtung, wo es plötzlich Tag war. Die Frau trat in einem zarten Kleid leichtfüßig aus der Tür; ein Zopf fiel ihr über die Schulter. Ihre Gestalt war schöner als sein geschwungenes Schiff.

Hár machte eine Pause, hob den Blick und starrte in das Halbdunkel des Hauses. Es war, als würde er die Frau leibhaftig vor sich sehen, wie sie in ihrem kühlen, weißen Kleid mit bloßen Füßen vor die Tür des Bauernhauses trat. Er schüttelte die Vision ab, aber seine Stimme klang ein bisschen gebrochen. »Hundr kniete sich vor sie und beugte den Kopf. Er hielt jetzt nicht das Schwert des Plünderers in der Hand, sondern die Axt eines Bauern.« Hár lehnte sich nach vorn, stützte sich mit den Ellbogen auf den Knien ab, um den Kindern, die noch wach geblieben waren, das Ende zuzuflüstern: »Und die Frau enthüllte sich als Lofn selbst, die Hundr auf seinem Boot gesehen hatte und haben wollte, obwohl er hässlich wie ein Eber war.« Die Mädchen schnappten nach Luft, die Jungen schüttelten den Kopf und sagten nei. Einer von ihnen warf Hár einen kleinen Klumpen vor die Füße. Der alte Mann sah ihn mit einem so stählernen Blick an, dass der Junge auf seiner Bank regelrecht zusammenschrumpfte.

»Und Hundr Schwarzzahn wurde ein großer Häuptling, ein wohlhabender Bauer und Ehemann einer Göttin«, beendete Hár die Geschichte. Ich war mir jetzt sicher, dass ich mir das Stocken in seiner Stimme nicht einbildete. »Und er gab Lofn viele Töchter.«

Betta stand mit dem Rücken zu mir in der Speisekammer. Sie hatte sich auf die Zehenspitzen gestellt, um vom obersten Regalbrett etwas herunterzuziehen. Ihre Schultern bewegten sich gereizt, als sie andere Kästen zur Seite schob.

»Wieso sprichst du nicht mit mir?«

Sie erstarrte einen Moment, dann ließ sie sich auf die Fersen sinken. Sie drehte sich jedoch nicht um.

Ich nahm die größte Schüssel, die ich finden konnte, und starrte sie einfach nur an, während ich auf eine Antwort wartete. Ich hatte Angst, aber ich musste es wissen. Ich wollte sie zurückhaben. In meiner ursprünglichen Zeit wäre es einfach gewesen, hundert Schüsseln dieser Größe zu kaufen. Und alle hätten gleich ausgesehen.

Ich füllte sie mit getrocknetem Fisch und wartete immer noch.

Mein Herz sank. Hatte sie vor, mir zu sagen, dass sie mich nicht mehr wollte? Waren wir nicht Freundinnen? Tränen sammelten sich abrupt in meinen Augen, und ich spürte, wie mein ganzes Gesicht sich veränderte.

»Was meinst du damit, Frau?«, fragte sie schließlich, und es tat so gut, sie zu hören. Aber sie hatte meine Frage nicht beantwortet.

»Du weißt, was ich meine, já?« Meine Stimme klang unsicher, und ich hielt die Schüssel mit dem Fisch fest. Schließlich drehte sie sich zu mir um.

Ihre Antwort überraschte mich. »Es geht um Hár«, sagte sie.

Oh. Eine riesige Erleichterung überkam mich.

Als ich ihre Worte hörte, war plötzlich alles klar. Das hier hatte gar nichts mit mir zu tun. Seit dem ersten Abend des Festes war Hár auf eine fast verzweifelte Weise aus sich herausgegangen. Er war regelrecht durch die Woche gekracht, hatte Dinge zerbrochen, gekämpft und getrunken, bis er in den Schnee gefallen und dort eingeschlafen war, frierend, während Betta verbissen Verbände gemacht und Knochen gerichtet hatte.

»Er ist da draußen und bringt mit seinem Seufzen das Haus zum Beben«, sagte ich. »Und er schlägt auf jeden ein, der ihn ansieht.«

»Nun …«, begann Betta und sagte dann: »Já …« Sie straffte

die Schultern und trat zu mir. Sie hievte sich auf die hohe Bank, auf die Heirik mich gesetzt hatte, als wir uns geküsst hatten. Ich stellte meine Schüssel ab, und etwas weniger anmutig schaffte ich es, mich neben sie zu setzen. Ich wartete, bis sie bereit war, zu sprechen.

»Ich habe ihm gesagt, dass ich im Sommer achtzehn werde«, begann sie. »Dass ich ganz offensichtlich nicht mehr mit einem Jungen verheiratet werde und er ein Burlugalti ist und mich entehrt.«

Als sie den alten Mann so beschrieb, hätte ich fast laut gelacht. Ein *unbeholfener wilder Eber.* Aber dass sie seine Ehre herausgefordert hatte, machte mir Sorgen. Das war gefährlich.

Ich hatte das Gefühl, als würde ich meinen Zeh in eiskaltes Wasser tauchen, als ich vorsichtig fragte: »Und?«

Betta stieß hörbar den Atem aus. »Und«, sagte sie, »dass wir fertig miteinander wären, wenn er mich nicht heiraten würde.«

Ihr Gesicht rötete sich. »Ich lasse mich nicht verstecken, als wäre ich ein kleiner Fisch.« Ihre Beschreibung von sich selbst war sarkastisch. Ein kleiner Fang, zu beschämend, um ihn mit nach Hause zu nehmen.

»Du hast recht«, sagte ich zu ihr und nahm ihre Hand. »Er liebt dich, und er sollte dich nicht so benutzen.« Ich nahm sie in die Arme, und sie wandte sich mir zu und weinte leise. Ihre Haare klebten an den Tränen auf meinen eigenen Wangen. Ich hatte mir einst geschworen, dass wir den Mann für sie bekommen würden, nach dem sie sich so sehnte. Ich war so naiv gewesen. Aber immerhin konnte ich sie jetzt festhalten, während sie das durchmachte. Konnte ihr meine Schulter anbieten und ihr einen Teil ihrer Last abnehmen. Dann löste sie sich von mir, und in ihren Augen sammelten sich so viele Tränen, dass mir das Herz wehtat.

Sie wischte sie weg und richtete sich auf. Sie tastete mit den Fingerspitzen über die Bank zwischen uns. »Er wird hier schlafen.«

»Hier?«, fragte ich. Verwirrt wie immer. »Auf dieser Bank?«

»Es war sein rechtmäßiges Zimmer«, sagte sie. »Nachdem Heirik groß geworden war.«

Ich hatte nie darüber nachgedacht, welche Arrangements gegolten hatten, bevor ich hierhergekommen war – wo Heirik geschlafen hatte und wo sein Onkel schlief. Dies war der andere Raum, der verschlossen war. Hár würde anfangen, in der Speisekammer zu schlafen, um sich vor den anderen zu verbergen und vielleicht mit seinen dummen Fäusten gegen die Wände zu schlagen.

Aus Winter wird Frühling

Es war eine lange Schneeschmelze.

Alle sprachen darüber, wie mild dieser Winter gewesen war, aber wie ewig auch, der längste seit Menschengedenken. Draußen herrschte das unheimliche Weiß und Stahlblau vor, das sich weigerte, in Gelb und Grün überzugehen.

Wir widmeten uns im Haus den gleichen Dingen wie zuvor, doch herrschte eine solche Anspannung, dass selbst die banalste Arbeit anstrengend wurde, und sei es auch nur, einen Saum zu nähen oder eine Socke zu stopfen. Hár murrte und machte in der Ecke Zunder, und nach jeder Mahlzeit verschwand er in den verschneiten Ställen oder in der Speisekammer. Blicke folgten ihm, und die anderen fragten sich, wieso er jetzt wieder dort schlief, wo er doch jahrelang keinen Wert darauf gelegt hatte, die Kammer zu benutzen.

Heirik kam nur selten heraus. Er verbrachte die Zeit allein, und manchmal war ich fest davon überzeugt, dass er das Langhaus ganz verlassen hatte und weg war, wahrscheinlich in der Höhle.

Der Schnee war nicht mehr hoch. Stattdessen lag jetzt überall Matsch, arbeitete sich bis unter die Tür zum Schmutzraum vor. Alle fühlten sich erbärmlich und begannen, sich Sorgen um die Tiere und die Bepflanzung des Heimfeldes zu machen. Es war ein Frühling, der zu spät begann. Es sei ein Fluch, sagte Hildur, aber es nützte nichts. Nach dem langen Winter hatten nicht einmal die Abergläubigsten von uns Lust, sich ihre Verkündigungen anzuhören.

Sie sah sich wie ein Falke um, und oft ruhte ihr Blick argwöhnisch auf Betta, gereizt auf Svana und mit offener Angst und Feindseligkeit auf mir.

Die Kinder waren furchtbar gelangweilt und versuchten, Frostbecher zu machen, die so aussahen wie die kostbaren klaren Trinkgläser des Häuptlings. Dazu war es fast zu spät im Jahr, aber sie hofften dennoch inständig, dass sie noch gefrieren würden. Magnus und Haukur halfen den Kleinen, Schnee von einer Stelle wegzufegen, an der kein unterirdischer Fluss war. Sie gruben Löcher in den harten Boden und ließen die Kinder diese mit Wasser füllen.

Es konnte funktionieren. Noch war genug Kälte im Boden. Mit hochgezogenen Röcken, damit sie nicht schmutzig wurden, hockte ich neben den kleinen eiskalten Bechern in ihren Löchern. Dann sah ich zum großen grauen Himmel empor und lachte heftig. Ich kam mir vor, als wäre ich ganz unten angelangt – in einer Zeit und an einem Ort, wo es nichts Interessanteres gab, als Löcher im Boden anzustarren und darauf zu warten, dass das Wasser in ihnen gefror. Mir kam die Idee, dass ich im Frühling, wenn es wieder trocken sein würde, irgendetwas würde tun, irgendwohin würde gehen müssen. Aber noch war der Frühling nur ein Traum aus einem anderen Leben.

Als so viele solcher Tage vergangen waren, dass ich es kaum noch ertragen konnte, glaubte ich, sehen zu können, wie das Tageslicht zurückkehrte. Wie das mittägliche gräuliche Licht stärker wurde, die wachen Stunden des Landes länger.

Zuerst dachte ich, ich würde mir vielleicht alles nur einbilden, aber dann war sie wieder da, die Sonne, und ich begriff, dass es allmählich geschehen sein musste, im Laufe der letzten Zeit. Die Öffnungen im Dach zeigten ein blasses Blau, das mich an Eierschalen auf irgendwelchen Archiv-Bildern erinnerte. Ganze Stunden war es jetzt möglich, es zu sehen.

Mit der schwachen Sonne, die zu uns zurückgekehrt war, wurde unsere Stimmung wieder besser, wenn auch nur allmählich, als würden wir unter den Folgen eines Bierfestes gewaltigen Ausmaßes leiden. Wir sprachen darüber, dass jetzt auch anderswo Frühling sein musste, außerhalb von Hvítmörk. Die Wälder und Meereswogen würden wieder passierbar sein. Bauern in anderen Gegenden von Island und sogar in Norwegen mussten bereits damit beschäftigt sein, ihre Heimfelder zu bepflanzen und die Tiere rauszulassen. Nicht mehr lange, und wir würden all das ebenfalls tun, würden wieder Gras säen und trockene Erde riechen können.

Die Tage waren verheißungsvoll, als wären die seltsamsten Dinge möglich.

Trotzdem war es eine Art Schock, als wir hörten, dass Brosas Schiff gesichtet worden war.

Sekunden später saßen der Häuptling und Hár auf ihren Pferden, wirbelten grauen Matsch auf, als sie davonritten. Ich sah Heirik nach und legte meine Finger erst an die Lippen und hielt sie dann in den Wind. Ich hoffte so sehr, dass er am Meer finden würde, wonach er sich den ganzen schrecklichen Winter lang gesehnt hatte. Nicht die Klingen und Beeren und den Honig aus Norwegen oder Stoffe und Silber aus dem Osten. Sondern seinen Bruder.

Unsere Stimmung, die sich bisher nur zaghaft gehoben hatte, veränderte sich jetzt richtig. Alle erwachten und strahlten voller Energie. Das Haus selbst schien aufzuwachen, den Winter abzuschütteln und sich wie ein riesiger Hund zu strecken. Irgendwie wussten wir, dass Brosa noch am Leben war.

Es dauerte lange, bis Betta und ich den Honig, die Nüsse, die getrockneten Früchte, die Gewürze und die Fässer mit Met verstaut hatten, und die ganze Zeit hatte ich ein unangenehmes Gefühl im Bauch.

Ich hatte einen Blick auf Brosa erhascht, já. Er schien fast nur aus Pelzen zu bestehen, die sich als Silhouette vom Herzstein abhoben. Ich hörte seine Stimme, als er die Namen der Familie sprach und die einzelnen Mitglieder begrüßte. Er klang weniger dunkel und nicht so nach Wald wie sein Bruder; seine Stimme erinnerte eher an ein mittleres, erdfarbenes Braun. Etwas in mir weigerte sich, näher hinzugehen und ihn richtig anzusehen.

Ein Dutzend Männer waren mit Brosa zurückgekehrt, und sie alle sonnten sich in dem berauschenden Gefühl, es nach Hause geschafft zu haben, tranken und prahlten und lachten miteinander. Als Betta und ich aus unserer dämmerigen und gemütlichen Vorratshöhle wiederauftauchten, ging ich nicht gleich zu ihnen. Stattdessen begab ich mich zum Hintereingang und trat nach draußen. Ich nahm etwas nassen Schnee, um mir das Gesicht zu waschen und mein flatterndes Herz zu beruhigen.

Ich hatte es bereits in der Speisekammer ein bisschen zur Ruhe gebracht, aber jetzt pochte es erneut heftig und machte mich unruhig. Ich rieb mir die kalten, matschigen Schneekristalle ins Gesicht. Ich war erleichtert und freute mich für Heirik. Er hatte seinen jüngeren Bruder zurück, jenen Menschen, den er mehr liebte als irgendwen sonst. Der quälende Schmerz konnte enden, die Monate, da er Brosas Tod gefürchtet und zugleich die Hoffnung bewahrt hatte, diese Monate waren vorbei. Also warum zögerte ich?

Ich sah auf meine nassen Hände, und ich fand eine Antwort. *Oh.*

Ich verharrte reglos; Schnee glitzerte in meinen Händen. »Wie selbstsüchtig«, knurrte ich, verärgert über mich selbst. Er war sein Bruder. Zwischen mir und Heirik würde sich nichts ändern. Aber allein die Möglichkeit traf mich, auch wenn sie noch so gering war. Dass Heirik jemand anderen lieben könnte, auch nur irgendjemanden.

Ich erinnerte mich daran, wie wir Tafl gespielt hatten, und lächelte über seinen boshaften Humor. Ich genoss die Erinnerung an seine Haut, wie er sich angefühlt hatte, ihn in meinen Armen zu haben und in mir. Ich erinnerte mich daran, wie ich für ihn gesungen hatte, als er geschlafen hatte, und dieser Moment war irgendwie sogar noch zärtlicher gewesen als der, als wir uns geliebt hatten. Einige der wenigen Worte aus der Zukunft, die mir überhaupt in den letzten Monaten über die Lippen gekommen waren, hatten Heirik gegolten.

Ich schüttelte meine Hände, wischte den letzten Rest Nässe an meiner Schürze ab und ging ins Haus.

Inzwischen hatten sich alle um den Herzstein herum versammelt, und ein großes Feuer brannte dort. Die Öffnung im Dach war weit offen. Nach einem so furchtbaren Winter und angesichts Brosas Rückkehr fühlte sich die kalte Luft, die vom Nordpol her kam, wie eine frische Frühlingsbrise an.

Ich hielt mich eine Weile außerhalb des Feuerscheins auf, bis

Dalla Platz für mich machte und mir bedeutete, näher zu kommen. Meine Wangen waren feucht, und als ich die Lider senkte, spürte ich, wie die kleinen Eisstücke an meinen Wimpern zu schmelzen begannen. Ich sah in die Flammen, und da war er.

Brosa hatte sich in Wolle gehüllt; das flackernde Feuer beleuchtete ihn. Sein Körper wirkte insgesamt eher breit. Seine Haare waren wie gesponnenes Gold und braun, nicht geflochten und verworren vom Reiten. Einzelne Strähnen hingen ihm in die Stirn.

Er sah seinem Bruder ähnlich. Aber während Heirik dunkel war, war Brosa das Sonnenlicht. Und während Heirik die Farbtöne von Beeren und Blut im Gesicht trug, hatte Brosa eine weiße Narbe, eine unregelmäßige Linie, die den Konturen des Geburtsmals seines Bruders ähnelte. Ich betrachtete dieses veränderte Abbild Heiriks voller Faszination und mit einer Ahnung von Gefahr in meinen Eingeweiden. Sie sahen sich wirklich sehr ähnlich.

Und doch war er ganz und gar anders, wie ich sofort erkennen konnte. Als er von seiner Reise erzählte, schien er in der Lage zu sein, zugleich zu reden und zu witzeln und zuzuhören. Er strahlte eine außergewöhnliche Wärme aus, wich keinem Blick aus, sondern sah andere direkt und mit aufrichtiger Freundlichkeit an.

Er sah auf und bemerkte, dass ich ihn musterte. Neugierig und zuversichtlich starrte er zurück – ziemlich lange, wie mir schien. Er musterte meine Haare, mein Gesicht, meine vernarbte Wange, mein Kleid und die Hände. Selbst in dem flackernden, schwachen Licht konnte ich sehen, dass seine Augen die Farbe des Meeres hatten. Sie mussten bei Tag umwerfend sein, spiegelten sie doch das Blaugrün von Wellen und fernen Horizonten.

Er hob den Becher und trank. Als er mich dabei unter den goldenen Wimpern hervor ansah, lag etwas Spielerisches in seinem Blick. Er nickte mir kaum merklich zu und wandte sich zur Seite, um mit jemandem zu sprechen.

Richtig. Da saß jemand neben ihm.

Es war der Häuptling, und er saß so dicht bei ihm, dass ihre Beine sich berührten. Dennoch hatte ich ihn nicht gesehen, hatte ich ihn vergessen. Zum ersten Mal seit Monaten war mir für ein paar Sekunden nicht bewusst gewesen, dass er überhaupt da war. Die Hitze des Feuers ließ mich erröten.

Heirik hielt den Kopf gesenkt, und die feuchten Haare fielen ihm um das Gesicht und über die Schultern. Jetzt konnte ich erkennen, dass er hagerer war als sein Bruder. Brosa war weniger hohlwangig und mehr daran gewöhnt zu lachen. Aber ihre Haltung war fast die Gleiche, ihre Ellbogen ruhten auf den gebeugten Knien, und als Hár eine Bemerkung machte, nickten sie in ähnlicher Weise. Hildur hatte die beiden als die Wolfsjungen bezeichnet.

Und ja, ich hatte Heirik vergessen, aber nur für einen Augenblick, in dem ich verblüfft gewesen war. Als er jetzt den Kopf hob und mich bemerkte, winkte er mich näher, und in diesem Moment hätte die Welt um mich herum untergehen können, ich hätte es nicht bemerkt. Ich sah nichts als diese goldenen Augen. Diesmal schauten sie nicht weg, sondern blickten mich geradewegs an, mit einem Ausdruck reinen Glücks. Er strahlte jetzt genauso übers ganze Gesicht wie sein Bruder; alles leuchtete an ihm. Ich strahlte zurück, vollkommen erfüllt von seiner Freude.

Brosa schnappte meinen Blick auf und hob neugierig und überrascht eine Braue.

»Komm, Ginn«, rief Heirik mich.

Brosa musste auf dem Weg vom Schiff hierher bereits von mir erfahren haben. Ich vermutete, dass sie sich einiges zu erzählen gehabt hatten, über Fjoðrs Tod, Ageirrs Angriff. Und dann war da noch ich gewesen.

Heirik stellte mich trotzdem vor. »Ginn ist seit einem halben Jahr Gast in unserem Haus.« Er blickte mich warmherzig und mit solchem Stolz an, als hätte er mich eigenhändig geschnitzt wie eines der kleinen aufwändigen Schiffe, die er immer anfertigte.

Brosa schien völlig fasziniert zu sein, während er mich und Heirik musterte. Ich war mir nicht sicher, was für ihn erstaunlicher war – dass eine fremde junge Frau ohne Erinnerung am Strand aufgetaucht war oder dass sein Bruder so glücklich wirkte.

»Já, das Mädchen ist aus dem Meer gerettet worden«, warf Hildur neben mir ein. »Sie hat keine Erinnerung an ihr Leben vorher.« Argwohn färbte ihre Stimme, aber Brosa überging ihre Unhöflichkeit geschmeidig.

»Nun«, sagte er mit einem Lächeln, »es scheint, als wären die Dinge hier um eine Schiffslänge aufregender gewesen als in Norwegen.«

Götter, diese beiden Brüder bezauberten mich.

Brosa sprach vom Wasser, als handelte es sich dabei um ein lebendiges Tier, das sie trug und zugleich versucht hatte, sie zu töten. Wirbelnde Wellen, eiskalte Gischt, wie Finger, wie Hände, die sie an der Oberfläche hielten und dann wieder nach ihren Knochen griffen und sie mit sich in den Tod rissen. Er sprach von Moki, einem Mann, der ins Meer gefallen war und den sie mit einem ihrer Langruder herausgefischt hatten. Wie einen riesigen nassen Fisch hatten sie ihn aufs Deck befördert.

»Es war knapp«, sagte Brosa, ohne zu lachen. Er sah mich an und erklärte die Sache genauer: »In diesem Wasser kann ein

Mann nur zwei Minuten leben, bevor er das Bewusstsein und den Willen verliert. Und nach zehn Minuten stirbt er.«

Das Meer war die *Walstraße*, der kabbelige, kalte Weg nach Hause. Seine Worte hallten in mir nach. Ich spürte das Salz und den Sand in meiner Nase und der Lunge, dachte an kreisende Vögel und reißende Wellen und Wind. Die Walstraße war vielleicht auch für mich der Weg nach Hause. Aus diesem Grund würde ich ihr immer aus dem Weg gehen.

Stimmen hoben und senkten sich wie Blätter im weißen Wald.

Wir sprachen über nichts Besonderes – über das tägliche Leben auf dem Hof, das Brosa verpasst hatte, das neue Pferd Drifa. Heirik erklärte mit einem ironischen Lächeln, dass ich ihr diesen Namen gegeben hätte, bevor ich die Möglichkeit gehabt hatte, einen Winter hier zu überstehen und zu lernen, den Schnee zu verachten.

Wir lachten über so viele Dinge, die alle so unwichtig waren, dass sie in der Zukunft niemandes Aufmerksamkeit erregt hätten. Jede Kleinigkeit, die hier geschehen war, wurde zu einer Geschichte, und viele waren unterhaltsamer, als ich begriffen hatte.

In der Mitte der Geschichte über die entlaufenen Schafe sah ich, wie Heirik sich veränderte. Er zog sich zurück, wurde still, und wie ein unverankertes Schiff begann er davonzutreiben. Schmerz erfüllte meine Brust, als ich sah, wie rasch sich seine Freude auflöste.

»Ginn! Ginn!« Lotta kam zu mir gestolpert, so unbekümmert und so dicht am Feuer, dass ich den Atem anhielt und sie abfing. Sie stürzte in meine Arme und platzte atemlos heraus: »Es hat funktioniert!« Einer der kleinen Frostbecher, den die Kinder gemacht hatten, schwitzte in ihrer Hand.

Sie reichte ihn mir, und ich hielt ihn hoch und sah durch ihn Heirik an, lächelte, um ihn zurückzulocken. »Sieh nur, Häuptling«, sagte ich. »Jetzt ist sie genauso reich wie du.«

Brosa lachte, aber Heirik verzog keine Miene. Er stand vielmehr auf und sagte, dass er müde sei und gehen würde. Und statt mir eine Gute Nacht zu wünschen, sagte er: »Folge mir nicht, Ginn.«

Angesichts der Zurückweisung errötete ich verlegen, und meine Schultern sackten zusammen und krümmten sich um mein Herz. Ich sah Heirik weggehen, aber mir fehlte der Atem, um etwas zu sagen, ganz davon zu schweigen, dass ich ihm hätte hinterhergehen können.

Brosa war freundlich und warmherzig. »Du hast keine Ahnung, wie oft ich diese Worte von meinem Bruder gehört habe«, sagte er. »Und trotzdem bedeute ich ihm etwas.«

Ich wollte ihn ansehen und begreifen, was er gesagt hatte. Stattdessen starrte ich auf den Frostbecher in meiner Hand. Ich spürte, wie er sich veränderte, sich auflöste, wie das Wasser zwischen meinen Fingern hindurchrann und meine Handgelenke benetzte.

Fast im gleichen Moment kam Svana. Sie setzte sich zu uns, machte unbeholfene Witze darüber, dass ich Brosa ganz in Beschlag nahm. Ich überließ ihn ihr und ging zu Bett.

Ich wachte früh auf und fühlte mich wie ein Troll, der im Sonnenlicht erstarrt war.

Ich erhob mich schnell von meinem Schlaflager, um meinen Kreislauf in Schwung zu bringen, und rieb mir schroff die Waden und Schienbeine, bevor ich ganz aus dem Bett kletterte. Mit Brosa waren seine Männer zurückgekehrt, die jetzt überall hier schliefen – an den Wänden, auf dem Boden, und doch schienen es nicht so viele zu sein wie letzte Nacht. Ein paar schliefen wahrscheinlich auch in den Ställen. Zwei Männer drehten sich auf dem Boden um, als ich über sie hinwegtrat, darauf bedacht, dass meine Röcke nicht an ihnen hängen blieben. Im Schmutzraum zog ich die großen Lederstiefel von jemandem an. Sie fühlten sich spröde und kalt an. Ich wollte gerade in den Tunnel gehen, als ich einen Schlag gegen das Holz des Türrahmens spürte – freundlich und eher Ausdruck von Bewunderung über das feste Holz – und so gewarnt wurde. Rasch trat ich einen Schritt zurück. Brosa und Hár traten ein, stampften mit den Füßen auf, und im Raum breitete sich der Geruch von gefrorenem Leder und klarer Luft aus.

Sie waren voller Schnee! Draußen glänzte es wieder weiß, als hätte der Winter lediglich eine Pause gemacht, damit Brosa heimkehren konnte. Beide hatten heftig gerötete Gesichter. Brosas Haare schimmerten golden von der Sonne, und Eiskristalle lösten sich in ihnen auf. Als er mich aus dem Augenwinkel sah, drehte er sich zu mir um und zwinkerte mir zu, als wollte er flirten. Er machte mich ganz benommen. Seine Anwesenheit, sein Geruch, die bezaubernde Oberlippe, die bei diesem bärenhaften Mann ein so süßes Lächeln erzeugte.

Er bedeutete Ärger und für irgendeine junge Frau den Himmel.

Er ging jetzt ins Langhaus, zog die Holztür hinter sich zu. Ich musste atmen, musste die alles versengende Kälte in meine Lunge bekommen. Statt also in den Tunnel abzutauchen, wie ich es vorgehabt hatte, trat ich erst einmal aus der Tür in die blendend weiße Welt.

Ich atmete die direkt vom Nordpol kommende Luft tief ein. Ich musste meinen Kopf klären und mein verwirrtes Herz beruhigen. Auf den Pflastersteinen lag kein Schnee, und ich stand mit gesenktem Kopf da, betrachtete die grauen Schemen. Ich rief mir Heiriks Gesicht in Erinnerung, wie es sich angefühlt hatte, seine Haare zu berühren. Wie er seinen Körper an meinen Rücken gepresst und sich an mich geschmiegt hatte. Ich dachte an seine warme Haut unter meinen Händen. Ich holte tief Luft, sammelte mich und ging wieder hinein, um durch den Tunnel zum Badeteich zu gehen.

Als ich zurückkehrte, schloss ich die Tür zum Hauptraum hinter mir und war wie immer überrascht von der heimeligen Schönheit unseres Hauses. Es war auf eine Weise üppig und warm, wie ich es mir niemals hatte vorstellen können, während ich in der Zukunft über elektronischen Scans von Steinresten brütete.

Ich hatte bei so vielen Dingen falsche Erwartungen gehabt – was den Akzent betraf, die Redewendungen, das Langhaus, die Vögel. Alles. Es wäre mir niemals in den Sinn gekommen, mir einen Wohnraum in den Farben Pflaume und Rotbraun vorzustellen mit aprikosenfarbenen Vorhängen. Oder das Funkeln von bezaubernden eisengeschmiedeten Lampen, die aussahen wie mit schimmerndem Öl gefüllte zusammengelegte Hände.

Heirik saß neben Brosa am Feuer. Er drehte eine lange Klinge in den Händen, aber ich wusste, dass sie über ganz andere Dinge sprachen. In allem zeigte sich ihre große Liebe zueinander.

Brosa sah auf und bemerkte mich, und als er lächelte, war es genauso, wie die Frauen gesagt hatten: als würde die Sonne durch eine silberblaue Wolkendecke stoßen. Er war so attraktiv, dass es schon unverschämt war, und beinahe wäre ich an der Türschwelle gestolpert.

Heiriks Gesicht war auf jene berechnende Weise ausdruckslos, die nie etwas Gutes verhieß. Ich erinnerte mich daran, wie es bei Fjoðrs Tod gewesen war, als der Häuptling nachgedacht hatte, ganz wie Betta es vorausgesagt hatte. Er sah mich dort stehen, und doch schaute er durch mich hindurch, als bestünde ich aus Nebel. Ich fragte mich, welchen Gedanken er gerade nachhing. Seine Überlegungen fühlten sich an wie Eis, das mein Rückgrat hinunterlief. Ich näherte mich dem Herzstein und sagte Guten Morgen, lächelte Heirik an, aber er erwiderte das Lächeln nicht.

Am Abend herrschte eine klirrende Kälte. Betta und ich befanden uns ein Stück jenseits des Badeteichs, um zu pinkeln. Der Tunnel machte es uns leicht, uns ein gutes Stück vom Langhaus zu entfernen, aber zum Schluss wurde es mühsam, weil der Schnee von den Dutzenden von Fußstapfen der Leute, die vor uns hierhergegangen waren, rutschig geworden war.

Ich sagte Betta, dass ich allein zurückkehren würde, und hob meine Röcke, um in den Schnee zu treten.

Dann überwältigte mich das Gefühl, allein zu sein, mit voller Wucht. Ich hatte so etwas schon zuvor erlebt, aber heute war es irgendwie heftig und neuartig. Ich spürte meinen Körper äußerst intensiv, als etwas Animalisches. Keine Technologie konnte mich mittels meiner Kontaktlinsen finden, meine Stimme aufspüren. Niemand an irgendeinem anderen Ort oder in dieser Zeit kannte meine Koordinaten, die Umgebungstemperatur, in welcher Position ich zum nächsten Coffee Shop stand. Ich fiel rücklings in den Schnee und akzeptierte den Druck dieser Erkenntnis. Dass ich unauffindbar war. Den freudigen Nervenkitzel, der damit zu tun hatte, keinerlei Erwartungen zu haben. Ich streckte die Arme und Beine aus und machte eine Schneeblüte im Schnee.

Der Himmel raubte mir den Atem. Er war so unglaublich riesig, und ich war nur ein winziges Tier hier unten, einsam und wild. Ich bleckte die Zähne.

»Betta«, sagte ich. »Kannst du es fühlen?«

Es kam keine Antwort.

Ich rief noch einmal, laut genug diesmal, dass sie es eigentlich hätte hören müssen, aber wieder bekam ich keine Antwort.

Ich setzte mich auf und sah mich um, stellte erstaunt fest, dass ich mich abseits des glitschigen, matschigen Pfads befand. Ich hatte nur auf die Sterne und die Wildnis geachtet und war einfach weitergegangen. Die Freude darüber, unauffindbar zu sein, verwandelte sich schlagartig in Besorgnis. Ich musterte den Schnee, versuchte Betta zu finden. Ich konnte sie jedoch nicht sehen; um mich herum war nichts als Schnee. Ich versuchte, aufzustehen, und versank bis zu den Knien im Schnee. Ich kämpfte; die langen Röcke und der Umhang behinderten mich. Mein Herz begann, heftig zu klopfen. Ich musste zu den Leuten zurückkehren, zum Feuer, zum Haus. Ich sah auf, um zum Langhaus zu gehen.

Es war nicht mehr da.

Dünner, grauer Nebel verbarg die Welt. Ich hatte gar nicht mitbekommen, wie er sich um mich herum gebildet hatte, wusste nicht, wie lange ich einfach nur dagelegen und über meine Freiheit gestaunt hatte. Jetzt war ich im Innern eines riesigen, alles erstickenden Kissens. Es wurde rasch dicker und grauer um mich herum, und dann waren auch die Sterne und der Mond verschwunden.

Ich drehte mich in jede Richtung, spürte die Röcke schwer um meine Beine hängen. Taumelte los. Rief nach Betta, drei-, vier-, fünfmal, und mein Herz klopfte immer heftiger. Ich wedelte mit den Armen in einem dunkler werdenden Meer. Jede Richtung konnte falsch sein. Tränen gefroren auf meinem Gesicht, vermischten sich mit grauem Nebel. Ich rief noch einmal. Meine Stimme klang schwach.

Schnee drang in die Stiefel, und meine Waden fühlten sich unangenehm nass an. Meine Füße waren zwei taube Klumpen.

Die Kälte erzeugte schlagartig das Gefühl einer tödlichen Bedrohung. Auf einmal war ich mir meines verletzlichen Körpers bewusst, der dringend in die Wärme musste. Ich blinzelte verzweifelt, versuchte den Notrufcode, und dann lachte ich über mich, aber das Lachen klang eher wie ein Brüllen in der Wildnis. Seit Monaten hatte ich so etwas nicht mehr getan.

Der instinktive Versuch, meine Kontaktlinsen zu benutzen, die ich schon vor langer, langer Zeit herausgenommen hatte, brachte mich wieder zu Verstand und erinnerte mich daran, wo ich wirklich war.

Es beruhigte mich, mir konkrete Fragen zu stellen. Wie lange war ich weg? Und wie lange mochte es dauern, bis ich vermisst wurde und jemand nach mir zu suchen begann? War es schon so weit? Suchten sie mich bereits? Wie konnte ich ihnen helfen, mich zu finden? Ich streckte meine Zehen und Finger, um die Blutzirkulation wieder in Gang zu bringen. Die Fragen halfen, aber mir fielen keine Antworten ein, und eine lastende Schläfrigkeit überkam mich.

Solange ich ging, würde ich wach bleiben, aber wenn ich mich von meinem Platz wegbewegte, konnte es auch sein, dass ich die falsche Richtung einschlug. Möglicherweise entfernte ich mich dann durch den hüfthohen Schnee immer weiter vom Langhaus.

Ich stellte den Verstand ab und versuchte, die Antworten instinktiv zu erspüren. Ich beruhigte mich und hoffte, dass mein Gehirn sich erinnerte, welchen Weg wir gegangen waren, bevor dieses wirbelnde Grau aufgekommen war. Ich suchte nach den unterschwelligen Informationen in meinem Körpergedächtnis bezüglich dessen, wo das Langhaus gewesen war, als ich es das letzte Mal gesehen hatte, wie das Gefälle beim Gehen gewesen war und wie schnell ich gegangen war.

Der Nebel, jetzt vollkommen undurchdringlich, brannte auf

meinen Wangen. Er bewegte sich, zog immer schneller. Er war jetzt nicht mehr wie ein mich erstickendes Kissen, sondern wurde von einem beißenden Wind getrieben. Schon peitschten Schneekristalle gegen mein Gesicht wie die spitzen Schnäbel von einer Million winziger Vögel. Ich drehte mich wieder um und stürzte. Diesmal blieb ich einfach sitzen, unfähig, es noch einmal zu probieren.

Jede einzelne Wimper war steif und schwer. Ich begann, sie im Geiste zu zählen.

Ich würde hier sterben. Ich zog den Umhang über meinen Kopf, auch wenn es mir leidtat, dass meine vereisten Wimpern dadurch schmelzen würden. Sie sahen möglicherweise hübsch aus.

Ich atmete langsam aus, füllte die Höhle, die um mich herum durch meinen Umhang entstand, mit Wärme; dann atmete ich dieselbe Luft wieder ein, genoss die Atemzüge. Ich war in einem Zustand der Gnade. Bald würde ich gegangen sein, aber noch war ich am Leben.

Würde ich es überhaupt bemerken, wenn ich starb? Ich war so müde. Eine große Schläfrigkeit breitete sich wie eine schwere Decke über mir aus. Ich dachte an Betta, die sich sicher auch verirrt hatte. Empfand sie jetzt das Gleiche?

Betta! Ich kam wieder zu mir. Sie musste ebenfalls in Gefahr sein. Ich musste das Langhaus finden und Hilfe für sie holen.

Um Bettas willen raffte ich mich wieder auf und versuchte noch einmal, etwas zu erkennen. Aber ich konnte nichts sehen. Ein dichtes Weiß umgab mich, und ich griff danach, stellte schockiert fest, dass meine Hände geradewegs hindurchgingen. Dass sich die weiße Luft bewegte, wusste ich auch nur, weil meine Haare gegen mein Gesicht klatschten, während der Wind stöhnte. So laut, das es unmöglich sein würde, menschliche Stimmen zu hören.

Der Wind erstarb, und die Stille war ohrenbetäubend. Dann frischte er erneut auf und kam aus nur einer Richtung, stark und heftig. Ich lehnte mich gegen ihn, als würde ich versuchen, einen Felsbrocken wegzuschieben. Mit dem Wind kam der schwache, sehr vertraute Geruch von Rauch.

Meine Brust krampfte sich vor Sehnsucht nach diesem Feuer zusammen. Ich drängte weiter, gegen den Wind, brüllte immer wieder um Hilfe.

Als mich dann eine Hand am Arm packte, schrie ich.

Jemand hob mich vom Boden hoch und zog mich fest an sich. Ich begann zu zittern. »Es tut mir leid.« Ich entschuldigte mich ohne besonderen Grund, aber der Wind verschlang die Worte.

Eine Hand lag sanft an meinem Hinterkopf. Ein kratziger Bart streifte meine Wange. »Heirik«, sagte ich mit geschlossenen Augen.

»Ich bin es, Brosa«, sagte er. »Du bist in Sicherheit.«

Ich öffnete die Augen und fing an, wild nach Betta zu rufen.

»Schhh, Frau, sie ist auch in Sicherheit. Mein Onkel hat sie gefunden.«

Ich stellte mir einen Moment vor, wie Betta in Hárs Armen lag, seinen Atem dicht an ihrer Wange spürte, bevor er sich verstohlen wieder zurückzog, den Wind und seine eigene Sturheit verfluchte. Wie sehr musste er sich gewünscht haben, an ihrer Seite bleiben zu können, mit ihr sprechen, ihr Trost spenden und mit ihr die Zukunft teilen zu können.

Am nächsten Tag war der Schnee weg.

AM RAND DES WASSERS

Frühling

Ein paar Tage später hörten wir von einem Wal.

Ein Bote kam von den Fischerhütten zu uns, um mitzuteilen, dass ein Tier von einer Größe, wie er es noch nie gesehen hatte, an den Strand gespült worden war. Sofort wurde alles für den Aufbruch bereit gemacht – Pferde und Vorräte und Körbe und Kinder, Zelte und Decken und Umhänge und Felle. Dazu raffinierte Behälter aus süßlich riechendem, trockenem Gras, die groß genug waren, um viele Dutzend Eier aufzubewahren.

Fast alle würden mitgehen. Ein gestrandeter Wal auf dem Territorium unserer Sippe war ein göttliches Omen und ein großartiges Geschenk, und es würde ein Fest werden, ihn zu verwerten.

Also stieg ich auf Drifa und ritt wieder zum Meer.

Diesmal zeigte sich das Land vor uns in verschiedenen Farben. Frisches Gras sprenkelte alles mit einem zarten, sonnigen Grün. Es wuchs wild in den Spalten und Ritzen zwischen den in allen Größen herumliegenden Felsbrocken und Steinen. Die Felsbrocken waren überall verstreut, bis zum Horizont und noch weit darüber hinaus, und jetzt im Frühling wirkten sie sogar noch dunkler. An den Birken glänzten Knospen, zart und voller Leben. Der Schnee war verschwunden, der Himmel breitete sich offen und blau über uns aus, abgesehen von ein paar weißen Wolken, die aussahen wie aus einem Bilderbuch. Die Luft fühlte sich sauber an, und sie zu atmen war köstlich.

Diese wilde Mischung aus Gras, bröckeligen Steinen und Hügeln war in Wirklichkeit der Weg, unser Pfad zum Meer. Diese Strecke wurde seit drei Generationen von Heiriks Familie kontrolliert. Seit ich das wusste, konnte ich es sehen – den Weg erahnen, der dadurch entstanden war, dass seit vierzig Jahren Männer und Frauen und ihre Pferde zwischen Langhaus und Meer sichere und praktische Pfade gewählt hatten.

Die Steinschwestern hielten wie eh und je auf dem Kamm Wache. Dieser herrliche mit Blumen und Gras bestandene Weg gehörte nur uns und niemandem sonst. Ich fragte mich, was geschehen würde, wenn jemand unser Recht auf dieses Land anfechten würde, und mir fiel Eiðrs Hand ein, die aus Rache für den Tod eines Pferdes sauber von seinem Körper getrennt worden war. Was würde der Preis für einen Angriff auf diese wunderschöne Landschaft sein?

Die Pferde folgten trittsicher dem steilen Weg nach unten, und diesmal hatte ich keine Angst. Auch wenn ich immer noch nicht in der Lage war, vollkommen entspannt und locker auf Drifa zu sitzen, vertraute ich ihr und wusste, was mich erwartete. Auf die Weise hatte ich die Möglichkeit, mich umzusehen und den Anblick zu genießen, zu sehen, wo der Ozean sein würde.

Ich würde das zweite Mal dort sein, den Tag nicht mitgerechnet, an dem ich angekommen war. Als ich jetzt im Nachhinein an meine erste Reise dachte, musste ich zugeben, dass ich ziemlich naiv gewesen war. Damals hatte ich gedacht, ich könnte alles haben, alles wäre einfach, obwohl ich mich vor so vielen schlichten Dingen gefürchtet hatte – Vögeln und Pferden und steilen Klippen, die wir überwinden mussten, um zum Wasser zu kommen. Jetzt saß ich aufrechter auf meinem Pferd.

Ich hatte die Furcht meines Herzens ausgelotet, und noch immer war ich da, fragte mich jeden Tag, was ich gewinnen und was ich verlieren würde. Eine steile Klippe fühlte sich demgegenüber unbedeutend an.

Als wir den ebenen Boden erreichten, fielen die Pferde genauso in wilden Galopp wie beim letzten Mal. Ich sah, wie die Männer und Jungen in einer herrlichen Explosion aus Hufen und Licht davonpreschten. Drifa und ich folgten direkt hinter ihnen. Der Wind in meinen Haaren fühlte sich fantastisch an und riss mich aus meinen Gedanken. Es gab nur noch mich und mein Pferd, eine herrliche Benommenheit durch das Adrenalin – und meine Liebe zu diesem Pferd und diesem erschreckenden Land. Durch meine Tränen hindurch konnte ich gerade noch mit Mühe den Häuptling sehen, diesmal mit seinem Bruder an seiner Seite, während sie an dem gewundenen Fluss entlanggaloppierten, der zum Meer führte.

Wir näherten uns der letzten Anhöhe, und ich hörte das Meer, bevor ich es sah: das rhythmische Krachen, das schmatzende Geräusch der Wellen, wenn sie am Strand ausliefen und sich wieder zurückzogen, die schwachen Rufe der tanzenden Vögel, die Rufe von Männern, die vor uns angekommen waren und uns mit einer Art Lied begrüßten: mit der Hvalsaga, die davon kündete, dass ein Wal gestrandet war.

Als wir die Anhöhe erklommen hatten, sah ich hinunter in die große schwarze Sandbucht, und der Anblick raubte mir den Atem.

Dabei war mir dieser riesige und wilde Ort, der sich über Meilen erstreckte, inzwischen vertraut. Klippen begrenzten die Küste links von mir. Sie waren Hunderte Fuß hoch und umfassten den Sand wie ein großer, leicht gebeugter Arm. In der Biegung befanden sich mehrere Dutzend kleine Höhlen, bei denen Heirik und ich damals zusammengesessen hatten und wo ich schließlich von Ageirr gefunden und auf sein Pferd gerissen worden war.

Von hier oben wirkten diese Höhlen unbedeutend. Bei ihrem Anblick kamen jedoch alte Gefühle in mir hoch, und Tränen traten mir in die Augen. Ich wandte den Kopf in die andere Richtung, wo sich weit unten am Strand die Fischerhütten befanden, dazu einige Boote, die an Land gezogen worden waren. Auf dem Meer waren die Umrisse eines Wikingerlangschiffs zu erkennen. Der Drachenkopf war von hier aus gerade noch sichtbar.

Und direkt am Strand tief unterhalb von mir befand sich der Wal, durch Gebüsch und Stein und Holz und Sand von mir getrennt.

Von meinem Platz auf der Anhöhe aus führte ein langer steiler Hang zu bewachsenen Flächen hinunter, die sich links bis zu den Höhlen erstreckten und in der anderen Richtung bis zu den Fischerhütten. Ein Stück tiefer schloss sich daran ein Gürtel aus einer Million Felsbrocken an, die so groß waren, dass ich beide Hände gebraucht hätte, um auch nur einen davon hochzuheben. Diese Steine hatten alle möglichen Grautöne, und überall zwischen ihnen lag Treibholz, angefangen von anmachholzgroßen Stöckchen bis hin zu riesigen knorrigen Stämmen.

Noch etwas weiter unten würden wir durch leuchtend gelbe Vegetation waten – Schneeblüten! Sie waren noch klein, aber die neuen Pflanzen waren überall. Und dann erst würden wir auf dem Sand stehen; dort war der Boden eben, feucht und schließlich nass, bis er ins Meer überging. Und da lag er.

Der tote Wal lag auf der Seite und gab seinen gefurchten weißen Bauch unseren Blicken preis. Er war sanft und ungeheuer groß, schlaff und doch selbst im Tod noch stolz. Von meinem etwa hundert Fuß entfernten Aussichtspunkt konnte ich ihn in ganzer Länge sehen.

Die langen, parallel verlaufenden Furchen wurden zur Körpermitte hin breiter. Heiriks Familie bezeichnete einen gestrandeten Wal als *Wrack*, und ich sah das Abbild eines zerstörten Schiffs in seinem Körper. Die Proportionen und die anmutigen Linien ähnelten denen eines Wikingerschiffs, dessen stolzer Rumpf umgedreht auf dem Boden lag.

Aber das Wort *Wrack* implizierte hier nicht Zerstörung oder Verlust. In der alten Sprache war es ein poetischer und zärtlicher Begriff. Etwas wurde von den Wellen angeschwemmt, dem Land übergeben. Ein Geschenk.

Ein Windstoß hob Drifas Mähne und meine Haare, und ein überwältigender, grässlicher Gestank wehte zu uns. Säure stieg mir schlagartig in die Kehle, so intensiv roch es nach totem Fleisch. Ich würgte und beugte mich vornüber, was bedeutete, dass Drifa ihr Gewicht verlagern musste, um das Gleichgewicht zu halten. Als keine Galle mehr aufstieg, richtete ich mich wieder auf und ließ Drifa den Weg zum Strand finden.

Trotz des Geruchs wollte ich näher herangehen. Ich musste dieses Tier, das von Heiriks Leuten gefunden worden war und nun verarbeitet werden würde, aus der Nähe betrachten.

Genau wie es ihr Name besagte, schwebte Drifa den Hang hinunter, bewegte sich wie träge Schneeflocken im Wind. Sie blieb erst stehen, als sie das riesige Tier fast mit dem Kopf anstoßen konnte. Sie nahm die Witterung des Wals auf, zeigte aber keine Reaktion, abgesehen davon, dass sie kurz die Mähne schüttelte. Dann begann sie, das tote Tier der Länge nach abzuschreiten, als wollte sie mir eine persönliche Führung geben.

Als ich den Wal so direkt vor mir sah, löschte er alle anderen Gedanken und Eindrücke aus. Er war vielleicht halb so groß wie das Langhaus und erschien mir riesig, während ich an ihm entlangritt. Ich berührte ihn mit einem Finger. Die Haut des Wals fühlte sich sowohl rau als auch glatt an. Ich stand fasziniert im Schatten dieses majestätischen Körpers, konnte regelrecht spüren, wie er seine lange Reise des Zerfalls begann. Ein unglaubliches Wesen. Ich dankte den Wellen dafür, dass sie uns das Tier geschickt hatten.

Eine Hand packte mein Bein, nicht grob, aber ich zuckte dennoch zusammen.

»Kannst du mir helfen?«

Ich saß auf Drifa, und so starrte ich Brosa fragend von oben herab an, aber er hatte mir den Rücken zugewandt und hob die Haare hoch. Jetzt bemerkte ich, dass er mir ein Lederband in die Hand gedrückt hatte. Ich schluckte überrascht. Ich hatte mich so daran gewöhnt, dass Heirik allen Berührungen auswich, dass diese vertrauliche Bitte mich verunsicherte und ein bisschen atemlos machte. Obwohl sie ziemlich beiläufig klang, ja sogar flapsig, erzeugte sie ein Flattern in meinem Bauch.

Ich nahm also seine langen Haare und band sie mit dem Lederband zusammen. Sie fühlten sich rau und wellig an und rochen angenehm nach Wacholder und Rauch – nicht nach dem erstickenden Qualm vom Herzstein, sondern nach einem offenen Feuer im Freien. Es war ein wilder, würziger Geruch, der es schaffte, mich von dem Wal neben mir abzulenken. Ich berührte Brosa kurz an der Schulter, um ihn wissen zu lassen, dass ich fertig war. Sie fühlte sich weich an, nicht so mager wie Heiriks Schulter.

»Takk.« Er drehte sich zu mir um und lächelte.

Bisher hatte ich immer zu seinen meergrünen Augen hochgesehen. Als ich jetzt auf sie hinunterblickte, wirkten sie anders. Ich konnte die goldenen Flecken in ihnen sehen, die der Augenfarbe seines Bruders ganz ähnlich waren.

»Du möchtest dich jetzt vielleicht lieber ein Stück entfernen.« Er stellte einen langen Stock auf den Boden, und eine riesige, glänzende Klinge kam seinem Gesicht gefährlich nah. Er lächelte. Es war der lange Griff einer Sense, für einen sehr großen Mann gemacht und mit einer üblen, langen Schneide versehen.

Ich sah ihn immer noch an, begriff schließlich, dass ich die ganze Zeit geschwiegen hatte.

»Wir werden jetzt anfangen, den Wal aufzuschneiden.«

»Já, in Ordnung«, sagte ich. Ich verspürte keinen großen Wunsch, dabei zu sein. Ich wendete Drifa daher und ritt weg.

Ein Stück den Strand hinunter hatten sich Frauen versammelt wie Seevögel, und ich rechnete fast damit, dass sie auseinanderstieben würden, wenn ich in ihre Mitte ritt. Doch stattdessen drehten sie sich einfach nur um und sahen in die Richtung, aus der ich gekommen war. Ich drehte mich ebenfalls um, brachte Drifa zum Stehen. Brosa hatte dem Wal die Klinge kurz vor der Schwanzflosse tief in die Haut gestoßen. Er und noch ein anderer Mann mussten beachtliche Kräfte aufbringen, um die Sense zu handhaben und sehr langsam und gleichmäßig in einer Linie parallel zum Sand zu schneiden. Zwei Männer folgten ihnen und pressten die glitschigen Wundränder zusammen, um die Spannung der Haut aufrechtzuhalten. Sie schlitzten den Wal horizontal auf.

Das Tier war bereits tot, aber es wirkte irgendwie grausam, es derart absichtlich und leidenschaftslos aufzuschneiden. Es wäre menschlicher gewesen, dachte ich, ihn mit Speer und Axt anzugreifen. Zumindest hätte der Wal dadurch ein ruhmreiches Ende gefunden und wäre nicht dieser kalten Prozedur ausgesetzt gewesen.

Nachdem etwa ein Drittel der Unterseite aufgeschnitten war, quollen Unmengen gigantischer Eingeweide heraus und sackten zu Boden. Die rosafarbenen Schläuche wirkten so dick wie

Hárs Oberschenkel, und der ganze Haufen war größer als Brosa, der geschickt aus dem Weg sprang. Dampf stieg um den Riss im Körper herum auf. Der Wal war anscheinend erst vor Kurzem gestorben, und da er gut mit Walspeck ausgestattet war, hatte sich die Wärme in ihm gehalten.

Der Geruch wehte bis zu uns; dieses Mal war er sogar noch widerlicher.

Ich kauerte mich auf den Boden und öffnete meine Tasche. Die ordentlichen Linien und der heuähnliche Geruch der Grasbehälter zur Aufbewahrung der Eier wirkten wie der Himmel, wie Tageslicht inmitten eines Albtraums von toten Innereien. Ich atmete die staubige Süße tief ein.

»Ich muss ein bisschen herumgehen«, sagte ich zu niemandem im Besonderen und reichte Drifas Zügel geistesabwesend einem der Mädchen, ehe ich wegging.

Nur ein kurzes Stück weiter den Strand entlang erreichte ich eine wilde Ansammlung von unheimlichen, riesigen Steinen. Bei dem Anblick pochte es in meiner Brust. Ich kannte das hier.

Als ich damals auf diesem schwarzen Sand angekommen war, hatte ich überall im näheren und weiteren Umkreis Steine in allen Größen gesehen. Ich wusste – auch wenn ich mich nicht ganz genau erinnern konnte –, dass solche wie diese hier dazugehörten. Ich hatte in der Näher solcher Steine gelegen, aber weder die Kraft, sie mir richtig anzusehen, noch einen Sinn für ihre bizarre Schönheit gehabt.

Der kleinste war doppelt so groß wie ich, und er stieß an einen anderen, größeren Stein, mit dem er einen grauen Bogen bildete, unter dem ich mich hindurchducken konnte. Dahinter gab es eine ganze Galerie weiterer Steine zu erforschen.

Sie waren rund und massiv und sahen aus wie große pummelige Monster, die ins Meer wateten. Der zottelige Tang, der überall auf ihnen wuchs, erinnerte an Haare, schimmerte kupferfarben und schleimig grün. Hier und da berührten sich zwei haushohe Felsen, die früher einmal vielleicht einer gewesen und geborsten waren. Ich hatte den Eindruck, als würden diese Monster zwar unbeweglich wirken, sich jedoch langsam bewegen – so langsam, dass ich es nicht sehen konnte.

Das Rauschen des Meeres hallte in diesem steinernen Labyrinth wider. Vögel kreisten wie kleine Punkte über mir, und ihre Schreie waren bei diesem Lärm kaum zu hören.

Einige Steine waren unterhöhlt; offensichtlich hatte die brutale Kraft des Wassers diese elbhohen Höhlen geschaffen. Und die Flut kehrte jetzt zurück. Das dunkle mitternachtsblaue Wasser näherte sich mir, und als ich mich umdrehte und einen Blick zurückwarf, kam mir der Eingang zu dieser steinernen Welt ziemlich weit weg vor. Mit jeder Welle kam das Wasser näher, und zwar rasch. Ich wich der Gischt aus und versuchte, oberhalb davon zu bleiben, mich von ihr fernzuhalten. Ich packte mein Kleid mit beiden Händen und ging sofort zurück.

Dann hörte ich jemanden rufen, und als ich aufblickte, sah ich Betta auf einem Plateau oberhalb des Strandes stehen, ein beträchtliches Stück über mir. Sie winkte, ein Fleck vor dem Himmel, und ich sah auch noch ein paar andere Frauen dort, nicht ihre Gesichter, nur ihre sich bewegenden Röcke, dunkle Silhouetten vor dem Hintergrund der weißen Wolken. Ich sah mich um, suchte nach einem Weg, um zu Betta zu kommen, und fand zwischen einigen Felsen eine Möglichkeit, nach oben zu klettern. Endlich oben angekommen und atemlos von der Anstrengung, trat ich dicht an den Rand, um einen Blick nach unten zu werfen.

Die Thralls hatten ein halbes Dutzend Zelte aufgestellt, die wir auch beim Julfest benutzt hatten. Die roten Fäden, die in den Stoff eingewebt waren, leuchteten inmitten der beigefarbenen und grauen Landschaft. Ich konnte unten Kinder herumrennen sehen und Frauen, die Gegenstände hin und her trugen. Ich konnte auch die Männer sehen, die sich um den Wal scharten. Sie wirkten so klein.

Als die Rufe erklangen, rissen wir alle die Köpfe herum wie eine erschreckte Herde und traten noch näher an den Rand des hohen Plateaus. Ich kroch auf Händen und Füßen so weit wie möglich nach vorn, um zu sehen, was unten geschah.

Die merkwürdigen Steine, zwischen denen ich herumgelaufen war und die bei Ebbe so geglänzt hatten, hatten ein Kind zum Klettern verleitet. Jetzt kam die Flut rasch näher, und der Junge steckte in der Klemme.

Mein Magen zog sich vor Angst zusammen. Ich erinnerte mich an die Aushöhlungen, die durch die schiere Kraft des Meeres im Fels entstanden waren. Wenn die Flut ihren Höchststand erreichte, würde das Wasser in ihnen brodeln, Wellen würden sich ihren Weg hinein suchen und Gischt hoch in den Himmel spritzen.

Weitere Erinnerungen kamen mir, dunklere, an mein Erwachen an diesem Strand, viele Monate zuvor. Ich dachte an das Wasser, das an meinen Stiefeln und meinen Röcken gezerrt hatte, an die in jeden Zoll meines Körpers eindringende Kälte.

Was hatte Brosa gesagt? Ein erwachsener Mann konnte zwei Minuten überleben, bevor er seine Willenskraft verlor, weniger als zehn, ehe er sterben würde. Aber das galt nicht für so einen kleinen Jungen. Er würde gegen die Felsen geschmettert werden. Das schäumende, heranwogende Meer würde ihn bei lebendigem Leib verschlingen, ohne dass er auch nur eine Chance hätte, gegen die Strömung anzuschwimmen. Er war zu klein und zu schwach, um der Kälte etwas entgegensetzen zu können.

Von meinem Platz aus konnte ich gerade noch erkennen,

dass es Áki war, der allenfalls drei oder vier Jahre alt war. Er kroch auf Händen und Knien auf den höchsten Punkt des glitschigen Felsbrockens, und ich stellte mir vor, wie viel Angst er haben musste, wie er weinte. Trotz der tosenden Brandung konnte ich schwach ein paar Worte hören – freudlose, kleine Worte. Leute brüllten: »Bleib, wo du bist!« Dann schrie Heirik: »Für ein Boot ist keine Zeit.« Ich sah ihn inmitten der vielen Leute; er rief Brosa etwas zu und winkte in dessen Richtung. Sobald sein Bruder zu ihm hinübersah, nickte er und watete in den tödlichen Ozean.

Bei seinem Versuch, Áki zu erreichen, war Heirik viel zu lange im Wasser.

Ich sah, wie er zu dem glitschigen Felsen schwamm und mit dem Jungen sprach; wahrscheinlich versuchte er, ihn zu beruhigen und zu ihm hochzuklettern. Er rutschte jedoch jedes Mal ins Wasser zurück. Ich kroch noch etwas näher an den Rand, um besser über die Klippe sehen zu können. Seine dunklen Haare umwogten ihn, seine schwere Kleidung zog ihn nach unten. Ich bekam vor Angst und Anspannung kaum noch Luft, als ich so auf dem Boden lag. Mir wurde schwindlig, während ich in Gedanken ganz bei Heirik war, mir mit aller Kraft wünschte, dass er den Jungen erreichen und sie beide sicher ans Ufer gelangen würden.

Heirik hatte seine Versuche jetzt aufgegeben und trieb einfach nur neben dem großen Felsen. Ich hoffte inständig, dass er die Minuten zählte. Waren es schon zwei? Oder noch mehr? Dann begriff ich, was Heirik vorhatte. Er wollte warten, bis die Wellen höher stiegen, sodass das Wasser ihn zu dem Jungen bringen würde. Er war so nah dran.

Die Zeit verging zu schnell, die Sekunden verstrichen, und doch stiegen die Wellen nur langsam. Ich war mir sicher, dass ich spüren konnte, wie Heiriks Aufmerksamkeit nachließ. Er hielt seinen Körper anders, überließ ihn der Kälte. Ich stellte mir vor, wie seine Gedanken langsamer wurden, nicht mehr in Betracht zogen, was sein Tod für die anderen bedeuten würde. In diesem Moment war nur noch der kleine Junge wichtig für ihn. Und dass er die Augen eine weitere Sekunde offen hielt und noch eine.

In dieser unheimlichen Situation kam ein heftig heulender Wind auf und drückte mich gegen den Boden. Mein Aussichtspunkt schien zurückzuweichen, während ich von hier oben aus zusah, wie Heirik zu sterben begann.

Dann hob eine Welle ihn hoch und trug ihn nah genug zu dem Jungen, und im nächsten Moment packte er Áki, zog ihn zu sich und schwamm mit ihm ans Ufer. Ich stand auf und sah, wie sie den Strand erreichten. Und wie ein von einer Bogensehne abgeschossener Pfeil rannte ich.

Das Kind wurde in Decken gehüllt, und seine Mutter nahm es in die Arme. Angst und Verwirrung standen in ihren Augen, als sie mit dem Jungen rasch wegging. Ich stolperte an ihr vorbei, schob Leute zur Seite, um Heiriks Zelt zu erreichen. Ein paar Frauen warfen bereits Decken und Umhänge hinein. Sie würden das Zelt nicht betreten, aber sie halfen auf ihre Weise, schafften alles herbei, was ihn wärmen konnte. Sie wollten den Häuptling retten, den Helden, der erst jetzt am möglichen Ende seines Lebens so etwas wie Zuneigung erfuhr.

Ich drängte an ihnen vorbei und trat ein.

Noch nie hatte ich jemanden gesehen, der so unnatürlich kalt aussah. Ich hatte erwartet, dass er zitterte und mit den Zähnen klapperte. Aber er stand einfach nur in der Mitte des Zeltes, hielt die Arme vor der Brust verschränkt, blickte verwirrt drein und wirkte irgendwie sogar feindselig.

»Was ist mit Áki?«, fragte er mit zusammengebissenen Zähnen.

Heiriks Haare waren nass vom Salzwasser.

»Er ist bei seiner Mutter«, sagte ich und machte mich daran, die vielen Decken – ein Dutzend oder mehr – vom Boden aufzuheben. »Er wird sich erholen«, fügte ich hinzu, ohne es wirklich genau zu wissen. Heirik musste aufhören, sich Sorgen um den Jungen zu machen, und anfangen, sich um sich selbst zu kümmern.

»Ich mache dir ein Bett, Heirik.« Ich versuchte, sanft zu klingen und ihm etwas Beruhigendes zu sagen, so, wie er es manchmal mit den anderen tat, wenn er sie einlullte, damit sie ihm gehorchten. Ich machte Anstalten, ihn näher zu mir heranzuziehen.

»Frau, geh weg!«, knurrte er und schob mich von sich. Ich wich zurück und sackte auf die Pritsche. Bisher hatte er sich in den schlimmsten Zeiten von mir zurückgezogen, aber jetzt wirkte er regelrecht wahnsinnig. Auf seiner Stirn und in seinen goldenen Augen stand reine Aggression.

Seine Worte klangen undeutlich, als wäre er betrunken. »Tut mir leid, Litla«, sagte er.

Ich stand langsam auf, fühlte mich in der gleichen Trägheit gefangen wie er, wahrscheinlich vom Schock. Ich sah, wie er sich bis auf die Hose und die Stiefel auszog; seine Kleidung fiel mit einem satten Geräusch auf den Boden. Er stolperte zum Bett, legte sich darauf und zog sich eine einzige Decke über den nassen Körper, als wollte er ein kleines Nickerchen machen. Salzwasser tropfte von seinen Haaren, sein Gesicht war blass wie Milch, und er wirkte unter der Decke zwar kleiner, aber kein bisschen wärmer. Ganz und gar nicht. Obwohl er es geschafft hatte, wieder an Land und ins Trockene zu gelangen, schien das Meer ihn mehr und mehr einzufordern.

Ich kniete mich neben seine Füße und zog ihm die eiskalten Stiefel aus. Dann nahm ich die Decke weg, um seine Hose zu öffnen. Er packte mich hart am Handgelenk.

»Das reicht«, zischte er mit funkelnden Augen.

»Sei nicht albern«, sagte ich nüchtern. »Du wirst sterben.« Er schüttelte den Kopf, dann versuchte er, den Häuptling herauszukehren und mir zu befehlen: »Lass mich allein.« Nicht in einer Million Jahren, dachte ich. Er hatte keine Ahnung, wie süß und zart ich seine Stimme fand. Sie hatte die Macht, mich jederzeit zu verführen – aber sie konnte mich nicht dazu bringen, aus Angst zu gehorchen. Schon gar nicht jetzt.

Ich drückte ihn auf die Pritsche hinunter und mein Knie auf seine Brust, damit ich seine Hose öffnen konnte. Er sah mir teilnahmslos zu. So oft hatte ich mir vorgestellt, wie es wäre, seine Beckenknochen zu berühren. Ich erinnerte mich an seine Reaktion, als ich es schließlich getan hatte, an das Zischen, das er von sich gegeben hatte, an die Bewegung seiner Hüfte. Ich schüttelte den Kopf und schob die Gedanken beiseite.

Er hielt meine Hände fest und erklärte sanft, dass er sich selbst ausziehen würde.

Ich wandte mich ab und ließ ihn gewähren. Ich sehnte mich nicht danach, ihn ausgerechnet in diesem schrecklichen Moment zum zweiten Mal zu entkleiden.

»Das ist zu viel Wolle«, sagte er. »Mir ist warm genug.« Als ich mich wieder umdrehte, schob er alles, was als Zudecke gedacht war, gerade mit dem Fuß weg – und übrig blieb erneut nur ein einziger Umhang, mit dem er sich bedeckte. Ich aber hob all die Pelze, Umhänge und Decken wieder auf, breitete sie über ihm aus und redete dabei auf ihn ein wie auf ein Kind.

Es gelang mir, ihn in einen Berg von Wolle zu hüllen. Aber da er über keine eigene nennenswerte Körperwärme mehr verfügte, konnte sich keine Wärme darunter bilden. Ich dachte hastig nach, versuchte, mir etwas einfallen zu lassen, was ich tun konnte. Und dann erinnerte ich mich an etwas, was ich etwa zwölfhundert Jahre später in der Zukunft gelesen hatte.

Ich ließ meinen Umhang auf den Boden fallen und begann, meine Schuhe auszuziehen. Er sah mir neugierig zu.

»Du wirst sterben, und zwar an …« Ich kannte kein Wort für *Unterkühlung*, und ich hatte es eilig, die Ketten und den Gürtel abzunehmen und alles auf den Boden sinken zu lassen. »… Kälte. Heirik, es ist ernst. Dein Körper braucht den Kontakt mit einem anderen, wärmeren Menschen.«

Als er begriff, was ich vorhatte, zog er die schwarzen Brauen zusammen. Und als meine Schürze auf dem Boden landete, begann er, den Kopf zu schütteln. »Nei.« Noch so ein nutzloser Befehl. »Das wirst du nicht tun.«

Sein Körper wurde von einem Anfall krampfartigen Zitterns erfasst und hinderte ihn daran, weiterzusprechen.

Als er sich endlich wieder beruhigt hatte, stand ich in nichts als meinem Unterhemd und Unterkleid da. Eiskalte Luft peitschte gegen das Zelt, und meine Brustwarzen zeichneten sich nun deutlich ab.

Er lächelte durchtrieben, ließ seinen Blick auf meinem Körper ruhen, während seine Gefühle eine andere Richtung nahmen. An der Schwelle zum Tod war er erregt und machte Witze. Betrunken vor Kälte hatte er mir erst dreißig Sekunden zuvor verboten, mich zu ihm zu legen. Jetzt fragte er durch zusammengebissene, klappernde Zähne hindurch: »Kommst du jetzt endlich, oder willst du auch schon zu den Raben gehen?«

Ich schob mich unter die Decken und schmiegte mich an seinen Körper. Ich rechnete damit, seine Gestalt wiederzuerkennen, seine Haut und die Konturen seiner Knochen, aber es war nicht das Gleiche. Nicht so wie in der Höhle.

Es fühlte sich an, als wäre er aus einem der dreizehn Gletscher geschnitzt worden, irgendwie nicht menschlich. Dann wurde sein Körper von heftigen Krämpfen geschüttelt, und ich musste mich mit ganzer Kraft an ihm festhalten. Ganz allmählich wurden die Krämpfe langsamer, die Abstände größer, bis sie schließlich kleineren Zuckungen Platz machten und dann einem ganz gewöhnlichen Zittern.

Meine Wange – klebrig vom Schweiß der Anstrengung, mit der ich mich an seinen zuckenden Körper klammerte – ruhte jetzt auf seiner Brust. Ich schloss die Augen vor Staunen darüber, dass ich seine Haut und den Thor-Hammer an meiner Stirn fühlen konnte. So oft hatte ich mich danach gesehnt, meinen Kopf einfach an diese Stelle zu legen. Die Erinnerung an jene Augenblicke, in denen ich es hatte tun dürfen, hatte ich sorgfältig gehegt. Nie hätte ich mir das hier erträumen können. Wenn wir in meinen Träumen gemeinsam im Bett lagen, waren unsere Körper heiß und feucht und köstlich, und unsere Beine waren voller Begierde miteinander verschlungen. Jetzt lagen wir fremd und kalt nebeneinander, und von verschlungenen und begierigen Körpern war nichts zu spüren.

Doch ganz allmählich schwand die Kälte, da ich ihm von meiner Wärme etwas abgab, die sich zart unter den Decken ausbreitete.

Irgendwann wusste ich, dass er am Leben bleiben würde, und dann begriff ich erst richtig, wie knapp es gewesen war. Nur eine Minute länger in diesem Wasser, und Heirik wäre gestorben. Wir hätten diese Decken über seiner Leiche ausgebreitet. Jetzt, da diese Gefahr vorüber war, schnappte ich nach Luft und schluchzte, und jetzt hielt er mich, bis mein Zittern nachließ.

Es dauerte noch einmal eine ganze Weile, bis wir uns wirklich warm fühlten. Kleine Regungen in den Muskeln an seinem Rücken und Beinen verrieten, dass es ihm gut ging. Seine Schulter fühlte sich unter meinen Fingern lebendig an, und zum ersten Mal begriff ich wirklich, dass ich unter einem Berg von Decken bei ihm lag und ihn wirklich wieder in meinen Armen hielt. Erregung breitete sich in mir aus, überall zugleich. Ich lenkte meine Aufmerksamkeit auch auf die vielen anderen Empfindungen. Mein Arm und meine Hüfte waren taub. Sand und Kieselsteine quälten mich. Ich verlagerte das Gewicht, und ohne etwas zu beabsichtigen, drückte ich meine Hüfte gegen seine.

Unsere Körper trafen sich auf natürliche Weise. Als wären sie die zwei Hälften eines Ganzen. Wir rutschten näher zusammen. Ich spürte seine Reaktion, wie er plötzlich hart wurde. Ich schnappte hörbar nach Luft, ehe ich seine kalte Brust küsste, und er stöhnte leise.

Aber er war ein echter Dickkopf. Er wollte sich mir nicht geben, nicht sinnlich und langsam in mir versinken, und er rollte mich auch nicht auf den Rücken, um mich zu nehmen. Im Grunde rührte er sich gar nicht.

»Danke«, sagte er förmlich. Selbst jetzt spürte ich durch das Unterkleid, wie die von seiner Erregung stammende Hitze zunahm. »Du solltest gehen«, flüsterte er.

Ich erstarrte, während mein Atem weiterhin eine feuchte, warme Stelle auf seiner Haut erzeugte. Meine Stimme funktionierte noch. Ich murmelte eine schlichte Frage: »Für immer?«

In der darauffolgenden Stille hielt ich den Atem an und genoss noch einmal, dass ich in seinen Armen lag, in dem Wissen, dass ich bald würde gehen müssen. Ich kostete diesen einzigartigen Moment aus, bevor er sagen konnte, was ich nicht hören wollte.

»Ich kann nicht mit dir zusammen sein.« Er klang vollkommen überzeugt davon. »Ich werde dich nicht dazu verleiten, etwas anderes zu denken.«

Es klang vernünftig und überzeugt und endgültig. Nicht zu seinen Worten passte allerdings, dass er mich sogar noch fester hielt. Er legte seine große Hand um meinen Hinterkopf und zog mich zu sich heran. Seine Lippen berührten meine Stirn. Es war kein richtiger Kuss, aber es war das Beste, was ich bekommen würde.

Bevor ich ging, räumte ich im Zelt auf. Es fühlte sich an wie ein Ritual und nahm so dem Kummer ein bisschen den Stachel. Solange ich hierblieb, waren wir nicht vollkommen getrennt. Heirik hatte sich jetzt zur Zeltwand umgedreht, und daher ließ ich mir Zeit. Ich zog das feuchte Unterhemd und das nasse Unterkleid aus und stattdessen das Wollkleid an, trug es direkt auf der Haut. Ich kämmte meine Haare mit den Fingern. Band mir die Schürze wieder um und legte den Schmuck an, hängte mir einen Umhang über die Schultern und schließlich noch eine Decke.

Mit jeder Schicht, die ich anzog, fühlte ich mich etwas stärker, ein bisschen mehr in der Lage, nach draußen in eine Welt zu gehen, in der es Heirik und mich als Paar nicht mehr geben würde.

Schließlich sah ich ihm einen Moment zu, wie er so mit seinem Rücken zu mir dalag, versuchte ihn mit meinem Willen dazu zu bringen, sich umzudrehen und nachzugeben. Bitte, dachte ich, wartete eine weitere Sekunde und dann noch eine. Der Stoff der Zeltklappe fühlte sich rau unter meinen Fingern an, und der Himmel wurde dunkler. Und noch einmal dachte ich *Bitte!* Ein letztes Mal.

Stolpernd entfernte ich mich von den fröhlichen Menschen und dem Gestank des Wals. Auf einer Anhöhe oberhalb des Strands fand ich ein großes Stück Treibholz, und ich verbrachte einige Zeit damit, mein Unterkleid und Unterhemd zum

Trocknen auszulegen und ein bisschen Platz im Sand zu schaffen, damit ich mich setzen und an den großen Stamm lehnen konnte. Schließlich gab es nichts mehr zu tun, und ich ließ mich auf den Boden sinken. Ich barg meinen schweren Kopf in den Händen. Und dann stellte ich mich der Wahrheit und begann, mich zu verabschieden.

Ich beschwor Heiriks Gesicht vor meinem inneren Auge herauf und beerdigte es so, wie Wikinger etwas beerdigten. Die von mir so geliebten dunklen Haare. Sie waren mir zuerst an ihm aufgefallen. Ich verabschiedete mich von seinem gestutzten Bart an seinem kräftigen Kiefer, von dem hübschen Kinn. Von seinen dunklen Wimpern, seiner langen, geraden Nase. Als ich mich von seinem beiläufigen Lächeln verabschiedete, spürte ich einen tiefen Stich.

Ich erinnerte mich an die vertrauten Blicke beim Tafl oder als wir im Schnee unter den Sternen gelegen hatten. An seinen Geruch, seine Haut in der dunklen, dampfenden Höhle. Seine Haltung auf dem Pferd, als er sich mit grimmiger Eleganz im Sattel umgedreht hatte, um zu kämpfen – dieser Anblick war ein Dolchstoß in meine Eingeweide. Er war so wunderschön. Ich verabschiedete mich stumm von den Namen, den Schultern, der Haltung, jedem kleinen Moment. Nacheinander ließ ich alles los, wie Schiffe davonsegeln.

Von seiner Stimme konnte ich mich nicht verabschieden. Ich erinnerte mich an die ersten Worte, die er an mich gerichtet hatte – er hatte nach meinem Namen gefragt, hatte mir seinen genannt. Ich dachte daran, wie er mich als *Kleine* bezeichnet hatte, als seine Überraschung. Wie er mich Ginn genannt hatte. An die Art und Weise, wie er es ausgesprochen hatte, so honigsüß und liebevoll. Er hatte den Namen zu meinem gemacht.

Der Mond schwankte. Das tödliche Meer, die Leute, alles

verschwamm vor meinen Augen. Ich sah mindestens zwei Dutzend Männer und Frauen und Kinder beim Feuer, eingerahmt vom dunklen Sand. Sie unterhielten sich und reichten Becher herum und lächelten und machten Witze. Sie begriffen nicht, dass sie sich in einer endlosen Wildnis aneinanderkauerten.

Etwas Großes näherte sich in der Dunkelheit, aber nicht einmal das konnte mich aufrütteln. Ich war innerlich tot.

»Frau, was tust du hier so allein? In der Kälte?«

Brosa hockte sich neben mich, verströmte Wärme und Lebendigkeit. Ich hatte gar nicht gemerkt, dass ich fror. Ich rückte näher zu ihm, zitterte vom Schluchzen und einer langsam zunehmenden Kälte, die aufgekommen war, ohne dass ich darauf geachtet hatte. Er trug einen großen Pelz, den er abnahm und mir umlegte. Er ließ auch seinen Arm auf meiner Schulter liegen.

Brosas Ähnlichkeit mit Heirik beunruhigte mich. Sein Körper ähnelte dem seines Bruders sehr und war doch zugleich weicher, runder, nicht so dünn von ständiger Arbeit auf dem Hof. Es war der Körper eines starken Mannes, der fast ein ganzes Jahr lang auf Schiffen und an den Feuerstellen anderer Männer verbracht hatte, nicht auf dem Land mit einer Axt oder einer Sense in der Hand.

Seit ich Brosa das erste Mal gesehen hatte, war in mir der Eindruck entstanden, dass er eine andere Version seines Bruders war. Jetzt, so aus der Nähe, bemerkte ich, in welch vielfältiger Weise er es nicht war, wie anders sein Gesicht war. Dass das Leben seine Gesichtszüge ganz anders geprägt hatte.

Reste von schwarzem Sand hingen in seinem Haar. Anscheinend hatte er die Haare damit gewaschen. Ich genoss es, in den Pelz eingehüllt und in Sicherheit zu sein, und ich schloss die Augen und lehnte mich an ihn. Er roch gut, nach Felsen und Meer und Seife. Der saubere Geruch löschte jede Erinnerung daran aus, dass er den Arm bis zum Ellbogen in einem Wal gehabt hatte. Ich atmete dankbar seinen Geruch ein.

»Wie geht es ihm?«, fragte Brosa.

»Er wird überleben«, antwortete ich mit einiger Bitterkeit.

Er antwortete mit einem aussagekräftigen »Já«, in dem viele Gefühle mitschwangen. Erleichterung und Dankbarkeit, aber auch ein gewisses Bedauern – ein Zugeständnis, dass es für Heirik leichter sein würde, wenn er tot wäre – und schließlich Verdruss über sich selbst, weil er so dachte. Wir blieben eine ganze Weile so sitzen, jeder mit seinen eigenen Gedanken über den Häuptling beschäftigt.

»Du liebst meinen Bruder.« Es war eine Feststellung, er wusste es. Es war nicht nötig, mich zu fragen.

Es war mir unmöglich, zu erklären, auf welche Weise Heiriks Geist, seine Stimme und seine Augen etwas in mir zum Leuchten gebracht hatten, seit ich ihm an diesem Strand begegnet war. Dass ich das Gefühl gehabt hatte, nach Hause gekommen zu sein, seit ich ihn hatte sprechen hören. »Seit ich ihn kenne.«

Worte strömten danach aus mir heraus, ohne Grund und ohne dass ich darüber nachgedacht hätte. Ich erzählte Brosa von dem Kampf, der hier stattgefunden hatte. Wie Heirik mir das Leben gerettet, mich beschützt hatte. Brosa wusste das natürlich bereits, aber es schien ihn zu überraschen, dass ich eine Rolle dabei gespielt hatte. Dass Heirik mich vor Ageirr hatte retten müssen. Hatte Heirik davon nichts gesagt? Sicher, meine kurze Entführung war ein kleiner Vorfall in einer lange währenden Auseinandersetzung – einer Fehde, die Brosas eigener Tragödie entsprang. Als ich mich daran erinnerte, welche Rolle er und Esa dabei gespielt hatten, bekam ich Gewissensbisse, weil ich nur an mich gedacht hatte. Der Kampf hatte aus seiner Sicht nichts mit mir zu tun, sondern mit seiner verstorbenen hübschen Frau, die selbst noch ein Kind gewesen war. Er hatte mit Blut und Ehre zu tun gehabt und mit einem toten Baby, das er vielleicht sogar in seinen Händen gehalten hatte. Er hatte zu tun gehabt mit Heirik, der sich für ihn eingesetzt hatte, als diese Ehre herausgefordert worden war. Ich war ein zufälliges Detail in einer Angelegenheit, die mein Verständnis überstieg. Brosa sprach weiter.

»Du hast meinen Bruder kämpfen sehen.« Es klang, als würde das alles erklären, von meiner Liebe zu Heirik bis hin zu den Bewegungen der Sterne. »Jeder, der ihn im Kampf gesehen hat, ist fasziniert.«

»Er verändert sich, wenn er kämpft.« Ich berührte mein Handgelenk, das Heirik festgehalten hatte, ehe er mich küsste. Das Ageirr kaum eine halbe Stunde später gepackt hatte, um mich in seine Gewalt zu bringen.

»Er ist der Rabe, já? Aber der Rabe kommt vor dem Tod.«

Ich zitterte, weil das Bild dem, was ich an jenem Tag gesehen hatte, so ähnelte. Brosa setzte sich ein wenig anders hin, um mich näher zu sich ziehen zu können.

»Schon gut, Ginn«, sagte er und kehrte wieder zu dem zurück, was über den Kampf unausgesprochen blieb. »Ich habe keine Angst vor dem, was war.«

Das Herz tat mir weh, und ich musste seine Vernunft und seine Stärke anerkennen und den schieren Willen bewundern, mit dem er danach trachtete, glücklich zu sein.

»Du liebst deinen Bruder auch.« Es war so offensichtlich.

»Er ist immer mein Bruder gewesen. Er hat mir alles darüber beigebracht, was es bedeutet, am Leben zu sein.«

»Hm«, murmelte ich mit dem Gesicht an seiner warmen Brust. Ich versuchte, mir die beiden als Kinder vorzustellen. Brosa war so einladend, und es war so leicht, sich mit ihm zu verbinden.

»Nicht nur das Gute«, sinnierte er weiter. »Heirik ist auch

ein gutes Beispiel dafür, wie es ist, wenn man nicht lebt. Er wird sich nie ein richtiges Leben zugestehen.« Nach einem Moment fügte er noch hinzu: »Er wird niemals zulassen, dass du zu ihm gehörst.«

Ich hatte mich gerade im Geiste von Heirik verabschiedet, und das jetzt von dem Menschen zu hören, der ihn am besten kannte, besiegelte das alles. »Ich weiß«, sagte ich trostlos. Ich hätte meine Hoffnung und meine Trauer am liebsten wie einen Stein weit hinaus ins Arktische Meer geschleudert. Sie blieben mir jedoch, störrisch wie der Mann, der dafür verantwortlich war, dass es sie gab. Also verschloss ich sie irgendwo tief in meinem Inneren, wo ich sie vielleicht vergessen konnte. »*Auf Wiedersehen*«, flüsterte ich in der Sprache der Zukunft.

Brosa äußerte sich nicht zu den Worten, die er nicht verstand. Sein Kinn berührte meinen Kopf, und ich spürte die Hitze seines Atems.

»Jemand, der von dir begehrt wird, kann sich glücklich schätzen.«

Er zog sich zurück und fasste mir unter das Kinn, um mein Gesicht zu heben.

»Mein Bruder ist ein Dummkopf.«

Seine Lippen waren zuerst warm und sacht, ein Hauch wie von Herbstblättern und der schwachen Süße von Engelwurz. Sein Kuss war sanft und besonnen. Er wollte sichergehen, dass es in Ordnung war. Ich presste meinen Mund fester auf seinen, öffnete die Lippen und teilte ihm wortlos mit: *Ja, das ist es.*

Er legte eine Hand an meine Taille und drückte mich sanft gegen den Baumstamm. Seine Finger wanderten hoch und zu meinem Rücken und den Schulterblättern. Es fühlte sich gut an, umarmt zu werden, und ich bewegte mich instinktiv, um seine Zärtlichkeiten zu erwidern. Mein einer Arm schlüpfte unter seinen Umhang, legte sich um seinen festen Körper. Die andere Hand fand seinen Nacken und das verknotete Lederband und die heiße Haut dort.

Er bewegte seine Zunge spielerisch und ohne jede Eile; ich konnte es kaum aushalten. Als er dann meine Brust mit den Fingern berührte, schrie ich leise auf – und der Schrei kam so unerwartet, so unkontrolliert, dass ich beschämt den Kopf sinken ließ. Er küsste meine Stirn, meine Lider. Sein Bart streifte meine Nase und Wange, während seine Hand an meinem Bein entlang nach oben wanderte, meinen Rock erst zu den Knien, dann noch höher schob. Sein Daumen knetete meinen Oberschenkel, entfachte kleine Feuer dort.

»Hör auf«, keuchte ich heftig.

»Nicht jetzt.« Atemlos zog er mich auf seinen Schoß. Seine Küsse waren jetzt nicht mehr leicht, sondern fordernd. Ich spürte durch unsere Kleidung hindurch, wie hart und bereit er war. Er drückte sein Becken langsam gegen meines, und mein Körper antwortete. »Lass los, Hübsche«, flüsterte er, und ich spürte, wie die vergangenen Monate von mir abfielen, jede einzelne Minute, als würden sie von einem rasch fließenden Strom weggeschwemmt. Alles verschwand, bis da nur noch sein Mund war, wieder und wieder, seine Hände, seine Finger, dunkle Worte in meinem Ohr.

Ein Lachen erklang am Strand, so laut, dass es wie Donner wirkte. Es riss mich zurück in die Wirklichkeit, und ich drehte mein Gesicht weg, drückte meine Stirn an seine Schulter. Mein Herz hämmerte. Was tat ich da?

Brosa packte mein Kinn mit seiner starken Hand und drehte mein Gesicht so, dass ich ihn ansehen musste. Seine Augen waren jetzt nicht mehr so offen und entspannt wie noch wenige Minuten zuvor. Sie hatten sich in Wolfsaugen verwandelt. Er würde mich haben, sagten sie, und zwar auf jene Weise, wie sein Bruder es nicht tun würde.

Meine Augen brannten, und ich presste die Lider zusammen, hätte das alles am liebsten ungeschehen gemacht, diesen ganzen Abend, meinen ganzen Sturz in die Vergangenheit. Ich hatte keine Ahnung mehr, wie es weitergehen sollte. Ich würde hier sterben und mich im Meer auflösen.

Dann hob Brosa mich ohne jede Mühe hoch und stellte mich auf den Sand. Seine Stimme klang leise und entspannt und lenkte meine Aufmerksamkeit wieder auf ihn. »Ginn«, sagte er. »Es tut mir leid. Es ist in Ordnung.«

Ich öffnete die Augen, und er war wieder normal. Er hatte den Impuls, mich besitzen zu wollen, beiseitegeschoben. Er lächelte schwach.

»Bleib hier, und unterhalte dich mit mir, já?« Er stand auf und reichte mir die Decke, die er trug. Er scharrte mit dem Fuß im Sand. »Ich werde uns ein Feuer machen.«

Er ging weg und suchte in der näheren Umgebung nach Zweigen und Ästen. Ich blieb zurück, und allmählich normalisierten sich mein Körper und mein Geist wieder. Auch er nutzte vermutlich die Zeit, um sich wieder zu beruhigen. Wir waren beide heftig erregt gewesen, fast aus dem Nichts. Ich beneidete ihn darum, dass er Holz sammeln, dass er etwas tun konnte, was ihm half, sich zu zentrieren. Ich ließ den Kopf hängen und schüttelte ihn, aber es half mir nicht dabei, meinen Geist zu klären.

Brosa kehrte zurück und kniete sich neben die kleine Grube, die er geschaffen hatte. Er zerdrückte die kleinen Zweige, bis sie ein zartes Nest in seiner Handfläche bildeten, das er in den Sand stellte. Funken zischten und flogen von seinem Feuerstahl auf, griffen nach einem Stück Zunder. Brosa war gut darin, Feuer zu machen. Natürlich. Er war in allem gut.

Er ließ den Zunder in das Nest fallen und pustete sanft auf die Zweige, wo ein kleiner orangefarbener Fleck größer wurde und sich festfraß. Als das Feuer in Gang gekommen war, setzte er sich hin, um es zu nähren und um zu reden.

Er erzählte Geschichten von seinem Schiff, von seiner Reise, die wundervoll und widerlich und gefährlich gewesen war. Er sprach von Norwegen und den erstaunlichen Dingen, die man aus anderen Gegenden – teils aus dem fernen und geheimnisvollen Osten – bekommen konnte: Honig und Haselnüsse und neues Leinen und zarte Hornbecher mit Silberrand. Speckstein und Leder und Tinte, die in kleinen, mit einem Korken verschlossenen Fläschchen verkauft wurde. Schlanke Knochen, so gespitzt, dass man mit ihnen schreiben konnte. Armreifen und Haarbänder von seltener Schönheit.

Er erzählte von seinem Onkel. Dass Hár wie ein Vater für ihn gesorgt und ihm alles über Äxte und Sterne und Schiffe beigebracht hatte. Er liebte ihn genauso sehr, wie er Heirik liebte, aber auf eine andere Weise.

Ich erzählte vom Sommer und vom Spinnen und den Spinnrocken, von Feldern und Mauern. Ich erzählte davon, wie ich gelernt hatte, auf Gerdi zu reiten, und wir lachten über ihre schläfrige Art. Ich kam schneller zu Fuß als auf dem Rücken dieser Stute voran, aber ich empfand große Zuneigung zu ihr. Ich erzählte ihm von Drifa. Davon, dass ich mich in den weißen Wäldern so zu Hause fühlte. Es versetzte mir einen Stich ins Herz, als ich daran dachte, wie Heirik dort mit mir zusammen gewesen war, aber es fühlte sich gut an, Brosa von der Schönheit der Stille und den Körben voller Blätter und Kräuter und Flechten zum Färben zu erzählen. Ich sagte ihm, dass ich Saga noch zwischen den Bäumen finden müsse, auch wenn ich ihre Anwesenheit spüren könnte. Und irgendwie wurden diese geringeren Abenteuer durch die Art und Weise, wie Brosa zuhörte, zu etwas genauso Aufregendem wie seine Schiffsreise.

Irgendetwas brachte ihn dazu, dem Gespräch im ruhigen

Mondlicht eine völlig andere Richtung zu geben. Vielleicht lag es daran, dass wir über die Waren gesprochen hatten, die er mit nach Hause gebracht hatte. Oder über die Stoffe und das Brot und die Verbände, die ich hergestellt hatte. All die Dinge, die uns am Leben halten würden. Es war fast ein Wispern: »Dieses Wrack«, sagte er und deutete mit dem Kinn zu dem Wal, »verdanken wir dem Segen meiner Mutter.« Wrack war liebevoll gemeint. Es war das Wort dieser Sippe für den Wal. Etwas Gutes, das dieses tödliche Meer ihnen gegeben hatte.

»Ich weiß«, flüsterte ich zurück. Das Tier würde die ganze Sippe einige Zeit ernähren. Es gab Überfluss, mehr als genug, wie jedes Jahr, seit Signé Ulf geheiratet hatte. »Ich habe viel über sie gehört.«

Er lächelte, während er an seine Mutter dachte. Dann sah er mich an. »Ich könnte dir noch eine andere Geschichte erzählen, bevor du einschläfst.« Brosa stieß meinen Fuß freundschaftlich mit seinem an. Ich war tatsächlich müde.

Sein Großvater Magnus Heirikson war einer der ersten Siedler gewesen. »Sie waren reich«, sagte er einfach nur, ohne ihren Reichtum genauer zu beschreiben. »Sie sind mit zwei großen Schiffen gekommen, Leuten und Tieren und Thralls, Schmuck und Waffen und Werkzeugen.« Er lachte und schüttelte verwundert den Kopf. »Ich stelle mir immer vor, wie meine Großmutter auf dem Schiff war, mit all diesen Schafen um sie herum. Ich weiß nicht, was sie dachten, wohin sie mit all ihren Glasbechern und Pelzen gehen würden. Aber ich bin froh, dass sie sie mitgenommen haben.« Er stieß mit dem Fuß gegen den Pelz, der jetzt über meinem Schoß lag. Er war sehr viel größer als der irgendeines isländischen Tieres, eine unschätzbare Kostbarkeit. Ich musste an Signés Fuchspelz denken, den Heirik mich Monate zuvor im Schnee hatte tragen lassen, in der Nacht, als wir uns geliebt hatten.

Wie konnte ich ihn wirklich gehen lassen? Diesmal hatte er mich endgültig von sich gestoßen. Absolut. Aber es war sein Verlangen gewesen, das ich heute Abend zuerst gespürt hatte, in meinem Herzen und an meinen Oberschenkeln, nicht Brosas Verlangen.

Ich zog den Pelz ihrer Großmutter fester um meine Beine und lehnte mich schwer gegen den Stamm. Ich verspürte den Drang, mich schlafen zu legen und mich diesem ganzen Durcheinander einfach zu entziehen. Ich wollte die Tatsache verdrängen, dass Brosas Fuß immer noch unaufdringlich, aber hartnäckig mein Bein berührte.

»An dem Tag, als der Hof gegründet wurde, warteten sie, bis es dunkel war.« Er sah ins Feuer und begann, die Geschichte so zu erzählen, wie er sie als Kind Hunderte Male gehört haben musste, tief in seinen Decken versunken oder in den Armen seines liebevollen Onkels. »Magnus nahm sein schnellstes Pferd und entfachte entlang des zu umfriedenden Landes in den Feuerstellen, welche die Männer angelegt hatten, ein Feuer nach dem anderen.« Er stocherte jetzt selbst mit seinem Stock in unserem kleinen Feuer herum. »Und von dem Berg aus, auf dem Amma wartete, konnte sie sehen, wie der künftige Hof als glühender Ring in der Wildnis leuchtete. Und dort, wo sie stand, errichteten sie unser Langhaus.« Er zeichnete ein Rechteck in den Sand, um das Haus darzustellen.

Seine Stimme war tief und andächtig.

»Und was dann?«, fragte ich wie in Trance.

»Já, nun«, sagte er. »Danach gab es eine Menge harte Arbeit, und alle bereuten, dass sie nach Island gekommen waren.« Ein Lachen rumpelte in seiner Brust.

Ich war wieder wach und trat gegen seinen Fuß, ein bisschen härter, als er es zuvor bei mir getan hatte.

»Schon gut, schon gut.« Er grinste. Dann stand er auf und

setzte sich wieder neben mich, legte seinen Arm um mich. »Aber du musst deine Augen schließen, Litli Sládreng.« Die Worte *klein* und *erschlagen* bedeuteten in diesem Zusammenhang *müder kleiner Junge.* War er so genannt worden, als man ihm die Geschichte erzählt hatte?

Er streichelte meine Schulter und machte mit der Gutenachtgeschichte weiter, hüllte mich in eine rhythmische, langsame Litanei all der Dinge, die mit allen möglichen Opfern gesegnet waren. Die Felder und das Langhaus und die Scheune und die Wälder und der Badeteich und das Meer. Der Strand, an dem wir jetzt waren, die Fischerhütten. Die Götter waren sehr zufrieden, und Magnus und Amma hatten viele Kinder, darunter zwei Söhne, Ulf und Hár. »Ulf heiratete eine wunderschöne Prinzessin namens Signé. Und Ulf und die Prinzessin hatten zwei Kinder.«

Ich konnte fühlen, wie er lächelte. Als Kind musste ihm dieser Teil der Geschichte aufregend und dumm vorgekommen sein, bei dem es um ihn selbst ging. Ich lächelte ebenfalls, schmiegte mich in der Dunkelheit an Brosa. In dem Moment, ehe mich der Schlaf ganz überwältigte, hörte ich ihn flüstern: »Und Ulf und Signé starben und hatten niemanden sonst.«

Als ich erwachte, lag ich neben den silbernen Resten eines Feuers aus Treibholz. Es verströmte längst keine Wärme mehr, nur ein bisschen Glut war noch zu sehen. Ich zitterte vor Kälte, blinzelte mit schweren Lidern. Dann spürte ich seine Wärme an meinem Rücken, und ich lächelte, rückte etwas nach hinten, um mich noch mehr an ihn zu schmiegen. Ich erinnerte mich, dass ich schon einmal so aufgewacht war und er leise an meiner Schulter etwas gemurmelt hatte.

Dann stockte mir der Atem. Es war nicht Heirik. Es war Brosas Hand, die da schwer auf meiner Hüfte lag.

Jetzt fiel mir auch die vergangene Nacht wieder ein, halb vergessene Stimmen und Bilder tauchten auf, Stück für Stück. Ich hatte mich halb ausgezogen und mich zu Heirik ins Bett gelegt. Ich hatte es getan, um ihm das Leben zu retten. Aber ich wusste, wie es um uns stand. Ich hatte den Ruf meines Körpers vernommen und die eindeutige Antwort von seinem erhalten. Mit einer kleinen Bewegung hatte er sein Becken an meines geschmiegt. Er hatte seine Lippen auf meine Stirn gedrückt. Als ich von ihm wegging, war ich sicher gewesen, zu ihm zu gehören, aber ich hatte keinerlei Hoffnung, diese Liebe jemals leben zu können. Es gab keine Hoffnung, dass ich jemals in den Zustand der täglichen Gnade gelangen würde, meine brennende Liebe für ihn auf hundert kleine Weisen auszudrücken, Speisen und Kleidung für ihn herzustellen, Verletzungen an seiner Hand zu versorgen und morgens die Schnüre seiner Armschienen und seine Zöpfe zu binden. Mit diesen Hoffnungen war es wirklich vorbei.

Ich fühlte mich krank und elend, spürte den Mann in meinem Rücken noch deutlicher. Ich hatte mich von diesem Bruder umarmen und trösten lassen. Ich war von Brosas enormer Ausstrahlung überwältigt gewesen, hatte meinem ganzen frischen Ärger und meinem Verlangen freien Lauf gelassen.

Brosa hatte zugelassen, dass ich mich zurückzog, aber fleischliches Begehren und etwas Besitzergreifendes waren in ihm erwacht. Ich hatte das Gefühl – nein, ich wusste es –, dass ich diesen Kuss nicht nur meiner Einsamkeit zu verdanken hatte. Die Erinnerung an seine animalischen Augen gesellte sich zu den vielen anderen beschämenden Momenten hinzu.

Seine Augen ähnelten so sehr denen seines Bruders. Heiriks Sonne spiegelte sich auf Brosas Meer. Ich hatte ihn mehr und mehr mit seinem Bruder verwechselt, während ich hier gelegen hatte, den Blick auf das feste Gras und den Sand gerichtet. Ich versuchte, mir den Unterschied zwischen den beiden in Erinnerung zu rufen. Ich musste ihn finden. Ich musste Brosa sofort in dem kalten, nüchternen Wissen betrachten, dass er ein anderer Mann war. So offen und ungezwungen er war, wenn er wach war, fragte ich mich, wie er im Schlaf aussah.

Ich drehte mich um, langsam und verstohlen und kaum atmend, bis ich es sehen konnte.

Die Sonne zeigte sich gerade schwach am Horizont, und im bläulichen Licht vor der Morgendämmerung schien seine weiße Narbe zu glühen. Sie reichte fast bis ans Auge, ging in die Falte seines Lids über, wie es bei Heiriks Mal war. Mein Herz schlug schneller aus Angst um ihn, obwohl es bereits ein Jahrzehnt her war, dass er sich geschnitten hatte. *Er war zu hübsch, um wie ich zu sein.* Heiriks traurige Stimme hallte in meinem Kopf. Ich stellte mir diesen trauernden Jungen vor, dessen Eltern tot waren und der sich verzweifelt danach sehnte, zu seinem großen Bruder zu gehören.

Ich rückte meinen nüchternen Blick wieder zurecht wie ein schweres, vom Meerwasser durchnässtes Kleid, zwang mich, die Gefühle hinter mir zu lassen und einfach nur anzusehen, was da war. Seine Nase war zu kurz. Seine Haare waren, wenn auch voller fröhlicher goldener Strähnen, in Unordnung. Ich stellte mir das Meergrün seiner Augen vor, die jetzt von schweren Lidern bedeckt waren. Seine Augen wirkten müde, wenn er glaubte, dass niemand hinsah. Seine Brauen waren bedrohlich. Er schlief mit einer gewissen Schwere. Statt der unbekümmerten Hingabe eines Kindes tauchte im Schlaf diese Ernsthaftigkeit auf.

Die ihn jetzt umgebende Schwere würde sich auflösen, wenn er wach wurde und lächelte. Er lachte viel und so heftig, dass er sich danach häufig an einer Wand abstützte, um sich zu erholen, oder er klopfte jemandem auf den Rücken, hob einen

Becher. Stets war da eine Art heiterer Vertrautheit in ihm. Ich konnte nicht ganz verstehen, dass er das war, den ich jetzt sah. Fröhlichkeit war sein stärkster Charakterzug. Doch jetzt, während er schlief, zeigte sie sich nicht, und fast war es so, als wäre dies gar nicht Brosa.

Sein Bart war gestutzt, abgesehen von einem schmalen Streifen an seinem Kinn, was ihn wie einen gütigen blonden Teufel wirken ließ. Es war Svanas Werk – sie hatte ihm erst ein paar Tage zuvor die Haare geschnitten. Ich spürte einen Gewissensbiss, als ich heimlich mit den Fingerspitzen darübertastete.

Ich ließ meinen Finger über seiner Unterlippe schweben, ohne ihn zu berühren, voller Angst, dass er erwachen könnte. Er schlief jedoch wie ein Stein. Die Erinnerung an seine Zunge schickte einen Schwall Blut an süße Orte. Es widerstrebte mir, einfach aufzustehen und von ihm wegzulaufen, den sandigen Hügel hinunterzurennen und in das Wirrwarr der aufwachenden Menschen zu geraten, wo ich so tun müsste, als wäre ich nie hier gewesen. Ich wollte noch bleiben.

Ich zuckte zusammen, als jemand mich heftig an der Schulter rüttelte, und dann hörte ich Kit grimmig flüstern: »Steh auf, Frau. Was tust du da?«

Eine gute und einfache Frage. Ich versuchte mir vorzustellen, wie es von außen aussah, als ich so mit Brosa auf dem Boden lag, einen Finger an seinen schlafenden Lippen.

Kit sah sich um, um sich zu vergewissern, dass niemand sonst zu uns hinschaute. »Nur gut, dass wir schon so früh hergekommen sind.« Erst jetzt bemerkte ich, dass Ranka auf Zehenspitzen hinter ihrer Mutter stand und versuchte zu sehen, was passierte. Kit schob sie hinter ihre Röcke zurück.

Ich setzte mich abrupt auf, meine Schläfrigkeit war im Nu vergangen, Pelze und Umhänge glitten von meinen Schultern. Brosa rührte sich und öffnete die Augen.

Er war bezaubernd. »Vaenn dagan«, sagte er mit einen Augenzwinkern zu Kit. *Einen wunderschönen Morgen.*

»Und du hörst auf, Mann«, sagte Kit zu ihm. Sein Zauber machte sie augenblicklich sanfter, aber es gelang ihr trotzdem, noch ein »Já« hinzuzufügen, das wie ein tief empörtes »Tsts« klang. »Was hattest du mit Ginn vor?«

»Gar nichts«, schnappte ich. Ich stand da und strich mir den schwarzen Sand von den Röcken. »Er hat Feuer gemacht und sich mit mir unterhalten.«

Sie hob zweifelnd eine Braue.

Brosa setzte sich auf, ein breites Lächeln im Gesicht, während sich seine eigenen Augenbrauen und Hände zu einer Geste entzückender Unschuld hoben. Kit zischte liebevoll, dann zog sie mich mit sich zu den Zelten, um zu frühstücken.

Ich befand mich weit oberhalb des Strandes in der wilden, baumbestandenen Landschaft. Um mich herum in allen Richtungen waren andere Frauen, deren Kleider ebenso wie meins immer wieder an Wurzeln und Wacholder hängen blieben. Wir suchten eine besondere Pflanze.

»Man nennt sie Zahnblume«, sagte Ranka zu mir und deutete auf ihre guten Zähne. »Wir essen sie den ganzen Winter lang.«

Natürlich wusste ich das, hatte sie selbst in Eintöpfen gegessen oder indem wir sie aus der Speisekammer stibitzt und ungekocht zu uns genommen hatten. Es war quasi das einzige Gemüse. Ranka zeigte mir trotzdem, wie man die zarten kelchförmigen Blätter fand, die jeweils einen kleinen, funkelnden Tautropfen umschlossen.

Sie wurde es nie leid, mir alles zu erklären, und es gefiel mir, ihrer Stimme zu lauschen, die sich mit dem Gemurmel der anderen Frauen vermischte, mit dem Geräusch der Wellen weit unten am Strand. Ich genoss es, ihrem Geplauder, ihren Anweisungen und Erklärungen zuzuhören.

Ich pflückte die Blätter und wünschte, mein Bauch würde nicht mehr so rumoren, aber je mehr Gedanken in meinem Kopf kreisten, desto mehr grummelte er. Ich würde sie einen nach dem anderen zum Schweigen bringen, während ich an den Pflanzen zupfte. Federleicht fielen die Blätter in meinen Korb.

»Schau her!«, rief Ranka mir zu.

Ich schnappte nach Luft, als ich sie sah.

Ihre Lippen waren mit etwas in einem tödlichen Blau beschmiert. Meine Überraschung brachte sie zum Lachen, und die dunkle Substanz tropfte wie rabenfarbenes Blut von ihrem Mund auf ihr helles Kinn. Mein Blick verengte sich, bis ich nur noch ihr lachendes Gesicht sah, die blitzenden befleckten Zähne, die rötlichblaue Zunge. Ihre Augen glänzten. Ich dachte an den Raben, der vor dem Tod kommt.

»Es sind nur Beeren«, zog sie mich auf.

»Alles in Ordnung, Ginn?«, fragte Betta.

Ich schüttelte mich und sah mich um, stützte mich mit meinen Händen auf dem Boden ab. Meine Stimme zitterte stärker, als ich erwartet hatte. »Beeren?«

»Já, Wacholderbeeren«, sagte Ranka, und dann erzählte sie mir, dass sie bereits zwei Jahre gereift waren, an der Pflanze überwintert hatten. Ich stellte mir vor, wie sie sich tief unter dunklen, ausgreifenden Zweigen versteckten. Die Wacholderpflanzen hatten sich hier hoch über dem Meer überall ausgebreitet.

Sie strich mit den Fingern über meine Lippen und gab auch mir etwas von der Farbe ab. Ich spürte, wie ihre Fingerspitze verharrte und die Lücke zwischen meinen Zähnen berührte. Sie faszinierte sie immer noch.

»Fertig«, sagte sie und drehte sich um, um das Gleiche bei jemand anderem zu machen.

Ich saß still da, mit dem Finger halb auf meiner Unterlippe, spürte, wo Brosa mich geküsst hatte. Ich hatte mein Herz verraten und verwirrt. Es war so schwach, so tadelnswert, sich an jemanden zu klammern, der so offensichtlich ein Ersatz war. Götter, wie peinlich.

Ich sah mich zu diesen Frauen um, die alle wie blaubefleckte Hexen aussahen, und ich fragte mich, wie viele wohl wussten, dass ich in Brosas Armen aufgewacht war. Wahrscheinlich alle, die hier an der Küste waren. Und auch der Häuptling. Ich spürte einen Stich des Bedauerns in meiner Brust. Ich konnte mir kaum vorstellen, welchen Schmerz es Heirik bereitet haben musste, es zu erfahren. Wo doch in Wirklichkeit mein Herz und mein ganzes Sein nur ihm galten.

Aber ich war wütend auf diesen Feigling. Ständig schwankten meine Gefühle.

Es fühlte sich gut an, diese Blätter auszureißen. Ich zerrte an den Pflanzen und dachte an all das, was ich ihm gegeben hatte. Mein Herz, meinen Körper, die Arbeit meiner Hände. Mein Vertrauen in eine Zukunft, die er nicht sehen konnte. Oder für die er nicht genug riskieren wollte, um nach ihr zu greifen.

Er hatte mich ein Dutzend Male von sich weggeschoben. Das jetzt würde das letzte Mal sein, das schwor ich mir.

Die Mädchen und ich tauchten mit Körben voller Moos und Grün aus dem Gebüsch wieder auf und gingen den Hang hinunter zum Strand zurück. Ich sah, dass Brosa dort mit einer kleinen Axt auf etwas Glänzendes einhackte, und als hätten wir seinen Namen gerufen, drehte er sich zu uns um. Er hörte auf zu hacken und sah zu uns hin, schien unseren ungewöhnlichen Lippenstift zu bemerken. Dann legte er eine Hand auf sein Herz. »Einen Kuss bitte«, rief er mir zu. »Das ist alles, was ich brauche.«

Jetzt hörten auch die anderen Männer auf zu hacken und sahen uns an. Die Mädchen um mich herum lachten, und ich zog den Kopf verlegen ein, wie eine, die verliebt war. Er breitete die Arme aus, um mich noch einmal anzureden. »Ich schwöre, dass ich nicht stinke …«, rief er. »Nicht zu sehr jedenfalls.« Alle lachten fröhlich über seine zauberhafte Art, und ich musste feststellen, dass auch ich trotz meiner unausgeglichenen Stimmung lächeln musste.

Er hackte weiter, aber vorher blinzelte er mir noch verschlagen zu. Götter, er war einfach so ungezwungen.

Der Wal war schließlich in seine kostbaren Einzelteile – Muskeln, Organe, Walspeck und Knochen – zerlegt und verpackt, und es blieb nichts zurück als ein geisterhafter Abdruck im Sand und eine Schar neugieriger Vögel.

Hunderte von Eiern waren in Hildurs nestähnlichen Behältern verstaut worden, in allen Schattierungen von Blaugrün, angefangen von der Farbe des sonnengetränkten Ozeans bis hin zu einem so hellen Ton, dass es aussah, als wäre diese Eierschale vom Atem eines Meeresgeistes gefärbt worden. Wacholderbeeren lagen für Getränke und Medikamente in einem großen Korb, und eine Ledertasche war mit Muscheln gefüllt, die uns als Schaufeln, Löffel und Kellen dienen würden.

Wir waren bereit zum Aufbruch, aber wir blieben noch eine Nacht, um zu feiern und den Göttern und dem Wal zu danken. Jungen und Mädchen sammelten Schalentiere für das Abendessen. Bier und Butter wurden von den Schlitten genommen, die die Thralls von zu Hause mitgebracht hatten.

Ich saß auf der Anhöhe oberhalb des Strandes und lehnte an dem angespülten Baumstamm, der sich immer vertrauter anfühlte. Noch immer konnte ich die Gegenwart glücklicher Menschen nicht ertragen. Ihr Glück war für mich nicht gedacht. Nicht nach alldem, was in diesen wenigen Nächten passiert war. Was Heirik mir angetan hatte. Was ich zwischen mir und Brosa hatte entstehen lassen. In meinem Kopf kreisten die Gedanken so unaufhörlich wie Krähen.

Betta und Kit vertrieben sie dankenswerterweise, indem sie mit biergefüllten Trinkhörnern auftauchten. Das Bier schmeckte säuerlich und wässrig, aber es half mir, mich zu betäuben und mich frei zu fühlen. Kit schien schon vorher einiges an Bier getrunken zu haben. Sie fühlte sich ganz offenbar glücklich hier im Dunkeln ohne Ranka und das Baby. Sie lächelte mich an, dann musterte sie mich, während ich Heirik betrachtete.

Er wirkte schrecklich niedergedrückt. Er saß auf einem mit Fellen ausgelegten Setberg – einem Felsen, der wie ein Sitz geformt war und hier als Hoher Sitz diente. Wie er so über seiner Familie thronte, verströmte er eine verblüffende Kälte. Unbehaglich saß er da, trank und sah zu. Derart gereizt und ohne seine sonst so typische Haltung, wirkte er regelrecht hässlich.

»Já, er ist heute Abend furchterregend«, sagte Kit, die anscheinend meine Gedanken lesen konnte.

Nur ein einziges Mal wurde er etwas weicher, nämlich als Ákis Vater sich ihm näherte und sich bei ihm offiziell dafür bedankte, dass er seinem Sohn das Leben gerettet hatte.

»Es gibt keinen Grund, mir zu danken«, sagte Heirik sanft und aufrichtig, als würde er den Mann mit seinen Worten an der Schulter berühren. »Aber denk daran, dass der Junge bei mir den Umgang mit der Axt und dem Schwert lernt, wenn er alt genug dazu ist.«

Der Mann senkte den Kopf, wirkte erschrocken und zugleich dankbar, fühlte sich vermutlich gesegnet.

Heirik hatte die Demut dieses Vaters auf elegante Weise mit

einer großen Ehre belohnt. Und auch Heirik selbst wirkte in der Situation wie verwandelt. Ich fühlte mich bei diesen Gelegenheiten, da seine Leute ihm huldigten und ihm dankten, nach wie vor freudig erregt und zugleich traurig. Ich stellte mir vor, dass es ihm genauso ging. Er versorgte die Sippe mit seiner eigenen Hände Arbeit, rettete sie unter Einsatz seines eigenen Lebens, und er hatte für sie getötet und würde weiter für sie töten. Er war sowohl ein fürsorgliches Familienoberhaupt als auch ein gefährlicher Wilder. Kein Wunder, dass sie ihm so ergeben waren.

Die Leute murmelten Ákis Vater etwas zu, als er zu Frau und Kindern am Feuer zurückkehrte.

Gleich nach ihm trat Brosa vor. Heirik verfiel augenblicklich wieder in seine schlechte Laune. Er saß aufrechter da, als sein Bruder sich näherte, sogar außergewöhnlich starr.

Brosa ließ sich auf ein Knie sinken. Er stellte die Axt vor sich ab, als wäre sie ein Schwert und er würde Heirik die Treue schwören. Alle verstummten.

Er war beeindruckend. Seine Kleidung war neu und luxuriös; er musste sie von seiner Reise mitgebracht haben. Sie glänzte regelrecht, und das Leder war so hell wie sein eigener Bart, heller als alles, was ich bisher in diesem Land gesehen hatte. Kniehohe Stiefel schlossen sich fest um seine Waden. An den Handgelenken war weißes Leinen zu sehen; die Ärmel fielen locker über silberne Armreifen. Das Hemd hatte er ein Stück geöffnet, sodass der leuchtende Thor-Hammer zu sehen war.

Über dem hellen Leder und Leinen trug er eine Tunika in dunklem Kastanienbraun mit einem Hauch Karmesinrot darin – eine Farbe, die sich sicherlich nur unter großen Mühen hervorbringen ließ. Ein Saum aus blassem Gelb umrahmte den Stoff, nahm die Farbe seines Bartes und der hellen Strähnen in seinen Haaren wieder auf. Und seine Haare – oh! Sie waren in der Mitte gescheitelt und dicht am Kopf geflochten, wie Betta es machte, allerdings nur bis zu den Ohren. Dahinter fielen sie ihm frei über die Schultern. Ich war überrascht. Obwohl ich meine Finger in seinen Haaren vergraben hatte, war mir nicht klar gewesen, wie lang und schwer sie waren.

Er beugte den Kopf vor Heirik, dann sah er ihn an. Eine angespannte Stille trat ein; er hielt jetzt alle in seinem Bann. Hier ging etwas Außergewöhnliches vor – vielleicht würde es eine Erklärung geben, oder Brosa würde eine Bitte von so großer Bedeutung aussprechen, dass die kostbaren Kleider und die unterwürfige Haltung nötig waren. Etwas brachte mich dazu, aufzustehen. Ich lauschte gespannt. Betta und Kit standen neben mir.

»Heirik, Broðr, Herra«, begann Brosa mit kräftiger Stimme. *Mein Bruder, mein Häuptling.* Nicht das leiseste Geräusch war zu hören, als würden alle den Atem anhalten.

»Vor den Angehörigen unserer Sippe als Zeugen bitte ich mit tiefstem Respekt um die Erlaubnis, Ginn heiraten zu dürfen.«

Ich sank zu Boden. Betta und Kit waren sofort bei mir, knieten sich neben mich. Betta griff nach meiner Hand.

Obwohl es kaum möglich war, schien sich eine noch tiefere Stille über die Versammelten zu legen – etwa zwei Dutzend Erwachsene und etliche Kinder, die sich alle um den Hohen Sitz geschart hatten –, und zwischen Heirik und seinem Bruder erfolgte offenbar eine wortlose und rasche Kommunikation.

»Bruder«, sagte Heirik dann, »dieser Abend ist hervorragend geeignet, um eine solche Bitte zu äußern.« Er lächelte Brosa an, aber das Lächeln wirkte halbherzig und fast säuerlich. »Eine aus diesem Wrack geborene Verbindung wird eine gute sein.«

Mein Herz krampfte sich in meiner Brust zusammen. Was? Er stützte die Ellbogen auf die Knie und beugte sich zu

Brosa vor, als würde er nur zu ihm sprechen. »Du bist ein guter Mann, Bruder«, sagte er, als gäbe es uns andere gar nicht. »Wir werden zum Althing reiten. Findet sich dort niemand von ihrer Familie, ist sie deine Braut. Die Hochzeit kann im Sommer stattfinden.«

Ich lauschte Heiriks dunkler Stimme, die ich so liebte, und hörte, wie er mich weggab.

Ich konnte nicht atmen. Meine Kehle war wie zugeschnürt, ich bekam keine Luft.

Betta schüttelte mich. Und dann war es, als würde ich an die Meeresoberfläche kommen und nach Luft schnappen. Ich sackte in Bettas Armen zusammen; aber immerhin konnte ich wieder atmen.

Ich weinte in Bettas Umarmung. Gedanken taumelten durch meinen Kopf. Ich dachte an Brosa, diesen edlen Mann, der einen unglaublichen Willen besaß, trotz der Tragödie um seine Frau und sein Kind weiterzuleben. Ich dachte an die sinnlichen Berührungen und seine warmherzige Art zu flirten. Ich weinte um ihn, weil er um meine Hand angehalten hatte, weil er mich haben wollte. Dann erinnerte ich mich an Heiriks köstliches, so vielschichtiges, vertrauliches Lächeln. An seinen Körper, seine heiße Umarmung, seinen Atem in meinen Haaren und daran, wie ich ihn in mich aufgenommen hatte. Eine Liebe, die nicht erlaubt war, die Qual tausender Augenblicke, so nah, so unglaublich nah. Ich weinte noch heftiger.

Betta hielt mich fest und wiegte mich, strich mir immer wieder über die Haare, in einem gleichmäßigen Rhythmus, der sich beruhigend auf mich auswirkte. Schließlich lag ich erschöpft in ihrem Schoß, das Gesicht dem Meer zugewandt, den leeren Blick auf meinen Verlobten gerichtet.

Brosa schien es nicht zu stören, dass ich nicht am Feuer saß, aber vielleicht bemerkte er es auch gar nicht. Ich schätze, aus seiner Sicht war ich ihm sicher. Er stand jetzt da, nachdem er sich noch einmal vor Heirik verbeugt hatte, einen halben Kopf größer als fast alle anderen, während ein Dutzend Männer alle auf einmal versuchten, ihm auf die Schulter zu schlagen. Er sprach mit ihnen, Trinksprüche wurden ausgebracht, und er lächelte wie ein Junge. Wie der Junge, der er hätte sein sollen, aber nicht war. Ein neunzehnjähriger erwachsener Mann, der bereits eine Frau verloren hatte und einen kleinen Jungen, der auf Leben und Tod gekämpft und sich selbst Wunden und Narben zugefügt hatte. Ein Mann, der ehrenvolle Versprechungen machte und starke Freundschaften schloss, der sich mit ganzer Kraft dem widmete, dem er seine Aufmerksamkeit schenkte. Und jetzt war auch ich ein Teil dessen. Ich kam mir undankbar vor angesichts seines herrlichen Geschenks.

Ich zitterte auf Bettas Schoß, mein Atem ging abgehackt, während ich nach einem normalen Rhythmus suchte. Und dann traf mich die Erkenntnis mit ganzer Wucht. Ich kämpfte gegen einen Anfall von plötzlicher Panik an. »Ich muss zu Heirik gehen.«

Ich versuchte, mich aus Bettas Umarmung zu befreien, und sie ließ mich los. Kit packte mich jedoch am Arm und hielt mich zurück. »Das wirst du nicht tun, Frau.«

Ich fühlte eine wilde Kraft in mir aufsteigen und wandte mich ihr zu. Fast war ich bereit, sie zu schlagen. »Lass mich gehen!«

Sie hielt mich fest. »Nicht jetzt.« Sie nahm mein Gesicht in ihre kalten Hände. »Beruhige dich. Du hast geweint.«

Ich suchte in ihren Augen nach irgendwelcher Anteilnahme, nach einem Hinweis darauf, dass sie mich verstand. Doch ich fand nichts.

»Und jetzt«, sagte sie nüchtern, »wisch dir die Tränen ab, und geh zu deinem wunderbaren Ehemann.«

Betta hatte kein Wort gesagt. Die stumme Zustimmung meiner besten Freundin verriet mir, dass das hier real war. Dass es wirklich passierte. Ich würde Brosa heiraten.

Das kniehohe Grün war dicht und nass. Ich ging über den Hang oberhalb des Strandes, versuchte, in der Dunkelheit unbemerkt zu bleiben. Vor Heiriks Zelt blieb ich stehen, atmete tief durch und beruhigte mich. Ich sah zu den Sternen hoch und fragte sie stumm, warum sie nicht als Zeugen intervenierten. Sie hatten uns zusammen gesehen, wie wir in Liebe verbunden gewesen waren, im Schnee und im Wind. Sie hatten über mir geschienen, als ich in seinen Fußstapfen gegangen war, hatten mein feierliches Versprechen gehört, an seiner Seite zu bleiben. Jetzt standen sie da, ungerührt.

Ich rief ihn leise und spähte dann ins Zelt hinein.

Er saß auf dem großen Stück Treibholz mitten im Zelt. Seine Arme ruhten auf seinen Oberschenkeln, sein Blick war auf den Boden gerichtet. Er saß da wie ein Häufchen Elend, ganz in sich versunken. Dann sah er zu mir auf, und seine Angst leuchtete in seinen Augen so klar wie Tageslicht. Seine Angst, sich mir stellen zu müssen. Es brach mir das Herz, zu sehen, dass er meinetwegen so aussah.

»Nimm es zurück, Heirik«, sagte ich zu ihm mit einer Stimme, die so klang wie seine, wenn er mir mitgeteilt hatte, was ich tun musste.

Er zog die Brauen zusammen, und die Angst verwandelte sich in aufkommende Wut.

»Fordere mich nicht heraus.«

Kälte war in seiner Stimme, und so ließ ich auch in meine Kälte hinein. »Gib mich nicht weg wie einen Sack Korn.« Und dann begann alles Gute und Starke in mir zusammenzubrechen, und meine Stimme schwankte bei dem einzigen weiteren Wort, das ich noch herausbringen konnte: »Warum?«

Ich holte tief Luft, um mich zu festigen.

Er ließ wieder den Kopf hängen, und eine ganze Weile herrschte Stille, so lange, dass ich schon dachte, er hätte mich entlassen. Doch dann durchbrach er die Stille und sprach.

»Vor einigen Stunden bist du mit Betta den Berg heruntergekommen«, sagte er, ohne mich anzusehen. »Deine Lippen waren befleckt.« Das stimmte; wir hatten uns gegenseitig mit den Beeren bemalt. »Ich konnte die Zahnlücke sehen, als du gelächelt hast.«

Er sah jetzt auf und starrte auf meinen Mund, auf die Lücke zwischen meinen Schneidezähnen. – Meine Lippen hatten sich unter seinem Blick geöffnet.

Er sprach weiter. »Du brauchst jemanden, der diesen Mund küssen wird.«

Zwei Abende zuvor hatte Brosa mich getröstet und meinen Mund geküsst, ja. Sogar so intensiv, dass meine Lippen immer noch von der Glut, die er erzeugt hatte, brannten. Sein Kuss war gut gewesen, leicht und intensiv. Aber was zählte ein solcher Kuss, wenn Heirik da war, für den Rest meines Lebens? Wollte er etwa danebenstehen und zusehen, wie Brosa sich an dem labte, was an Zärtlichkeiten von mir kam? Wie ich meine Haare herunterließ, ihm eine Beere in den Mund schob, ein Hemd für ihn nähte und ihm die Haare zusammenband? Ihn liebte. Eng umschlungen mit ihm dalag, quasi in Reichweite. So nah, dass ich fast die Hand ausstrecken und Heirik stattdessen berühren könnte.

»Du solltest derjenige sein«, sagte ich.

»Ginn.« Er schüttelte den Kopf. »Du bist so gut.«

»Das Mal auf deiner Haut«, begann ich, und meine Faust entkrampfte sich, als könnte es sein, dass er mir gestattete, es zu berühren. Aber sofort glühten seine Augen vor Wut, und ich wich zur Zeltwand zurück.

Aber ich sprach trotzdem. »Ich glaube nicht, dass es ein Fluch ist. Ich denke, es ist einfach nur …«

Ich wusste nicht, was ein derart großes Mal erzeugt haben könnte, und die plötzliche Erkenntnis war seltsam. Als würden sich die Götter als Erklärung ebenso gut anbieten wie alles andere. Als könnte es tatsächlich ein Geist der Ahnen gewesen sein, der über Signé geschwebt hatte, als sie schlief, während Heirik in ihrem Leib wild und stark heranwuchs. Welche Kraft führte dazu, dass ein Kind zu so einem Mann heranwuchs?

»Es ist nur eine Färbung deiner Haut«, fuhr ich fort. »Sonst nichts.«

Seine Stimme klang betont neutral. »Ich habe mir geschworen, dich auf jede mir mögliche Weise zu beschützen. Bring mich nicht dazu, meinen Schwur zu brechen.«

Es lag keine Trauer in seinen Augen. Kein Begehren und keine Sehnsucht in seinem Blick. Es war vielmehr Fürsorge. Und das vernichtete mich.

»Lass mir meine Ehre«, sagte er so leise, dass ich ihn kaum verstehen konnte, und senkte den Kopf. Es war eine Bitte, die so zart war, wie jeder Heiratsantrag es hätte sein können. Ihm war seine Ehre so wichtig, und sie war so zerbrechlich. Sie war das Wichtigste im Leben eines Mannes und kraftvoller als irgendein Aspekt der Liebe oder der Familie. Sie definierte all das, was er in diesem oder im nächsten Leben war. Ich konnte es nicht über mich bringen, sie ihm zu nehmen und ihn dadurch zu brechen.

Und so verschloss ich mich. Als wäre ich ein Tor, ein Lüfter, wurde ich schlagartig ruhig. Genauso, wie er seine Gefühle so oft verborgen hatte, verschloss ich jetzt mein Herz. Er war nichts weiter als der Häuptling für mich.

»Já, Herra«, sagte ich. Ich senkte den Kopf und schob mich rückwärts aus dem Zelt.

Ich ließ ihn mit seiner Ehre zurück und ging zum Meer.

Ich watete den Strand entlang durchs Wasser in Richtung der Steine. Zwischen ihnen war es dunkel und neblig. Der Ort war wie dafür geschaffen, von Geistern heimgesucht zu werden. Ich stand mit den Füßen im eiskalten Nass, fühlte, wie es in meine Stiefel sickerte. *Reki.* Ich sprach das Wort laut aus, als es in meinem Kopf auftauchte. Ein Ding, das ans Ufer gespült wurde. Dank meiner von Tränen erstickten Stimme klang es wie ein ähnliches Wort: *Rekingr. Ausgestoßene.* Das zehnte Jahrhundert war eine Wildnis, und ich war darin allein. Ich befand mich unter Tieren, die Zähne hatten wie Svana oder spöttisch dreinblickten wie Hildur. Ohne Heiriks ständige Anwesenheit, seine unausgesprochene Ergebenheit mir gegenüber. Er dachte, er würde mich beschützen, aber heute Abend hatte er mich aus dem Kreis des Lichts ausgestoßen und in die verstörende Dunkelheit geworfen.

Mein Geist stolperte zurück zum Schlafalkoven und dem ersten Tag in der Familie. Jetzt kam die Angst, kroch wie Säure die Kehle hoch, so eindrücklich, als wäre ich erneut in das Wasser der Zeit geworfen worden. Beim Auftauchen erlebte ich die gleiche Verwirrung wie damals, das gleiche Entsetzen. Wieder spürte ich, wie die Kälte sich um mich schloss, um meine Knöchel. Zitternd streckte ich meine Hände vor mir aus, sank wenig anmutig im eiskalten Meer auf die Knie. Mein Unterkleid und mein Kleid saugten sich mit Wasser voll. Salz brannte mir in der Nase und in den Augen.

Winzige, kalte Kieselsteine bohrten sich unter meine Fingernägel, und meine Hände begannen, taub zu werden. Heirik

hatte es mit der Ehre zu weit getrieben, er war innerlich erstarrt.
Ich konnte das auch tun. Ich konnte ins Wasser gehen, bis eine
betäubende Kälte mir den Atem rauben würde.

Oder ich konnte nach Hause zurückkehren.

Der Gedanke traf mich wie ein Schlag gegen den Kopf.

Ich hatte immer daran geglaubt, dass das Wasser der Weg
zurück sein würde. Deshalb hatte ich es gefürchtet und einen
Bogen darum gemacht. Jetzt hatte ich offenbar nicht ins Wasser
gehen wollen, um den eiskalten Tod zu finden, sondern weil ich
mich nach dem kühlen Schutz des Labors sehnte.

Ich schaute auf meine vom Wasser umspülten Hände. Das
Mondlicht beschien sie wie kleine Fische, die auf der Stelle
schwammen. Ich berührte mein Handgelenk. Klopfte darauf.

Ein Reißen öffnete mein Hirn.

Metall heulte auf, und es fühlte sich so an, als würde eine
Klinge durch weiches, rosiges Fleisch schneiden. Ich sah meine eigene Hand im Wasser flackern, verschwinden und wieder-
auftauchen wie bei einer Bildschirmstörung. Ich würde gehen,
jetzt gleich. Mein Hirn zerriss. Wilde Geräusche. Ja, ich ging
weg.

Und plötzlich wollte ich es nicht mehr. Es war ein Fehler!
Ich stemmte mich mit aller Macht gegen den Sog. Ich kämpfte
mich auf die Füße, riss meine Hände aus dem Meer, stolperte rückwärts. Oh Götter, ich verschwand von hier. Es würde
nicht aufhören.

»Ginn!«, rief Brosa aus der Dunkelheit.

Er rannte zu mir, und ich stand benebelt und voller Panik da,
fand ihn. Barg meinen Kopf an seiner Brust.

»Was ist los, Frau?«

Er tröstete mich, bis ich antworten konnte. Die Wahrheit,
dachte ich. »Ich habe mich allein gefühlt und hatte Angst.«

Oder zumindest war es ein Teil der Wahrheit.

»Oh nei, Elskan mín, nei.« Seine Arme erdrückten mich fast. Er litt darunter, dass er schon jetzt versagt hatte, kaum eine Stunde nach unserer Verlobung, mich nicht beschützt hatte. *Mein Liebling.* Er hielt mich fest. Er war auf allumfassende Weise groß und leidenschaftlich, und es fühlte sich gut an. »Ich werde jetzt nicht mehr von deiner Seite weichen.« Er gab mir einen Kuss auf den Scheitel, ein Versprechen.

Ich drehte den Kopf und ließ ihn an seiner Brust ruhen, während ich zum Strand blickte. Ich sah Heirik dort, und mir sank das Herz. Ich spürte den Druck von zwölfhundert Jahren Stimmigkeit und Verlangen. Ich war durch die Zeit gereist, um ihn zu finden – und nur ihn, niemand anderen. Brosas starke Arme würden nicht reichen. Ich würde Heirik ewig nachtrauern.

Er stand vor seinem Zelt, die Arme vor der Brust verschränkt, und blickte zum Meer. Er sah so aus, wie ich mich fühlte. Erbärmlich. Als würde er über den Tod nachdenken. Da tauchte Svana auf.

So viel Angst sie vor Heirik auch hatte, sie ging jetzt zu ihm, um ihm eine Bitte vorzutragen. Sie wollte seinen Bruder für sich. Sie würde den Häuptling fragen, ob er seine verrückte Entscheidung rückgängig machen konnte, so wie ich es getan hatte. Ich konnte mir nicht vorstellen, dass sie Heirik dazu bewegen könnte, nachdem es mir nicht gelungen war. Aber es war die Hoffnung wert, dass sie ihn überreden und es versuchen würde.

Stattdessen passierte allerdings etwas Seltsames. Ich konnte die Worte nicht ausmachen, nur den Klang ihrer Stimme, und der war weder flehentlich noch angsterfüllt. Ihre Stimme war trällernd, fröhlich, wie die eines kleinen zwitschernden Vögelchens. In seiner typischen Art schaute Heirik weg, während er ihr zuhörte. Er sah zum Strand hin, und ich fragte mich, ob er mich sehen konnte. In den Armen seines Bruders.

Dann strich Svana über Heiriks Handgelenk, wie man es tun mochte, wenn man gemeinsam lachte und sich miteinander unterhielt. Ich konnte es gerade eben erkennen. Svana berührte ihn.

Heirik zog die Hand weder weg, noch versteifte er sich vor Schreck. Er drehte sich einfach um und ging neben ihr her zu dem großen Feuer.

Brosa fühlte, wie ich zitterte, und murmelte: »Schhh«, während er mir über den Rücken strich. Ich fühlte mich so allein.

»Setzen wir uns zusammen hin, Litla.«

Ich zuckte innerlich zusammen, als ich den vertrauten Kosenamen hörte. Götter, es war seltsam, dass Brosa gerade den gewählt hatte. »Bitte«, sagte ich, das Gesicht an seiner Brust verborgen. »Bitte nenn mich nicht so.«

Er wich minimal zurück und musterte mich. Ich bemerkte, wie Verständnis und Überraschung in seine Augen traten. Ich dachte, vielleicht hatte er es bis jetzt nicht richtig verstanden oder es nicht geglaubt. Dass Heirik und ich uns nicht einfach nur zueinander hingezogen gefühlt hatten. Dass wir eine Beziehung gehabt hatten. Wir waren ein Liebespaar gewesen. Heirik hatte einen süßen, vertrauten Kosenamen für mich gehabt.

»Ich tue es nicht mehr«, versprach er, und dann nahm er mich auf wie ein Kind und trug mich den Strand hoch an eine Stelle, wo es trocken war. Er setzte mich ab und nahm neben mir Platz. Seine Hand fühlte sich warm und sicher an meinem Kinn an. Der Blick seiner meerfarbenen Augen fand meinen, und er lächelte sein warmherziges Lächeln. Und ich schmolz dahin. Erschöpft, angespannt, bedürftig. Durchnässt. Ich saß da, spürte das schwere Gewicht seines Armes auf meinen Schultern.

»Brosa.« Ich kämpfte schwach gegen ihn. Sein tröstendes, liebevolles Wesen umhüllte mich. Ich musste ihn jetzt verletzen, durfte nicht darauf warten, dass es noch schlimmer wurde.

»Ich liebe deinen Bruder, nicht dich«, sagte ich ihm. »Er ist mein Herz und mein Blut.«

»Ich weiß.« Er war ruhig und ganz und gar nicht überrascht. »Ich habe es gesehen.«

Er antwortete auf meine Aussage mit der gleichen Aufrichtigkeit, die ich gezeigt hatte, was mich überraschte. Und er überraschte mich mehr noch mit seinem schlichten Pragmatismus, als er sagte: »Ich liebe dich auch nicht. Aber nicht mein Bruder wird dich haben, sondern ich.« Er berührte die Stelle zwischen meinen Augenbrauen mit einem Finger, fuhr über meine Nase. Es war überhaupt nicht von oben herab, sondern einfach nur langsam und bezaubernd und verführerisch. »Wir beide werden uns aneinander gewöhnen. Miteinander wachsen.«

Götter, wie weit war ich gekommen. Verloren in einem gewaltigen Universum, von dem dieser Mann nichts ahnte. An einem Ort, der so anders war, dass Liebe keine Rolle für eine gute Ehe spielte. Wahre Liebe war etwas, was man aufgeben musste, wenn es nötig war, und eine neue Liebe konnte genauso beiläufig und unaufhaltsam wachsen wie eine Wildblume auf einem Dach.

Die Tatsache, dass ich mich zu ihm hingezogen fühlte, war ein Bonus, já? Es war ein unglaubliches, unverschämtes Glück, dass ich jemanden gefunden hatte, der so schön wie Brosa, ein so grundlegend glücklicher und ehrenvoller Mann war.

»Das sehen wir später«, sagte er. Es war eine Bemerkung, keine Frage.

»Ich werde dich verletzen«, sagte ich.

»Já, nun, genießen wir den heutigen Abend, bevor du damit anfängst.«

Ich musste lächeln. Inmitten dieser erbärmlichen Nacht hatte er mich zum Lachen gebracht.

Am nächsten Morgen war die Luft frisch und klar, ohne die feine Gischt vom Ozean. Es gab keinerlei Hinweis darauf, dass er jemals eine wirbelnde Bestie gewesen war, die versucht hatte, den Häuptling und zu rauben. Mich zu rauben. Ich ging am Strand entlang, fühlte mich erbärmlicher als je zuvor in meinem Leben. In meinem Schädel bauten sich Druck und dumpfer Schmerz auf, und ich zog den Umhang fest um mich. Ich hatte die Haare zusammengebunden, aber einzelne Strähnen hatten sich gelöst und klebten mir im Gesicht.

Ich hörte Betta hinter mir; sie kam rasch und lärmend zu mir und legte mir einen Arm um die Schultern. »Zu viele Trinkhörner in der Nacht, und eine Frau ist den ganzen Morgen durstig.« Es klang wie ein Witz auf meine Kosten, aber sie bezweckte mit ihren Worten sicherlich, meine düstere Stimmung vor Hárs Töchtern zu verbergen.

»Das ist nur zu wahr«, fügte Thora hinzu. Sie schien selbst etwas zu kränkeln.

Genau genommen wirkten alle drei, Dalla, Kit und Betta, ziemlich erschöpft und blass, als hätten sie beim Fest am vergangenen Abend zu viel getrunken. Svana war auffälligerweise nicht zu sehen.

Die Frauen wollten mit mir über mich und Brosa sprechen. Sie wollten mir sagen, wie viel Glück ich hatte, was für einen herrlichen Ehemann ich bekommen würde, so jung und reich und stark. Er würde sein eigenes Schiff bekommen, sagten sie. Es war ein Gerücht in der Morgenbrise.

Alle wussten, dass ich eine seltsame Beziehung zum Häuptling hatte, eine Art von Vertrautheit und Leidenschaft, die sich niemand vorstellen oder gar näher beleuchten wollte. Meine Verlobung mit Brosa beseitigte diese Gedanken ein für alle Mal. Niemand würde jetzt noch nach einem Amulett greifen oder in den Ecken des Langhauses flüstern. Erleichterung füllte ihre Segel, und sie überhäuften mich mit Plänen und Fragen.

Ich vernahm ihre Worte nur am Rande, gerade hinreichend, um »hm« oder »jà, ich weiß« sagen zu können, versuchte, ihren Bemerkungen keine Aufmerksamkeit zu schenken, blickte auf den Sand und stellte mir vor, wie mein Geliebter auf seinem Pferd am gleichen Wasser stand, die Schultern gestrafft. Ich sah zu den kleinen Höhlen, die sich in die Klippe gefressen hatten, und erinnerte mich daran, wie wir dort das erste Mal zusammengekommen waren, wie ich zum ersten Mal seine Hand berührt hatte, wie sie ausgesehen hatte, als wir dort gesessen hatten.

»Mein Da wird auch heiraten.«

Thoras Worte rissen mich abrupt aus meiner Versunkenheit. Hár würde heiraten?

»Ich habe gehört, wie er gestern Abend mit dem Häuptling gesprochen hat. Er sagte, dass er sich zu Brosa nicht äußern wolle, aber er hätte selbst Bedarf an einer Frau.« Heirik und Hár waren dann weggegangen, und so hatte Thora nichts weiteres mehr verstehen können.

»Typisch mein alter Da«, lachte Thora. »Dabei hat er schon dreizehn Kinder. Hat er seinen Eiern damit nicht genug Ehre gemacht?« Sie und Dalla lachten schallend.

Ich ließ sicherheitshalber einen Moment verstreichen, ehe ich Betta ansah. Ihr Gesicht war ausdruckslos. Sie wandte sich ab und bückte sich, um eine Muschel aufzuheben, während die anderen weiter darüber plauderten, wer die zukünftige Ehefrau wohl sein würde, aus welchem Haus sie stammen und ob und wann sie bei uns leben würde. Dann irgendwann ging ihnen der Gesprächsstoff zu diesem Thema aus, und sie widmeten sich wieder meiner Verlobung.

Als Betta und ich die Möglichkeit hatten, stahlen wir uns davon und erklommen die Anhöhe oberhalb vom Strand. Kaum waren wir weit genug außer Sicht, ließ sie sich auf den Boden sinken. Sie sah mich an, und ihr Herz lag offen da. Ich setzte mich neben sie und legte einen Arm um sie. Eine ganze Weile zitterte sie einfach nur stumm. Dann holte sie ein paarmal tief Luft und begann zu sprechen, den Kopf immer noch an meiner Schulter. »Ich wusste es, já?«, sagte sie. »Dass er bedeutend genug ist, um eines Tages von der Familie gebraucht zu werden.«

Sie setzte sich wieder gerade hin und sah auf die Hände in ihrem Schoß. Mit einer gewissen Faszination starrte sie die weißen, ineinander verhakten Finger an. »Aber jetzt, da es passiert ist, tut es schrecklich weh.« Bei den letzten Worten begann sie zu weinen.

Ich kannte dieses Gefühl der Fassungslosigkeit. Ich wusste, wie es sich anfühlte, in eine Zukunft zu blicken, in der es jemanden nicht mehr gab.

Sie sah sich um, sah hinter sich, als hätte sie etwas verloren, und dann ließ sie sich auf den Boden sinken, suchte mit ihren grünen Augen den Himmel ab. Ich legte mich neben sie und betrachtete den gleichgültigen blauen und stahlgrauen Himmel.

Würde Betta damit zurechtkommen, zusammen mit Hárs Frau in unserem Langhaus zu leben? Wie würde sie es ertragen, wenn er vor ihren Augen eine andere umarmte? Und wie war es überhaupt möglich, dass er so etwas tun konnte? Betta würde unvorstellbar viel Kraft benötigen, wenn er abends mit seiner Frau wegging, in der Speisekammer mit ihr schlief, ein Kind nach dem anderen mit ihr bekam. Meine Gedanken rasten, als ich mir vorstellte, wie schrecklich es sein musste. Es waren die gleichen Fragen, die ich mir selbst stellte. Wie würde ich mit meinem eigenen Ehemann leben können?

Es war unmöglich, einer Heirat mit Brosa wirklich zuzustimmen. Ich musste ernsthaft mit ihm reden, wenn erst der Schock abgeklungen war. Ich würde ihn verletzen, schon bald. Sein natürliches Lächeln würde ihm vergehen, und zwar meinetwegen. Allein bei dem Gedanken an Männer bekam ich schon Magenschmerzen. Ich sah Betta an und überlegte, ob wir uns ohne sie verlieben könnten. Aber nein, ich mochte Betta, aber ich empfand ihr gegenüber nicht auf diese Weise. Ich fühlte etwas vollkommen anderes. Ich empfand Begierde nach – wie ich zugeben musste – zwei Brüdern. Aber ich liebte nur einen.

»Ich wusste, dass es passieren würde«, sagte sie. »Ich hatte bereits aufgehört, mich mit dem Narren zu treffen.« Sie setzte sich aufrecht hin, wischte sich den Mund mit dem Handrücken ab und blinzelte, als wollte sie so die Tränen zurückhalten. Aber ihre Stimme war rau, als sie flüsterte: »Ich … wollte ihn nur einfach.«

Sie sprach diese Worte mit einer Zärtlichkeit, als würde sie Hárs Gesicht in diesem Moment berühren. Ich konnte nachvollziehen, wie es sich für sie anfühlte, ihn sich bewegen und ihn lächeln zu sehen. Eines Tages hätte sie vielleicht erstaunt seine Gesichtszüge betrachtet, während er schlief, oder sie hätte sie im Gesicht ihres Kindes wiedergefunden.

Ihr Herz war zerstört worden, ohne dass sie sich darauf hatte wirklich vorbereiten können. Ich schmiegte mich an sie, als würden wir beide im selben undichten Boot sitzen.

Am selben Nachmittag hackte Hár sich versehentlich den halben Finger ab.

Betta und ich kamen gerade mit gefüllten Körben aus der wilden, baumbestandenen Landschaft weit oberhalb des Strandes zurück. In ihren Augen stand Entschlossenheit. Sie hatte ihren Frieden mit der Notwendigkeit geschlossen, sich ihm zu stellen, und nachdem sie ihren Entschluss erst einmal gefasst hatte, konnte sie es kaum abwarten. Manchmal war sie wie ein kleines Mädchen, das nichts weiter wollte, als ein einfaches, glückliches Leben zu führen. Sie musste Hárs Gesicht sehen, um zu wissen, dass es stimmte. Dass es mit ihren Hoffnungen vorbei war. Es brach mir das Herz, zu sehen, wie sie mit schwankenden Körben und Zöpfen den Hang zum Strand hinunterging, direkt vor mir her.

Wir hatten ein Drittel des Weges hinter uns gebracht, als wir ein wütendes Brüllen hörten, gefolgt von einer Reihe von poetischen Wikingerflüchen, die von Ziegenhoden und Trollpisse handelten. Es war laut genug, um eine halbe Meile weit zu hören zu sein. Betta ließ ihre Körbe stehen und rannte wie ein verängstigtes kleines Kind los. Ich stellte meine ebenfalls ab und lief hinter ihr her.

Wenn ich mich auf das Treibholz konzentrierte, musste ich Hárs blutende Hand nicht sehen und auch nicht den abgehackten halben Finger im Sand. Das Holz sah hübsch aus, hellgrau mit rubinroten Streifen. Das Blut war auch in seine Kleidung gesickert, und seine Axt lag rot auf dem Boden neben ihm. Als wir ihn erreichten, stieß er sie gerade wütend aus dem Weg, benutzte dabei Worte, die nur so etwas wie *stümperhafter Schwanzlutscher* bedeuten konnten. Er stapfte zur nächsten Feuerstelle, wo die Männer ihre Klingen gehämmert und geschärft hatten.

Er setzte sich auf einen Stamm, und zuerst sah es so aus, als wollte er sich wärmen und über seinen dummen Unfall nachdenken. Dann jedoch öffnete er die Hand und betrachtete den Zeigefinger, an dem jetzt die Hälfte fehlte. Magnus kam atemlos mit einem nassen Tuch zu ihm. Hár wickelte es um die noch vorhandenen Finger, zuckte nur einmal kurz zusammen, als das Salzwasser die Wunde erreichte. Dann ballte er die anderen gesunden Finger zu einer Faust und hielt den Fingerstumpf, ohne lange zu zögern, ins Feuer.

Betta wurde kreidebleich, kauerte sich auf den Boden, wiegte sich vor und zurück. Sie wollte zu ihm laufen, aber sie tat es nicht. Sie hatte eine enorme Willenskraft.

Ein Dutzend Leute hatten sich inzwischen um Hár versammelt. Thora machte sich an seiner Seite zu schaffen, und Magnus kniete sich neben ihn und fragte ihn, ob er etwas bräuchte. Hár brüllte beide an. »Lasst mich in Ruhe!« Danach stieß er noch ein paar weitere Flüche aus, ehe er sich umsah und rief: »Betta soll herkommen.«

Stille breitete sich aus. Selbst das unaufhörliche Geräusch der Wellen schien zu verstummen, um sich zu vergewissern, dass er wirklich »Betta« gesagt hatte.

Betta stand beherrscht auf, und ohne irgendjemanden anzusehen, trat sie zu ihm.

Thora starrte ihren Vater mit offenem Mund an, als er sich bei Bettas Anblick von einem verärgerten alten Mann in einen zärtlichen Liebhaber verwandelte. Betta kniete sich neben ihn und griff nach seinem Unterarm, um sich die Wunde anzusehen, aber er zog die Hand weg. »Meine Hand ist unwichtig, Frau. Ich muss mit dir reden.«

Sofern das überhaupt möglich war, wurde sie jetzt sogar noch blasser, wie ein Geist, der kurz davorstand, sich aufzulösen. Sie legte ihre Hände auf die Knie und wartete.

»Du hast gehört, dass ich heiraten werde.«

Sie nickte, hielt sämtliche Gefühle zurück. Sie war noch viel beherrschter, als ich sie jemals erlebt hatte. Ich dachte daran, wie es mir am Tag zuvor gegangen war. Wie vorwurfsvoll ich gewesen war. Ich dachte an das, was ich zu Heirik gesagt hatte. *Gib mich nicht weg wie einen Sack Korn.*

»Ich wollte mit dir reden, bevor es sich herumspricht«, sagte

Hár zu ihr. Seine Stimme klang sanft. Betta ließ jetzt den Kopf hängen. Sie konnte es nicht ertragen, zu hören, was er sagen würde – noch dazu vor der halben Familie. Ihre ganze Kraft versagte jetzt, und ihr Gesicht verzog sich vor Schmerz. Hár sprach weiter. »Und bevor das hier passiert ist.« Er deutete auf seine Hand, an der nun ein halber Finger fehlte. Dann sah er ihr ins Gesicht und umfasste ihr Kinn mit der gesunden Hand. »Nei, nei, mo chuisle, schhh.« Sie selbst hatte ihm die gälischen Worte beigebracht, und er sprach sie mit einer Stimme, wie ich sie ihm nie zugetraut hätte, als würde er die Worte liebkosen, als würde er Betta mit den Worten liebkosen. »Was hast du?« Er schüttelte den Kopf, als würden die Gefühle von Frauen ihn irritieren. »Ich wollte es vorher wissen. Ob du Já sagen würdest.«

Sie zog ihre Brauen zusammen, und dann sah ich, wie sie allmählich den Sinn seiner Worte begriff. Ihre Augen weiteten sich, und sie sagte einfach nur: »Oh.«

Sie lächelten sich an, als wären sie ganz allein. Er legte seine Hand an ihre Wange, tastete über ihren Haaransatz, wo ihre festen Zöpfe begannen, und sie neigte den Kopf, kam seiner Berührung entgegen. Dann legte sie ihre Hand auf seine und schloss die Augen vor Glück und Erleichterung. Tränen liefen ihr über die rosigen Wangen.

»Nun, Hjarta mitt?« Reumütig fügte er hinzu: »Bist du jetzt fertig mit mir, da ich nur noch eine gute Hand habe?«

Sie lachte, und wir anderen stimmten mit ein. Und dann sagte sie, dass sie ihn heiraten wolle.

Er nickte, als das erledigt war, und dann erklärte er, dass er ein paar frische Kleidungsstücke benötigte, und bat sie, sie für ihn zu suchen.

Sie küssten sich nicht, sie umarmten sich nicht. Betta sah ihn nur noch einen Moment länger an, und es war verblüffend, wie sie einander verwandelten. Sie war eine herrliche Frau. Und einen Moment lang war Hár nicht der schroffe und gefährliche Wikinger. Er war ein Liebhaber, ein aus vollem Herzen geliebter und liebender Ehemann.

Auf dem Weg nach Hause befanden sich alle anderen in einer unglaublichen Hochstimmung, voller Freude und Erinnerungen an den Wal und mit der Aussicht auf Hochzeiten. Ich hörte Musik hinter mir, aber meinem Gefühl nach kam sie von weit her und gehörte zu einer anderen Welt, einer kleinen und farbenprächtigen. Hier, wo ich an der Spitze ritt, war alles verwaschen, die Farben kontrastarm, die Wolken reglos an einem eintönigen Himmel. Der leuchtende und unaufhörlich sprudelnde Fluss, dem wir durch das Tal folgten, kämpfte sich jetzt durch neues Gras und sich verlagernden Schlamm. Wir ritten an seinen Ufern entlang stromaufwärts.

Ich befand mich im vorderen Teil der Gruppe, zusammen mit meinem Verlobten. Ein Wort, das mich immer noch benommen machte. Diese ganze Geschichte mit Brosa, ihn heiraten zu sollen, war immer noch wie ein Schlag. Wann immer er sich daranmachte, näher neben mir zu reiten, spannte ich mich an – und Drifa schnaubte und warf den Kopf herum. Sah er nicht, was sein Bruder mir bedeutete? Wieso bestand er weiterhin auf dieser Hochzeit?

Brosa versuchte, mich aufzuheitern. Er sprach in einem fröhlichen und ungezwungenen Ton mit mir, aber seine Stimme klang ein bisschen zu glatt und zu leicht. Ich konnte nicht aufhören, die Unterschiede zu bemerken.

Meistens hörte ich Svanas kindisches Gejaule noch ein Stück weiter vorn. »Herra!«, rief sie hinter Heirik und spornte ihr Pferd an, um zu Vakr aufzuschließen. Was konnte dieses fade Mädchen ihm schon zu sagen haben?

Ich hatte nicht vor, hinter ihnen herzureiten, um es herauszufinden.

Wie eine Axt oder ein Pferd war ich von einem Bruder an
den anderen weitergereicht worden.

Als wir wieder zu Hause waren, fand ich mich mitten zwischen
Pferden und Walfleisch und Fett und Knochen wieder. Vorräte
und Rufe wurden in alle Richtungen weitergegeben. All das,
was am Meer beschlossen worden war, würde hier Wirklichkeit werden, Alltag werden.

Svana stellte sich in all dieser Geschäftigkeit neben Heirik.
»Lass mich dir helfen«, sagte sie und machte sich an den Schnüren seiner Armschienen zu schaffen. Eine einfache Geste am
Ende eines langen Tages. Die Zeit schien sich zu verlangsamen,
jede Sekunde ein ganzes Leben. Ich sah, wie ihre Hände zitterten, als sie ihn berührte. Hörte ihn »Já« sagen, während er auf
das Heimfeld starrte, vielleicht an Samen und Licht dachte. Er
wünschte sich ihre Berührung nicht, aber es war trotzdem ein Ja.

Das Langhaus, das ich hinter ihnen sah, schien sich vor meinen Augen zu verwandeln. Aus dem schützenden Heim wurde
ein verschlossener, kalter Ort. Das Gras welkte und verwandelte sich in graue Finger, dann in Eis. – Eine optische Täuschung,
durch das Licht bedingt.

Als Svana fertig war, sah Heirik auf seine Hand, bewegte die
Finger und schüttelte das Handgelenk aus. Was sah er, wenn
er auf ihren blonden Kopf blickte? Oder in die frühlingshaft
himmelblauen Augen, wenn sie zu ihm aufschaute?

Ich sah den Beginn seiner Zukunft, wie sie ohne mich sein
würde.

Wieder sahen wir den Häuptling fünfzehn Tage lang nicht.
Brosa schien gewusst zu haben, dass dies passieren würde,

denn er kam mit der veränderten Situation locker klar. Auf diese Weise, sagte er zu mir, hätten wir Zeit, uns näher kennenzulernen. Als hätten sie es extra so arrangiert. Im Laufe der beiden Wochen gewöhnte auch ich mich an diese ruhige Zeit – und an Brosa. Ich begann, ihn zu mögen, sehr sogar.

Brosa schien mir nicht zu glauben, als ich ihm erklärte, dass wir niemals heiraten könnten. Von diesem Moment an umwarb er mich, übte mit mir Bogenschießen auf dem Hofplatz und ging mit mir zu den Ställen, um mit den Pferden zu sprechen. Er saß mit mir beim Feuer, rückte näher und näher, bis unsere Körper einander berührten und ich mich durch seine Anwesenheit berauscht fühlte.

Während die Morgen und Abende vergingen, nahm ich Heiriks Abwesenheit immer weniger wahr, als wäre der Faden, der uns verband, durchtrennt worden. Ich verspürte ein Gefühl von Freiheit und Übelkeit. Wenn in mir Erinnerungen daran hochkamen, wie Svana Heirik berührt, wie sie sanft mit ihm gesprochen hatte, fühlte es sich so an, als wären diese Dinge in einem anderen Leben geschehen. Jetzt ruhte Svanas Blick auf mir und Brosa, und ihre kleinen Zähne hatten nie weißer ausgesehen.

Brosa kam immer wieder zu mir, wie ein kleines Hündchen, bis ich schließlich anfing, hin und wieder mit ihm zu spielen. An diesem Abend, einem unvorstellbar milden Frühlingsabend, hatte ich mich einverstanden erklärt, mit ihm spazieren zu gehen. Er führte mich halb um das Feld herum, auf dem die Gerste bereits zu wachsen begann, und dann schob er mich sanft mit dem Rücken gegen die Mauer des Heimfelds.

Der Lehm roch feucht und sauber, und Brosa berührte mein Gesicht. Meine Wange passte gut in seine große Hand. Er beugte sich zu mir, um mich zu küssen. Es war zweifellos köstlich, und seine Lippen schmeckten nach dem Honig, den es nach dem Essen gegeben hatte. Sein Bart kratzte an meinem Kinn. Er drückte sich an mich, presste mich gegen die Mauer. Der Druck und das Gewicht seines Körpers sowie die Schwere zwischen seinen Beinen trugen mich davon. Ich schloss die Augen.

Meine Hände wanderten zu seinem Becken, und sein Körper kam mir so vertraut vor. Ich fuhr mit den Fingern über seinen Rücken, seinen Nacken. Seine Haare fühlten sich fast wie Heiriks Haare an. Ich drückte sie zu einem Pferdeschwanz zusammen, und als er seine Begierde leise äußerte, war das Bild vollständig. Einen herrlichen Moment lang war es Heirik, der mich gegen die Mauer drückte, bereit, mich zu lieben, bis ich nicht mehr wusste, wer ich war.

Er beugte sich tiefer, küsste mein Schlüsselbein, die empfindliche Haut über dem Ausschnitt meines Kleides. Ich stieß ein schwaches Wimmern aus, und er wurde noch härter. Instinktiv bewegte ich mein Becken. Unsere Körper passten nicht ganz so perfekt zusammen, aber andererseits standen wir auch – bevor wir anfingen, nach unten zu rutschen, an der Sodenwand entlang. Meine Wange wurde gegen das Gras gedrückt, während wir tiefer und tiefer rutschten, meine Hände in seinen Haaren. Schließlich lag ich auf dem Rücken, spürte Brosas herrliches Gewicht auf mir.

Nei, ich würde es nicht tun.

»Halt«, sagte ich zu ihm, und diesmal meinte ich es auch so. Ich schob ihn weg, und er zog sich zurück und suchte in meinem Gesicht nach etwas.

Er musste meine Entschlossenheit gesehen haben, denn er nickte und rollte sich von mir herunter. Er lag jetzt auf dem Rücken, starrte zum Himmel hoch und keuchte. Ich kämpfte mit meinen Röcken und setzte mich auf, lehnte mich mit dem

Rücken an die Mauer des Heimfelds. Wir atmeten beide langsamer, um uns zu beruhigen. Allmählich kehrten wir in die Welt zurück – zu dem Gras und der Erde und dem Mondlicht, das uns mit seinem silbernen Schimmer umgab. Dann meckerte eine Ziege.

Ein weniger sinnliches Geräusch war kaum denkbar, und wir mussten beide lachen, und die Trance der sexuellen Anziehung löste sich auf.

Ich saß immer noch mit dem Rücken an die Mauer gelehnt da, aber jetzt lag Brosas Kopf in meinem Schoß. Ich strich ihm die Haare aus der Stirn. Sie sahen aus wie Gold; selbst in der Dunkelheit wirkten sie sonnengetränkt. Sein Gewicht war nicht schwer, und ihn zu halten war mir vertrauter, als ich erwartet hatte. Er blickte in den Himmel. Ich fuhr mit meinem Daumen über seinen Wangenknochen.

Wir sprachen nicht. Er starrte hauptsächlich zu den Sternen empor, während ich die Felder um uns herum musterte, das Gras, die Landschaft in der Dunkelheit. Ich betrachtete auch ihn, etwas verstohlener, und fand ihn atemberaubend, wie er so den Blick gen Himmel richtete. Er schien mich gar nicht wahrzunehmen, nicht einmal meine Finger in seinem Haar. Ich wusste nicht, was er sah.

»Esa war bereits gestorben, als ich meinem Sohn einen Namen gab.«

Er sagte das so beiläufig, wie man eine Wildblume im Vorbeigehen pflückte. Aber seine Stimme war schwächer als sonst. Schwächer, als es bei einem so kräftigen Mann überhaupt möglich schien.

Er hob die Hand, als wollte er meine wegschieben, aber dann legte er sie einfach nur auf meine, die immer noch an seiner Wange war. Er sah weiter in den Himmel, und in diesem

Moment war er so jung, so verloren und so verängstigt. Er war wieder in der Situation von damals, benommen vor Trauer und Verwirrung. Er erzählte, wie er neben Esa auf die Knie gesunken war und ihre Hand gehalten hatte. Hildur war dort gewesen, hatte ihn hochgezogen und gesagt, dass er sich auf die Bank setzen sollte.

»Sie hat mir gesagt, dass ich mich beeilen und ihn auf den Schoß nehmen sollte, weil er nicht überleben würde.« Brosa machte geistesabwesend das Zeichen des Thor-Hammers auf meiner Hand, so, wie er damals das Kind gesegnet hatte. »Ich wollte, dass er als Teil der Familie stirbt.«

Eine leichte Brise kam auf, und das Gras bewegte sich geräuschvoll, zog meinen Blick auf die Felder und das Tal, das dort im Dunkeln liegen musste. Einen Moment herrschte Stille.

»Ich habe ihn Arulf genannt«, sprach Brosa dann weiter. Das war etwas, was ich bereits von den anderen beim Spinnen erfahren hatte, aber im Gegensatz zu damals kannte ich Brosa jetzt. Jetzt konnte ich ihn mir in den Augenblicken des Verlusts vorstellen. Er hatte das Kind gehalten und den Kleinen nach seinem Vater Ulf benannt. »Arulf Brosuson.«

Ich spürte einen Stich im Herzen, als ich den ganzen Namen des Kindes hörte. »Ein guter Name«, sagte ich unter Tränen.

Die Mauer in meinem Rücken schützte uns. Brosa lächelte jetzt; er drehte sich um und begrub den Kopf in der Wärme meines Schoßes. Er verschränkte die Arme vor der Brust und schloss die Augen. Seine Lider berührten mein rotes Wollkleid. Wir könnten hier schlafen, dachte ich, einfach nur still daliegen. Er könnte tiefer und langsamer atmen, bis er einschlief, und ich könnte seinem Beispiel folgen und auch schlafen.

»Ich werde sie nie ersetzen können«, flüsterte ich. Meine Finger berührten sein Haar, und es fühlte sich so weich an wie das eines kleinen Jungen.

»Já, ich weiß.« Er klang schicksalsergeben, aber auch hoffnungsvoll.

»Du kannst ihn auch nicht ersetzen«, sagte ich zu Brosa. Es tat gut, es laut auszusprechen. »Es ist in Ordnung. Und es ist wunderschön, dass du es versuchst.«

Er lächelte und entspannte sich, immer noch mit geschlossenen Augen.

»Was hat mein Bruder getan?«, fragte er mich mit einem schelmischen Lächeln. »Dich verzaubert?«

Ich lachte laut. Der Gedanke, dass Heirik mich verhext haben könnte, war irgendwie lustig.

Dann dachte ich an die Schlucht und was dort geschehen war, als Heirik und ich zum ersten Mal allein gewesen waren. Er war mit einer solchen Zielstrebigkeit auf mich zugekommen, dass ich vor Angst zurückgewichen war. Und doch war ich, als wir später auf dem Weg zurück zum Langhaus die Klippe wieder erklommen hatten, von Liebe erfüllt gewesen. Auch wenn ich es damals noch nicht gewusst hatte. Ich dachte daran, wie er mich in den Wald mitgenommen und ich richtig verführt worden war. Nicht weit von hier hatte er mich zum ersten Mal Litla genannt.

Ich atmete tief die Gerüche der Nacht und des Feldes ein und wusste keine Antwort auf Brosas Frage. Ich lehnte meinen Kopf an die Mauer, Brosa machte es sich in meinem Schoß bequem, und wir schliefen für eine Weile ein.

Kleine Pflanzen- und Schmutzpartikel hafteten überall an unserer Kleidung und an unseren Haaren. Wir standen vor der Tür zum Langhaus, und ich klopfte Brosas Schultern ab. Ich fuhr ihm mit den Fingern durch den Bart und die Haare, die ihm um das Gesicht fielen. Er sog die Luft geräuschvoll ein und hielt dann einen Moment den Atem an.

»Achtung, Frau.« Er hielt meine Hand fest und legte sie an seine Wange. »Sonst findest du dich schon bald an einer Mauer wieder.« Er lächelte und zupfte einen Grashalm aus meinen Haaren. Er verwirrte mein Herz, brachte es völlig durcheinander. Er gab zu, dass er mich nicht liebte, er wusste, dass ich niemals seine Frau ersetzen könnte, aber er bestand darauf, dass ich ihn heiratete. Und er bot mir spielerisch an, mich an diesem Grassodenhaus zu nehmen wie ein Tier.

»Wir sind fertig miteinander«, sagte ich mit einem Lächeln und schob ihn freundlich, aber entschieden von mir fort.

»Dreh dich um«, sagte er. »Leg deine Hände ans Haus.« Die Grassode fühlte sich kühl und nachgiebig unter meinen Händen an. Er strich über mein Kleid, fing am Nacken an. Zwischendurch hielt er inne, um Schmutz wegzuzupfen. Das kratzige Wollkleid zog jede Art von Gras an, Zweige und Dreck. Als er die Wölbung meines Gesäßes erreichte, wurden seine Bewegungen etwas langsamer, leichter, er umfasste mich mit einer Hand. Ich schwor ihm, dass ich es nicht von vorn beginnen lassen würde.

Er gab mir einen kleinen Klaps und erklärte, dass ich jetzt passend aussähe und ins Haus gehen könne. Ich drehte mich um, legte meine Hände auf seine Brust und schob ihn lachend weg. Er packte meinen Hinterkopf, küsste mich auf die Stirn. Süß und vertraulich, wie ein verheiratetes Paar, dachte ich, und dann zitterte ich.

»Es ist etwas kalt, já?« Er verwendete das Wort für *unbedeutend kühl*, nicht der Rede wert. Ich fühlte es tief in seiner Brust vibrieren, wo meine Hand ruhte. »Wir können reingehen.«

»Einen Moment noch.« Ich wollte jeden Stern zählen, ihnen nacheinander Gute Nacht sagen, bevor ich ins Innere zu dem Rauch und den Körpergerüchen ging, zu meinem traurigen kleinen Alkoven, wo ich von einer anderen Zukunft träumte.

Die Luft bewegte sich um uns herum, klar und köstlich. Ich sah wieder zum frühlingshaften Nachthimmel hoch, und drei Mädchen traten aus dem Dunkel, als wären sie wie Geister dem kühlen Tal entsprungen. Dalla, Thora und Svana waren vor dem Schlafengehen noch ein bisschen umhergegangen. Ich war mir nicht sicher, wie viel sie von unserem liebevollen Säubern unserer Kleidung mitbekommen hatten, aber ganz sicher hatten sie Brosa und mich in einer Umarmung gesehen. Ich fühlte mich gefangen, schuldig, weil ich es mit ihm genossen hatte. Es war nicht richtig, es mit ihm zu genießen.

Er ließ mich los, um die Tür mit übertriebener Galanterie aufzuhalten, und zwinkerte Dalla zu. Hárs Töchter lächelten süßlich, als sie vorbeigingen. Als Svana im Langhaus verschwand, sah ich, wie ihre Augen in ihrem kalten und hübschen Gesicht leuchteten.

Lotta wurde vier Jahre alt. An ihrem großen Tag saß sie im Schneidersitz im Gras, während wir ihr Locken machten und aus Blumen einen Kranz. Sie beugte sich gehorsam vor und starrte in das gelbe Innere einer Blume, die sie gepflückt hatte. Betta kämmte ihre aschblonden Haare, die so seidenweich und glatt waren, dass sie Betta immer wieder aus den Fingern rutschten. Obwohl Bettas Hände eigentlich immer geschickt und sicher waren, verlor sie die Haare jetzt unaufhörlich aus den Fingern. Sie fluchte leise. Ein bitterer Ausdruck, der sich wohl als *strubbelköpfiger Schürzenjäger* übersetzen ließ, erklang. Es erinnerte mich ziemlich an Hár, und ich musste lächeln. Allerdings achtete ich darauf, dass sie es nicht sah.

Ihre Hände begannen zu zittern, als sie Lottas Haare erneut aufnahm und gleichzeitig mit mir sprach. Sie blickte dabei über den Kopf des Mädchens hinweg zum Langhaus.

»Es tut ihm jetzt leid, dass er mich gefragt hat. Er hat einen Fehler gemacht.«

Betta ließ entnervt Lottas Haare fallen und machte eine ruckartige Bewegung mit dem Kinn zum Tal hin. Eine Träne glänzte auf ihrer Wange. Lotta hob den Kopf, richtete sich jedoch nicht auf und lief auch nicht weg. Sie wartete und lauschte, wie kleine Kinder es zu tun pflegten, unauffällig alles in sich aufnehmend. Sie drehte die Blume zwischen den Fingern hin und her.

»Mit seinen Blicken nimmt er mich stürmischer als je zuvor.« Betta zupfte an einem Grasbüschel, riss es mit einer heftigen Bewegung aus dem Boden. »Aber er ist mit mir nicht mehr weggegangen und auch nicht mehr ausgeritten. Er will mich … aber nicht als Frau.«

Es stimmte; Hár hielt sich von Betta fern, so gut das im Langhaus möglich war. Ich hatte es selbst gesehen und mich schon über die Ausflüge gewundert, die er ständig mit Magnus unternahm und die die beiden den ganzen Tag vom Haus fernhielten, ehe der Hunger sie wieder nach Hause trieb.

»Denkst du, er zieht das Angebot zurück?« Sie sah mich an, wollte eine aufrichtige Antwort. Zugleich sehnte sie sich verzweifelt danach, beschwichtigt zu werden. »Gegen eine Zahlung?«

Ich runzelte verwirrt die Stirn.

Oh. Sie glaubte, Hár würde ihren Vater bezahlen, um den Vertrag aufzulösen, den er gerade eingegangen war. Sie glaubte es wirklich. Tränen sammelten sich in ihren Augen; sie stand kurz davor zu weinen.

»Hast du den Verstand verloren, Frau?«, fragte ich.

Sie schürzte die Lippen, und es schien, als wäre sie sich nicht sicher. Als könnte sie nicht im Entferntesten verstehen, was ich meinte. Es war mir schon zuvor aufgefallen – ihre Voraussicht funktionierte gar nicht, wenn es um ihr eigenes Herz ging. Wenn es um Hár ging.

»Betta.« Ich schüttelte den Kopf. »Ich weiß nicht, was er den ganzen Tag tut. Aber wenn er dich ansieht, ist sein Herz so offen, wie ich es noch nie bei einem Mann gesehen habe.«

Lotta drehte jetzt ihren kleinen blonden Kopf und schaute über ihre Schulter. »Meinst du Großvater?« Sie schnippte mit den Fingern gegen die Blume, und Blütenblätter fielen ab.

»Já, Kind«, antwortete ich. »Dein Großvater wird bald Betta heiraten.« Ich sah Betta vorwurfsvoll an. »Und dann ist er für immer ihr Ehemann.«

Lotta nickte ernst. »Gibt es dann ein Fest?«

Ich sagte Ja, und dann beeilte ich mich, ihr die Haare zu machen. Ich nutzte die Gelegenheit, um eine Geschichte über eine große Feier mit Gesängen zu erfinden, bei der sie Honig in ihre Milch bekommen würde. Großvater würde ein glänzendes Schwert tragen, und für Betta würde es einen hübschen Kranz geben und Schneeblüten, und sie würde auf einem Pferd reiten. Sie würde so aussehen wie die Dienerin einer wunderschönen Göttin.

Ich hörte Betta schniefen. Aus dem Augenwinkel sah ich, dass sie ebenfalls eine Blume aus dem Gras riss und langsam und bedächtig die Blütenblätter abzupfte. Sie sammelte sie in ihrem Schoß, wo sie auf dem Leinenrock wie Sonnentropfen wirkten. Ihre Erleichterung fühlte sich an wie eine große Wolke, die sich auflöste und Wärme auf unsere Haut ließ. Ich warf einen kurzen Blick in ihr Gesicht, und sie lächelte, wenn auch nur ein bisschen. Sie glaubte mir noch nicht ganz, aber es ging ihr wieder besser.

Der Verband war sperrig genug, dass Hár fast wahnsinnig bei dem Versuch wurde, ihn mit nur einer Hand selbst zu wechseln. Er saß auf einem großen Stamm – einem der wenigen, die für ihn geeignet waren –, und murmelte vor sich hin. Eine Schüssel mit Seifenwasser und ein Zinnbecher standen vor seinen Füßen.

Ich sah vom Schatten an der Tür aus zu, wie er vergeblich versuchte, den Verband zu lösen, dann einen neuen Versuch machte und noch lauter knurrte. Er stand auf und griff nach seiner funkelnden Axt, die im Gras lag, drehte sich um und sah den Stamm an. Wütend und zugleich beherrscht spaltete er ihn sauber in zwei Teile.

Ich löste mich von der Tür und ging zu ihm, beschattete meine Augen gegen die Sonne. Dann befahl ich ihm: »Setz dich.« Ich deutete mit dem Kinn auf den nächstgrößeren Stamm auf dem Hofplatz, und er ging tatsächlich dorthin. Ich folgte ihm mit der Seifenschüssel und dem Becher mit klarem Wasser. Es waren auch ein kleiner Becher mit Honig und neues Verbandsmaterial bei den Sachen.

Ich kniete mich vor ihn und machte mich daran, seine Hand zu verarzten, während ich überlegte, wie ich anfangen sollte. Ich konnte ihn wohl kaum direkt fragen, wieso er Betta ignorierte. Da mir nichts einfiel, wuchs das Schweigen zwischen uns. Dann machte er eine Bemerkung, antwortete auf eine andere Frage, die gar nicht gestellt worden war.

»Ich konnte den Söhnen meines Bruders nicht mehr zusehen«, sagte er. »Ich konnte ihre Dummheit nicht länger mit ansehen.«

Er hielt jetzt inne und hob den Blick zu mir. Er sah mich entschuldigend an, aber er scheute nicht zurück vor dem, was er sagen musste. »Ich wusste, ich würde nicht mit ansehen können, wie sie zu einem anderen Mann geht.« Er sah den Hügel hinunter zu Betta, die dort mit seiner Enkelin spielte, ihr eine Blume zuwarf. Er schien mich ganz zu vergessen. »Ich liebe sie zu sehr.«

Dieses »lieben« war ein Wort, das ich noch nie gehört hatte, bevor ich hierherkam. Es tauchte in keiner der Sagas, in keinem der Gedichte auf, die ich kannte, und ganz sicher nicht in irgendwelchen Rechtsdokumenten, in denen man Worte fand, die in der Öffentlichkeit benutzt wurden. Dieses Wort hier bezeichnete etwas Vertrauliches, und es stand nirgendwo geschrieben. Trotzdem konnte ich sofort erkennen, was es bedeutete. Wärme breitete sich vor Aufregung in meinen Eingeweiden aus, als ich dieses unbekannte Wort hörte und die Tiefe und Resonanz seiner Stimme spürte, als er ihr dieses Wort aus der Ferne gab. *Ich liebe sie*, hatte er gesagt. *Zu sehr.*

Plötzlich wurde ich sehr, sehr wütend auf Heirik, und diese Wut richtete ich gegen Hár. Ich riss zu hart an dem Verband, spuckte meine Worte regelrecht aus. »Wo bist du dann den ganzen Tag?«

Er starrte mich vollkommen verständnislos an.

»Wieso zeigst du es ihr nicht? Seit wir an der Küste waren ...«

Ich verstummte. Nachdem ich den beiden den ganzen Winter über bei ihren heimlichen Treffen geholfen hatte, fühlte ich mich in Hárs Gesellschaft sehr wohl. Aber jetzt fauchte ich ausgerechnet den Mann an, der seine wahren Gefühle zugab und in einen Antrag münden ließ, der nur auf Liebe gründete.

Ich bemühte mich, ihm sanfte Neugier entgegenzubringen, während ich seine Hand mit etwas Seifenwasser wusch. »Wieso ignorierst du sie dann?«

»Es ist wegen ihres Vaters.« Hár zuckte zusammen, als die Seife die Wunde berührte. »Er beobachtet mich mit Falkenaugen.«

Ich musste laut lachen. Hár starrte mich an, aber ich lachte noch mehr. Es war wirklich zu gut und zu einfach. Erleichterung durchfuhr mich wie ein ungeheurer, köstlicher Wind.

Ich senkte den Blick, damit er mein Kichern nicht sah, und bemerkte, wie blutige Flüssigkeit von der Wunde das Wasser in der Schüssel rosa färbte. Während ich auf die wirbelnden Farben starrte, versuchte ich, mein Lachen zu verbergen, aber meine Schultern zitterten lautlos. Die Vorstellung, dass dieser einnehmende, Autorität ausstrahlende Mann sich von Bettas schwachem, schlichtem Vater so beeinflussen ließ, war einfach zu seltsam. Hár, der immerhin schon dreizehn Kinder hatte, kam mir vor wie ein gewöhnlicher liebeskranker, verwirrter Teenager.

»Aber …« Wie konnte ich es freundlich ausdrücken? Bjarn war nicht einmal ein Mann, rechtlich gesehen. Er war ein Thrall, und Hár hätte seine Tochter sogar heiraten können, ohne ihn zu fragen. Trotzdem hatte Hár vor ihm Angst? Das war unmöglich. »… Bjarn?« Ich verschluckte seinen Namen fast, als ich versuchte, etwas fröhlicher zu klingen.

Ich tauchte meine Finger in den goldenen Honig; er war seidenweich und verriet bereits seine hartnäckige Klebrigkeit. Er roch nach spätem Sommer, als ich ihn auf die Wunde tat. Hár sog die Luft heftig ein und warf mir einen bösen Blick zu.

»Já, nun, seit ich darum gebeten habe, sie heiraten zu dürfen, legt er eine seltsame Willensstärke an den Tag.«

Ich lächelte und versuchte, sanfter zu sein. Versuchte, mir vorzustellen, wie Betta diese geliebte, beschädigte Hand versorgen würde, die Schutz und Vergnügen verhieß. Hár sah Bjarn als einen Vater, der für seine Tochter Träume gehabt hatte, ganz egal, wie weit hergeholt diese auch gewesen sein mochten.

»Ich bin sicher, dass du Bjarn dazu bringen könntest, dich einen Spaziergang mit deiner Verlobten machen zu lassen.« Ich machte einen letzten Knoten in den Stoff.

»Nei«, seufzte er und betrachtete den frischen Verband. »Er

beschützt seine Tochter. Für einen Mann wie Bjarn ist dies der größte Moment seines Lebens.«

Hár blickte zu Betta. Sie drehte sich gerade um sich selbst. Ihr grüner Rock öffnete sich dabei wie eine Glockenblume. Er musterte sie mit freundlichen, nachdenklichen Augen. Dann schüttelte er die Hand kurz und legte beide Hände auf die Knie, bereit, aufzustehen und weiterzuarbeiten. Er holte tief Luft und fügte hinzu: »Ich werde ihm nicht seine Ehre nehmen.«

Ich sah scharf zu ihm hoch. Die Worte klangen wie ein Echo dessen, was Heirik gesagt hatte. *Lass mir meine Ehre.*

»Kind«, sagte er jetzt überaus sanft zu mir. »Du musst wissen, dass Heirik trauert.«

Es war das erste Mal, dass ich hörte, wie Hár seinen Namen benutzte. Der alte Mann lächelte. »Er versucht, dich und uns alle zu retten.« Er sah sich um und blickte hinunter ins Tal, als wollte er abschätzen, was genau gerettet wurde. Es war mir unmöglich, zu erkennen, ob er es glaubte. Dann fügte er hinzu: »Und er ist ein störrischer, dummer Esel.«

DIE VERSAMMLUNG

Zwei Wochen später breitete sich im Langhaus eine spürbare Vorfreude aus. Eine Spannung herrschte wie vor dem Abschuss eines Pfeils.

Brosa ließ mich jetzt viele Stunden am Tag allein, während er mit Hár zu den Mauern ging. Ich versuchte, beim Kochen, Nähen und ähnlichen Arbeiten zu helfen, aber wann immer ich ein Werkzeug oder eine Schüssel oder einen Löffel in die Hand nahm, sah Hildur mich an, als könnte sie meine Absicht spüren, und zischte: »Ruh dich aus, Mädchen. Du hast genug getan.«

Ich wanderte also stattdessen stundenlang zwischen den Birken umher oder setzte mich oben auf die steile Klippe bei der Schlucht. Dort hockte ich und betrachtete die Blumen und das Moos genauer, als ich es je für möglich gehalten hatte. Ich sammelte Bimsstein, hübsche weiße Flechten und Federn.

Eines Abends zogen Svana und Betta im Licht der untergehenden Sonne zusammen mit mir los. Wann immer ich Svanas helle Haare und ihren rosigen Teint zu Gesicht bekam, spannte ich mich an und dachte daran, wie sie mit ihren Fingern und ihren Händen Heirik berührt hatte. Es machte mich wahnsinnig.

Jetzt standen wir an der Schlucht, die ich immer als meine und Heiriks betrachtet hatte. Wir drei blickten zu den zwei Wasserfällen hinüber, standen ruhig nebeneinander und lauschten dem Rauschen der zwei Wasserläufe, die sich miteinander verbanden, bevor sie in den See mündeten. Wir sahen eine ganze Weile zu, die Arme vor der Brust verschränkt, während das blasse Sonnenlicht allmählich einem stählernen Blau und dann einem Marineblau wich. Der Himmel breitete sich wie eine sanfte Schwinge über uns aus. Plötzlich drehte sich Svana zu mir um. Ihre kleinen weißen Zähne blitzten in der Dämmerung, und ihre Worte waren wie ein scharfer Riss: »Du kannst nicht jeden Mann in dieser Familie haben.« Damit zog sie beleidigt ab; ihr blonder Zopf schwang auf ihrem Rücken hin und her.

Ich sah Betta an, die die Augen weit aufgerissen hatte und eine Hand auf den Mund presste. Ich zog den Kopf ein und lachte ebenfalls lautlos. Gleichzeitig war mir, als würde geschmolzenes Eis mein Rückgrat hinunterlaufen. Svana hatte es geschafft, Heiriks Abwehr zu durchbrechen. Ich fragte mich, wozu diese kleine Kreatur sonst noch fähig war. Was sie im Schilde führte.

Als der störrische Häuptling zurückkehrte, brachte er zehn weitere scheußliche Männer mit. Mehr und mehr tauchten auf, um gemeinsam zum Thing zu gehen, der Versammlung. Er ließ sie auf dem Hofplatz in Zelten schlafen und verbrachte seine Zeit in seinem Zimmer oder ging allein in den Wald. Er sah fast niemandem in die Augen, am allerwenigsten mir.

Männer, Frauen und Kinder waren zu Dutzenden zu uns gekommen. Unter ihnen befand sich auch Eiðr mit seiner älteren Nichte. Ageirr fehlte. Er hatte sich seit dem Kampf am Strand nicht mehr blicken lassen.

Mindestens fünfzig Personen brachen schließlich zur Versammlung auf, unter einem Himmel, der das Blau von Eierschalen hatte und mit bauschigen Wolken gespickt war. Bettas

Traum wurde wahr. Wir würden drei Nächte unter den Sternen lagern und vier Tage bis zum Thing unterwegs sein.

Unten beim Fluss, der gleich unterhalb des Hauses verlief, wendete ich Drifa noch einmal, um einen letzten Blick auf das behagliche Grün zu werfen, auf die Neigung des Daches und die festen Türen.

»Ich werde zurückkommen«, sagte ich zu dem Haus, als würde ich einem Hund befehlen, sitzen zu bleiben.

Früher Sommer

Der Tag zog sich träge in die Länge, und wir ritten in der Sonne ohne Umhänge.

Als Mitglied des engeren Familienkreises des Häuptlings war ich an der Spitze der Gruppe und von Brosa, Betta, Hár, Magnus und Svana umgeben. Der Himmel schien sich zu lichten und uns hinter sich herzuziehen, als würde er die vielen Leute und Tiere anführen. Hinter mir erklangen ihre Stimmen, eine Mischung aus Rufen und fröhlichem Lachen. Kinder schrien; noch kleinere brüllten. Wenn der Wind meine Haare nach vorn peitschte, brachte er den Gestank nach Bier, Schweiß und Pferden mit.

Vor uns öffnete sich eine riesige, grüne Wildnis. Der steinige Boden war von Moosen und weißen und kupferfarbenen Flechten bedeckt. Frisches Gras erstreckte sich, so weit das Auge reichte, verschwand schließlich in einer Wolke aus ewigem Nebel. Heirik ritt uns allen voraus; er wollte das Gelände allein prüfen. Hin und wieder ließ er sich zu uns zurückfallen, um mit seinem Onkel oder seinem Bruder zu sprechen. Oder mit Svana.

Die wenigen Male, die er sich uns näherte, drängte sie ihr Pferd zu ihm. Sie unterhielten sich dann so lange miteinander, bis er sich irgendwann abwandte.

Der Weg zum Versammlungsplatz war ein anderer als der, der zum Meer führte. Das Felsgestein fühlte sich irgendwie falsch an, und es gab hier auch keine Steinschwestern, nur kleinere Steinhügel.

»Bit-meyla.« Ich sprach die Worte laut aus, vergewisserte mich dann aber rasch, dass mich niemand gehört hatte. *Bissiges kleines Mädchen.* Ich kam mir so dumm vor und rieb mir über die Stirn.

Ich hörte nicht, worüber sie mit Heirik sprach. Ich hörte nichts als den Klang eines wilden Ozeans in meinem Kopf.

Am zweiten Nachmittag erreichten wir ein riesiges Tal, das sich im Licht der Sonne viele Meilen weit erstreckte. Frühlingsgras sprenkelte es, und Wald rahmte es an beiden Seiten ein. Ich war mit Brosa ein gutes Stück voraus, als wir nebeneinander in diese endlose Ebene hinabritten.

Das Gras raschelte, als wir uns hindurchbewegten, und am Waldrand und im Unterholz knackte es unaufhörlich. Eine schroffe Brise kam auf, drückte das Gras flach auf den Boden. Vögel kreisten hoch über uns, schickten gelegentlich ihre Stimmen zu uns herab. Hinter uns erklang das Schnauben und Hufgetrappel von zahllosen Pferden, aber obwohl die Gruppe zu uns aufholte, erreichte sie uns nicht.

Brosa sprach über Schiffe. Wie lang sie sein sollten, aus welchem Holz sie bestehen sollten, wie die Planken übereinanderliegen mussten. Eine gute Schnigge hatte einen Kiel von zehn Mannslängen. Er malte Schiffsrümpfe in die Luft und erklärte, warum sie jeweils das Wasser durchschnitten und auf der Walstraße dahinglitten. Die Augen des Drachen und sein Maul sollten weit geöffnet sein, erklärte er, um die Wellen zu verschlingen und Geister aus dem Weg zu räumen.

Er sprach auch davon, wie schön das Licht vom Wasser reflektiert wurde, und ich fand, dass seine eigenen Augen mit ihrer Farbe diese Idee sehr schön wiedergaben.

»Ich kann es richtig vor mir sehen, wenn du es erzählst«, sagte ich, und jetzt wurde er doch etwas schüchtern und zog den Kopf ein.

Er erzählte noch mehr, während wir entspannt dahinritten, berichtete davon, wie sie alle während eines schrecklichen Sturms mit Übelkeit zu kämpfen gehabt hatten und dem Tode nahe gewesen waren. Es fiel mir schwer, mir das schäumende schwarze Wasser und den eiskalten Regen vorzustellen, während wir in diesem warmen, weichen Licht ritten. Dann erzählte er von der anschließenden tagelangen Verzweiflung, als sie nicht gewusst hatten, ob sie sich noch auf dem richtigen Kurs befanden. Er sprach von Erfrierungen und aufgeplatzten Lippen, quälendem Hunger und Wassermangel. »Und dann dieser furchtbare Gestank all der anderen auf dem Schiff, wie du dir vielleicht vorstellen kannst«, sagte er und warf einen Blick zurück auf das Heer von Menschen und Tieren hinter uns.

»Und dann kam der Tag, an dem der Rabe ein Stück weiter vorausflog«, sagte er. »Wir waren zu Hause.«

Er sah mich mit einem Ausdruck schlichten Glücks an.

»Und als ich nach Hause zurückkehrte, warst du da«, sagte er in seiner typischen Art, aus allem eine Gutenachtgeschichte zu machen.

»Ich war eine Überraschung, já?« Ich lächelte.

»Nicht mehr, als ich das Langhaus erreichte.« Er lachte. »Mein Bruder nahm sich nur eine Minute Zeit, um sich zu vergewissern, dass ich noch lebte, dann fing er an, von dir zu erzählen. Alles Mögliche. Den ganzen Weg vom Strand bis zu unserer Haustür.«

Mein Lachen klang in der frischen, kühlen Luft wie Glockengeläut, so leicht und glücklich, dass ich es kaum wiedererkannte.

»Er hat von mir erzählt?«

»Nun, já«, sagte er. »Ziemlich lange. Ich wusste alles über dich. Wie er dich am Strand gefunden hatte, wie du einen Morgen Gras gemäht hast, wie schlecht du im Spinnen bist. Er hat über deine Stimme gesprochen und deine hübschen blauen Lippen.«

Ich schloss die Augen und lächelte, spürte Drifas Bewegungen, wie sie ihr Gewicht unaufhörlich verlagerte, stets frohgemut und energisch – Heiriks Geschenk zu einem Zeitpunkt, als wir noch gar nicht richtig begriffen hatten, was wir füreinander empfanden.

»Wir werden hier das Lager aufschlagen«, sagte Brosa, und als ich die Augen wieder öffnete, war ich umgeben von anderen Pferden und Menschen, die von allen Seiten näher kamen, um hier die Nacht zu verbringen.

Wir lagerten im Windschatten eines Felsens, der sechsmal so groß war wie ich. Moos und kupferfarbene Flechten bedeckten ihn, und ganz oben standen eine Handvoll dürrer Birken. Sie wirkten im Zwielicht schwarz, ohne einen Hinweis auf Grün.

Es war gemütlich unter den Decken, als ich dicht neben Betta lag. Da man uns für die seltsamen Frauen hielt, die mit wichtigen Männern verlobt waren, schlief niemand in unserer Nähe. Wolken zogen vor dem Mond vorbei, verhüllten die helle Sichel mit Wirbeln aus Grau und dunklem Lila. Die kahlen Zweige der Birken filterten das Licht, und meine Lider wurden schwer, als ich hinsah, schlossen sich immer wieder.

»Der Häuptling geht davon aus, dass du bei der Versammlung deine Familie finden wirst«, sagte Betta und weckte mich wieder. »Einen Ehemann, der dich verloren hat.«

»Nei«, murmelte ich. »Das tut er nicht.«

Ich sagte das, ohne richtig nachzudenken. Die Wahrheit war mir einfach so über die schläfrigen Lippen gekommen. Zuerst reagierte sie nicht darauf, und ich dachte schon, sie würde die Sache auf sich beruhen lassen. Aber so war Betta nicht.

»Was verbirgst du vor mir?«

Die Frage wirkte auf den ersten Blick einfach, aber ich kannte Betta und wusste daher, dass sie mehr beinhaltete. Betta bezog sich nicht nur auf diesen Moment. Sie trug diese Frage offenbar schon eine ganze Zeit mit sich herum, und ich fragte mich, seit wann sie mich der Lüge verdächtigte.

Sie stützte sich auf den Ellbogen und musterte mich. Ich zog mich unter ihrem prüfenden Blick in mich selbst zurück, verbarg mein wahres Selbst vor ihr, während ich sie ansah. Ich suchte tief in meinem Herzen nach etwas, was ich ihr sagen konnte. Was ich dann fand, hatte schon lange darauf gewartet, aus mir herauszuplatzen. Jetzt war der Moment gekommen.

»Ich habe beim Häuptling gelegen.«

Betta starrte mich verblüfft an.

Sie neigte den Kopf wie ein Haushund. Dann musterte sie mich genauer, als wartete sie darauf, dass ich die Bemerkung als einen Witz entlarvte, aber ich nickte nur. Sie starrte mich weiter an, verständnislos und ausdruckslos. Sonst war Betta immer so redegewandt, so witzig und scharfsichtig. Dass ich sie sprachlos gemacht hatte, erfüllte mich mit einer dummen Befriedigung.

»In seinem Zimmer?«

Die Frage erheiterte mich so, dass ich laut lachen musste. Es amüsierte mich, dass sie ausgerechnet das wissen wollte.

»Nei«, sagte ich. »Bist du verrückt, Frau?« Dann fügte ich rasch hinzu: »Und frag mich nicht, wo, denn ich werde es dir nicht sagen.«

Sie ließ den Kopf wieder auf den Boden sinken und starrte zu den Birken hoch, stieß die angehaltene Luft durch geschürzte Lippen aus. In der eintretenden Stille dachte ich an die Bilder, die ihr vermutlich jetzt durch den Kopf gingen, wie er schwer auf mir lag. Ich fragte mich, wie sie ihn sich ohne Kleidung vorstellte. Wie sie sich Sex überhaupt vorstellte. Sie musste gesehen haben, wie Schafe und andere Tiere gedeckt wurden, aber es gab so vieles, was sie sicher noch nicht wusste. Ich hatte auf ihren Hochzeitstag gewartet, um ihr zu erzählen, was es bedeutete, einen Mann körperlich zu lieben. Jetzt fragte ich mich, ob sie ein bisschen von dem sehen konnte, was in jener Nacht zwischen mir und Heirik vorgefallen war.

»Die Dinge ändern sich«, sagte sie. Mondlicht glitzerte in ihren Augen.

Ich konnte fast spüren, wie sie sich von dem Thema wieder abwandte, wie ihre Aufmerksamkeit nachließ. Sie war in Gedanken wieder ganz bei dem Thing, war wieder in heller Aufregung über diese Reise. Sie erzählte mir, was Hár zu Magnus gesagt hatte: dass die Versammlung schon bald in viele kleinere Things überall auf der Insel aufgeteilt werden könnte. »Das hier ist vielleicht das letzte Mal, Ginn!«

Sie hatte so darum gekämpft, hier zu sein, hatte sich mit einer Vielzahl von hoffnungslosen Träumen herumgeschlagen. Da war der Tod ihrer Mutter gewesen, ihr Umzug nach Hvítmörk, die gemeinen Mädchen, ihr niedriger Stand und die ganze Tortur zwischen ihr und Hár. Ich stellte mir vor, wie sie sich durch Matsch schleppte, ihre am Saum schmutzigen Röcke in den Fäusten hielt, um es zu diesem Bett unter einem gigantischen Himmel zu schaffen. Sie war auf dem Weg zur Versammlung! Ihre Zähne funkelten im Mondlicht, als sie begeistert darüber, dass sie es geschafft hatte, lächelte.

Überall um uns herum wurde geschnarcht, geflüstert, gekichert und gelacht. Weiter weg war Gesang zu hören.

Betta schob ihre Hand unter die Decken und legte sie auf meinen Unterleib. Ich spürte, wie sich die Hitze ihrer Berührung in meine Kleidung stahl.

»Du meinst, er ist da gewesen?« Es war sowohl eine Frage als auch eine Aussage. Sie kämpfte immer noch mit der Vorstellung.

»Já«, sagte ich. »Er ist überall gewesen.« Ich lachte und stieß sie mit dem Ellbogen an, und zuerst weiteten sich ihre Augen vor Entsetzen, dann lachte sie ebenfalls.

Ich setzte mich auf und kreuzte die Beine; ich war nicht richtig müde.

»Ich kann es immer noch nicht glauben«, sagte sie. »Deine Hände haben ihn … berührt.« Sie nahm meine Hand hoch und blickte meine Finger an. Dann ließ sie sie kichernd wieder fallen, drehte sich um und legte sich auf den harten Boden, sodass es schon so aussah, als würde sie einschlafen.

»Ageirr ist nicht mit bei uns«, sagte ich, um noch etwas anderes loszuwerden, was mir im Kopf herumging. Ich wunderte mich schon die ganze Zeit über ihn, aber ich hatte bisher nicht den Mut gehabt, das Thema Brosa gegenüber anzusprechen.

»Den hätten Pferde hierherschleifen müssen«, sagte Betta, deren Stimme von Wolle und Pelz gedämpft wurde.

Ein kalter Stein drückte gegen meinen Oberschenkel, und ich verlagerte mein Gewicht. »Warum?«

»Weil sie ihre Fehde beim Gesetzesfelsen hätten beilegen müssen«, erklärte sie geduldig, inzwischen daran gewöhnt, dass ich so viele einfache Dinge nicht verstand. »Aber wenn sie ihre Fehde beilegen, kann er Heirik nicht töten.«

Es war fast ein Schock für mich, zu hören, wie sie mit ihrer dunklen Stimme seinen Namen aussprach. Ich war mir ziemlich sicher, dass es das erste Mal war, jedenfalls mir gegenüber. Zugleich sagte sie es so ungezwungen, dass es den Anschein hatte, als hätte sie es insgeheim schon häufiger getan, und mir wurde so warm ums Herz, dass ihre kühle Aussage darin fast unterging.

Ageirr würde Heirik sowieso nie töten können. Heirik war viel zu fähig, er kämpfte mit einer ruhigen Entschlossenheit, einer kontrollierten Leidenschaft und hielt *Slitasongr* entspannt in der Hand. Ich lächelte, dachte daran, dass der Mond sicher auch meine Zähne beleuchtete, die dunkle Zahnlücke betonte.

»Oh, Ginn«, sagte Betta plötzlich, während sie sich aufsetzte und mich ansah. »Ich hoffe so sehr, dass du niemanden findest.«

Ich nahm ihre Hände und erwiderte ihren Blick, sah ihr tief in die Seele. Noch immer wusste ich nicht, wann ich ihr sagen würde, wer ich wirklich war. Bisher verschob ich es immer auf später, da ich zu viel Angst hatte, sie zu verlieren. Und wenn dann wirklich einmal ein geeigneter Moment da war, dachte ich an Morgans leere Augen, an den Schmerz während des Julfestes, als Betta sich von mir abgewandt hatte. Und ich konnte es einfach nicht tun.

»Hör zu, Betta«, sagte ich langsam zu ihr. »Ich werde bei dem Thing niemanden kennen. Und niemand dort wird mich kennen.«

Ich drückte ihre Hände, und als sie spontan nickte, liebte ich sie noch mehr als je zuvor. Sie drückte einen Kuss auf unsere verschränkten Hände, als würde sie damit einen Schlüssel umdrehen.

Als wir uns der Versammlung näherten, ließ der Häuptling sich mit dem engen Kreis seiner Familie zurückfallen, statt weiter vorn zu reiten. Brosa zog Drifa neben sich, und wir wurden langsamer. Wenn wir die Versammlung erreichten, sollte alles für uns vorbereitet sein. Nach der tagelangen Reise bummelten wir jetzt die letzte Stunde vor uns hin. Ich ließ mich von Drifa mit geschlossenen Augen sanft wiegen.

Wir erklommen einen Berg aus dunkelbraunem Felsgestein, und niemals wurden die Pferde unsicher. Als wir oben ankamen, ließ ich meinen Blick überrascht über Thingvellir schweifen – den heiligen Ort dieses Landes.

Die Götter hatten eine große Kluft in den Boden gerissen, die alles beherrschte. Es war ein Ort, an dem tektonische Platten aneinanderstießen und eine Schlucht bildeten, die sich perfekt eignete, um Reden zu halten. Im Laufe der Zeit würden sich diese Platten noch weiter voneinander entfernen, zerbrechen und weiter zurückweichen, bis weitere massive Risse sich überall um uns herum auftun würden. In diesem Augenblick war der Boden der Schlucht grün von Moos und Gras. Der Gesetzesfelsen – an dem Männer zusammenkommen konnten, um Beschwerden vorzubringen und Fälle von Diebstahl und tödlichen Beleidigungen anzuhören – ragte wie der Schwanz eines großen, ausgetrockneten Tieres aus dem Boden.

Ich fragte mich, wem die Akustik hier zuerst aufgefallen war. Die Art und Weise, wie der Klang beim Gesetzesfelsen verstärkt wurde, hatte sich im Laufe der Zeit geändert und war in der Zukunft, als ich angefangen hatte, mich mit Stimmen zu beschäftigen, anders. Das Land hatte sich verschoben, war alle paar Hundert Jahre zusammengedrückt und auseinandergezogen worden. Der Riss hatte sich vertieft; zu beiden Seiten ragten Türme mit Geschäften, Restaurants und Wohnungen in den Himmel, kauerten dicht am Rand. Ein gläserner Aufzug führte zum Grund der Schlucht, wo Leute mit flackernden Informationen vor den Augen im Schatten herumgingen.

1789 wurde Thingvellir von einer Serie von Erdbeben erschüttert, die zehn Tage dauerten.

Heute war der Riss gerade tief genug, um Lieder und Gesetze für alle hörbar zu machen, und flach genug, dass es möglich war, ihn zu betreten und sich auf das sonnenbeschienene Gras zu legen. Um ihn herum erstreckte sich das Land bis zum Horizont, ein Zusammenprall von schwarzer Erde und tiefem Smaragdgrün, durchwachsen von gelblichem Grün. Die riesige Landschaft war durchzogen von glitzernden blauen stehenden Gewässern und Wasserläufen in allen Größen, die sich immer wieder miteinander verbanden und voneinander trennten, und dem großen in der Sonne daliegenden See. Ich lächelte im warmen Sonnenlicht, aufgeregt angesichts der Möglichkeit, hier Menschen sprechen zu hören.

Brosa ließ mich allein neben Betta reiten, und unsere Pferde bewegten sich in dem Strom all der anderen Menschen. Es waren Hunderte, vielleicht sogar Tausende. Ihre Gesichter waren sonnen- und windgegerbt, zäh und vernarbt. Sie waren voller Leben, ganz anders als die ausdruckslosen Gesichter in der Zukunft. Aber die Lautstärke und der gigantische Lärm erinnerten mich an die Stadt. An elegante Züge voller Leute, gekleidet im Stil Dutzender verschiedener Länder und Epochen. Die sauberen unterirdischen Transportmittel, die uns zu Tausenden durch Island City schafften. Was mir jetzt unmöglich schien, seit ich diesen Ort ganz anders erlebt hatte. Ich hatte vier Tage gebraucht, um hierherzugelangen. Das Land um mich herum war größer als die Götter.

Doch die einzigen Entfernungen, die jetzt eine Rolle spielten, waren die in unserer unmittelbaren Umgebung. Von hier bis zu der Hütte, in der wir schlafen würden, bis wir in zwei Wochen wieder nach Hause zurückkehrten. Der Abstand zwischen meiner Hand und Bettas Hand. Sie ritt neben mir, und ich schloss meine Finger um ihre. Selbst mit ihr an meiner Seite machte mich der Andrang so vieler Menschen nervös. Die Leute bedrängten einander zu heftig, es waren zu viele starke Gerüche und zu viele hässliche Zähne. Bei Weitem zu viele, wie in der Zukunft.

»Heirik.« Ich rief leise nach ihm, lauschte auf seine beschwichtigende Antwort.

»Es ist okay, Ginn«, beruhigte Betta mich. Sie saß aufrecht auf ihrem Pferd, lächelte inmitten mehr Menschen, als sie in ihrem ganzen Leben gesehen hatte.

Wir erreichten unsere Hütte.

Sie befand sich am Anfang einer langen Reihe von Unterkünften. Wie geräumige Kuhställe lagen sie hintereinander, mit minimalem Materialaufwand errichtet, aus ein paar gekreuzten Balken und einem Boden aus festgestampfter Erde. Die Hütte des Häuptlings nahm dreimal so viel Raum ein wie eine gewöhnliche. Sie war luxuriös und so groß wie das Langhaus; Vorhänge aus Zeltstoff waren zurückgezogen worden und gaben den Blick auf Holzbetten frei, die mit Schaffellen ausgestattet waren. Eine rot-weiße Plane bildete das Dach, und Baumstämme zum Sitzen umgaben ein fröhliches Feuer. Wir betraten unser kleines Zuhause, führten unsere besten Pferde an den Zügeln.

Heirik nickte den Männern zu, die all das errichtet hatten; sie neigten die Köpfe. Einem von ihnen gab er Vakr, dann verschwand er hinter einem Vorhang in einem abgetrennten, dunkleren Teil der Hütte.

Der Geruch von gebratenem Fleisch weckte meinen Hunger, und beim Anblick der Betten spürte ich, wie meine schmerzenden Knochen sich nach Ruhe sehnten. Ich fand den Platz, wo ich mit ein paar der Frauen schlafen würde, und ließ den Vorhang um mich herum herunterfallen. Ich lächelte, dachte daran, dass Drifa sich in dem gleichen Gebäude befand wie wir.

Brosa, Hár und Magnus unterhielten sich auf der anderen Seite des Vorhangs darüber, dass sie ihre Betten gleich beim Eingang aufstellen wollten, für den Fall, dass irgendwelche Zecher oder andere Narren versuchen sollten, mit Stöcken oder Messern einzudringen. Sie lachten und sprachen von einem besonders unglücklichen Betrunkenen, der im letzten Jahr auf Hárs Bett zugestolpert war und dabei fast einen Arm verloren hätte. Sie hatten dem Mann schließlich noch mehr Bier gegeben und ihn in einer Ecke auf den Boden gesetzt. Als er am nächsten Tag erwachte, saßen Hár und Heirik direkt vor ihm und wetzten ihre Messer. »Der dumme Kerl hat sich fast in die Hose gemacht.« Hárs rumpelndes Lachen vermischte sich mit dem Wiehern der Pferde und den Rufen und dem Singen der Leute draußen.

Ich schloss die Augen, geschützt im Herzen dieser umtriebigen, von Stimmen erfüllten Welt.

Der Markt befand sich in der Schlucht. Klippen umgaben uns von allen Seiten, und wir schoben und drängten uns durch die Menge. Betta und ich trugen unsere üblichen Kleider, sie ihr grünes, ich mein rotes, während wir uns von dem Strom der Leute mitziehen ließen.

Sie hatte keine Angst. Das lag nicht nur daran, dass Magnus ein paar Schritte hinter uns ging. Betta lebte normalerweise mit dreißig Leuten zusammen, und beim Heuen und beim Julfest sah sie etwa doppelt so viele. Wenn sie nachts die Augen schloss, dachte sie nur an einen einzigen. Hier dagegen gab es mehr als tausend andere, aber statt sie zu überwältigen, nährte es ihre Energie und ihre Freude.

Betta war schon immer von Natur aus furchtlos und neugierig gewesen, aber seit sich ihre Befürchtung als unbegründet erwiesen hatte, dass sie eines Tages Hár würde aufgeben müssen, war sie noch stärker geworden. Jetzt wusste sie, dass wir ihn bei unserer Rückkehr zur Hütte genauso unerschütterlich vorfinden würden wie eine Mauer. Sie war daher unbeschwert.

Ich versuchte, mich ihr anzupassen. Meine Augen zu öffnen und alles anzusehen. Das Chaos.

Leute befanden sich vor den Zelten, auf den ersten Blick hundert oder mehr. Sie verkauften alles, was man sich nur vorstellen konnte, und ihre Stimmen wogten wie das Meer. Sie sprachen über Schüsseln und Trinkhörner und Felle, die so hoch gestapelt waren, dass sie mich überragten. Sie erzählten von Stoffen in tausend Schattierungen von Ocker und Braun und Grau.

Eine Stimme unter all den vielen erregte meine besondere Aufmerksamkeit. »Rakknason«, sagte jemand. »Jetzt Gott-Macher.« Ich blickte mich um, aber ich konnte nicht sehen, wer es war. Wer hatte da über ihn geredet? Niemand hatte das Recht, so über Heirik zu reden und diesen schrecklichen Namen auszusprechen.

Ich duckte mich unter Schnüren mit daran befestigten toten Vögeln und Fischen hindurch und ging an dem Kochfeuer einer Familie vorbei, über dem ein Topf aus Eisen hing. Meine Röcke streiften über den Boden. Überall um mich herum wurde gelacht, wurde über Schüttelsiebe, Löffel, Lederverzierungen gesprochen, wurde die Qualität von Gürteln und Schutzmanschetten diskutiert. Bier schwappte ringsum in Eimern, in Trinkhörnern, lief den Leuten übers Kinn und die Brust. Der Alkoholgestank stieg mir in die Nase. Ich würde niemals die Person finden, die es gewagt hatte, so über ihn zu sprechen.

Ich hob den Blick über die Menge und sah den Gesetzesfelsen auf einer Anhöhe, geduldig über dieser brodelnden Masse wartend.

Heirik würde nicht dorthin gehen und für Eiðrs Hand bezahlen. Er würde sich jetzt nicht um so etwas kümmern. Die Gerechtigkeit hatte Zeit.

Betta und ich hatten Silber zur Verfügung, mehr als wir brauchen würden oder ausgeben konnten. Eigentlich suchten wir Speisen und Getränke, die wir mitnehmen könnten, aber auf dem Markt gab es so viele Dinge, dass wir einfach nur herumgingen und uns alles ansahen. Magnus folgte uns nach wie vor in einigem Abstand, während wir herumliefen und mit den Kaufleuten sprachen.

Zuerst hatte ich der Vorstellung widerstanden, Heiriks Geld auszugeben, und sei es auch nur ein wenig. Ich hatte mir auch nicht vorstellen können, dass es hier viele Dinge geben würde, die ich würde haben wollen. Scharfe Gewürze zum Kochen, getrocknete Kräuter für Parfum und duftende Nachtlager. So viel Honig, dass er viele Jahre reichen würde. Gefäße mit Nüssen und getrockneten Früchten. Reihenweise winzige Lederschuhe. Ein Mann verkaufte Messer, in deren Heft Schiffe und Tiere mit glänzenden Augen geschnitzt waren.

Ich dachte an all die Messer, die Heirik an seinem Gürtel trug, die ausgewogen in seiner Hand lagen und die er durch die Finger gleiten ließ. Ich wollte ein eigenes Messer haben, das zu meiner Hand passte.

»Hirschgeweih«, sagte der Mann und deutete auf eins. »Und das Heft hier ist aus Hvalrif.« *Aus der Rippe eines Wals.*

Ich strich mit dem Finger über das zarte, verschlungene Muster, das in den Knochen eingearbeitet war. Die metallene Klinge war schmal, das ganze Messer nicht viel länger als meine Hand.

Obwohl Heirik mir das Silber nicht persönlich übergeben hatte, wusste ich, dass er wollte, dass ich es hatte. Ich kaufte mir das Messer und auch eine Lederscheide und machte an meinem Gürtel Platz dafür.

Einige Minuten später kamen Betta und ich zum Zelt eines Juweliers. Ein Dutzend Frauen standen um seine Werkbank herum, gurrten und griffen nach Perlen und Nadelkästchen.

Ich wollte eigentlich nicht noch mehr Geld ausgeben, zumindest nicht mehr viel, aber der Schmied fand an mir und Betta irgendwie Gefallen. Er schien zu ahnen, dass wir mehr waren – vielleicht verfügte er über eine ähnliche Fähigkeit wie Betta und konnte die unterschwelligen Gesten und Hinweise anderer Leute deuten. Er zeigte uns seine Prachtstücke.

Hunderte kostbarer schillernder Glasperlen, eindeutig von jemandem hergestellt, der seine Arbeit verstand. Armreifen für Männer, dicke silberne Spiralen, die an unseren schmalen Handgelenken nicht halten würden.

Der Schmied zwinkerte uns mit seinem blutunterlaufenen Auge zu und holte etwas unvorstellbar Schönes unter seiner Werkbank hervor. Einen Halsreif aus Bronze für einen Mann. Einlegearbeiten aus Bernstein verliehen ihm den Glanz eines Sonnenuntergangs auf dem Hofplatz. Die Enden bestanden aus den Gesichtern zweier stilisierter fauchender Katzen, deren Augen von lichtdurchlässigen lavendelfarbenen Steinen gebildet wurden. Freyas Katzen, dachte ich, und dann erinnerte ich mich an etwas, was Betta einmal über Hár gesagt hatte. Dass er zusehen würde, wie Freya bernsteinfarbene Streifen am Himmel malte.

Betta gab ein ehrfürchtiges Geräusch von sich, als sie den Preis hörte, und dann wandte sie sich ab und betrachtete andere herrliche Gegenstände. Was sie nicht daran hinderte, den

Halsreif immer wieder aus dem Augenwinkel zu bewundern. Sie wirkte resigniert, wehmütig zuerst, und in ihrem Blick stand große Sehnsucht. Aber dann breitete sich eine Erkenntnis in ihr aus, wie ein Licht, das einen Raum erhellte – sie war jetzt jemand anderes, sie hatte einen Verlobten, der so etwas tragen konnte. Sie konnte so etwas für ihn kaufen. Ich sah sie an, während sie den Halsreif erneut betrachtete.

Nachdem wir uns die anderen Dinge angesehen hatten, zog ich den Mann zur Seite. »Ich möchte den Halsreif mit den Katzenköpfen kaufen, aber ohne ein Risiko einzugehen«, sagte ich zu ihm. »Ich werde in Begleitung zurückkehren und ihn dann holen.« Ich machte eine Kopfbewegung zu der Werkbank hin, unter der er den Halsreif wieder verstaut hatte.

Seine Brauen hoben sich vielsagend, und ich stellte mir vor, dass ihm jetzt etliche Fragen durch den Kopf gingen. Ob es mir ernst war, ob ich geistig gesund war, ob ich das Geld hatte, wer ich sein mochte, wie weit weg sich mein Begleiter befinden mochte. Seine Knubbelnase rötete sich, und er verbeugte sich tatsächlich vor mir. Dann zischte er seiner Frau etwas zu und bedeutete seinem muskulösen Sohn, dass er auf die Auslagen aufpassen sollte, während er mich ins Zelt führte.

Während meine Augen noch dabei waren, sich an das dämmerige Licht anzupassen, nahm meine Haut die Kühle und Feuchtigkeit des Zeltes auf. Hier drinnen roch es nach Metall und Zeltstoffen. Als ich wieder richtig sehen konnte, fiel mir ein ziemlich gelangweilter dunkelhaariger Junge in der Ecke auf, der eine Messerklinge untersuchte – wahrscheinlich ein weiterer Sohn. Er musterte mich kurz mit geringem Interesse.

Der Juwelier erweckte den Eindruck, als würde er fast zu stottern beginnen, so nervös war er, als er mich um eine Garantie bat. Er wollte sich vergewissern, dass das alles kein Witz war. Allein die Tatsache, dass er das Material in die Hände bekommen hatte, war schon ein Wunder. Der Halsreif selbst stellte wahrscheinlich für ihn und die großen Jungen und seine Mutter die Einnahmen eines ganzen Jahres dar.

Das Geld fühlte sich seltsam in meinen Händen an. Ich wühlte in den klobigen Silberstücken und gab dem Mann eine deutliche Anzahlung. Er nickte und schluckte; es sah so aus, als würde er jeden Moment weinen.

»Darf ich Euch noch etwas anderes zeigen …?« Er neigte den Kopf, als wartete er darauf, dass ich ihm meinen Namen sagte.

»Ginn«, sagte ich. Das würde genügen müssen. In dieser Welt hatte ich keinen anderen Namen als diesen. Aber mein Geld glitzerte und klimperte, und so war er zufrieden damit.

Es war offensichtlich, dass ich für einen Mann einkaufte, noch dazu für einen wichtigen. Der Schmied wollte die Tiefe meiner Liebe und meiner Geldbörse ausloten, und so holte er in der Abgeschiedenheit des Zeltes einen Ring hervor.

Dieser Ring schien auf dem groben braunen Stoff mit weißem Feuer zu lodern. Ich schnappte nach Luft und streckte einen Finger aus, um ihn zu berühren, aber ich konnte es nicht, so verblüffend war er. Ich beugte mich über ihn, und die silberne Oberfläche beschlug durch meinen Atem.

Ich wusste nicht, mit welchem Begriff ich ihn sonst benennen sollte, aber Ring war sicher nicht genug. Es war eher eine Waffe. Der Ring eines Plünderers. Das dicke Metall legte sich wie ein breites Band einmal um den Finger; die Enden berührten sich fast. Sie bestanden aus zwei Drachenköpfen, die einander mit offenem Maul zu beißen versuchten. Er würde das ganze Fingerglied bedecken und war doch irgendwie anmutig, wirkte überhaupt nicht wuchtig. Das Silber war mit Linien verziert, die an Eisblumen erinnerten. Eine Art erlesene, einfache, tödliche Waffe von einem Ring. Ich stellte ihn mir an Heiriks Finger vor.

Mehr noch, ich wollte ihn für ihn. Ich wollte, dass der massive, herrliche Ring seinen Finger bedeckte. Da war eine flüchtige Vision, wie ich ihn ihm gab und auf den Finger schob. Wie ich ihn heiratete.

Aber nicht ich würde Heirik irgendwie bedecken, nicht mit meinem Körper, nicht einmal mit einem Pelz oder einer Decke in einer kalten Nacht, und ganz sicher nicht mit einem derart persönlichen und vereinnahmenden Geschenk. Eine Frau mochte ihm diesen Ring als Symbol dafür geben, dass er ihr gehörte. Ich wünschte, ich hätte dieses Recht.

Ich würde ihn sowieso mit seinem eigenen Geld kaufen, dachte ich und musste in diesem stillen Zelt bitter auflachen. Der dunkelhaarige Junge erhob sich, plötzlich argwöhnisch geworden. Ich sagte ihm, dass ich nur an etwas hatte denken müssen und dass er keine Angst um seinen Ring haben müsse. Dass der Ring auch nicht lächerlich sei. Er sei sogar sehr bedeutend und kostbar.

Das Chaos hatte sich etwas gelegt, und jetzt bewegte sich ein träger, gleichmäßiger Menschenstrom durch die Schlucht. Kinder liefen um uns herum, Hühner und gelegentlich ein Pferd, das an uns vorbeidrängte und den Fluss störte.

Betta und ich gingen langsam weiter. Wir hatten es nicht eilig damit, zu unserem Zelt zurückzukehren, um zu schlafen. Ich bat sie, mit mir zum Gesetzesfelsen hochzugehen, weil ich dem Echo der Stimmen lauschen wollte, das die Leute in der Schlucht erzeugten.

Die Sonne stand jetzt tief am Horizont, und in ihrem Licht wirkten die Menschen müde und wie aus goldenem Stein gemeißelt. Diese Schläfrigkeit wurde schlagartig durchbrochen, als ein Mann mich rief.

»Götter, Ginn!« Ich wandte mich abrupt um. Er konnte unmöglich mich meinen. Atemlos schob er sich zwischen den Menschen hindurch auf mich zu, woraufhin diese verärgert oder neugierig zur Seite wichen. Schon bald machten andere vor Betta und mir Platz. Der Mann blieb ein Stück vor mir stehen, reglos und mit schierer Verwunderung im Blick.

»Es ist wirklich wahr.« Seine Stimme brach, als wäre er vollkommen überwältigt vor Freude und Erleichterung. Er schien fast in einer Art Trance zu sein. »Du lebst.« Dann schüttelte er sich, und Bewegung kam in ihn. Er trat eilig zu mir, legte seine Hände um meine Taille und hob mich hoch, wirbelte mich so heftig herum, dass meine Haare und Röcke nur so flogen. Als er mich wieder absetzte, sah er mich mit dunkelblauen Augen an. Tränen des Glücks schimmerten in ihnen.

»Oh, Ginnlaug.« Seine glatten, dunklen Haare fielen ihm in die Augen, und er schob sie weg. »Ich dachte schon, ich hätte dich für immer verloren.« Er strich mit dem Finger über meine Wange, und seine Augen weiteten sich vor Besorgnis, als er meine Narbe bemerkte. »Sváss min. Ich hörte, dass hier eine Frau sein sollte, die verschollen war, aber ich konnte nicht glauben, dass du es bist.«

Ich zog seine Hand von meinem Gesicht weg, berührt von seinem Irrtum.

»Ich bin es nicht.« Die Worte waren so dumm, so bedeutungslos. Der Mann glaubte, die Person gefunden zu haben, die er verloren hatte. Mir tat das Herz weh, so schrecklich fand ich es, einem Witwer die Hoffnung nehmen zu müssen. »Ich kenne dich nicht«, sagte ich zu ihm.

Die Leute, die um uns herumstanden, musterten uns jetzt gespannt. Der Mann zog die dichten Brauen zusammen, als würde er jeden Moment in Tränen ausbrechen, und dann verblassten all das Glück und die Verwunderung in seinem Gesicht. »Aber Ginn«, sagte er – er klang immer noch leichthin, aber jetzt hörte ich einen falschen Unterton. Etwas Dunkles und Schlüpfriges unter der glatten Oberfläche. »Ich bin es, Asmund. Dein Ehemann.«

Mir sank das Herz. In seinen Augen spiegelte sich ein ganzes Leben voller Liebe, und er war so überzeugt davon, dass ich einen kurzen seltsamen Moment lang das irrige Gefühl hatte, ich würde mich täuschen. Vielleicht kannte ich ihn ja wirklich. Vielleicht war er mein Ehemann, und mein Leben im zweiundzwanzigsten Jahrhundert war ein Hirngespinst, Teil einer Amnesie. Vielleicht war ich in Wirklichkeit Asmunds Sváss, seine nach einem Schiffsunglück verschollene Liebe. Aber ich schüttelte den Kopf und wich zurück, bis ich gegen Betta stieß, deren bloße Anwesenheit sich beruhigend anfühlte. Ihre langen Finger schlossen sich um meine Taille und erinnerten mich daran, wer ich wirklich war.

Asmund war aber immer noch davon überzeugt, dass ich zu ihm gehörte. Er packte meinen Ellbogen. »Oder willst du lieber bei Rakknason bleiben?« Die Worte waren so bitter und kalt wie getrockneter Fisch. »Verleugnest du mich zugunsten eines reichen Mannes?«

Die Nervosität, die bereits in mir aufgeflackert war, verwandelte sich jetzt in richtiggehende Angst. Er kam mir plötzlich gar nicht mehr traurig vor. Aus dem hoffnungslos Trauernden war vielmehr jemand geworden, von dem eine Bedrohung ausging. Ich spürte seinen Griff und flehte Betta stumm an, mir zu vertrauen, mich nicht loszulassen.

Asmund riss mich von ihr weg. Betta schnappte nach Luft, und ich konnte sie hinter mir spüren, konnte ihr Zögern spüren, als sie sich hin- und hergerissen fühlte zwischen den beiden

Möglichkeiten, entweder zu gehen oder zu bleiben. Obwohl ich einerseits wollte, dass sie ging und Hilfe holte, versetzte mich die Vorstellung, dass sie wegging, in Angst und Schrecken.

»Ginnlaug!« Ein anderer Mann drängte sich atemlos durch die wachsende Menschenmenge. »Bruder!« Er wandte sich erstaunt an Asmund. »Du hast sie tatsächlich gefunden.« Ich zerrte kräftiger, konnte aber Asmund nicht abschütteln. In seinen dunkelblauen Augen stand jetzt pure Selbstgefälligkeit. *Du bist jetzt meine Frau*, schien sein Blick zu sagen. *Diese Menschen sind meine Zeugen.*

Sein Bruder wandte sich um und richtete sich an die Menge, erzählte den Leuten, was geschehen war: »Wir haben gehört, dass hier eine Frau ist, die nach jemandem aus ihrer Familie sucht.« Er sah mich jetzt an, als wäre er mein seit Langem verschollener Schwager. »Wir haben gehört, dass du mit Rakknason Gott-Macher gereist bist. Stimmt es, dass der große Häuptling dich gerettet hat, gute Schwester?«

Meine Stimme zitterte, als ich antwortete, aber ich sah Asmund mit einem mutigen, klaren Blick direkt an, und ich benutzte Heiriks schrecklichen Namen. »Lass mich jetzt gehen.« Ich sah auf die Hand des Mannes. »Sonst macht Rakknason auch aus dir einen Gott.«

Er zögerte, als dächte er über sein Schicksal im Falle einer Begegnung mit dem Häuptling nach. Meine Worte waren eine Warnung gewesen. Wenn er mich nicht sofort losließ, würde es ihm genauso ergehen wie Eiðr.

Aber statt zur Seite zu treten, traf Asmund eine andere Entscheidung. Ich konnte sehen, wie sie in ihm Gestalt annahm. Er zog eine Grimasse und verstärkte seinen Griff. Sein Bruder packte jetzt meinen anderen Ellbogen. Panik brach in mir aus. Beide versuchten, mich mit Blicken zu bezwingen, indem sie mir mitteilten, dass ich so oder so mitgehen würde, ganz egal, wie sehr ich auch rief oder mich wehrte.

Ich wandte mich an die Menge. »Ich kenne diese Männer nicht!« Ich versuchte, mich loszureißen, und flehte: »Lasst mich in Ruhe.«

Ich setzte mein ganzes Gewicht ein in dem Versuch, mich loszureißen, prallte gegen Betta, die mich auffing und umarmte. Asmund griff nach meinem Gesicht, und dann erstarrte er.

Eine schimmernde Klinge war wie aus dem Nichts aufgetaucht, verharrte nur einen Zoll von seiner Kehle entfernt.

»Sie kennt dich nicht.«

Heiriks Stimme war ruhig. Als ich den Blick hob, sah ich ihn dunkel und Furcht einflößend auf Vakrs Rücken sitzen. Sein Kurzschwert ruhte an Asmunds Gesicht, der Stahl drückte gegen dessen dunklen Bart. Im Licht des Sonnenuntergangs leuchtete die Klinge golden und purpurn. Asmund schluckte; er wollte eindeutig etwas sagen, aber die Stimme gehorchte ihm nicht. Er stotterte, als wäre ihm bereits die Kehle durchtrennt worden. Langsam ließ er den Arm sinken, und ohne seinen Bruder anzusehen, wies er ihn an: »Lass sie los, Murd.« Murd gehorchte, und ich trat einen Schritt von ihm weg.

Heirik zog die Klinge jetzt zurück, und Asmund drehte sich um und sah ihn an. Wie der Häuptling so umrahmt vom blutroten Licht des Sonnenuntergangs auf seinem Pferd saß, wirkte er tatsächlich wie ein Gott, dem man ein Unrecht angetan hatte. Seine Haare leuchteten im Sonnenlicht, aber seine wölfischen Augen waren entschlossen und kalt. Er sagte kein Wort. Dann löste sich sein Blick von Asmund, mit dem er zunächst einmal fertig war, und er fand mich. Ich sah unter seinem grimmigen Äußeren einen Schrecken. Ich sah eine Angst um mich, die niemand sonst bemerken konnte.

Er bedeutete mir mit einem stummen, kurzen Nicken, vor ihm auf Vakr aufzusteigen. Unmöglich. Niemals wäre ich in der Lage, vor so vielen Menschen auf Vakr aufzusteigen. Das Pferd schien mir unendlich hoch zu sein, und Heirik wirkte auf seinem Rücken wie ein Riese. Ich konnte vor mir sehen, wie ich herunterfiel, ihm entglitt. Dann würde Ginn von Hvít-mörk sterben. Ich wäre verloren, würde als Ginnlaug, Asmunds Ehefrau, enden.

Heirik hielt mir seine Hand hin.

Einen Moment lang kamen mir seine große Hand, die Finger und die Armschiene richtig unwirklich vor, und ich starrte nur benommen darauf. Dann griff ich zu, und die Hand war fest. Ich trat in den Steigbügel und stieß mich vom Boden ab; Heirik setzte mich mit Leichtigkeit und anmutig vor sich in den Sattel. Er wendete Vakr, um wegzureiten.

Ich warf einen Blick zurück und sah Chaos ausbrechen. Männer stoben auseinander, und plötzlich war auch Magnus da, auf seinem prächtigen Pferd, und bei ihm war Hár, der Betta an sich drückte. Ich hörte von alldem nichts, ließ vielmehr alles hinter mir zurück und sah nach vorn, dorthin, wohin Heirik uns bringen würde – wo immer das auch sein mochte.

Wir schritten in einem bedächtigen, ruhigen Tempo dahin, und unser Schweigen legte sich wie ein kalter Schleier über die Menge. Die Leute wichen vor mir und Heirik zurück, machten den Weg frei, um die Lücke hinter uns wortlos wieder zu schließen.

Nicht lange, und wir hatten den Markt hinter uns gelassen. Auf Vakr ritten wir an all den Ständen und Zelten des Lagers vorbei, an Dutzenden von schwelenden Feuern und uns zuge-wandten Gesichtern, an eintausend großen Steinen, bis wir das Wasser erreichten. Ein kleiner Fluss strömte durch die Ebene, verzweigte sich und verband sich wieder mit anderen Wasserläufen, die das staubige Land in der Ferne zerteilten. Das Wasser leuchtete in tiefem Türkis.

Wir standen am Ufer und sahen auf das fließende Wasser. Eine Wolke wanderte über den Himmel, weiß wie ein Fuchs. Die letzten Sonnenstrahlen fielen jetzt schräg, erzeugten bei den Steinen im Wasser mysteriöse Lichtblitze. Das stark bemooste Ufer machte eine Biegung. Große Steine erstreckten sich bis ins Wasser, vollkommen bedeckt mit Flechten, Moosen und Gräsern. Wo das Gras überflutet wurde, war es abgestorben und golden geworden. Der Fluss kämmte es wie die langen Haare eines Wassergeists.

Heirik und ich hatten alles hinter uns gelassen und waren allein hier. Sein Arm lag um meine Taille, und ich rührte mich nicht. Ich atmete so flach wie möglich. In diesem Moment wirkte alles wie verstärkt. Jede Farbe, jeder Klang. Ich spürte Heiriks Kinn und Nase an meinem Haar. Der Himmel färbte sich dunkelblau. Sein Herz schlug an meinem Rücken.

Lange Zeit später kehrten wir zur Hütte zurück. Ich ritt auf Vakr, Heirik ging neben mir her. Seine Hand ruhte auf der Mähne des Pferdes. Der Himmel war jetzt grau, aber im Mondlicht war es leicht, den Pfad vor uns zu sehen.

Ich tat jetzt das, was ich schon auf dem Hinweg zum Fluss hatte tun wollen. Ich streckte eine Hand aus und schob ihm die Haare aus dem Gesicht zurück und hinter das Ohr.

»Es war ein Fehler, dich hierherzubringen«, sagte er, aber seine Worte klangen nicht kalt. Er wollte mich nicht abweisen, sondern teilte mir nur mit, was er dachte. »Magnus wird dich nach Hause bringen.« Er sah mich an. »Morgen früh reitest du zurück.«

Als wir die Hütte erreichten, saß Brosa am Eingang und

klopfte mit einem Messer auf seinen Oberschenkel. Noch nie hatte ich ihn so besorgt erlebt. Als er uns sah, sprang er auf und trat zu mir, hielt mich an der Taille, während ich von Vakr abstieg. Erleichterung stand in seinen Augen, aber da war auch etwas Scharfes und Bodenloses, das ich erst im zweiten Moment erkannte. Etwas, was mir an ihm fremd war. Wut. Er drückte mich an seine Brust, aber ich spürte es kaum.

Ich saß auf meinem Bett, die Decken fest um mich gezogen. Der Vorhang war gerade weit genug aufgezogen, dass ich die Leute am Feuer sehen und ihre glücklichen Stimmen hören konnte.

Ich sah Betta am anderen Ende unserer Hütte; sie saß auf Hárs Bett. Ihr Vater war nicht mitgekommen, und so streckte sich der alte Mann neben ihr aus, stützte den Kopf auf und sah sie voller Bewunderung an. Sie löste die Zöpfe vor ihm.

Ich spürte, wie alles zerfiel. Alles, was ich hier zufällig gefunden hatte, alles, was ich errichtet und mir erhofft und gewünscht hatte.

Lächelnd berührte Hár eine braune Haarsträhne.

Die eigenartigen Männer – Asmund und Murd – saßen gefesselt im hinteren Teil der Hütte, murrten und fluchten gelegentlich. Magnus ging hin und wieder zu ihnen, versetzte ihnen einen Tritt und forderte sie auf, den Mund zu halten. Nicht weit von mir beim Feuer saßen Heirik und Brosa und unterhielten sich. Sie sprachen darüber, was sie mit ihnen tun sollten. Ich ließ ihre Worte an mir vorbeirauschen, Heiriks tiefe Stimme vermischte sich mit Brosas weichem Tenor.

Ich drehte mein kleines Messer aus Walknochen hin und her, wog es in der Hand und warf es mit einer knappen Handbewegung in die Luft, sodass es sich überschlug, und fing es danach wieder auf, wie ich es so oft bei den Männern gesehen hatte. Und dann dachte ich, dass ich ihm einen Namen geben sollte, auch wenn es klein und dazu gedacht war, Fische oder Faden zu schneiden.

»Bruder, du weißt, dass ich alles für dich tun würde«, sagte Brosa in diesem Moment. Ich hielt das Messer fest. Seine Worte hoben sich von den sanften Hintergrundgeräuschen und dem übrigen nächtlichen Gemurmel ab. »Ich bin bereit, alles aufzugeben, worum du mich bittest. Aber wenn ich das für dich tue ...«

Es entstand eine Pause, und vermutlich wurde eine Geste gemacht, die ich nicht sehen konnte. Dann sprach Brosa weiter: »... wird sie mir gehören.«

Danach sprachen sie über andere Dinge. Aber in meinem Kopf hörte ich nichts anderes als ein tosendes Meer.

Heirik hatte es geplant. Er hatte Brosa dazu gebracht, mich zu heiraten. Es war alles seine Idee gewesen.

Das hier war ein Fehler, hatte er gesagt. *Geh nach Hause.*

Heirik hatte vor, mich am nächsten Morgen mit Magnus nach Hause zu schicken. Aber ein anderes Zuhause nahm Gestalt in mir an, und dorthin würde mich kein Pferd jemals tragen, würde Magnus mir niemals folgen können.

Ich wickelte mich in meine Decke und dachte mir einen schlichten Plan aus. Ich würde bis zum dunkelsten Moment dieser kurzen Nacht warten und dann erklären, dass ich zum Wasser gehen müsste, um mich zu erleichtern; auf diese Weise würde man mich hören können.

Ich würde mir nur von jemand Fremdem die Richtung bestätigen lassen müssen, denn den Weg zum Meer kannte ich bereits aus der Zukunft. Auch wenn sich die Erdoberfläche im Laufe der Zeit verändert hatte, waren die groben Umrisse dieser Gegend doch noch erkennbar für mich. Ich kannte daher die Richtung, in der ich suchen musste, vorbei am See und dann weiter zum Meer. Ich würde zwischen Felsen und Flüssen und Bäumen hindurchreiten, bis ich den Strand erreichte, und in die tosenden Wellen gehen.

Im hinteren Teil der Hütte, wo Betta und ich unser Bett hatten, lehnte ich zitternd an der Wand, obwohl ich die Wolle eng um mich zog. Adrenalin erzeugte das Zittern, und das Wissen um das, was mir bevorstand, aber auch Furcht und Traurigkeit. Meine Zähne klapperten. Ich hockte in der Dunkelheit und sah durch einen Spalt im Vorhang die anderen, die auf den Stämmen und um das Feuer herumsaßen und zu viel Bier tranken.

Egil und noch ein anderer Mann tauchten auf, und Willkommensrufe erklangen, Bier wurde ausgeschenkt. Heirik und Brosa, die wohin auch immer gegangen waren, kehrten jetzt wieder zurück und setzten sich zu ihnen. Heirik war schlechter Laune, aber ich konnte sehen, wie er sie verbarg, bis sie schließlich in Gesprächen unterging. Sie sprachen über Schiffe und darüber, dass der andere Mann aus weit entfernten Teilen Europas hergereist war. Dann ging es darum, mit etwas zu handeln – das Wort dafür verstand ich nicht –, und um Loyalität und dass andere Männer Narren waren. Ich hörte nur halb zu, während ich die Geräusche der ernsten und wichtigen Unterhaltungen nur am Rande aufnahm. Worte, die das Leben anderer Männer im Gleichgewicht hielten.

Svana ging mit einem Bierschlauch zu ihnen und füllte ihnen die Becher. Sie strich mit ihrer blassen Hand über Heiriks Arm, und er war zwar verblüfft, zog ihn aber nicht weg. Sie lächelte ihn an, und es brach mir das Herz, so süß war sie, so hübsch, mit ihren weit geöffneten Augen. Die Männer waren beeindruckt von ihr.

»Du hast uns deine Frau noch nicht vorgestellt«, sagte der Fremde, während sein Blick über ihre Kurven wanderte.

Svana gab sich verschämt, aber sie genoss den Irrtum des Mannes. Ihr Blick ging kurz in meine Richtung, und ich hatte den Eindruck, als versuchte sie, mich in der Dunkelheit zu finden, sicherzustellen, dass ich auch zuhörte.

»Du wirst dich an Svana erinnern«, sagte der Häuptling zu Egil. »Sie ist eine Tochter meines Hauses.« Und dann wandte er sich an den anderen Mann. »Ich habe keine Frau.«

Während Svana wegging, musterten die Männer ihre Figur, und der reiche Händler legte den Kopf leicht schräg. »Vielleicht ist es an der Zeit, sich eine zu nehmen«, sagte er. »Sie ist sicher alt genug, já?« Er strich sich über den Bart.

Heirik sah an dem Mann vorbei in die Dunkelheit.

»Já«, sagte er geistesabwesend. »Das ist sie.«

Es berührte mich nicht. In meinem Geist war ich bereits unterwegs zum Meer.

Als ich losging, nahm ich Heiriks Wetzstein mit.

Ich schlich mich in seinen Schlafbereich, duckte mich unter dem Vorhang hindurch und betrachtete die Stelle, wo er später schlafen würde. Diese schlichte Hütte war nicht unser Zuhause, und das hier war auch nicht sein eigentliches Zimmer, aber auf dem Bett lagen etliche Schaffelle und Pelze. Es war sogar noch zu erkennen, wo er früher an diesem Tag gesessen hatte. Wo er seinen Kopf hingelegt hatte.

Ich nahm die Zudecken und holte tief Luft, atmete seinen Geruch ein, um ihn in die Zukunft mitzunehmen. Dann stahl ich seinen Wetzstein. Ich hatte keine Ahnung, was ich damit tun würde. Ich wollte ihn einfach nur haben.

Ich hielt ihn in meiner linken Hand, zog mit der rechten mein neues Messer heraus. Ich brauchte einen Namen dafür, bevor ich wegging. Es war ein kleines Messer, und so brauchte ich einen Namen, der sich klein, aber stark anfühlte. *Schwim-*

mer kam mir in den Sinn, plötzlich und in der Sprache der Zukunft.

Bevor ich ging, ließ ich meinen Blick ein letztes Mal über die schlafenden Frauen schweifen. Alles war still und friedlich. Ich musste niemandem erklären, dass ich die Hütte verlassen wollte, um zum Wasser zu gehen. Lediglich Svana sah mich gehen, und sie nickte. Sie würde sich wundern, wenn ich nicht zurückkehrte, aber ich vermutete, dass sie vor allem erleichtert sein würde, mich los zu sein.

Da Drifa im Zelt war, nahm ich ein mir unbekanntes Pferd, das draußen Gras fraß.

Beim Verlassen des Lagers fragte ich eine Frau, ob ich auf dem richtigen Weg zum Ozean sei. Sie nickte mit einem Blick, als wäre ich schrecklich dumm. Vielleicht war ich das auch, dachte ich. Das Pferd schritt vorsichtig durch ein Gewirr aus Zelten und Schlafenden.

Ich dachte an Brosa, diesen mutigen Mann. Er bewunderte und fürchtete seinen großen Bruder und tat alles, was dieser verlangte. Heirik zuliebe hätte er sein ganzes Leben geändert und seinen großen Traum aufgegeben. Und doch hatte er sich ihm heute entgegengestellt. Brosa würde auch ohne meinen Abschiedskuss zurechtkommen. Er konnte sich um sich kümmern, und wenn ich nicht da war, würde er die Möglichkeit haben, sein Schiff zu bauen und wegzusegeln.

Auch Betta ging es gut; sie saß fröhlich mit Hár auf dem Bett. Ich brachte es nicht fertig, mich von ihr zu verabschieden, also stellte ich mir vor, wie sie an ihrem Hochzeitstag sein Schwert im Schoß halten würde.

Mein Geist trennte sich bereits von ihnen, war meinem Körper ein gutes Stück voraus in der Zukunft.

Eine ganze Weile ritt ich einfach nur dahin. Es war jetzt vollständig dunkel, und ich spürte, wie die Kälte vom Boden aufstieg, an den Beinen des Pferdes hochwanderte und sich unter meine Röcke stahl. Im Birkenwald war der Weg kaum mehr als ein gerodeter Pfad zwischen den Bäumen. Ich zitterte, während ich mich dem Rhythmus des Pferdes überließ.

Irgendwo im Wald knackte es; meine Sinne waren sofort geschärft. Etwas blitzte im Mondlicht weiß auf. Irgendwann geschah es erneut, aber ich konnte nichts Genaues erkennen. Stunden später wurde ich erneut aus der Benommenheit gerissen. Ich nahm den Geruch von Salz wahr. Den Geruch des Meeres. Nicht lange danach hörte ich das Krachen der Wogen.

Mich überwältigte der verzweifelte Wunsch, das Vergessen zu erlangen, dessentwegen ich hierhergeritten war.

Ich glitt vom Pferd und ließ es laufen, legte die letzten Meter bis zum Wasser zu Fuß zurück, ohne richtig zu sehen. Ich ging einfach immer weiter, stolperte, als meine Röcke sich an ein paar größeren Stücken Treibholz verfingen. Kleinere Stöckchen blieben an meinem Kleid hängen, wurden teilweise mit ins Wasser genommen – dem Wasser, aus dem wir alle kamen, ich ebenso wie die Zweige.

Ich kniete mich in die Gischt der Wellen. Die Kälte traf mich mit voller Wucht, dann gab mein Körper auf. Ich schwankte im Sog des Wassers. Es war so weit.

Ich tauchte meine Hände ins Meer und hob die Finger, um auf das Handgelenk zu klopfen.

Hier hatte ich geliebt. Hier hatte ich meinen Seelenpartner gefunden, meinen rechtmäßigen Platz, all die zutiefst befriedigenden Momente, die ein gutes Leben ausmachten. Hier waren die Szenen aus den Hofnotizen Wirklichkeit geworden. Zugleich war ich an einen Ort gelangt, den ich hatte studieren können, so wie ich das Buch auf dem Wandmonitor studiert hatte. Ich hatte die echte Sprache hören können, wovon ich immer geträumt hatte. Ich hatte die Gesten und Gefühle studieren können. Aber dieser Ort gehörte ihnen, nicht mir. Ich konnte seine schroffe Logik vielleicht vom Kopf her verstehen, aber mit dem Herzen erfassen konnte ich sie nicht.

Oder doch?

Ich staunte über die einfache Frage und zog meine Hand wieder aus dem Wasser, spreizte die Finger, ließ sie die Oberfläche berühren. Schaum bildete sich zwischen ihnen. Ich legte sie sanft auf das andere Handgelenk, nur für eine Sekunde, damit ich nachdenken konnte.

Im Tagebuchschreiben war ich gut, und ich hatte ein romantisches Herz.

Meine Liebesfähigkeit hatte die Kraft von zehn Wikingerschiffen. War sie wirklich erschöpft?

Ich hörte ein Platschen, als würde etwas Großes ins Wasser fallen. Zuerst dachte ich, das Pferd wäre mir gefolgt, aber dann erklang ein Stöhnen, und ein Mann fluchte. Vor Angst zog sich mir der Magen zusammen. Ich riss den Kopf herum und sah, dass Asmund und Murd durch das Wasser auf mich zukamen.

Sie waren mir gefolgt. Mein Herz raste wie das eines gejagten Tieres, und ich schrie. Meine Finger klopften wild auf mein Handgelenk, einmal, zweimal, und dann spürte ich das vertraute Fallen, den blendenden Schmerz. Ein gezacktes Messer wurde durch mein Gehirn gezogen.

Ich brach auf dem Boden eines leeren Labors zusammen, und überall um mich herum ertönten Sirenen.

EISESKÄLTE

In der Zukunft

Die Firma versteckte mich. Sie weigerte sich, mich gehen zu lassen.

Ich erzählte Jeff und Morgan alles. Ich erzählte ihnen von meiner Familie, von den Gerüchen und den Klängen im Langhaus und auf dem Hofplatz, vom Heuen und vom Meer und von den Festen und den Äxten. Morgan interessierte sich vor allem für die Waffen und den Schmuck; nur wenn es darum ging, hörte sie genauer zu. Ich sprach über alles, die Schlucht und den gewaltigen Himmel.

Und über Heirik. Ich konnte ihn kaum beschreiben. Ich war von einem mächtigen Häuptling geliebt worden, war fast seine Frau geworden. Aber meine Worte reichten nicht, um dem, was ich erlebt hatte, wirklich gerecht zu werden.

Leute wollten mit mir sprechen, ein ganzer Strom von ihnen. Mehr als jemals zuvor. Programmierer, Physiker, Historiker, Therapeuten. Fachleute für Plastische Chirurgie. Sogar die Inhaber der Gesellschaft, die man normalerweise nie zu Gesicht bekam, schickten jemanden. Neurologen nahmen mich in die Mangel, um herauszufinden, welche physischen Spuren die vielen andersartigen Sinneseindrücke bei mir hinterlassen hatten. Kostümhistoriker befragten mich zu dem genauen Design meines Unterkleides, das sich jetzt in einem luftdicht verschlossenen Beutel irgendwo tief in diesem Gletscher befand. Mein kirschrotes Kleid, das ich so geliebt und in dem ich so lange gelebt hatte, lag – oder hing vielleicht auch – ebenfalls dort wie ein in der Kälte getrockneter Fisch.

Jetzt trug ich eine Art Häftlingskleidung, eine Hose mit Tunnelzug, weiche T-Shirts. Sie wollten mich studieren, wollten herausfinden, was passiert war, Ärger verhindern und an Möglichkeiten glauben. Wann immer jemand kam und mit mir sprach, saß ich zusammengekauert mit angezogenen Knien da und zog den großen blassen Pulli eng um mich, in dem meine Arme sich verloren.

Sie sagten, ich würde das Beste von allem bekommen, alles, was ich haben wollte, solange ich den Mund hielt. Solange ich niemandem sonst davon erzählte, wo ich gewesen war. Als ob ich dazu auch nur eine Chance gehabt hätte.

Sie hatten es niemals öffentlich gemacht, dass einer ihrer Leute verschwunden war. Und so wurde auch meine Rückkehr – und die Tatsache, dass sie jetzt wussten, wozu der Tank in der Lage war – zu einem Geheimnis.

Sie gaben mir zwei tadellose, kühle Zimmer im Innern der hübschesten blauen Höhle im Gletscher. Ich wehrte mich nicht dagegen. Ich hätte überall leben können. Ich zog mich in die flaumigen Decken dieses Zimmers zurück und starrte vor mich hin. Nebel kroch aus den Schlitzen der Klimaanlage oben an den Wänden, bildete eine Wolkendecke, als könnte es hier jemals einen Himmel geben.

Wenn ich das Zimmer dazu aufforderte, flackerte ein Feuer in meinem Kamin auf, ohne jeden Geruch und ohne Holz, ohne Rauch. Ich schaute auf das Trugbild und dachte an Brosa, wie er in die orangefarbene Glut blies.

Hin und wieder besuchte mich Morgan, und ich machte

uns Kaffee und hörte mir ihre Fragen an. Sie wollte etwas über die Schmuckstücke und Messer wissen, die wir auf dem Markt gesehen hatten, über die Armreifen, die Heirik getragen hatte. Ich erzählte ihr von seinen Händen.

Ich verströmte mein Herz, sodass es blutig auf dem weißen Teppich lag, erzählte ihr davon, wie kraftvoll meine Liebe war, dass ich zu ihm gehörte, an die Spitze meines Haushalts und des Hofes. Ich erzählte ihr von dem Kampf am Strand, und sie wollte etwas über Speere wissen. Ich erzählte von Ageirrs Hass und Kummer, wie ich Heirik hatte erzählen müssen, dass Fjoðr getötet worden war. Ich versuchte, in Worte zu fassen, wie sich der Häuptling bei den Festen verhielt, diese unbeschreibliche Mischung aus Verärgerung, Stolz und Schüchternheit. Heirik war herrlich, sagte ich ihr, auch wenn alle anderen ihn für hässlich hielten. Ich erzählte ihr von seiner Stimme, diesem Geburtsmal, seinen pechschwarzen Haaren und den glühenden Augen. Ich erzählte ihr, dass die Leute nicht wirklich *ihn* sahen.

Sie wollte etwas über seine Axt wissen. Über die Art und Weise, wie der Axtkopf an dem Griff befestigt war.

»Jen«, sagte sie. »Er ist seit mehr als tausend Jahren tot.«

Ich machte mir einen kleinen Plan. Es ging nicht um Flucht, sondern nur darum, dass mein Herz aufhören musste, vor Sehnsucht so zu schmerzen.

Ich nahm mir vor, das Tagebuch zu lesen, und zwar nach hundert Tagen. In dem sicheren Wissen, dass es in meinen elektronischen Ordnern genauso geduldig wartete wie *Schwimmer* unter der Matratze meines bequemen Bettes, würde ich es bis dahin nicht anrühren. Aber dann, am hundertsten Tag, würde ich alles lesen, jede poetische und liebevolle Zeile. Und danach würde ich es zerstören. Ich würde die Dateien dem Fluss der Zeit übergeben, in dem sie sich auflösen sollten, sodass niemand sie jemals wiederfinden würde.

Ich würde alles zerstören, was noch übrig war. Sogar *Schwimmer*. Ich würde mich in Morgans Werkstatt schleichen und die Klinge meines kleinen Messers einschmelzen. Das war mein Plan.

Ich wies die Wohnung an, die Tage zu zählen. Das war die einzige Möglichkeit, wie ich erkennen konnte, dass überhaupt Zeit verging.

Am 29. Tag kamen die Psychologen und Chirurgen zu dem Schluss, dass ich bereit war für die Operation.

Grelles Licht drang mir ins Auge, immer wieder gefolgt von einem eiskalten Pieksen. Es fühlte sich an wie eine Nadel, mit der die Ärzte in die weiche Haut, die mein Auge umgab, stachen. Am schlimmsten war der Schmerz im Bereich der Knochen, und ich umklammerte den Rand des klinisch sauberen OP-Tisches. Als die Ärzte die Narben auf Höhe der Augenhöhle und meiner Schläfe entfernten, war der Schmerz kaum zu ertragen.

Während der Operation beschwor ich Bilder aus der Vergangenheit herauf. Trockene Blätter, die von einer Brise aufgewirbelt und davongetragen wurden. Meine Reisen, meine unbeholfenen Versuche, etwas zu lernen, Menschen zu lieben. Bilder von Bettas geschickten Händen, Magnus' geduldigem Blick, Hárs hagerem und grimmigem Gesicht. Bilder von dem grünen Langhaus, den riesigen, sonnengewärmten Feldern um den Hof herum.

Als der Anästhesist mich fragte: »Können Sie das spüren?«, während er mich ins Augenlid zwickte, verneinte ich das. Ich log. Ich traute diesem Raum nicht, in dem es keinerlei Geruch gab. In dem es keine Farben gab und niemand mich anschaute.

Ich war nur ein Projekt für sie, das auf dem sterilen Tisch lag. Fadenkreuze leiteten ihre Arbeit, Zahlen standen ihnen vor Augen.

Ich atmete tief und dachte an die Wälder – an das endlose Weiß, die unzähligen Schattierungen von Apricot, Rostrot und Orange, die alle unter der silbernen und braunen Rinde verborgen lagen. Hier dagegen schwebte ich in einer nichtssagenden, geruchslosen weißen Welt, über die hinaus es nicht das Geringste gab.

Sie sprachen über meine Herzfrequenz, meine Atmung, und jemand fragte gereizt: »Das tut weh, oder?«

»Nei«, sagte ich, obwohl meine Stimme undeutlich klang und mir eine Träne über die Wange lief. Ich spürte einen Stich im Arm, bevor ich begriff, dass sie mich doch betäubten.

Meine Augen schlossen sich.

Meine Gedanken wandten sich – langsam wie ein riesiger Wal unter Wasser – von der Vergangenheit ab und der Zukunft zu, und zwar der Zukunft, die sich daraus ergab, dass ich das Thing verlassen hatte. Ich sah Möglichkeiten, nahe liegende und weit entfernte, jede einzelne so klar und deutlich, als wäre ich durch den Tank gegangen und leibhaftig vor Ort.

Hár saß am Herzstein und erzählte den Kindern eine seiner furchterregenden Geschichten. Svana lächelte, während die Kinder fröhlich und vor Spannung zappelnd seiner Stimme lauschten. Obwohl sie selbst fast noch ein Kind war, hielt sie ein dunkelhaariges Baby in den Armen, stillte es. Der Junge konnte nicht älter als zwei Monate sein, und seine schwarzen Haare hoben sich von ihrer hellen Haut ab. Fast kam es mir so vor, als könnte ich den festen Schädel mit den flaumigen Haaren fühlen, als würde ich ihn berühren.

Heirik kam und trat hinter Svana; er betrachtete das Kind

mit zurückhaltender Freude und voller Ehrfurcht. Seine Augen verrieten Dankbarkeit, Hingabe. Er legte Svana eine Hand auf die Schulter, und sein Daumen fuhr über ihren Hals, als wolle er seinen Besitzanspruch auf sie zum Ausdruck bringen. Er beugte sich zu ihr und drückte ihr einen Kuss aufs Haar. Dann hob er den Blick und sah mir in die Augen; sein Mund verzog sich zu einem kleinen Lächeln.

Ich sah auch andere Möglichkeiten.

Ich kam aus dem Meer und fand mich auf dem schwarzen Sand wieder. Es war zur Zeit der Abenddämmerung. Die Sonne stand am Horizont und erhellte eine ungeheure Wolkenbank in blassen Violett-, Rosa- und Goldtönen. Vor diesem Himmel saß Heirik wie ein dunkler Schemen auf Vakr, der ebenfalls kaum mehr als ein Schatten war. Drifa stand neben ihnen, und Heiriks Hand ruhte auf ihrem Sattel, in dem ich so viele Male gesessen hatte.

Ich rief ihn, und als er mich sah, glitt er langsam von Vakr herunter, argwöhnisch, als wäre ich die Vision, und nicht er. Dann kam er auf mich zu, wurde schneller. Er lief in das seichte Wasser, fiel auf die Knie und zog mich eilig an sich. Mein Gesicht lag an seiner Brust, während er unverständliche alte Worte murmelte. Er drückte mich so fest an sich, dass ich kaum atmen konnte. Dann löste er sich von mir, um mich anzusehen, und nahm mein Gesicht in beide Hände.

Und jetzt sah ich ihn wirklich. Er wirkte gebrochen, seine Gesichtszüge waren hart, die Augen müde.

»Ich habe hier auf dich gewartet«, sagte er mit hohler Stimme. Sein Daumen fühlte sich an meinen Lippen rau an. »Manchmal.« In dem Wort schwang seine ganze schreckliche Sehnsucht mit. Stunden hatte er damit verbracht, an diesem Ufer auf und ab zu gehen, in dem Wissen, wohin ich gegangen war, und in der Hoffnung – ohne dass es dafür irgendeinen Grund gab –, dass ich zurückkehren würde. Sein anderer Daumen bewegte sich über meine sanft geschwungene Braue, drückte gegen den Knochen, als wollte er sicherstellen, dass ich echt und wirklich war. Seine Augen suchten meine, als fragte er sich trotzdem immer noch, ob er träumte.

»Ich habe Drifa für dich mitgebracht.« Er ließ seine Hände sinken und senkte den Blick, beinahe verlegen. Er hatte mir seine Einsamkeit und seine dumme Hoffnung offenbart. Ganze Abende hatte er damit verbracht, am Rand des eiskalten Wassers entlangzugehen, ein Pferd an seiner Seite, auf dem niemand ritt.

Ich schnappte nach Luft, als ich die Oberfläche meiner Vision durchbrach. Ich sah mich wild in dem weißen Krankenhauszimmer um, sah den geruchlosen Stahl, von dem ich umgeben war. Das tote Auge einer Maschine überwachte meine Atmung.

Wie man mir sagte, würde es einige Zeit dauern, bis ich mich von der OP erholt hätte und wiederhergestellt wäre. Mein linkes Auge, das immer noch verbunden war, zuckte und schmerzte und war nicht zu gebrauchen. Eine Woche, hieß es, würde ich vielleicht nichts sehen können, möglicherweise auch länger.

Ich verbrachte viel Zeit in meinen zwei Zimmern, damit beschäftigt, Bilder vom Hof anzuschauen, die die ganze Wand einnahmen. Ich sah mir die Archiv-Aufnahmen an, die Jeff für seine Programmierungen benutzte. Ich betrachtete Bilder von Tieren, denen er niemals begegnen würde und die ich in der Erinnerung immer noch riechen und schmecken konnte. Aber ich sah sie ohne Tiefenschärfe, sah nur gleichgültige Ziegen, seelenruhige Kühe, deren Blicke ebenfalls verloren waren.

Abgesehen davon suchte ich nach neuem Archiv-Material. Ich ging eine Datei nach der anderen durch, bis meine Seele sich ebenfalls blind anfühlte. Ich sah flache Bilder von Schottland im Nebel, einen Marktplatz in Neuengland, Pferde auf einer gepflasterten Straße. Ich stieß auf Tanzsäle voller Ladys mit Puffärmeln und roten und ockerfarbenen Schultertüchern. Ich wischte weiter, weiter, weiter. Dann erregte etwas meine Aufmerksamkeit. Ein dunkelhaariger Mann in leuchtend gelben Shorts. Der Dateiname lautete *Vida v. Cruz.*

Ich ließ den Film laufen, tauchte in die aufgeregte Stimmung vor einem Kampf ein. Gemurmel und Rufe kamen aus der dicht gedrängten Menge, und zwei Kämpfer hüpften auf den Zehenballen, ihre Handschuhe berührten sich, wie es vor einem Kampf üblich war. Und dann begann es. Ich erinnerte mich jetzt daran, wie es vor einem Jahr gewesen war. Diesmal sah ich alles auf einem flachen Wandbildschirm, aber es war die gleiche Veranstaltung wie die, die ich ein Jahr zuvor im Tank miterlebt hatte.

Der Kampf war kurz und brutal, und erst, als Mateus Vida Yusef Cruz trat, packte mich die Angst. Ich hatte gar nicht daran gedacht, dass ich auch diesmal in eine andere Zeit gezogen werden könnte, auf die gleiche Weise wie damals im Tank, als ich am Atlantischen Ozean aufgetaucht war. Aber das geschah nicht. Ich blieb hier in diesem Raum mit der künstlichen Luft und sah zu, wie Mateus Vida seinem Gegner den Gürtel der Weltmeisterschaft zu Füßen legte.

Als der Kampf zu Ende war, begann der nächste. Und dann noch einer. Anscheinend lehnte ich mich irgendwann auf meinem Bett zurück, die Füße unter mich gezogen, denn als ich später in der künstlichen Nacht des Gebäudes wieder aufwachte, waren meine Beine taub und steif geworden. Ich streckte sie mühsam und bekam auf meine Anfrage hin zur Antwort, dass ich sieben Stunden zugesehen hatte.

Das Gleiche tat ich am 37. Tag und am 38. und am 39.

Die Kämpfe benebelten meinen Geist und meine Sinne. Die Zielgerichtetheit, die rohe Gewalt, die Mischung aus Formalität und barbarischer Freiheit, das alles beruhigte mich. Immer wieder kehrte ich zu dem historischen Kampf zwischen Vida und Cruz zurück. Ich sah Vidas eleganten kraftvollen Tritt, bis ich das Gefühl hatte, als würde ich in den Bildschirm fallen. Ich wollte gern selbst jemanden so treten.

Ich versuchte es.

Ich stand in meinem leeren Zimmer und fühlte mich befangen, und als ich das merkte, kam ich mir auch noch dumm vor. Niemand konnte mich hier sehen. Seit ich Morgan alles erzählt hatte, was ich über Gürtelschnallen und Waffen wusste, besuchte mich keiner mehr. Es gab niemanden, der mich hätte sanft anlächeln können, während er mir beim Lernen zusah, um dann so etwas zu sagen wie: »Frau, du trittst zu wie ein lahmer Fuchs.«

Unbeholfen zuerst und wackelnd vor Unsicherheit, trat ich trotzdem zu. Ich versuchte es ein paarmal, sah mir die Szene noch einmal an, um genau das zu tun, was Vida mit seinem Bein gemacht hatte. Dann stellte ich den Kampf auf Endlosschleife, starrte auf die Wand und trat zu, wieder und wieder. Ich machte immer weiter. Ein Tritt folgte übergangslos auf den anderen, bis ich keuchte und ein schmerzhaftes Seitenstechen verspürte.

Bilder blitzten in meinem Geist auf, vermischten sich mit denen auf dem Monitor. Ageirrs höhnisches Grinsen, die Männer, die mich bis ins Wasser verfolgt hatten. Ich verdrängte jedes dieser Bilder, als könnten sie auf die Weise aus meinem Gehirn gelöscht werden, so gründlich beseitigt wie eine zweimal in den Papierkorb verschobene Datei. Löschen für immer? Ja!

Das Essen schmeckte metallisch, und da keinerlei Leute kamen und gingen, lebte ich von Kaffee und diesen alten Kämpfen, in denen ich vollends aufging. Ich sah Mateus Vida und Dutzende anderer Kämpfer. Yusef Cruz und »Cobalt« Cabral.

Ich schob die Möbel an die Wände, und nachdem ich stundenlang bei Kämpfen zugesehen hatte, pflegte ich mich auf den Boden zu setzen und mir Biografien über das Leben dieser Männer anzusehen, Videos über ihr Training. Ich machte jeden Tag mindestens hundert Liegestütze. Zuerst mit beiden Händen und schluderig und mit Unbehagen in den Eingeweiden, dann aber mit immer mehr Kraft, bis ich mich dabei so gerade machen konnte wie ein Brett, schließlich sogar mit nur einem Arm. Ich zwang mich, Hunderte von Sit-ups zu bewältigen, während ich andere Arten von Kämpfen ansah – Karate, Judo, alles Mögliche.

Die Tage vergingen, und nur durch die Ankündigungen meiner Wohnung bekam ich die Veränderungen mit. Meine Arme fühlten sich drahtig an, und die Jogginghose der Firma hing an meinen Hüften.

Einer meiner bevorzugten Kämpfer war Shan Rush. Er wurde *der Schnelle* genannt, war extrem beweglich und ein echter Wrestler. Ich rief alle seine Kämpfe auf, was immer ich finden konnte.

Mir gefielen die beiden Flügel eines stilisierten Raben, die er sich auf den Rücken hatte tätowieren lassen – das Dunkelblau wirkte wie Blut, das über die Schulterblätter lief. Die Flügel waren ausgestreckt und reichten bis zu den Oberarmen. Ich musste an die Tätowierung denken, die ich vor einem Jahr hatte haben wollen. Jetzt brachte ich den blauen Schwan aber nicht mit Poesie in Verbindung, mit einem romantischen Tod, sondern mit realer, alltäglicher Niedertracht.

Rush hatte die Angewohnheit, sich die welligen Haare hinter das Ohr zu schieben. Eben noch hatte er jemanden brutal geschlagen und ihn sich unterworfen, und schon stand er da und schob sich mit einer sanften Geste eine Haarsträhne zurück. Nachdem ich seine Kämpfe mehrmals gesehen hatte, begriff ich schließlich, warum ich mich so zu ihm hingezogen fühlte. Ich stoppte das Video und las in den Angaben zu ihm: 1,75 m. Auf die Größe hatte ich Heirik immer geschätzt.

Ich wischte das Video vom Monitor und zwang mich, etwas zu essen.

Ich zog *Schwimmer* unter der Matratze hervor; ich wollte mir das Messer ansehen. Er funkelte wie immer, und das Heft schien wie für meine Hand gemacht.

Ich konnte nicht anders, suchte den Kampf mit dem Wrestler wieder heraus, dessen Haar die Farbe eines Rabengefieders hatte. Ich musste ihn einfach sehen. Jetzt suchte ich nach jeder noch so kleinen Ähnlichkeit. Rush hatte seinen Gegner am Boden und schlug hart auf ihn ein, hatte sich kaum noch unter Kontrolle. Seine Muskeln und Knochen bewegten sich heftig, bis es fast so aussah, als würden sich die Flügel bewegen und er würde fliegen.

Das Heft wirkte blass im flackernden Licht des Monitors. *Schwimmer* fühlte sich leicht und fest in meiner Hand an. Ich presste die Spitze gegen meinen Oberarm, bis ein Tropfen Blut zum Vorschein kam. Als ich daraufstarrte, wusste ich, was ich wollte.

Ich ließ die Ärzte noch einmal an den Stellen arbeiten, an denen vorher meine Narben gewesen waren, und ließ mich tätowieren. Aber ich wählte als Motiv keinen Raben.

Von meinem Nacken aus erstreckte sich ein riesiger blauschwarzer Wal über meinen Rücken. Ich stellte mir vor, dass er sanft und voller Selbstvertrauen in unbekannte Gewässer abtauchte. Die geschwungenen Linien der Schwanzflosse eines anderen Wals verliefen um mein Auge, über die Braue und unterhalb des Lids. Es war ein übertriebenes, üppiges Blau, das mein Auge umfing. Nur eine weiße schmale Narbe blieb von der Verbrennung übrig, ein hartnäckiges Mal, das Teil eines wirbelnden Meeres wurde.

Auch mein Handgelenk wurde mit dunkelblauen Schnörkeln versehen, die Meeresschemen darstellen sollten. Runenähnliche, bedeutungslose Zeichen, die beinahe von der Walstraße erzählten.

Später wünschte ich mir, dass die Muster am Handgelenk mich nicht so an Heiriks silberne Armreifen erinnerten. Ich musste bei ihrem Anblick an seine weißen Ärmel denken, und daher ließ ich weitere Tätowierungen hinzufügen, bis am 99. Tag stilisierte Bilder von Walen und allerlei Unsinn meinen Arm zierten und jede Ähnlichkeit mit Armreifen und Ledermanschetten ausgeschlossen war.

Als ich erwachte, verkündete das Zimmer: »100. Tag.«
Ein scharfer blauer Lichtstrahl drang durch den Deckennebel und stach mir in die Augen. An diesem Tag würde ich es tun – ich würde die Hofnotizen lesen und dann wegwerfen. Ich würde meine ganze Liebe noch einmal aufwallen lassen und mich dann nicht mehr mit der Vergangenheit beschäftigen. Ich würde mir nicht mehr mit den Fingern über den Unterarm streichen und mir dabei vorstellen, dass es Heiriks Finger wären. Ich würde mein kleines Messer nicht mehr hier und da gegen meine Arme drücken, wie um mich zu prüfen oder zu erinnern. Ich würde mutig sein. Ich würde mich dem richtigen Schmerz stellen.
Ich ging rasch vor, so wie man ein Pflaster mit einem Ruck

abreißt, statt langsam daran zu ziehen. Ich holte das Tagebuch hervor, und meine Augen gingen in den Lesemodus.

Eine Weile blieb ich beim Geschäftlichen hängen, dem Handel und den Kühen und den Tagen. Ein Flattern im Bauch ließ mich zögern, weiterzulesen. Dann gab ich mir einen Ruck und blätterte die Seiten um, eine nach der anderen. Es waren insgesamt zwölf, und ich ging methodisch vor, las jedes Wort, verabschiedete mich von allen. Lebe wohl dem Wacholder auf der weichen Haut der Kehle. Lebe wohl den Händen, die sich um schwarzen Sand schlossen, dem Geruch von Schweiß nach dem Heuen. Den Schafen und Pferden und dem violetten Himmel. Meine trockenen Augen juckten, aber es kamen keine Tränen, die mir alles vor Augen verschwimmen ließen.

Das Liebesgedicht tauchte schneller auf, als ich es mir gewünscht hätte. Es war in einer anderen Handschrift verfasst – die letzten paar Zeilen des Buches. Ich küsste meine Finger und versuchte, sie auf die Worte zu drücken. Ich wollte das gelbe Birkenpapier des unbekannten Schreibers beseitigen, aber es gab kein echtes Buch, das ich mit meinen feuchten Fingern hätte anfassen können.

Nach dem Ende des Tagebuchs kamen Bilder aus der Ruine des Langhauses. Von Nähnadeln, Spinnwirteln, einem Wetzstein, einem Perlenamulett, einem Eisenring mit Schlüsseln daran. Bei dessen Anblick verschlug es mir den Atem. Ich musste an Hildur denken, wie sie nach ihrem Amulett gegriffen hatte. Wie ihre Hand besitzergreifend auf den Schlüsseln geruht hatte.

Seit Wochen hatte ich nicht mehr an Hildur gedacht. Als ich jetzt dieses Amulett sah, kehrte die Erinnerung an ihre Bosheit und ihre Gemeinheit wie eine faulig riechende Welle zurück. Der große Schlüsselring, den meine Kontaktlinsen mir jetzt zeigten, sah genauso aus wie ihrer. Ich wischte ihn weg, konnte ihn aber nicht vergessen und holte ihn mit einem Blinzeln wieder zurück.

Vier kleine Eisenschlüssel, die an dem Ring hingen, waren von ihrer Größe und Form her für kleine Schlösser an Kästchen oder vor unterirdischen Vorratsräumen gedacht. Ein fünfter Schlüssel war mehr eine Art Pickel; er war für die Milchfässer. Der längste Schlüssel schließlich war so lang wie meine Hand, am Ende geformt wie ein stark gebogener Haarkamm oder drei sich zusammenkrümmende Finger, und er passte in die Tür zur Speisekammer.

Wie oft hatte sie ihn mir gegeben!

Ich blinzelte heftig und öffnete dann die Augen noch weiter, um das Bild größer zu machen. Während des Heuens. Das war das erste Mal gewesen, dass ich alle Schlüssel in der Hand gehalten hatte. Wenn wir die Feste vorbereitet hatten, hatte sie mir häufig einen oder zwei gegeben. An dem Tag, an dem ich ins Feuer gefallen war, an diesem einzigartigen Morgen, als ich eine Stunde lang gedacht hatte, mir würde das alles gehören, hatte sie mich angeherrscht und von mir verlangt, Fisch und Butter zu holen. Sie hatte mir diese Schlüssel hingehalten, und ich hatte sie genommen.

Ich sah vor mir, wie Hildurs harte Marmoraugen zuckten. Svana hatte mich einmal gewarnt, dass so etwas geschehen würde. *Wo die Augen des Wolfs sind*, hatte sie gesagt, *sind seine Zähne nicht fern*. Ich dachte, sie hätte von Heirik gesprochen. Jetzt wusste ich, dass ich mich vor Hildur hätte fürchten müssen.

Mein Herz wurde, statt vor Wut schneller zu schlagen, langsamer.

Ich saß ruhig auf meinem Bett, fast wie in Trance, und die Erinnerungen kehrten zu mir zurück wie Ascheflocken in einer leichten Brise: Hildur, wie sie gesagt hatte, dass es in diesem Langhaus keine richtige Frau geben würde, solange Brosa nicht nach Hause zurückkehrte. Hildur, die am Tag des Zusammentriebs allein mit Ageirr gesprochen und ihm etwas gegeben hatte, bevor er den anderen Männern nachgeritten war. Ihr plötzlicher Befehl, der mich so erschreckt hatte, dass ich mich geschnitten hatte.

Ich erinnerte mich daran, wie die Tür zugeschlagen war, als Heirik mich in einem vertraulichen Moment fragen wollte, ob ich ihn heiraten würde. Am nächsten Morgen hatte Hildur mich in die Speisekammer geschickt. Ich erinnerte mich daran, dass ich bei meiner Rückkehr mit den gewünschten Vorräten etwas Festes unter meinem Fuß gespürt hatte, ehe ich stürzte. Ich hatte es für ein Spielzeug gehalten, aber vielleicht stimmte das gar nicht. War ich über ihren Fuß gestolpert und deshalb ins Feuer gefallen?

Ihre eigene Tochter hatte mich an meinem letzten Abend beim Thing als Letzte gesehen. Svana hatte genickt, als ich die Hütte verlassen hatte. Bald darauf waren mir Asmund und Murd gefolgt – die vorher gefesselt gewesen waren.

Was immer mir an Schrecklichem passiert war – Hildur war daran beteiligt gewesen. Wenn nicht persönlich, dann auf andere hinterhältige und verborgene Weise.

Die Erinnerungen sammelten sich wie Asche in meinen Atemwegen. Mit jedem weiteren Ereignis, das mir einfiel, fühlten sich meine Lunge trockener an.

Ich stellte mir vor, dass Heirik, dieser mutige und schreckliche Häuptling, tot war. Wie er als junger Mann in sein Grab unter der Erde getragen wurde, mit *Slitasongr* an seiner Seite. Und diese Wohnung im Innern des Gletschers war mein Grab. Ich würde dankbar auf dieses farblose, mit Kissen ausgestattete Bett sinken. Ich lehnte mich zurück, spreizte die Finger. Ließ die Bilder von meinen Augen verschwinden, sodass ich nur noch die nichtssagende Decke sah.

»Jen.«

Ich setzte mich abrupt auf.

Es war Jeff; seine Stimme wurde vom ganzen Raum verstärkt. »Komm sofort ins Labor. Ich muss dir etwas zeigen … von deinen Kontaktlinsen.«

Jeff hatte weiterhin versucht, aus den kaputten und verschrumpelten Kontaktlinsen etwas herauszuholen. Immerhin hatten die Linsen am Strand noch eine Weile aufgenommen, bevor sie keine Energie mehr gehabt hatten. Allerdings hatte er zunächst nur den Bericht sehen können, keine Inhalte, weshalb er in den letzten hundert Tagen weiter daran gearbeitet hatte. Es musste der Traum eines jeden Nerds sein, den Beweis für meine Zeitreise zu erbringen, indem er sich durch solch einen Misthaufen aus kaputten Daten wühlte.

Ich ging benommen die Gänge entlang; meine Wut auf Hildur erzeugte einen Kloß in meiner Kehle, den ich erst noch schlucken musste. Ich fragte mich, was Jeff gefunden hatte. Ich hatte keine Ahnung, wie groß seine Leistung war. Vielleicht hatte er ein einziges körniges Bild zustande gebracht. Von Seetang aus dem zehnten Jahrhundert. Einem Felsbrocken. Über mir hing Nebel aus der Klimaanlage in der Luft, und ich zog den Pullover enger um mich, verschränkte die Arme vor der Brust.

Der wandfüllende Bildschirm war noch schwarz, während Jeff Befehle murmelte. Morgan stand schweigend neben ihm, und ich fragte mich, was sie sich an Bildmotiven erhoffte. Vielleicht ein Messer oder eine Pfeilspitze. Sie sah nicht mich an, sondern die Wand. Irgendein Code hüpfte darüber, ein helles Licht flackerte, und dann war da unser Strand.

Der schwarze Sand. Irgendwo in der Nähe der Fischerhütten. Die Szene war lebensgroß, genauso, wie es ausgesehen hatte, als ich dort aufgewacht war.

Gebannt starrte ich darauf.

Das Bild fiel ein paarmal aus und war dann wieder da, zeigte jeweils aus leicht veränderten Winkeln den schwarzen Boden und das silbrige Treibholz. Meine blau angelaufenen Hände gruben sich schwerfällig in den Sand. Ich sah, wie meine Finger kämpften. Wellen donnerten ans Ufer, brachen sich ununterbrochen und schäumten. Wind stöhnte. Es war ein ohrenbetäubender Lärm.

Dann erklangen scharfe Stimmen, und Hár und Arn beugten sich über mich.

Oh, Hár! Ich vermisse dich. Ich sank auf die Knie, und es war so, als würde ich wieder dort liegen, auf dem Boden vor dem alten Mann.

»Sie lebt«, rief er. Er und Arn traten beiseite, und Heirik kam und kniete sich vor mich.

Vor Sehnsucht blieb mir fast die Luft weg, und ich presste die eine Hand an die Brust, streckte die andere nach ihm aus. Da war er, *Undra Min.* So furchterregend wie in dem Moment, als ich ihn zum ersten Mal gesehen hatte. Ein Mann in den Farben von Schwingen und Stroh. Von Blut. Ein schwaches Lächeln war da, huschte kurz über seine Lippen, und dann sah ich es – was mir damals entgangen war. Schon damals hatte er mich gewollt, vom ersten Augenblick an.

»Mein Gott, Jen, ist er …«

»Nein!«, unterbrach ich Morgan. Meine Stimme klang hart, während ich weiter auf Heirik starrte. »Sprich nicht über ihn.«

Ich rückte auf Knien näher zu ihm, bis ich meine Stirn an den Wandmonitor legen konnte, genau dort, wo er mich küssen würde. Das Bild war flach unter meiner Hand. Er verströmte keinerlei Geruch, nicht nach Fuchs und nicht nach Eisen. Mein Atem bewegte seine Haare nicht.

Die Geräusche des Labors traten zurück, und die des Lang-

hauses schoben sich in den Vordergrund. Ich hörte die Viel-
schichtigkeit des Windes, das Atmen und Schnauben von Tieren, das sanfte Geflüster des Hauses. Das Gras würde jetzt
lang und smaragdgrün sein. Es würde sich in den Luftströmungen wie seidenweiche Wellen bewegen. Ich schloss die
Augen und stellte mir das Knistern des Feuers und das Gur-
geln des Wassers vor. Ich hörte Bettas Atemzüge, als sie oben
auf der Anhöhe neben mir gelegen hatte, bevor sie sich unten
am Strand Hár stellen wollte. Ihr Atem ging in einem langsamen, gleichmäßigen Rhythmus, kündete von der zuversicht-
lichen Lebenskraft einer jungen Frau, die – von meinem jetzi-
gen Standort aus gesehen – seit mehr als eintausend Jahren tot
war.

Das Leben verging rasch. Aber einzelne Momente konnten
sich öffnen und erblühen, und kleine Stückchen der Zeit, die
zwischen zwei Atemzügen passten, konnten sich endlos aus-
weiten oder vertiefen.

Betta war so tapfer und so mutig gewesen.

Und ich war ein Feigling. Genauso wie Heirik. Dabei waren
der Häuptling und ich zu weitaus mehr fähig.

»Ich komme zu dir.« Ich sprach die Worte sanft, aber sie erreichten Heirik nicht. Sein Bild löste sich unter meiner Handfläche auf.

In Morgans warmer Werkstatt roch es stark nach brennendem
Holz und nach Metall. Sie hatte mich zu sich gerufen, an diesem letzten Morgen meines Lebens in dieser Zeit. Ich wusste
nicht, warum. Vielleicht wollte sie noch letzte Informationen
über die Werkzeuge und all das Silber, das ich dort gesehen
hatte, aus mir herausholen. Ich hatte ihr bereits alles erzählt,
was ich wusste. Ich hatte von den vielen Messern und den kleinen Äxten und den Beilen und den Sensen gesprochen, den

Schlüsseln, den Halsreifen und den Armreifen, ja, sogar von dem Ring, den ich unbedingt für Heirik hatte haben wollen. Aber sie stellte mir keine Fragen. Sie war mit etwas beschäftigt, was auf dem hinteren Tisch lag. Polierte einen kleinen Gegenstand in ihrer Hand.

Vielleicht wollte sie sich hier von mir verabschieden? Um sich nicht die Zeit nehmen zu müssen, mit mir ins Labor zu gehen und mitzuerleben, wie ich diese Zeit verließ.

Ich betrat ihren chaotischen Raum. Götter, was würde Heirik davon halten? Von diesem großen Kontrast, dem Nebeneinander von offensichtlichem Reichtum und Schmutz? Zum Leben hier gehörten Unmengen von Zeug und Kleidung und ein Übermaß an Nahrungsmitteln. Ein Paar Flipflops vermoderten auf der Werkbank neben den schönsten glänzenden Werkzeugen, die unvorstellbar präzise waren. Einst so kostbares Silber fand sich auf jeder freien Fläche, auf den Ablagen und sogar auf dem Boden. Als ich an einen Kaffeebecher stieß, bewegte sich ein dünner Schimmelfilm auf der Oberfläche der verbliebenen Flüssigkeit.

Heirik war bedächtig, und was er besaß, war begrenzt. Er arbeitete mit schlichten Werkzeugen, die er mit eigener Hand schärfte. Wenn er sich im Sommer damit abplagte, dann immer im Licht der Mitternachtssonne, nie im künstlichen Licht.

Ich fuhr mit den Fingern über eine schön geschärfte kleine Axt. Vermutlich würde ihm das hier gefallen. Er war so neugierig, konnte so offen sein. Die Menschen dieser Zeit würden ihn verwirren, aber nicht ganz und gar. Er konnte seine Gefühle so gründlich verbergen, dass sie nicht mehr existierten.

»Komm und sieh dir das an«, sagte Morgan. Sie schaffte ein bisschen Platz, indem sie mit dem Handrücken alles zur Seite schob, und legte einen Ring auf die Werkbank.

Er war schlichter und einfacher als das Original, aber er hatte sehr schöne Details. Sie hatte die umlaufende Gravur durch ein paar wenige Linien ersetzt, die an Schneeblüten erinnerten. Sie waren so subtil gearbeitet, dass sie trotz ihrer Schlichtheit eine starke Wirkung entfalteten. Die Drachenköpfe waren jetzt stilisiert und hatten Ähnlichkeit mit Wölfen, deren Mäuler einander in wilder Wut suchten.

Der Ring war wunderbar groß und kraftvoll. Ich hatte Heiriks Hand erforscht und glaubte, die Dicke seines Ringfingers zu kennen. Ich öffnete mein Herz und befand mich wieder am Strand, tastete mit den Fingern über die Schnüre seiner Armschiene und unter seinen Ärmel, spürte seine Finger in meinem Mund.

Morgan hatte diesen Ring für mich gemacht, damit ich ihn Heirik gab. Ich stand stumm und fassungslos da. Sie hatte etwas so Wunderschönes für mich hergestellt? Ich dachte auch an Jeff. Jeff würde in das Labor einbrechen, um zu versuchen, mich zurückzuschicken. Ich hatte den größten Teil meines Leben in dieser kalten und unwirtlichen Zukunft verbracht. Und jetzt, in den letzten Minuten, wurde ich geliebt?

Doch das würde mich nicht dazu bringen, hierzubleiben. Nei, ich war für eine andere Welt geschaffen. Nur würde ich diesmal nicht in sie hineinfallen – ich würde in sie eintauchen.

»Du siehst … hübsch aus«, sagte Jeff von seinem Platz hinter der Glaswand aus über die Lautsprecheranlage.

Blaue und weiße Linien flackerten auf seiner Haut, während er auf die Monitore starrte. Er las parallel die Daten dort und die seiner Kontaktlinsen, was seinen Augen einen seltsamen Fokus gab. Sein Gesichtsausdruck erinnerte an einen verlorenen und hungernden Geist.

Er sah auf und lächelte schief. Es war ein süßes Lächeln.

Ich hob die rechte Hand und winkte.

Es war lieb von ihm, dass er log, aber ich wusste, dass ich nicht hübsch aussah. Ich hatte einen letzten Blick in den Spiegel geworfen. Ich war der Engel des Todes, und ich trug ein Kleid wie die Nacht, das über den Boden schleifte. Ein schwarzer Pelz lag beeindruckend über meinen Schultern. Eine Ranke aus einer weißen Narbe zeichnete meine Wange, mein blasses Gesicht und der Hals waren mit Bildern von Walen geschmückt. Die gekerbte Fluke eines Wals erstreckte sich über meine Augenhöhle, ein anderer Wal tauchte, verborgen, meinen Rücken hinunter. Grimmige Entschlossenheit zeichnete meine Augen, die wirklich wie Eis aussahen. Mein Mund war so resolut wie Heiriks Mund. Ich würde für alle furchterregend aussehen, nur nicht für ihn.

Ich würde ein anderes, schlichteres Kleid tragen, wenn ich die Dinge erst in Ordnung gebracht hätte. Ein hübsches Kleid. Aber das hier brauchte ich zum Reisen. Ich hatte Heiriks Ring in meinen Ärmel eingenäht, mit meiner Nadel von Zuhause. In der Ledertasche an meiner Hüfte befanden sich drei kleine Orangen, und in meinem Nadelkästchen waren Grünkohlsamen – die einzigen Dinge aus dieser Zeit, die ich mit ihnen teilen wollte.

An meinem linken Handgelenk, verborgen in meinem mitternachtsblauen Ärmel, trug ich einen kleinen Metallkäfig an einer Kette. Er schwang hin und her; ein echtes, winziges Kaninchen hüpfte darin herum. Ich hatte es von einem fanatischen Realisten bekommen. Es war das Letzte, was ich noch gebraucht hatte, ehe ich gehen konnte. Ich spürte, wie es seine kleine Nase durch die Käfigstangen schob und an meinen Fingern schnüffelte.

Jeff lächelte jetzt nicht mehr; sein Blick war ganz auf die Zahlenreihen gerichtet – oder was auch immer er anstarrte. Ich wusste nicht, was ein solcher Mann betrachtete. Sicher nicht den Himmel und die Wolken und die Mauern.

Während er alles bereit machte, kniete ich mich im Labor auf den Boden und erwartete das Gefühl von über mich hinwegrauschendem Wasser, das immer mit dem Tank verbunden war. Zugleich verabschiedete ich mich von so vielen Dingen. Den Glasfenstern, den hellen Klecksen blaugrün gefilterten Sonnenlichts in meiner Wohnung, dem Summen, das als Stille galt. Ich verabschiedete mich für immer von Kaffee und Erdbeeren, von Nachmittagsschläfchen auf einem gepolsterten Sofa. Von all den Dingen, von denen ich mich verabschieden zu müssen glaubte, auch wenn ich sie nicht vermissen würde. Sie waren bereits absurd. Zogen sich zurück, als wäre ein Teil von mir bereits hundert Jahre weit weg, tausend, als wäre ich schon fast da.

Ich griff in meinen Ärmel und stellte den winzigen Käfig auf den Boden.

Das Kaninchen passte gut in meine Hand; es bewegte sich und war seidenweich. Als es an meiner Hand schnupperte, kitzelte es. Ich atmete auf sein Fell, und die kleinen Härchen stellten sich auf und fingen das Licht des Labors ein. Ich hielt *Schwimmer* in der Hand und wandte mich nacheinander an verschiedene Götter und Göttinnen. An Freyr – den ersten Gott, den ich in Heiriks Körper hatte lebendig werden sehen. Und an Saga, die vom Wasser der Zeit trank und in ihm die Vergangenheit und die Zukunft sehen konnte. Sie konnte mich in die Vergangenheit schicken, da war ich sicher, und so flehte ich sie an: *Lass mich dorthin gehen.* Ich würde den Rest besorgen, was immer dazu nötig war. *Bring mich einfach nur hin.* Und ich wandte mich an Lofn, die alle Hindernisse für Liebende beseitigte. *Bitte,* flehte ich sie an, während ich zusah, wie das Blut des Kaninchens auf den weißen Boden des Labors sickerte.

Ich tauchte meine Hände hinein.

Ein Langhaus nahm um mich herum Gestalt an. Armselig und schlicht verglichen mit meinem Langhaus, und der Herzstein fühlte sich an meinen Knien kalt an. Ich führte meine blutbenetzten Finger an meine Lippen und hoffte, dass Heirik auf mich gewartet hatte.

SCHWIMMER

Früh im Sommer

Ich öffnete die Augen und erblickte das Meer. Ich war hier, im zehnten Jahrhundert. Der Tank hatte mich zurückgebracht.

Ich kniete am Rand des Wassers, schwankte und war wie verzaubert von den weiß schäumenden Wellen. Der Himmel war hellgrau; es wurde gerade Tag. Ich versuchte, mich aufzurichten, aber mir war schwindelig, und in meinem Kopf hallte noch das metallene Kreischen nach, während ich die Rufe echter über mir kreisender Vögel vernahm.

Mein Magen zog sich zusammen. War ich wirklich in der richtigen Zeit? Am richtigen Ort?

Auffällige Geräusche aufspritzenden Wassers erklangen und näherten sich. Jemand war hier, kam durch das Wasser zu mir. Heirik! Es war so wie in meinem Traum während der Narkose. Er war hier. Er hatte sich nach mir gesehnt und am Wasser gewartet. Mit großer Entschlossenheit hob ich meinen schweren Kopf, um mich zu ihm umzudrehen.

Asmund und Murd wateten auf mich zu.

Sie blieben abrupt stehen, standen mit offenen Mündern da. Auch mir fiel die Kinnlade herunter.

Das letzte Mal war ich nach meiner Ankunft immer nur kurz und vorübergehend bei Bewusstsein gewesen, und obwohl ich diesmal vorbereitet und zum Bleiben entschlossen war, schwanden mir jetzt fast die Sinne, und mein Kopf drohte auf den Sand zu donnern.

Wann immer ich darüber nachgedacht hatte, wie ich mich der Desorientierung stellen würde, wie ich mit dem eiskalten Meer umgehen würde, wie ich die Meile zu den Fischerhütten hinter mich bringen würde – ich war immer allein gewesen. In meiner Vorstellung hatte ich mich aufgerafft und war würdevoll und entschlossen losgegangen, mit hinter mir herschleifendem mitternachtsfarbenem Kleid. Hinter mir, hatte ich gedacht, würde sich das dunkle Meerwasser in meiner Spur sammeln, und dann würde ich bei den Fischerhütten ein Pferd bekommen, ein weißes, schnelles und starkes, und wegreiten.

Bei allen Plänen und Träumen hatte ich das hier nie in Betracht gezogen. Ich hatte nie daran gedacht, dass ich in dem Moment zurückkehren könnte, in dem ich von hier verschwunden war.

Wir starrten uns aus sicherer Entfernung an. Asmund und Murd hatten mich einhundertundeinen Tag lang verfolgt. Oder – ich verharrte, plötzlich desorientiert – nur einen. Einen einzigen Tag lang beim Thing.

Sie waren – zweifellos mit Svanas Hilfe – aus unserer Hütte entkommen und mir die ganze Nacht gefolgt. Sie hatten ihr Leben riskiert, um mich zu ergreifen. Jetzt, nur eine Hauslänge von ihrem Ziel entfernt, standen sie verblüfft da. Sie kamen nicht näher. Die Ausläufer der Wellen schlangen sich um ihre Knöchel.

Oh.

Schlagartig sah ich mich so, wie sie mich sahen. Ich war Monate weg gewesen. Ich hatte meinen Körper tätowieren lassen, meine Hand war geheilt, und ich hatte in meinem kalten Zimmer gelernt zu kämpfen. Ich hatte einsame Stunden damit verbracht, in den Gängen des Gletschers herumzugehen.

Für Murd und Asmund hatte ich mich jedoch von jetzt auf gleich verändert. Mein fröhliches Kleid hatte in der Gischt des Ozeans die Farbe des Todes angenommen. Meine grässlichen Narben hatten sich in Tätowierungen verwandelt. Die gekerbte Schwanzflosse eines wunderschönen Wals war in meinem Gesicht aufgetaucht, dunkelblaue Flossen erblühten plötzlich auf meiner Wange, umrahmten mein Auge.

Asmund schien als Erster zu der Entscheidung zu gelangen, dass er seinen Auftrag trotzdem ausführen würde.

Er ging weiter auf mich zu. Murd folgte ihm einen Moment später, nährte sich von Asmunds Mut. Sie hatten Angst vor mir, aber sie konnten nicht aufhören. Sie würden nicht aufhören.

Ich rappelte mich auf, um zu kämpfen.

Ich spürte immer noch das Reißen in meinem Gehirn, hörte das Echo von kreischendem Metall, als würden sich zwei Schiffsrümpfe aneinanderreiben. Mein Kleid, nass bis zu den Knien, war eine tödliche Falle. Meine Füße verfingen sich darin, und ich stolperte und fiel zu Boden. Salzwasser geriet mir in die Nase. Ich sah, wie Stiefel auf mich zukamen, hörte die schmatzenden Geräusche im Sand. Einer der Männer packte mich mit eiserner Kraft an der Schulter. Ich spürte ein Seil an den Handgelenken, und dann wurde ich bewusstlos.

Ich erwachte auf einem trabenden Pferd. Im Unterschied zu meinem ersten Ritt in diesem Land hielt mich diesmal kein sanfter Wikinger fest, und kein fliegender Byr brachte mich nach Hause. Dieses Tier hier war langsam und müde, und es warf den Kopf immer wieder herum, versuchte nach meinen Beinen zu schnappen. Ein Seil schnitt mir in die Handgelenke, und *Schwimmer* war weg. Ich hatte gesehen, wie Asmund das Messer in eine Ledertasche schob.

Er ging einige Schritt abseits von mir, führte das Pferd an

einem Seil, wobei er sich bemühte, mich nicht zu berühren. Er hatte mir die Hände vor dem Körper gefesselt, damit ich mich an der schmutzigen Mähne des Pferdes festhalten konnte. Murd ritt auf dem anderen Tier, das einen deutlichen Senkrücken hatte. Wir sprachen den ganzen Tag nicht miteinander. Meine Oberschenkel waren nicht mehr an das Sitzen auf einem Pferd gewöhnt und wurden unangenehm wund. Während die Stunden vergingen, arbeitete ich verstohlen an dem Seil um meine Handgelenke, auch wenn ich mir dabei die Haut aufschürfte. Als ich müde wurde, musste ich mir Mühe geben, sitzen zu bleiben, und hielt mich an der dicken Pferdemähne fest. Schließlich legte ich mich auf den Rücken der Stute. Der Geruch ihres rauen Fells zeugte davon, dass sie vernachlässigt wurde. Ich flüsterte ihr zu, dass sie ein gutes Mädchen war.

Ich sah den Boden unter mir vorbeigleiten, eine Flechte nach der anderen. Kleine Wogen von Adrenalin pulsierten jedes Mal durch meine Adern, wenn ich Hildurs faltiges Gesicht vor mir sah, Svanas scharfe Zähne. Den halben Tag langweilte ich mich fürchterlich. In der anderen Zeit packte mich die Wut.

Ich konnte nicht verhindern, dass ich alles wieder und wieder vor mir sah. Ich hatte Svana beobachtet. Sie zitterte, wenn sie den Häuptling berührte. Sie war zwar inzwischen fasziniert von ihm, aber sie wollte ihn nicht wirklich.

Ihre Mutter wollte es.

Hildur hatte lange Zeit für Heirik gearbeitet, sie hatte immer irgendwie die leitende Position innegehabt und doch auch wieder nicht. Sie war nie wirklich mächtig, nie die wahre Herrin des Hauses gewesen. Ich stellte mir vor, wie sie verbittert einen Plan ersonnen hatte, damit ihr am Ende alles gehörte. Und Svana spielte mit ihrer Schönheit dabei die entscheidende Rolle. Brosa musste irgendwann von seiner Schiffsreise zurückkehren, und dann hätte Svana sein Herz für sich gewinnen sollen. Ageirr hätte geholfen, Heirik aus dem Weg zu schaffen. Er hätte ihn so lange provoziert, bis ihr Kampf eskaliert wäre und Ageirr schließlich die Möglichkeit gehabt hätte, den Häuptling quasi legal zu töten.

Aber dann war ich aus dem Meer aufgetaucht und hatte alles verändert. Der Häuptling hatte das Undenkbare getan und sich verliebt.

Es war Hildur gelungen, erfolgreich einen Keil zwischen uns zu treiben, aber ich wurde von Heirik sofort an Brosa weitergereicht. Nach wie vor drohten Hildurs Träume damit zu zerplatzen. Verzweifelt und entgegen ihrer tiefsten Überzeugungen hatte sie daher ihre junge Tochter losgeschickt, um den widerwärtigen und furchterregenden Häuptling zu verführen. Den mächtigsten Mann überhaupt.

Ich war so weit gekommen – und wozu? Um gefesselt zu werden? Um von meinem Zuhause und meiner Familie weggebracht zu werden?

Nei, ganz sicher nicht. Ich war zurückgekommen, um in meinem wahren Zuhause zu leben, und ich würde dorthin gelangen. Ich war in diese Zeit und an diesen Ort gekommen, um diesen Himmel zu sehen. Um Heirik dazu herauszufordern, sich mir mit all seinem Mut und seiner Ehre zu stellen.

Mit meiner ganzen Kraft setzte ich mich auf und sah mich um. Ein gewaltiger Streifen aus rosafarbenen und flammenblauen Wolken zog sich über den Himmel. Die Wolken wirkten so fest wie das Land, ihre Oberflächen rau, durchzogen mit Orange und Gold. Es war ein frühlingshafter Sonnenuntergang über Lavagestein, das sich ewig hinzuziehen schien, überzogen mit Moosen und Flechten. Ich betrachtete den riesigen Himmel so lange, bis meine Augen glasig wurden und mir schwindelte von all dieser Schönheit.

Als wir an einem kleinen Bach anhielten, um Pause zu machen, löste Asmund meine Handfesseln, damit ich mich erleichtern konnte.

Ich hockte mich neben den Bach. Mein langes, nach wie vor nasses Kleid war mir jetzt im Weg; ich würde irgendwo hängen bleiben und stolpern, wenn ich versuchen sollte, wegzulaufen. Und ich konnte auch nirgendwo hinlaufen, denn es gab hier keine Möglichkeit, mich zu verstecken. Zwar befanden wir uns jetzt zwischen knorrigen Bäumen in vollem Laub, aber der Wald war licht, und ich konnte tief in ihn hineinsehen.

Ich wusste nicht, wo auf dieser Insel wir genau waren. Um von hier wegzukommen, brauchte ich eindeutig ein Pferd.

Als ich zurückkehrte, befahl Asmund mir mürrisch, ihm die Handgelenke hinzustrecken. Er band sie wieder zusammen, aber obwohl das Seil mir in die wunde Haut schnitt, zuckte ich nicht zusammen.

»Denkt an eure eigenen Handgelenke«, sagte ich ruhig. »Wenn ihr Rakknason begegnet.«

»Halt den Mund, Hexe«, sagte er mit zittriger Stimme.

Wir sprachen immer weniger.

Ich machte ihnen Angst, und sie fassten mich nur an, wenn es unbedingt sein musste. Dabei tat ich nichts, was diese Angst verstärkt hätte; wie bei Heirik reichten meine schreckliche Kleidung und die Haut und die Augen vollkommen aus.

Gegen Abend schlugen wir ein Lager auf. Asmund behielt mich im Auge, saß übernächtigt und zitternd da. Er würde die Nachtwache halten. Er behielt mich so lange im Blick, bis ich so tat, als wäre ich eingeschlafen. Ich verlangsamte meine Atemzüge und wurde so reglos wie ein Stein. Dann hörte ich ein Geräusch, als würde er sich über den Boden bewegen; anscheinend schob er seinen Stiefel in Richtung Feuer und legte Holz nach. Einige Zeit später hörte ich nichts mehr.

Ich öffnete ein Auge einen kleinen Spalt und sah, dass er schlief. Murd schnarchte auf der anderen Seite des Feuers, zusammengerollt wie ein Lumpenbündel.

Asmunds Ledertasche war ganz in der Nähe, und ich kroch dorthin, mit auf dem Rücken gefesselten Händen und auf Knien. Unzählige Male hielt ich atemlos inne, um zu prüfen, ob die Männer sich rührten. Es dauerte schier ewig, so über den Boden zu kriechen, und das kleine Stück bis zur Tasche kam mir vor wie eine ganze Meile. Aber sie wachten nicht auf. Sie waren so erschöpft, dass sie wie tot dalagen.

Es gelang mir, die Tasche mit den gefesselten Händen umzudrehen. *Schwimmer* fiel heraus. Im Vergleich zu der Axt eines Mannes war das Messer zwar winzig, und doch fühlte es sich, als ich es berührte, lebendig und stark an. Morgan hatte es geschärft, mit der Präzision des zweiundzwanzigsten Jahrhunderts. Ein paar rostrote Spuren vom Blut des Kaninchens waren noch daran, erinnerten mich an das, wozu ich fähig war. An das, was ich wollte.

Ich nahm es in eine Hand, spürte, wie die Messerspitze unter das Seil glitt. Wegen des seltsamen und ungeschickten Winkels konnte ich nur geringen Druck auf die Fessel ausüben. Daher sägte ich sanft, konzentriert und schier ewig. Vor lauter Anstrengung vergaß ich die schlafenden Männer fast. Die Arbeit wurde beinahe zu einer Art Meditation, und der Schmerz vom Reiben des Seils an meiner Haut brannte so ähnlich wie damals, als ich das Gras gemäht hatte.

Sobald ich fertig war, ließ ich keine Sekunde zu viel verstreichen, nahm die Ledertasche und beide Pferde und verschwand. Als ich ihre Rufe hörte, waren sie weit hinter mir.

In meinen Träumen hatte ich mich dem Langhaus immer bei Tageslicht genähert. Mein Kleid und die Haare, hatte ich mir vorgestellt, würden vor dem orangefarbenen Himmel sanft in der Herbstbrise wehen, während ich auf das Langhaus zuritt. Aber wider Erwarten war jetzt Frühsommer, und es dämmerte. Ich ritt in der Kühle eines bläulichen Graus, war immer noch nass und fror. Ich wusste, dass ich mich ein Stück vom Ozean entfernt hatte, und ritt so schnell, wie ich mich traute. Alle paar Minuten hatte ich das Gefühl, als müsste ich wild galoppieren, aber ich war mir nur zu bewusst, dass ich hier vollkommen allein war und nur zu leicht vom Kurs abkommen konnte. Dass mich möglicherweise niemals jemand finden würde.

Meine Augen schmerzten, während ich den dunkler werdenden Horizont angestrengt beobachtete, in der Hoffnung, eines der Steingräber zu entdecken, die wir auf dem Weg zum Thing beziehungsweise zur Küste gesehen hatten, irgendeine Kombination von Steinen, die mir den Weg nach Hvítmörk weisen könnte.

Die Stute atmete schwer. Sie war eindeutig müde. Das andere Pferd hielt Schritt, betrachtete mich aber mit einem argwöhnischen Blick.

Als ich mehr Stunden geritten war, als ich und die Pferde aushalten konnten, erklommen wir zum vielleicht hundertsten Mal einen kleinen Hügel. Ich ließ meinen Blick umherschweifen, hoffte gegen alle Überzeugung, dass ich endlich etwas sehen würde. Ich hielt den Atem an und wandte mich an Saga. Ich bin gekommen, sagte ich ihr.

Und dann sah ich sie. Wie Riesen hoben sich die Steinschwestern vom Nachthimmel ab.

Mein Herz wurde einen Moment leichter, bis meine Brust sich zusammenzog und ich zu schluchzen begann. All die Angst, Verärgerung und Ungewissheit der letzten Stunden hatten mir zugesetzt und mich ausgehöhlt, und jetzt war die Aussicht, nach Hause zu kommen, einfach überwältigend. Jetzt war ich mir sicher, ich würde dorthin gelangen. Nicht mehr heute Nacht, aber ich würde es schaffen.

Ich glitt von dem namenlosen Pferd, und vor Erschöpfung dem Zusammenbruch nahe stolperten wir drei die letzte Meile weiter. Wir schafften es bis zu einer der riesigen Steingestalten. Ein kleines Wasserloch in ihrer unmittelbaren Nähe bot genug warmes Wasser, dass wir davon trinken konnten. Es schmeckte nach Schwefel und nasser Wolle. Die Tiere fraßen Gras, und ich suchte in Asmunds Tasche und fand getrockneten Fisch. Auch ich würde also etwas zu essen haben.

Ich lehnte mich gegen die beeindruckende Steinschwester, deren Kopf hoch über mir thronte, kaute auf dem Fisch herum und gab den Pferden Namen. Rifs – Räuber – würde die schöne Stute heißen, die mich getragen und die ich gestohlen hatte. Lisi war diejenige, die mich den ganzen Tag beobachtet hatte. Ihr Name bedeutete so etwas wie kleiner Fisch. Die beiden kauten und kamen dicht zu mir, und ich wickelte mir ihre Zügel um die Handgelenke. Dann legte ich mich hin und sah zu, wie die Sonne vom Himmel verschwand. Wir würden uns ausruhen, und dann würde ich die Pferde wechseln. Dieser schlichte Plan war alles, was mir geblieben war. Ich lachte, wie leicht es klang, während ich die Augen schloss.

Am nächsten Tag verließ ich die Steinfrauen und folgte dem Weg nach Hause.

Das Langhaus schmiegte sich zwischen die Hügel, und das Gras auf dem Dach ließ es mit der Umgebung verschmelzen. Es wartete auf mich wie ein geduldiges Tier. In meinem trunkenen Verlangen nach diesem Ort stellte ich mir vor, wie es meine Anwesenheit wahrnahm und sich aufrichtete.

Wir überquerten den Fluss an der schmalsten Stelle; die Pferde trabten geradewegs hindurch, ohne zu zögern. Mein Rock streifte das Wasser. Ich ritt den Pfad hoch, am Heimfeld und den Kühen und den Schafen vorbei. Als wir uns dem Langhaus näherten, musterten uns die Hühner mit schief gelegten Köpfen.

Befriedigung erfüllte mich. Nicht die Leichtigkeit, die ich beim Anblick der Steinschwestern im ersten Moment gespürt hatte. Und es war auch nicht so wie in dem Moment, als ich den riesigen Himmel erblickt hatte. Da war nur das dumpfe Gefühl, dass etwas vollendet war. Ich war hier.

Hildur trat auf die Schwelle.

Ein paar Leute hielten sich auf dem Hofplatz auf, aber ich nahm sie nur am Rande wahr, richtete meinen Blick ganz auf Hildurs verkniffenes und widerwärtiges Gesicht. Ich glitt vom Pferd, ohne sie aus den Augen zu lassen, und überquerte den Hofplatz. Mein dunkles Kleid war vom Schlafen auf den Steinen ein wenig mitgenommen, und ich spürte den Hunger und den Schmerz von einhundertdrei Tagen. Jede raue Kante meines Herzens war Hildurs Werk. Jeden brüchigen Eiszapfen, der noch in meiner Seele war, hatte sie entstehen lassen. Als sie jetzt herausfordernd an meinem Platz stand, war es einfach zu viel.

Sie wich zurück, als ich näher kam; ihr Gesicht war so bleich, als sähe sie ein Gespenst. Ich folgte ihr langsam, als sie ins Haus floh. Sie hatte Angst vor mir. Gut.

Im Raum mit dem Herdfeuer blieb sie stehen und forderte mich heraus. Sie zog ein Messer aus dem Gürtel. Es war ein Kochmesser wie *Schwimmer*, nicht länger als eine Hand. Dazu gemacht, Fischen den Kopf abzuschlagen. Aber sie hob es jetzt wie eine Streitaxt.

Ich hatte mich immer fügsam verhalten. Selbst jetzt, da Hildurs Augen sich beim Anblick meines Gesichts und meines Kleides vor Furcht weiteten, konnte ich erkennen, dass sie mich immer noch für die kleine Ginn hielt, die sich nach dem Häuptling verzehrte und sich unaufhörlich verletzen ließ. Ich war immer schwach und sehnsüchtig gewesen, voller Hoffnung und Liebe. In meiner Fähigkeit zu solchen traurigen und romantischen Vorstellungen lag meine Kraft.

Aber nicht jetzt.

Ich atmete tief ein, und während mein Fuß durch die Luft stieß, sah ich die ganze Bewegung bereits vor mir. Ich spürte, wie sich mein Bein streckte, wie mein Rock einen riesigen blauschwarzen Flügel bildete, wie er der Form meines Tritts folgte und ihn in der Luft nachzeichnete. Es war die anmutigste Bewegung, die ich jemals zustande gebracht hatte. Ich spürte, wie ich Hildur berührte, und ich konnte es auch hören – ein feuchtes, festes Knacken von Knochen.

Ich trat zu und sah, wie sich Hildurs Gesicht verzog. Sie sackte auf den Boden, schlug sich dabei den Kopf an einer Bank an.

Ich zog *Schwimmer* heraus und hielt ihn ruhig in der Hand; ich atmete nicht einmal schwer. Das kleine Messer funkelte zuverlässig, eine Einladung an all jene, die es mit mir aufnehmen wollten. Aber von denen hier würde es niemand tun.

Ich sah mich jetzt um. Diese Leute hier waren meine Familie, sie waren diejenigen, die nicht zur Versammlung gegangen waren. Ageirr war nicht dabei. Heirik war auch nicht hier. Er würde immer noch beim Thing sein.

Niemand gab einen Laut von sich, schon gar nicht Hildur. Ich sah auf sie herab und betrachtete sie. Sie lag ausgestreckt auf dem Boden, fast reglos, abgesehen von ihrer sich leicht hebenden und senkenden Brust. Mit meiner freien Hand raffte ich meine Röcke. Dann stieß ich sie sanft mit dem Fuß an. Sie war so bewusstlos wie ein Stein. Ich rollte sie mit dem Fuß auf den Rücken. Mein Tritt hatte ihr Gesicht verzerrt, ihr Kiefer war schief, und Blut sickerte aus ihrer Nase.

Sie würde eine Weile bewusstlos bleiben, vielleicht für immer, aber ich stellte trotzdem meinen Fuß auf ihre Brust, für den Fall, dass sie aufwachte.

DURST

Pferde näherten sich so schnell und laut, dass ich das Hufgetrappel durch die dicken Sodenwände hören und sogar in meinen Knochen spüren konnte. Hár und Magnus riefen auf dem
Hofplatz etwas – ich erkannte die seit Kurzem dunkle Stimme
des Jungen und die raue seines Vaters. Und dann hörte ich Heirik. Er war vor der Tür, polterte wütend. »Ginn!« Selbst jetzt versuchte er, mir zu befehlen.

Mein Puls beschleunigte sich. Ich hatte es geschafft, war
endlich wieder hier. Ich hatte die vergangenen Monate überstanden, den Schmerz und das Labor und die Reise aus der Zukunft hierher, ich hatte Asmund und Murd überstanden und
Hildur, war durch Wald und Flur gereist, durch Zeit und Angst,
nur um hier anzukommen. Um hier zu stehen, nur durch eine
Tür von ihm getrennt.

Mein Puls beschleunigte sich, aber das war auch schon alles.
Ich spürte keine überwältigende Liebe. Ich spürte überhaupt
keine großartigen Gefühle. Es war, als würde ich immer noch
in einer Angstreaktion feststecken, kalt und tief. Heirik betrat
das Langhaus, atemlos und auf der Suche nach mir. Nach so
langer Zeit sah ich ihn zum ersten Mal wieder.

Alles verlangsamte sich, wie in einer Simulation. Er drehte
sich zu mir um, als würde er sich in einem virtuellen Cage Fight
befinden, in der Schwebe hängend. Er hielt Slitasongr in der

einen Hand, und ich bemerkte, dass die Axt um einiges größer war, als ich in Erinnerung hatte. Ich bemerkte, wie blutrot seine Haut war, sah den Schmutz unter seinen Fingernägeln. Er stand erschöpft da, seine Haare waren furchtbar wirr, einzelne Strähnen hingen ihm in die Stirn. Ich sah, wie seine verzweifelten, verängstigten Augen den Raum nach mir absuchten. Er dachte, er hätte mich verloren.

Er hatte keine Ahnung.

Irgendwo tief in meinen Innern hatte ich mich gewappnet. Ich war aus Gründen der Ehre zurückgekehrt, um mich zu rehabilitieren, um meinen Schmerz und den des Häuptlings zu lindern. Aber ich war auch zurückgekommen, um mit ihm zusammen zu sein, um noch einmal zu versuchen, mit ihm eine Liebesbeziehung zu führen, ihn an meiner Seite zu haben. Ich war gekommen, um ihn herauszufordern.

Da war keine Zärtlichkeit in mir, keine Romantik, nicht einmal Lust. Er gehörte einfach zu mir, und ich war hier, um mir zu nehmen, was mir gehörte.

Gekleidet wie der Tod stand ich vor ihm, mit Tätowierungen in der Haut und kalter Deutlichkeit in den Augen. Ich wartete, und die Zeit lief wieder weiter, langsam und träge genug, dass ich sehen konnte, wie er alles in sich aufnahm und wie er begriff. Da war der Schock, als sein Blick über mein Gesicht wanderte, über mein Kleid, meine Hände. Da war das sich entfaltende Wissen, die aufblitzende Erkenntnis, dass ich an den anderen Ort in der anderen Zeit gereist sein musste – lange genug, um mich zu verändern. Dann verwandelte sich sein Gesicht, es erhellte sich vor Verwunderung – ein Anblick, der mich vier Monate zuvor verzaubert hätte. Ein Ausdruck in den Augen, der mich hätte dahinschmelzen lassen.

»Du bist zurückgekehrt«, sagte er.

»Dies ist mein Platz«, sagte ich, und obwohl es nicht unfreundlich klang, konnte ich hören, dass keinerlei Wärme in meiner Stimme war. »Sie hat versucht, ihn mir zu nehmen.« Heirik folgte meinem Blick und sah auf den Boden; als er Hildur unter meinem Fuß bemerkte, weiteten sich seine Augen. Dann lächelte er, und es war, als würde die Sonne das Haus erfüllen. Ja, er hielt es für wunderbar.

Für ihn waren Stunden vergangen, in denen er sich Sorgen gemacht hatte. Stunden voller quälender Angst, dass ich verletzt oder tot sein könnte, vielleicht anderthalb Tage voller qualvoller Reue. Für mich waren es Monate gewesen. Ich hatte ein niederschmetterndes Bedauern empfunden. Ich hatte so lange getrauert. Meine Augen hatten sich geschlossen und sich der falschen, flachen Welt hingegeben. Und ich hatte es zugelassen. Alle diese Dinge färbten meine Erleichterung, als ich ihn sah.

Wann immer ich mich auf diesen Moment vorbereitet hatte, war ich hundert verschiedene Möglichkeiten durchgegangen, wie ich beginnen könnte. Ich hatte gedacht, die Liebe würde vielleicht rasch und ungehindert durch mich hindurchströmen, sodass die vergangenen hundert Tage von mir abfallen könnten, beseitigt von dem Rausch unserer Körper und Münder, von Versprechungen und Zärtlichkeiten. Ich hatte auch überlegt, ihn einfach nur zu berühren und gar nichts zu sagen, einfach nur meine Hand an seine Wange zu legen, über seinen Bart zu streichen. Ich hatte in Erwägung gezogen, ihm zu sagen, dass ein einziger Blick in sein Gesicht auf einem kalten Bildschirm mich hatte aufrütteln können, nachdem sonst nichts mehr das zu tun vermocht hatte. Und ich hatte mir vorgestellt, einfach damit zu beginnen, dass ich ihm sagte, dass ich ihn liebte.

»Du hältst dich für einen Gott-Macher«, sagte ich stattdessen. »Aber das bist du nicht. Du bist ein Mensch.«

Er trat einen Schritt zurück und legte den Kopf schräg, als hätte er nicht richtig gehört. Brosa erschien neben ihm, atemlos und voller Besorgnis. Als er mich sah, zeigten sich Verwirrung und Erstaunen in seinem Gesicht.

»Frau, was ...«, begann er, aber ich ließ ihn nicht aussprechen. Ich hatte mein Leben riskiert in der verzweifelten Hoffnung, Saga könnte mich wieder hierherbringen, und jetzt würde ich alles sagen, was ich zu sagen hatte. Ich wandte mich an Heirik.

»Ageirr und Hildur haben alles, was mir an Schlimmem widerfahren ist, direkt oder indirekt verursacht und damit auch zu verantworten. Dass ich entführt wurde. Meine Verbrennungen und die anderen Verletzungen. Ageirr«, sagte ich und sah mich im Langhaus um, obwohl ich wusste, dass er nicht da war, »und Hildur.« Ich fauchte ihren Namen, stieß sie mit dem Fuß an. »Es war nicht dein Fluch, Heirik. So besonders bist du nicht. Du bist ein ganz normaler Mensch.«

Heirik schüttelte einfach nur den Kopf, aber ihm fehlten offenbar die Worte. Selbst ich konnte seine Miene nicht deuten. Ich sprach also weiter.

»Sie haben uns so viel genommen.« Meine Stimme war so klar wie ein arktischer Morgen. »Wir werden erlöst sein, wenn wir sie beseitigen.«

Es wurde unnatürlich still, während alle warteten.

Ich betrachtete Heirik genauer, musterte sein Gesicht, las an ihm seine Stimmungen und Regungen ab, die ich so gut kannte wie niemand sonst. Er war fasziniert, und er dachte nach. Dann veränderte sich sein Blick, als würde eine Jahreszeit von jetzt auf gleich in die andere übergehen. Aus goldenem Erstaunen wurde eiskalte Wut, die aber nicht mir galt, sondern Hildur und Ageirr. Ich sah, wie er begann, mir zuzustimmen, und es fühlte sich an, als würde reines Feuer durch meine Adern fließen.

»Já«, sagte er, und dieses Wort klang wie eine Rehabilitation, wie ein Versprechen, ein Liebeslied. Sein ganzer Glaube an mich schwang darin mit, seine Zustimmung, sein Wunsch nach Gerechtigkeit. »Ich werde Ageirr finden.«

Einen kurzen Moment war es still. Unausgesprochene Worte hingen schwer in der Luft, als hätte er sie ausgesprochen. Ja, die Luft selbst schien zu sagen: Ich werde ihn töten. Und mehr noch: Ich werde alles tun, was dafür nötig ist. Notfalls sogar sterben. Diese Möglichkeit bestand immer, auch wenn er in einem Kampf wie ein Dämon war. Es konnte sein, dass Heirik nicht zurückkehren würde.

Sein Gesicht veränderte sich erneut, als die Wut einer plötzlichen Angst wich.

Er hatte Angst? Ich hatte gesehen, wie er die herrliche Axt geschwungen und alle Männer um sich herum besiegt hatte. Ich hatte gesehen, wie er einen Speer mit kalter Präzision geworfen hatte. Jetzt wirkte er jedoch so, als wäre dies der erschreckendste Moment seines Lebens. Zögerte er, gegen Ageirr zu kämpfen? Nach allem, was der Mann getan hatte?

Schließlich holte Heirik tief Luft und sprach: »Werde meine Frau.«

Oh. Heirik zitterte nicht, weil er möglicherweise sterben würde. Er zitterte meinetwegen.

Jetzt endlich trat er näher zu mir, berührte mein Gesicht, tastete über die Tätowierung um mein Auge herum. »Wenn wir es vielleicht auch nur kurz genießen können, Frau. Lass uns spüren, wie es sich anfühlt.«

Ich wollte mich freuen. Ich sehnte mich danach, von einer unglaublich weichen und süßen Liebe überwältigt zu werden, die mir Wärme und Erleichterung und das ungeheure Glück schenkte, das mit einer erfüllten Sehnsucht einherging. Aber ich empfand nur, dass es richtig so war. Kalte Genugtuung, dass es geschah. Da war der Gedanke, dass ich vielleicht wütend sein sollte. Immerhin hatte ich das hier gewollt, seit ich ihn kannte, doch die ganze Zeit hatte er es mir nicht geben können. Und nun stand er da und ließ alles so einfach erscheinen. Jetzt, nachdem ich die Hoffnung und mein Glück zusammen mit den Hofnotizen und dem kirschroten Kleid aufgegeben hatte. Mein ganzes Sein vibrierte vor Wut.

Natürlich würde ich ihn heiraten.

»Já«, sagte ich also. »Werde mein Mann.«

Erst jetzt, nachdem ich die Worte gesagt hatte, dachte ich daran, Brosa anzusehen. Ich schuldete ihm eine respektvolle Auflösung unseres Vertrags. Er stand da, mit dem Rücken an die Wand gelehnt, die Arme vor der Brust verschränkt, und zuerst dachte ich, er würde vor Ärger zittern. Dann begriff ich, dass es Erheiterung war, ein kaum verhohlenes Lachen. Als ich seinem Blick begegnete, hob er eine Augenbraue, und dann nickte er. Er gab mir seinen Segen.

»Onkel«, brüllte Heirik, als wir das Haus verließen. »Vermähle uns.«

Hár, der sich gerade mit seinem Pferd unterhalten hatte, zog die buschigen Brauen zusammen und sah auf. Er öffnete schon den Mund, um etwas zu sagen, beließ es dann aber dabei, mich einfach nur sprachlos anzustarren. Schließlich wandte er sich an Heirik und nickte.

Hár bat die Götter, unsere Ehe stark zu machen, während er mich mit offener Bestürzung musterte. Er hielt die Zeremonie vor den wenigen Zeugen so kurz wie möglich, sodass sie gerade den Anforderungen entsprach. Schließlich nahm ich auf einem Baumstamm Platz, und Heirik legte mir Slitasongr wie ein Neugeborenes in den Schoß. »Für unsere Söhne«, sagte er. An der Schwelle zum Tod gab er mir so etwas.

Anschließend wandte er sich an die Zeugen. »Ginn ist jetzt Herrin dieses Hauses«, erklärte er. »Sorgt dafür, dass sie respektiert wird.«

»Nei!« Ein hässliches Kreischen drang aus der Tür, und dann stolperte Hildur auf den Hofplatz. Sie blutete.

Magnus packte sie am Arm und versprach: »Dafür sorge ich, Herra.« Es klang wie ein richtiger Schwur.

Heirik beugte sich zu mir, um mich zu küssen, aber mein Kuss war so leer wie eine Muschelschale. Er bat um mehr. »Gib mir deine Lieblichkeit, Litla.«

»Es war alles zu hart für mich«, sagte ich mit klaren, trockenen Augen. »In mir ist keine Lieblichkeit mehr.«

Er musterte mich, suchte in meinem Gesicht nach etwas. Ich konnte sehen, dass er nichts fand. Und was hätte er auch finden können? Entschlossenheit vielleicht, einen starken Willen, blauschwarze Tätowierungen. Aber keinen Honig für ihn, kein Dahinschmelzen mehr, keine Sehnsucht nach seinem Herzen, keine schmachtende Begierde.

Seine Hand fühlte sich schwer an auf meiner Wange.

Er beugte sich herab und legte seine Stirn auf meine Schulter, wie er es gern tat. Ich atmete den Geruch von Metall und Leder ein, und eine Erinnerung wurde in mir wach. Sie rührte etwas in mir an, weckte ähnlich einer Brise für einen kurzen Moment ein zartes Gefühl in meinen Eingeweiden.

Er sprach mir leise ins Ohr, und als sein Atem über meinen Hals strich, kribbelte meine Haut. »Nein, Frau. Ich werde dich finden.«

Heirik richtete sich auf und sagte so laut, dass alle es hören konnten: »Meine liebe Frau, mach dir keine Sorgen um mich.«

Mit kalten Händen reichte ich ihm Slitasongr zurück, nur wenige Momente, nachdem er mir die Axt übergeben hatte.

Dann ging er zu Vakr. Ich sah auf seinen Rücken, während er sich entfernte und den Kopf ein kleines bisschen hängen ließ, genug, dass es mein Herz berührte. Als ich dann den Lederknoten in seinem Nacken sah, erinnerte ich mich daran, wie ich das erste Mal hinter ihm hergegangen war. Wir waren damals am Haus entlanggegangen, und er hatte sich zu mir umgedreht und mir gesagt, dass er ganz erwachsen sei.

Diesmal würde er sich nicht umdrehen. Seine größte Furcht hatte er bereits bezwungen, als er mich gebeten hatte, seine Frau zu werden. Zur Antwort darauf hatte er mein steinernes Herz bekommen. Jetzt würde er in einer Staubwolke davonreiten, hinunter ins Tal und dann hinauf ins neblige Hochland, um Ageirr zu finden. Und möglicherweise würde er nicht zurückkehren.

Als ich ihn weggehen sah, kam er mir klein und allein im großen Universum vor. Ich hatte das Gefühl, als würde ich mich selbst sehen – über das Wasser des Meeres gebeugt, das sich in einer überwältigenden Dunkelheit unter einer Million funkelnder Sterne erstreckte. Ich war zu klein gewesen, zu allein, hatte mich viel zu lange so gefühlt. Jetzt war ich Ástkkván, sein Herzensweib – vielleicht nur in dieser Minute und danach nie mehr.

Ich konnte nicht zulassen, dass es so endete.

»Warte!«, rief ich und rannte los. Meine Röcke flogen, Tränen liefen mir über die Wangen. Heirik drehte sich um, und sein Gesicht leuchtete. Er riss mich in seine Arme, hob mich hoch und wirbelte mich durch die Luft. Wir lachten beide, ein bisschen zu laut. Dann ließ er mich wieder sinken, und ich schmiegte mich in seine Arme. Er küsste mich hart, hielt meinen Hinterkopf. Als er mich wieder freigab, starrten wir uns voller Ehrfurcht an.

Mir fiel der Ring in meinem Ärmel ein, und ich griff nach meinem Messer. Rasch trennte ich die Nähte entlang des Ärmelsaums auf. Es stand mir jetzt zu, ihm diesen Ring zu geben, und vielleicht war dies die einzige Chance, die ich jemals haben würde.

Der Ring glänzte, zum ersten Mal der Sonne ausgesetzt unter diesem gewaltigen Himmel, und ich steckte ihn Heirik an den Finger.

Ich umschloss seine Hand mit meinen Händen, und dann sprach ich als seine Frau zu ihm: »Bitte, Liebster. Töte ihn.«

Er sah mich an und hob eine Braue, ehe er seine andere Hand über unsere legte. Ich spürte, wie der Eifer in ihm wuchs, wie seine Hände zu vibrieren und seine Augen zu leuchten begannen. Ich hatte seinen Mut geweckt und befahl ihm jetzt, zu tun, was er tun musste – hinauszugehen und Gerechtigkeit zu üben. Aber er wollte mehr als Gerechtigkeit, er wollte Rache. Er sehnte sich danach, Ageirr zu töten. Hungerte danach. Ich konnte es sehen. Sultr. Fyst. Hunger. Begierde.

Ich lächelte.

Er drückte mir noch einen Kuss auf die Stirn, dann stieg er auf Vakr auf. Staub wirbelte auf, als er mit seinem Onkel und seinem Bruder davonritt. Nichts würde ihn jetzt noch aufhalten, das wusste ich, und dieses Wissen beruhigte mich.

Was Hildur betraf … »Sie gehört mir«, rief ich Magnus zu, der sie in der Zwischenzeit gefesselt hatte. Seine Ehre verbot es ihm, einer Frau etwas anzutun. Aber ich konnte es.

»Im Norden gibt es ein Schiff, das zu einem neuen Land im Westen aufbricht.« Grönland, unwirtlich und unbedeutend.

Ich sagte Hildur, dass sie die Wahl habe. »Entweder du steigst auf dieses Schiff, oder du findest durch meine Hand den Tod.«

Nicht mehr als eine Stunde später kehrte Betta mit allen anderen zurück, die zum Thing aufgebrochen waren.

Ich sah sie aufrecht auf ihrem Pferd sitzen, und ein ruhiges Glücksgefühl breitete sich in mir aus. Es war Monate her, dass ich mit ihr auf dem Weg zur Versammlung in der Dunkelheit gesprochen hatte. Jetzt war sie da, und sie war wie immer. Meine liebe Freundin, dachte ich. Ich bin zu Hause.

Ich sah zu, wie sie vom Pferd stieg und es in den Stall führte. Als sie sich umdrehte und zum Langhaus ging, rief ich sie: »Betta!« Meine Stimme klang ruhig und fest. Sie drehte sich zu mir um, riss die wassergrünen Augen weit auf. Ich sagte ihren Namen noch einmal und streckte die Arme nach ihr aus.

Sie kam zu mir, schlang ihre dünnen, starken Arme um mich. Ihr Kuss an meinem Ohr fühlte sich warm an, ihre Stimme klang rauchig und vertraut. »Ginn«, sagte sie. »Was ist mit dir geschehen?«

»Nimm das hier«, sagte ich, ohne ihre Frage zu beantworten. Ich hielt ihr den Eisenring mit den Schlüsseln hin, den ich Hildur abgenommen hatte. »Sorge dafür, dass dieses Haus fest verschlossen ist. Versorge alle mit Essen, und bring die Kinder in die Speisekammer. Und lass nach deinem Vater schicken.«

Ihre riesigen Augen suchten in meinem tätowierten Gesicht nach etwas, was wenigstens ein bisschen erklären konnte, was passiert war. Dann nahm sie die Schlüssel, drückte meine Hand und hielt sie fest. »In Ordnung«, sagte sie, und ich liebte sie für das große Vertrauen, das sie in mich hatte.

Kein Mann trug mich über die Schwelle. Ich hob den Saum meines schwarzen Kleides und trat ins Haus.

Frisch verheiratet und erfüllt von süßen Racheschwüren saß ich auf Heiriks Bettkante. Ich strich mit den Fingern über die kostbaren Pelze und spürte, wie meine Augen feucht und weich wurden. Unser Bett. Ich hatte es geschafft.

Ich zitterte, erst nur ein bisschen, dann richtig heftig – eine Folge des Adrenalinschocks. Nach all dem Mut, all der Wut und der Entschlossenheit hatte ich nun das Gefühl, als wäre mein Körper nur noch eine leere Hülle. Und hier endete mein Plan; weiter hatte ich nicht vorausgedacht. Ich lehnte mich zurück und starrte auf die Holzbalken.

Lebhafte Bilder kamen mir in den Sinn, von dem Kampf, der vielleicht jetzt irgendwo tobte, weil ich darum gebeten hatte. Ich hatte alles getan, was ich konnte, hatte uns bereit gemacht, die Kinder in Sicherheit gebracht, Bjarn Bescheid gesagt. Jetzt war ich erschöpft, und Betta kümmerte sich um alles Weitere. Ich wartete.

Ich versank in einem traumlosen Schlaf, schlief Stunden oder vielleicht auch nur Minuten, ohne irgendetwas wahrzunehmen. Dann erklangen draußen plötzlich Rufe, und ich wachte abrupt auf.

Ich sprang auf, öffnete die Tür und sah Heirik.

Er war im Schmutzraum. Irgendwie hatte er es vom Hochland nach Hause geschafft, war von Vakr geglitten und über die Schwelle getreten. Er hatte es hierhergeschafft, in unser geliebtes Langhaus.

Sein Gesicht und seine Sachen waren mit Schweiß und Schmutz und Blut verschmiert. Dem Blut anderer Männer? Ich konnte sehen, dass er selbst blutete, dort, wo er einen Arm an die Brust presste. Die ganze Körperseite war von oben bis unten nass, ja, das Blut lief ihm immer noch in Strömen am Oberschenkel hinunter und auf den Boden. Die Axt glitt ihm aus der Hand, landete neben seinen Füßen.

Es war unglaublich, dass er so viel Blut verloren hatte und trotzdem hier war.

Als er mich sah, sank er in einer Blutlache auf die Knie. In seinen Augen standen unverhüllte Liebe und jene Zufriedenheit, die mit der Erfüllung einer Aufgabe einherging. Er streckte seine Hand nach mir aus, ließ sie dann jedoch wieder sinken. Er lächelte so, wie er mich immer angelächelt hatte. »Litla«, sagte er.

Und dann schloss er die Augen und ließ diese Welt los. Sein Gesicht wurde still und friedlich – ein vollendetes Leben, eine erfüllte Liebe, wenn auch nur für einen Moment. Er strahlte, als würde er sich an seine Götter wenden. Blind sah er nach oben, wo der Himmel sein musste.

Ich konnte nicht atmen, und ich war froh, dass ich es nicht konnte. Ich wäre am liebsten mit ihm gegangen.

»Bleib«, sagte ich stattdessen. Er fiel zu Boden.

Ich sank blitzschnell auf die Knie, fing seinen Sturz mit meinem ganzen Körper ab. Er lag schwer auf mir, aber ich konnte ihn nicht gehen lassen, wollte ihn nicht in diesen Dreck sinken lassen. Eher würde ich ihn im Tod aufrecht halten; ihn halten, bis die Walküren kamen. Eine heftige Bitterkeit stieg in meiner Kehle auf, eine tiefe Entschlossenheit, dass ich das ganze Universum mit meiner Wut und meinem Feuer in Staub und Asche legen würde, sollte er …

Er war warm, und ich konnte am Hals seinen Puls spüren.

»Kommt«, brüllte ich mit kräftiger Stimme. »Helft ihm. Er ist nicht tot.«

Hár kam und hob ihn hoch, als wäre er nur ein kleiner schläfriger Junge, und legte ihn auf sein Bett.

Ich trat nach draußen und rief Befehle. Bjarn sollte kommen. Ranka sollte die Familie, vor allem die Kinder, wegbringen. »Geht zum Badeteich oder noch weiter«, sagte ich zu ihr, und ihre kleinen Zöpfe schwangen hin und her, als sie sich an die Aufgabe machte. Nur Betta und Svana behielt ich bei mir.

Dann ging ich zurück in Heiriks Zimmer – in unser Zimmer. Er würde noch am Leben sein. Es musste so sein. Und er war es auch.

Hár hatte Heirik an die Wand gelehnt, und ich schob ihm rasch Pelze in den Rücken. Seine Haut war jetzt kühl vom Schweiß und lief blau an. Ich kletterte über ihn hinweg und setzte mich an seine unverletzte Seite, berührte sein Gesicht, tastete noch einmal am Hals nach seinem Puls. Da war so viel Blut. Wie konnte es nur so viel Blut geben?

Dann war Bjarn plötzlich da, ganz sachlich. »Wir müssen ihm die Hemden ausziehen. Und wir brauchen Hilfe.«

»Svana«, befahl ich laut genug, dass sie es hören konnte. Eine Woge aus Bitterkeit erfüllte mich, als ich ihren Namen sagte. Wenn diese Meyla versuchen konnte, ihn mir wegzunehmen, konnte sie verflucht noch mal auch versuchen, sich um seinen hässlichen Körper zu kümmern. Sollte sie ruhig näher kommen. Sollte sie ruhig sein Blut sehen.

Ich wappnete mich innerlich, ehe ich mich daranmachte, Heirik die beiden Hemden auszuziehen. Wie immer trug er zwei, was die Sache schwerer machte. Außerdem war alles so vollgesogen, dass kaum zu erkennen war, wo er verletzt war. Sicherlich am Arm, denn der hing schlaff herunter.

Ich betrachtete sein Gesicht. Es wirkte friedlich und fast so, als wäre Heirik gar nicht verletzt, sondern lediglich betrunken nach Hause zurückgekehrt. Sein Geist schien anderswo zu weilen. Er zuckte nicht einmal zusammen, als wir ihm die beiden langen Hemden über den Kopf schoben und zerrten und auch den rechten Arm aus ihnen befreiten.

Dann zog Bjarn die Ärmel der Hemden von der Schulter aus von seinem linken Arm herunter, und als sich der Stoff von der Haut löste, rührte Heirik sich, und Flüssigkeit begann aus einer großen klaffenden Wunde an seinem Arm zu sickern.

Bjarn hatte ihm eine dicke Wolldecke untergeschoben, die das frische Blut auffangen sollte. Er reichte die Hemden Svana, die auf dem Boden kniete und stumm vor Entsetzen zusah. Sie nahm sie an, ohne einen Blick auf sie zu werfen, starrte vielmehr auf meine Tätowierung, auf meine geheilte Hand. Tränen traten ihr in die Augen, blieben einen Moment an ihren Wangen hängen und liefen ihr dann über den Hals. Ich wusste, dass sie nicht Heirik galten, sondern nur ihr selbst.

Bjarn warf ihr eine Schere in den Schoß und forderte sie auf, die sauberen Teile der Hemden in Quadrate und Streifen zu schneiden.

Noch nie zuvor hatte ich eine derart frische Wunde aus der Nähe gesehen. Als ich damals am Strand von Ageirr festgehalten worden war, hatte ich Augen und Ohren verschlossen. Ich hatte mir auch Hárs Wunde nicht angesehen, als er sich den halben Finger abgehackt hatte. Dazu war ich erst ein paar Tage später in der Lage gewesen, als ich ihm den Verband wechselte und die Heilung schon ein gutes Stück vorangeschritten war. Heiriks Wunde musste ich mir jedoch jetzt sofort ansehen. Ich gehörte zu ihm, es war meine Aufgabe, mich darum zu kümmern.

Wider Erwarten gab es nicht besonders viel Blut zu sehen. Die Wunde war nur irgendwie falsch und tief. Anscheinend hatte die Waffe seinen Oberarm in einem spitzen Winkel getroffen. Die Wundränder deuteten darauf hin, dass es keine geriffelte, sondern eine glatte Klinge gewesen war. Und ganz offensichtlich war die Waffe auch schwer und scharf gewesen, denn der Schnitt ging bis zum Knochen. Das Fleisch in seinem Arm war so rot wie das eines Tieres.

Das war meine sachliche Einschätzung. Aber mein Blick trübte sich. Das hier war nicht irgendein aufgeschlitzter, blutender Arm. Es war der Arm meines Ehemannes, der auf diesem Bett zwischen Leben und Tod schwebte. Tränen liefen mir übers Gesicht, fielen auf Heirik herab.

Ich nahm einen von Svanas Stoffstreifen und band Heiriks Oberarm ein Stück oberhalb der Wunde ab. Mit der Kraft meiner Angst zog ich so fest, wie ich konnte – fest genug jedenfalls, um ihm hoffentlich das Leben zu retten. Er zuckte zusammen, und ich war beruhigt. Jetzt sah ich auch, dass das Blut zum größten Teil bereits geronnen und getrocknet war. Der Streifen würde also vielleicht helfen. Zumindest würde er wohl genügen, dass Heirik das hier überlebte. Ich presste meine Finger auf den Knoten und wünschte mir, dass es so sein würde.

Dann berührte ich einfach nur sein Gesicht, fuhr mit den Fingern über sein bärtiges Kinn. Er öffnete die Augen. Götter, er öffnete die Augen, und sie waren genauso eindringlich wie damals, als ich sie zum ersten Mal gesehen hatte. Und wie damals, wie jedes Mal, verlor ich mich in ihnen.

»Lofn ist zu mir gekommen, Ginn.«

»Schhh, Heirik. Wir können später reden.«

Bjarn mischte sich ein. »War das eine Axt, Häuptling?«

»Já«, flüsterte er. »Sie hat mich am Arm erwischt.« Das hatte sie allerdings. »Es war ein Schlag nach unten.« Er sog scharf die Luft ein, als Bjarn sich die Wunde genauer ansah.

Bettas Vater sprach so ruhig mit mir, als wäre Heirik nicht anwesend. »Er hat großes Glück gehabt, dass der Hieb ein bisschen danebenging. Ein einziger Axthieb genügt, um einem einen Arm oder sogar ein Bein abzutrennen.« Ich konnte mich noch lebhaft daran erinnern, wie Heirik im Sonnenlicht selbst die Axt geschwungen und Eiðr die Hand abgetrennt hatte.

»Ich weiß«, flüsterte ich und blickte auf Heiriks blasses Gesicht. Er schaffte es nicht, mich lange anzusehen. Immer wieder schlossen sich seine Lider, und die Wimpern flatterten. Aber es war nicht so, als würde er meinem Blick ausweichen. Das hier war unkontrolliert. Er konnte sich nicht konzentrieren, weil er sich an der Schwelle zum Tod befand.

»Häuptling.« Bjarn versuchte, ihn aufzuwecken. »Ich werde jetzt die Wunden säubern und versiegeln.«

Ich sah ihn entsetzt an. »Heißt das, es gibt mehr als eine?«

»Já«, sagte er, und fast hatte ich den Eindruck, als würde er mich für ein bisschen beschränkt halten. »An der Armwunde stirbt er nicht.« Er zeigte mir jetzt ein klaffendes Loch in Heiriks Seite, das dunkelrot, hässlich und schmierig war. Es war so groß wie meine Hand. Ich wandte mich leise zischend ab, versuchte, es zu leugnen. Die Wunde sah tödlich aus.

Bjarn schien das nicht so zu sehen. Er prüfte die Wundränder mit den Fingern, woraufhin Heirik noch blasser wurde. Er erwachte wieder aus seiner Benommenheit.

»War das hier ein Speer, Häuptling?«

»Já«, sagte Heirik. »Ich vermute es.«

»Muss ein schlimmer Kampf gewesen sein«, sagte Bjarn, als wollte er sich mit ihm unterhalten. Ich fragte mich, ob er Heirik jemals hatte kämpfen sehen. Um ihn so zu verletzen, musste es wirklich ein schrecklicher Kampf gewesen sein. Vermutlich waren diejenigen, die sich ihm entgegengestellt hatten, alle tot.

Und Brosa? Hatte er es nach Hause geschafft?

»Man hat ihm den Speer in die Seite gestoßen und ihn dann herumgedreht«, erklärte Bjarn mir. »Deshalb ist die Wunde so groß, já?« Ich gab mir alle Mühe, mich nicht zu übergeben, sah hin und lernte.

»Halte ihn gut fest, während ich die Wunde untersuche«, sagte Bjarn und nahm eine große eiserne Pinzette, die etwa so lang war wie meine Handfläche.

Ich drückte Heiriks Schultern gegen die Wand. Er roch auf angenehme Weise herb, und ich begrub meine Nase in seinem

Haar und flüsterte:»Undra min.« Das hatte er einmal zu mir gesagt. *Meine höchst unerwartete Liebe.* Ich konnte ihn jetzt riechen, trotz der feuchten Schwere und des Eisengeruchs des Bluts.

Ich sah Bjarn und Svana an, beobachtete die beiden, während ich meine Stirn auf Heiriks Schulter legte. Bjarn hielt den Kopf gesenkt, als er sich mit einem seiner Instrumente an Heiriks Wunde zu schaffen machte, nach etwas suchte.

Heirik zitterte, aber er gab keinen Laut von sich und wehrte sich auch nicht. Er atmete ruhig weiter, in mein Haar, in mein Ohr.»Meine Frau«, murmelte er, und ich war glücklich, dass er nicht nur wusste, dass ich hier war, sondern auch genau wusste, wer ich war und was ich für ihn war.

Bjarn zog das Instrument wieder aus der Wunde, und ein kleines Metallstück fiel geräuschvoll zu Boden. Ich rückte etwas von Heirik ab, um sein Gesicht anzusehen. Es war so weiß wie eine Schneewehe und schweißnass. Bjarn stocherte noch ein bisschen weiter in der Wunde herum, um ganz sicherzugehen.

»Am Arm werde ich nicht nach Resten suchen müssen«, erklärte er mir.»Von einer Axtklinge splittert nichts ab.«

Er machte sich jetzt daran, Heiriks Wunden zu säubern. Vorher warf er mir einen bedauernden Blick zu, als wollte er mich warnen. Das hier würde also schlimm werden.

Ich nahm Heiriks Hand.»Lass nicht los«, sagte ich zu ihm, und ich spürte, wie er meine Hand leicht drückte. Ein kleines Lächeln stahl sich auf seine Lippen. Das war gut.

Bjarn warf mir einen Seitenblick zu.»Hast du noch nie eine Wunde versiegelt?«

Ich schüttelte den Kopf.»Ich kann …« Ich wollte schon sagen, dass ich mich nicht erinnern konnte, besann mich aber gerade noch rechtzeitig eines Besseren. Ich war es leid, zu lügen. »Nei«, sagte ich. So etwas wurde in Krankenhäusern gemacht, von Menschen, die darin besser ausgebildet waren als ich. Er sah mich von oben bis unten an. »Du bist zu klein«, sagte er. »Ich kann Hár holen lassen.«

»Nei«, sagte Heirik sehr deutlich und entschieden. Einen Moment lang war er wieder der Häuptling, der keinen Widerspruch duldete. Er wollte, dass ich es tat. »Ginn wird genügen.«

Bjarn löste Heiriks Hand von meiner und legte sie stattdessen auf meinen Oberschenkel. »Halt dich dort fest, Häuptling.« Er sah mich mit deutlichen Zweifeln an. »Du wirst die Hand noch zum Weben brauchen.«

Heirik strich träge über die weiche Innenseite meines Oberschenkels, aber er wusste nicht, dass er das tat. Selbst durch mein dickes Kleid hindurch erzeugte sein Daumen eine Woge nutzloser, unangebrachter Erregung in meinem Körper.

»Erinnerst du dich an die Höhle?«, murmelte ich Heirik ins Ohr, um seine Aufmerksamkeit von dem abzulenken, was Bjarn tun würde. »Ich habe das hier gemacht.« Ich nahm seine Hand, die auf meinem Bein lag, und schob sie einen Zentimeter höher. Er lächelte ein bisschen, inzwischen bereit, und hielt Bjarn die andere Hand hin. Bjarn gab ihm ein Stück Holz von etwa zweieinhalb Zentimeter Dicke. Ich hatte keine Ahnung, wofür es sein sollte, bis Heirik es sich zwischen die Zähne steckte.

Oh. Er machte das hier nicht zum ersten Mal. Ich hatte die große Narben an seinem Bein vergessen und die vielen kleineren überall an seinen Armen und Händen, wie bei seinem Onkel. Ich hatte ihn nie gefragt, woher sie stammten.

Bjarn war schnell und mitleidslos. Zuerst säuberte er die Wunde in Heiriks Seite mit dampfendem Wasser, das er in eine große Schüssel laufen ließ. Heirik gab keinen Laut von sich, und er kämpfte auch nicht gegen den Druck an, den ich auf seine Schultern ausübte. Er biss fest auf das Holzstück und drückte leicht meinen Oberschenkel – viel sanfter, als ich es erwartet hatte, beinahe liebevoll.

Dann wusch Bjarn die Wunden mit Seife, und alles änderte sich. Die Lauge brannte offenbar wie Feuer, denn Heirik stöhnte plötzlich und bog den Rücken durch. Seine Hand krallte sich in meinen Oberschenkel. Ich erstarrte und sah ihn an.

»Halt ihn fest, Frau«, schimpfte Bjarn, und ich versuchte, den verflucht schweren Wikinger zu beruhigen.

Heirik spuckte mit einem Knurren das Holzstück aus und schlug Bjarn weg.

Mein Ehemann wollte mir etwas sagen. Er sah zu mir hoch und formte kaum hörbare Worte: »Es tut mir leid.« Eine furchtbare Angst breitete sich in mir aus. Er dachte, er würde sterben. Jetzt sofort.

»Nei«, sagte ich mit allem Nachdruck. »Sieh mich an, Heirik. Sieh mir in die Augen.«

Er schien große Mühe zu haben, seine Augen zu fokussieren, aber er gehorchte. Und dann lächelte er. Es war ein reumütiges Lächeln, das seine Mundwinkel hob.

»Lofn ist gekommen.« Er griff mit der Hand seines unverletzten Armes nach mir. Ich verstand nicht ganz, was er meinte. Natürlich erinnerte ich mich an Hárs Geschichte über Lofn, an die Göttin in dem herrlichen Haus, das Hundr Schwarzzahn so verzaubert hatte. »Ein Lied in meinem Kopf«, murmelte er. Er hatte Schwierigkeiten, klar zu denken.

Er schloss die Augen. »Es tat mir so leid, dass ich vielleicht nicht lange genug leben würde, um es dir sagen zu können.«

Er hatte lange genug bei Bewusstsein bleiben wollen, um nach Hause zu gelangen und mir etwas zu sagen, was ich nicht ganz verstand. Und nun entglitt er mir erneut und hatte überhaupt nichts erklärt. Das Wenige allerdings, was er gesagt hatte, schien eine schreckliche Last von ihm zu nehmen, als hätte er einen Auftrag erfüllt. Es machte mir Angst. Es sah aus, als hätte er damit, dass er es mir gesagt hatte, seine letzte Aufgabe erfüllt und könnte nun gehen. Könnte diese einladende Tür in der Dunkelheit suchen, diese leuchtende, verführerische Halle, in der Krieger gemeinsam tranken und lärmend nach ihm riefen. Mit einem Mal kam er wieder zu Bewusstsein. Er sog scharf die Luft ein und steckte sich das Holzstück wieder zwischen die Zähne, sodass Bjarn die Wunde noch einmal mit heißem Wasser auswaschen konnte. Die Wunde begann wieder zu bluten, und die Schüssel füllte sich mit rosafarbenem Schaum.

Heirik schüttelte den Kopf, und ich nahm ihm das Holzstück ab. »Es hat mich wahnsinnig gemacht, já?« Er machte genau da weiter, wo er aufgehört hatte, als hätte es keinerlei Unterbrechung gegeben. »Obwohl mein Blut floss, habe ich gegen alle gekämpft, um zu dir nach Hause zu kommen.«

»Kommen wir jetzt zum Ende, Häuptling«, mischte Bjarn sich trocken ein.

Er griff nach einem kleinen Messer aus Eisen, das Svana über einer Flamme erhitzt hatte. Ich hatte gar nicht mitbekommen, dass sie das getan hatte, hatte auch nicht bemerkt, dass er es ihr aufgetragen hatte. Das Messer glühte zwar nicht rot, war aber heiß genug, dass sie es nur mit einem Stück Stoff anfassen konnte. Bjarn warnte den Häuptling vor, ehe er ihm das Messer auf die Wunde drückte. Heiriks Augen öffneten sich weit, und er bäumte sich zwei-, dreimal auf. Es war eine große Wunde, sagte Bjarn. In diesem Moment konnte ich nichts weiter tun, als Heirik nach unten zu drücken und ihn meine Anwesenheit spüren zu lassen, sofern er sie wahrnahm. Und dann war es vorüber.

Heirik atmete keuchend an meiner Kehle, und meine Haare klebten an seinem Gesicht, als ich mich zurückzog und ihn losließ. Svana sah ziemlich blass aus, und in ihrem Gesicht stand blankes Entsetzen. Aber sie hatte uns geholfen, indem sie aus seinem Hemd einige Streifen und kleine Quadrate geschnitten hatte. Als sie sie Bjarn reichte, fing ich ihren Blick auf. Sie musterte Heirik und mich ernst, wirkte regelrecht überwältigt. Ich stellte mir vor, wie ihr Kleinmädchenverstand die Liebe zwischen einem Mann und einer Frau miterlebte. Ich hob eine Braue, ganz und gar nicht erfreut. Sie würde schon bald herausfinden, was ich mit ihrer Mutter getan hatte.

Bjarn schmierte Honig auf eins der Stoffstücke und legte es auf die Wunde. Dann kam eine Lage Leinen und getrocknetes Torfmoos. Ich wickelte Heirik Stoffstreifen um den Leib und überzeugte mich davon, dass der Verband fest saß. Danach lehnte ich mich zurück und sah zu, wie die Muskeln an seinem Bauch arbeiteten, während er atmete. Zu schnell, zu abgehackt, aber immerhin atmete er.

Natürlich musste die Wunde an seinem Arm auf die gleiche Weise behandelt werden, und dazu gehörten auch die Seife und das heiße Eisen. Wieder blickten seine Augen im einen Moment noch entschlossen und im nächsten wie die eines gefangenen Hundes, wild und ohne etwas zu sehen, während seine Finger sich in mein Bein gruben. Ich wusste, dass ich taumeln würde, wenn ich aufstand.

Es würde alles in Ordnung kommen. Hár hatte so etwas mit seinem Finger durchgemacht, und er hatte ihn sogar selbst ins Feuer gehalten. Hár hatte es getan und Brosa wahrscheinlich auch.

Brosa.

Während ich Heirik hielt und ihn mit meinem ganzen Gewicht nach unten drückte, dachte ich jetzt an seinen kleinen Bruder und flehte inständig, dass er noch am Leben war. Ich wollte, dass er für Heirik lebte. Ich wollte auch, dass er für mich hier wäre. Ich könnte ihm sagen, wie leid mir alles tat, auch wenn er keine Ahnung hatte, wie lange es für mich her war, dass ich ihn verlassen hatte.

Und dann – als hätte ich ihn mit meinen Gedanken herbeibeschworen – platzte Brosa ins Zimmer.

Brosa schob Bjarn sanft, aber eilig beiseite. Er ließ sich vor Heirik auf die Knie sinken, so wie er an der Küste vor ihm gekniet hatte, in Treue und Liebe. Er berührte Heiriks Hand mit der Stirn.

»Ich dachte, du wärst tot.« Er atmete geräuschvoll ein. »Ich habe dein Blut auf den Lippen geschmeckt«, sagte er. Dann verzerrte sich seine Stimme vor Tränen. »Es war der Geschmack einer tödlichen Verletzung.«

»Es war Ageirrs Blut«, sagte Heirik.

Brosa drehte sich um und spuckte auf den Boden, und Svana zuckte zusammen und zog ihre Röcke hoch, als hätte er Ageirrs Lebenskraft dort verspritzt.

»Ich dachte, die Disen hätten deinen Körper geholt«, sprach Brosa weiter. »Ich bin herumgelaufen, habe um dich getrauert. Ich konnte nicht sofort nach Hause gehen.«

»Schhh, nei«, sagte Heirik und berührte seinen kleinen Bruder unter großer Anstrengung mit dem gesunden Arm. Er strich ihm über die goldenen Haare und legte ihm die Hand auf den Kopf. »Wie du siehst, bin ich immer noch hier, já?«

Brosa nickte und senkte den Kopf, stumm vor Erleichterung und Dankbarkeit. Heirik strich mit dem Daumen über seine Stirn.

»Häuptling«, mischte sich jetzt Bjarn mit einer Eindringlichkeit ein, die keinen Zweifel daran ließ, dass er als Heiler in diesem Moment das Sagen hatte. Heirik nickte und forderte seinen Bruder und Svana auf, zu gehen.

Das Verbinden des Armes entpuppte sich auch noch als eine Herausforderung. Mehrmals sah Heirik so aus, als wollte er versuchen, Bjarn wie eine lästige Fliege zu verscheuchen. Er zog die Augenbrauen zusammen und machte schon Anstalten, sich zu beklagen, aber dann veränderten sich seine Gesichtszüge schlagartig, und er war wieder der Häuptling. Er beherrschte sich und gewann seine Würde zurück. Sein Mund drückte Entschlossenheit aus, sein Gesicht war ruhig und verschlossen. Geduldig sah er zu, wie Bjarn den Verband an seinem Arm befestigte. Mit einem Nicken bedankte er sich bei ihm.

Aber nicht bei mir. Während alle anderen gehen mussten, würde ich bleiben, von jetzt an immer. Bis zu seinem letzten Atemzug würde ich hier sein, ganz egal, ob er ihn heute oder in fünfzig Jahren tun würde.

Ich half Bjarn, die Sachen zur Tür zu tragen, wo er mich einen Moment zurückhielt. Salzige Tränen brannten auf meinem Gesicht und an meiner Kehle, und mein Kleid war blutgetränkt und zerknittert von Heiriks Hand. Bettas Vater musterte neugierig die blauen Tätowierungen in meinem Gesicht. Er nahm meine Hand und schob den Ärmel zum Ellbogen hoch, sah die ineinander verschlungenen Verzierungen, die ich mir hatte tätowieren lassen.

»Deine Narben sind verheilt«, sagte er. Obwohl so vieles an mir seltsam und anders war, entschied er sich, nur meine geheilten Verletzungen zu kommentieren.

Er warf einen Blick zurück zu Heirik und sagte: »Es ist schwer, wenn es der eigene ist.«

Ja, genau das war Heirik jetzt: Er war mein.

Ich blieb den ganzen Tag bis in die Nacht hinein bei ihm.

Zuerst räumte ich auf. Ich schob den Tisch und den Stuhl wieder an ihren ursprünglichen Platz und legte die Stoffreste beiseite. Slitasongr lag auf dem Boden; noch immer klebte getrocknetes Blut an der Axt. Ich hob sie hoch; für mich war sie so schwer wie ein Kind. Aber ich konnte ihre Stimme in meinen Unterarmen und Fingern spüren. Dies war das Blut, um das ich gebeten hatte, um dessentwillen ich Heirik weggeschickt hatte. Ich machte einen Finger nass und zog ihn vorsichtig über die Seite der Klinge, sodass sich das getrocknete Blut in flüssiges Rot verwandelte. Dann stellte ich die Axt behutsam in die Ecke. Die Blutflecken auf dem Boden, die von Heirik stammten, verwischte ich mit meinem Stiefel.

Danach kniete ich mich neben das Bett und nahm sein Gesicht in die Hände. Mit den Daumen glättete ich seine Stirn. Er atmete friedlich, wachte aber nicht auf. Ich tastete über sein Kinn und berührte seine Wangen, ließ meine Hand auf seiner von einer Narbe gezeichneten Schläfe liegen. Dann erzählte ich ihm vom Sommer und den starken Mauern und davon, wie wir zusammen in diesem Zimmer leben würden, wenn er sich nur erst rühren würde, wenn er nur erst aufwachen würde. Er tat es nicht. Er öffnete die Augen auch dann nicht, als meine Tränen auf sein Gesicht fielen.

Ich stand auf, stellte mich auf die Zehenspitzen und öffnete die Lederklappe des kleinen Abzugslochs. Viele Stunden lang starrte ich auf das sonnenhelle Rechteck und sah zu, wie es blaugrau wurde, bis nur noch das schwankende Licht der Öllampe übrig blieb. Ich musterte die Holzwände. Atmete den starken Birkengeruch ein, fühlte mich leicht benebelt.

Ich setzte mich auf Heiriks Stuhl und sah zu, wie seine Brust sich mühelos hob und senkte. Er kämpfte nicht um sein Leben, er hatte noch nicht einmal Fieber. Er schlief einfach nur. Ich ließ meinen Kopf nach hinten sinken und spürte, wie die Luft durch meine enge Kehle strich.

Es war unser Stuhl. All das hier gehörte jetzt auch mir.

Irgendwann schlief ich ein.

Ich fuhr auf einem schnellen Schiff über dunkelgrüne und türkisfarbene Wellen. Gletschereis trieb in großen Brocken überall um uns herum. Die Wasserstraße selbst war jedoch frei. Gischt spritzte mir ins Gesicht, und ich schloss die Augen und atmete die salzige Luft ein. Dann spürte ich eine große Hand in meinem Kreuz, wie zur Beschwichtigung. Ich drehte mich nicht zu ihm um, sondern sah auf das Wasser. Ein Wal durchbrach gerade mit seiner Schwanzflosse die Oberfläche, und das Wasser strömte glitzernd wie Diamanten von seiner Fluke.

Dann verschwand das Bild schlagartig. Der glitzernde Ozean verwandelte sich in einen dunklen Raum, in dem es nach säuerlichem Blut roch. Betta kniete zu meinen Füßen; ihr Kopf lag auf meinem Schoß.

Im letzten Licht der fast leeren Lampe traten ihre Gesichtszüge scharf hervor. Sie wirkte irgendwie gebrochen, starrte einfach nur Heirik an und schien gleichzeitig in die Ferne auf etwas zu blicken, was kürzlich geschehen und unwiderruflich vergangen war. Als wäre jemand gestorben.

Meine Augen weiteten sich abrupt, mein Herz klopfte. Ich sah zuerst Heirik an, aber er atmete. Auch ich atmete jetzt wieder. Was war dann los?

»Frau.« Ich schüttelte sie, um sie aus ihrer Trance zu holen. Ihre Augen richteten sich auf mich, und sie zog die Brauen zusammen.

»Ist er …« Ich zögerte, die furchtbare Frage zu stellen. Wie konnte ich sie fragen, ob Hár an den Folgen des Kampfes gestorben war, der auch dazu geführt hatte, dass Heirik in diesem Bett lag? Aber ich hatte gesehen, wie er Heirik getragen hatte. Mit ihm war alles in Ordnung gewesen, oder? »Geht es Hár gut?«

Sie lächelte, und jetzt kam wieder Leben in ihre Augen.

»Oh.« Sie richtete sich auf und nahm meine Hände. »Hár? Der ist stark wie ein Schiff. Die Verletzung in seinem Gesicht hat keine Bedeutung, sagt er.«

»Die Verletzung in seinem Gesicht?« Ich hatte mich so auf das konzentriert, was in diesem winzigen Zimmer geschehen war, hatte meine ganze Aufmerksamkeit so auf den im Bett liegenden Mann gerichtet, dass ich gar nicht mitbekommen hatte, was draußen vor sich ging.

»Oh, Ginn.« Sie brach zusammen, wie ich es noch nie bei ihr erlebt hatte. Meine starke Freundin hatte schließlich die Grenze dessen erreicht, was ihre Liebe ertragen konnte. »Oh, Götter, ich habe seine Wunde selbst genäht …« Sie ließ ihren Kopf wieder auf meinen Schoß sinken und sprach weiter. »Ich fürchtete schon, er würde die Bank kaputt schlagen, an der er sich festhalten sollte. Ich dachte, ich würde es falsch machen, aber Da sagte, dass selbst der zäheste Eber von Mann Schmerzen haben würde, wenn er genäht wird.« Betta kicherte. »Ich vermute, bei einem solchen Ehemann wird mir gar nichts anderes übrig bleiben, als zu lernen, wie ich ihn wieder zusammenflicke.«

»Du bist so gut, Betta«, sagte ich zu ihr und berührte ihre Stirn, wie um sie zu segnen.

»Ist ja nicht so, als wäre er vorher besonders hübsch gewesen«, sagte Betta. »Aber ich würde es vorziehen, wenn er aufhören könnte, Finger und Blut zu verlieren. Und dabei sind wir noch nicht einmal verheiratet.« Wir mussten beide lachen, und ich genoss es, etwas Leben an diesem dunklen Ort zu spüren. Der Geruch von Schaffellen hing in der Luft und auch der metallische von Blut. Dieses Zimmer musste dringend gelüftet werden.

»Ist im Haus alles in Ordnung?«, fragte ich dann.

»Já, alle haben gegessen und sind zum Schlafen bereit. Und nicht mehr so besorgt wie auf dem Rückweg vom Thing.« Ihr

Mund verzog sich zu einem verschlagenen Lächeln. »Hildur schläft in der Scheune.« Sie hielt sich eine Hand vor den Mund, versuchte, nicht zu lachen.

»Die Scheune ist noch zu gut für sie«, sagte ich.

»Du hast ihr die Schlüssel abgenommen«, bemerkte Betta; sie hingen jetzt an ihrer Hüfte.

»Já, nun, ich habe den Häuptling geheiratet.«

Sie ließ den Kopf wieder auf meinen Schoß sinken, und ich konnte in uns beiden die vielen Schocks spüren, die wir an diesem Tag erlitten hatten und die einander regelrecht in den Schatten stellten.

Dann fragte ich, als wäre es das Normalste von der Welt: »Siehst du seinen Ring?«

Betta drehte sich um und betrachtete den Ring an Heiriks Hand. Dann rutschte sie so langsam, als würde sie sich in einem Traum oder einer Simulation befinden, auf den Knien zu ihm, zog die Röcke hinter sich her. Fast war es, als würde sie von einem unsichtbaren Faden gezogen werden. Sie berührte ihn.

Ich hielt den Atem an, während meine Ohren heftig pochten. Sie streckte die Hand aus und berührte Heiriks Ringfinger, breitete ihre Hand über seiner aus. Ich musterte sein Gesicht und betrachtete seine sich hebende und wieder senkende Brust, das Anzeichen dafür, dass er lebte. Bettas Bewegungen waren so langsam, als bewegte sie sich unter Wasser. Ihre Finger schwebten über seinem Wangenknochen, berührten sein Kinn. Mutige, neugierige Betta. Niemand sonst außer mir hätte es gewagt, ihn auf diese Weise zu berühren, mit so viel Mitgefühl und Ehrfurcht.

Als sie sprach, schien ihre Stimme aus einer anderen Welt zu kommen. »Der Häuptling ist nicht gegangen.« Sie drehte sich zu mir um. »Er wird aufwachen und mit dir leben.«

»Das kann ich ihm nur raten.«

Heirik hatte nicht reagiert – nicht einmal, als ich ihn gewaschen und seine Wunden verbunden hatte. Fast schien es mir, als hätte er sich seit hundert Stunden nicht mehr bewegt. Er war zu einem Teil des Bettes geworden, einem Teil des Hauses selbst – war ein lebendes, aber unbelebtes Etwas.

Betta riss mich aus meinen düsteren Gedanken. »Ich habe etwas für dich.«

Sie legte mir einen Haufen kardierter Wolle in den Schoß. Die Wolle erinnerte mich an Friggs Wolken, bereit, jeden Moment in den Weltraum davonzuschweben. Es war jedoch ein irdischer Geruch an ihr, der sie im Hier und Jetzt festhielt.

Ich rümpfte die Nase; ein Haufen Wolle schien mir ein sonderbares Geschenk zu sein.

Betta lächelte. »Die stammt von dem Vlies von der Schur im letzten Herbst«, sagte sie. »Der Häuptling hat Hildur damals angewiesen, es aufzubewahren, für den Fall, dass du deine Meinung änderst.«

Ich atmete den Geruch der Wolle ein und dachte einen Moment an den sonnigen Nachmittag zurück, an die sexuell aufgeladene Atmosphäre. Heirik war an diesem Tag so lebendig gewesen, seine offenen Augen hatten geradezu gelodert. Ich konnte in meinem Geist seine herrliche Stimme hören, als Freyrs Anwesenheit ihn befreit hatte. Spinn dieses Vlies!, hatte er mir befohlen und dann mit der Hand gegen die Wand geklatscht. Ich hätte ihn an diesem Tag fast geküsst. Wir waren so kurz davor gewesen. Trotz seines Schwurs, seiner Ehre, seines hässlichen Fluchs, trotz all dieser Dinge hatte er gehofft, dass wir eines Tages zusammen sein würden. Er war so verletzlich, nicht nur jetzt in seinem langen Schlaf, sondern immer.

Er hatte das Vlies behalten – ein Zeichen dafür, wie gefühlvoll er war, und plötzlich konnte ich es gar nicht mehr abwarten, die Wolle durch meine Finger zu ziehen. Als hätte

Betta meine Gedanken erraten, reichte sie mir Spinnwirtel und Spindel.

Ich schaute beides an, und als ich jetzt anfangen wollte, den Faden zu spinnen, stellte ich fest, dass ich nicht mehr wusste, wie es ging. Ich drehte die Spindel zwischen den Fingern. Fuhr mit meinem Daumen über den Wirtel.

»Worauf hast du so gestarrt?«, fragte ich Betta. »Als ich nach der Versiegelung der Wunden des Häuptlings wieder aufgewacht bin?«

»Auf einen Wal«, sagte sie. Sie sprach das Wort aus, als würde sie jeden Tag im Zimmer des Häuptlings einen Wal sehen. Sie hockte auf dem Boden und zog die Knie an. »Ich habe gesehen, wie er im Meer schwamm, das von der Sonne beschienen wurde.«

Mein Herz raste, und ich setzte mich aufrechter hin. Meine Hände und Füße prickelten. »Du hast den Wal gesehen?«, flüsterte ich, als könnte die kostbare Wahrheit zerstört werden, wenn ich lauter sprach.

»Du auch?« Dankbarkeit und Überraschung lagen in ihrer Stimme. Sie machte gerade die Erfahrung, dass sie nicht mehr die Einzige war, die seltsam war und eigenartige Dinge sehen konnte. »Ich sehe ihn schon seit Monaten in meinen Träumen«, sagte sie. »Ich weiß nicht, was es bedeutet.«

»Aber ich weiß es vielleicht.«

Bettas Blick wanderte zu meiner Tätowierung, die sie jetzt zum ersten Mal genauer musterte. Wir hatten bisher noch keine Zeit gehabt, uns in Ruhe zu unterhalten.

»Já«, sagte sie. »Das kann ich mir denken.«

»Nicht, dass ich es richtig erklären kann«, sagte ich. »Ich verstehe es auch nicht. Das tut nur Saga. Aber wann immer es passiert, bin ich am Meer.«

»Wenn was passiert?« Ihre Stimme war jetzt nur noch ein

Flüstern, ihre Augen waren riesengroß. Sie war wieder ein Kind, saß am Herdfeuer und lauschte einer von Hárs Geschichten. Und ich war ein Gestalt gewordenes Märchen. Oder eine Gruselgeschichte.

Vor einem halben Jahr wäre ich in diesem Moment zurückgerudert. Ich hätte gesagt, dass ich mich nicht erinnerte. Aber jetzt wollte ich diesen Weg nicht mehr beschreiten.

»Ich bin durch die Zeit gereist«, sagte ich nüchtern.

Sie starrte mich eine ganze Weile an. »Ich wusste, dass irgendwas mit dir ist.«

Irgendwas Besonderes? Irgendwas Monströses? Betrachtete sie mich als etwas, was nicht von dieser Welt war? Sah sie mich nicht als eine Frau, sondern als irgendein unheimliches Wesen, das vielleicht genauso verflucht war wie Heirik? Ich wartete und bereitete mich darauf vor, von ihr zurückgewiesen zu werden, verachtet zu werden, rechnete damit, dass sie mir all die Lügen vorwarf, meine Versäumnisse. Rechnete damit, dass sie mir nicht glaubte.

Stattdessen lächelte sie.

»Aus welcher Zeit?«, fragte sie. Ihre Zähne leuchteten im Licht der Lampe groß und weiß. Bevor ich antworten konnte, fragte sie schon weiter: »Und kannst du diesmal bleiben?«

»Já«, sagte ich, denn was das betraf, war ich mir ganz sicher. »Ich bin jetzt zu Hause.«

Ich erzählte, wie ich an jenem Tag während des Heuens zum ersten Mal begriffen hatte, dass ich nicht wieder weg wollte. Und dann begann ich, ihr alles zu erzählen, fing damit an, wie ich angekommen war: »Ich erwachte auf schwarzem Sand«, sagte ich, und sie lehnte sich zurück, um mir zuzuhören.

Betta kümmerte sich um alles im Langhaus, sodass ich die ganze Nacht bei Heirik bleiben konnte. Ich saß neben ihm und versuchte zu spinnen. Ich sprach leise mit ihm, erzählte von der Zukunft, von meinem Gletscher und der Insel, wie ich sie gekannt hatte, bevor ich nach Hvítmörk gekommen war. Ich erwähnte all die guten Dinge. Kaffee und Kopfkissen und Kämpfe, die man genussvoll ansehen konnte, ohne dass jemand dabei sterben musste. Die kleinen Orangen, die er probieren könnte, wenn er aufwachte. Zitternd kniete ich an seinem Bett und bat ihn, aufzuwachen, legte meine Stirn an seine Schulter. Ich kroch zu ihm ins Bett und schlief eine Weile, und als ich aufwachte, spürte ich unter meiner Wange, wie er atmete. Fast war es, als wären wir ein ganz normales Ehepaar, das kurz davor war, aufzustehen, um den Tag zu beginnen. Nur, dass ich die Einzige war, die aufstand.

Ich pflegte ihn, wusch ihn. Die Wunden reinigte ich mit in Honigwasser getränkten Tüchern, wobei ich darauf achtete, nichts aufzureißen.

Ich dachte daran, wie es wäre, mit ihm in den Tod zu gehen. Wenn es schließlich dazu kommen sollte, würde ich dann mutig genug sein, es zu tun? Er war ein Häuptling, aber keiner von den großen wie die, die in Norwegen oder Schweden wie Könige herrschten. Heirik herrschte nur hier in der kleinen Welt unserer Insel. Würde man ihn trotzdem in einem schön geschwungenen, flammenden Boot aufs Meer hinausschieben?

Ich stellte mir vor, wie er von einigen seiner Habseligkeiten umgeben war, seiner Axt und den Ledermanschetten und den Glasbechern. Ich schaute zu der Kiste in der Ecke, in der er seine wertvollen Gegenstände aufbewahrte, und ein Gedanke nahm allmählich Gestalt an. Ich sah seine Besitztümer in dem Boot liegen, das ich bei den Fischerhütten gesehen hatte. Geliebte Gegenstände, die Messer seines Vaters, die Pelze seiner Mutter. Und ein kleines Holzkästchen.

Es sah genauso aus wie das auf den Archiv-Aufnahmen auf

dem Monitor, nur dass es neu war. Es war vor ein paar Dutzend Jahren hergestellt worden, nicht vor zwölfhundert. Etwa zwei Handspannen groß, die Türen mit einer Schnalle mit einem Drachenkopf verschlossen, lag es zwischen Pelzen in der Kiste. Das Kästchen fühlte sich warm in dem Nest an, und ich hob es so vorsichtig heraus, als wäre es ein Ei.

Ich wusste, was darin war. In der kalten Zukunft hatte ich mich an den Anblick dieses Kästchens geklammert, an den Beweis dafür, dass zumindest ein paar Siedler über ihr eigenes Leben geschrieben hatten, lange vor der Entstehung der Sagas. Ich hatte vermutet, dass die Fähigkeit, zu schreiben, im Laufe der Zeit verloren gegangen war – was zweifelhaft schien, aber durchaus möglich.

Jetzt wusste ich es besser. Keiner Frau auf einem Wikinger-hof hätte dieses Tagebuch gehören können. Keine Frau hier konnte schreiben. Außer mir.

Ich sah zu Heirik hin. Seine rabenschwarzen Haare lagen auf dem kühlen Leinen. Der gefürchtete Häuptling mit den beeindruckenden Augen schlief unbekümmert wie ein Kind. Seine Frau schrieb das Tagebuch. Berichtete darin von so vielen Dingen, die uns noch gar nicht passiert waren. Von Momenten, die noch kommen würden. Diese Frau, die Schreiberin, hatte eine Zukunft mit ihrem dunkelhaarigen Mann. Er lebte.

Meine Finger tasteten sanft über das Schloss. Dann wühlte ich in der Truhe, fand den Schlüssel.

Das Buch sah so sauber und neu aus, die Birkenrinde fühlte sich auf eine Weise weich an, wie ich es mir immer vorgestellt hatte. Auf den ersten drei Seiten befanden sich die Daten und Angaben zum Handel, die ich so gut kannte. Und dann kamen die leeren Seiten. Neun insgesamt.

In dem Kästchen lagen die schlanken Knochen, hohl und geschärft, von denen Brosa am Strand erzählt hatte. Ich nahm das unendlich kostbare Fläschchen mit der Tinte in die Hand. Dann stellte ich all diese Dinge auf den kleinen Tisch.

»Alle haben sich zur Ruhe begeben«, begann ich zu schreiben.

Ich rief mir in Erinnerung, wie dieses Tagebuch in meinen Kontaktlinsen ausgesehen hatte, und schrieb die Buchstaben. Meine Worte waren so mächtig wie die Runen auf einem Heilknochen. Irgendwann würde ich Heirik das Alphabet beibringen, und er würde mir ein Liebesgedicht schreiben.

Es klopfte, und Brosa stand in der Tür.

Er sah aus wie ein strahlender Bär, sein Arbeitshemd war schmutzig, die Ärmel hatte er zurückgeschoben. Die Hände hatte er sich zwar offensichtlich an der Hose abgewischt, aber sie waren immer noch braun vom Schmutz. Er brachte einen ganzen Schwall frischer Luft mit, einen Hauch von Gras und Sonne. Ich blinzelte, als würde er tatsächlich leuchten. Wie lange hatte ich hier gesessen, seit wann drückte die Bettkante gegen meinen Oberschenkel, lag meine Hand auf Heiriks Brust? Wie viel Zeit war vergangen, seit ich zum letzten Mal den Himmel gesehen hatte? Ich konnte mich nicht erinnern.

»Wie geht es ihm?«, fragte Brosa.

»Er schläft«, antwortete ich. »Es ist alles unverändert.«

Brosa kam nur einen Schritt in den kleinen Raum, schaute auf seinen Bruder und versuchte, dessen Zustand einzuschätzen, ehe sein Blick zu mir glitt.

»Draußen scheint die Sonne«, sagte er. »Du solltest rauskommen.«

»Ich …« Ich versuchte, mir den Sonnenschein vorzustellen. Dachte daran, wie es sein würde, wieder in der Sonne spazieren zu gehen.

Ich wusste kaum, was ich sagen sollte. Wie ich ausdrücken sollte, was ich für Brosa empfand. Und da stand er nun, dieser mutige und zärtliche Mann, der bereit gewesen war, alles, was er liebte, hinter sich zu lassen. Der auf das Meer und den Wind und die Verlockung fremder Länder verzichtet hätte und stattdessen auf Hvítmörk geblieben wäre, um mich zu heiraten und mir ein gutes Leben zu bieten.

»Es tut mir leid«, sagte ich. Meine Stimme fühlte sich heiser an, und ich streckte eine Hand nach ihm aus.

Sofort kam er zu mir, kniete sich vor mich hin und nahm meine Hände. »Nei, Frau! Warum?«

»Du warst bereit, alles für mich aufzugeben.« Ich brachte die Worte nur mühsam heraus, aber immerhin gelang es mir, den Blick zu heben. »Und ich habe mich in nur einem Herzschlag von dir abgewandt.«

Er sah mich mit seinen glitzernden, meeresgrünen Augen an. »Du hast mich davor gewarnt, dass du mich verletzen würdest.« Er zwinkerte, und sein breites Lächeln kehrte zurück. »Du bist mir sehr ans Herz gewachsen«, sagte er. »Und du hast mir das größte Geschenk gemacht, das eine Frau mir machen könnte. Du liebst meinen Bruder.«

Ich senkte den Kopf. Er war immer so selbstlos und gut.

»Ich habe gehört, was du gesagt hast«, sagte ich und wischte mir Tränen aus dem Gesicht. »Beim Thing, als du mit Heirik am Feuer gesessen hast. Du hast gesagt, dass ich jetzt deine Frau werden würde.«

»Ah«, sagte er, als würde er jetzt etwas verstehen. »Du hast vermutlich den Rest der Unterhaltung nicht mitbekommen.« Er blickte jetzt reumütig drein.

»Den Rest?«

»Mein Bruder hat Nei gesagt«, seufzte er. »Er hätte mir fast den Arm ausgerissen.« Brosa blickte auf sein Handgelenk und schüttelte die Hand aus. »Ich musste ihn daran erinnern, dass es nicht meine Idee war.«

Er lachte, aber ich schwieg.

»Er war vor Liebeskummer richtig krank«, sagte Brosa, als würde das alles erklären. Und nach einem tiefen Atemzug meinte er: »Wie auch immer, dann sind Egil und Rafnson gekommen, und wir mussten uns mit ihnen unterhalten.«

Ich erinnerte mich daran, wie Svana die Männer bedient hatte, dachte an Heiriks schlechte Laune, die er geschickt vor allen außer mir verborgen hatte.

Brosa sprach weiter. »Wir haben uns später weiter unterhalten, sehr lange sogar. Darüber, was er dir angetan hatte. Was er tun musste, um alles wieder in Ordnung zu bringen.«

»Já?« Mein Lachen war von Bitterkeit durchzogen, und ich warf einen düsteren Blick auf Heirik. Er schlief immer noch. »Er ist nicht immer geradlinig. Ich kann mir kaum vorstellen, was er tun zu können glaubte.«

»Hm, vielleicht dich heiraten?«, schlug Brosa vor.

»Oh.«

Mein Herz machte einen Satz. Ich erinnerte mich daran, wie ich in jener grauen Nacht ins Wasser gestolpert war, wie ich meine Hände in die Wellen getaucht und mich in die düstere Leere geklopft hatte. Jetzt erfuhr ich, dass Heirik in eben jener Nacht tatsächlich seine Meinung geändert und beschlossen hatte, mich zu bitten, an seiner Seite zu leben. Wie ein Vogel sah ich jetzt alles aus einer anderen Perspektive. Ich sah ihn voller Entschlossenheit in der Hütte beim Thing stehen, während der Zeltstoff von Lampen erhellt wurde. Ich sah mich am Meer auf die Knie sinken, sah, wie das dunkle Wasser meine Hände bedeckte.

»Es hat lange gedauert, bis er zu dieser Entscheidung gekommen ist.« Brosas Worte holten mich zurück. »Und es war ziemlich viel Bier nötig, um ihn dazu zu bringen, zuzugeben, dass er sich schrecklich geirrt hatte. Noch mehr Bier, bevor er begriff, dass sich die Welt nicht nur um ihn dreht und es vielleicht zu spät sein könnte.«

»Das war es auch«, sagte ich. Es war sogar viel zu spät gewesen. Wir hatten nur deshalb noch eine Chance bekommen, weil ich so darum gekämpft hatte, zurückzukehren.

Brosa hob mein Kinn und drehte meinen Kopf so, dass er die Fluke des Wals um mein Auge herum betrachten konnte. Er neigte seinen Kopf leicht und musterte ihn aus einem anderen Winkel. »Wohin bist du gegangen?«

»Dorthin, von wo ich gekommen bin«, sagte ich, als würde das alles erklären.

»Verstehe.« Sein Daumen fuhr über die Tätowierung, und er schien zu dem Schluss zu kommen, dass meine Antwort im Augenblick genügte. Er stand auf, und seine Hand auf meiner Schulter fühlte sich stark und gut an. »Du wirst noch einmal richtig seine Frau werden«, sagte er. »Das schuldet er dir.«

Ich lächelte und wischte mir neue Tränen vom Gesicht.

»Und er ist ein störrischer Eber«, fügte sein Bruder hinzu.

Ich lachte gegen die Tränen an. »Já, das ist er.«

Ich hatte damit gerechnet, dass Brosa jetzt gehen würde, aber eine Pause entstand, die schließlich unangenehm wurde.

»Ginn«, begann er dann, und ich sah zu ihm auf, mit geweiteten Augen und verlorenem Blick. Brosa sprach weiter. »Du musst mit nach draußen kommen. Du trägst jetzt die Verantwortung für dieses Haus, und Hár und Betta heiraten morgen.«

Es fühlte sich an wie ein Tritt gegen meine Brust. »So bald schon?«

»Já, so war es geplant.«

Er blickte zärtlich auf Heirik, betrachtete meine Hand, die auf seiner Brust ruhte. »Es hat bereits angefangen«, sagte er, und seine Stimme klang leicht entschuldigend. »Die Gäste treffen bereits ein. Wir graben, errichten Feuerstellen.« Er hob die Hände, und ich sah den Schmutz an ihnen.

Ich schniefte. »Já«, sagte ich und erwachte langsam aus meiner Trance. Ich hatte das hier gewollt. Ich war dazu geboren, die Frau dieses Hauses zu sein. Und doch saß ich jetzt mit sauberen Händen in einem kleinen, dunklen Raum. »Já, ich verstehe.« Ich stand auf und sah mich um, strich mein Kleid glatt und richtete mich zu meiner vollen Größe auf. »Ich werde dafür sorgen, dass die Thralls Bier und Essen hochbringen und die Tische herunterlassen. Die Jungen können dir helfen, und Ranka kann die Becher rausholen und sich darum kümmern, dass sie poliert werden.«

Das herrliche Leben hier oben ging weiter, so wie die Blumen weiterwuchsen, egal, ob ich müde war oder nicht. Und ich würde mich um alles für das Hochzeitsfest kümmern.

Brosa sah mich mit deutlicher Erleichterung an. »Dann hast du schon einmal gesehen, wie es abläuft.«

Ich nickte und lachte. »Já«, sagte ich. »Hildur hat mich mehr als einmal miteinbezogen.«

Ich warf noch einen letzten Blick auf Heirik und bückte mich, um die Decke um ihn festzustecken. Ich küsste meine Finger und legte sie auf seine Lippen, versprach ihm stumm, dass ich bald zurückkehren würde. Dann trat ich nach draußen, um mich in die große, sonnige Welt der Lebenden zu begeben. In Gedanken forderte ich ihn auf, mir zu folgen.

Hár schritt am Langhaus entlang, entfernte sich von mir. Die Sonne schien auf seinen Rücken, und er hielt ein funkelndes Schwert in der Hand. Er schwang es unbewusst wie zu einem Lied. Es war das Schwert, das über Heiriks Bett gehangen hatte. Heirik hatte mir Slitasongr für unsere Söhne gegeben, als wir im Gras geheiratet hatten. Dieses Schwert hatte Heiriks Urgroßvater gehört, und es war für Betta bestimmt.

Am Ende des Hauses machte Hár kehrt und ging den Weg unruhig zurück, kam jetzt auf mich zu. Er trug den Halsreif mit den fauchenden Katzen, den Betta ihm gegeben hatte – den vom Markt bei der Versammlung. Die Bronze hob sich hübsch von den blauen Augen und dem Grau der Schläfen und des Bartes ab. Er trug die Haare jetzt offen, und sie wirkten noch üppiger als sonst. Ein Windstoß peitschte sie ihm gegen das Kinn.

Er lächelte, als er auf mich zukam. Seine Hand strich am Langhaus entlang, wie Heirik und ich es manchmal taten. An ihm waren all die Farben eines dunkler werdenden Himmels, das bernsteinfarbene Aufleuchten, bevor die Nacht kam. Er war so, wie Betta ihn gesehen hatte, als sie sich das erste Mal im Wald getroffen hatten.

»Wir sollten auf meinen Neffen warten«, sagte er. Er strahlte vor Erwartung und Liebe, und ich wusste, dass er es sagte, weil es richtig war, es anzubieten. Aber er wollte Betta. Und ich wollte sie zusammen sehen. Es würde bedeuten, dass es an diesem windigen Tag etwas Gutes und Vielversprechendes gab.

»Nein, alter Mann«, sagte ich. »Es wird auch mit Brosa gehen. Und Heirik würde wollen, dass ihr heiratet.«

Wenn Hár der Sonnenuntergang war, war Betta das hohe Gras, das vor Leben nur so strotzte. Sie hatte sich inmitten der Blumen bei der Schmiede aufgehalten, wo sie sich um ihre Haare gekümmert hatte, und stand jetzt auf. Sie sah fantastisch aus in ihrem grünen Kleid, wie ein Geschenk, das Hár von den Geistern des Landes gewährt wurde.

Der seltene Stoff, den er ihr gegeben hatte, war so smaragdgrün wie ihre Augen. Es musste Baumwolle aus dem Osten sein – Bómull, so luftig, dass sie wie Wolken um Betta herumfiel. Das Kleid, das sie daraus genäht hatte, war lang und schlicht und strömte wie Nebel über ihre üppigen Kurven und die Wölbungen ihrer Brüste, ihre Taille und ihre Hüften. Schneeweißes Leinen und blasse nackte Füße lugten unter dem Stoff hervor. Sie trug keinerlei Schmuck an den Armen und am Hals; da war nur die raffinierte geometrische Stickerei auf ihrem Mieder als Verzierung. Es handelte sich um ein großes Viereck aus sich kreuzenden grünen Linien, umgeben von leuchtenden Mustern, die sich genau dort verflochten, wo Hárs Hände sein würden. Ein plötzlicher Windstoß wirbelte ihre Röcke auf und drückte sie gegen ihre Beine. Sie kam zu mir und schlang ihre Arme um mich.

Ihre knochigen Schulterblätter waren unter meinen Händen deutlich zu spüren, und ich dachte daran, dass ich sie in Zukunft nicht mehr spüren würde, während ich versuchte zu schlafen. Ich küsste ihre Wange, die sich warm und trocken anfühlte.

Wir standen am höchsten Punkt bei der Schmiede und blickten über Hvítmörk, betrachteten die Bäume, die sich meilenweit erstreckten. Dann kam der Wind, und die Bäume schwankten so heftig, als würde die Hand eines Gottes sie bewegen. Auch uns traf er mit ganzer Wucht, als wollte er versuchen, uns nach vorn zu schieben. Hühner liefen um unsere Füße herum, und der Hund ließ sich neben mir nieder.

Schon den ganzen Tag wehte ein bittersüßer Wind – an diesem Tag, der der beste, der unglaublichste in Bettas ganzem Leben sein sollte. Der herrliche Tag, auf den sie gewartet hatte, seit sie auf der Welt war. Aber der Häuptling war nicht da, um sie mit Hár zu verheiraten. Heirik, der trotz seines hässlichen Fluches und aller Verwünschungen immer wichtig für sie gewesen war. Als sie in unserem Zimmer gewesen war, hatte sie sein Gesicht berührt. Es war eine zärtliche Berührung gewesen, die eindeutig davon zeugte, dass sie früher einmal an so etwas gedacht, es aber nie getan hatte.

»Er war nicht für mich bestimmt, Ginn.«

Mein Herz machte einen Satz. Götter, sie schaffte es wirklich immer, meine Gedanken zu lesen. Und ich stand an ihrem größten Tag stumm neben ihr und dachte an mich selbst.

»Er konnte mir ziemlich gut widerstehen«, fügte sie hinzu, und offenbarte damit etwas, was vor langer Zeit zwischen ihr und Heirik vorgefallen war. Sie lächelte schelmisch und zupfte an den Schlüsseln an meiner Taille. »Dir nicht.«

Ich lachte ebenfalls. »Nein, mir konnte er nicht widerstehen. Und sein Onkel hat es nicht geschafft, dir zu widerstehen.« Ich berührte ihre langen, braunen Haare, die zu luftigen Locken geformt waren und von einem Hauch Öl schimmerten, in das Wacholder und Rosenwurz getaucht worden waren.

»Du kannst dir nicht vorstellen, wie herrlich dein Mann aussieht«, sagte ich zu ihr.

»Nei, ich werde nicht überrascht sein«, sagte sie. »Für mich ist er immer wunderschön.«

»Dann wette ich mit dir«, sagte ich, »dass du nicht unberührt bleibst, wenn du ihn siehst.«

»Gut«, sagte sie, drückte kurz mit der Hand gegen meine Brust und rannte los. Ich stand einen Moment verdutzt da, dann begriff ich, dass sie mit mir um die Wette laufen wollte. Ich lief also ebenfalls los und sah, wie das Hochzeitskleid hinter ihr herwehte.

Sie heirateten in der Schlucht unter einem wogenden Himmel. Dutzende Menschen waren zu dem Fest gekommen. Vielleicht einhundert, dachte ich und überlegte, ob die Biervorräte reichen würden.

Betta ritt die kurze Strecke zurück nach Hause auf Hárs Pferd und hielt einen dicken Strauß weißer Blumen im Arm. Ammas Krone saß tief auf ihrer Stirn und glitzerte im goldenen Licht der späten Sonne. Ihr frisch vermählter Ehemann ging neben ihr her, führte das Pferd am Zügel. Als sie das Langhaus erreichten, hob Hár sie aus dem Sattel und nahm sie in die Arme. Eine Braut, die auf der Türschwelle stolperte, war ein schreckliches Omen, deshalb trug er sie. Ihre Haare ergossen sich über seinen Arm, und Schneeblüten fielen zu Boden.

Brosa war auf dem Fest für das Opfer und den Segensspruch zuständig, aber ich konnte es nicht mit ansehen. Ich sah nur Heirik vor mir, wie er als Geist diese Dinge tat. Das Blut des Opfers lief nicht von Brosas, sondern von seinen geisterhaften Fingern. Und es war sein geisterhaftes Selbst, das ein Glas hob und damit dem Paar den Segen gab.

Brosa saß auf dem Hohen Sitz, und weil ich jetzt in der Familie die ranghöchste Frau war, schenkte ich ihm das Bier ein. Unsere Blicke begegneten sich über den Becher hinweg. Seine Augen hatten immer die Farben des Ozeans gehabt, und heute Abend strahlten sie kühn und vor Freude.

Er berührte mein Gesicht, beugte sich zu mir vor und flüsterte mir ins Ohr: »Mein Bruder ist stark. Es wird ihm gut gehen, Ginn.« Ich drückte seine Hand, und er gab mir einen sanften Kuss auf die Schläfe.

Als ich auch Hár, Betta und ein paar anderen Leuten Bier eingeschenkt hatte, war Brosa mit den Formalitäten fertig und rief allen zu: »Trinkt auf das Paar!« Fröhliche Rufe erschollen, und überall herrschte ein lärmendes Treiben.

Ich hatte damit meine Arbeit getan und sehnte mich danach, zu Heirik zurückzukehren. Ich schob daher alle Gedanken an Becher und Getränke beiseite und begann, mich von dem Fest zu entfernen. Ich würde jetzt zu ihm gehen. Jetzt, da meine beste Freundin in festen Händen und glücklich war, würde ich mich neben ihn legen und ihm von der Hochzeit erzählen.

Ich stand einen Moment in der Tür zum Schmutzraum und warf einen Blick zurück zu den Feiernden. Ihre glücklichen Stimmen erfüllten das Haus. Hárs donnerndes Gelächter war deutlich zu hören.

Der alte Mann war umgeben von all den anderen Leuten und strahlte, und dann hob er Betta auf seinen Schoß, als wäre sie klein und federleicht. Brosa stieß mit seinem Onkel an, und die beiden tranken. Dann tauchte Hár den Finger in das Bier. »Thor, gib mir Kraft«, sagte er und malte das T auf Bettas Stirn. »Es müssen noch zu viele Stunden vergehen, bevor ich mit dieser Frau das Bett teilen kann.«

Betta verschluckte sich ein wenig an ihrem Getränk, und ihre Wangen röteten sich leicht. Ich konnte aber sehen, dass sie nicht wirklich verlegen war. Sie strahlte und lächelte, und ihre Zähne waren groß und weiß. Sie beugte sich zu Lotta und zeigte ihr den Ring. Das kleine Mädchen streckte die pummelige Hand aus, um ihn zu berühren.

Heirik trat hinter mich. Er lebte.

Augenblicklich breitete sich ein Prickeln in meinem ganzen Körper aus, in meinem Herzen, zwischen meinen Fingern und Zehen. Seine Haare streiften meine Wange, und ich stand einen Moment reglos da, als würde schon die kleinste Bewegung die Illusion zerstören, und ich würde aufwachen. Aber er war wirklich da. Er roch nach altem Schweiß, und es war der herrlichste Geruch der Welt.

Meine Brust fühlte sich leicht an, und zum ersten Mal konnte ich wieder so richtig frei atmen. Ich seufzte, und die Angst und die Dunkelheit in mir verschwanden.

Seine Schulter war wie ein Versprechen, als ich den Kopf

zurücklehnte. Er war nicht weg. Er war da und würde auch nicht wieder weggehen. Er würde der Ehemann aus dem Tagebuch sein, der mit den vierzehn Vliesen, und in meinen Augen würde er immer schön sein. Mein Körper verschmolz mit seinem, er umarmte mich und hielt mich fest, und ich ließ endlich, nach den vielen, vielen Tagen des Leids, alle Verantwortung und alle Sorgen los und meinen Tränen freien Lauf. Sein Herz schlug in meinem Rücken und direkt durch mich hindurch, als wäre es mein eigenes.

»Du hast die Wolle gesponnen«, sagte er, und sein Atem klang schwer, vor Anstrengung fast abgehackt. Angesichts seiner Verletzungen musste es ihn große Mühe gekostet haben, hierherzuschlurfen. Um bei mir zu sein.

Ich lachte stumm. Ich konnte noch nichts sagen.

Wir standen eine Weile einfach nur da, wiegten uns gemeinsam sanft, sein Kinn auf meiner Schulter, seine Hand auf meinem Bauch, bis seine Atemzüge ruhiger wurden. – Atme aus mit mir, mein Lieber. Onda. Atme ein.

Er sah über meine Schulter zu Betta und Hár.

Der alte Mann fuhr mit einem Finger den Ausschnitt von Bettas Kleid nach, und sie lachte und strahlte.

Heiriks Stimme war rau und heiser, und er hielt mich fest umschlungen, als er dicht an meinem Hals sagte: »Folgen wir ihrem Beispiel.«

Wieder Winter

Schlittschuhe aus den Knochen des schnellen Fjoðr trugen mich. Die Kufen waren mit raffiniert verwobenen und verknoteten Lederstreifen an meinen Stiefeln befestigt. In den Händen hielten wir Stöcke mit Eisenspitzen daran, mit denen wir uns vom Eis abstießen.

Das Wasser des Flusses hatte sich in festes, dickes Eis verwandelt. Ausgelassen bewegten wir uns über seine Oberfläche. Die Luft war so kalt, dass sie sich in der Lunge wie Speere anfühlte, aber auch strahlend klar wie metallisches Licht. Heirik hielt meine Hand ein bisschen zu fest – ein unbeholfener Ausdruck seiner Liebe.

Aus der Schlucht hinter uns kamen fröhliche Stimmen; Betta befand sich dort mit den kleinen Mädchen. Dann ertönte Hárs schroffes Donnern. Svanas trällernde Stimme fehlte. Sie lebte jetzt weit weg auf der anderen Seite der Felder bei ihrem Ehemann Eiðr.

Heirik und ich liefen allein über den Fluss. Fjoðrs Knochen trugen uns so schnell und herrlich, wie das Pferd früher Brosa getragen hatte, über das Eis und durch den Wind.

Wir glitten über Heiriks im Eis begrabene Festung, glitten über die erstarrte Strömung, die unsere ersten unangenehmen Ängste davongetragen hatte. Wir glitten über alles hinweg, was gewesen war. Ich betrachtete ihn aus dem Augenwinkel. Mit seinem Geburtsmal und dem Lächeln wirkte er, als wäre er einem fantastischen finsteren Traum entsprungen, und ich vervollständigte dieses Bild auf wunderbare Weise. Ich konnte sehen, wie meine Tätowierung zu seinem Geburtsmal passte, wie unsere Augen golden und eisfarben blitzten. Ich lachte laut, aber in dem Rausch der Geschwindigkeit ging das Geräusch unter, und zurück blieben meine Atemwölkchen.

Heirik packte mich plötzlich und schwang mich in einem herrlichen Bogen herum. Wir stürzten, landeten in einem Wirrwarr aus Gliedmaßen, Stöcken, Kleidern und Schlittschuhen in einer Schneewehe. Die Kälte brannte auf meiner Wange, aber seine Lippen waren wie Feuer auf meinem Mund.

Weißes und silbernes Licht zuckte am Himmel über uns. Ein Sturm zog auf. Es spielte keine Rolle. Lächelnd versanken wir in unserem Kuss.

DANKSAGUNG

Ich danke meinem Mann Martin John Brown, der gleichzeitig mit mir selbst geschrieben hat, und meinem achtjährigen Sohn Sebastian, der in der gleichen Zeit, die ich für dieses Buch gebraucht habe, mehrere Bücher verfasste. Ich danke auch Shannon Okey, der Verlegerin, die mein Buch von ganzem Herzen liebt. Ferner danke ich meiner Lektorin Beverly Army Williams und meiner Freundin und Beraterin Sarah Gilbert, die mir giftige Engelwurz besorgt hat, als ich Mundwasser der Wikinger herstellen wollte. Meinen allerersten Lesern, deren Aufregung mir erst richtig klarmachte, dass ich tatsächlich ein Buch geschrieben hatte: Stacy Crockett, Laura Stanfill, M.K. Carroll und Rachael Herron. Arabella Proffer, Tamas Jakab und Elizabeth Green Musselmann für ihre Hilfe bei der Entstehung des Buches. Meiner Mutter Eileen Golden für ihre Ruhe und Liebe.

Ich danke Kristin Bjorg Ìsfeld für die private Führung durch die Ruinen der Wikingerhäuser bei Stöng und durch die Gegend von Thingvellir in Island sowie meinen Reisebegleitern Zeke Healy und Brenden Jones. Mein Dank geht auch an meinen Freund Dale Favier, der spontan in Altnordisch verfiel, als er von meinem Buch erfuhr, und der mir dankenswerterweise einen Ausschnitt aus seinem Gedicht *Infanta* zur Verfügung gestellt hat, den ich für die *Hofnotizen* benutzen konnte.

Ich danke den Bibliothekaren und Mitarbeitern der Multnomah County Library für ihre Hilfe bei meiner Frage, wie man einen Wal aufschneidet, und dafür, dass ich den kühlen und ruhigen Sterling Writers Room benutzen durfte. Dank auch an Tamlin, weil er mir geholfen hat, den Namen Slitasongr zu finden, und an die vielen anderen freundlichen Menschen der SCA Barony of Adiantum. Ebenso an Tami Bridges Hawes und alle anderen, die versucht haben, mir das Nadelbinden beizubringen. Es tut mir leid, dass ich es nie verstanden habe.

Zwei Menschen danke ich, denen ich nie begegnet bin und die mir doch enorm bei meiner Recherche geholfen haben: William R. Short, dem Autor von *Icelanders in the Viking Age: The People of the Sagas*, ist ein Experte, was die Kampftechniken der Wikinger betrifft, und generell eine unglaubliche Wissensquelle (hurstwic.org.). Und derjenigen, die sich hinter der Website *The Viking Answer Lady* verbirgt. Ebenfalls danke ich den Online-Schreibgruppen Ravelry.com und »WA«. Ich danke meinen Freunden Minka Wallace und Beate & Ron Weiss-Krull für ihre Freundschaft während dieses Projekts.

Und auch all jenen gilt mein Dank, die meine Kickstarter-Kampagne unterstützt und mir dadurch geholfen haben, sodass ich das Langhaus von Erik dem Roten in Island besuchen konnte. Vor allem danke ich meinem Sponsor und langjährigem Freund Craig Cobalt. Es hat mir Spaß gemacht, euch allen Postkarten zu schicken!

Anne Garrison
Antje Hegemann
Barry Goldstein
Beverly Army Williams
Brett Hendricks
Candace Decker

Christian P.P. Donker & Coert Donker
Christopher Kaiser
Craig Matthews
Dale Favier
Elizabeth Beekley
Erica Pittman
Eric Hobberstad
Funnytool
Glenn Copeland
Harry Steinman
Jeanmarie Higgins
Jeff Sypeck
K. Jespersen
Kellan Elliott-McCrea
Laura Fitzpatrick
Laura Stanfill
Lynette Golden Fitzpatrick
Marcee & Tim Rogers
Marylee Klinkhammer
Michelle Kroll
Michelle Toich Anderson
Minka / The Olivia Darlings
Paul Cortellesi
Rachael Herron
Rich Laux
Rosalind Simpson
Rowan Rose
Sarah Gilbert
Shannan Okey
Shira Lipkin
Stephen Grout
Thor Ernstsson